Legado de sangre

La hija de la Sacerdotisa
Libro II

Elisabet Castany

ISBN-13: 978-1511988414
ISBN-10:151198841X

A mis dos amores.

«A veces podemos pasarnos años sin vivir en absoluto, y de pronto toda nuestra vida se concentra en un solo instante.»

Oscar Wilde

Capítulo 1

La lluvia repiqueteaba de forma tímida sobre el tejado de pizarra, era uno de los sonidos que más me gustaba escuchar pues me aportaba la paz que tanto necesitaba.

Sentada en un banco de pared junto a la enorme vidriera, observaba las gotas de lluvia caer con más fuerza cada vez. Me arrebujé en la manta que me cubría las piernas, a la vez que atraía hacia mi pecho la taza de té para sentir su calor.

Hacía diez días que había salido del hospital, diez días en que me había mantenido prácticamente encerrada en casa de Erwan, pues según prescripción médica no me convenía hacer grandes esfuerzos. Me sentía como una mariposa atrapada en una pequeña urna de cristal. Me parecía que habían pasado meses desde que había estado a punto de cruzar el umbral hacia el otro lado, pero lo cierto era que apenas había pasado un mes.

Los planes para el viaje a Noruega habían mantenido a mis compañeros de fatigas en un frenesí que me había dejado al margen. Ni siquiera me habían hecho partícipe de ello, cuando a mi modo de ver era la primera interesada; en cambio, me había limitado a quedarme en casa, una casa que por ende no era la mía, viendo las horas pasar.

Habían decidido que tan solo Erwan, Ray y Álex me acompañarían, pues no querían levantar sospechas entre la gente de Marlon. Tanto Ray como mi prima podían desempeñar su trabajo desde cualquier lugar siempre que tuviesen a mano su ordenador y conexión a internet. Nadie les echaría en falta en caso de desaparecer por unos días. El caso de Erwan era algo diferente, pero tanto él como mi tío habían sido tajantes al respecto. Seguía siendo el responsable de mi seguridad de modo que no iría a ninguna parte si no era con él. Aquello realmente había empezado a gustarme mucho pese a que nuestra relación se había vuelto algo rara desde mi regreso del hospital. Lo que fuera que había tratado de decirme cuando desperté de mi inconsciencia quedó en aquella habitación. No habíamos vuelto a sacar el tema, aunque tampoco había habido mucho tiempo para mantener la conversación que teníamos pendiente desde el extraordinario beso. Aún recordaba su mirada aterrorizada después del disparo de Candice, sus palabras se repetían una y otra vez en mi cabeza: «Por favor, quédate conmigo. No me dejes». Algo entre nosotros había cambiado, pero dudaba que sus sentimientos fueran por el mismo camino que los míos.

El timbre de la puerta me sacó de mis cavilaciones. Llop se levantó y se dirigió hacia la entrada, dispuesto a atacar en caso de ser necesario. Desde mi regreso no se había alejado de mí más que algunos pequeños ratos cuando Erwan estaba en casa. Ray me había explicado que se volvió como loco en mi ausencia. Aún me preguntaba de dónde había salido aquel fiel animal que nos protegía con tanta devoción, primero a mi hermana y luego a mí.

—¿Cómo está mi paciente favorita? —preguntó Gérard en cuanto abrí la puerta, una sonrisa asomaba de sus labios.

—Cansada de estar encerrada y sola —contesté al tiempo que me hacía a un lado para dejarle pasar.

Llop se puso sobre las patas traseras en un intento de llegar a la cara del sanador con la clara intención de lamérsela. Aquella escena me hizo reír. El lobo adoraba a Gérard, después de mí era la persona a quien más muestras de afecto regalaba.

—¿Has ido a correr? —inquirió nada más llegar al salón, volviéndose hacia mí con una mirada censuradora.

Había dejado olvidado el cortavientos sobre una de las sillas de la gran mesa del comedor. Asentí como un niño al que habían pillado en plena travesura sin poder negar la evidencia.

—Solo un poco.

—Amy, te dije que nada de sobreesfuerzos.

—Lo sé, pero es que me encuentro perfectamente. Necesitaba salir, he estado prácticamente sola desde que salí del hospital.

Puso los brazos en jarras mientras clavaba la vista en el amplio ventanal en una actitud que me recordó a su hermano.

—Estuve a punto de perderte en aquel quirófano —explicó sin desviar la atención del paisaje invernal—. Tu familia estaba rota, y no hablemos de la mía. Pasar otra vez por aquello fue como revivir una espantosa pesadilla. —Un nudo se formó en mi garganta mientras escuchaba sus duras palabras—. Tendrías que haber visto a Erwan y a Ray cuando te trajeron al hospital, ni siquiera esperaron la llegada de la ambulancia. Jamás había visto a mi hermano tan perdido.

—Lo siento.

—Si te cuento esto es porque me preocupas. Has hecho siempre lo que te ha dado la gana, pero las cosas ya no son así.

Le miré entrecerrando los ojos, sorprendida de que aquel reproche viniera de él.

—Tú también me preocupas. —Gérard me miró al tiempo que alzaba una ceja rubia—. Empiezas a parecerte demasiado a él.

—Tampoco es tan difícil de creer —repuso comprendiendo al instante a quién me refería—. Es mi hermano.

—Yo no me parezco a la mía.

—No, eso es cierto —estuvo de acuerdo Gérard—. Ella era responsable. Tú, en cambio, eres como una pequeña salvaje que nunca ha conocido normas.

Aquella comparación me hizo reír. Puede que estuviese en lo cierto, ¿qué más me daban las opiniones de los demás si iban en contra de lo que yo quería hacer?

—¿Eso te hace gracia? —Reí con más fuerza sin molestarme en responder, mientras una sonrisa en la cara de Gérard se iba formando al tiempo que negaba con la cabeza dándome por imposible—. Desde luego que tu padre tiene ganado un buen lugar junto a la Creadora, no puedo imaginarme cómo ha debido de ser intentar educarte él solo.

—Mi padre sabía hacerme bailar a su son —respondí con un encogimiento de hombros—. No es del todo complicado, solo hay que saber pulsar las teclas adecuadas.

La mirada de Gérard me hizo reír aún con más ganas hasta que finalmente me obligué a guardar las formas y ponerme seria de nuevo.

—¿Te apetece tomar algo? —pregunté en un intento de desviar el tema. Era plenamente consciente de que aquella conversación no había terminado, pero aquella técnica solía funcionar.

Negó con la cabeza.

—En realidad he venido a buscar a Llop.

—¿Y eso por qué?

—Dijiste que querías que me hiciese cargo de él mientras estuvieseis fuera —respondió con el desconcierto marcado en el rostro.

—Bueno, sí. Pero aún no tenemos una fecha concreta para el viaje.

—¿Mi hermano no ha hablado contigo?

—Pues no. De hecho no le he visto en todo el día.

Prácticamente no le había visto en los diez días que llevaba en su casa. Podría haberme quedado en la mía y hubiese estado igual de protegida.

Gérard frunció el ceño extrañado al tiempo que negaba con la cabeza.

—Salís mañana para Oslo.

Mis ojos se abrieron de par en par.

—¿Desde cuándo lo sabes?

—Me llamó esta mañana.

Solté todo el aire que tenía en los pulmones con exasperación. No me podía creer que nadie se hubiera molestado en decirme nada. Gérard lo sabía desde hacía horas, a mí, en cambio, me mantenían en la más absoluta de las ignorancias.

—Esto es increíble —rezongué sintiendo cómo la rabia iba creciendo en mi interior.

—Debe habérsele pasado, Amy —le excusó—, tu tío y mi abuela lo han tenido estos días de arriba para abajo con los preparativos del viaje para que todo sea de la forma más segura posible y sin levantar las sospechas del enemigo.

Asentí con la cabeza tratando de parecer conforme con aquella explicación y tragándome mi enfado. Al fin y al cabo no era con Gérard con quien debía pagarlo.

Me despedí de Llop, que no entendió que le pusiera un arnés y lo atara a una correa mientras le abrazaba con profundo pesar. Intentó desasirse por todos los medios ante nuestras miradas cargadas de impotencia.

—Va a estar bien —dijo Gérard cogiendo la correa con una mano intentando aplacar al salvaje animal.

Asentí con la cabeza nada convencida. Acabaría descubriendo que había desaparecido, y entonces se volvería como loco, tal como había sucedido las anteriores veces.

Gérard lo llevó hasta su coche y allí lo encerró bajo mi apenada mirada que los observaba desde el umbral de la puerta mientras me abrazaba a mí misma en un vano intento de darme calor. La lluvia caía con fuerte intensidad formando una cortina gris entre Gérard, que volvía sobre sus pasos, y yo. Llop se paseó nervioso de un lado para otro dentro del coche hasta que finalmente nuestras miradas se encontraron. Aquello pareció apaciguarlo pues se colocó en el asiento del copiloto sin perder detalle de lo que sucedía a mi alrededor. Era el animal más listo que había conocido nunca, puede que terminara comprendiendo la situación.

—Prométeme que vas a obedecer a mi hermano.

Fruncí el ceño al tiempo que clavaba mi mirada en los ojos claros de Gérard. Aquella promesa suponía demasiados compromisos que no pensaba cumplir. Erwan podía ser una persona imposible con la que tratar, me gustaba, pero no estaba dispuesta a dejarme llevar de forma ciega por todo cuanto él dispusiera sin rechistar.

—Prometo que voy a portarme bien —respondí de forma evasiva.

Gérard me miró de forma intensa durante unos segundos. Las gotas de lluvia rodaban por su pelo hacia su cara, pero no parecía importarle. Puso sus manos a ambos lados de mi rostro, por un momento creí que me daría un beso fraternal en la frente, como siempre hacía, pero entonces su mirada celeste se posó en mis labios y sin pensarlo dos veces me besó. Fue un beso casto y breve, y aun así me dejó sin palabras.

—Cuídate, pequeña —añadió acariciando mi mejilla con el pulgar.

Antes de tener tiempo siquiera a decir algo se encaminó hacia su coche mientras lo observaba marchar con la boca abierta. Me llevé la mano a los labios húmedos por la lluvia allí donde habían estado en contacto con los de Gérard. Cerré la puerta y me dirigí a mi dormitorio para hacer la maleta decidida a no dar mayor importancia a aquel desconcertante beso.

Me costaba entender por qué Erwan no me había comentado nada. Salíamos en unas horas y ni siquiera se había preocupado de que lo supiera. Mi rabia había dado paso a la indignación con el caer de la tarde. Había metido la poca ropa que tenía en casa de Erwan en la maleta, así como mi cuaderno de dibujo. El tema del medallón era otra cuestión, dudaba dónde llevarlo, meterlo entre el equipaje era arriesgarme a perderlo. Decidí que lo llevaría puesto, bajo las diversas capas de ropa.

Arrastré la maleta hacia el pasillo y me senté de nuevo en el banco de pared junto al ventanal. Había sacado en el último momento el cuaderno en el que tenía dibujados mis sueños, resuelta también a llevarlo conmigo.

La luz diurna hacía rato que había dejado paso a la oscuridad del anochecer. La lluvia continuaba cayendo sobre el tejado de pizarra pese a que apenas podía apreciarse tras las sombras de los árboles en el exterior.

Apoyé el cuaderno sobre mis piernas con la esperanza de dar algo de luz a nuestra misión en el país nórdico. Continuaba sin tener la menor idea sobre lo que debíamos hacer al llegar a Oslo. Las únicas pistas eran las figuras del parque Vigeland; el hecho de que el amuleto procediera de allí; y mi sueño con Enid en algún lugar cerca de un fiordo. La aparición de mi hermana mientras vagaba por ambos mundos había acudido a mi mente una y otra vez durante mi convalecencia. Ella sabía más de lo que había revelado, pero había sido clara: tenía que seguir adelante para llevar a cabo mi objetivo, en su momento sabría lo que debía de hacer.

Pasé las páginas del cuaderno hasta llegar al último dibujo. El rostro de una mujer me devolvía la mirada con determinación. Pese a que se trataba de un esbozo algo difuso, la expresividad de sus ojos le hacía adquirir un realismo casi fotográfico. Desde mi regreso, no había tenido más que pequeños retazos de sueños poco reveladores. Apenas recordaba nada cuando despertaba, Gérard me había dicho que era normal. Aunque había usado su don para curarme, se había servido de los avances del mundo moderno para paliar mi dolor. Los medicamentos habían mermado mis capacidades en todos los sentidos. De vez en cuando acudía a mi mente alguna imagen, como la que estaba observando en el cuaderno, pero era incapaz de darle sentido. En unos pocos días los efectos de los fármacos desaparecerían de mi organismo y para entonces esperaba poder aportar algo de luz a todo aquel intrincado misterio.

El sonido de la puerta de la entrada al cerrarse desvió mi atención del bloc. La alta figura de Erwan apareció en el salón segundos después. Un leve gesto de sorpresa, rápidamente disimulado, me indicó que no esperaba verme justo allí. Me saludó de forma escueta mientras metía las llaves en la chaqueta empapada antes de quitársela y dejarla sobre una de las sillas. Su mirada se posó en mi maleta, que descansaba junto al pasillo, tal y como la había dejado horas antes.

—¿Cuándo pensabas decirme que mañana salimos hacia Oslo?

—Te envié un mensaje.

Pestañeé varias veces de forma rápida. Un mensaje. Ni siquiera sabía por dónde andaba mi teléfono móvil.

—Me he tenido que enterar por Gérard —respondí ofuscada—. ¿Suponía tanto esfuerzo para ti una llamada?

—¿Ha estado aquí? —preguntó pasando por alto mi pregunta. Sentí cómo la rabia que había permanecido aletargada desde que Gérard me comentara lo del viaje volvía a resurgir ante la indiferencia de Erwan.

—Pues claro que ha estado aquí, vino a llevarse a Llop.

Asintió con la mirada clavada en algún punto del suelo, me dio la sensación de que su mente se encontraba a kilómetros de distancia o puede que no tantos, pero desde luego no estaba allí conmigo. Un pensamiento apareció en mi cabeza de forma tímida, como un pequeño chispazo, para ir tomando forma poco a poco con determinación. Me envaré sobre mi asiento apartando el cuaderno de mi falda y dejándolo a un lado.

—¿Por qué tengo la sensación de que me estás evitando? —pregunté con ojos entornados y el corazón acelerado ante aquella verdad cuya respuesta sabía sin necesidad de que él dijera nada.

Erwan levantó la vista del suelo para posarla en mí. Aquellos ojos azules que me volvían loca me miraban con indecisión. La seguridad que siempre acompañaba a aquel perfecto rostro de jugador de póquer había desaparecido para mostrarme la tremenda batalla que se estaba dando lugar en su interior.

—Aimée... —empezó a pronunciar de forma insegura.

—Es por el beso, ¿verdad? —le corté, decidida a ponerle las cosas fáciles—. Entiendo que tus sentimientos no tengan nada que ver con lo que pasó la otra noche, pero no es necesario que hagas esto, nuestra relación ya era bastante complicada antes. Simplemente olvidemos que pasó.

—No entiendes nada.

—No, claro que no entiendo nada —dije levantándome del banco—, porque no me dices nada. Te limitas a evitarme en vez de hablar las cosas como hacen los adultos. Me desconciertas constantemente, por eso no te entiendo. —Le miré esperando una respuesta por su parte pero él permaneció apoyado en la mesa con los brazos abiertos y la cabeza hacia abajo—. Bah, olvídalo.

—Es que ese es precisamente el problema, Aimée. —Escuché que decía su voz a mi espalda—. Que no puedo olvidarlo. No puedo sacarte de mi cabeza. —Me volví para encontrarme con una mirada azul llena de sufrimiento que me dejó consternada—. Desde que te conozco no he hecho otra cosa que intentar mantenerme alejado de ti.

Mil pensamientos acudieron a mi cabeza, pero ninguna palabra logró salir de mis labios. Era como si todos ellos se hubiesen agolpado para salir al mismo tiempo dejándome por vez primera sin nada que decir. Mi corazón galopaba dentro de mi pecho como si tuviera alas y pudiera volar. No me hubiera sorprendido más si me hubiese dicho que en realidad no era uno de los nuestros y que formaba parte de las filas de Marlon.

—¿Por qué? —logré articular.

—Yo no soy bueno para ti.

Aquella excusa me puso furiosa por lo ridícula que sonó a mis oídos.

—¿Y eso quién lo dice? —Desvió la vista hacia un lado incapaz de aguantar la indignación que asomaba por mi rostro—. De todos los guerreros del clan es a ti a quien le han encomendado protegerme. Vivo en tu casa, Erwan —señalé ofuscada—. Eres bueno para velar por mi seguridad las veinticuatro horas del día, ¿pero no lo eres para estar conmigo?, ¿qué diferencia hay?

—Aunque no me guste, soy hijo de Marlon. Por mis venas corre su misma sangre.

—¿Tú te estás oyendo? ¿A quién le importa eso? Desde luego que a mí no.

No podía creerme que aquel supuesto impedimento hubiese salido de boca de Erwan, de todos ellos era el que me parecía menos integrado con la causa. Hacía a su antojo lo que le venía en gana, ¿a qué venía aquello? Sus preciosos ojos se clavaron en los míos produciéndome una conocida sensación de vértigo en el estómago a la vez que la comprensión me atravesaba como la hoja de un gran cuchillo afilado sobre el pecho.

—¿Es por lo que se espera de mí? —Su mirada fue toda la respuesta que necesité—. Es normal que te sientas abrumado, pero olvídate de todo eso. Soy yo la Elegida, continuar con mi estirpe ha pasado a segundo o tercer plano.

—¿Cómo quieres que lo olvide? —espetó fuera de sí—. Tarde o temprano tendrás que asegurar que tu sangre no muere contigo. Yo no puedo darte eso, Aimée.

Una sonrisa triste asomó por mis labios.

—No necesitas poner excusas ridículas, Erwan. Supongo que es más que evidente que me gustas, pero no quiero que te sientas presionado por lo que los demás esperan de ti o de mí.

Me volví para dirigirme al dormitorio; estaba todo dicho. A cada paso que daba mi corazón se resquebrajaba un poco más. Tragué el nudo que comenzaba a formarse en mi garganta a la vez que trataba de contener las lágrimas que se agolpaban en mis ojos pugnando por salir. No podía derrumbarme ahora, por lo menos no delante de él.

—¿Crees realmente que eso sería un impedimento para mí? —Paré en seco al oír sus palabras, pero no me volví. Una gruesa lágrima rodó por mi mejilla hasta desaparecer por el cuello de mi camiseta—. Creo que llevo esperándote toda mi vida. ¿Puedes hacerte a la idea de lo duro que está siendo para mí también?

Me giré para encontrarme con su rostro apesadumbrado y lleno de sufrimiento. Mis lágrimas ahora rodaban sin que yo pudiera contenerlas.

—¿Entonces por qué nos haces esto? De veras que lo intento, pero no puedo entenderte.

—Por alguna razón que desconocemos, Marlon está como loco por unir su sangre a la tuya, esa sangre es la misma que la mía. Él sabe más que nosotros, podría ser el fin de las de tu especie y con ello el de toda nuestra gente.

—Eso no lo sabes, y en todo caso tú no eres él.

Erwan puso los brazos en jarras soltando todo el aire de sus pulmones en actitud de derrota.

—Si eres mía y yo no puedo ser el padre de tus descendientes, no lo será nadie. ¿Eso puedes entenderlo? —El vello de mi nuca se erizó al comprender finalmente su razonamiento—. ¿Qué crees que pasaría entonces?

Si bien era cierto que la continuidad de mi estirpe parecía ser fundamental para los seguidores de la Diosa así como para nuestra causa, me negaba a creer en una supuesta incompatibilidad.

—Erwan, tu sangre no tiene nada de malo. Tu padre es un monstruo pero, en cambio, tu madre es una persona maravillosa. Eres perfecto para mí. —Cogí sus manos acercándome aún más a él—. Olvídate de todo eso ahora. Empecemos desde el principio. Poco a poco, ¿de acuerdo?

Erwan deslizó su mirada hacia mis labios pensativo, debatiéndose entre hacer lo que él creía correcto y alejarse de mí, o creer en mis palabras. Decidida a no dejar escapar la oportunidad, acerqué mis labios a los suyos, aquellos labios que ya me habían besado una vez y no había logrado sacar de mi cabeza. Una oleada de vértigo puso mi estómago del revés al sentir su cálido contacto. Enterré mis dedos en su suave cabello al tiempo que me ponía de puntillas sin separar nuestras bocas. Sentí sus manos desplazarse por mi rostro con la firme intención de sujetarme la cabeza en el momento que el dulce contacto se volvió húmedo y posesivo, como si una necesidad primaria nos urgiese a algo mucho más intenso que un simple beso. Me vi alzada sobre mis pies poco antes de sentir la dura pared sobre mi espalda. Rodeé su cintura con mis piernas mientras sentía cómo sus manos se perdían bajo el interior de mi camiseta con urgencia, como dos amantes que han esperado su reencuentro largo tiempo. La dicha y la excitación se apoderaron de mí haciéndome perder la conciencia de dónde me encontraba y el largo camino que nos quedaba por recorrer. En aquel momento tan solo estábamos él y yo.

El timbre de la puerta sonó en aquel preciso instante devolviéndonos a la realidad. Erwan apoyó su frente sobre la mía al tiempo que hacía un gesto de negación con la cabeza.

—Haces que pierda el control —murmuró más para sí mismo que para mí.

Una sonrisa escapó de mis labios.

—¿Eso va suponer un problema? —pregunté mientras me deslizaba hasta poner nuevamente los pies en el suelo.

Erwan me miró con cierta chispa de diversión en los ojos antes de responder:

—Tú eres mi pequeño problema.

Mi sonrisa se amplió de forma descarada, dejándole claro lo poco culpable que me sentía al respecto. Nuevamente me cogió del rostro para besarme antes de salir apresurado hacia la puerta que volvía a sonar.

Miré hacia el lugar por donde Erwan había desaparecido sintiendo cómo cientos de fuegos artificiales estallaban en mi interior. Me sentía feliz, mi mundo era un completo caos, pero parecía que la vida empezaba a sonreírme de nuevo. No tenía ni la más remota idea de lo que saldría de todo aquello, simplemente aplicaría mi regla básica número uno para ser feliz que no era otra que la de vivir cada momento sin preocuparme demasiado por los que vendrían después.

Judit hizo su aparición en el salón seguida de mi primo. Mi amiga se apresuró a abrazarme mientras que Gilles fruncía el ceño al posar la vista en mí.

—Amy, te voy a echar tanto de menos —dijo Judit mientras yo trataba de evadir la mirada inquisidora de mi primo que, al parecer, acababa de deducir con solo echarme un vistazo lo que acababa de ocurrir en aquella misma pared.

Advertí que desviaba su atención hacia Erwan entrecerrando los ojos mientras este le devolvía la mirada alzando una de sus oscuras cejas. Casi podía escuchar la conversación que allí se estaba manteniendo sin necesidad de palabras.

—¿Estás segura de que es lo que quieres hacer? —dijo la voz de mi amiga, ajena a la tensión que se había creado a sus espaldas.

—Tengo que hacerlo, Judit.

Asintió con la cabeza.

—Sabía que dirías eso.

—Hemos venido a despedirnos de *mi* chica —escuché que decía Gilles marcando el determinante posesivo con intención.

Erwan se cruzó de brazos al tiempo que se apoyaba en la pared en actitud claramente desafiante sin desviar la vista en ningún momento de la mirada escrutadora de mi primo. Sonreí para mis adentros mientras me acercaba a Gilles para darle un abrazo. Su actitud protectora me agradó, saber que pasara lo que pasase iba a estar ahí dándome su incondicional apoyo era reconfortante.

El teléfono de Erwan sonó en aquellos instantes, rápidamente desvió su atención de mi primo hacia el aparato que permanecía en el bolsillo de la chaqueta que había dejado sobre la silla hacía tan solo un rato.

—¿Eres completamente consciente de dónde te estás metiendo?

Me volví hacia mi primo sin saber exactamente a qué se estaba refiriendo, puede que fuesen cosas mías pero me daba la sensación de que no hablaba del viaje.

—Perfectamente.

—Tengo que irme —dijo la voz de Erwan—, un pequeño percance en el Adytum —añadió con un encogimiento de hombros al tiempo que se ponía la chaqueta.

Procuré esconder la decepción que amenazaba con instalarse en mi rostro, me hubiera gustado terminar la conversación que teníamos pendiente antes de emprender el viaje.

—Cuídala bien, Erwan —dijo mi amiga—. Es muy cabezota, impertinente, impulsiva e inconsciente, tienes que andarte con mucho ojo.

—Dime algo que no sepa —respondió Erwan con una sonrisa divertida formándose en su atractivo rostro.

—Recuérdame por qué somos amigas.

Judit rió antes de darme un sonoro beso en la mejilla.

—Sabes que lo digo desde el cariño.

Tras despedirse de ambos, desapareció por el pasillo haciendo que mi mundo quedara un poco más vacío. Por fortuna, Judit y Gilles se quedaron a cenar conmigo; su compañía fue como un bálsamo reparador. Me encantaba el hecho de que fueran pareja, el tema de la distancia era un tanto preocupante, tarde o temprano Judit tendría que volver a su vida, a su clínica; pero no sería yo la que le recordara el asunto, ella estaba más que feliz con el apaño temporal y yo me alegraba por ello.

Horas más tarde continuaba sin pegar ojo dando vueltas y más vueltas en la cama. Apenas faltaban unas pocas horas para levantarnos y, por lo que sabía, Erwan aún no había regresado. No es que fuera ese el principal motivo de mis desvelos, el hecho de emprender aquel largo viaje, con todo lo que aquello implicaba, sin tener realmente idea de por dónde empezar y lo que tenía que hacer, me inquietaba lo suficiente como para no dejarme dormir. Una semana atrás había tenido claro que era lo correcto, ahora, en cambio, a punto de iniciar nuestra aventura, comenzaba a dudar de mi buen criterio.

Capítulo 2

Desperté sobresaltada y totalmente desorientada sintiendo un profundo malestar en las cervicales.

—¿Te encuentras bien? —dijo una voz femenina a mi lado.

Tardé unos segundos más de la cuenta en reconocer a la persona que me estaba hablando y el lugar en el que me encontraba. Asentí con la cabeza antes de volver la vista hacia la ventanilla del avión.

—Acabamos de aterrizar —anunció Álex con una sonrisa—. Te has pasado todo el viaje durmiendo.

Me llevé las manos a la parte posterior del cuello que reclamaba a gritos un poco de atención, la postura había debido de ser fatal pues apenas podía moverlo. Casi no había podido pegar ojo en toda la noche de modo que mi retrasado sueño había llegado donde menos lo esperaba.

El día lucía radiante a través de la pequeña ventanilla del avión. Poco a poco fuimos perdiendo velocidad en la pista de aterrizaje hasta que finalmente nos detuvimos junto a una de las rampas de acceso al aeropuerto. La gente comenzó a levantarse y a sacar su equipaje de mano como si no pudieran aguantar un segundo más en aquel minúsculo espacio, mientras yo decidía esperar a que se despejara un poco para no tener que permanecer de pie sin otra cosa que hacer que mirar cómo se peleaban todos por salir los primeros.

Encendí mi teléfono móvil que empezó a colapsarse con llamadas perdidas y mensajes de WhatsApp. Mis tíos, Judit y mi primo habían tratado de ponerse en contacto conmigo por alguno de estos medios. Sonreí para mí misma mientras contestaba sus mensajes informándoles que acabábamos de aterrizar y que todo estaba bien. Apenas hacía unas horas que habíamos salido de Francia y ya tenía alguna reprimenda por no haber dado señales de vida hasta ese momento. Pese a que estábamos en otro país, Ray lo había arreglado para que nuestros teléfonos pudiesen funcionar sin problemas: era necesario mantener la comunicación en todo momento.

Fruncí el ceño al ver la llamada perdida de Marc. Desde el día que me llamó en casa de Erwan no habíamos vuelto a hablar. Habíamos quedado en que le llamaría para solucionar el tema de la venta de mis acciones del bufete, pero con todo lo que me había caído encima después de aquello, casi lo había olvidado. Casi. La conversación que teníamos pendiente había rondado por mi cabeza en diversas ocasiones. Tal vez estuviera alargando el asunto porque no sabía qué decirle, cómo explicarle que lo nuestro no podía ser y que no volveríamos a vernos al menos de momento, mientras mi vida corriera peligro y pudiera arrastrar con ello a los demás.

Sentí un leve toque en el hombro que me hizo desviar mi atención, absorta como estaba en la pantalla del teléfono, al rostro de Erwan que me miraba con el ceño fruncido. Hizo un gesto con la cabeza para que me levantara del asiento. Apenas quedaba nadie en el avión, los últimos pasajeros iban saliendo por las puertas trasera y delantera. Ni siquiera había sido consciente de que Álex había abandonado su lugar junto al mío. Me levanté de forma inmediata al tiempo que guardaba el móvil en el bolsillo del pantalón, si Erwan había visto el nombre que aparecía en la pantalla de mi teléfono se aseguró de esconderlo bajo su bien lograda cara de jugador de póquer tan característica en él.

Tras picar algo de comer en el mismo aeropuerto, decidimos coger un taxi para hacer el trayecto hasta la ciudad de Oslo, pese a que no era tan rápido como el tren, era mucho más seguro y además nos dejaría en la misma puerta de nuestro alojamiento.

Apenas había cruzado dos palabras con mis acompañantes, la tensión era palpable para cualquiera que prestara un poco de atención. La amenaza de que la gente de Marlon nos hubiese seguido la pista pesaba sobre nuestras cabezas, era altamente improbable, pero teniendo en cuenta lo que había en juego toda medida era necesaria.

El alojamiento consistía en un espacioso apartamento en pleno centro de la ciudad. El hotel había quedado descartado desde el principio puesto que nos separaba, mermando así nuestra protección y nos restaba la intimidad que necesitábamos para llevar a cabo lo que fuera que nos esperara en aquel país.

—Una ducha y una cabezadita, y volveré a ser persona —dijo Ray con el cansancio asomando a su rostro.

—Será mejor que descansemos un poco antes de dar el primer paso —estuvo de acuerdo Erwan. Tampoco él había debido de dormir mucho, ya que había pasado buena parte de la noche en el Adytum.

Asentí conforme antes de dirigirme con mi maleta a la habitación que ocuparía con Álex. El otro dormitorio, justo al lado del nuestro, sería para Erwan y Ray.

Me senté en la cama mientras la pelirroja se duchaba en el baño que había en nuestra habitación. Mis párpados se tornaron cada vez más pesados hasta que ya no pude aguantarle la batalla al sueño.

Desperté con una sensación de inquietud lo que me parecieron horas después de haberme sentado en la cama: la realidad era que apenas habían pasado veinte minutos. Álex dormía en la de al lado, de modo que salí de la habitación sin hacer el menor ruido, haciéndome antes con mi inseparable cuaderno de dibujos.

La casa se encontraba sumida en una profunda calma, tan solo rota por el crujir de la madera bajo mis pies. El salón era una estancia abierta y con mucha luz que se unía a la cocina formando un único espacio. Con techos de madera y amplios ventanales resultaba sumamente acogedor. Advertí que había una pequeña terraza, algo en lo que no había reparado al entrar. Cogí la manta de lana que había sobre el sofá cuidadosamente doblada y me envolví en ella antes de dirigir mis pasos hacia el exterior.

Pese a que en aquellas latitudes podíamos considerar abril como un mes más del frío y crudo invierno, el sol calentaba con fuerza y esplendor; aunque nada que ver con la temperatura que ya empezaba a echar en falta de mi adorada ciudad por aquella época del año.

Me senté en una de las sillas de madera que encontré junto con una mesita muy coqueta a un lado de la terraza. Se hallaban protegidas de las inclemencias del tiempo por un tejado que cubría la mitad del amplio espacio exterior. Apoyé los pies en otra de las sillas y con el cuaderno en mi regazo comencé a dibujar como siempre hacía. Imágenes sin sentido alguno para mí acudían a mi cabeza para ser plasmadas sobre el papel a través de mis dedos, que se movían casi de forma automática lápiz en mano.

—No es seguro que estés sola aquí fuera —dijo la voz de Ray a mis espaldas.

Intenté volverme en su dirección, pero un calambre en el cuello me lo impidió. Aún me dolía de la mala postura con la que había dormido en el avión.

—No quería molestaros, y necesitaba airearme un poco —respondí dejando el cuaderno sobre la mesa al tiempo que me masajeaba el cuello.

Sentí sus manos, mucho más grandes y fuertes que las mías, amasar mis cervicales provocando que toda mi piel se erizara de puro placer. Por un momento cerré los ojos y me dejé llevar por aquellas maravillosas sensaciones olvidándome de todo cuanto tenía que ver con el presente.

—¿También vas a ponerte a ronronear como un gato?

—Cualquier cosa por un masaje —respondí sonriente.

—¿Cualquier cosa?

Reí asintiendo con la cabeza. Casi podía sentir la sonrisa ladeada que empezaba a asomar por el rostro de Ray.

—No deberíais estar aquí.

La voz de Erwan hizo que me irguiera sobre el asiento. Me maldije mil veces al darme cuenta de que Ray habría notado el efecto que el dueño de esa voz producía en mí, pero ya era tarde.

—Eso mismo acabo de decirle yo, ¿crees que ha servido de algo?

Me volví para mirarle con el ceño fruncido a lo que respondió con un descarado guiño de ojo.

Erwan se sentó en una de las sillas con un café en la mano, nuestras miradas se cruzaron una fracción de segundo antes de que su atención se centrara en el cuaderno de dibujos. Me hubiera encantado tener el don de la telepatía para poder leer lo que pasaba por su mente, intentar comprenderle suponía un gran esfuerzo para mí. Aun después de haber hablado la noche anterior no tenía nada claro cómo estaban las cosas entre nosotros. Su actitud desde luego que no había cambiado ni un ápice, seguía siendo hermético e indiferente.

—¿Alguna novedad? —preguntó sin desviar la vista de los últimos dibujos, a lo que respondí con una negación de cabeza.

—Y ahora que estamos aquí, ¿cuál es el siguiente paso? —quiso saber Ray.

—Creo que deberíamos empezar por el parque Vigeland —respondí—. De momento es lo único que tenemos.

Ambos asintieron con la cabeza, prestos a comenzar la aventura que nos había llevado hasta aquellas tierras lejanas.

La más absoluta decepción se instaló en mi rostro después de pasar un buen par de horas a la intemperie buscando alguna pista que nos llevase a dar con el siguiente paso. Las esculturas estaban ahí, todas y cada una de las que habían visitado mis sueños pero, aparte de confirmar lo que ya sabía, no aportaban nada nuevo al enigma que suponía el valioso medallón.

—Cambia esa cara, Amy. ¿Acaso pensaste que sería tan fácil?

Me volví hacia Álex que intentaba darme ánimos con una sonrisa sincera en los labios, pero de nada le sirvió. Continué caminando hacia el tranvía, cabizbaja y con la sensación de impotencia y frustración alojándose en mis huesos. No podía creerme que todo aquel esfuerzo hubiese sido en balde. No tenía nada más, apenas soñaba y el medallón no había vuelto a transmitirme nada cuando lo había tocado de nuevo.

Erwan y Ray habían decidido que el transporte público por la ciudad era lo suficientemente seguro como para utilizarlo a pleno día, de modo que me senté en un asiento tocando con la ventanilla abstrayéndome en mis propios pensamientos. Observé con tristeza a la gente, caminaban de un lado para otro resueltos a llevar a cabo sus obligaciones para aquel día. Tenían una vida propia en la que iban a trabajar, de compras o incluso a tomar algo con los amigos. Nada que ver conmigo, el peso de mis obligaciones empezaba a resultarme demasiado abrumador.

—¿Por qué no salimos de marcha esta noche? —dijo mi prima en un nuevo intento de sacarme de mi autoimpuesto mutismo—. Merece la pena conocer el ambiente nocturno de la ciudad —añadió guiñándome un ojo.

Negué con la cabeza, si algo me apetecía poco era salir. Lo único que quería hacer era meterme debajo de las sábanas y olvidarme del mundo.

—Oh, vamos. ¿Es que no pensáis decir nada? —replicó Álex volviéndose hacia nuestros acompañantes que se encontraban sentados justo detrás de nosotras.

—Yo estoy con ella, no me interesa «conocer el ambiente nocturno de la ciudad» —contestó Ray haciendo especial énfasis a las palabras utilizadas por la pelirroja.

En otras circunstancias me habría girado para ver la expresión de Álex, pero lo cierto era que no estaba para nada. Me sentía abatida después del fiasco del parque Vigeland. ¿Y si estaba equivocada? ¿Y si estábamos buscando donde no era? Cientos de dudas me asaltaban una y otra vez dejándome de un pésimo humor.

Sentada en la cama del dormitorio que compartía con Álex observé los dibujos del cuaderno prestando atención hasta en el más mínimo detalle por si se me había escapado algo. Los últimos sueños suponían un enigma para mí. El rostro de una mujer aparecía en un par de páginas, pero nada tenía sentido, ni siquiera lograba recordarlo.

—¿No piensas cenar nada?

Volví mi rostro hacia la voz de Erwan que hacía su aparición cerrando la puerta tras de sí.

—No tengo hambre.

—No puedes tirar la toalla a la primera de cambio, Aimée. —Se sentó en la cama que había justo al lado de la mía, apoyando los codos sobre las rodillas.

—Y no lo hago, estoy tratando de descifrar este maldito enigma —respondí a la vez que señalaba el cuaderno de dibujos.

Asintió con una actitud reflexiva, como si meditara sobre algo que había dicho, o tal vez, lo que no había dicho.

—Si tus sueños y el medallón nos han traído hasta aquí es por algo. No tenemos fecha para volver a casa, de modo que tómatelo con calma.

—Es que me siento totalmente perdida. No sé qué es lo que se me escapa, porque está claro que algo se me escapa.

Erwan asintió con la cabeza, consciente de que la situación era más compleja de lo que habíamos esperado en un principio. Volví la vista hacia el cuaderno reprimiendo las ganas de lanzarlo por la ventana; cuantas más vueltas le daba más me costaba sacar algo en claro.

—Olvídate del asunto. —Le miré con lo que debía de ser mi mejor cara de estupefacción puesto que sonrió—. Necesitas desconectar, darle unas vacaciones a esa cabecita tuya.

Levanté las cejas todo lo que me dieron de sí incapaz de creer que aquellas palabras hubieran salido precisamente de la boca de Erwan.

—¿Estás de coña?

Sonrió de forma pícara provocando una parálisis en buena parte de mi cuerpo.

—Mañana haremos como el resto de mortales que vienen a hacer turismo.

—¿Museos? —pregunté esperanzada sintiendo cómo mis ánimos empezaban a elevarse a niveles que hacía tiempo que no llegaban.

Erwan asintió con una sonrisa asomando a su bien parecido rostro.

—Creo que sería incapaz de negarte nada cuando me miras así.

Ahora fue la otra parte de mi cuerpo la que se paralizó llevándome al colapso. ¿Dónde estaba el Señor Imposible? Y ¿qué le habían hecho al Erwan que apenas manifestaba ninguna reacción?

—¿Tú estás bien? —fue todo lo que pude decir al respecto.

Su sonrisa se amplió mientras asentía con la cabeza y se acercaba a mí sin dejar de mirarme con aquellos ojos que me hacían perder la razón. Sus labios se posaron sobre los míos produciéndome cientos de sensaciones a cual más maravillosa. Fue un beso breve pero intenso. Antes de que pudiera darme cuenta se levantó y dirigiéndose hacia la puerta añadió:

—Será mejor que descanses.

Lo miré pasmada mientras él me devolvía la mirada con un guiño y desparecía por la puerta de la habitación.

Pestañeé varias veces con la vista clavada aún en la puerta, tratando de comprender algo de lo que acababa de suceder. Puede que el aire de aquella tierra le hubiese afectado de algún modo porque realmente estaba de lo más misterioso.

El aire olía a tierra y a leña.

Unas manos me condujeron a través de la noche. Mis pies estaban desnudos pero bajo ellos la hierba húmeda acariciaba mi piel sin producir daño alguno. La luz de la luna, en todo su esplendor, iluminó mis pasos hasta llegar al claro del bosque. Mi corazón comenzó a galopar dentro del pecho al ver al grupo de personas congregadas formando un perfecto círculo en el suelo. El resplandor de las hogueras a nuestro alrededor alumbraba sus rostros, pero no reconocí ni uno solo de ellos. El vello de mi nuca se erizó al observar al extraño grupo danzar al ritmo de algún tipo de instrumento de percusión. Quise darme la vuelta y correr en dirección contraria para alejarme de aquel lugar, pero mis pies no obedecieron. Comencé a respirar dificultosamente mientras observaba aquella escena tan familiar. Una figura apareció en el centro del grupo, esta vez su cuerpo estaba completamente desnudo, pero su rostro se encontraba cubierto con una compleja máscara provista de una intrincada cornamenta. Advertí una presencia a mi espalda que me despojó de la única prenda que cubría mi cuerpo, dejándome completamente expuesta, tal y como había venido al mundo. El inquietante ser empezó a acercarse. Quise largarme de allí, incluso gritar, pero ningún movimiento se produjo en mi cuerpo. Miré hacia mis pies sintiendo que me faltaba el aire para respirar. Unas raíces trepaban por mis piernas impidiéndome salir de aquella terrible pesadilla. Grité con todas mis fuerzas, pero nadie parecía oírme, ninguno de los allí presentes hizo nada por ayudarme. Cerré entonces los ojos y, tragando saliva, me abandoné a lo que fuera que tuviera que ocurrir.

—Tranquila, Amy, es solo un sueño —dijo una suave voz a mi lado.

Enfoqué la vista para encontrarme con el rostro preocupado de Álex que trataba por todos los medios de abrazarme mientras yo me debatía como un gato rabioso.

—Shssss. Ya pasó, cariño, estoy aquí contigo —me tranquilizó envolviéndome en sus brazos. Asentí con la cabeza sabiéndome protegida y a salvo en aquel reducido espacio que era mi cama y el calor de mi prima—. Voy a quedarme aquí contigo, ¿de acuerdo? —Asentí nuevamente agradecida, sintiendo cómo poco a poco volvía a perderme en las oscuras redes del sueño.

El sonido de la ducha fue lo que me despertó aquella mañana. Imágenes de lo ocurrido la noche anterior comenzaron a invadir mi mente. Me encontraba acurrucada en un extremo de la pequeña cama. El hueco dejado por Álex aún estaba caliente.

Rápidamente me hice con el cuaderno, decidida a no dejar escapar la oportunidad de plasmar aquella esperpéntica pesadilla. Quería pensar que se trataba de una simple fantasía producto de mis propios temores causados por la experiencia vivida a manos del Monstruo, porque la idea de que aquello fuera un sueño premonitorio hacía que la sangre de mis venas se congelara de puro terror.

—Buenos días —canturreó mi compañera de cuarto al salir del baño.

Me fascinaba el buen humor con el que se levantaba cada mañana, yo ni siquiera era persona y mucho menos me apetecía hablar hasta pasadas unas horas.

Respondí de forma escueta centrándome de nuevo en el resultado de mi creación. Álex me quitó el cuaderno de las manos para ver lo que había pintado. Advertí el cambio que se produjo en su rostro al observar el dibujo con detenimiento. Tras cerrar el cuaderno se sentó en la cama y me cogió de la mano antes de añadir de forma seria:

—Eso no va volver a suceder nunca, Amy.

—Ojalá pudiera estar tan segura como tú.

—Cometimos un error —respondió clavando sus ojos castaños en los míos—, pero ahora estás totalmente segura en nuestras manos.

—Ni siquiera tú puedes saber lo que va a pasar mañana, Álex. Agradezco que te preocupes por mí, pero sabes perfectamente que Marlon tiene mucho poder y que es probable que tarde o temprano den con la forma de volver a sacarme de vuestra protección.

—Dices eso porque no conoces bien a nuestra gente.

Me encogí de hombros a modo de respuesta. ¿Qué sentido tenía discutir sobre ello?, ¿qué sentido tenía luchar contra el destino de uno mismo?

—No sé qué haría si no os tuviera —dije para tranquilizarla al tiempo que le plantaba un beso en la cara y me dirigía al baño para limpiar todas aquellas malas sensaciones que se habían impregnado en mi cuerpo.

De mucho mejor humor me encontraba cuando me subí al ferry que nos llevaría a la zona de los museos. Erwan y Ray estaban ansiosos como niños por ver el de los barcos vikingos, mientras que Álex leía la guía de viajes proponiendo nuevas visitas. Lo cierto es que no era la única que necesitaba un poco de relax y desconexión, aunque poco podían desconectar ellos de la realidad que vivíamos estando yo presente.

El olor a mar inundó mis fosas nasales al tiempo que sentí el calor del sol acariciar mi rostro, la única parte de mi cuerpo que estaba libre de ropa. Suspiré mientras observaba a las gaviotas revolotear muy cerca de nuestras cabezas en busca de algo de comida.

Apoyé la cabeza en el hombro de Erwan, que se encontraba justo a mi lado, sin importarme lo más mínimo lo que pudieran pensar al respecto Álex y Ray. Hasta ahora no habíamos dado ningún tipo de muestra que hiciera sospechar a nuestros amigos sobre lo que había entre nosotros. Ni siquiera yo era capaz de darle un nombre, pero ese era otro tema. Era algo que no habíamos hablado, pero al parecer Erwan tenía las mismas ganas que yo de compartir lo nuestro. Lo último que necesitaba era a alguien metiendo las narices en una relación que andaba sobre una cuerda floja y asustar a Erwan más de lo que estaba. Pero aquel sencillo e inocente gesto no iba a suponer ninguna amenaza para nuestra complicada nueva situación, ¿o sí?

—Si no dejas de incordiar te ataré al asiento —escuché que decía la voz de Ray—. O mejor: te lanzaré por la borda. —Una sonrisa pícara se formó en su rostro como si estuviese visualizando lo que acababa de decir.

—Antes tendría que permitírtelo y eso no va a ocurrir, cretino —replicó una Álex manifiestamente irritada.

Ambos se habían sentado juntos, justo enfrente de nosotros, y por lo que parecía, la pelirroja no había dejado de moverse incómoda en el asiento.

—¿Qué le ocurre a tu espalda? —preguntó Erwan.

Álex negó con la cabeza restándole importancia al tiempo que dejaba de masajearse las lumbares y concentraba su atención en la gente que había sentada a nuestro alrededor.

—Es por lo de anoche, ¿verdad? —pregunté.

—¿Lo de anoche? —repitió Ray con interés.

Erwan enarcó una ceja volviendo su atención hacia mí.

—No tiene la menor importancia —contestó mi prima.

Ambos hombres nos miraban a una y otra esperando una respuesta por nuestra parte. Lo cierto era que me hubiese gustado no hablar de ello, pero al parecer iba a ser inevitable.

—Una pesadilla —me limité a responder con un encogimiento de hombros—. Álex ha dormido toda la noche en mi cama.

Aquella escueta respuesta sirvió para que no me preguntaran nada más, todos sabían que no siempre me gustaba hablar de ellas. Noté la intensidad de la mirada de Erwan sobre mí, pero estaba resuelta a no seguir hablando de ella si no era estrictamente necesario.

—Puedes avisarme a mí la próxima vez —respondió Ray con una sonrisa traviesa en el rostro—, seguro que soy mucho mejor compañía.

Sonreí sin poder evitarlo, contagiándome del buen humor que lucía el moreno aquella mañana.

El barrio de Bygdøy, donde se encontraban los museos de aquella zona, estaba ubicado en una península situada en la parte occidental de la capital, por ello habíamos tenido que desplazarnos en un ferry. Se trataba de una tranquila y encantadora zona residencial de grandes casas con jardines aún más grandes, donde se respiraba una paz inusitada en un lugar tan turístico como lo era aquel. Decir que disfruté muchísimo del museo de los barcos vikingos sería quedarme corta. Tres magníficas embarcaciones de madera, en un estado de conservación considerable, que habían sido utilizadas como barcas funerarias para ser enterradas con sus amos, ocupaban el centro de cada una de las salas. Las palabras de Erwan me tenían absorta en el pasado mientras me explicaba el ritual funerario utilizado por aquellas gentes de los alrededores del año 1000. Por supuesto, a mí me encantaba la historia, mi padre había sido un gran apasionado y me había transmitido su amor por el pasado, pero escuchar a Erwan era, sin duda, una experiencia inolvidable. Sus ojos brillaban con una luz que no había visto hasta ahora, incluso me atrevería a decir que su rostro parecía más joven, como si el peso de sus responsabilidades hubieran quedado en la entrada de aquel museo y por fin disfrutara como una persona normal de lo que era la vida. Hubiera dado cualquier cosa por abrazarle y besarle como hacían las parejas de enamorados, en cambio, tuve que conformarme con algún que otro roce furtivo y sus preciosas sonrisas dedicadas solo para mí.

Visitamos varios museos más, entre ellos el Fram donde nos sumergimos en el mundo de las expediciones hacia los polos; y el del folclore noruego, una maravilla al aire libre que me recordó al Pueblo Español de mi ciudad natal, solo que nada tenía que ver la arquitectura de mi tierra con la de aquellos lares.

Disfruté como una niña pequeña en un parque de atracciones. No sabía lo que me depararía el destino mañana, pero por lo menos había servido para hacer reaparecer a la verdadera Amy despreocupada que había permanecido enterrada en lo más profundo de mi otro yo desde el día en que casi pierdo la vida a manos de una maldita zorra.

De nuevo en la otra parte de la ciudad, nos sentamos a reponer fuerzas en la terraza de un restaurante del puerto. Me parecía, cuanto menos, curioso que todas las terrazas estuviesen abarrotadas de gente pese al frío glacial que hacía, aunque cabía decir que había estufas junto a las mesas y mantas con las que taparse, por lo que realmente se estaba de maravilla.

—Estoy deseando ponerme en posición horizontal —dijo Ray con gesto cansado—, tal vez podrías hacerme un masaje en los pies al llegar al apartamento —agregó volviendo la vista hacia la pelirroja.

Álex puso cara de asco antes de responder:

—¿Estás de broma? Aún tenemos que ver la Galería Nacional.

—Y el Museo de Historia —añadió Erwan.

Reí al ver la cara de agobio que se le puso al ver sus planes frustrados.

—¿Y tenemos que hacer todo eso hoy?

Álex y Erwan asintieron con la cabeza a la vez con una mirada cómplice que me hizo reír nuevamente del pobre Ray. Por supuesto era de la misma opinión que ellos, quería seguir disfrutando de aquel maravilloso regalo y, ya puestos, que no acabara nunca.

De camino a nuestro siguiente destino me topé con el escaparate de una tienda que llamó mi atención. Concretamente un objeto. Simplemente me quedé allí paralizada observando aquella pieza que hizo que me enganchara al cristal cual si fuera un niño delante de una piruleta.

—Amy, ¡me has dejado hablando sola! —dijo mi prima, al parecer volviendo sobre sus pasos—. Oh, eso se parece mucho al medallón —añadió centrando su atención en el hermoso objeto que ocupaba el centro del aparador.

Asentí medio embobada sin poder apartar la mirada. Dirigí entonces mi vista hacia la entrada del pequeño establecimiento, pero estaba cerrada para la mayor de mis desilusiones.

—No vamos a llegar nunca a este paso —oí que decía Ray un segundo antes de cogerme de la mano y llevarme a su ritmo mientras mi mente continuaba perdida en aquel pequeño objeto.

Pocos minutos más tarde esperábamos en la entrada a que Ray acabara de responder a una llamada que había recibido de un cliente mientras me arrebujaba en mi abrigo intentado evitar que me castañearan los dientes.

—Tenemos trabajo, encanto —dijo al tiempo que se guardaba el móvil en el bolsillo de la chaqueta.

—¿Estás de broma? —replicó la pelirroja con fastidio.

Ray negó con cara de pocos amigos.

—¿Os quedáis?

Erwan asintió mirando el edificio y los alrededores.

—En el hipotético caso de que supieran de nosotros, cosa que dudo, no osarían a atacarnos con tantos testigos delante, hay demasiado en juego y Marlon no es imbécil —contestó Erwan—, de todas formas iremos directos al alojamiento. Te llamo cuando salgamos.

Ray asintió sabiendo que su amigo tenía razón. Oslo era un lugar seguro puesto que era más que imposible que el enemigo conociera nuestro paradero, de eso ya se habían encargado ellos de forma muy meticulosa; de modo que lo único que me quedaba por hacer era disfrutar de aquella estupenda oportunidad de estar con Erwan sin la mirada indiscreta de nuestros amigos.

Capítulo 3

—¿Por qué no me cuentas lo que soñaste anoche?

Sabía que aquella pregunta llegaría tarde o temprano de modo que no me pilló por sorpresa. Clavé la vista en el fondo de la taza de té mientras las escalofriantes imágenes acudían de nuevo a mi mente.

—Aimée —me apremió buscando el contacto de mi mirada.

Asentí con la cabeza antes de empezar a hablar:

—Soñé con un ritual. Era algo diferente al que me vi obligada a presenciar con el Monstruo, pero de igual modo consiguió ponerme el vello de punta.

—No va a haber más rituales de ese tipo para ti —me aseguró posando su mano sobre la mía.

Me obligué a sonreír con tal de cambiar de tema. Los recuerdos que me producían mi secuestro eran aún muy dolorosos y prefería mantenerlos guardados de forma hermética en mi interior a la espera de olvidarlos. Puede que creyera que no hablar de ello haría que de algún modo acabaran desapareciendo: cuán equivocada estaba.

—Aimée. —Levanté la vista de nuevo para encontrarme con la inmensidad azul de sus ojos—. Tendrían que matarme, y eso no es algo fácil puesto que llevan años intentándolo —añadió con una chispa de diversión.

Saber que dado el caso de que volvieran a secuestrarme sería porque le habían matado no hacía que me sintiera mejor, más bien todo lo contrario. Abrí la boca para darle mi opinión al respecto cuando su gesto con la mano me lo impidió.

—Y no es solo porque seas demasiado valiosa para nuestra gente y me hayan encomendado tu protección —continuó sin ningún rastro ya de humor—, también lo eres para mí, no voy a permitir que te pase nada.

Mi corazón comenzó a dar saltos dentro del pecho, creo que de haber podido, yo misma lo habría hecho, pero en aquellos momentos estábamos en una cafetería que habíamos encontrado a la salida de la Galería Nacional y estaba demasiado abarrotada de gente como para montar el espectáculo.

—¿Eso quiere decir que te has pensado mejor lo que hablamos en tu casa? —pregunté sin poder evitar una sonrisa de triunfo.

Erwan me miró durante unos segundos con gesto contrariado antes de responder:

—Creí que había quedado bastante claro.

—Pues ya ves que no —respondí encogiéndome de hombros—. Sigues siendo todo un enigma para mí.

—¿Lo que ocurrió después no te dio ninguna pista?, ¿y el beso de anoche? —Pestañeé varias veces de forma rápida comprendiendo su lógica—. ¿Qué clase de relación tienes con tus amigos? —preguntó con el ceño fruncido. Fui a abrir la boca para responder cuando me interrumpió de nuevo—: Mejor no me lo digas, no quiero saberlo. De cualquier forma no vas a volver a verlos.

Reí divertida contagiándole la risa a él. Cientos de mariposas revoloteaban a mi alrededor, apenas era consciente de otra cosa que no fuera la preciosa sonrisa de Erwan y su buen humor.

—¿Qué vamos a hacer con Álex y Ray?

Erwan se encogió de hombros.

—Ray lo sabe. Ha estado dándome la vara desde el principio; él y Max. Sabían que mi preocupación por ti iba más allá del clan.

—¿En serio? No conocía esa vena casamentera de tus amigos.

Ahora empezaban a encajarme muchos de sus comentarios. ¿Era posible que hubiesen estado tratando de darme pistas?

—Más les valdría preocuparse de sus propios asuntos, por lo menos a Ray —sentenció Erwan llevándose la taza de café a los labios.

Asentí completamente de acuerdo, en aquel momento una camarera con el pelo teñido de rojo chillón se acercó a nuestra mesa con la cuenta. Tras pagar nos enfundamos nuevamente en nuestras chaquetas, guantes y demás ropa de abrigo para internarnos en el frío exterior de la ciudad.

—Y ¿desde cuándo dices que te prendaste de mí? —pregunté haciéndome la interesante a la vez que me colgaba de su brazo.

Erwan estalló en una carcajada mientras yo me quedaba mirándolo fascinada de ver aquella faceta despreocupada que bien poco conocía de él.

Por el rabillo del ojo vislumbré el pequeño escaparate que tanto había llamado mi atención horas antes. Como si una fuerza invisible tirase de mí, me dirigí a la tienda perdiendo la consciencia momentánea de todo cuanto había a mi alrededor. Allí estaba. Era tan similar al medallón de mi madre que daba escalofríos. La filigrana que bordeaba el ámbar era diferente, pero en esencia muy parecidos. Tuve que reprimir las ganas de tocarlo, puede que también fuese especial, que pudiera darme algún tipo de información si posaba mis manos en él.

—Aimée, ¿por qué has...? —Su voz se perdió a mitad de la pregunta, nuestras miradas se cruzaron diciendo todo lo que no dijimos con palabras.

—¿Puedo ayudaros en algo?

Me volví hacia la voz femenina y entonces todo cobró sentido. Sentí como si las piezas del rompecabezas que rondaban por mi cabeza desde hacía semanas empezaban a encajar.

La mujer, que nos miraba con una simpática sonrisa, desvió su atención hacia Erwan que abría la boca para responder a su pregunta.

—Tengo un medallón igual que ese —me apresuré a responder.

El cambio que se produjo en su rostro al oír mi afirmación fue evidente. Sentí la mano de Erwan sobre mi brazo en una advertencia silenciosa. La mujer me miró con atención como si me viera por primera vez. Alta y bastante rolliza, rondaría los sesenta y tantos años. Su cabello gris caía liso hasta la mitad del cuello y unas gafas de pasta de color violeta enmarcaban un redondeado rostro de mejillas rosadas.

—Tal vez quisieras mostrármelo.

—No lo tengo en estos momentos. —Noté cómo el cuerpo de Erwan, que permanecía a mi lado, se ponía en tensión pero no decía nada—. ¿Te parece si me paso mañana?

—Mañana será perfecto —respondió la mujer.

Al salir de la tienda, noté la mano de Erwan sobre mi brazo, que prácticamente me arrastró toda la calle obligándome a llevar su ritmo, hasta doblar la esquina.

—¿Se puede saber por qué has hecho eso? —me increpó fuera de la vista de la pequeña tienda.

—Necesitamos información sobre el medallón y es más que probable que esa mujer pueda dárnosla.

Erwan se pasó las manos por el pelo en un gesto de frustración que me resultaba bastante familiar.

—Aimée, no conocemos de nada a esa mujer. No podemos fiarnos de nadie —respondió visiblemente molesto—. Lo mínimo que podrías haber hecho es consultarme antes de hacer una cosa así.

—Soñé con ella —le interrumpí. Me miró fijamente durante varios segundos antes de responder, sus ojos se habían oscurecido como un mar bañado por la luz de la luna.

—¿Y por qué no me lo contaste?

—Porque era un rostro sin sentido para mí hasta que la he visto. También creo haber soñado con esa tienda.

Puso los brazos en jarras y soltó el aire desviando su atención hacia el otro lado de la calle. Estaba enfadado. Se mantuvo así durante unos segundos interminables hasta que de nuevo habló:

—No vas a volver a esa tienda.

Abrí los ojos de forma desorbitada, incapaz de creerme lo que acababa de oír.

—Esa mujer puede ayudarnos —repliqué sintiendo cómo la frustración manaba desde lo más profundo de mi interior—. Hemos venido a eso, ¿no es así?

Erwan negó con la cabeza un segundo antes de cogerme nuevamente del brazo y dirigirme calle abajo dirección al apartamento.

—¿Por qué tienes que ser tan irracional? —Intenté liberarme sin éxito de su agarre mientras mis pies se adaptaban a las grandes zancadas de mi opresor.

—No me gusta —fue toda su explicación—. Y te agradecería que de ahora en adelante pensaras antes de actuar.

La irritación dio paso a la ira sintiéndola hervir en mis venas. Para cuando conseguí zafarme entrábamos en el edificio de apartamentos. Subí las escaleras decidida a no compartir un habitáculo tan pequeño como el ascensor con aquel energúmeno. Esperé en la puerta a que abriera sin siquiera dedicarle una mirada, apenas podía controlar lo furiosa que me sentía.

—Aimée.

—No hace falta que digas más —le corté haciendo un gesto con la mano—. Me ha quedado todo claro.

Entré por la puerta dejándolo atrás, y empecé a quitarme los guantes, la chaqueta y el gorro con ademanes bruscos. Álex y Ray nos miraron desde el lugar que ocupaban en la mesa con cara de asombro.

—¿Qué tal, parejita? —preguntó Ray con su pericia habitual para meter el dedo en la llaga cuando no tocaba—. ¿Cómo ha ido la tarde?

—Genial hasta que el Señor Imposible tuvo que hacer su aparición estelar y fastidiarlo todo —respondí al tiempo que colgaba mi ropa de abrigo en el colgador de pared que había tras la puerta.

—¿Cómo me has llamado? —preguntó el aludido con cara de asombro.

Por el rabillo del ojo vi a Álex cubrirse la boca tratando de disimular una sonrisa mientras que Ray lo hacía descaradamente mirándonos a uno y a otro.

—De modo que os dejamos solos unas horas y ¿esto es lo que ocurre?

Resoplé a modo de respuesta, estaba tan indignada por el trato recibido que apenas me salían las palabras.

—¿Qué ha pasado? —quiso saber Álex tratando de parecer conciliadora.

—Pregúntaselo a tu amigo —espeté—. Él tiene las respuestas para todo.

Tras decir eso me dirigí a mi dormitorio cerrando de un portazo. Sabía que aquella era una actitud infantil pero estaba furiosa como una bestia herida. Me paseé por el dormitorio cual si fuera un animal enjaulado hasta que logré apagar la mayor parte de los fuegos que ardían en mi interior. Me apoyé en el marco de la ventana y me concentré en el paisaje urbano que se apercibía en el exterior.

—Ahora eres tú la que está siendo irracional —escuché que decía la voz de Erwan a mis espaldas.

Conté hasta tres antes de encarar al hombre que me volvía loca tanto literal como metafóricamente hablando.

—Estoy harta de que me tratéis como si fuera una descerebrada. Alguien a quien proteger de sí misma.

Erwan frunció el entrecejo antes de responder:

—Yo no...

—Sí que lo haces —le corté—. Tú más que nadie. Si le he hablado del amuleto a esa desconocida es porque sé que puede ayudarnos. La he visto en mis sueños y si en algo puedes confiar es en ellos porque hasta ahora no se han equivocado nunca.

—Es mi responsabilidad protegerte y podría ser peligroso. No sabemos quién es esa mujer, pero me ha quedado claro por cómo le cambió la cara al oírte decir que tenías un medallón igual, que estaba interesada.

Sentí aquella afirmación como un bofetón en la cara. Me volví hacia el cuaderno de dibujos que descansaba sobre la mesita de noche y mientras lo abría en busca de la página en la que salía el rostro de la mujer de la tienda añadí:

—Pues «mi responsabilidad» es dar con mi antepasada y resolver todo este maldito enigma, así que tú me dirás qué hacemos. —Le estampé el bloc sobre el pecho mientras él me miraba con gesto frustrado.

Ni siquiera se molestó en comprobarlo. Lo tiró sobre la cama sin apartar sus ojos de los míos antes de acercarse hasta quedar frente a frente. Nos retamos sin movernos un centímetro lo que me parecieron décadas hasta que finalmente soltó todo el aire que contenían sus pulmones en un gesto de derrota.

—Si hago todo esto es porque no quiero volver a sentirme como cuando te encontré en tu casa el día que Candice te disparó.

Mi corazón se aceleró al recordar aquella imagen. No habíamos hablado de ello, por lo poco que me habían contado Erwan y Ray me llevaron al hospital donde Gérard estuvo tratando de devolverme a la vida durante horas. Una semana inconsciente en la que me debatí entre la vida y la muerte, y todo por culpa de mi poca predisposición a obedecer.

—Imagino que debió de ser duro —dije bajando la mirada al suelo—, pero esto es diferente...

—No tienes ni idea, Aimée —me cortó—. Me sentí completamente perdido después de dejarte en manos de mi hermano. —Levanté la mirada para perderme en la inmensidad de aquellos ojos tan profundos como el mar, que me miraban de un modo que hizo que mi corazón se encogiera.

—Erwan.

—No vas a ponerte en peligro gratuitamente y fin de la discusión.

Bufé incrédula por lo rápido que era cambiando personalidades. Había estado a punto de decirme algo que hubiera podido desarmarme y en cambio el Señor Imposible retomaba las riendas de la discusión nuevamente. Tampoco es que importara demasiado, sus ojos me habían dicho lo que no había sido capaz de hacer con palabras.

—Escúchame —dije en una actitud más conciliadora—. Te prometo que no va a pasar nada.

—¿Y cómo puedes estar tan segura de ello?

—Simplemente lo sé —respondí. Acaricié su mejilla rasposa por la barba de varios días tratando de parecer convencida—. ¿No soy acaso la Elegida? —continué formando una sonrisa ladeada a lo que me respondió enarcando una ceja—. Pues deberías de obedecerme ya que soy una descendiente directa de la Diosa y tú poco más que un simple humano.

La sonrisa que se formó en su rostro antes de besarme por poco hizo que me desmayara. Finalmente me salí con la mía después de tratar durante un buen rato de hacerle entrar en razón. Por suerte pude contar con el apoyo de Álex y Ray, de modo que tras convencerle entre los tres conseguimos sacar algo en claro: a la mañana siguiente iríamos en busca de respuestas a la pequeña y misteriosa tienda que ocupaba una de las calles más concurridas de aquella encantadora ciudad.

Capítulo 4

Hundí el cuello dentro de la bufanda todo lo que pude para mantener la mayor parte de mi cara dentro de su protección. El frío de aquella mañana sin sol cortaba el aliento. Con los dedos toqué el pequeño hatillo de seda que descansaba en el bolsillo derecho de mi chaqueta, en un gesto que había repetido unas cuantas veces ya, camino del pequeño establecimiento.

Nos detuvimos delante del escaparate unos segundos antes de entrar. No se me escapó la comunicación no verbal que se produjo entre mis acompañantes y de la que por cierto me excluyeron, no sé si de forma premeditada o no. La tensión reinante era palpable como una compañera más.

Ray y Álex entraron primero, ni siquiera tuve tiempo de poner un pie en la tienda cuando vi secuestrada mi mano derecha en un gesto posesivo que me condujo al interior. Aprecié un olor agradable como a velas perfumadas y algo que no supe identificar, que me había pasado desapercibido la visita de la tarde anterior. Observé fascinada aquella preciosidad de tienda, tampoco había reparado en nada que no fuera el amuleto que descansaba en el centro del escaparate y su propietaria. Tal vez fuese el establecimiento más curioso que había pisado en toda mi vida, casi se acercaba más a la categoría de museo que de comercio. Objetos extraños, antiguos y exquisitamente delicados ocupaban los estantes de aquel minúsculo local.

—¿Has venido a enseñarme tu medallón?

La mano de Erwan, que continuaba cogida de la mía, se tensó apretándome con fuerza en un gesto que comprendí al instante. Había cedido a regañadientes a mi plan de mostrarle mi valiosa reliquia a aquella desconocida, pero como siempre, las cosas se harían a su manera. Deslicé la vista del rostro amable de la mujer al de Erwan, que a su vez hablaba de forma silenciosa con Álex. Tan solo una mirada y un gesto de asentimiento por parte de la pelirroja le sirvieron para permitirme acercarme con el medallón.

Lo deposité de forma cuidadosa sobre el mostrador. Desenvolví la tela que lo cubría antes de centrar mi atención en su expresión. Fue un ademán casi imperceptible, casi, pero no se me escapó su reconocimiento ni tampoco a mis compañeros. Erwan continuaba a mi lado, tenso y silencioso, con la atención puesta en la trastienda y en la puerta de la calle. No hacía falta ser muy despierto para darse cuenta en qué estaba trabajando su mente en aquellos momentos.

La mujer me pidió permiso para tocarlo a lo que asentí de buen grado. Ella sabía más que nosotros y mi corazón latía acelerado en el pecho anticipándose a lo que iba suceder a continuación.

Sus ojos se abrieron de par en par al distinguir el pentáculo grabado en la parte posterior del amuleto. Percibí un ligero temblor en la mano que lo sostenía y entonces volvió su atención hacia mí. Me observó durante largo tiempo, como si fuese otro de los raros y maravillosos objetos de su tienda hasta que finalmente habló:

—¿De dónde lo sacaste?

—Era de mi madre.

Asintió con la cabeza a la vez que deslizaba su mirada hacia mis acompañantes.

—Bernt —llamó sin cambiar de postura tras el mostrador.

Un hombre salió de la trastienda provocando que Ray y Álex se adelantaran a la vez que Erwan me colocaba tras de sí. La mujer cruzó unas palabras con él en una lengua de la que no entendí absolutamente nada. Con el inglés me defendía, no así con el noruego. Debía de tener la misma edad aproximada que la mujer. Era de mediana estatura y llevaba el cabello grisáceo recogido en una pequeña coleta baja. Poco podía ver tras la amplia espalda de Erwan, pero la situación era tan tensa que casi ni me atrevía a respirar.

Traté de asomarme pero el brazo de Erwan me lo impidió, aunque mi cambio de postura permitió al hombre posar su atención sobre mí.

—Mi nombre es Bernt —dijo deslizando la vista hacia Erwan—, y ella es Margit, mi esposa. No es como nosotros, pero podéis hablar con total confianza.

Era su manera de decir que él era un hijo de la Diosa y su esposa no. Ahora comprendía la reacción de mis compañeros de fatigas al ver salir a Bernt. Yo aún era incapaz de distinguir a los nuestros, creo que es algo que aprendes desde la infancia, algo que ya nunca sería capaz de ver.

—Erwan —se presentó cambiando de postura para permitirme formar parte de aquella conversación, pero sin soltarme—. Ellos son Álex, Ray y Aimée.

Bernt asintió antes de posar su atención nuevamente en mi persona.

—Acércate, joven.

Fui a dar el primer paso, pero entonces me acordé de Erwan y la «conversación» que tuvimos el día anterior. Me volví hacia su rostro para pedirle permiso pero él no me miraba. Sus ojos estaban clavados en el hombre que tenía delante.

—Podéis estar tranquilos —afirmó Bernt como si pudiera leer nuestros pensamientos— nada va a ocurriros en mi casa.

—Y tengo que fiarme ¿porque...?

—Porque te doy mi palabra de que estamos en el mismo bando.

—¿Y cómo sabes de qué parte estamos? —Fue Ray esta vez quien formuló la pregunta.

—Del mismo modo que ella sabe que no tenemos malas intenciones, ¿no es cierto? —preguntó desviando la vista hacia Álex—. Tenemos un don similar, joven. —Una sonrisa sincera se dibujó en su rostro—. El hecho de que estéis aquí con el amuleto también me ha ayudado a deducir vuestras intenciones.

Yo no necesité más para acercarme a aquel hombre que, a todas luces, podía ayudarnos. Aun así Erwan no relajó la postura manteniéndose bastante cerca de mí.

Bernt extendió sus manos con las palmas hacia arriba para que colocara las mías sobre él. Lo hice sin temor, su mirada celeste era limpia y sincera. Cerró los ojos durante unos segundos en los que me pareció que leyera a través de mis manos hasta que finalmente levantó la vista hacia su esposa. La expresión de su rostro había cambiado.

—Es ella.

Entramos a una pequeña salita que había en la trastienda, allí nos encontramos con una versión más joven y delgada de Margit.

—Tranquilos —dijo Bernt al ver cómo Ray la escrutaba con la mirada—, es Rita, mi hija.

La mujer nos miró con una sonrisa nerviosa mientras nos estudiaba a los cuatro con unos grandes ojos de color café. Debía de rondar los cuarenta y largos, su melena rubia lucía en un corte similar al de su madre en una versión mucho más moderna y estilosa.

—Sed bienvenidos —nos saludó.

Erwan hizo un gesto de asentimiento con la cabeza, las relaciones sociales no eran su fuerte pese a regentar un local de moda, de eso ya me había dado cuenta.

—Gracias Rita. —Sonreí.

Tomamos asiento en una mesa que ocupaba el centro de aquella sala, mientras Margit se apresuraba a ofrecernos algo de beber.

—¿Puedes enseñarnos la marca? —dijo Rita una vez estuvimos todos sentados. Era hora de poner las cartas sobre la mesa.

Erwan enarcó una ceja mientras que Ray, a mi otro lado, fruncía el ceño. Menudo par. Pese a que Álex había dado el visto bueno con respecto a las intenciones de aquella familia, seguían sin confiar en ellos. Me encogí de hombros, de sobra sabían a qué había venido, si querían ver confirmadas sus sospechas a mí tanto me daba.

Me deshice de la bufanda, aparté el pelo hacia un lado y me volví para que pudieran ver la marca de la Diosa grabada también en la parte posterior de mi cuello. Una marca que había estado siempre ahí, como una especie de cicatriz de nacimiento, con la peculiaridad de que formaba un pentáculo totalmente perfecto.

Los tres se miraron antes de que el padre asintiera y comenzara a hablar.

—Antes que nada, me complace decir que estáis en el sitio indicado. Llevamos toda la vida preparados para recibir esta visita, desde hace cientos de años, realmente no esperaba que mis ojos viesen jamás a la Elegida. —Puede que fuese mi gesto de sorpresa el que le hiciera sonreír antes de proseguir—. También somos descendientes de Enid, la última Sacerdotisa. Hemos permanecido aquí desde que ella se ocultó en estas tierras, a la espera de ver llegar este día.

—¿Ustedes son familia de Amy, entonces? —inquirió Álex.

Bernt asintió esbozando una sonrisa.

—Familia muy lejana, pero sí, Amy, tenemos un lazo muy antiguo en común —respondió mirándome a mí.

—No entiendo una cosa —dijo Ray pensativo—. Mismo lazo común, todos descendientes de Enid, la Elegida perdida por ahí sin saber absolutamente nada de nada y vosotros esperando su regreso durante cientos de años, ¿no es un sinsentido?

Me hubiera reído de no ser porque estaba sumamente nerviosa, alguien debería de ponerle un filtro a sus pensamientos en la lengua, ni siquiera yo tenía tan poco tacto pese a que había pensado exactamente lo mismo. Por el rabillo del ojo advertí cómo Erwan se cruzaba de brazos con una chispa de diversión en el rostro.

—Enid envió a su hija mayor, Gunir, con otro clan para que la protegieran. Ella es su antepasada directa —respondió Bernt—. Nosotros somos descendientes de su sobrino, el único hijo de su hermana. No sabemos por qué hizo aquello pero supongo que formaba parte del plan que tenía preparado para todos nosotros.

—¿Y cuál es ese plan? —quiso saber Ray—. Nuestro clan lleva protegiendo a la estirpe de Gunir toda la vida, sin saber que en un momento dado tendríamos que ponernos a jugar a los detectives para dar con vosotros que aquí esperabais a que todo esto sucediera como si estuviese escrito en algún obtuso mapa del destino que nadie entiende y que por ende nos está poniendo en peligro a todos.

«¿Te has quedado a gusto?» le dije con la mirada. Él hizo un gesto con la cabeza no sé si ignorándome por completo o confirmándome que sí, que se había quedado la mar de bien después de soltar aquella perorata.

—Lo que yo me pregunto es: ¿por qué esperar a que ella acuda a vosotros?, ¿por qué no buscar al clan que la protege para aseguraros de que ella sabe lo que tiene que hacer? —Fue Erwan quien formuló las preguntas, esta vez en un tono calmo que nada tenía que ver con la intención del mensaje.

—Y ¿por qué no le dejáis que se explique? —interferí exasperada.

Bernt sonrió a la vez que asentía con la cabeza en un gesto de agradecimiento.

—Sé que puede parecer algo complejo de entender, pero cuando os lo explique comprenderéis el porqué de un plan tan enrevesado. —Miró el reloj antes de continuar—. Necesito llevaros con mi gente, aquí no estáis a salvo.

—Nuestro clan se encuentra en un pequeño enclave al noroeste de aquí —comentó Rita—. No es un viaje muy largo, pero debemos salir cuanto antes para que no se nos haga de noche en la carretera.

Erwan y Ray se miraron en tanto que Álex observaba en silencio a los tres desconocidos que teníamos enfrente.

—No estoy seguro de que eso vaya a ser posible, Bernt —dijo Erwan—. Puedo comprender tu postura, pero entiende que ni siquiera deberíamos de estar aquí. Hay personas muy peligrosas que van tras Aimée y no pienso ponerla en peligro más de lo que ya hemos hecho.

—Lo sé, joven. Es por eso que tenemos que salir de aquí. Te juro por la vida de mi familia que no hay ningún truco en esto. Os llevo con mi gente, si no confiara en vuestras intenciones no les expondría de ese modo.

Erwan asintió pensativo. Era evidente que ellos también se habían convertido en una especie de proscritos que se escondían de los que eran como ellos por temor a renegados como Marlon y sus acólitos.

Nos despedimos en la parte trasera del local, habíamos quedado en volver a reunirnos en una hora. Tiempo que utilizaríamos para ir a recoger nuestras cosas al apartamento y explicarles el cambio de planes a Agnes y mi tío. Era hora de hacer apuestas arriesgadas pese a que no nos acababa de gustar la idea de ponernos en manos de unos desconocidos, pero si aquella gente tenía las respuestas que tanto necesitábamos, habría merecido la pena.

Capítulo 5

—¿Sabéis a qué me recuerda esto?

—Sorpréndeme —dijo Álex con desgana sin dejar de mirar por la ventanilla del coche.

Llevábamos cinco horas metidos en un todoterreno con Rita al volante. Sus padres viajaban en otro coche detrás del nuestro, podríamos habernos repartido entre ambos vehículos, pero mis acompañantes habían sido inflexibles en cuanto a eso, de modo que ahora viajábamos Álex y yo con Ray en medio en la parte trasera bastante apretados.

—A la película de *El resplandor* —respondió con la vista puesta en el cristal.

Álex bufó mientras que yo me partía de la risa por la ocurrencia.

—Debe de ser el palo de fregona que tienes metido por el culo lo que te hace tan condenadamente insípida.

—Más bien es el hecho de que no tengas ni pizca de gracia.

Ray me miró, que seguía riéndome ya no sé si de ellos o de su anterior ocurrencia, para luego volver la vista hacia la pelirroja con una sonrisa burlona. Erwan sonreía en el asiento delantero más que acostumbrado a las pullas de aquellos dos, mientras que Rita lanzaba alguna que otra mirada de preocupación desde el espejo retrovisor.

Realmente era un paisaje de lo más curioso. Hasta ahora todo había sido una sucesión de impactantes paisajes boscosos surcados de granjas. Nada de ciudades como estaban acostumbrados a ver mis ojos, ni siquiera pequeñitas. Habíamos pasado por algún que otro pueblo, pero podría decirse que, hasta ahora, predominaban los asentamientos del tipo explotación rural. Justo en aquellos momentos estábamos cruzando un vasto territorio cerca de la frontera del Parque Nacional de Hallingskarvet y hacía ya bastante rato que habíamos dejado de ver algún rastro de civilización. Todo cuanto abarcaba mi vista era blanco, la nieve lo cubría todo, incluyendo el lago que quedaba a nuestra izquierda y que parecía no tener fin. De vez en cuando atisbábamos alguna casita medio camuflada en medio de aquel duro paisaje, pero nada más. La más absoluta inmensidad nos rodeaba por todas partes.

—Cuando dijiste que el viaje no era demasiado largo, ¿estabas siendo sarcástica—? —preguntó Ray acercándose al asiento de la conductora.

—No estamos lejos, queda menos de una hora.

—Genial —respondió volviendo a su asiento—, ahora me siento mucho mejor.

—Si no dejas de moverte, te vomitaré encima —dijo Álex con cara de fastidio.

—Hazlo y acabarás siendo comida congelada para osos.

Traté de disimular la sonrisa mientras advertía cómo Rita miraba con preocupación a Erwan que respondía con un gesto que pretendía restarle importancia. Parecían un par de adolescentes en plena euforia hormonal.

Intenté concentrarme nuevamente en el exterior, incluso traté de dormirme para matar el tiempo, pero me resultó imposible. Los nervios que sentía en el estómago no me permitieron ni lo uno ni lo otro.

Llegamos al fin, bien entrada la tarde. Habíamos parado a llenar nuestros hambrientos estómagos por el camino, por lo que el trayecto se había alargado en cierto modo. No sabría si aquel enclave podría entrar en la categoría de pueblecito, puesto que era apenas una pequeña aglomeración de granjas y casas que parecía congelada en el tiempo. Ni siquiera Llo era tan pequeño, y aquello era mucho decir.

Paramos en una de las granjas de la que inmediatamente salió un hombre joven y otro bastante más mayor para ayudarnos con nuestro escaso equipaje. Pese al frío intenso, mi cuerpo se sintió agradecido de poder estirar las piernas y respirar aire puro. No hubo presentaciones, se hicieron con las maletas y se dirigieron al interior, al refugio cálido del hogar. Titubeé mientras seguía los pasos de la pequeña comitiva. Ahora que por fin habíamos llegado sentí la extraña necesidad de salir corriendo hacia otro lado. Puede que fuese la mano de Erwan, que se entrelazó a la mía en el momento en que entrábamos por la puerta, la que me impidió dedicarle otro segundo más a aquel pensamiento.

—Mi hermano, Trygve —anunció Bernt señalando al hombre que había salido a recibirnos y que debía de tener su edad aproximada—. Él es mi sobrino, Jon.

Me sentí verdaderamente tentada a agradecerle el tener un nombre que mi lengua pudiera pronunciar y recordar con facilidad. Tras las presentaciones nos dirigimos a través de un estrecho pasillo hacia el granero de aquella granja. No me sorprendí al ver el pequeño grupo de personas allí congregadas que nos miraban con curiosidad. Trygve nos presentó a su gente, había más, pero también había niños y se habían quedado con ellos en casa.

La mujer que me habían presentado como la esposa de Trygve se me acercó con una mirada que no supe calificar si era de interés o curiosidad. Era delgada y, a decir verdad, no muy alta, pero su porte regio le hacía parecerlo.

—¿Así que tú eres la Elegida? —No pude más que asentir, a su lado me sentía pequeña como un mosquito—. Mi nombre es Ellinor, y soy la que guía esta pequeña comunidad.

Hice un leve gesto de asentimiento con la cabeza, haciendo nota mental de preguntar a Agnes si aquellos patrones se repetían siempre y eran las mujeres las que lideraban aquellas comunidades.

Por el rabillo del ojo percibí el cambio de postura de Erwan, que estaba situado a unos pasos por detrás de mí. Se había cruzado de brazos en un gesto que denotaba impaciencia.

—Tal como os ha explicado mi cuñado llevamos esperando este momento desde antes de nacer —empezó a decir, puede que impulsada por las caras de circunstancia de mis dos acompañantes masculinos cuyas habilidades sociales eran cero—. Me alegra que por fin esté pasando, los días de vivir escondidos y con temor a nuestros propios hermanos están contados.

Tenía mis dudas al respecto, y así debió de transmitírselo la expresión de mi rostro puesto que me sonrió tratando de infundirme valor.

—Está todo preparado, en un par de noches será luna llena y procederemos.

En mi desconcierto vi gestos de asentimiento por parte de las personas allí reunidas. Mi corazón palpitaba de forma contundente, no era un latido especialmente acelerado, pero sí lo sentía muy fuerte. Me sequé las manos sudadas en el pantalón en un gesto que había repetido un par de veces desde que habíamos llegado tratando de ordenar mis descontrolados pensamientos; puede que se me hubiera escapado algo, pero lo cierto era que no entendía nada.

—Perdona que me entrometa —escuché que decía Ray a mis espaldas con un deje sarcástico que era tan propio de él—. ¿Preparado para qué?

—Para reencontraros con la Sacerdotisa.

Creo que dejé de respirar en aquel momento. Sentí palpitar la sangre en mis sienes mientras volvía la vista hacia mis compañeros, que miraban a Ellinor como si de repente hubiese empezado a echar espuma por la boca.

—Pero Enid... ¿no está muerta? —logré articular.

—En esta época sí.

—¿Y eso qué quiere decir exactamente? —quiso saber Ray.

La expresión del rostro de Erwan me puso en alerta. Su mente trabajaba mucho más rápida que la mía, pero no tuve tiempo de pensar en ello pues Ellinor no se hizo de rogar.

—Os llevaremos con ella; a su época.

Creo que era la primera vez desde que conocía a Ray que alguien lo dejaba sin palabras. Sus ojos, abiertos de par en par, pasaron de Ellinor a mí, y luego a Erwan. Mi reacción no fue mucho mejor, me senté en una silla porque no confiaba en mis piernas, de repente me sentía mareada. Álex se mantenía en silencio en el papel de observadora, atenta a todo lo que se decía y también a lo que no.

—¿Es eso posible? —inquirió Erwan con cara de estupefacción.

Ellinor asintió con la cabeza.

—Será la primera vez que lo hagamos —apuntó su marido—, ese medallón que ha llegado hasta ti tiene el poder de que eso suceda.

—¿Y de qué época se supone que estamos hablando? —preguntó Erwan ya repuesto de la sorpresa inicial.

—Lo desconocemos con exactitud, pero hablamos de finales del siglo VIII.

Le vi pasarse las manos por el pelo algo superado por las circunstancias mientras el silencio se instalaba sobre nosotros como un manto que lo cubre todo. Desde luego que no sabíamos a qué atenernos cuando emprendimos aquel viaje, pero aquello nos sobrepasaba.

—¿No te estarás planteando en serio ni siquiera la posibilidad? —cuestionó Ray con la vista clavada en Erwan. Poco le importaba decir lo que pensaba delante de aquellas personas.

—No existe otro modo —sentenció Ellinor—, Enid lo dispuso todo para que ocurriera así.

—Me da igual lo que dispusiera Enid. Estamos hablando de enviarnos más de mil doscientos años hacia atrás en un experimento que no habéis hecho nunca. ¿Me veis cara de cobaya?

Percibí alguna sonrisa disimulada en los rostros de aquellos desconocidos. Por mi parte no podía hacer más que darle la razón. Me parecía una empresa incluso más arriesgada que quedarme de brazos cruzados a la espera de que Marlon volviera a dar conmigo.

—Por supuesto que no iréis solos. Mis dos mejores hombres os acompañarán —dijo Trygve.

Ray hizo un ademán con la cara que dio a entender lo poco relevante que le parecía aquel apunte antes de volver el rostro hacia Erwan con gesto interrogante.

—Tenemos que hablarlo —dijo Erwan en un tono menos beligerante que el de su amigo.

—Apenas hay tiempo —señaló Jon mirando a Erwan y luego a sus progenitores—. Geir está de camino, hay que hacer los preparativos y solo tenemos dos días para ello.

—Lo siento, pero ahora mismo ni siquiera sé qué pensar —contestó Erwan tratando de sonar calmado—. Simplemente no voy a poner la vida de mi gente en peligro por esta locura. En cualquier caso no soy yo quien tiene la última palabra, ¿eso lo entiendes?

Jon asintió con desgana sabiendo que Erwan tenía razón, era Agnes en última instancia la que tenía el poder de decidir. Era algo que me había llamado mucho la atención desde el momento en que les conociera y que aún trataba de aceptar. Si formabas parte de un clan había unas normas que debían ser cumplidas, en caso contrario quedabas fuera del amparo de este y por lo tanto, expuesto a caer en manos de gente como Marlon y los suyos.

Ellinor hizo un gesto con la cabeza disolviendo así la reunión. Algunos se despidieron con una sonrisa o alguna que otra palmada en la espalda de Ray y Erwan. Sabían perfectamente que la nuestra iba a ser una decisión complicada de tomar.

—Pensadlo bien, hablad con vuestra gente y sobre todo procurad descansar —dijo la mujer tomándome la mano—. Cuando estéis listos volveremos a hablarlo.

Trygve nos llevó hasta nuestro alojamiento. Se trataba de una pequeña casa, como un apartamento, situada en un extremo del jardín. Agradecimos la intimidad que aquello nos proporcionaba, así como el hecho de poder permanecer juntos y no tener que separarnos en aquellos momentos en que tanto teníamos que discutir.

Lo primero que hice fue darme una ducha, la cual me ofreció la oportunidad de pensar mientras el agua caliente resbalaba por mi cuerpo. Ni siquiera era capaz de tomar partido por hacer una u otra cosa. Simplemente aquello no era posible, y mi mente lo rechazaba de todas por todas. Al salir del cuarto de baño me encontré con un Ray pensativo que permanecía con medio cuerpo apoyado en el marco de la ventana y la vista perdida en las sombras del exterior. Erwan y Álex debían de continuar fuera hablando por teléfono, ella con su padre y él con Agnes.

Ray se volvió hacia mí al oírme caminar por la cocina. Se trataba de un apartamento de una sola habitación, de modo que el salón y la cocina estaban integrados en un único y acogedor espacio. Un amplio sofá, que haría de cama, ocupaba el rincón más alejado de donde me encontraba, y una mesa para comer en ella hacía de separación entre uno y otro ambiente.

—¿Te apetece tomar algo? —preguntó mostrándome el botellín de cerveza que tenía en la mano—. Nuestros anfitriones han dejado la nevera bien abastecida de todo lo que puedas imaginar.

—No, gracias. Tal vez una tila cuando sepa lo que vamos a hacer —respondí ocupando una de las sillas que había junto a la mesa.

Una sonrisa se dibujó en sus labios instantes antes de que Álex entrara por la puerta. Su rostro estaba rojo debido al frío. Rápidamente se dirigió hacia uno de los radiadores mientras maldecía entre dientes tratando de darse calor a sí misma.

—Hace un frío del demonio —dijo tiritando.

Me dispuse a prepararle una infusión bien caliente de cualquier cosa que encontrara por la cocina cuando escuché a Ray regañarla:

—¿A quién se le ocurre salir sin la chaqueta? —No sé quién de las dos se sorprendió más de ver al moreno frotarle los brazos y la espalda para tratar de que el calor regresara a su cuerpo—. ¿Qué ha dicho tu padre?

—Puff —respondió dejándose hacer—. Erwan está tratando de convencerle para que no venga. Nunca le había visto así, bueno, no es que le haya visto, pero ya me entendéis. He tenido que llamar a mi hermano para que vaya a tranquilizarlo.

—No me extraña. No me imagino cómo me sentiría teniendo a mi hija y a mi única sobrina en la misma tesitura.

Álex y yo nos miramos sin decir palabra. Llevé las tazas de las infusiones a la mesa con la intención de obligarla a tomarse una, cuando de nuevo la puerta se abrió. La expresión del rostro de Erwan denotaba signos de cansancio y estrés. Me senté de nuevo sin quitarle el ojo de encima, a la espera de que empezara a hablar mientras él se quitaba la chaqueta y se frotaba las manos heladas. Le ofrecí una de las tazas humeantes cuando se sentó junto a mí. Álex y Ray hicieron lo mismo colocándose enfrente; había llegado el momento de tomar decisiones.

—Tu padre sigue sin verlo claro —comentó dirigiéndose a Álex que asintió con la cabeza—. Hemos conseguido aplacarle un poco y, de momento, no va a coger ese avión.

—Ya le he dicho que es peligroso, que podrían seguirle la pista y traer a la gente de Marlon hasta nosotros.

Erwan asintió. Habríamos emprendido aquel viaje de la forma más discreta posible, se suponía que ellos no tenían modo de saber lo que sucedía en Llo, pero si nos vigilaban fuera de la protección de nuestro pueblo, como era seguro que hacían, a estas alturas habrían notado la ausencia de Erwan en el Adytum haciendo saltar las alarmas. Cualquier movimiento sospechoso no haría más que incrementar las posibilidades de dar con nosotros.

—¿Y qué dice Agnes? —inquirió Ray.

Erwan colocó sus manos alrededor de la taza caliente antes de responder:

—Es reacia a exponernos de ese modo, pero cree que si la Sacerdotisa lo dispuso así, debe de ser por alguna razón. Lo ha dejado en nuestras manos.

Ray enarcó una ceja haciéndose cargo de la situación. Casi era más sencillo que te ordenaran hacer una cosa que tener que pararse a analizar los pros y contras para llegar a tomar una decisión acertada.

—¿Qué opinas tú? —pregunté dirigiéndome a Erwan.

—Estoy de acuerdo con tu tío.

—Opino lo mismo —le respaldó Ray—. Si esa es la única forma de acceder a Enid prefiero seguir como hasta ahora y concentrar mis esfuerzos en dar caza a Marlon. Ya sabéis: muerto el perro, se acabó la rabia.

¿Y entonces qué?, ¿todo había sido para nada? ¿Tantos años protegiendo a una estirpe con la esperanza de erradicar el mal que amenazaba a nuestra raza para que llegado el momento de actuar nos quedásemos de brazos cruzados?

—Pues yo creo que debemos hacerlo.

Los tres me miraron luciendo expresiones que iban desde la sorpresa hasta el más puro asombro. Nunca me había considerado una persona especialmente valiente, más bien algo inconsciente, pero lo cierto era que no solo me movía el deseo de hacer las cosas bien. También sentía curiosidad. Cuanto más lo pensaba más claro tenía que quería llevar a cabo aquella aventura, y no hacerlo sería perder la oportunidad tanto de solucionar el problema que nos acechaba en casa como de saber más acerca de aquel mundo en el que me había visto envuelta apenas unos meses atrás.

—Creo que no eres consciente de lo que estás diciendo —señaló Ray—. Esa gente pretende hacernos un salto en el tiempo sin haberlo probado jamás. Ni siquiera tienen claro a qué momento concreto mandarnos. ¿Y si se equivocan?, ¿y si nunca damos con Enid?¿Cómo íbamos a regresar entonces?

—Y no es solo eso, Aimée —agregó Erwan—. Estamos hablando del siglo VIII. ¿Te puedes hacer a la idea de lo peligroso que es eso?

—Eres historiador, tú conoces bien esa época.

—Precisamente por eso. A sus ojos seremos unos extranjeros, unos desconocidos sin tierra, sin nombre ni familia. Podría pasar cualquier cosa. Ni siquiera conocemos el idioma para poder comunicarnos con ellos.

Asentí pensativa. Tenía que reconocer que ahí tenía razón, desde luego que Enid nos lo había puesto sumamente complicado.

—¿Qué piensas tú? —pregunté a Álex. Si ella opinaba lo mismo que Erwan y Ray no tendría sentido continuar dándole vueltas al dichoso asunto. Serían tres votos en contra, por lo que ya podríamos volver a casa.

—Aún no tengo una opinión al respecto —contestó con gesto cansado—. Necesito más datos. Si algo me ha quedado claro esta tarde es que Ellinor y los suyos saben lo que se hacen, pero apenas les hemos dejado explicarse. —Ray la miró enarcando una ceja, fue a abrir la boca para decir algo pero ella se adelantó—

: Creo que estamos algo superados, puede que mañana veamos las cosas con más objetividad.

No pude más que asentir, ahí llevaba toda la razón. Estábamos cansados y algo saturados de información. Me llevé la taza caliente a los labios sintiendo el peso de los últimos acontecimientos sobre los hombros como un lastre que nos impedía continuar.

—Está bien, pelirroja —dijo Ray desperezándose—, voy a hacer el esfuerzo de compartir el sofá cama contigo esta noche, pero nada de tocamientos.

—¿Estás de coña?

—Para nada —respondió con una sonrisa lobuna—, no es que me haga especial ilusión, pero entiende que aquí nuestros amigos necesitan cierto tipo de intimidad, si entiendes por dónde voy.

Me atraganté con el líquido que estaba bebiendo en aquel instante, escupiendo parte de lo que iba camino de mi garganta. Tosí como si me fuera la vida en ello a la vez que trataba de introducir algo de oxígeno en mis pulmones. Oí la risa de Ray de fondo mientras que Erwan me soltaba golpecitos en la espalda al tiempo que fulminaba a su amigo con la mirada.

—No te sigo —dijo mi prima entornando los ojos hasta convertirlos en dos finas rendijas.

—¿Lo dices en serio? Cualquiera diría que tienes un don empático. ¿Es que no ves que se hacen ojitos continuamente?

La cara de Álex era de incredulidad mientras volvía su mirada hacia mí.

—A veces creo que tienes un serio problema de incontinencia verbal que te impide comportarte como una persona normal y coherente —dijo Erwan provocando más risas en su amigo.

—Es posible, puede que sea otro don —comentó divertido—, soy como un polígrafo.

—Alguien debería de coserle la boca —espeté en cuanto me sentí con fuerzas para hablar y respirar al mismo tiempo.

—¿Por qué no me lo habías contado? —inquirió Álex indignada.

—Pues... Porque no hay nada que contar. —Erwan se volvió hacia mí con una ceja enarcada y gesto interrogante. «Así no me no me estás ayudando nada», le dije con la mirada; aunque, por otro lado, ¿qué sentido tenía seguir ocultándolo?—. Mejor cuéntaselo tú —le dije al tiempo que me levantaba y me dirigía a la cocina para llenarme un vaso de agua.

Un par de golpes sonaron en la puerta. Reconocí a Jon por la voz en cuanto Erwan le abrió.

—Siento molestaros, he visto que había luz y quería que conocieseis a Geir.

Desde mi posición en la cocina podía ver la figura de Jon, pero no la de su acompañante. Era bastante alto, aunque no tanto como Erwan, que estaba justo enfrente de él. Llevaba el cabello castaño claro en una maraña de rizos leonados, algo largos, sin llegar al cuello. Advertí que llevaba un piercing en la ceja, algo en lo que no había reparado hacía unas horas en la reunión. Los tejanos desgastados y la sudadera con capucha le daban un toque desenfadado que le hacía parecer más joven, pero estaba convencida que debía de ser de la quinta de Erwan y Ray.

—Quería que supierais que en el caso de que os decidáis a hacerlo, iremos con vosotros.

No se me escapó la mirada de interés de mi prima al recibir la noticia mientras le observaba en silencio. Jon se apartó para dejar pasar a su amigo y hacer las presentaciones. Creo que mi mandíbula debió de desencajarse cuando vi entrar a al tipo que le acompañaba. La imagen que acudía a mi mente cuando me imaginaba a un vikingo era la misma que lucía el tal Geir. Era tan alto que superaba con creces a Erwan, haciéndole parecer incluso bajo. Un tatuaje asomaba por su cuello y lucía diversos tipos de piercings en las orejas. Pero lo que más llamó mi atención fue su peinado. Llevaba la cabeza afeitada a ambos lados y una gruesa trenza que iba desde la raíz del cabello hasta los omoplatos. Muy rubio y de ojos claros, nos miró a todos desde su altura esbozando una sonrisa cínica adornada con un pequeño aro cerca de su comisura izquierda. Desde luego que si aquel tipo iba a acompañarnos, pasaría bien desapercibido aunque puede que fuese demasiado alto para el tamaño estándar de aquellos tiempos.

—Y aquella de allí es Amy —oí que decía Jon mientras yo debía de continuar con la boca abierta observando a aquel curioso espécimen.

Asentí tratando de formar una sonrisa a modo de saludo. Decidí acercarme a la mesa y centrarme en la conversación que estaba teniendo lugar.

—Geir conoce estas tierras como la palma de su mano, no creo que haya cambiado tanto el paisaje todos estos años como para que no sepa identificar dónde nos encontramos en todo momento. Además, es un rastreador inigualable. —La manera en que lo dijo me indicó que aquel era el don de su amigo.

—¿Y cuál es tu don? —quiso saber Álex sin poder ocultar su interés.

—Soy telépata —respondió a la pelirroja con un guiño de ojos y una sonrisa desvergonzada.

Mi prima abrió los ojos de par en par al tiempo que el rubor cubría su rostro. Traté de disimular mi sonrisa al caer en la cuenta de lo que debía de haber estado pensando como para que Jon respondiera de aquel modo. La mirada que lanzó Ray a nuestro anfitrión pasó en un instante de la advertencia a la amenaza velada.

—Antes de que toméis una decisión me gustaría que vieseis algo —continuó el joven, ignorándolo por completo.

Erwan y Ray se fueron con ellos, en tanto que nosotras decidimos que ya habíamos cubierto el cupo de sorpresas por aquel día y que mejor sería dedicar nuestros esfuerzos a intentar descansar.

Tras ponerme el pijama y lavarme los dientes, me senté en el sofá cama con Álex, que me miraba algo dolida.

—Aún no puedo creer que no confiaras en mí.

—Eso no es cierto —me defendí—. Si no te conté nada es porque no sabía si realmente había algo que contar hasta ayer. Es más complicado de lo que parece.

—Lo sé —respondió abrazándose las piernas—. Tienes que tener paciencia con Erwan, debe de estar siendo muy difícil para él.

—¿En qué sentido?

—Digamos que una mala experiencia hizo que dejara de confiar en las relaciones de pareja; en el amor. Y ahora llegas precisamente tú y pones su mundo patas arriba.

Pestañeé como diez veces antes de preguntar:

—¿Qué quieres decir exactamente con «precisamente tú»?

Álex me devolvió la mirada esbozando una sonrisa.

—Bueno, por varias razones —dijo como si señalara lo obvio—. Primero porque eres quien eres. No una chica cualquiera, sino una que está en el punto de mira de todo el clan y de la que se tienen unas expectativas que a más de uno echarían para atrás.

Asentí con la cabeza dándole la razón. Era algo que ya había hablado con Erwan, por eso no me pilló de sorpresa aquel comentario. Tan solo esperaba que al volver a casa no saliera huyendo y se alejara de mí.

—Pero hay más —continuó divertida—. De todas las mujeres del planeta ha tenido que enamorarse de la que está más loca. —Le lancé el cojín al que me había abrazado hacía apenas unos minutos matándola de la risa—. Oh, Amy, yo te quiero mucho, pero tienes que reconocer que es gracioso. Erwan es serio, responsable, resolutivo, sensato.

—¿Y qué pasa conmigo? —la corté—, ¿acaso yo no soy sensata?

Una carcajada es lo que obtuve por respuesta antes de responder:

—Eres muchas cosas, Amy, pero justamente esa no. Tú eres disparatada, irreflexiva, impulsiva, desenfrenada, incorregible...

—Lo he pillado, ¿vale? —la interrumpí de nuevo poniendo mi mejor cara de indignación provocando nuevas risas en mi querida prima.

—Vas a volverle loco, será divertido ser testigo de ello.

Sonreí pensativa. Desde luego que éramos muy diferentes, me preguntaba qué sería lo que había visto en mí.

—Decir que está enamorado es aventurar demasiado —señalé encogiéndome de hombros.

—Te aseguro que debe de tenerlo muy claro para meterse de lleno en una relación contigo, primero por lo que ya te he dicho, eres la Elegida —

enumeró con el índice—. Y segundo porque él no tiene novias. No debe de haber conocido ninguna con la que merezca la pena volver a probar la experiencia hasta que te conoció a ti, ¿no te parece?

Dicho así sonaba bastante bien. Las palabras de Álex confirmaron las sospechas que tenía desde hacía tiempo. La mujer que le había roto el corazón había debido de ser muy especial para él, de otro modo no le habría afectado tanto. Decidí cambiar mi línea de pensamiento y morderme la lengua para no preguntar, aquello me resultaba sumamente desagradable porque a diferencia de él, yo sí que estaba locamente enamorada y pensar que había albergado aquellos sentimientos por otra me escocía pese a que formaba parte de un pasado lejano en el que no me conocía.

—¿Por qué no me cuentas lo que ha ocurrido antes con Jon? —Los cambios bruscos de tema eran mi especialidad, descolocar a la gente mi gran virtud.

—¿Antes?

—Sí, cuando te ha leído el pensamiento —espeté con una sonrisa insolente formándose en mis labios.

Álex también sonrió llevándose las manos al rostro.

—No me lo recuerdes —dijo avergonzada—. Estaba pensando en lo sexy que me parecía cuando se me ocurrió preguntarle por su don—. Reí a carcajadas mientras ella me soltaba un cojinazo. —¿Crees que lo decía en serio?

—En serio o no, te leyó la mente de igual forma —aseguré entre risas.

—Será mejor que me mantenga alejada de ese hombre porque si de verdad es telépata tenemos un problema.

—Tienes un problema —recalqué divertida—. No me incluyas, no soy yo la que tiene pensamientos obscenos con él.

—No, claro. Tú ya estás servida con tu Señor Imposible —replicó entre risas—. Y encima tengo que dormir con ese gañán.

—Eso te gustaría más de lo que estás dispuesta a reconocer —dije ganándome una mirada envenenada—, pero no pienso dormir con Erwan en esa habitación. Mis pobres nervios no lo soportarían puesto que no va a ocurrir nada con vosotros dos aquí al lado.

Álex rió dándome la razón. Habíamos quedado en ir poco a poco y aquella cama grande y jugosa no ofrecía la seguridad de que fuéramos a cumplir con aquella premisa. Lo que tuviera que ocurrir no sería en un pequeño apartamento compartido, de modo que me metí entre las sábanas y me abracé a la almohada sabiendo que aquella noche poco podría dormir. Demasiadas emociones en un día, y grandes decisiones aún por tomar al siguiente.

—Deberíamos de habernos quedado con la cama —dijo la voz de mi prima desde el otro extremo del sofá.

Sonreí pese a que en la oscuridad no podía ver mi rostro. Sentí su mano buscar la mía en un gesto que me reconfortó. Sabía que pasara lo que pasase a partir del día siguiente, aquellas personas que tanto me importaban estarían a mi lado para afrontar lo que hiciese falta. Tan solo esperaba que Enid supiese lo que se hacía al pretender llevarnos con ella y que Erwan y Ray recapacitaran en su decisión, volver a casa derrotados y sin ninguna solución respecto al tema de Marlon no era una opción que me apeteciese pese al riesgo que suponía lo contrario.

Capítulo 6

Hundí la vista en el fondo de la taza de té como si pudiese encontrar allí las respuestas a todas las preguntas que revoloteaban en mi cabeza. Cansada de dar vueltas sin apenas pegar ojo, me había enfundado en una manta y, tras prepararme mi necesaria bebida matutina, salí del apartamento tratando de hacer el mínimo ruido posible. Esperaba que, al menos, mis compañeros de aventuras hubiesen podido descansar más que yo, porque tras unas pocas horas de sueño había comenzado a experimentar un fastidioso duermevela cargado de pesadillas, que me había imposibilitado descansar.

Me senté en un grueso tronco que encontré en el jardín de la entrada con la esperanza de que el aire puro se filtrara a través de mi cuerpo despejando mi embotada cabeza. Temía sufrir un colapso si continuaba dándole vueltas al dichoso asunto del viaje. Me preguntaba por el motivo real de la visita de Jon la noche anterior, justo en el momento en que le vi pasar. Iba de camino hacia la casa de sus padres cuando debió de verme y desviar sus pasos en mi dirección.

—Buenos días —saludó cuando estuvo enfrente de mí—. ¿Has podido descansar algo?

—Algo —respondí encogiéndome de hombros.

—Imagino que es complicado de asimilar. Lo último que debíais esperar al llegar aquí era la posibilidad de reencontraros con Enid a través del tiempo.

Asentí con la cabeza. Dicho así sonaba algo más simple de lo que realmente era.

—Todavía trato de digerir quién soy —contesté—, cuando crees que ya nada puede sorprenderte ocurre algo que lo vuelve todo patas arriba otra vez.

Jon me miró con detenimiento antes de volver a hablar:

—¿No sabías que eras la Elegida?

Bufé de forma muy poco femenina, pero tanto me dio. Después de la pinta que debía de tener allí sentada cubriendo mi pijama con una manta y sin peinar, debía de estar curado de espanto, al menos había lavado mi cara antes de salir de la pequeña casa.

—Hace apenas dos meses que entré en vuestro mundo.

Los ojos de Jon se agrandaron de forma desmesurada incapaz de creer lo que le decía.

—¿Vivías sin la protección de tu clan? —preguntó sin dar crédito.

—No exactamente. Es una larga historia —respondí haciendo un gesto con la mano para quitarle importancia—. Si finalmente hacemos ese viaje, te dejaré que me leas la mente y así te pones al día.

Jon soltó una carcajada en el momento en que la puerta del apartamento se abría. Erwan nos miró con el ceño fruncido, bueno, lo más probable era que su ceño fuese dirigido a mí al verme con aquella pinta. Llevaba el cabello húmedo, señal de que se había duchado, e iba vestido con un tejano desgastado y un jersey de lana azul que hacía resaltar aquellos ojos azules que tanto me perturbaban.

Me propinó un dulce beso en los labios a modo de saludo y luego se volvió hacia mi interlocutor con una mirada inescrutable. Le observé con el ceño fruncido mientras él hablaba con el otro hombre aún sorprendida de aquel gesto, pero al mismo tiempo encantada. Me gustaba la idea de no tener que escondernos por más tiempo y saber que por fin nuestra nueva situación era un hecho.

Me obligué a centrarme en la conversación que estaba teniendo lugar mientras divagaba, al parecer estaban concretando una nueva reunión con su gente en un rato, aún había muchos *peros* que discutir. Por mi parte me despedí de ambos y me dirigí al interior de nuestro alojamiento decidida a ponerme algo más decente antes de que alguien más me viese de aquella guisa.

A diferencia de la noche anterior, la reunión se llevó a cabo en la casa de Jon. Había bastantes personas, aunque no sabría decir si se trataba de las mismas que vieran mis ojos ayer o si había nuevos rostros.

Nuestros ánimos estaban más serenos, y mis compañeros de aventura con la mente más abierta para escuchar lo que tenían que decirnos. Ray y Erwan nos habían explicado lo que les mostraron Geir y Jon, en un claro intento de declinar la balanza a su favor. Se trataba de una amplia colección de armas, ropas y demás enseres de la época de Enid, que el clan conservaba para su uso llegado el momento del viaje. Como era evidente que muchos de los materiales no se conservan tantísimos años, habían copiado su manufactura creando reproducciones que pasarían desapercibidas al ojo más experto. Podía ver la duda en el rostro de Erwan. Sabía que de no ser por mí, haría ese viaje sin un atisbo de duda, pero la posibilidad de ponerme en peligro le hacía rechazar algo por lo que cualquier historiador hubiera matado. Por mi parte, estaba resuelta a hacerlo y, por lo que podía leer en el semblante de Álex mientras Trygve y Ellinor hablaban, la tenía de mi parte.

—Hay un lugar sagrado cerca de aquí. Allí es donde tendrá lugar —comentó Ellinor sin necesidad de explicarse—, y allí es donde regresaréis cuando todo haya concluido.

—Sé que es demasiado precipitado para vosotros, pero de no hacerse mañana, tendremos que esperar a la próxima luna llena, eso supone casi treinta días. ¿Estáis dispuestos a correr ese riesgo?

La mirada inquisidora de Trygve se posó sobre Erwan, no necesité poderes telepáticos para comprender lo que se decían sin palabras. El hombre tenía razón, si no aprovechábamos aquella oportunidad tendríamos que regresar a casa, treinta días eran demasiados, pronto Marlon empezaría a buscarnos si no lo había hecho ya.

Erwan empezó a masajearse la frente pensativo, en un gesto que denotaba cansancio.

—Estoy con ellos —anunció Álex—. Creo que debemos hacerlo, no puede ser tan peligroso como lo que nos aguarda en casa.

—No puedes estar hablando en serio —dijo Ray—. A Marlon le tenemos controlado, en casa está más que segura.

—Marlon no va a parar nunca, y cuando no sea él serán otros. ¿Esa es la vida que nos espera?

—De creer que corréis un profundo peligro no enviaría a mi hijo con vosotros —dijo Ellinor—. Él y Geir conocen el nórdico antiguo. Solo tenéis que llegar a Enid, una vez consigáis dar con ella, se hará cargo de todo.

—Hay demasiados cabos sueltos —replicó Ray.

—Puedes quedarte aquí si no lo ves claro.

Fue Jon quien hizo el comentario y quien se ganó por segunda vez en las pocas horas que nos conocíamos una mirada de odio por parte de mi amigo.

—Ellos no van a ir a ninguna parte sin mí, lo vea claro o no —siseó—. Nunca dejaría a mi gente sin más protección que la de unos desconocidos.

Álex abrió los ojos de forma desmesurada por la tosca contestación. Erwan, en cambio, no dio muestra alguna de que el comentario le pareciera fuera de lugar. Advertí cómo Jon abría la boca para contestar, pero Erwan se adelantó:

—¿Cómo sabremos dónde buscar a Enid?

Realmente no sabía si sorprenderme por aquella pregunta. De ser real su interés estaría aceptando la posibilidad de hacer ese viaje, aunque lo cierto era que no me sorprendería que su único objetivo hubiese sido el de desviar el tema cortando así cualquier posibilidad de discusión entre ambos hombres.

—Ella se aseguró de que nunca nadie pudiese seguirle la pista —respondió Ellinor—, pero ten por seguro que si se tomó tantas molestias para que la Elegida viniese a ella, la encontraréis.

—Tú decides —le apremió Álex—, ya sabes lo que opinamos nosotros. En tu poder está decantar la balanza para uno u otro lado.

La batalla que debía de estar librándose en su interior era colosal. Tenía dudas, muchas dudas, pero ¿y quién no? Ni siquiera teníamos claro qué era lo correcto. Advertí cómo su mirada buscaba la de Ray, ambos se entendían sin necesidad de palabras. Sabía perfectamente cuál era la opinión de nuestro amigo, la misma que la de mi tío y, probablemente, que la de Erwan si no hacía nada para evitarlo.

—Erwan. —Le cogí de la barbilla dirigiendo su rostro hacia mí para asegurarme que tenía toda su atención—. Necesito hacer esto. Y no lo digo porque sea mi obligación como última descendiente de Enid y, además, la Elegida para convocar a la Diosa. Sabes que todo esto aún me es ajeno. —Él sabía perfectamente que de poder, me marcharía sin volver la vista atrás, odiaba todo aquello. Lo único que echaría en falta era a mi nueva familia, pero sobre todo a él—. Te lo pido porque no quiero seguir viviendo escondida sabiendo que tuve la oportunidad de hacer algo para acabar con toda esta locura. Me prometí a mí misma mientras luchaba por mi vida que no pararía hasta vengar a toda mi familia. Me lo han arrebatado todo de la forma más cruel e injusta que existe —añadí. Odiaba abrirme de aquel modo y menos delante de toda aquella gente, pero necesitaba hacerme entender, solo así conseguiría tenerlo de mi parte—. Necesito verle muerto.

Sus insondables ojos azules se introdujeron hasta en los recovecos más profundos de mi alma percibiendo la miríada de sentimientos que normalmente mantenía bajo llave. Su mandíbula apretada era un claro indicio de lo que pasaba por su cabeza en aquellos momentos. Por un momento creí que se negaría aduciendo que había otro modo de acabar con él o algo por el estilo, pero entonces cerró los ojos y asintió con la cabeza. Sabía lo mucho que le había costado tomar esa decisión y que probablemente se arrepentiría de ello una y mil veces, pero de momento había ganado una gran batalla. Me abalancé sobre él agradecida, rodeando su cuello con mis brazos con una sonrisa de quien se ha salido con la suya.

—Perfecto —escuché que decía Ellinor—, no hay tiempo que perder.

El grupo se disolvió ante mis ojos sin que apenas pudiera reparar en ello. Trygve nos hizo un gesto con la cabeza para que le acompañásemos.

—Te estás ablandando, colega —dijo Ray al pasar junto a nosotros. Erwan hizo un gesto de asentimiento con la cabeza dándole la razón a su amigo—. Será mejor que tengas cuidado porque es una pequeña arpía capaz de meterse en tu cabeza y sojuzgar tu voluntad.

Le golpeé en el brazo con fingida indignación mientras una sonrisa asomaba a los labios de Erwan y reía asintiendo con la cabeza.

—Eso ha debido de ser —respondió a su amigo lanzándome una mirada de soslayo.

—Realmente sois muy graciosos —espeté esbozando una falsa sonrisa.

Ambos sonrieron mientras caminábamos tras los pasos de nuestros anfitriones. Me fascinaba lo bien que se lo había tomado Ray pese a su poca predisposición a hacer un salto en el tiempo. Estaba segura de que también él entendía mi necesidad de hacerlo después de lo dicho en la reunión. Solo esperaba no tener que sentirme culpable por haberlos acorralado de aquel modo.

Tras un estresante día sumergidos en el mundo que íbamos a conocer en poco más de veinticuatro horas, llegó el bien merecido descanso. Habíamos sido invitados a una cena de despedida en la que todo el clan estaría presente.

Pese al frío, habían instalado unas parrillas en las que se asaba una carne que sospechaba era de alce y diversos tipos de pescado en otras. Me senté en un banco de madera sintiendo cómo los últimos rayos de sol calentaban mi rostro. Margit me saludó con un guiño de ojos al pasar con una bandeja repleta de comida para asar. Había pasado horas arreglándonos los trajes que llevaríamos puestos en nuestro viaje para dejarlos a nuestra medida.

Jon había tratado de enseñarnos algunas frases de la compleja lengua que utilizaban sus antepasados. Grande fue su sorpresa al descubrir los amplios conocimientos que albergaba Erwan no solo del nórdico antiguo sino de la cultura escandinava en general. Geir nos había mostrado mapas antiguos de la región comparándolos con otros actuales. La cueva donde empezaría nuestra aventura no estaba excesivamente lejos de allí, pero las distancias en coche no eran las mismas si había que hacerlas a pie o a caballo, como seguramente haríamos si lográbamos hacernos con ellos. Nos encontrábamos en una pequeña aldea en el fiordo de *Nærøy*. No sabíamos dónde se ocultaba Enid, pero dado que sus descendientes no se habían movido de la zona, rastrearíamos en primer lugar los asentamientos cercanos al fiordo, puesto que en mi sueño el hogar de la Sacerdotisa estaba metido de lleno en alguno de ellos.

—Mi tía dice que eres especial.

Me volví hacia la vocecita para encontrarme con una niñita rubia de mirada inquisitiva.

—No más que tú, preciosa. —Una sonrisa iluminó su pequeño rostro de duende.

—Tengo cinco años —comentó sentándose junto a mí como si necesitara aclararme aquel detalle antes de seguir nuestra conversación.

—Vaya, qué mayor. Eres toda una señorita.

Asintió orgullosa por el cumplido mientras yo sonreía al pensar en lo poco apropiado que resultaba aquel comentario pasados los dieciocho.

—Me llamo Liv.

—Encantada, Liv —dije al tiempo que le ofrecía mi mano provocando una sonrisilla desdentada—. Yo soy Amy.

—Eres muy guapa, Amy. Mi papá dice que tienes los ojos de una Fossegrim.

—¿De veras? —dijo Erwan sentándose a mi lado. Traía dos platos de pescado asado, sonreí agradecida cuando me ofreció uno de ellos—. ¿Y quién es tu papá? —preguntó interesado.

La niñita señaló a Jon, que permanecía apoyado en una de las mesas hablando con su madre y otra mujer mucho más joven.

Erwan lanzó una mirada ceñuda a nuestro nuevo compañero de aventuras mientras Liv desaparecía enganchada de la mano de Trygve que justo en aquel instante pasaba por nuestro lado.

—¿Qué es una Fossegrim?

—Según la mitología noruega son las hadas de las nieves, las que custodian las aguas de las cascadas y los fiordos —respondió en tono arisco.

—Oh. —Entonces abrí los ojos de par en par al darme cuenta del motivo de su expresión ceñuda—. ¿Estás celoso? —pregunté divertida incapaz de creer que un hombre como él pudiera sentir celos jamás de nadie. La mirada que me devolvió Erwan por poco no me hace caer del banco—. Oh, vamos. Es un comentario sin malicia, además Jon seguramente esté felizmente emparejado, ya has visto a esa preciosidad de pelo rubio.

—Es viudo.

Miré de nuevo a la niñita que en aquellos momentos jugaba con la trenza de Geir, sintiendo una nueva simpatía por ella.

—Eso sí que es triste —dije apenada mientras Erwan me lanzaba una mirada enigmática.

Me concentré en apartar las espinas antes de meterme el pescado en la boca tratando de no pensar más en ello, no sabía lo que era sacar una familia adelante sin más ayuda que la de uno mismo, pero sí que conocía a la perfección cómo debía de sentirse la pequeña Liv.

Erwan se mantenía en silencio, observando a los miembros de aquel pequeño clan al tiempo que picoteaba la comida que había en su plato. Estaba convencida que no estaba del todo complacido con la decisión tomada hacía unas horas. Mi tío tampoco había recibido la noticia de muy buen grado, menos mal que Agnes se había hecho cargo de la situación.

—No te tenía por un hombre celoso —dije tratando de desviar su atención a un tema menos escabroso.

Erwan dio un trago al botellín de cerveza que tenía en la mano antes de contestar:

—Yo tampoco.

—¿Entonces?

—Entonces llegaste tú y me convertí en algo que nunca he sido. —Su cara de fastidio me hizo sonreír. Era evidente que no estaba contento con aquella situación.

—No debes de preocuparte por eso, Erwan —me apresuré a tranquilizarlo—. Mírame, soy una persona normal y corriente, no es que vaya levantando pasiones por ahí ni nada por el estilo. —Aún me sorprendía que alguien como él se hubiese fijado en mí, pero decidí guardarme aquel pensamiento en mi caja de sentimientos no compartidos.

Erwan me miró con un gesto indescifrable durante una fracción de segundo antes de decidirse a contestar:

—No es eso lo que yo veo cuando te miro; ni cuando te miran los demás. Y no es solo porque seas preciosa: eres toda tú. Es la forma obtusa en la que funciona tu cabecita, tu imprevisible comportamiento, la manera que tienes de vivirlo todo como si fueras una niña, cómo se reflejan todos tus pensamientos en esa carita de hada, tu incapacidad de mantener la boca cerrada cuando toca. Es todo, Aimée. —Su mano acarició mi rostro mientras yo continuaba embobada, supongo que con la mandíbula desencajada, digiriendo lo que acababa de oír—. Eres tan especial que me vuelves loco.

Pestañeé como mil veces incapaz de creerme que aquellas maravillosas palabras fueran dirigidas a mi persona. Nadie me había hablado así jamás. Ni siquiera Marc que era quizá la única pareja que realmente me había importado, hasta ahora.

—Vaya, parece que te gusto mucho —dije al tiempo que una sonrisa desvergonzada asomaba por mi rostro. Erwan rió provocando que todas las células de mi sistema nervioso se paralizaran por momentos—. De todas formas, me da que los intereses de Jon van más encaminados hacia una pelirroja que ambos conocemos.

Desviamos nuestra atención al susodicho, que justo en aquel momento conversaba de forma animada con Álex.

—Entonces será el puño de otro el que vea estampado en su cara un día de estos —respondió encogiéndose de hombros.

Reí por lo cómica que me pareció la situación pese a que sabía que era más que probable que aquello acabase sucediendo realmente. Podía esperar cualquier cosa de Ray, sobre todo si tenía que ver con Álex, lo que realmente me sorprendía era la forma en que lo había dicho Erwan, como si aquella respuesta fuese la más natural dadas las circunstancias. Tan solo esperaba que Jon supiera leer entre líneas en cuanto a la relación de aquellos dos, y que Ray se comportara, porque de otro modo temía que aquel iba a ser un viaje muy complicado.

Sequé el sudor de mis manos por enésima vez mientras trataba de concentrarme en el paisaje que nos envolvía a través de las ventanillas del todoterreno de Rita. Notaba el corazón bombear con tanta fuerza dentro de mi pecho que casi dolía sentirlo. Llevábamos algo más de veinte minutos de camino internándonos en la frondosa floresta de aquellas montañas. Sentí la mano de Ray entrecruzar sus dedos con los míos. Volví la vista hacia mi amigo que me guiñaba un ojo consciente seguramente del estado de mis nervios. Hice el esfuerzo de sonreír, pero lo único que salió de mis labios fue una insulsa mueca.

La tarde empezaba a caer poco a poco sobre nosotros cuando por fin detuvimos la marcha. Nos habíamos desviado por un camino poco concurrido hacía rato y por lo que pude apreciar había llegado a su fin.

—Seguimos a pie —anunció Rita.

El aire puro fue como un bálsamo reparador, como si el contacto cercano con toda aquella naturaleza me infundiera las fuerzas que necesitaba para seguir adelante. Emprendimos la marcha por un estrecho sendero parcialmente cubierto de una fina capa de nieve. La primavera empezaba a hacer por fin su aparición, aunque de forma tardía en aquellas tierras cercanas al círculo polar.

Nuestro séquito estaba formado por prácticamente la totalidad de aquel pequeño clan. Por fin había llegado el día que llevaban esperando desde hacía cientos de años. Nos dirigíamos a unas cuevas consideradas sagradas en donde solían reunirse para hacer sus ofrendas y rituales a la Diosa. Aquella parte de la liturgia religiosa se me escapaba por completo. En el poco tiempo que llevaba conviviendo con mi nueva familia había visto tan solo la cara más amarga. Sabía que, aparte de entrenar guerreros para mermar las fuerzas del enemigo a la vez que defenderse, se preocupaban de servir fielmente a la Creadora para mantener el equilibrio de las fuerzas de la naturaleza intacto. Realmente desconocía a qué se referían exactamente con todo aquello, pero podía hacerme una idea si pensaba en nuestros antepasados antes de la imposición del cristianismo y la relegación al olvido de todos los antiguos cultos.

Mi equilibrio se fue al traste con una placa de hielo oculta bajo la nieve que cubría el estrecho sendero. De no ser por la mano que me sujetó con fuerza del brazo habría acabado de bruces contra el suelo.

—Será mejor que mires por dónde vas —dijo Geir antes de seguir su camino hacia adelante.

—Descuida —respondí a su espalda.

Si algo empezaba a tener claro era que por alguna razón no le gustaba. No es que fuera un tipo simpático, todo lo contrario, me había parecido bastante huraño. Detrás de aquella fiera fachada de bárbaro se escondía una personalidad totalmente acorde con su imagen. Lo que me había llamado la atención era que había mantenido algún que otro intercambio de palabras con mis amigos; no así conmigo. Aquella frase era la primera que me dedicaba y mi intuición me decía que estaba cargada de despecho.

La luz del sol había desaparecido por completo cuando llegamos a la entrada de la cueva. Era la luna en todo su esplendor la que nos reveló la discreta abertura sobre la pared de la roca. Tuve que agacharme para poder entrar, y seguir a gatas durante unos metros hasta llegar a una cavidad un tanto más amplia que nos permitió continuar de pie. Me maravilló la blancura de sus paredes y el sonido del agua que corría de forma suave en algún punto cercano. Erwan caminaba detrás de mí con la cabeza ligeramente inclinada ya que superaba en tamaño la altura de aquel estrecho pasillo natural cavado en las mismísimas entrañas de la tierra.

No pude dejar de asombrarme al contemplar la cámara donde se llevaría a cabo el ritual. Aquella maravilla de la naturaleza de techos altos y paredes blancas me dejó sin aliento. Alguien había encendido una serie de lámparas de aceite que pendían de la roca permitiendo así apreciar toda su inmensidad.

—Fue un lugar de culto pagano antes de que llegase nuestra gente y la hiciese suya —dijo Bernt situándose a nuestro lado—. Con la implantación del cristianismo como única religión tuvieron que volverse discretos si querían evitar problemas.

Erwan asintió haciéndose cargo, sin dejar de perder detalle de todo cuanto nos rodeaba.

—Deberíais cambiaros, empezaremos cuanto antes.

Nada que fuese del mundo actual podía saltar en el tiempo, a excepción de nosotros. Tendríamos que vestirnos con las ropas que Margit nos había arreglado y todo lo que necesitásemos tendría que ir con nosotros, en nuestro propio cuerpo. Caminamos hacia donde se encontraban el resto de nuestros compañeros para prepararnos. Geir había comenzado a desvestirse, sacándose el jersey por la cabeza y quedándose desnudo de cintura para arriba, sin importarle un ápice hacerlo delante del resto de la comunidad, aunque lo cierto era que cada uno andaba a lo suyo haciendo los preparativos y la única que lo miraba con cara de asombro era Álex.

—No pienso desnudarme delante de todos —anunció cuando llegamos a su lado.

Jon le lanzó una mirada desvergonzada antes de proceder a hacer lo mismo que su amigo.

—Claro que no —dijo Margit haciéndose con el vestido que llevaba mi prima entre los brazos—. Seguidme.

Álex y yo nos miramos algo aliviadas antes de seguir a la imponente mujer por un corredor que nos llevó a una nueva cámara mucho más pequeña, pero suficiente para el uso que le íbamos a dar. Allí nos esperaba Hanne, la hija mayor de Ellinor y Trygve, y por lo tanto, hermana de Jon. Había encendido un par de lamparitas de aceite para iluminar aquella pequeña estancia.

Sin más dilación comenzamos a desprendernos de nuestras ropas modernas mientras las dos mujeres nos ayudaban con la indumentaria que nos haría pasar por mujeres del Medievo. Hanne pasó por mi cabeza la pieza que iría debajo de la túnica a modo de ropa interior y que ayudaría a protegerme del frío. Me coloqué una especie de calzas ceñidas hasta los tobillos que bien podrían ser un antepasado de los leotardos y me calcé las botas. Eran bastante sencillas, de cuero marrón reforzadas en la suela, y atadas a la parte baja de la pantorrilla con una cuerda del mismo material. Levanté los brazos para que Hanne pudiera deslizar la túnica por mi cuerpo. Se trataba de una pieza de gruesa lana teñida en color morado que llegaba hasta mis tobillos. Mientras admiraba lo bonito del vestido, y sorprendida de lo ceñida que era la parte de arriba en comparación a lo que había imaginado antes de verla puesta, Hanne me peinó el cabello formando un intrincado recogido a base de trenzas.

—¿Preparadas? —dijo la mujer más mayor admirando nuestro nuevo aspecto.

Álex, que lucía de una forma muy similar a mí, me miró sonriente al tiempo que apretaba mi mano. Nuestro nerviosismo por lo que sucedería a partir de aquel momento empezaba a hacerse patente.

Ver a nuestros compañeros vestidos como lo haría un hombre del norte de la era vikinga fue realmente impactante por lo bien lograda que estaba su transformación. Llevaban una túnica de lana gruesa a la altura de casi las rodillas sujeta por un cinturón, y debajo unas calzas más o menos ceñidas cubiertas por unas botas muy similares a las nuestras. Mis piernas se tornaron de gelatina al ver a Erwan, siempre me había parecido el hombre más guapo del planeta, pero en aquellos momentos era sencillamente espectacular. Con su túnica azul y las calzas de un gris bastante oscuro parecía sacado de una película épica. Una sonrisa ladeada se dibujó en su perfecto rostro al verme con mi nuevo aspecto.

Mi mandíbula se desencajó al contemplar el tamaño del hacha que Geir tenía entre las manos para colocársela en la espalda. Jamás había visto algo similar, era tan larga que si la colocaba de pie en el suelo probablemente llegara a la altura de su pecho. Jon también tenía una sujeta a la espalda, aunque de mucho menor tamaño, al estilo de un hacha normal pero con una hoja más grande y curvada. Ray se acercó a Álex portando un cinturón de cuero y un par de cuchillos. Sin necesidad de añadir palabra empezó a colocárselo en la cintura mientras ella sacaba uno de su funda para estudiar su hoja. Tragué saliva al ver el tamaño de la espada que Erwan cargaba a su espalda. Aún me costaba verles como lo que en realidad eran, estaban más que acostumbrados a manejar todo tipo de armas, y lo que era peor, a utilizarlas; pero mi realidad era otra distinta y me costaba trabajo de asimilar.

—Las mujeres no llevaban armas —dijo Geir mirando a Erwan con el ceño fruncido—. Tú deberías de saberlo.

—Ella sí —respondió Ray en su lugar acabando de colocar los cuchillos en el cinturón de Álex—. Y te aseguro que los maneja mejor que tú.

Álex lo miró con gesto de sorpresa por una fracción de segundo ante el elogio que Ray, que siempre la censuraba por lo que hacía, le acababa de hacer.

—Me da igual si llevaban armas o no —contestó también Erwan—. Ella es uno más, y agradecerás tenerla a tu lado si se da el caso.

Entonces se me acercó Ray con un pequeño cuchillo en las manos, lo desenfundó para mostrármelo al tiempo que añadía:

—Es un *knifr*. Pequeño, pero letal.

—No sabría qué hacer con eso —anuncié negando con la cabeza.

—Ya lo creo que sí. Solo tienes que apuntar al cuello o al pecho y clavarlo con todas tus fuerzas —replicó mientras lo escondía en el interior de mi bota derecha.

Abrí los ojos de forma desmesurada ante la imagen mental que había acudido a mi mente tras las palabras de mi amigo.

Trygve nos condujo al centro de aquella impresionante cámara donde nos sentamos formando un círculo dándonos la espalda entre nosotros. Un frío helado me recorrió la espina dorsal pese a que llevaba una capa de lana sobre el vestido. Todo cuanto llevábamos iba sobre nuestras personas: ropa, armas y pedazos de plata cortada para poder intercambiar por comida o lo que estimásemos necesario.

Los miembros del clan se situaron a nuestro alrededor formando otro círculo, en este caso mirando hacia el interior, de modo que podía ver sus caras y todo lo que hacían en cada momento. Erwan, que estaba justo en mi lado izquierdo, enlazó su mano con la mía. Su insondable mirada azul oscura me transmitió cientos de cosas y entre ellas su inquietud por lo que iba a suceder de un momento a otro. Uní mi mano derecha con la de Álex llamando así su atención. Pese a la seriedad de su semblante, consiguió formar una sonrisa torcida en un intento de infundirme el valor que sentía haber desaparecido en aquellos momentos.

Noté el frío cada vez más acuciante introducirse en todas y cada una de mis terminaciones nerviosas. Una suave letanía en una lengua que sospeché era nórdico antiguo empezó a sonar a nuestro alrededor. El vello de mi cuerpo se erizó ante los recuerdos que aquella escena producían en mi mente. La mano cálida de Erwan se apretó con fuerza a la mía sabiendo perfectamente lo que pasaba por mi cabeza. Mi corazón se aceleró dentro de mi pecho mientras sentía cómo aquellas palabras recitadas se introducían en mi cabeza alejándome de la realidad. Me envaré al notar unos leves pinchazos en la piel que pronto comenzaron a hacerse insoportables, como si cientos de agujas cayeran sobre mí y atravesaran mi carne. Con la respiración entrecortada miré a mi alrededor sintiéndome cada vez más lejos de aquella gruta hasta que se hizo la oscuridad, desapareciendo todo cuanto me rodeaba y con ella, mi consciencia.

Capítulo 7

Abrí los ojos algo aturdida, para encontrarme con el rostro de Erwan cerca del mío. Una sonrisa deslumbrante asomó por sus labios al entrar en contacto nuestras miradas. Mi cabeza aún daba vueltas y sentía el estómago como si me lo hubiesen puesto del revés.

—¿Te encuentras bien?

Hice un leve gesto de asentimiento. La realidad era bastante diferente, me encontraba fatal y tenía ganas de vomitar, me sentía como si me hubiesen dado cientos de vueltas sobre mí misma, algo parecido a montar en una montaña rusa muchas veces seguidas.

Traté de levantarme a estirar las piernas, pero estas me traicionaron haciéndome bailar una danza que me hubiera llevado contra el suelo de no ser por Erwan.

—A mí no me lo parece —replicó con el ceño fruncido haciéndome sentar nuevamente.

Inspiré profundamente un par de veces tratando de mitigar las nauseas antes de volver a asentir con la cabeza.

—¿Lo hemos conseguido?

—Eso parece —afirmó con una sonrisa.

Rodeé su cuello con mis brazos sintiéndome feliz, puede que aquella fuese la parte más complicada, al menos la que nos había hecho dudar de emprender aquel viaje puesto que nunca antes había sido llevada a cabo.

«Primera prueba superada», pensé con alivio.

Ray se encontraba justo enfrente de nosotros con la cabeza entre las manos, y Jon, a su lado, no lucía mucho mejor.

—Es como si hubiese metido la cabeza en una lavadora —masculló sin cambiar de postura.

Logré ponerme en pie con ayuda de Erwan, percibiendo cómo poco a poco mi estado volvía a la normalidad.

—Calculo que deben de quedar unas cinco horas para que anochezca —anunció Geir que en ese momento hacía su aparición en la cámara donde había tenido lugar el ritual—. Hemos estado inconscientes toda la noche y buena parte del día de hoy. Hay que ponerse en marcha si queremos avanzar y encontrar un sitio nuevo en el que refugiarnos al anochecer.

Deshicimos nuestros pasos hasta la entrada de la cueva y luego hasta el lugar en el que horas antes habíamos dejado los coches para continuar la marcha a pie. Todo era igual a mis ojos, al menos por el momento.

El astro solar comenzó a hacer su descenso hacia las montañas sin que nos hubiésemos topado aún con ningún alma viviente. Daba la sensación de que éramos los únicos habitantes de la tierra, los únicos supervivientes de algún tipo de cataclismo que había acabado con la especie humana. Mi desbordante imaginación me llevaba a elaborar una y otra vez fantasiosas teorías que dieran sentido a aquella inquietante soledad, al tiempo que ocupaban mi aburrida mente cansada de tantas horas de caminata.

Mis pies doloridos, poco acostumbrados a largas travesías, clamaban un descanso. Las rozaduras de aquellas botas las sentía en carne viva. Había perdido la cuenta del tiempo que debíamos de llevar andando cuando al fin nos topamos con los primeros vestigios de que el hombre andaba cerca. Se trataba de varios caballos robustos y con bastante pelo, que pastaban en un espacio libre de nieve.

—Debe de haber una granja cerca —auguró Jon.

Unos pocos pasos más hacia adelante vislumbramos una larga construcción de madera que debía de corresponder al estilo de granjas de la época.

—Geir y yo nos adelantaremos a preguntar si nos ofrecen un techo y algo de comida para esta noche. —Los demás asentimos conformes, ninguno de nosotros estaba capacitado para comunicarse con aquellas gentes en su lengua—. ¿Qué se supone que tengo que decirles? —inquirió dubitativo.

—La verdad —respondió Erwan—, al menos lo que se puede contar. Somos parientes de Enid y queremos dar con ella, el motivo es asunto nuestro.

—Ya, pero se darán cuenta de que no somos de por aquí. Geir y yo aún podemos aducir que somos de cualquier otra parte de estas tierras, pensad que el nórdico antiguo, pese a que no era exactamente igual en todo el territorio escandinavo, era una lengua comprensible para cualquiera que lo hablara, fuera de donde fuera. Pero ¿vosotros?

—Somos francos —contestó Erwan encogiéndose de hombros—. Parientes lejanos.

Jon sonrió mirando a Erwan con algo parecido a la admiración.

—Me pregunto si será casualidad que la Diosa te enviara precisamente a ti a acompañar a la Elegida.

—Naa —replicó Ray en tono mordaz—, fue su abuela; aunque me temo que nadie hubiera podido impedírselo—. Erwan sonrió como un niño que sabe que le han descubierto—. Ah, ¿lo dices porque es un *friqui*?

Jon asintió sonriente antes de darse la vuelta y dirigirse hacia la granja que podría darnos cobijo o dejarnos dormir a la intemperie con aquel gélido frío.

Después de varios minutos de intercambio de palabras con uno de los hombres que habitaban aquel hogar y que se nos hicieron eternos, Geir nos hizo un gesto con la mano para que nos acercásemos; la fortuna nos sonreía.

Lo primero que me sorprendió fue que se trataba de una casa comunal en la que vivían varias familias. Probablemente hermanos, cuñados, abuelos y nietos. Un hombre de mediana edad nos condujo hacia la zona central ocupada por un fuego y un gran caldero que pendía sobre él. Agradecí la calidez de aquel hogar carente de ventanas. Busqué a mi alrededor llevada por la curiosidad, la salida de humos mientras nos hacían sentar en unos bancos que harían las veces de camas de aquella extensa familia. Mi mirada se topó con una abertura en el techo, por la que salía toda la humareda que producía aquel gran fuego. Una mujer, probablemente la esposa del hombre que nos había hecho entrar, nos sirvió unos tazones de caldo que nos fue ofreciendo a cada uno. Tenía el cabello rubio algo cano y unas finas arrugas surcaban su rostro, estaba segura de que era mucho más joven de lo que aparentaba, pero la dureza de la vida que llevaba le hacía parecer una mujer madura.

Di buena cuenta de mi comida que, a aquellas horas, me pareció el manjar más exquisito sobre la faz de la tierra. La mujer nos miraba sonriente, observándonos con atención a Álex y a mí. Pese a nuestra puesta a punto, debíamos de parecerle algo extrañas. Por fortuna teníamos la excusa de que éramos extranjeras en aquellas lejanas tierras.

Geir y Jon conversaban con aquella gente, los cuales se habían congregado a nuestro alrededor ávidos de noticias u otras historias interesantes, mientras los demás permanecíamos expectantes. No tener televisión, radio ni una buena lectura es lo que tenía. Una niñita de unos siete u ocho años me acarició el pelo con asombro. No es que no hubiese gente morena en aquellas latitudes, de hecho una de las mujeres que nos miraban con tanta curiosidad lo era, llevaba el pelo castaño recogido en una gruesa trenza, pero lo que seguramente no había visto nunca aquella niña era un pelo tan negro como el mío. Le sonreí dando pie con ello a que su hermana procediera a hacer lo mismo.

Erwan se mostraba atento a la conversación, sabía que conocía algunas palabras pero dudaba que fuese capaz de comprender lo que estaban hablando.

—No han oído hablar de Enid —dijo Jon—. Aunque eso ya lo sabíamos, si la idea era esconderse y que no pudieran dar con ella, no tiene sentido que la conozcan.

Cuando creí que acabaría dormida sobre aquel banco mientras las fabulosas manos de las niñas recorrían mi cabellera y peinaban mi pelo cual si fuera una muñeca, nos condujeron al que sería nuestro «dormitorio». Nada de camas ni improvisados colchones, se trataba del establo, una construcción anexa a la casa principal y que comunicaba con esta. Arrugué la nariz al entrar, el olor a animal estaba presente por todas partes. Era un edificio bastante grande, amplio y, para mi sorpresa, muy limpio. Los animales se encontraban separados por especies: tenían media docena de caballos, un número mayor de vacas y bastantes ovejas.

Nuestro anfitrión nos condujo hacia la zona más alejada de los animales, donde tenían heno fresco y limpio. Con la ayuda de Geir dispusieron el heno de modo que pudiera servirnos de cama. Una de sus hijas, o eso supuse, nos ofreció unas mantas obsequiando a Ray con lo que seguramente sería su mejor sonrisa para total desconcierto de este. Era bonita, aunque no debía de tener más de quince o dieciséis años.

Había que reconocer que el sitio era calentito y bastante cómodo. Liberé mis pies de aquellas condenadas botas y me arrebujé en la manta sintiendo el peso de las últimas noches sin dormir. Erwan me atrajo hacia el calor de su cuerpo: ahora sí que estaba en el séptimo cielo. Sus labios buscaron los míos en la oscuridad para regalarme un beso breve de buenas noches, pero lo suficientemente intenso como para sufrir un nuevo colapso en sus manos. Los besos de aquel hombre maravilloso eran tan adictivos como el chocolate y aquellas pequeñas muestras eran sencillamente insuficientes para mí.

Las luces del alba comenzaban a despuntar cuando nos despedimos de la amable familia que nos había liberado probablemente de morir congelados. Pagamos su generosidad y un par de caballos con un pequeño trozo de plata. No podían prescindir de los otros equinos por lo que tuvimos que conformarnos con lo que se nos ofrecía, pero nos dio las instrucciones para dar con la granja del vecino más cercano donde era probable que pudiésemos conseguir los tres que nos faltaban.

Erwan salió de la casa acompañado de Jon con dos pañuelos en la mano. Me colocó uno en la cabeza atándolo en mi nuca con un nudo, sin siquiera darme tiempo a reaccionar, y luego procedió a hacer lo mismo con Álex.

—No pienso ir con eso —dijo ella echando la cabeza hacia atrás.

—Las mujeres casadas y respetables cubren su cabello con esto.

—Da la casualidad de que no estoy casada.

—Aquí sí —fue la respuesta de Erwan—. No quiero problemas, ¿de acuerdo?

Álex resopló sabiendo que la batalla estaba perdida. Jon, que observaba la escena con una sonrisa divertida en los labios, añadió:

—Si quieres puedo ser yo tu maridito.

La pelirroja sonrió como una tonta pese a que intentó disimularlo. Ni siquiera me atreví a mirar a Ray, que había comenzado a andar dando el pistoletazo de salida a nuestra marcha por aquel día.

A media mañana, después de alternar entre caminar y el caballo durante unas buenas tres horas, dimos con la granja que buscábamos.

—Pues sí que viven lejos para ser vecinos —señaló Álex con los ojos clavados en la construcción de madera.

—Si supieran que ahora la gente vive en edificios unos encima de otros como colmenas de abejas no darían crédito —apuntó Ray.

Unos diez minutos más tarde Geir y Jon regresaron con los tres caballos que necesitábamos. Álex y yo compartiríamos uno, ya que ni yo tenía idea de montar, mucho menos a pelo, y nuestro peso era poco más que el de cualquiera de ellos. Ni siquiera me sorprendió el hecho de que todos mis compañeros de viaje supieran montar a la perfección, a su lado me sentía una inútil redomada.

Gracias a nuestro nuevo transporte aumentamos la distancia recorrida en mucho menos tiempo del que hubiésemos hecho a pie, pero ahora, además de preocuparnos por llenar nuestros estómagos y buscar un refugio para dormir nosotros teníamos cinco grandes compañeros de los que ocuparnos.

Nunca antes había estado en Noruega, por lo que no podía comparar la estampa que me rodeaba con el país actual, pero tenía que reconocer que era de una belleza como pocas habían visto mis ojos. Bosques de abetos, pinos, abedules y arces, acompañados de una frondosa vegetación a sus pies, se sucedían creando una imagen de ensueño; de casi irrealidad. Me llamaba mucho la atención la escasa densidad de población, era completamente consciente de que la multitud de personas que habitábamos el planeta en la actualidad era algo muy reciente, pero llevábamos prácticamente todo el día sin cruzarnos con un alma. No tenía claro si ese factor iba a facilitarnos la labor de encontrar a mi antepasada o, por el contrario, nos iba a complicar la tarea.

Empecé a sentir calambres en mis piernas de forma insoportable después de lo que me pareció una eternidad a lomos del caballo. Aún me extrañaba que el animal no se hubiese quejado de tener que aguantar nuestro peso durante tanto tiempo seguido. Comencé a moverme tratando de aliviar el dolor de mis piernas, trasero y espalda, pero dado el poco margen de maniobra me resultó tarea imposible, no era como estar en el asiento de un coche y cambiar de postura para aliviar los músculos doloridos.

—Será mejor que le digas a tu novia que se esté quieta —oí que decía la voz de Geir a mi espalda—, está poniendo nervioso al caballo.

Me envaré sobre mi asiento al oír aquel despectivo comentario, ahora tenía claro que mis sospechas no iban desencaminadas: definitivamente no le gustaba. Erwan se volvió con el ceño fruncido, pero ni siquiera le di tiempo a hablar.

—También me lo puedes decir directamente, si es que tu misoginia te lo permite, claro.

—Hagamos una parada para descansar —se apresuró a decir Jon bajando de su montura—, los caballos necesitan reponer fuerzas.

Me deslicé como pude hasta el suelo, tratando de mantener el equilibrio cuando les tocó el turno a mis piernas de sostener el resto de mi cuerpo.

—No tengo ningún problema con el género femenino —replicó Geir volviendo al tema.

—Ya, solo va conmigo —asentí, más para mí misma que para mi interlocutor, sin molestarme en mirar en su dirección—. Menudo gilipollas.

—Geir.

La advertencia de Jon me hizo levantar la vista hacia el hombre exasperante que me miraba con desprecio.

—Será mejor que pienses bien lo que vas a decir —le advirtió Erwan en un tono suave, pero que no dejaba lugar a dudas de lo que realmente quería decir.

Geir nos miró a ambos antes de esbozar una sonrisa desdeñosa y volverse hacia su caballo haciendo un gesto de negación con la cabeza.

—Adelante, di lo que tengas que decirme de una vez —le animé haciendo un gesto a Erwan para que se mantuviera al margen—, no quisiera que te produjera una úlcera por tener que guardártelo por más tiempo.

Volvió a lanzarme una de sus miradas de odio mientras conducía los caballos hacia el espacio abierto que había junto al camino para que pastaran. Sé que de no ser por Erwan ya se habría desahogado. Lo que yo pensara le traía al fresco, pero al parecer no quería tener problemas con él.

—¿Crees que me importa? —continué, decidida a saber cuál era su problema—. Sé que no te gusto, pero te diré una cosa, el sentimiento es mutuo.

—No, no me gustas —respondió parando sobre sus pies—. No eres más que una princesa cuya existencia entre algodones te ha impedido ver lo que realmente ocurre a tu alrededor. —Fruncí el ceño, aquello sí que no lo esperaba—. Esto es real —añadió—. Mientas tú estabas protegida por tu clan, los demás hemos tenido que ver morir a manos de nuestro jurado enemigo a nuestras familias una y otra vez, a la espera de que su alteza se decidiera a dar la cara y cumplir con la única obligación para la que ha sido creada, la única cosa que realmente tiene importancia para los de nuestra especie.

Lo miré boqueando sintiendo cómo la rabia por lo injusto de sus palabras se apoderaba de mi persona como si me poseyera, desplazando a la parte de mí que trataba de ser comprensiva.

—¡Ni se te ocurra echarme la culpa de eso! —ladré al tiempo que clavaba mi dedo índice sobre su pecho sin importarme lo más mínimo que me doblara en tamaño—. Hace apenas quince días regresé de entre los muertos por una traición a manos de una de los nuestros. He sido secuestrada y salvajemente torturada por los que tú llamas enemigos jurados. Ahogaron a mi hermana gemela, de la que ni siquiera conocía su existencia, de la forma más cruel. Mi padre fue asesinado hace pocos meses y mataron a mi madre antes de nacer nosotras la misma noche que quemaban viva a mi abuela como a una antorcha humana. —El nudo que sentía en la garganta apenas me dejó continuar—. No me digas que no sé lo que ocurre a mi alrededor porque no soy más que otra víctima de las circunstancias.

Me volví sobre mis pasos sin darle siquiera tiempo a replicar y me interné en la espesura del bosque, estaba a punto de derrumbarme y no necesitaba tener espectadores. Podía entender su postura, por supuesto, no me conocía de nada; pero la idea de lo que era la Elegida para ellos difería mucho de la realidad.

Imposibilitada de seguir caminando porque un río me lo impedía, me senté en la mullida hierba abrazando mis piernas. Mi corazón aún trotaba dentro de mi pecho con rabia, un sentimiento que realmente no iba dirigido a Geir, él poco sabía de mi vida. Era la rabia que sentía cada vez que pensaba en lo que Marlon y su gente habían hecho a mi familia, una rabia que sabía que no desaparecería hasta ver a ese monstruo sufrir tanto como habían sufrido ellos en sus manos.

—Pues sí que eres rápida —dijo la voz de Álex a mis espaldas.

Se sentó a mi lado imitando mi postura que, había que reconocer, era bastante cómoda.

—De pequeña hacía atletismo —respondí sin apartar la mirada de las gélidas aguas del río.

—¿En serio?

Asentí con la cabeza.

—Era muy rápida, pero al final me cansé, era algo que le gustaba a mi padre, no a mí.

—Geir no te conoce, tú no eres una niña mimada —dijo después de un largo silencio.

«Sí que lo fui —pensé con tristeza—. Aun siendo adulta seguía siendo la niña de sus ojos y él lo había sido todo para mí.»

—No puedo caer bien a todo el mundo —señalé tratando de restar importancia al asunto. Realmente no merecía la pena.

—A mí me caes muy bien.

Ambas nos miramos y sonreímos, haciendo que por un momento olvidara todo lo demás.

En ese instante dos hombres hicieron su aparición en el claro. Fue su manera de moverse, como si estuvieran al acecho, lo que nos indicó que no solo no venían con buenas intenciones sino que nos habían seguido hasta allí.

Nos pusimos en pie poco a poco mientras los evaluábamos con la mirada. Ambos eran fuertes y de aspecto feroz.

—A la que te avise corre en busca de ayuda. Yo los entretendré —dijo a la vez que sacaba sus dos cuchillos.

No me hacía especial ilusión aquel plan, pero teniendo en cuenta mi inutilidad para defenderme de nadie y la destreza de Álex, mejor correr para dar el aviso.

Asentí con la cabeza sintiendo mi corazón en un puño. Me temblaba todo el cuerpo por la anticipación de lo que sucedería a continuación. Uno de los hombres, el más alto, sonrió al ver los cuchillos de Álex. Tenía una pequeña pero fea cicatriz cerca del ojo izquierdo y un corte de pelo que parecía haber sido hecho a golpe de hachazo dejando la mitad inferior de la cabeza sin nada más que un cráneo rasurado. El otro hombre tenía el cabello largo recogido hacia atrás y dos trenzas colgando de la espesa barba pajiza.

—¡Corre!

Salí precipitadamente sin volver la vista hacia atrás. Confiaba en la habilidad de mi prima para entretener a aquellos dos, pero no por ello me sentía mejor por dejarla allí sola. Corrí como si me persiguiera una horda de demonios salidos del Averno, consciente de que nos iba la vida en ello. No recordaba haberme alejado tanto de la seguridad del grupo y nuevamente maldije mi estupidez y mi poco sentido común por haberlo hecho. De repente la pequeña discusión con Geir dejaba de tener importancia, era realmente curioso cómo ciertas situaciones te hacían ver las cosas como lo que realmente eran.

Un fuerte golpe en la espalda me llevó al suelo. El impacto me quitó el aliento, pero no me permití el lujo de pararme siquiera a pensar. Traté de ponerme en pie, pero lo único que conseguí fue que mi agresor me diera la vuelta para colocarme de espaldas al suelo mientras se situaba sobre mí con una sonrisa triunfal en el rostro. Me retorcí con todas mis fuerzas sintiendo cómo la desesperación y el miedo se apoderaban de mí. El hombre de la cicatriz me arrancó el pañuelo que cubría mi cabello con una mano, a la vez que trataba de inmovilizarme con la otra. En mi desesperación vi una piedra no muy lejos de mi cabeza: inmediatamente supe lo que tenía que hacer. No sin esfuerzo, logré liberar una de mis manos, y antes siquiera de darle tiempo a reaccionar agarré mi improvisada arma y la estampé en su cabeza con todas las fuerzas que logré reunir. Fue más la sorpresa que el dolor lo que hizo que me soltara. Rodé sobre mí misma y rápidamente me puse en pie para continuar con mi veloz huida. No fueron muchos los pasos que me permitió dar pues un instante después tuve sus brazos alrededor de mi cuerpo y mis pies perdieron contacto con el suelo. Me retorcí como un animal rabioso, consciente de que esta vez no sería tan fácil. Acerqué como pude mi boca a su brazo y le mordí procurando hacerle el suficiente daño como para que me soltara. Y así fue, pero mi victoria no duró ni un segundo, pronto noté el doloroso tirón de pelo que me llevó de nuevo junto a él. Una patada fallida directa a su entrepierna hizo que me golpeara violentamente, el impacto fue tan potente que fui a parar al suelo. Acorralada y herida, miré a mi agresor sabiendo que esta vez había ganado él. Noté el regusto metálico de mi propia sangre en los labios mientras pensaba en el próximo paso. Una chispa de diversión se dibujó en sus rostro: estaba disfrutando en grande con mis intentos de huida. En un momento volví a tenerlo encima y entonces me acordé del pequeño cuchillo que Ray había puesto en mi bota. Sin más dilación lo saqué y lo clavé donde pude, nunca pensé que sería capaz de hacerlo y, además, sin una chispa de remordimiento. Salí corriendo sintiendo sus pasos tras de mí, no le había matado, pero esperaba al menos haberle hecho mucho daño.

Detuve mi carrera al llegar al claro, sorprendida de lo que allí vieron mis ojos. Un grupo de hombres rodeaban a los nuestros. Geir y Jon hablaban con ellos, pero la situación era realmente tensa.

Todas las miradas se posaron sobre mí en aquel momento. La expresión del rostro de Erwan se transformó al ver mi maltrecho estado. Como si se tratara de una película a cámara lenta vi cómo él y Ray sacaban sus armas y emprendían su propia cruzada contra los hombres que había a su alrededor. Con el corazón encogido observaba el caos que se había formado ante mis ojos. Cuatro hombres contra un grupo que les doblaba en número y probablemente en destreza en ese tipo de enfrentamientos.

Pronto volví a sentir las garras de mi agresor sobre mí, traté de debatirme, pero entonces uno de nuestros atacantes le dijo algo que le hizo soltarme en el acto. Su alta figura se colocó delante de mí escrutándome con la mirada. Tenía el cabello rubio que caía en ondas hacia los hombros y una espesa y bien cuidada barba. Su mano acarició mi mejilla con delicadeza como si fuera la cosa más preciada del mundo.

—Gunir.

Mi corazón se aceleró más aún, si es que aquello era posible, al escuchar aquel nombre. Busqué en el interior de mi mente confusa mientras él acariciaba un mechón de mi alborotada melena. No solo había perdido el pañuelo con la carrera, el complejo peinado que me hicieran las niñas la noche anterior también había desaparecido luciendo ahora suelto y desgreñado.

El reconocimiento se hizo paso en mi mente como la luz de un relámpago en plena tormenta, provocando que mi corazón se detuviera por momentos de la propia impresión. Gunir era la hija de Enid. Recé a la Diosa para que aquello no fuese una simple casualidad y rogué no equivocarme.

—No soy Gunir —aclaré aun sabiendo que no entendía mi lengua al tiempo que negaba efusivamente con la cabeza—. Me llamo Amy.

El hombre me miró ladeando ligeramente la cabeza haciendo el esfuerzo por comprenderme.

—Busco a Enid. —Le mostré el medallón, que pendía de mi cuello escondido entre las capas de ropa.

Sus ojos se abrieron en un gesto que supe que era de reconocimiento, entonces volvió su enigmática mirada nuevamente hacia mí con el asombro más absoluto pintado en el rostro.

—Aléjate de ella —dijo la voz de Erwan colocando la punta de su espada a la altura de su cuello.

No era necesario saber idiomas para reconocer una amenaza como aquella.

—Erwan, él sabe...

—Lo sé —me cortó sin dejarme terminar la frase—. Y aun así pretendía deshacerse de nosotros —añadió al tiempo que me hacía un gesto con la mano para que fuese hacia él.

El hombre, que a todas luces era el líder de aquel grupo, ladró una orden sin apartar la vista de Erwan. Sus hombres, o lo que quedaba de ellos, se acercaron provocándome un estado de ansiedad que hizo que me temblaran hasta los dientes. Erwan me acercó más a su cuerpo, colocándome tras él. El hombre volvió a decir algo en su inteligible idioma dirigiendo la vista a Geir y Jon.

—Quiere que le sigamos a su poblado —tradujo Jon.

—¿Para que nos maten allí y así no tener que cargar con nuestros cuerpos? —repuso Ray.

Advertí con alivio la presencia de mi prima junto a nuestros hombres. Su rostro estaba salpicado de sangre, pero por su manera de moverse supe que no era de ella.

—Conoce a Enid —contestó Jon.

—¿Te lo ha dicho él? —quiso saber Álex.

—Lo veo en su mente.

Erwan asintió con la cabeza, aquella gente no era de fiar pero si podían ponernos en contacto con la Sacerdotisa merecía la pena el riesgo. Los hombres se pusieron en marcha en busca de sus caballos. Su líder permaneció unos segundos de más, que me parecieron eternos, con la vista clavada en Erwan. Su mirada era fría y amenazante; si algo me quedó claro en aquel momento era que no habría entendimiento entre ellos dos.

En cuanto se marchó me abracé a Erwan sintiéndome desfallecer.

—¿Estás bien?

Asentí con la cabeza enterrada en su pecho. Levantó mi rostro buscando mi mirada, supongo que para asegurarse de que decía la verdad. Él sabía leerme como a un libro abierto.

—Un poco magullada, pero él se llevó la peor parte —me expliqué refiriéndome al hombre que me había atacado en el bosque.

Me besó la frente de una forma tan tierna que me derritió por dentro, antes de pegar su frente a la mía.

—Si algo te ocurriera no lo soportaría.

—No digas eso. —Sus increíbles ojos azules se adentraron en lo más profundo de mi alma donde sabía que se quedarían para siempre.

—Sé que es así. Jamás en mi vida me había sentido tan vulnerable como cuando creí que te perdía. —Tragué saliva tratando de eliminar el nudo que comenzaba a formarse en mi garganta al recordar los días vividos atrás y mi paso por el hospital—. Así que te lo pido por favor, ya no como el responsable de devolverte sana y salva a casa, sino como el hombre que no puede permitirse el lujo perderte de nuevo, no vuelvas a alejarte nunca, ¿entendido?

Sonreí sin poder evitarlo, solo él podía decirme las cosas más bonitas que me habían dicho nunca al tiempo que me daba órdenes.

—¿Te divierte?

Traté de poner mi cara más inocente mientras negaba con la cabeza, pero entonces él también sonrió y ambos estallamos en carcajadas.

—Estoy seguro de que antes de morir conseguiré que me canonicen —comentó mientras me ayudaba a subir a su caballo.

—Pero si tú no crees en nada de eso.

—Pues imagínate —contestó colocándose tras de mí y cogiendo las riendas—. Un santo pagano.

Reí divertida pese a que la situación no era la más apropiada. El grupo de extraños iba delante de nosotros, algunos de ellos bastante malheridos. Los nuestros lucían alguna que otra herida sangrante, pero nada serio en comparación. Tan solo esperaba que el recibimiento en el poblado de aquella gente fuese algo más cálido que el que acabábamos de sufrir.

Capítulo 8

—¿Cómo supiste que conocía a Enid antes de que lo confirmara Jon?

—Porque es como nosotros, uno de los nuestros —respondió Erwan tras de mí—, es más que probable que no nos hubiesen acorralado de la forma en que lo han hecho de no ser lo que somos. La está protegiendo.

Aquella afirmación sí que era una sorpresa, al menos para mí que no tenía manera de identificar a uno de los nuestros aunque lo tuviera a escasos centímetros de distancia.

—¿Crees que pensó que éramos una amenaza para ella?

—Hasta que te vio a ti lo único que tenía en mente era liquidarnos. Algo le hizo cambiar de opinión.

Una ardilla cruzó de un lado a otro del sendero haciendo que nuestro caballo se detuviera inquieto. Erwan lo apremió a continuar mientras mi mente se perdía entre la espesura de los árboles tras el pequeño animal. Aún no entendía por qué me había llamado por el nombre de la pequeña hija de Enid. Sea como fuere había conseguido captar su atención para hacerle entender cuáles eran nuestras intenciones con respecto a la Sacerdotisa. Si la protegía como decía Erwan, era seguro que llevaban esperando nuestra visita mucho tiempo.

—Sabe quién soy, vi en sus ojos el reconocimiento cuando le enseñe el medallón.

—Esperemos que sea cierto y no se trate de una maldita trampa —espetó—. No me fío de él.

Un grupo de niños nos recibió unos metros antes de llegar al poblado. Corrían alrededor de los caballos saludando a los hombres que probablemente serían padres, tíos e incluso hermanos. Alguno que otro tuvo la gran suerte de ser subido a lomos del caballo para rehacer el camino hacia el grupo de cabañas que era su hogar.

Me maravillé ante la preciosidad de aquel enclave. Casi había empezado a pensar que no encontraríamos más que granjas dispersas, renunciando a la posibilidad de ver a tantas personas reunidas. Si bien no podría decirse que se tratara propiamente de un pueblo, sí que había un buen número de cabañas diseminadas en aquel minúsculo valle rodeado de montañas y bañado por las cristalinas aguas del fiordo.

Hombres y mujeres nos miraban con asombro mientras bajábamos de nuestras monturas. Poco a poco fueron congregándose a nuestro alrededor para observarnos como si fuésemos el nuevo espectáculo de la temporada.

El líder del grupo nos hizo un gesto con la cabeza para que fuésemos tras él. Llegamos a lo que a todas luces era la construcción más grande e imponente de las que allí había. Tras hacernos entrar desapareció, aunque nos dejó con un pequeño grupo de hombres armados que no nos quitaron ojo. La luz natural que entraba en aquella estancia era más bien escasa, por lo que estaba iluminada con grandes lámparas de grasa de sebo y un gran fuego que a la vez daban calor a la amplia estancia. Me recordó a las imponentes salas de audiencias de los castillos en su versión más primitiva.

De un lateral apareció nuevamente el tipo que nos había traído hasta allí junto con otro hombre mucho más mayor, y de aspecto imponente. Su rostro se transformó al verme, pero rápidamente lo ocultó tras una máscara de interés. Con un simple movimiento de cabeza hizo salir a los hombres que nos custodiaban dejando solamente al jefe de la camarilla. Era seguro que no quería que sus hombres se enteraran de lo que teníamos que decir. Empezó a hablar en su lengua dirigiéndose a Geir y Jon, el tipo rubio debía de haberle puesto al día con respecto a nosotros e informado que tan solo ellos dos podrían comprenderle.

—Dice que se llama Halfdan y que es el *jarl* de este territorio —tradujo Jon—. El tío que pretendía hacernos desaparecer del mapa es su hijo, se llama Björn.

—¿Qué es un *jarl*? —pregunté a Erwan mientras Jon continuaba intercambiando palabras con Halfdan.

—Es un título nobiliario. Un señor que domina un territorio o comunidad. Por encima de él solo está el rey. En esta época Noruega se encuentra dividida en bastantes reinos, no hay una unidad, por lo que las rencillas territoriales hacen que sea necesaria una buena organización si quieren mantener sus fronteras.

—Quiere comprobar la autenticidad del medallón y ver la marca de nacimiento que te convierte en la Elegida —dijo Jon.

Me desprendí del amuleto y se lo ofrecí a Halfdan que me obsequió con una sonrisa amable antes de centrar su atención en el precioso objeto. Tras unos segundos de minucioso estudio asintió con la cabeza, entonces me volví para mostrarle el pentáculo que residía en la parte posterior de mi cuello.

—Dice que Enid es su esposa, que en estos momentos se encuentra atendiendo un parto difícil y que no sabe cuándo vendrá —tradujo de nuevo Jon—. Esta noche estarán de celebración: al parecer su hijo acaba de regresar exitoso de su «excursión» en busca de socios y, por lo tanto dinero, para emprender una expedición estival de saqueo. Quiere que asistamos, puede que Enid haya regresado para entonces.

Tras agradecer su hospitalidad nos dirigimos a la cabaña que sería nuestro alojamiento mientras estuviésemos entre aquellas gentes. La mujer que nos condujo hasta ella nos explicó que recién acababa de fallecer su último morador por lo que estaba vacía. Se trataba de un solo espacio en el que la cocina, el hogar, la sala de estar y los dormitorios se fusionaban para dar forma a aquella pequeña, pero acogedora, estancia. No tenía del todo claro si el que estuviésemos los seis juntos era bueno o malo. Geir no me soportaba y estaba convencida de que Ray acabaría por estallar si Jon continuaba tirándole los tejos a Álex.

La mujer, todo un dechado de sonrisas y, por lo que pude apreciar a los pocos minutos de conocerla, bastante mandona, regresó acompañada de una joven, cargadas ambas de material para curar nuestras heridas. Se llamaba Inga, de mediana edad, rostro redondeado, igual que el resto de su figura, y cabello grisáceo. La mujer más joven tenía el cabello corto, algo que llamó bastante mi atención, y actitud sumisa.

Por suerte, ninguna de las heridas era de gravedad. Ni siquiera habían tenido que coser ninguno de los numerosos cortes que presentaban tanto Jon como Erwan en los brazos y el torso a manos de la misma afilada arma. Posteriormente hizo traer una tina para el aseo de los hombres, a Álex y a mí, en cambio, nos condujo a otra cabaña para que pudiéramos lavarnos tranquilas.

—En cuanto pueda quitarme toda esta mugre volveré a ser yo misma —dijo Álex desprendiéndose de su túnica.

—Solo espero no tener que ponerme esa ropa de nuevo sin haberla lavado antes.

—Sí, nada como unos cómodos pantalones cortos y una camiseta vieja el doble de tu tamaño.

Reímos divertidas ante la imagen mental que nos produjeron aquellas palabras. Casi podía ver la cara de estupefacción de aquella gente si nos vieran de aquella guisa.

—¿Qué pasó con el hombre que te atacó? —quise saber.

—Que la próxima vez se lo pensará dos veces antes de decidirse a increpar a una mujer aparentemente inofensiva.

Al menos no había tenido que matarlo, eso era una buena noticia.

La mujer se llevó nuestros vestidos para regresar al cabo de un rato con un par de túnicas de repuesto. Sabía que la ropa era un bien preciado por lo que no había debido de ser demasiado fácil conseguirla y menos en tan corto espacio de tiempo. Era seguro que alguna de las mujeres de aquella aldea había tenido la amabilidad de prestárnoslas.

Resultaron ser dos túnicas muy bonitas y con el talle algo más ajustado que las que habíamos traído nosotras. Inga nos ofreció una gran sonrisa satisfecha al echarnos un último vistazo, ella misma y la joven silenciosa que seguía sus pasos nos habían peinado y ayudado a vestirnos.

Entramos en el salón de la casa grande un rato más tarde, sorprendiéndonos de la transformación producida. Habían sido preparadas una serie de mesas y bancos para la celebración,

y aumentado el número de lámparas de grasa de animal cuyas llamas danzaban con fuerza otorgándole un aire acogedor a la estancia.

La gente de la aldea se había vestido con sus mejores galas, y permanecía diseminada formando pequeños corrillos charlando y divirtiéndose antes del ágape.

—Mira, ahí está tu sexy amigo. —Señalé con la cabeza en dirección a Jon que conversaba con un par de hombres completamente integrado como si se tratara de uno más.

—No seas impertinente —respondió a la vez que me lanzaba un codazo en las costillas con disimulo.

Traté de ahogar una carcajada cubriéndome la boca con una mano, pero solo porque empezábamos a llamar la atención.

—Hola, Jon —saludó Álex— ¿Dónde están los demás?

—Vaya, esto sí que es interesante. —Una sonrisa desvergonzada se asomó a su rostro al tiempo que nos recorría con la mirada—. Una Fossegrim y una Valkiria. Creo que ahora mismo soy el hombre más envidiado de toda la sala.

Puse los ojos en blanco al ver la sonrisa atontada de mi prima. Unos brazos me rodearon la cintura desde atrás, entonces sentí los inconfundibles besos de Erwan en el cuello. Le miré con el ceño fruncido, no porque no me gustaran sus encantadoras muestras de afecto, sino porque empezaba a conocerle bien y sabía que no era propenso a darlas en público de forma gratuita.

—Me has pillado. —Una sonrisa cínica se dibujó en su perfecto rostro—. Estoy marcando mi territorio —continuó al tiempo que barría con la mirada a la gente que había a nuestro alrededor—. Por si a alguno no le había quedado claro que eres mía.

—¿Por qué no me meas encima, ya que estamos?

—No lo hago solo por mí, preciosa. Ya son dos las mujeres que se me han insinuado, y la noche solo acaba de empezar —respondió con un encogimiento de hombros.

Le miré con fastidio. Aquello sí que no me suponía una novedad. Ni aunque viajáramos en el tiempo hacia la prehistoria dejaría de ser un hombre admirado por el género femenino.

—Eres demasiado guapo para mi equilibrio emocional.

Halfdan entró en la sala, acompañado de su hijo, y de forma paulatina se fue haciendo el silencio. Con un gesto de manos apremió a sus invitados a que tomaran asiento. Uno de sus hombres nos condujo al que sería nuestro sitio, cerca de la mesa principal cuya disposición central daba a sus distinguidos comensales una vista privilegiada sobre el resto de invitados.

—¿Te parezco demasiado guapo? —preguntó a mi oído con una sonrisa de oreja a oreja.

—Oh, vamos. Lo sabes perfectamente.

—No, nunca me lo habías dicho.

—Erwan, tú no necesitas que nadie alimente tu ego.

—Lo que piense «nadie» me trae sin cuidado —replicó mientras tomábamos asiento—. Siempre creí que eras inmune a mis encantos —añadió guiñándome un ojo.

Le miré perpleja durante unos segundos antes de responder:

—Estás de broma.

Negó con la cabeza llevándose a los labios la jarra que justo le acababan de llenar.

—Dijiste que no te caía bien —contestó con una chispa de diversión en sus preciosos ojos—. Y no una ni dos veces.

Sonreí al recordar la cantidad de veces que le había hecho saber lo poco que me gustaba su endemoniado carácter.

—Una cosa no tiene nada que ver con la otra. —Reí sin poder contenerme al reparar en la expresión de su rostro antes de deshacerse en una sonrisa cómplice que me quitó el aliento.

Las mesas fueron llenándose de grandes bandejas repletas de comida acompañadas de abundante bebida. Al parecer Björn había salido más que exitoso en la búsqueda de aliados para la aventura que emprendería en pocas semanas. Las expediciones estivales debían de reportar jugosas ganancias a todos los participantes.

—Realmente me sorprende la camaradería que hay entre estas gentes y su jefe, como sea que lo hayas llamado antes —comentó Ray volviéndose hacia Erwan.

—*Jarl* —respondió este—. Toda esta gente que ves aquí sentada son *baendr*, hombres libres, ya sean campesinos, pescadores o artesanos. Si Halfdan está ahí sentado es porque ellos lo han elegido. De entre los *baendr* puede salir el próximo jefe elegido en asamblea puesto que tienen un sistema bastante democrático. Está claro que Björn tiene todos los números para ser el siguiente, al menos está haciendo méritos para ello. Las expediciones aportan bastantes riquezas a la aldea y eso significa prosperidad, si Björn está a la cabeza de esa empresa puedes imaginarte lo que va a significar para él.

Miré al aludido con disimulo, que se encontraba sentado junto a su padre. Se había afeitado la barba y recogido el pelo hacia atrás despejando un rostro que resultó ser sumamente atractivo. Como si supiera que le estaba observando levantó la vista hacia mí y me sonrió. Rápidamente volví mi atención a la jarra de cerveza que había delante de mi comida; de repente tenía mucha sed.

—Y supongo que los que están sirviendo las mesas son esclavos —apuntó Álex.

—Traídos de los saqueos en su mayoría; sí —respondió Jon.

—Los reconocerás por sus burdas ropas y porque les cortan el cabello, aunque como ves no todas las esclavas lo llevan corto —explicó Erwan.

Era cierto, ya me había fijado antes en la joven que nos había ayudado con el aseo.

—Supongo que irá a gusto del consumidor —señaló Ray—. Si se trata de una esclava que además satisface a su amo y a este le gusta que lleve el pelo largo, ¿para qué cortarlo?

Le lancé una mueca de disgusto, imaginarme a las pobres muchachas teniendo que hacer ese tipo de trabajos me pareció de lo más desagradable.

—Si sigues bebiendo a ese ritmo tendré que llevarte en brazos —dijo Erwan a mi oído.

—Eso te gustaría. —Lanzó una carcajada.

—Podría aprovecharme de ti —apostilló con una sonrisa desvergonzada.

—Lo dudo.

Nos miramos durante una fracción de segundo en la que sentí que la temperatura de la sala subía por lo menos diez grados, hasta que nos vimos interrumpidos por nuestro querido amigo Ray:

—¿Qué tal si dejáis de tontear y os fijáis en si veis a Enid por alguna parte? —preguntó con una sonrisa cínica en los labios. Estaba sentado, junto con Álex y Jon, delante de nosotros de modo que el resto de mesas quedaban a sus espaldas.

—No está —respondió Erwan—. El asiento que hay junto a Halfdan está vacío.

—Pues sí que es una mujer difícil de ver.

Miré por encima de la jarra de mi bebida hacia la mesa del *jarl* para toparme de nuevo con la mirada escrutadora de Björn que me observaba sin disimulo.

—Hablo en serio, Aimée. Esa bebida no es como la cerveza.

—¿Ah, no? —Había pensado que se trataba de una versión antigua, pese a que tenía un sabor diferente.

—Es hidromiel y aunque te pueda parecer suave para nada lo es, tiene una graduación bastante alta.

Había empezado a notarlo hacía rato, pero ¿realmente importaba? Era mi mente perturbada la que formuló esa pregunta. Decidí dejar la jarra a un lado y centrarme en otras cosas a pesar de sentirme observada todo el tiempo por Björn.

Tras la copiosa comida apartaron las mesas que quedaban en el centro de la sala, se hizo la música, y hombres y mujeres salieron a danzar completamente animados. Erwan observaba fascinado aquella escena cotidiana mientras que Álex daba palmas como una niña siguiendo el ritmo de la canción. El tipo rubio de barba trenzada que nos atacó horas antes en el bosque se acercó a ella y, con una sonrisa de disculpa, le tendió una mano para invitarla a bailar. Mi prima lo miró con asombro durante un par de segundos en los que él aprovechó para subirse la camisa y enseñarle el torso vendado. Era su manera de decirle que ella tampoco había sido una pobre víctima, y que no estaba libre de culpa. Álex aceptó sonriente, firmando con ello la pipa de la paz.

—Esto se pone interesante —dijo Jon dando un último trago a su hidromiel antes de unirse a la danza. Ray lo siguió con la mirada y cara de pocos amigos, era evidente que no le gustaba la situación.

La figura de Björn se plantó frente a nosotros tomando asiento en los sitios que acababan de quedar libres. Dijo algo con una sonrisa que me puso en estado de alerta; de repente se me habían quitado las ganas de continuar en aquella fiesta.

—Quiere saber si la comida ha sido de nuestro agrado, y si lo estamos pasando bien —tradujo Geir, pese a que él mismo le había dado una respuesta.

Le vi levantar su jarra con la vista puesta en una joven muy hermosa, de cabello castaño claro recogido de forma elaborada. La mujer se acercó a servirle mientras Björn volvía su atención a nosotros con una sonrisa que no llegó a sus ojos.

Dijo algo nuevamente en su incomprensible idioma, esta vez con la mirada clavada en Erwan.

—¿Qué ha dicho? —dijo a Geir sin apartar la vista de Björn.

—Pregunta que si te parece bonita. —Erwan frunció el ceño volviéndose hacia Geir que se mostraba tan desconcertado como nosotros dos.

Björn continuó hablando cogiendo de la cintura a la muchacha, ella se dejó hacer con gusto devolviéndole las caricias, pero poco a poco, a medida que su acompañante hablaba, su rostro fue cambiando sin poder ocultar su desconcierto.

Geir trató de disimular lo incómodo que se sentía en aquellos momentos, pero siguió traduciendo.

—Dice que es su esposa, Gyda. Y cito textualmente «una mujer que sabe bien cómo calentar la cama de un hombre incluso en las noches más largas».

Abrí los ojos de par en par sin comprender adónde quería ir a parar. El semblante de Erwan era inescrutable mientras observaba a Björn que seguía con su diatriba. Desvié la vista hacia la muchacha que miraba a su marido con la cara desencajada y las mejillas enrojecidas.

—Geir —dijo Erwan cuando nuestro anfitrión dejó de hablar.

—Antes de que diga nada piensa bien cuál va a ser tu reacción. —Un escalofrío me recorrió la base de la espalda. Ray, que hasta aquel momento había permanecido pendiente de la danza que tenía lugar a unos metros de nosotros, se giró con el ceño fruncido.

—Habla —ordenó Erwan con impaciencia.

—Te ofrece a su esposa por esta noche —explicó soltando aire—; a cambio de tu chica.

Mi corazón saltó desbocado, miré a Erwan que apretaba la mandíbula y los puños temiendo que de un momento a otro saltara sobre Björn. Casi no podía creerme lo que acababa de oír, y digo casi porque era bien seguro que llevaba toda la noche maquinando aquella treta. ¿Qué pretendía realmente?

Björn mantuvo la mirada de Erwan durante unos pocos segundos más hasta romper el contacto con una estruendosa carcajada. Dijo algo a Geir, que lo miraba como si acabara de perder el juicio.

—Dice que era una broma —tradujo mientras el aludido sentaba sobre su regazo a su esposa y le daba un beso apasionado.

Tras aquella efusiva demostración se levantó, dijo unas últimas palabras y se marchó con Gyda de la mano.

—Ha dicho que ha mandado a buscar a Enid, cuando tenga noticias nos avisará, pero duda que sea esta noche.

Erwan asintió pensativo con la mirada fija en la figura de Björn que se abría paso entre el gentío. Puse mi mano en su regazo, aquello pareció despertarlo de su ensimismamiento, me besó la frente acercándome a su pecho al tiempo que colocaba un brazo sobre mis hombros.

—¿Te parece si nos largamos de aquí? —Algo dentro de mí pedía a gritos poner espacio entre nosotros y aquel sofocante lugar.

—Ándate con ojo porque ese tipo huele a problemas —advirtió Geir—. Ha venido a tantearte y desde luego que la propuesta no era broma.

—Lo sé —respondió Erwan.

Ray había decidido esperar a Álex y Jon, y Geir se quedó con nuestro amigo de modo que hicimos nuestra salida de la forma más discreta posible para internarnos en la oscuridad de la noche. Me abracé a Erwan buscando su calor, dar un paseo nocturno me había parecido buena idea hacía tan solo unos segundos, ahora me daba cuenta de mi error. El frío era tan intenso que casi dolía respirar.

Fuimos directos a la cabaña donde rápidamente encendimos el fuego del hogar para caldear la estancia. Lo que había sucedido con Björn continuaba dando vueltas en mi cabeza, y supongo que en la de Erwan, que había permanecido en un silencio pensativo desde que salimos de la casa grande. Me daba la sensación de que se la tenía jurada desde el mismo momento en que sus miradas se habían encontrado por primera vez. Confiaba en que el encuentro con Enid nos diera las respuestas necesarias para volver a casa cuanto antes.

—Promete que no harás ninguna tontería —le pedí poniendo mi mano sobre su pierna. Se había sentado frente al fuego y su mirada vagaba entre las llamas.

—Yo no actúo sin antes pensar bien en las consecuencias, si es a eso a lo que te refieres.

—Lo sé y por eso me da miedo, algo ronda por tu cabeza desde el extraño encuentro con Björn, puedo verlo en tus ojos. —Me miró extrañado.

—No voy a permitir que me insulte y mucho menos a ti, pero puedes estar tranquila, sé cuál es nuestro objetivo aquí.

Me puse entre sus rodillas para captar su total atención.

—Prométetelo.

Una sonrisa ladeada se fue formando en su rostro antes de que me besara. Sentí sus manos posarse en mis mejillas mientras el beso iba tomando un cariz mucho más intenso haciéndome olvidar la conversación y todas mis inquietudes. Su dulce lengua danzaba con maestría dentro de mi boca provocando sensaciones jamás antes experimentadas. Dejándome llevar hacia el suelo sentí la deliciosa sensación de tener su cuerpo sobre el mío. Su mano se deslizó a través de mi cuello hacia los hombros, siguiendo un recorrido que le llevó directo a mi pecho donde se detuvo unos instantes en los que cientos de fuegos artificiales estallaron en la boca de mi estómago. El beso fue tornándose cada vez más desenfrenado, sus manos subieron a través de mi falda hasta la ropa interior deshaciéndose con gran habilidad de mis calzas sin que apenas fuera consciente. Me abrió las piernas con la rodilla colocándose entre ellas, era tal mi deseo que bien podría haber estado tumbada sobre la nieve y aun así solo sentiría el calor del contacto de nuestros cuerpos.

—No estoy seguro de que esta sea la mejor idea que hayamos tenido —masculló deteniéndose y tomando mi rostro con ambas manos colocando su frente sobre la mía.

—Yo creo que sí —repliqué totalmente en desacuerdo. Moví mi cuerpo anhelante de su cálido contacto para continuar donde lo habíamos dejado.

—Nada me gustaría más que hacerte el amor hasta perder el conocimiento, de hecho llevo tanto tiempo deseándolo que voy a acabar enfermo, pero no creo que debamos tomarnos tan a la ligera las posibles consecuencias.

Pestañeé como un búho un par de veces tratando de seguir su hilo de pensamiento, estaba claro que mi mente no funcionaba en aquellos momentos con toda la lucidez que debería. Una sensación de vértigo se alojó en mi estómago cuando comprendí lo que quería decir.

—Un bebé —apunté notando cómo todo el calor que había sentido minutos antes desaparecía de mi cuerpo.

—Aimée, aún estoy tratando de gestionar ciertos aspectos de nuestra relación, no creas que he olvidado nuestra conversación, pero necesito tiempo. En todo caso este no es el momento ni el lugar.

—No, no —respondí incorporándome parcialmente del suelo—. Tienes razón. Ya sabes que lo de pensar antes de actuar no es lo mío —añadí llevándome las manos al rostro.

Deseaba a Erwan como un fumador su dosis de nicotina, era una necesidad tan poderosa que me abrumaba y aterrorizaba por igual. Sentía que mi dependencia aumentaba con los días sin que yo pudiera frenarla y aquello me desconcertaba porque nunca antes había sentido nada igual.

—No tengo claro que sea buena idea que durmamos juntos —anunció Erwan mirando los lechos que habíamos preparado antes de salir.

Sonreí divertida a la vez que frustrada cogiéndole la mano para llevarlo a nuestro rincón.

—Vamos a dormir vestidos, ¿qué más da? —Erwan me miró enarcando una ceja haciéndome reír de nuevo.

Traté de cerrar los ojos, pero mi mirada se perdía una y otra vez en las llamas danzantes que ardían en el hogar. Erwan yacía junto a mí, tumbado sobre su espalda con un brazo cubriendo su rostro. A pesar de que estaba muy quieto, sabía que tampoco dormía puesto que su pose no era relajada.

—¿Por qué das por hecho que no tomo algún tipo de anticonceptivo? —pregunté llevada por la curiosidad.

Su respuesta tardó algunos segundos de más en llegar. Cuando creí que no me respondería contestó:

—¿Olvidas que pasé la semana más larga de mi vida pegado a tu cama de hospital? Aunque así hubiese sido, después del incidente dejaste de hacerlo. Aun en el supuesto de que lo hubieses reanudado, ahora mismo no tendría grandes efectos, ¿no te parece?

Decir que me fascinaba lo rápida que funcionaba su mente sería quedarme corta.

—Eres un *listillo* —dije dándome la vuelta sobre mí misma para quedar de cara a su perfil. Una sonrisa se había formado en sus labios—. ¿Y si yo no fuera quien soy?

—Nada me habría detenido entonces; ni siquiera las consecuencias.

Capítulo 9

Abrí los ojos sobresaltada, inspirando una bocanada de aire. El silencio, tan solo roto por la respiración acompasada de mis compañeros de cuarto, me envolvió induciéndome ligeramente a la calma. Instintivamente levanté el brazo para ver la hora, pero ningún reloj de pulsera lucía ahora en mi muñeca. Cambié de postura tratando de dormirme de nuevo, pero el recuerdo de mi último sueño puso mi corazón a trabajar a tal velocidad que sabía que sería imposible. Ya no habría más sueño reparador para mí en lo que quedaba de noche.

Me levanté sigilosamente. Las ascuas del fuego me dieron una pista para encontrar mi chal de lana que había dejado junto al banco la noche anterior. Tras envolverme en él, salí hacia el exterior con el fin de despejar mi mente y respirar aire fresco.

Las luces del alba comenzaban a asomar de forma tímida tras las altas montañas que rodeaban el pequeño valle. Imágenes del sueño vagaban por mi mente como si se tratara de una experiencia recién vivida. No era la primera vez que aquel hombre con cabeza de animal se presentaba en mi cabeza para perturbar mi descanso. Estaba segura de que no se trataba de un recuerdo tergiversado del anterior ritual. Era diferente, no sabría decir exactamente dónde radicaba esa diferencia, pero no me hacía sentir el horror que experimenté al ver a los miembros del macabro grupo de Marlon contorsionando sus cuerpos de forma frenética deseosos de sangre. El miedo venía después, cuando despertaba y no comprendía por qué soñaba de nuevo con algo tan inquietantemente parecido.

Sin habérmelo propuesto fui a parar a la orilla del fiordo. Me abracé a mí misma arrebujándome en el chal para protegerme del frío mientras mi mirada se perdía en el horizonte. Era el mismo paraje hermoso que había aparecido en mi mente semanas atrás al poner mis manos en contacto con el medallón. Habían pasado tantas cosas desde entonces que más parecía que hubiese sido hace meses e incluso años.

Una capa de bruma envolvía mis pies otorgando un aire casi místico a la estampa que se presentaba ante mis ojos. Pensé con nostalgia en mis útiles para pintar, habría sido genial poder plasmar en un óleo la belleza de aquel lugar.

—Te debo una disculpa.

Me giré en dirección a la voz de Geir que se frotaba las manos tratando de hacerlas entrar en calor.

—No tienes por qué —contesté—. No me conoces, no podías saberlo.

—Razón de más para no juzgarte, Amy —replicó al tiempo que se sentaba sobre un tronco caído.

—Supongo que no soy la Elegida que esperabais.

Geir negó con la cabeza.

—Nunca creí que llegaría a conocerte, pero al verte sentí rabia de saber que si hubieses venido antes podríamos haber evitado muertes innecesarias.

—Hasta hace pocos meses vivía en la más absoluta de las ignorancias —expliqué sentándome junto a él—. Y, ¿sabes qué? Era muy feliz.

—Lo sé. A veces me gustaría desaparecer y no volver a saber nada de nuestro propio mundo. —¿A quién perdiste tú? —pregunté volviéndome hacia su perfil que permanecía con la vista clavada en el horizonte.

Me maldije a mí misma por tener la boca tan grande como un buzón. Estaba claro que mi lengua y mi cerebro no funcionaban a la par. Desplacé mi mirada hacia las aguas gélidas del fiordo creyendo que no me respondería cuando comenzó a hablar:

—Mis padres murieron cuando apenas era un adolescente problemático quedándome sin otra familia que mi hermana, de seis años. Eliminaron a todo nuestro clan. Yo me había escapado aquella noche de casa por lo que me libré de la masacre y ella... —Una sonrisa triste asomó por sus labios—. Iba detrás de mí todo el tiempo, no sabes cómo odiaba que hiciera aquello; pero ese día le salvó la vida.

Le miré apenada sin saber qué decir, ni siquiera podía imaginarme a aquellos dos chiquillos tras enterarse de la terrible noticia.

—Después de lo ocurrido me puse a trabajar donde pude para sacar adelante a mi hermana. Al poco tiempo, quiso la fortuna que me cruzara con Trygve que nos acogió en su comunidad. Lo más probable es que solos no hubiésemos llegado muy lejos. —Se detuvo unos instantes desviando la mirada hacia sus propias botas, era evidente que la pena y la rabia aún estaban presentes cada vez que recordaba lo sucedido—. Hace cosa de tres años la mataron de camino a la escuela, cuando iba a recoger a Liv.

El horror me inundó como las desbordantes aguas de un río fuera de control. Miré a Geir compartiendo su rabia, también yo me sentía así por dentro. Esperaba que la muerte de Marlon y los suyos fuera suficiente para apagar aquella parte de mí que apenas reconocía.

—¿Era la madre de Liv? —Geir asintió—. ¿Entonces Jon y tú sois cuñados?

—Jon es más que eso, es mi mejor amigo y mi socio.

—¿Tu socio?

—Tenemos un negocio en el que hacemos todo tipo de excursiones de aventura en el Parque Nacional de Jotunheimen; escalada, raquetas, caminatas sobre glaciares —contestó—. A raíz de lo ocurrido decidimos que de presentarse la Elegida nos uniríamos a la «comitiva» para hacer el salto atrás. Puedes imaginarte las ganas que les tenemos a los renegados.

Renegados, nunca se me había ocurrido referirme a ellos como tal. Pero eso eran ellos, ¿no? No solo se habían rebelado contra su creadora, sino contra sus propios hermanos, sembrando el terror allá por donde pasaban.

—Ahora entiendo tu odio hacia mí.

—No te odio. —Se volvió en mi dirección esbozando una media sonrisa—. Al menos ahora no.

—Puedo asegurarte que voy a hacer todo lo que esté en mi mano para acabar con esos desalmados —aseguré—. Tan solo espero estar a la altura de las circunstancias.

—Y yo estaré ahí para verlo —prometió—, y para ayudarte.

Ambos sonreímos enterrando así nuestra hacha de guerra. Con un amistoso choque de manos pusimos fin a nuestra charla a la luz del amanecer y nos encaminamos hacia la cabaña. La aldea empezaba a cobrar vida con los quehaceres del día a día y teníamos un apremiante asunto del que ocuparnos.

Por suerte para nosotros no tuvimos que esperar demasiado. Al poco de llegar, Enid hizo su aparición. Su mirada hizo un rápido recorrido por entre mis amigos hasta que se posó en mí. Su rostro demudó como si no fuera la primera vez que nos veíamos, cubrió su boca con una mano mientras que la otra la llevó a su pecho llevada por la impresión. Era una mujer menuda, de cabello castaño y ojos de color miel. Debía de haber pasado la cuarentena hacía años pues su rostro ya no era como el que recordaba en mi sueño.

Me tomó de las manos a la vez que decía algo que no comprendí.

—Quiere que le hables de ti.

Miré desconcertada a Jon y luego a Enid.

—Pues no sé qué quieres que te explique —repuse frunciendo el ceño—. Tampoco es como si fueras a entenderme.

—Ahora sí —dijo ella utilizando mi lengua. La miré con los ojos desorbitados mientras ella me obsequiaba con una sonrisa maternal—. Aún conservo casi todo mi poder como cuando era una de las hijas predilectas de Madre.

¿Madre era la Diosa? La Diosa Madre, Madre Tierra; era sorprendente lo poco que cambiaban ciertas cosas pese al paso de los años.

—¿Acaso no sigues siéndolo? —Fue Álex quien preguntó.

—Pero ya no es igual. Ahora soy vieja y me debilito con los años, como el resto de vosotros. Hubo un tiempo en que no fue así.

—¿Eras inmortal? —preguntó Ray entornando los ojos.

—Será mejor que nos sentemos, hay mucho que contar.

Tras las presentaciones, tomamos asiento alrededor de la mesa que nuevamente ocupaba su lugar frente al fuego. Enid, que aún no se había desprendido de mi mano, sonrió al ver el colgante prendido de mi cuello. Era curioso, pero por primera vez en muchos días me sentía relajada. Como si toda la presión que tenía sobre mis hombros desde que sabía quién era se hubiera evaporado.

—Supongo que no habrá sido un camino fácil el vuestro.

—Lo cierto es que no —respondí—. Aún no puedo creer que esté aquí debido a un cúmulo de casualidades.

—Quizá pueda parecértelo, pero no lo son. Era tu destino que vinieras aquí. Tal vez creas que Madre te ha abandonado, pero ella ha sido la que te ha traído a mí. —Negué con la cabeza sin poder contenerme.

—Puede que Madre, como tú la llamas, haya protegido y cuidado de su creación en algún momento —repliqué resentida—. La realidad de nuestro tiempo es que nos ha abandonado a nuestra suerte tal vez cansada de ver lo que sus hijos están haciendo entre ellos. No puedes imaginarte cómo se han puesto las cosas como para que tengamos que vivir escondidos.

—Puedo. —Su mano atrapó un mechón de mi cabello y lo colocó detrás de mi oreja en un gesto tan afectuoso que me recordó al de una madre mientras escucha a su hija cómo le ha ido en el colegio. Algo que, por otra parte, nunca había podido experimentar en mi propia carne—. ¿Por qué no me explicas todo eso que albergas en tu interior con tanto dolor?

La miré sin pestañear durante un tiempo indefinido hasta que las palabras comenzaron a brotar de mis labios. Tal vez formaba parte de su poder o simplemente el hecho de que con ella me sintiera como en casa, pero lo cierto era que por una vez en mi vida me apetecía desahogarme; deshacerme de toda aquella ponzoña que tenía enquistada en lo más profundo de mi alma.

Le hablé de mi infancia, de mi adorado padre, de cómo había sido mi vida hasta su trágico accidente. Le conté cómo había encontrado las cartas y el medallón, las pistas que me había ido dejando Émilie, de mi encuentro con el clan, los sueños, mi secuestro a manos del enemigo y de mi regreso al mundo de los vivos hacía apenas un mes. Ni siquiera me importó tener audiencia, era hora de que conocieran algo más que la fachada despreocupada e impulsiva que hasta ahora les había dejado ver.

—Veo que la causa de Marlon ha ido ganando adeptos —dijo Enid para sí misma.

Mi pulso se aceleró al oír aquel odioso nombre. Por un momento creí que había sido yo misma quien lo mencionara y de ahí el comentario de Enid, pero las expresiones desencajadas de Ray y Álex, situados justo enfrente de mí, indicaban lo contrario.

—¿Has dicho Marlon? —inquirió la voz de Erwan a mi lado.

Enid asintió desconcertada.

—No puede ser *ese* Marlon —apuntó Ray mirando a su amigo—. Eso no es ni remotamente posible.

—¿Por qué no os dejáis de acertijos? —saltó Jon molesto.

—¿Por qué no te limitas a leer mi mente y te callas?

Álex le lanzó un codazo a Ray por su comentario impertinente al tiempo que decía:

—Verás, nosotros conocemos a un Marlon. Está detrás de todas las desgracias que le han ocurrido a nuestro clan desde que descubrió que era el que protegía a tu estirpe. Parece que solo viva para tener a tus descendientes bajo control, aún no sabemos con qué fin; aunque tenemos una ligera sospecha.

—Pero eso no puede ser. —El rostro de la Sacerdotisa había perdido todo su color—. Él no puede haber hecho eso —añadió conmocionada hablando de nuevo para sí misma.

Me volví hacia Erwan sintiendo mis nervios hacer trizas toda la calma que había empezado a experimentar en presencia de Enid, su rostro era pétreo, tan solo un tic en su mandíbula reflejaba un atisbo de movimiento.

—¿A qué te refieres con «eso»?

Realmente no tenía claro si quería saber la respuesta, pero era bueno conocer a tu enemigo, si es que se trataba de la misma persona.

—Será mejor que empiece desde el principio. Como ya debes de saber, Madre creó tres Sacerdotisas para controlar a sus hijos directos. Nacimos junto con los primeros humanos, pero no fue hasta hace unos cuantos inviernos que tuvimos que convocarla por primera vez; también fue la última para nosotras.

—Entonces... ¿Eres inmortal? —preguntó Geir.

—Ya no. En el momento en que las otras dos Sacerdotisas murieron dejé de servir para el cometido que fui creada, por lo que empecé a envejecer como el resto de mortales. También mis poderes han ido mermando.

—¿Cómo pudisteis no prever lo que iba a ocurrir? ¿Acaso no erais conscientes de que el castigo de la Diosa traería consecuencias?

Álex fulminó a Ray con la mirada por tan crudo comentario. Enid esbozó una sonrisa triste.

—En aquella época vivíamos en una comunidad que nos protegía —musitó con gesto taciturno—. En toda nuestra larga existencia no había sido necesario, hasta aquel momento. Era bastante numerosa y bien organizada. Pero la traición vino de dentro y estábamos demasiado implicadas emocionalmente como para haberlo visto venir. Aparte de Sacerdotisas éramos mujeres, y procurábamos llevar una vida normal pese a que siempre teníamos que ver morir a nuestros hombres e hijos. En aquel entonces también yo tenía un guerrero que me protegía como si fuese una delicada gota de lluvia —comentó mirándonos a Erwan y a mí. El cómo se había dado cuenta de ello no podía imaginármelo—, y estaba embarazada de Gunir. Jamás imaginamos que uno de nuestros hijos pudiera hacernos aquella jugada.

—¿Uno de tus hijos os traicionó? —Enid negó ante la pregunta de Álex.

—Era el hijo de Helori, otra de las Sacerdotisas. Su nombre era Marlon, desconozco si se trata del mismo que conocéis vosotros o un imitador que sigue sus pasos, pero desde luego que nunca jamás he visto un ser tan colmado de oscuridad como ese hombre. En aquel tiempo había superado nuestra edad. Su envidia y sed de poder le hizo desear lo que su madre tenía. Aprovechó que nuestra gente estaba volcada en protegernos de un mal exterior para matarnos. Siempre pensé que lo hizo como venganza, empiezo a creer que sus motivaciones fueron otras —explicó quedándose pensativa.

—¿Cómo pudiste escapar? —quise saber.

—Aquella misma noche tuve un sueño premonitorio, ese es mi don más poderoso, pero no llegó con el suficiente anticipo para salvar a mis seres queridos. Los aniquiló a todos. Mi esposo logró sacarme de allí pero tuvo que sacrificarse también, así que aquella noche lo perdí todo, tan solo una de mis descendientes logró salir con vida. —Su semblante entristecido por los recuerdos se volvió hacia mí—. Nunca, en toda mi existencia, había amado a un hombre tanto como a Briac. Después de aquella infausta noche perdí las ganas de vivir y me alegro de haber perdido también el don de la inmortalidad. El bebé que había creciendo en mi seno me dio fuerzas para sobrevivir, aún tenía un propósito que llevar a cabo. Me avergüenza decir que me mueve la venganza tanto como el deseo de restaurar el equilibro inicial, pero así es. Todo este tiempo he ido recibiendo algunos mensajes de Madre a través de los sueños, por eso estás aquí.

—Ese Marlon que os traicionó ¿era un supresor?

Enid miró a Erwan con el semblante desencajado.

—Empiezo a sospechar que sí. Su madre lo era, pero jamás lo utilizó más que en personas moribundas. He visto a muy pocas personas con ese poder y todas de la estirpe de Helori. No imagino los estragos que puede causar si cae en manos como las suyas. ¿Cómo lo has sabido?

—Porque ese mismo hombre es mi padre, y también yo poseo ese don.

Todas las miradas se posaron en Erwan. El desconcierto y la sorpresa se reflejaban en los rostros de los allí presentes. En mi caso la incredulidad. No tenía muy claro lo que había querido decir con *supresor*, pero lo fastidioso del asunto no era solo eso. Nunca me había hablado de ello, no es que fuésemos la pareja más convencional del mundo, pero saber que mantenía sus propios demonios lejos de mí me dolió. Tan solo una vez le había preguntado por su don, a lo que había respondido con una evasiva que al parecer había funcionado porque no había vuelto a sacar el tema.

Enid cogió la mano de Erwan y cerró los ojos durante unos largos segundos en los que los demás observamos sin atrevernos siquiera a hacer el menor movimiento. Parecía que aquella noticia nos había congelado a todos.

—Realmente eres el nieto de Helori —afirmó Enid emocionada como si aquella fuese la noticia más maravillosa que recibía en años.

—Y el hijo del mayor lunático que probablemente haya visto nacer este planeta.

No fue necesario que explicara cómo era la relación con su padre. El odio que destilaban sus palabras y los gestos de su cuerpo fueron más que suficientes.

—Perdonad mi ignorancia, pero ¿qué es un *supresor*? —quiso saber Ray.

—Una persona con el poder de aspirar los de su víctima hasta matarla. —El desdén con el que Erwan habló de su don nos puso de manifiesto lo que pensaba de él.

—No es necesario matarla. Puedes simplemente restarle los poderes convirtiéndola así en un humano más. Tiene un doble filo, pero resultó ser muy útil para mantener controlados a ciertos individuos.

—Desde luego que también lo ha sido para él.

—¿Cómo se explica que haya sobrevivido tantísimos años? —inquirió Ray con el ceño fruncido—. Qué debe de tener ¿unos mil doscientos años?

—Supongo que al quitarle los poderes a su madre y a Ula, la otra Sacerdotisa, obtuvo la inmortalidad para sí —apuntó Álex.

Pensar que aquel monstruo era inmortal me produjo cierta sensación de agobio y mareo que me hicieron ponerme en lo peor. Fue la mano de Erwan la que impidió que me fuera hacia atrás.

—Pero tú ya no eres inmortal.

—En el momento en que dejamos de ser tres sí.

—Puede que el hecho de absorber sus poderes a dos de las tres Sacerdotisas antes de deshacer la tríada, fuera lo que le hizo conservarla —aventuró Jon.

—Puede ser, aunque lo más posible es que no sea inmortal como decís —dijo Enid pensativa—. Dudo mucho que ese don pueda ser adquirido, más bien pienso que son sus víctimas las que le regalan todos esos años que les quedaban por vivir.

—Esto es mucho peor de lo que pensaba. —Las manos de Ray mesaron su cabello ya de por sí despeinado, en un gesto que solía repetir cuando algo le sobrepasaba—. ¿Y dices que tú puedes hacer eso?

Erwan asintió sin apartar la vista de sus propias manos, que permanecían enlazadas entre ellas sobre la mesa.

Unos suaves golpes a la puerta precedieron la aparición de un hombre de mediana estatura y rostro apesadumbrado.

—Arnvid ha iniciado su camino al Valhalla.

—Ahora mismo voy.

El hombre desapareció tal como había venido, cerrando tras de sí.

—Me he ganado una buena reputación como sanadora. Ya que no puedo servir a Madre de ninguna otra forma sin ponerme en peligro, al menos utilizo mi sabiduría para curar a estas personas que me protegen y me han aceptado como a una más. —Se levantó del banco con el semblante apenado—. La peor parte viene cuando no puedes hacer nada por ayudarles, ni siquiera yo puedo librarlos de la muerte. Es por eso que no pude venir anoche pese a que apenas podía contener mis ganas de conocerte.

—Lo sabemos, tu hijo nos lo explicó.

—¿Mi hijo? —Levantó las cejas con sorpresa—. Te refieres a Björn —afirmó cayendo en la cuenta—. Es mi hijastro.

—Pero Halfdan no es como nosotros y su hijo sí —comentó Ray extrañado.

—La primera esposa de mi marido era descendiente mía, aunque eso solo lo sabemos Björn y yo. Para el resto de la aldea era mi hermana, llegamos aquí después de vagar durante unas cuantas lunas. Mi avanzado estado no me permitió continuar más al norte de modo que nos detuvimos aquí hasta que tuviera a mi bebé. Halfdan se prendó de mi «hermana» y no paró hasta hacerla su esposa; su segunda esposa puesto que ya tenía una. —Fruncí el ceño con desagrado no comprendiendo cómo una mujer podía ser capaz de compartir a su marido. Enid sonrió al ver mi gesto—. No es una costumbre extraña en estas tierras, mi niña. Halfdan puede llegar a ser muy persuasivo y ella solo quería tener un hogar—. —Se encogió de hombros recolocándose el chal que cubría sus hombros—. Ambas murieron cuando Björn y Gunir eran apenas unos críos. Tuve que casarme con Halfdan con tal de protegerles y mantenernos unidos.

—Pero él lo sabe todo.

—Tuve que contárselo. Me juró que nada ni nadie podría hacerme daño mientras estuviera bajo la protección de su casa —explicó con una sonrisa—, y así ha sido hasta el día de hoy. Es un buen hombre. Estoy segura que el único motivo por el que os han permitido llegar tan lejos es tu parecido con Gunir.

Levanté las cejas con sorpresa.

—¿De veras?

Enid asintió con la mirada nublada.

—Esos ojos tan peculiares que tienes son de mi esposo, el padre de Gunir. —Tomó un mechón de cabello entre sus dedos y lo observó pensativa—. También has heredado su color de pelo pese a la cantidad de generaciones que os separan.

—¿Dónde está ella? —preguntó Álex con interés.

—Esa es una larga historia que ya os contaré —respondió regresando en sí—. Ahora tengo que irme a preparar un funeral. —Dirigió sus pasos hacia la puerta pero cuando estaba a punto de salir se volvió hacia mí—. ¿Por qué no me acompañas? Tú también, Álex, me encantaría que me explicaseis más cosas de vuestro mundo.

Ambas aceptamos gustosas de seguir a nuestra antepasada común. No todos los días se le brindaba a una la oportunidad de conocer a la primera mujer en tu línea de ascendencia.

Llegamos a la cabaña del fallecido tras recorrer unos pocos de metros desde la nuestra. Para cuando acostumbré mi visión a la escasa luz de su interior, advertí que, aparte del fallecido, tan solo había mujeres. Probablemente las mujeres de su familia. Sus rostros apenados nos miraron con curiosidad, sabían que éramos familia de la esposa del *jarl* por lo que nos aceptaron de buen grado.

—Hubo un enfrentamiento la noche antes de que llegaseis —explicó Enid—. Un problema de tierras. Sus compañeros de armas lo trajeron tan malherido que no pude hacer nada por él, tan solo velar porque su viaje al Valhalla fuera lo menos doloroso posible.

—¿Al Valhalla? —repitió Álex.

—Creen que un guerrero caído en batalla será llevado por las *valquirias* a la residencia de Odín para convertirse en guerreros *einherjer* y luchar junto al dios en la gran batalla final.

—El Ragnarök —afirmé.

Poco era lo que sabía sobre aquellas gentes, pero la mitología era algo que siempre me había interesado. Enid asintió sin apartar la vista de lo que estaba haciendo.

Limpiaron su cuerpo y lo vistieron con lo que me parecieron sus mejores galas. Álex y yo nos limitamos a ayudar trayendo agua o algún que otro objeto cuando Enid nos lo ordenaba. Gyda también estaba presente.

Pese a que trató de ser disimulada, su mirada se volvía hacia mí una y otra vez, algo que pronto empezó a irritarme. Tenía la sensación de que quería decirme algo y que de poder hacerse entender lo habría hecho gustosa.

—Te miran con curiosidad porque eres tan parecida a mi Gunir que resulta inquietante —comentó Enid percibiendo mi incomodidad.

—¿Y dónde está ella ahora?

—Bajo la protección de otro clan. —Tuve la sensación de que las líneas de su rostro se endurecían—. Björn estaba enamorado de mi hija y creo que ella le correspondía. Ella iba a ser la continuadora de nuestra estirpe, así que no me podía permitir que sus hijas fueran fruto de una mezcla de sangre tan cercana. Björn era el hijo de una de mis nietas. Él era joven y estaba ciego de amor por lo que no entendió que su padre y yo la enviásemos lejos aprovechando su primera expedición a tierras extranjeras. Creo que nunca me lo perdonará —sentenció con la mirada entristecida.

—Eso explica su reacción al verte —apuntó Álex entre dientes.

Desvié la vista hacia mi prima asintiendo con la cabeza recordando que me había mirado como si fuese una aparición y que la primera palabra que salió de sus labios al tenerme enfrente fue Gunir.

Dos hombres entraron para llevarse el cuerpo de Arnvid. Las mujeres salieron tras ellos y nosotras les seguimos a unos pasos de distancia. La multitud reunida cerca de las aguas del fiordo se abrió paso para dejar pasar a la entristecida comitiva.

Mi mirada se posó en la alta figura de Erwan que destacaba entre las demás como un faro en plena oscuridad, aquello debía de ser el amor. Me atraía como la miel a las abejas y no estaba en mi poder evitarlo; ya no. Sus preciosos ojos brillaron como dos zafiros al verme. Levantó el brazo izquierdo cuando apenas nos separaban unos pasos y allí me refugié junto a su pecho. Sus perfectos labios se posaron en mi sien formando un tierno beso que hizo que mi mundo se tambaleara. Un beso que iba mucho más allá de la mera atracción física y el deseo.

Habían preparado una pira enorme en cuyo centro descansaba el cuerpo del fallecido junto con su espada. A su alrededor habían depositado todo tipo de enseres que irían con él en su viaje al más allá. Por su ajuar funerario y el tamaño de la pira podía apreciarse que era un hombre bien posicionado dentro de su escala social como hombre libre.

Uno de sus hijos se abrió paso llevando consigo un caballo al que tenía cogido por las riendas. Comenzó a pronunciar unas palabras mirando al cielo y acto seguido rebanó el cuello del poderoso animal. Di un paso atrás de forma instintiva debido al rechazo que me causó, pero el fuerte abrazo de Erwan me lo impidió. Era consciente de que era común ofrecer sacrificios a los dioses para ganarse su favor, pero presenciarlo en directo me impresionó.

El caballo yacía ahora junto a su amo con apenas un hálito de vida. El joven apareció de nuevo con dos preciosos perros de caza y procedió a hacer lo mismo. Pese a la dureza de su mirada, percibí un temblor en su mano al efectuar el gesto letal que enviaría a aquellos animales a la otra vida.

—¿Piensa matar también a su madre para que le acompañe? —farfullé sin poder contener el sarcasmo.

—Solo sus posesiones y eso incluye sus animales —contestó Erwan—. Aunque de tratarse de personas poderosas también podía acompañarle alguna que otra esclava si ella accedía.

—Qué honor.

—Te recuerdo que en tu época todavía existe esa costumbre. —Le miré horrorizada con los ojos desorbitados.

—Eso no es cierto.

—En la India existe una práctica muy antigua en la que la viuda es quemada en la misma pira que su marido. No creas que el ritual del *Satí* es algo legal en nuestros días, fue abolido hace dos siglos, pero aun así, sigue habiendo mujeres que se inmolan con sus esposos en algunos lugares recónditos del país.

Me mordí la lengua por no empezar a despotricar. Allá cada uno con sus creencias. Era increíble lo que la mujer era capaz de aguantar a manos de sus maridos, muchas sin más opciones; pero lo peor venía cuando lo hacían de buen grado. Aunque dudaba mucho que dichas esposas estuvieran de acuerdo con tamaño abuso, ¿qué podían hacer ellas en un país en el que la mujer tiene tan poco valor para la sociedad? Resoplé guardándome la indignación para mis adentros y me centré en la escena que tenía lugar ante mis ojos.

La pira empezó a arder elevando al cielo una humareda oscura que todos observaron. Tal vez visualizando con la mente a la *valquiria* que vendría a buscarlo para llevarlo a la morada de Odín. El olor a carne quemada mezclado con la madera y demás objetos se alojó en mi garganta provocándome una sensación nauseabunda que tardaría en desaparecer un buen rato.

Erwan me explicó que siete días después se celebraría un banquete en honor al fallecido en el que se sacrificarían animales que después comerían. Confiaba que para entonces hubiésemos cumplido con nuestra misión, ansiaba acabar con todo aquello cuanto antes para poder empezar una nueva vida al lado de Erwan y libre del acecho de Marlon.

Caminaba aún bajo el brazo de Erwan detrás del resto de nuestro grupo, cuando nos topamos con Enid que venía a nuestro encuentro.

—Se te ve cansada, mi niña. —Su mano cogió la mía de forma maternal—. Será mejor que descanséis, han sido unos días muy largos para vosotros.

—¿Por qué estamos aquí? —solté a bocajarro. Mi humor me impedía ser un poco más diplomática, tenía la sensación que de no acelerar las cosas me quedaría a vivir allí para siempre.

Enid me miró formando una fina línea con los labios, como si pensara la respuesta.

—Al principio creí que los planes de la Diosa eran traerte hasta mí para que entre las dos pudiésemos convocarla, pero al tocarte por primera vez salí de mi error —confesó—. No percibí la red de energía que fluía entre las otras Sacerdotisas y yo. Llevo todo el día dándole vueltas y creo que el hecho de que hayas llegado a pocos días de la Noche de las hogueras es un claro indicio de lo que quiere la Diosa.

Percibí cómo el cuerpo de Erwan se ponía en tensión. Fruncí el ceño confusa al ver el rictus que se había formado en su rostro.

—¿Y qué es?

—Todo a su debido tiempo. Tan solo quedan dos noches, mientras tanto disfruta de tu estancia.

El cruce de miradas entre Enid y Erwan me desconcertó totalmente. Aún pensaba en el contenido del mensaje cuando comenzamos a caminar hacia la cabaña. Por el silencio de mi acompañante y la dureza con la que apretaba la mandíbula deduje que algo sabía, por lo menos algo más que yo, pero fui consciente de que no iba a sacarle ningún tipo de información en aquel momento pues justo llegábamos al que era nuestro hogar temporal. Decidí que, puestos a esperar, dos noches no me parecían tantas. De hecho incluso me emocioné ante la idea de que en poco más de cuarenta y ocho horas pudiera llevar a cabo lo que fuera para lo que estaba destinada, y acabar de una vez y para siempre con todo aquello que me impedía tener una vida más o menos normal.

Capítulo 10

—Te juro que aún me huele el pelo a muerto.

Miré a mi prima componiendo una mueca de desagrado mientras ella acercaba la pechera de la túnica a su nariz con disgusto.

—Y no es lo único, por cierto.

—No seas desagradable.

Resopló a modo de respuesta sin dejar de caminar unos pasos por delante de mí. La obsesión por la limpieza de Álex, junto con el aburrimiento, nos había llevado a dar una vuelta en busca del pequeño arroyo del que nos había hablado Enid aquella mañana, con la idea de lavar nuestra ropa interior. No es que tuviéramos otra de repuesto, pero confiábamos que no tardaría mucho en secar si la dejábamos toda la noche al lado del fuego. Nuestros hombres habían salido temprano a una partida de caza con Halfdan y los demás, para preparar la celebración que tendría lugar al día siguiente, de modo que teníamos vía libre para hacer lo que nos diera la gana. El hecho era que Álex también había sido invitada, pero se había negado en redondo a dar caza a ningún animal pese a que luego era la primera en degustar su apetitosa carne. Por mi parte me alegré de que lo hiciera, no me hacía especial ilusión quedarme sola sin poder relacionarme con nadie porque nadie en todo el poblado, aparte de Enid, hablaba mi lengua.

—Creo que nos hemos perdido —anuncié mirando a nuestro alrededor.

Hacía rato que había comenzado a desorientarme. No es que fuera muy buena en esos menesteres ya que yo era lo que se consideraba una *urbanita* de la cabeza a los pies; pero tenía la sensación de que caminábamos sin rumbo fijo.

—No debe de andar lejos. —Se detuvo haciendo una inclinación de cabeza—. ¿Has oído eso?

Negué recorriendo con la mirada la impenetrable espesura del bosque. Los sonidos de la naturaleza me resultaban encantadores, pero estaba convencida de que sería incapaz de diferenciar el rumor que hacían las ramas de un árbol al ser mecidas por el viento con el chasquido que debía de hacer un oso al caminar sobre la vegetación.

Álex continuó la marcha unos pocos de metros más hasta llegar al fin a nuestro objetivo.

—¿Lo ves? Estábamos cerca. —Señaló con orgullo el arroyo rodeado de arboleda.

—No estoy segura de que sea este el lugar que nos ha indicado Enid.

—Deja de quejarte, es agua ¿no?

—Creo que servirá. —Asentí en tono burlón con la vista clavada en el agua clara.

Lavamos nuestras prendas con un jabón que Enid nos había dado a base de grasa de animal y cenizas de abedul, mientras charlábamos de nuestras cosas y aprovechaba para burlarme de Álex y los intentos de Jon por ligar con ella.

El día era bastante cálido teniendo en cuenta que de un momento a otro acabaríamos el mes de abril. El sol acariciaba la piel de mis brazos y mi rostro provocándome una sensación de relax muy agradable. Tras tender las prendas sobre la rama de un árbol nos estiramos cual lagartas sobre la hierba. Me desprendí de mis botas y subí la falda hasta mis muslos para permitir a la vitamina D que me proporcionarían los rayos de sol, un mayor espacio de trabajo.

—Tienes el mismo color que las muñecas de porcelana. —Lancé a mi prima una mirada entornada que la hizo partirse de la risa.

—¿Te crees graciosa?

Debía de creérselo puesto que continuó riéndose mientras se levantaba y metía los pies en el arroyo. Tras observar el agua unos instantes con gesto pensativo, se instaló en su semblante una sonrisa intrigante.

—¿Te has vuelto loca? —pregunté al verla desprenderse de la túnica y quedarse como la Diosa la trajo al mundo.

—Necesito quitarme el olor a pira funeraria.

—Morirás de hipotermia condenándome a una muerte segura también a mí porque seré incapaz de encontrar el camino a la aldea.

Su carcajada resonó en el inmenso silencio que nos rodeaba asustando a unos pájaros que de inmediato echaron a volar.

—No seas exagerada.

—Podrías ahogarte, ¿lo has pensado?

—Apenas me llega el agua a la altura de los hombros —replicó con deleite antes de sumergir la cabeza bajo las aguas cristalinas.

Hundí uno de mis minúsculos pies en el agua sintiendo un ramalazo de dolor con su simple contacto.

—Está helada.

—Vamos, solo es la impresión inicial. Imagina que se trata de un baño turco.

—Será la mitad de un baño turco porque falta la piscina de agua caliente —objeté haciendo que mi prima pusiera los ojos en blanco.

—¿Quieres desprenderte del olor a carne chamuscada o no?

La miré indecisa unos segundos hasta que me decidí a purificar también mi cuerpo antes de acabar perdiendo la sensibilidad de mis pies.

Me saqué la túnica por la cabeza mientras Álex daba palmaditas y reía como una niña con un vestido nuevo. Resultó tan doloroso que apenas pude aguantar más de un minuto en el agua, lo justo para meterme del todo, frotarme con el mismo jabón con el que habíamos limpiado la ropa y volver a salir.

Noté cómo la sangre abandonaba mi cara en el momento en que puse mis pies sobre la hierba y vi al hombre que nos observaba. Se mantenía a cierta distancia con la espalda apoyada sobre el tronco de un árbol. Sus ojos recorrieron todo mi cuerpo desnudo con descaro mientras yo trataba de enviar un mensaje a mi cerebro para que comenzara a reaccionar.

—No me lo puedo creer —oí que decía la voz de Álex situándose a mi lado.

Rápidamente me hice con la túnica y me la coloqué. Al levantar de nuevo la vista había desaparecido. Álex hizo lo propio y tras recoger nuestras prendas mojadas deshicimos el camino de vuelta a la cabaña en menos de la mitad de tiempo de lo que nos había costado encontrar el arroyo, temerosas de que apareciera de un momento a otro.

Cerré la puerta de la cabaña tras de mí con un suspiro de alivio apoyando la frente en la áspera madera, sintiendo aún el temblor de mis piernas.

—¿Ocurre algo?

Me volví al oír la voz de Jon, regresando a la realidad. Cuatro pares de ojos nos observaban con expresiones que iban desde el desconcierto al recelo.

—Nada. —Traté de disimular rezando para que no se notara lo pésima actriz que era.

—¿Por qué estáis mojadas? —quiso saber Ray con suspicacia.

—Porque nos hemos dado un baño en un arroyo —respondió Álex.

—¿Desnudas? —la cortó endureciendo la mirada.

—¿A ti qué te parece?

—¿Pero tú estás bien de la cabeza? En vez de aportarle un poco de sentido común a tu prima ¿te dejas llevar por sus ideas incendiarias?

—¡Ni siquiera ha sido idea mía! —me defendí indignada.

—Perdona si mi concepto de limpieza me impide andar por ahí sin lavarme cada día —replicó Álex.

—Pues haces como hemos hecho nosotros, maldita sea —ladró señalando la tina que había cerca del fuego.

Geir y Jon observaban la escena con la boca abierta, la de Erwan era harina de otro costal, por lo que rehuí su mirada.

—Esa no es la cuestión —replicó la pelirroja—. El caso es que al salir vimos a Björn que nos había estado espiando. ¡Ni siquiera tuvo la vergüenza de ser discreto!

Pese a que mi vista estaba clavada en la discusión de aquella extraña pareja, mi visión periférica captó el cruce de miradas entre Erwan y Geir mientras yo me abrazaba con más fuerza a mis prendas mojadas.

—Ni siquiera llevabas tus armas, ¿verdad?

—No creí que las fuera a necesitar, de hecho no ha sido necesario.

Ray negó con la cabeza al tiempo que soltaba el aire de forma exasperada.

—¿Y qué si nos ha visto desnudas? —anuncié tratando de quitar hierro al asunto—. Tampoco es para tanto, no será la primera mujer que ve en pelotas.

Dejé la ropa aún empapada sobre un banco cerca del fuego dando por zanjado el asunto, o al menos dando a entender con ello que por mi parte quedaba cerrado.

—Amy, ¿tú realmente eres consciente de dónde estás? —La pregunta de Erwan me irritó sobremanera. Estaba segura de que había debido de contar hasta veinte antes de decidirse a decir algo, él era mucho más comedido que su amigo. Ni siquiera me llamó como siempre hacía, señal de que estaba muy cabreado.

—Por supuesto —contesté encendida—, no soy estúpida. Ya sé que no deberíamos habernos bañado en el arroyo, como también sé que somos invitadas de Halfdan y familia de su esposa, para más inri, con lo que nadie se atrevería nunca a ponernos una mano encima.

—¿Por qué no les cuentas lo que nos explicó Enid sobre Gunir y Björn?

—Álex —me quejé incapaz de creer lo que oía. Le había hecho prometer que no contaría nada de aquella conversación al resto del grupo. Lo último que me faltaba era que le fuera con aquella historia a Erwan después de la propuesta que le hiciera Björn en nuestra primera noche en la aldea —. No sé qué tiene que ver con todo esto —me repuse rápidamente tratando de desviar el tema—. No vamos a volver a bañarnos en el arroyo, fin de la historia.

Erwan se cruzó de brazos en una actitud que decía todo lo contrario. Su impenetrable mirada se posó en Álex para que empezara a hablar.

—Sé que te prometí que no lo contaría, pero creo que ellos tienen que saberlo. Björn no me da buena espina y mucho menos después de ver cómo te ha mirado. —La censuré con la mirada sintiendo mi respiración más agitada cada vez mientras escuchaba su confesión—. Björn estaba enamorado de Gunir, quería hacerla su esposa pese a que sus lazos de sangre son muy cercanos. Enid convenció a Halfdan para enviarla con otro clan que la protegiera y casarla con otro hombre, uno que no fuera Björn, pues de ella dependía la continuidad de su estirpe. Lejos de entenderlo, Björn se volvió como loco, dice que aún no la ha perdonado y que siempre que puede continúa buscándola.

No fue necesario decir más. La mandíbula de Erwan parecía esculpida en granito cuando volvió su atención hacia mí.

—¿No crees que deberías haber compartido conmigo ese detalle?

—No pensé que fuera importante —repuse tratando de no ahogarme con la mentira.

—En adelante prefiero ser yo quien decida si tiene importancia o no —espetó con los ojos encendidos a un palmo de distancia de mi rostro.

Tras decir eso se marchó de la cabaña dando un portazo y dejándome con la boca abierta.

—¿Te has quedado a gusto? —grazné en dirección a mi prima antes de salir por la puerta tras los pasos de Erwan.

Mi mirada recorrió su ancha espalda, se había detenido al fin ante las gélidas aguas del fiordo. Me mantuve en silencio lo que me pareció una eternidad sin saber qué decir. Tenía razón en cuanto a lo de haberle ocultado aquella historia, pero no podía ser tan grave como para que reaccionara así.

—Lo siento.

Si me oyó no dio muestras de ello. Se mantuvo quieto en la misma posición con los brazos en jarras.

—Sé que debí habértelo contado pero temí tu reacción.

—¿Y cuál crees que habría sido mi reacción, Amy? —cuestionó volviéndose hacia mí—. ¿Crees que me habría abalanzado sobre él a la mínima que posara sus ojos sobre ti? —Me encogí de hombros sintiéndome estúpida de repente, ni siquiera sabía lo que había tratado de evitar—. No soy un puto camorrista pese a que te empeñes a pensar que sí.

—Eso ya lo sé.

—Te dije que yo siempre pensaba bien en las consecuencias antes de actuar. ¿Es que acaso te he demostrado alguna vez lo contrario? —Negué con la cabeza sin poder mantener la intensidad de su mirada—. La otra noche tuve sobrados motivos para reventarle la cara a golpes, pero no lo hice. —Se pasó las manos por el pelo con frustración—. ¿Si no confías en mí cómo voy a protegerte?

—Ya te he dicho que lo siento. De verdad que en ese momento no pensé que fuera necesario echar más leña al fuego. El hecho de que me parezca a Gunir no quiere decir nada —argumenté—. También me parezco a mi hermana y eso no quiere decir que Gérard esté enamorado de mí.

Erwan soltó un bufido a la vez que negaba con la cabeza en un gesto que no supe cómo interpretar.

El silencio volvió a imponerse entre nosotros. Tenía la cabeza gacha concentrado en algún punto del suelo negándome con ello el calor de su mirada y haciéndome sentir desdichada.

—No es solo eso, ¿verdad? —Sabía que algo rondaba por su cabeza desde la visita de Enid el día anterior. No era posible que aquella estupidez lo hubiera enfadado tanto.

—¿Cómo dices?

—Te vi discutir con Enid esta mañana.

Algo me decía que acababa de meter el dedo en la llaga. Puede que fuese la tensión que se instaló en sus hombros, o simplemente el hecho de que no fuera capaz de sostenerme la mirada y se encontrara de nuevo con la vista clavada en el horizonte.

Al volver de coger agua aquella mañana, les había visto charlando a unos metros detrás de la cabaña. Pensé en acercarme a saludar, pero entonces vi el gesto de Erwan y los aspavientos que hacía con las manos mientras hablaba con ella. Decidí mantenerme al margen y preguntarle después, pero no había vuelto a recordar el episodio hasta aquel momento.

—¿Qué es la Noche de las hogueras? —pregunté recelosa recordando la actitud de Erwan tras nuestro encuentro con Enid la tarde anterior.

—Una fiesta para celebrar el cambio de estación.

—No vas a contármelo, ¿verdad? —Se volvió hacia mí suavizando aquella mirada que tanto me perturbaba y entonces abrió los brazos en donde no dudé ni un solo segundo en enterrarme.

—Nada de lo que debas preocuparte.

En aquel momento, al calor de sus brazos, fui consciente del frío que hacía y de lo escaso de mi indumentaria.

—Entonces yo debo contártelo todo, pero tú puedes censurar lo que te parezca poco apropiado para mis delicados oídos.

Se mantuvo en silencio con la cabeza sobre la mía durante un buen rato hasta que respondió:

—Tu antepasada y yo tenemos diferentes opiniones en cuanto a Marlon y a todo lo que se pueda relacionar con él.

—¿Por qué tiene que estar ese monstruo en el centro de todo lo que nos rodea? —Alcé la cabeza para encontrarme con sus ojos.

—Mientras su objetivo seas tú estará en el centro de todos mis pensamientos —respondió poniendo sus manos a ambos lados de mi rostro.

El calor que desprendían sus ojos hizo que todo mi cuerpo se echara a temblar. Sus labios se acercaron poco a poco a los míos rozándolos con suavidad, como una caricia. Me mordisqueó el labio inferior con delicadeza antes de hacerse paso con su lengua en el interior de mi boca. Una oleada de fuego se avivó en mi interior, y supe que también en el suyo porque entonces interrumpió el beso pegando su frente a la mía.

—Será mejor que volvamos, vas a enfermar con este condenado frío. —Su mano acarició mi pelo mojado que clamaba a gritos que lo peinaran y secaran.

Emprendimos el camino de regreso a la cabaña cada uno sumido en sus propios pensamientos. Había algo que no acababa de entender y era el hecho de que Enid y Erwan hubiesen estado hablando de Marlon a hurtadillas. Era un peligro que se cernía sobre nosotros, pero cabía decir que nos separaban más de mil doscientos años de distancia. ¿A qué venía entonces aquella discusión? ¿Qué tenía que ver él en todo esto?

El día siguiente no fue mucho mejor. Había vuelto a tener pesadillas aunque esta vez no las recordaba, simplemente había despertado en medio de una crisis que me había dejado sin aliento y profundamente aterrorizada, pero al parecer mi mente había eliminado todo rastro de aquella para no ser recordado. En el fondo lo agradecí, bastante tenía de momento con lo que me esperaba aquella noche.

Erwan, por su parte, estaba más retraído que nunca. Se mantenía en un profundo silencio apático que me tenía totalmente desconcertada. Estaba convencida de que debía de estar relacionado con su conversación con Enid. Decidí no presionarle y darle la oportunidad de que se abriera a mí. Si finalmente continuaba con aquella actitud, como temía que haría, ya pensaría en un plan de acción.

Los habitantes de la aldea rebosaban de vitalidad aquella mañana con los preparativos de la fiesta. Puesto que no teníamos nada mejor que hacer, Álex y yo ofrecimos nuestra ayuda a las mujeres. Nada me apetecía menos que quedarme a solas con mis funestos pensamientos.

Pese a la falta de entendimiento por culpa de la lengua, logramos integrarnos en aquel fragoroso grupo. Las mujeres aceptaron con una gran sonrisa nuestro ofrecimiento y rápidamente nos pusieron manos a la obra. Inga se encargó de ponernos a amasar pan. Por fortuna el grano estaba ya triturado y preparado para la mezcla, dos esclavas se encargaban de ello.

—No se te da nada mal —dije mirando a Álex amasar con mano experta.

—A mi madre le encanta hacer sus propios panes, por no mencionar las galletas, pasteles y demás. Siempre que puedo me escapo, resulta de lo más relajante, ¿no te parece?

Me encogí de hombros mientras me peleaba literalmente con mi masa de harina. Definitivamente las tareas domésticas no eran mi fuerte.

—Recuérdame que la próxima vez te llame para que te unas a nosotras —anunció mirando con el ceño fruncido el movimiento de mis manos—. Será divertido.

—¿Para que os riáis de mí?

—No, tonta. —Se quedó pensativa unos instantes, cuando creía que no iba a decir nada más añadió—: Em era como mi hermana, y quiero que sepas que para mí tú también lo eres. Es como si hubieses ocupado su lugar, aunque realmente no es así, nadie nunca podrá ocupar el hueco que dejó Émilie, pero... —Agachó la mirada hacia sus propias manos quedándose quieta—. No sé cómo explicarlo.

—Entiendo perfectamente lo que quieres decir. —Sentí un nudo en el estómago cuando Álex volvió la vista hacia mí.

—Sé que hace relativamente poco que nos conocemos, pero no lo siento así. Me cuesta conectar con mis iguales y contigo ha sido tan fácil como lo era con Em, pese a que sois muy distintas. Me encanta que estés con nosotros.

—Soy adorable. —Traté de aguantar la risa mientras me mantenía concentrada en mi tarea, pero la mirada de mi prima me lo impidió. Ambas estallamos en carcajadas provocando que las demás mujeres nos miraran con gesto sonriente, aunque no entendieran el porqué de nuestro arrebato—. —Yo también estoy más que feliz de contar con vosotros — reconocí poniéndome seria—. Me siento querida y esa sensación es realmente buena.

—Muy querida diría yo. —Una sonrisa pícara se dibujó en sus diminutos labios—. En toda mi vida he visto a Erwan tan pendiente de nadie como lo está contigo. Es tan romántico —suspiró con cierto dramatismo.

Puse los ojos en blanco y ambas volvimos a reír.

Tras recoger algunas verduras, lavarlas y cortarlas, nos pusieron a despellejar a los animales que habían sido cazados con motivo de la fiesta. Tarea sumamente desagradable que me hizo replantearme mi condición carnívora.

Un rato más tarde fuimos conducidas a una de las cabañas donde nos ofrecieron algo de comer. Con el estómago revuelto y calambres en los dedos de las manos acepté el tazón de caldo que Inga me ofrecía. Por el contenido del mismo deduje que debía de ser una sopa de algas las cuales flotaban en el líquido humeante. Sin hacer ascos a nada, como era mi costumbre, me lo bebí sintiendo cómo un calor reconfortante se instalaba en mi estómago y lo asentaba. También nos ofrecieron queso, un trozo de pan y una jarra de hidromiel que consiguió llevar el color a nuestras mejillas.

Enid nos vino a buscar al cabo del rato para hacernos regresar a nuestra cabaña a descansar. La noche prometía ser larga y empezaba a sentirme algo inquieta. Necesitaba hablar con Erwan para que me aclarara un par de puntos. Había tratado de no darle más vueltas al asunto, pero cuanto más lo pensaba más preocupante era su actitud de aquella mañana.

A punto de entrar por la puerta, la cual se encontraba entornada, oímos una pregunta que hizo que la mano de mi prima me agarrase de la túnica para impedirlo.

—¿Qué hay entre Álex y tú?

Eché un vistazo al interior en donde vi a Ray calentándose las manos frente al fuego y a Jon en el otro extremo. Ni rastro de Erwan y Geir.

—Léeme la mente —respondió mi amigo de malas maneras—. Lo sabes perfectamente.

—Estoy confundido, por eso pregunto.

—Es la madre de mis hijos. —Los ojos de Álex se abrieron de par en par al escuchar aquella confesión.

—No sabía que tuvierais hijos.

—Es que aún no los hay. Es un poco cabezota, pero ella sabe perfectamente a quién pertenece su corazón.

—O sea que aparte de tus proyectos de futuro con ella, no hay nada —respondió Jon burlón.

Advertí que Ray se levantaba para encarar a su rival.

—Mira, *ricitos*, lo que haya entre Álex y yo solo es asunto nuestro. Entiendo que estés buscando una madre para tu hija, pero olvídate de la pelirroja porque es mía y se vuelve conmigo a casa. ¿Te ha quedado claro?

Tiré de Álex hacia la parte trasera de la cabaña cuando oí los pasos de Ray acercarse a la puerta para salir dando un portazo.

Álex tenía la cara desencajada de la impresión que le habían causado las palabras de Ray.

—¿Te encuentras bien? —Negó con la cabeza al tiempo que se llevaba una mano al pecho y una solitaria lágrima rodaba por su mejilla—. Te dije una vez que estaba loco por ti, pero no quisiste escucharme.

—¿Por qué me trata así, entonces?

—Porque es un cavernícola que se preocupa por ti y eso le pone enfermo. Parece que ha luchado con uñas y dientes por controlar lo que siente, pero me da que ha perdido la batalla y lo ha aceptado. La pregunta es: ¿lo aceptas tú también de una vez para dejar de haceros daño?

Un amago de sonrisa se formó en sus labios sin atreverse a levantar la mirada del suelo. Sonreí feliz de que por fin aquellos dos empezaran a quitarse la venda de los ojos, aunque estaba convencida que de momento ninguno de los dos iba a dar su brazo a torcer.

«Tendré que empezar a idear la manera de acelerar las cosas», pensé con una sonrisa calculadora mientras me dirigía de nuevo al interior de la cabaña.

Traté de descansar un rato, pero me resultó imposible. Los nervios atenazaban mi estómago y Erwan aún no había dado señales de vida. Salí a airearme un poco aprovechando que necesitábamos leña por lo que me dirigí a la parte posterior de nuestro improvisado hogar, en donde me topé con Ray. Se había desprendido de su túnica, de modo que tan solo llevaba un pantalón oscuro tipo calzas que se pegaba a su bonito trasero. Descargaba golpes de hachazo contra un grueso tronco haciendo trozos más pequeños que poder quemar. Estaba segura que era la cabeza de Jon la que imaginaba entre el tronco que hacía de soporte y el filo de su hacha. Su espalda mostraba todos y cada uno de sus bien formados músculos cada vez que daba un golpe de hoja.

—¿Te gusta lo que ves? —preguntó sin darse la vuelta, pillándome *in fraganti* en mi minuciosa observación.

—No está mal —respondí con una sonrisa perversa en el rostro mientras me dirigía a la pila de troncos y me sentaba quedando frente a él—. Lástima que seas tan impertinente.

Se secó el sudor de la frente con el antebrazo lanzándome una mirada entornada.

—¿Y eso me lo dices tú? —Una sonrisa ladeada empezó a formarse en la comisura derecha de sus labios antes de que ambos prorrumpiéramos en carcajadas. Cierto era que nos parecíamos más de lo que nos gustaría reconocer.

En ese momento una conversación que empezaba a subir de tono llegó a nuestros oídos:

—No le hagas caso, es justo lo que quiere.

Tuve claro que era la voz de Geir.

Ray dejó rápidamente el hacha sobre el tronco y se dirigió al lugar de donde provenían las voces conmigo pisándole los talones.

Lo que vi a continuación me cortó la respiración. Erwan tenía agarrado a Björn del cuello de la túnica mientras Geir trataba de interceder entre ellos. Advertí que Björn escupía nuevas palabras sobre Erwan, que desvió la atención a Geir para que tradujera. Este dijo algo con gesto de derrota y entonces el semblante de Erwan se transformó. Lanzó un puñetazo a la cara de Björn que lo miraba con gesto triunfal. Estaba claro que al fin tenía a Erwan donde quería. Escupió la sangre que había acudido a su boca antes de arremeter contra él como un jabalí rabioso.

—¿Es que no pensáis hacer nada? —vociferé volviéndome hacia Geir.

—Créeme si te digo que lo estaba pidiendo a gritos —repuso mirando a Björn con desdén.

—¡Ray! —grité suplicante para que me ayudara, decidida a separar yo misma a aquellos dos titanes—. ¡Ya basta! —grazné poniéndome en medio aprovechando que se habían separado unos pasos antes de volver a enzarzarse.

Ray sujetó a su amigo por detrás que se revolvía con la vista clavada en su contrincante.

—¡Erwan, mírame!, así no vamos a solucionar nada —dije con gesto suplicante mientras trataba de tranquilizarle.

Oí que Björn decía algo y entonces me volví iracunda hacia él.

—¡Cállate de una vez, maldito gilipollas! —Le señalé con el dedo ante su gesto de sorpresa caminando hacia él—. No me gustas. No sé lo que pretendes, pero será mejor que nos dejes en paz de una vez si no quieres buscarte problemas—. —Esto último lo dije dándole un fuerte empujón en el pecho que apenas consiguió moverle un paso—. Ya puedes traducirle —dije a Geir que observaba la escena con la boca abierta.

Me volví hacia Erwan que continuaba siendo sujetado por Ray cuando me vi alzada del suelo por unos fuertes brazos. La expresión de furia más absoluta en el rostro de Erwan fue lo último que vi antes de verme estampada contra la pared de una de las cabañas que había junto a nosotros y sentir los labios de Björn presionando los míos. Me revolví con todas mis fuerzas, pero eso no impidió que metiera su lengua dentro de mi boca haciéndome daño mientras me manoseaba todo el cuerpo.

Erwan lo embistió con un grito de rabia lanzándolo al suelo. Se colocó sobre él y empezó a golpearlo como un salvaje sin que su contrincante apenas pudiera responder. Miré horrorizada a Geir, Ray y Jon, que observaban sin intención de hacer nada por separarlos.

Me llevé las manos al rostro llena de espanto, sabiendo que era mejor no volver a meterme en medio. Deslicé la espalda por la madera hasta llegar al suelo sintiendo que las fuerzas me abandonaban.

Los hombres de Halfdan acudieron a separarlos. Fueron necesarios tres de ellos para sacar a Erwan de encima de Björn, el cual trataba por todos sus medios de soltarse para abalanzarse de nuevo sobre él. Se lo llevaron prácticamente a rastras ante la mirada amenazante de Erwan que permanecía de pie expectante, como si esperara que de un momento a otro su adversario volviera al ataque. Cuando al fin desapareció de nuestra vista se volvió hacia mí y me tendió una mano para ayudarme a levantar. Acarició mis labios hinchados con delicadeza a la vez que su mirada azul oscuro buscaba la mía.

—¿Te encuentras bien? —Asentí con la cabeza sin saber qué decir o qué hacer a continuación. Pese a la suavidad de sus palabras no me engañó, la ira asomaba por sus preciosos ojos—. Será mejor que entres y permanezcas ahí hasta que llegue el momento de la fiesta.

—¿Y tú?

—Luego —respondió antes de darse la vuelta y desparecer por el lado opuesto por el que se había marchado Björn y su gente.

Traté de acallar la sensación amarga que oprimía mi corazón y me decía que algo no andaba bien, mientras le veía alejarse de mí. Tenía claro que algo se estaba cociendo a mi alrededor y como siempre era la última en enterarme.

Capítulo 11

Miré el plato de carne de ciervo con disgusto, consciente de que sería incapaz de probarlo. No solo era que mi estómago estuviera completamente cerrado, sino que las imágenes de aquella misma mañana en la que me había tocado despellejarlo me impedían encontrar aquel supuesto manjar mínimamente apetitoso.

Las mesas se habían colocado como en la ocasión anterior formando una larga hilera que ocupaba la casi totalidad de la sala. La gente comía y bebía disfrutando del ambiente festivo poniendo un punto y aparte a la dura rutina de su día a día.

Erwan estaba sentado junto a mí con aire reflexivo, perdido en algún lugar de su propia mente. No habíamos cruzado palabra desde lo sucedido aquella tarde y aquello me preocupaba. Por su parte, Björn lo miraba con aire desafiante. Su cara mostraba los rastros de la pelea que había tenido lugar hacía tan solo unas horas, para los que aún no se habían enterado. La ceja partida de Erwan indicaba con quién había sido el enfrentamiento.

—¿Piensas contarme lo que ha pasado? —pregunté al fin incapaz de aguantarme por más tiempo.

—Creo que es bastante evidente —respondió sin dirigirme la mirada.

—Para mí no. —Su actitud empezaba a frustrarme—. Dijiste que no te abalanzarías sobre él.

—Sé lo que dije.

Levanté las cejas con sorpresa ante aquella escueta respuesta, ni siquiera se dignó a mirarme.

—Muy bien, no me lo cuentes. Quédatelo para ti, no será lo único que te guardas.

—¿Qué quieres que te diga, Aimée? —Esta vez sí que se volvió hacia mí—. No estoy orgulloso de lo que hecho, pero sé que lo volvería a hacer porque ahora mismo estoy haciendo redomados esfuerzos por no levantarme y volver a estamparle el puño en su cara.

Lo miré con la boca abierta sin poder dar crédito a sus palabras. Erwan no era una persona violenta, era inteligente como pocos hombres había conocido hasta ahora, y pocas veces se dejaba llevar por sus emociones: lo que me condujo a la siguiente pregunta:

—¿Qué fue lo que te dijo, Erwan? —Rompió el contacto de nuestras miradas agachando la cabeza: no pensaba compartirlo conmigo.

La mano de Enid sobre mi hombro me sobresaltó.

—Es la hora, mi niña.

Me levanté tras sus pasos volviendo la vista atrás para encontrarme con la mirada pesarosa de Erwan que me observaba con una expresión que me inquietó.

Entramos en una pequeña estancia sumamente cálida y acogedora. El suelo se encontraba en su mayor parte cubierto de pieles y un gran fuego caldeaba el ambiente. Me hizo sentar en un pequeño banco que había frente a las llamas y me ofreció una taza humeante.

—Bébete esto, calmará tus nervios.

Agradecida, empecé a darle sorbos mientras la observaba sacar una prenda de ropa y varios objetos de dentro de un gran baúl de madera hermosamente tallado.

—¿Qué va a pasar esta noche? —pregunté esperanzada de que ella sí me diera una respuesta.

—Vamos a plantar la semilla que supondrá el fin para las personas que nos traicionaron.

Sonaba realmente bien, pero me quedé igual que antes de hacer la pregunta. Lo que sí que deduje, en cambio, fue que aquella noche no sería convocada la Diosa y, por lo tanto, volvería a casa con el mismo peso sobre los hombros que con el que había salido.

—¿Estaremos solos?

—Oh, no, mi pequeña. Nadie de la aldea se perdería nunca esta fiesta.

—¿Y cómo haces para casar tus creencias con las de ellos?

—No importa el nombre del dios a quien se lo dediquen, tiene y ha tenido siempre el mismo espíritu. Nosotras celebramos desde tiempos remotos el paso de la primavera al verano demandando a Madre el despertar de la tierra para que dé nuevos frutos. Ellos se la dedican a Freya, la diosa de la fertilidad principalmente, en su panteón; lo cual no es más que otra faceta de Madre para asegurar la reproducción del ganado y el resurgimiento de los frutos de la tierra —explicó—. Quítate la túnica.

Me levanté obediente y me deshice de todas mis prendas hasta quedar desnuda. Enid me puso una jugosa capa de lana de un tono parecido al blanco y me hizo sentar nuevamente para peinarme el cabello.

—¿Esta es toda la ropa que voy a llevar?

—Cuanta menos mejor. —Me volví con el ceño fruncido sintiéndome cada vez más espesa.

—¿Acaso no es así como la Diosa te trajo a la vida?

Asentí no especialmente convencida con aquella explicación mientras ella continuó trenzándome el pelo.

Ni siquiera sentí el frío cuando salimos al exterior. Un fuerte calor se había apoderado de mi estómago como si me hubiese bebido una botella de tequila. Podría decir que incluso empezaba a tener ciertos efectos similares en mi cabeza pues me notaba especialmente rara.

Seguí a Enid hacia la espesura del bosque cada vez más inquieta. Intenté calmar mis descontrolados nervios mientras caminaba tratando de no pisarme la capa y trastabillar. El sonido hueco de unos golpes trajo a mi mente una serie de recuerdos que me hicieron saltar el corazón del pecho. Para cuando llegamos al lugar de la reunión apenas podía respirar con normalidad.

Enid me condujo al interior del círculo formado por las personas de la aldea, los cuales sostenían en sus manos una pequeña llama. Todos vestían el mismo color que yo y recitaban palabras que no comprendía. Miré a mi alrededor buscando desesperada los rostros de mis amigos sintiendo el inicio de un ataque de pánico. Sendas hogueras brillaban a nuestro alrededor, pero no vi ni rastro de ninguno de ellos.

Cuando volví la vista enfrente me quedé petrificada. La figura que últimamente visitaba mis sueños se encontraba a unos diez pasos por delante de mí. Su cuerpo masculino estaba completamente desnudo y parte de su rostro cubierto por una máscara que acababa en unas grandes astas. No necesité verle la cara para saber de quién se trataba. Sus intrincados tatuajes le delataban.

Alguien me desprendió de mi capa desde detrás, dejándome completamente expuesta a la vista de todos. Miré mi propio cuerpo desnudo extrañada por mi propia falta de pudor, en cualquier otra circunstancia me habría sentido violenta y mortificada. No en ese momento, y estaba segura de que el brebaje de Enid era el responsable.

Los ojos de Erwan ardían de deseo apenas contenido mientras recorría mi desnudez con la mirada. El mismo deseo que debía de reflejarse en los míos, al contemplar la encarnación del ideal de belleza clásico que tanto buscaban los escultores griegos. Mi mano tembló al posarse sobre la que él me tendía para conducirme a una especie de tienda de campaña en cuyo interior brillaba una luz haciendo que se transparentaran las sombras de todo lo que allí había de cara al exterior. Mi garganta se secó al comprender lo que realmente iba a suceder allí dentro.

Me senté sobre las mullidas pieles que cubrían el suelo mientras veía a Erwan entrar detrás de mí. El espacio era bastante reducido por lo que tuvo que hacerlo agachado y sentarse justo enfrente, apenas nos separaban unos pocos centímetros de distancia. Nos miramos durante unos instantes que me parecieron horas, hasta que finalmente acercó su mano a mi mejilla para acariciarme con delicadeza. Sin decir palabra, me hizo estirar sobre mi espalda colocándose sobre mí con cuidado de no aplastarme con su enorme tamaño. Sus labios buscaron los míos en un roce sensual provocando una electrizante sensación de calidez que fue directa a lo más hondo de mi feminidad. Su lengua se hizo sitio en mi boca, mientras su mano derecha bajaba por mi cuello en una caricia que puso todos mis nervios a flor de piel. Mi cabeza no funcionaba al cien por cien, me sentía aturdida y algo descontrolada, pero el efecto que producía su contacto en mis terminaciones nerviosas era tan vívido como la pequeña llama que danzaba no muy lejos de mi cabeza sobre una lámpara de aceite.

Acaricié los músculos de su espalda mientras él besaba mi cuello, para continuar de camino a mis pechos en donde se detuvo a venerarlos con dedicación. Un gemido ahogado escapó de mi garganta segundos antes de que la boca de Erwan regresara para devorar la mía con una pasión desenfrenada que ya no pudimos controlar. Lo sentí entrar poco a poco dentro de mí hasta enterrarse en lo más profundo de mi cuerpo igual que sus preciosos ojos, fijos en los míos, adentrándose en los abismos de mi corazón y de mi alma, donde sabía que, independientemente de lo que sucediera a partir de aquel momento, pasarían a formar parte. Fundidos nuestros cuerpos como si fuesen uno, me dejé llevar por la miríada de sensaciones que me embargaron cual si fueran olas del mar, para estallar en cientos de miles de pedazos haciéndome sentir como nunca antes hasta ahora.

Me desperté con las primeras luces del alba en aquella especie de tienda improvisada con un tremendo dolor de cabeza. Poco a poco, los recuerdos de lo sucedido la noche anterior acudieron a mi mente. Estaba sola. Alargué la mano hacia el lugar que debiera estar ocupado por mi amante, percibiendo que aún conservaba la calidez de su cuerpo. La realidad de lo que realmente había pasado me golpeó dejándome sin aliento. De repente todo cobraba sentido o, al menos, casi todo.

Cubrí mi desnudez con la capa que alguien debía de haber dejado a mis pies y salí de aquella trampa sintiendo una dolorosa opresión en la boca del estómago. No tuve que andar mucho para dar con él. Seguramente esperaba que despertara para acompañarme a la cabaña.

Lo vi de espaldas, sentado sobre un tronco con la cabeza apoyada en las manos en una actitud de derrota que me destrozó el corazón.

—Erwan. —Sus hombros se tensaron al oír mi voz. ¿Qué decirle a continuación? ¿Cómo empezar aquella conversación tan espinosa?—. —Anoche...

—Fue una encerrona —me cortó—. No tendría que haber acabado así.

Miles de preguntas acudieron a mi mente pugnando por salir a la vez.

—¿Qué quieres decir?

—¿Eres consciente de lo que hicimos anoche, Amy? —El tono cortante y helado de su voz junto con el uso que hizo de mi nombre me puso el vello de punta.

—Ilústrame —respondí sintiéndome cada vez más violenta e irritada.

—Un ritual de fertilidad —espetó poniéndose en pie—. Eso es lo que fue, un jodido ritual de fertilidad. Fue la escenificación del matrimonio divino. La unión de la Diosa —explicó señalándome con el dedo—, con el Dios cazador. —No necesité que me dijera quién había encarnado al dios astado.

«Sin duda es mucho peor de lo que esperaba», pensé con los ojos a punto de salirse de las órbitas.

—¿Por qué nadie me explicó nada?

—Porque no tenías elección.

—Pero se supone que soy yo la Elegida. *Yo* soy la que puede convocar a la Diosa ¿a qué viene esto ahora?

—Enid está convencida de que sola no puedes hacerlo, necesitas la ayuda de al menos otra Elegida y esa, al parecer, tiene que nacer de ti.

Llevé mis manos al vientre en un gesto inconsciente que hizo que Erwan me mirara torciendo el gesto con disgusto.

—¿Acaso te obligó? —pregunté en un hilo de voz deseando que su respuesta fuera negativa—. ¿Es por eso que discutíais?

—Por supuesto que no me obligó, pero tampoco me dejó muchas más opciones. —No era aquella la respuesta que hubiera querido oír y debió de reflejarse en mi rostro puesto que era pésima ocultando mis emociones—. Creí que lo tenía controlado, pero ella fue más lista que yo: me drogó y se me fue de las manos.

Definitivamente escuchar aquellas revelaciones me estaba destrozando. Todo lo que me había hecho sentir aquella noche no había sido más que un error de cálculo para él. Pestañeé repetidas veces tratando de alejar las lágrimas que amenazaban con asomar por mis ojos, lo último que necesitaba era sentirme más patética de lo que ya me sentía en aquellos momentos.

—Podrías haberte negado.

—¿Sabes quién hubiera ocupado entonces mi lugar?

—Por eso os peleasteis. —No fue una pregunta. Sabía que había algo fuera de lo normal en aquella pelea entre Erwan y Björn. Asintió desviando la vista hacia las profundidades del bosque mientras ponía los brazos en jarras.

—Deberías de haber dejado que lo hiciera él —musité sintiéndome cada vez más rota.

—¿Crees que te habría dejado regresar a casa después de eso? —rugió clavando su penetrante mirada en mí—. ¡Me retó aun sabiendo que había algo entre nosotros para ocupar mi lugar anoche!

«Que había algo entre nosotros», pretérito pluscuamperfecto: pasado.

—¿Debo de darte las gracias entonces?

Tal vez no fuera lo más acertado que podría haber dicho en aquel momento, pero con cada palabra que salía de sus labios peor me hacía sentir.

Me miró furioso durante unos segundos antes de contestar:

—Sabes perfectamente lo que pensaba de nuestra unión antes de enterarme de que el hombre que me engendró es un monstruo de más de mil doscientos años de edad. ¿Qué crees que pienso ahora después de las revelaciones de Enid?

—¿Quieres saber lo que pienso yo? Porque lo que creo es que eres un cobarde, tu vida era demasiado cómoda para que viniera yo a complicártela. Puede que tengas razón y no merezca la pena. —Desvié la mirada porque no podía aguantar lo que fuera que se reflejó en sus ojos y que no supe identificar. Hice un esfuerzo titánico por tragarme las lágrimas una vez más y parecer más fuerte de lo que realmente era, porque lo único que deseaba era derrumbarme en algún rincón solitario a lamerme mis heridas.

—Si eso es lo que crees es que me conoces menos de lo que pensaba —bramó a escasos centímetros de mi rostro—. Esto no va solo de ti y de mí. Marlon es el hijo de una de las Sacerdotisas. Sé que trama algo y por eso anda como loco por engendrar un hijo suyo contigo. Lo único que estoy haciendo es ahorrarle el trabajo. —El tono despectivo de sus últimas palabras me escoció tanto como si acabara de acuchillarme en pleno corazón.

—¡No digas estupideces! —logré articular—. De ser así Enid no hubiera permitido que fueses tú el que se uniera a mí anoche.

—Enid no tiene las respuestas para todo. —Su tono frío heló la sangre de mis venas—. No vamos a volver a hablar de esto. Supongo que nuestra relación siempre estuvo abocada al fracaso.

Le miré sintiendo cómo mi corazón se resquebrajaba desde dentro como un gran iceberg.

—¿Qué pasa si estoy embarazada de ti?

Me miró con aquellos ojos tan increíbles que me cortaban el aliento y la mandíbula fuertemente apretada durante un tiempo en el que pensé que me derrumbaría y le suplicaría que no me dejara, pero entonces dijo las palabras que lo cambiaron todo entre nosotros:

—Reza a tu Diosa para que por una vez haga las cosas bien y eso no ocurra. —Tras decir aquello se marchó dejándome allí plantada sintiendo cómo mi corazón se rompía en millones de pedazos cual si fuera una lámpara de cristal.

Las lágrimas inundaron mis ojos volviendo borrosa la visión de todo cuanto me rodeaba. Apenas fui consciente de que comencé a caminar sin rumbo, colocando un pie delante de otro como una autómata, sabiendo que de un momento a otro mis piernas cederían. Apoyé mi mano en el grueso tronco de un árbol y allí mismo me desplomé. Con las manos abrazando mi estómago dejé escapar un sollozo desgarrador a la vez que las lágrimas rodaban por mis mejillas cual gruesos goterones en una aciaga noche de tormenta. Maldije mi existencia y todo lo que tenía que ver con la sangre que corría por mis venas. La sensación de pérdida era tan grande que quise morirme allí mismo, terminar con mi desgraciada existencia. El amor que le profesaba, los sentimientos con los que habíamos hecho el amor, todo perdido para siempre porque la realidad era que no quería estar conmigo. Sentí la hierba sobre mi mejilla sin importarme que aún estuviera húmeda, nada importaba ya si él no me quería, porque a pesar de lo que había dicho, a pesar de que no volveríamos a estar juntos, yo seguiría queriéndole porque estaba perdidamente enamorada de él.

Unas finas gotas de lluvia se estamparon en mi cara mezclándose con la humedad de mis lágrimas. Lo cierto es que no me importó, el dolor que sentía era tan intenso que todo lo demás carecía de sentido. Una mano acarició mi cabello esparcido entre la hierba mojada. Me volví con la esperanza de que fuera él, pero apenas pude contener la decepción al ver el rostro de Björn mirándome preocupado. Dejé escapar un sollozo sin importarme que él me viera de aquella guisa. Muchas cosas habían dejado de importarme.

Me incorporó cogiéndome de los brazos hasta ponerme a su altura y me abrazó contra su pecho en un gesto que pese a que me consoló en cierta forma hizo que recordara lo que era sentirse entre los brazos del hombre que me había llevado a aquel estado. No sé cuánto tiempo permanecimos así: mis lágrimas mojando su pecho y él acariciando mi espalda paciente mientras la lluvia helada empapaba nuestros cuerpos.

Sus manos tomaron mi rostro con delicadeza haciendo que nuestras miradas se encontraran. Dijo algo en su lengua que no entendí, sin embargo pude leer en sus ojos lo que me decía. Atrajo mi frente a sus labios y depositó un cálido beso que en cierto modo me reconfortó.

—¡Maldito hijo de puta! ¿Es que no tuviste bastante el otro día?

Me vi separada del consuelo de Björn, que había sido arrastrado un par de metros de un empujón. Ray me miró durante una fracción de segundo reparando en mis ojos hinchados y mi lamentable estado. Las aletas de su nariz se dilataron antes de abalanzarse nuevamente sobre Björn, lanzando una serie de improperios que me sacaron de mi aturdimiento.

—No, no, no. —Me puse en medio de ambos tratando de separarlos—. ¡No es lo que piensas! Él trataba de ayudarme.

Los ojos de Ray volvieron a prestarme atención para confirmar que lo que decía era cierto antes de soltar a su presa.

Me volví hacia Björn para coger su mano forzando una sonrisa de agradecimiento. Había gestos que no necesitaban palabras para ser entendidos. Cogió mi rostro y me dio un breve y casto beso en los labios antes de marcharse, no sin antes golpear el hombro de mi amigo con el suyo propio al pasar junto a él.

—¿Dónde está Erwan? —preguntó con gesto desconcertado. Me encogí de hombros incapaz de mirarle a los ojos. —Amy, ¿qué ha pasado?

Mis labios empezaron a temblar formando un puchero. Una gruesa lágrima rodó por mi mejilla cuando su mano tomó mi barbilla para obligarme a mirarle.

—Amy.

—Me ha dejado.

Sus cejas se alzaron mostrando su sorpresa.

—Eso no puede ser, no después de lo que pasó anoche.

—No quiere tener nada que ver con los planes de Enid.

—Es un poco tarde para eso, ¿no te parece?

Mis lágrimas comenzaron a desbordarse nuevamente por mis ojos de forma descontrolada.

—No quiere estar conmigo —sollocé.

—Eso no es cierto, Amy. No sé qué mierda ha debido de pasar por su cabeza, pero si algo puedo asegurarte es que está loco por ti.

—No, no me quiere —gimoteé enterrándome en su pecho—. Nunca estuve a su altura. —Fui consciente de que Erwan no solo había pisoteado mi corazón aquella mañana, también había destrozado mi autoestima.

—No digas estupideces —repuso Ray con paciencia obligándome a separar mi rostro de su pecho para que le mirara—. Eres una mujer preciosa por fuera e increíble por dentro. Ni se te ocurra pensar lo contrario. Te juro que si mi corazón no estuviese secuestrado por una pelirroja que me saca de quicio no habría podido evitar fijarme en ti. —Mis ojos se agrandaron al oír aquellas palabras.

—Solo lo dices para consolarme.

—Puede ser. —Una sonrisa se formó en su atractivo rostro—. Eso nunca lo sabremos, ¿no es cierto? —Asentí torciendo el gesto en una tímida sonrisa—. Lo que sí que puedo asegurarte es que pase lo que pase vas a tenerme siempre de tu lado y que ahora mismo me escuecen las manos de las ganas que tengo de meterle un puñetazo al gilipollas que ha provocado todo esto.

Sonreí abiertamente a la vez que me limpiaba las lágrimas.

—Voy a tomármelo al pie de la letra, Ray. Seguro que algún día necesitaré recordarte lo que acabas de decir. —Me miró frunciendo el ceño—. «Pase lo que pase.»

—Empiezo a arrepentirme de lo que acabo de decir.

—Gracias, Ray —dije enterrándome nuevamente en sus brazos—. Eres un buen amigo.

Capítulo 12

Esperé paciente esa conversación con Erwan que nunca llegó. Cuanto más lo pensaba menos sentido le encontraba a la excusa que había puesto para su repentino alejamiento de mí. Estaba convencida de que había algo más y ese algo no era otra cosa que falta de interés, arrepentimiento y decepción. Aquella línea de pensamientos iba asentándose con más fuerza en mi subconsciente provocándome un dolor atroz cada vez que me cruzaba con su presencia, lo cual sucedía a menudo puesto que teníamos que convivir bajo el mismo techo hasta la próxima luna llena, momento en que volveríamos a casa.

Habían pasado cinco días desde la noche en que todo cambió entre nosotros. Cinco insoportables días en los que me había pasado la mayor parte del tiempo fuera de la cabaña ayudando a la gente de la aldea con sus trabajos diarios. Desde limpiar pescado pasando por traer madera, limpiar establos y recoger hortalizas. Cumplió el objetivo de ocupar mi mente y hacerme un hueco entre aquella gente, que se mostró más que agradecida con mi ayuda. Al final del día estaba tan cansada que, tal y como llegaba a la cabaña, me estiraba en mi lecho, que ahora compartía con mi prima, y prácticamente quedaba inconsciente, demasiado agotada para reparar en las miradas desconcertadas e incómodas de mis compañeros.

Aún era demasiado pronto para volver a casa, por lo que dirigí mis pasos hacia la paz que me ofrecían las aguas del fiordo. Caminé sumida en mis desdichados pensamientos hasta que mi vista se topó con una espectacular cabeza de dragón bellamente labrada sobre la madera. La artista que había en mí no pudo evitar quedar atrapada en tan magnífica pieza. Había visto ese tipo de tallas hacía tan solo unos días en el museo de los barcos vikingos, pero nada hacía justicia al hecho de tener una delante, en pleno uso, sin haber tenido que pasar por las infinitas labores de recuperación y conservación.

—Amy. —Me volví hacia la voz para encontrarme con el rostro sonriente de Björn.

Había dejado de temerle desde el día que me ofreció su consuelo en el bosque. No nos entendíamos, pero eso no había impedido que en aquellos días en los que había pasado tantísimas horas con los aldeanos hubiésemos tenido cierto acercamiento.

Hizo un gesto hacia la nave a la vez que me tendía la mano. Quería mostrármela. Asentí encantada, emocionada de pisar un *drakkar* guiado por un auténtico vikingo. Lástima que nunca pudiera compartir aquella experiencia con nadie. Hubiera sido divertido poder hacerme una foto con Björn en el barco y colgarla en Facebook. Una sonrisa se formó en mis labios: la primera después de demasiados días sin hacerlo. Puede que Erwan me hubiese partido el corazón, pero no iba a quebrarme. Ni siquiera la muerte de mi padre lo había conseguido. Aunque sabía que nunca podría olvidar lo que había sentido a su lado, lo acabaría superando con el tiempo. Por lo pronto decidí que era hora de volver a ser yo misma y encerrar todo ese dolor que no me aportaba nada bueno.

El barco era mucho más impresionante aún por dentro. Recorrí la parte central contando los remos que tenía a cada lado, sorprendiéndome del gran número de personas que debían de hacer falta para manejarlo. La popa era igual de alta que la proa, o al menos eso me pareció. Pasé la mano por las preciosas tallas de madera que decoraban su forma redondeada, fascinada por sus intrincados dibujos. De camino a la proa observé la gran vela, que permanecía recogida, cuyos intensos colores destacaban sobre el marrón de la madera. Fue cuando me acerqué a la cabeza de dragón para verla de cerca cuando le vi. Su rostro pétreo me miraba con una dureza que erizó mi piel. Junto a él estaba Geir que también me observaba con la alarma asomando por su semblante. Tuve que reconocer que imponían, ambos parecían sacados de las mismísimas sagas nórdicas. Nadie podría decir jamás que aquellos dos hombres eran del siglo XXI.

—Amy —masculló Erwan entre dientes.

Era una advertencia y una orden para que bajara. Una sensación indescriptible se formó en la boca de mi estómago, no sabría definir si era rabia, fastidio o las dos cosas a la vez; pero lo que sí que tuve claro fue que lo mejor era bajar de aquel barco.

Me volví hacia Björn que apretaba y abría los puños mientras retaba a Erwan con la mirada, y poniéndole una mano en el pecho, le indiqué que no se metiera. Lo último que quería era otra estúpida pelea.

—¿Se puede saber en qué estás pensando, si es que alguna vez te detienes a hacerlo? —me reprendió en cuanto pasé por su lado.

Mi idea inicial había sido largarme sin siquiera dirigirle la palabra, pero aquel reproche me encendió.

—¡No te importa! Tan solo he bajado para evitar una de tus escenas, no porque tú me lo hayas pedido.

—No quiero volver a verte cerca de él —me advirtió cogiéndome del brazo.

—¿Y quién eres tú para exigirme nada? —vociferé soltándome de su agarre. Advertí que Björn bajaba del barco y venía directo a nosotros. Por fortuna Geir consiguió detenerle antes de que se echara sobre Erwan—. Déjame que te refresque la memoria: nadie. Eso es lo que eres ahora mismo para mí. Así que te pido por favor que me dejes en paz.

—Te equivocas. Sigo siendo el máximo responsable de que llegues sana y salva a casa, así que harás lo que te ordene.

Lo miré con incredulidad incapaz de creerme que saliera con aquellas.

—¿Y qué mierda tiene que ver una cosa con la otra?

—Lo único que quiere ese tío es abrirte de piernas, parece mentira que seas tan ilusa —replicó con fastidio haciendo que mi enfado adquiriera magnitudes cósmicas.

—¿Y en qué lo diferencia eso de ti? —aullé sintiendo cómo la rabia me hacía perder el control—. Te recuerdo que después de hacerme eso mismo como si fuera una más de las que forman tu harén en el Adytum, me dejaste. —Pude ver el dolor en su mirada antes de ocultarlo con su característica máscara inescrutable. Le había hecho daño; pues que se fastidiara, él me lo hacía a mí cada vez que me miraba—. Solo espero que no me hayas pegado ninguna enfermedad o algo peor.

Tras escupir aquellas últimas palabras con todo el desprecio que logré reunir, me largué sin siquiera volver la vista atrás. Era consciente de que me había pasado, pero no iba a tolerar que me humillara de aquella forma cada vez que le viniera en gana. Si no me quería en su vida lo tendría que aceptar, pero entonces él tampoco formaría parte de la mía ni permitiría que se inmiscuyera cada vez que le viniera en gana.

Caminé sin saber exactamente adónde me dirigía hasta que pasé junto a la casa grande. Aún furiosa me acordé de que tenía una conversación pendiente con Enid. Desde la noche del ritual no habíamos vuelto hablar. Estaba convencida de que ambas nos habíamos estado evitando hasta que mi mayúsculo enfado se disipara un poco, y así habría sido de no ser por el causante de mi actual desgracia. No tenía sentido seguir posponiéndolo puesto que al día siguiente partiríamos hacia la cueva que nos devolvería a nuestra época.

—Ya creía que nunca más querrías hablar conmigo.

—He estado tentada —respondí sintiendo acrecentar mi enfado e indignación al recordar el motivo por el cual habíamos dejado de hablarnos.

Me hizo un gesto para que la siguiera a la pequeña estancia a la que me llevó la misma noche del ritual.

—Entiendo tu enfado, Amy, pero no tuve más opción. Tampoco creí que Erwan fuese a reaccionar del modo en que lo hizo.

—Me ha dejado. —Enid asintió mientras introducía unas hierbas en una par de tazas y luego les echaba agua caliente.

—Dale tiempo. —Puso una de las tazas humeantes delante de mí para que bebiera.

—El tiempo no va a solucionar nuestro problema.

—Guarda mucho odio hacia su padre y eso le impide ver más allá.

—No quiere continuar su legado y parece que eso es incompatible con estar conmigo —dije con amargura.

—Y sin embargo corrió el riesgo con tal de que ningún otro hombre te tocara.

Bebí un sorbo pensativa. La excusa de Björn no había estado mal, pero no era extensiva a Geir y Jon. ¿Por qué no había dejado que alguno de ellos lo hiciera?

—En todo caso me alegro de que fuese él. Estoy segura que no es casualidad que la Diosa os trajera hasta mí a ambos a pocos días de la Noche de las hogueras.

—Está claro que él no lo ve de ese modo.

—Lo sé, mi niña. —Su mano acarició mi pelo poniéndome un mechón tras la oreja—. Aún te queda un largo camino por recorrer. Me gustaría poder ayudarte y decirte lo que tienes que hacer a continuación, pero como ya te expliqué, hace mucho que Madre dejó de comunicarse conmigo. Tú sola no podrás convocarla porque de otro modo no habría sido necesario que vinieras a mí tal como me pidió en su momento. Creo que ese bebé tiene un papel muy importante puesto que será descendiente de dos de nosotras.

Mi estómago se encogió al pensar que pudiera estar embarazada.

—Me siento igual de perdida que antes, Enid. No sé qué es lo que tengo que hacer y siento que voy a fallar a todo el mundo.

—No digas eso, pequeña. Recuerda que de entre todas mis descendientes, Madre te escogió a ti.

«Maldita mi suerte», dije para mis adentros.

—¿Es posible que haya otros descendientes de las otras Sacerdotisas que puedan ayudarme? —No lo sé. Perdí el contacto escondiéndome aquí, pero lo de Marlon me ha hecho pensar mucho. Puede que tú y tu hija tengáis la fuerza suficiente para traer a Madre de vuelta, aunque también cabe la posibilidad de que necesitéis la ayuda de alguien más. Está claro que las reglas han cambiado, nosotras éramos tres y además inmortales. Ahora todo es diferente por lo que tienes que tener mucho cuidado, solo tendréis esta vida para llevarlo a cabo.

Asentí notando la presión ceñirse sobre mis hombros cual si fuera una gruesa y pesada manta.

—¿Y si no estoy embarazada?

Sonrió dándome un abrazo.

—Deja que la naturaleza siga su curso.

«¿Y eso qué demonios significa? ¿Tendría que pedirle a Erwan que volviera a fertilizarme o a la naturaleza le servía cualquier otro?»

A pocos pasos de la casa grande la madre naturaleza descargó sobre mí un fuerte aguacero. De haber estado de humor incluso podía haberlo encontrado gracioso, pero en aquellos momentos lo único que sentí fue fastidio. Corrí al resguardo de mi cabaña notando cómo el agua iba calando mi ropa a una velocidad de vértigo. Había oscurecido mientras hablaba con Enid y ningún alma se movía por aquellos lares más que yo, claro, que corría tratando de evitar congelarme.

Para cuando mis ojos divisaron la cabaña, estaba completamente mojada y mis dientes castañeaban con fuerza. Antes de tener incluso tiempo de plantarme delante de la puerta, esta se abrió haciendo que por poco chocara con Erwan y Ray.

—¡Joder, Amy! —prorrumpió mi amigo con cara de enojo—. ¿Dónde estabas? Ahora mismo íbamos a buscarte.

La mano de Erwan me cogió del codo y me introdujo dentro de la casa. Ni siquiera me atreví a mirarle a los ojos, su semblante era amenazador.

—Lo siento —dije temblando—. Estaba en la casa grande, hablando con Enid.

—Amy, estás tiritando —dijo mi prima apartándome de aquellos dos hombres imposibles que me miraban con gesto reprobador.

Geir se apartó para dejarme un lugar frente al fuego mientras Álex me quitaba la capa completamente empapada.

—Hay que quitarte esa ropa. Vas a enfermar.

—¿Pero tú te has visto? —me reprochó Ray.

—Lo siento, olvidé el paraguas.

Escuché la risa apagada de Jon que rápidamente se cortó tras la mirada que le lanzó mi amigo.

—¿Cómo es posible que llegues a ese extremo de insensatez?

—Ya te he dicho que vengo de la casa grande y me ha pillado el aguacero viniendo de camino —respondí mientras Álex me sacaba el vestido chorreante por la cabeza.

Me quedé con la túnica interior y las calzas, que se pegaban a mi cuerpo y a las que también les había calado el agua sintiendo cómo mis temblores iban en aumento.

—¿Puedes ayudar en vez de echarle la bronca? —le reprendió Álex—. Tráeme una manta y extiéndela. —Sonreí agradecida a la pelirroja que me respondió con un guiño de ojos.

Ray se acercó abriendo la manta para que pudiera sacarme la ropa interior. Era toda la intimidad que aquella pequeña estancia compartida podía darme, aunque los hombres tuvieron la deferencia de apartar la mirada mientras me deshacía de mis prendas para quedarme desnuda. Pensar que ya me habían visto de aquella guisa la noche del ritual me mortificó, pese a que en el momento no le había dado mayor importancia.

Álex me secó el pelo mientras Ray trataba de darme calor frotándome con las manos en los brazos y la espalda sin dejar de lanzarme miradas de reproche.

—Espero que haya valido la pena.

—¿El qué?

—Tu conversación con Enid, porque nadie te va a librar de un buen resfriado, tienes los labios casi azules.

—Pues lo cierto es que no lo tengo muy claro —respondí a Ray sin poder evitar que mis ojos se encontrara con los de Erwan, que me escrutaban desde el otro extremo de la cabaña donde permanecía sentado en un banco con la espalda apoyada en la pared. Pese a su silencio, su mirada oscurecida decía muchas cosas, y el tic de su mandíbula, el esfuerzo que estaba suponiendo para él no echármelas en cara en aquel preciso momento.

Me acuclillé muy cerca del fuego para entrar en calor percibiendo cómo un tenso silencio se instalaba a mi alrededor. Las llamas chisporroteaban plácidamente ajenas a la marejada de sentimientos que bullían en mi interior.

—¿Habéis pensado lo que vamos a explicar en casa? —dijo la voz de Ray a mis espaldas. Mis hombros se tensaron, pero no me volví, continué con la vista clavada en el fuego como si aquello no fuera conmigo.

—¿A qué te refieres? —preguntó Jon.

—Os agradecería que el tema del ritual quedara entre nosotros —respondió Erwan.

—Nuestra gente querrá saber a qué hemos venido, no podemos ocultar precisamente el motivo que nos ha traído hasta aquí. ¿Qué se supone que vamos a decirles?

—La verdad.

—¿Y cuál es esa verdad, Erwan? —La voz de Álex sonó cortante y afilada—. Porque pareces no darte cuenta de que es tu unión con Amy la que hará que esto funcione.

—Ella es ahora tu compañera a ojos de la Diosa —señaló Geir. Las palabras «matrimonio divino» vinieron a mi mente en aquel instante. Ni siquiera me había parado a prestar atención a lo que Erwan me decía porque lo único que percibí fue su rechazo—. —¿Crees acaso que con otro funcionaría?

Solo hubo un silencio por respuesta, tal vez un gesto de asentimiento con la cabeza por parte de Erwan que no pude ver porque continuaba de espaldas y al margen de la conversación.

—¿Qué pasa si te equivocas? —preguntó Ray—. ¿Te das cuenta de que estarías privando a nuestra gente de encontrar la paz algún día?

—Si realmente es mi sangre la que debe llevar la próxima Elegida, esta conversación deja de tener sentido porque estoy seguro que la Diosa se habrá asegurado que Amy quedara embarazada durante el ritual. —Por segunda vez en aquel día me llevé las manos al vientre sintiendo una oleada de vértigo—. De lo contrario, no tengo más que decir.

—De verdad que no te entiendo —replicó Álex—. ¿A qué viene esa manía de que tu sangre no es lo suficientemente buena?

—Viene a que mi padre es un monstruo de más de mil doscientos años que mató a su propia madre y a otra de las Sacerdotisas en su sed de poder. Viene que no solo comparto su sangre y sus genes, también tengo su maldito don. No creo que sea necesario que te explique precisamente a ti lo que ha supuesto eso en mi vida. Ahora que sé lo que es mi padre no pienso continuar con su legado así que os agradecería que respetaseis mi opinión.

Me envaré al oír aquella confesión, pero ni siquiera tuve tiempo de verle porque se marchó dando un portazo. Por fortuna había dejado de llover hacía rato de modo que podría ahogar su rabia sin acabar como yo. ¿Qué había querido decir con eso? Las preguntas se arremolinaban de nuevo en mi cabeza en torno a aquel hombre y sus sentimientos ocultos.

Me estiré en el lecho de paja a sabiendas de que aquella noche tampoco habría descanso para mí, pero al menos nadie me dirigiría la palabra. No necesitaba que me compadecieran más de lo que ya lo hacían con las miradas.

Me llevé las manos a la cabeza como si así pudiera eliminar el dolor que me taladraba, creándome una sensación de irrealidad como si realmente no estuviese al cien por cien dentro de mi cuerpo. Sentía la garganta como si me hubiese tragado un alambre de pinchos y allí se hubiera quedado clavado. Era lo último que me faltaba para llenar mi cupo de desgracias de los últimos días. Si tuviese premio seguramente me llevara el gordo.

—No es que quiera regodearme —dijo Ray poniéndome un tazón humeante entre las manos—, pero te lo dije.

Estornudé varias veces tapándome la boca con la manta.

—Me lo dijiste cuando el daño ya estaba hecho —repuse llevándome el líquido a los labios.

Mi voz sonó como si alguien me la hubiese quitado por la noche, la hubiese arrastrado por los suelos, destripado y vuelto a arrastrar, para luego volver a colocarme sus despojos.

—La buena noticia es que nos vamos en un rato. —Me guiñó el ojo compadeciéndose de mí mientras yo respondía con una retahíla de estornudos.

—Necesito un paquete de pañuelos y algo que ponerme.

Mi ropa continuaba empapada por lo que yo seguía envuelta en la manta sin poder hacer otra cosa que esperar a que alguien se apiadase de mí y me trajese una nueva muda. Hubiera dado cualquier cosa por un ibuprofeno, pero de momento tendría que aguantarme con volver a estirarme en el lecho ya que sin ropa no podía ir muy lejos.

Debí de dormirme de nuevo porque cuando abrí los ojos me encontré a Álex zarandeándome para que despertara. Para mi desgracia, el dolor de cabeza continuaba en su sitio, pero multiplicado por diez.

—Vamos, hay que irse. —Me pasó una camisola por la cabeza mientras yo aún trataba de incorporarme sobre el lecho—. Enid me ha dejado ropa nueva para ti. Bueno, lo de nueva es un decir, ya me entiendes.

Tras calzarme las botas, salí al exterior sintiendo cómo la luz del sol perforaba mi cerebro y lo hacía trizas. Nuestros hombres esperaban fuera con los caballos listos para marchar. Algunas personas se habían acercado a despedirse de nosotros. Enid, Björn y un pequeño grupo de hombres nos acompañarían hasta la cueva que nos llevaría de regreso a casa aquella misma noche. La euforia por volver a ver a mis tíos, a Judit, Gilles y Gérard me embargó iluminando aquel día pese a que me encontraba como si hubiese pasado la noche dando vueltas en una lavadora y luego me hubieran tirado al mar para acabar atropellada por un transatlántico.

Tras despedirme de aquella buena gente me subí en el caballo con la ayuda de Álex. Por el rabillo del ojo vi a Gyda, la esposa de Björn, mirándome con el rostro apenado. Sí, lo cierto es que mi aspecto debía de dar pena porque supongo que no estaba triste porque me fuera de la aldea ya que ni siquiera habíamos cruzado dos palabras, y aunque lo hubiésemos hecho no nos habríamos entendido.

Para cuando llegamos a la entrada de la cueva, las sombras que preceden a la noche habían comenzado a apoderarse del paisaje. Desmonté del caballo sintiendo un tremendo dolor no solo en la cabeza sino ahora también en las piernas y trasero. Estaba hecha un cuadro y lo único que me apetecía era meterme en una cama de verdad y dormir una semana entera.

Caminamos en fila durante unos minutos que se me hicieron eternos hasta llegar al fin a la cámara que nos trajo a aquella época y la que nos devolvería a la nuestra. Los hombres de Björn se habían quedado fuera, no sé qué tipo de historia les contarían después para explicar nuestra ausencia.

—Me alegra mucho haberte conocido, Amy —dijo Enid cogiéndome de las manos—. Madre te guiará a partir de ahora.

—No sé si sabré estar a la altura —reconocí.

—Lo estás, mi niña. Eso no lo dudes nunca. —Me dio un caluroso abrazo de despedida antes de dirigirse a los demás.

Ya me sentía perdida y ni siquiera habíamos vuelto a casa, la sensación de que todo aquello me quedaba grande solo era superada por mi miedo a fallarles y perder así la única oportunidad que teníamos de acabar con la plaga que nos azotaba poniendo en peligro nuestra existencia.

Björn se me acercó y me dijo unas palabras que, por supuesto, no comprendí. Sus ojos verdes me miraban con tal intensidad que se me aceleró el corazón. Me volví en busca de ayuda a lo que Jon contestó:

—Dice que si te arrepientes siempre puedes volver, él te estará esperando.

Abrí los ojos de par en par al tiempo que me volvía en su dirección, pero ni siquiera tuve tiempo de abrir la boca para decir nada porque sus labios sellaron los míos con un beso de despedida que no tuvo nada de casto. Perpleja y sin saber qué decir me llevé la mano a los labios.

—Será mejor que empecemos —dijo Ray haciéndome regresar a la realidad de la cueva.

Me coloqué entre Ray y Geir, haciendo un círculo como la vez anterior. Erwan ni siquiera me había dirigido la mirada, pero sus ademanes bruscos me hicieron ver que continuaba enfadado conmigo desde la noche anterior. Pronto regresaríamos a casa y no tendría que soportar mi presencia ni yo tendría que sufrir su rechazo con todo el dolor que ello me causaba.

Enid comenzó a recitar las palabras que nos llevarían de vuelta, haciendo que poco a poco la sensación de irrealidad cobrase forma. Los colores perdieron su armonía mezclándose cual si estuviesen en mi paleta de pintar hasta que todo se volvió negro y el mundo dejó de existir.

Capítulo 13

—Buenos días, dormilona.

Abrí los ojos al sentir la luz cegadora del sol sobre mi rostro. Me llevé las manos a la cabeza percibiendo una punzada de dolor al tiempo que me preguntaba dónde estaba y cómo había llegado hasta allí.

—¿Cómo te encuentras? —La mano de Álex se posó en mi frente antes de meterme un termómetro bajo el brazo.

—¿Qué ha pasado? —grazné como un pato haciendo una mueca de dolor.

—Digamos que la vuelta no fue tan suave como la ida. Te desmayaste, pero no fuiste la única afectada. Jon aún está indispuesto y yo misma me he pasado la noche vomitando.

Asentí con la cabeza pues no me vi con el valor de volver a pronunciar palabra puesto que sentía la garganta arder.

—Sigues teniendo fiebre —anunció mirando el aparatito que acababa de sacar de mi brazo—, aunque ha bajado.

Advertí que continuaba llevando la ropa del viaje, al menos la que iba bajo la túnica.

—Necesito una ducha.

—Seguro que te sientes mejor después —estuvo de acuerdo—. Casi lloré anoche al ver el jabón haciendo espuma sobre mi piel.

Sonreí al imaginarme la situación. Qué poco valorábamos cosas tan sencillas como aquella, pero tan básicas e importantes. Lo peor de todo es que aún había personas en el mundo que no tenían acceso a algo tan simple como una ducha diaria.

Salí de la cama con cierta dificultad. Reconocí nuestro pequeño alojamiento junto a la casa de Ellinor en cuanto pisé el salón. Había dormido en la habitación que ocuparan Ray y Erwan la vez anterior.

Me hubiera encantado sentir el olor de mi champú mientras lavaba mi pelo, pero lo cierto era que tenía la nariz totalmente taponada y mis sentidos embotados. La sensación que me produjo el agua caliente al caer sobre mi cabeza fue maravillosa. Tras vestirme nuevamente con mi ropa y secarme el pelo volví a sentirme casi yo misma pese al resfriado que se había apoderado de mí con todas sus fuerzas.

Álex me hizo volver a la cama de inmediato y me obligó a desayunar. Lo cierto era que ni siquiera tenía fuerzas para llevarle la contraria, por lo que no tuve más remedio que acceder.

—¿Dónde están los demás?

—Han ido a hablar con Ellinor y los suyos, supongo que estarían deseando conocer nuestra aventura.

Me alegré y mucho de haberme librado de las explicaciones. Era seguro que no tendría tanta suerte en casa de modo que mejor ahorrar energías para enfrentarme a Agnes y la demanda que vendría a continuación.

Oímos la puerta principal abrirse, pasos, y las voces de Erwan y Ray. A los pocos segundos el rostro de mi querido amigo se asomaba al dormitorio regalándome una sonrisa al verme.

—¿Te sientes con fuerzas para viajar mañana? —Asentí de forma efusiva. Tiempo era de volver a casa—. Te necesito, Álex. Hay que ponerse al día —añadió haciendo un gesto con la cabeza para que le siguiera.

Álex puso los ojos en blanco haciendo una mueca de fastidio y se marchó llevándose la bandeja del desayuno.

Traté de acomodarme entre las almohadas, pero mi cabeza continuaba palpitando como si tuviera vida propia. Me llevé las manos al rostro haciéndome cargo de que sin la ayuda de un paracetamol o algo del estilo no conseguiría sacar el dolor de mi cuerpo.

—¿Cómo te encuentras?

Aquella voz sensual hizo que mi corazón saltara por los aires. Rápidamente aparté las manos de mi cara para dar con el causante de mi infinita tristeza, que permanecía apoyado en el marco de la puerta.

—Genial —mentí.

—No tienen sanador en el clan, pero hay un médico que vive cerca. Podemos hacer que venga.

Negué con la cabeza. Por fortuna, mi relación con los médicos había sido más bien escasa a lo largo de mi vida, cuanto más lejos de mí mejor. Solo había una excepción y ese era Gérard.

—No es necesario molestar a nadie por un simple resfriado. Lo que sí te agradecería es que me acercaras mi bolso, creo que allí tengo un blíster de paracetamol.

Tras poner el bolso sobre mi regazo y traerme un vaso de agua se sentó en la cama mientras yo me hacía con uno de los comprimidos y me lo metía en la boca.

—Siento todo lo que te dije. —Me detuve con el vaso de agua ya en mis labios con el corazón latiendo de forma violenta y esperanzado—. La forma en que lo hice, más bien. No tendría que haber terminado así.

Finalmente tragué el líquido, confiando en que la decepción no se reflejara en mi rostro.

—Sé que es algo difícil lo que voy a pedirte, pero teniendo en cuenta que vamos a seguir conviviendo muy de cerca me gustaría que enterráramos el hacha de guerra. —Centré mi atención en mis manos, que descansaban en mi falda; aún me costaba mirarle a los ojos—. Soy consciente de que la culpa es mía y de que no eres capaz de comprender mis motivos, pero aunque sea hazlo por mi familia. Mi madre te adora y mi hermano... —Se detuvo unos segundos como si tratara de escoger las palabras adecuadas—. El lazo que os une a ambos es muy fuerte y creo que con el tiempo le hará mucho bien. No quiero que todo eso se vea afectado porque no seamos capaces de estar en la misma habitación sin que nos sigamos haciendo daño.

Asentí, aunque sabía que solo con su presencia me haría daño siempre porque me recordaría eternamente lo que una vez tuve y nunca volvería a tener. La garganta me quemaba y esta vez no era solo por la más que probable infección.

Su dedo índice elevó mi barbilla hasta hacer que nuestras miradas se encontraran y toda la miríada de sentimientos que había intentado enterrar aquellos días salieron a la superficie cual si fueran todos los males recogidos en la caja de Pandora.

—Ojalá hubiese podido mantenerme alejado de ti.

Quería llorar como una niña y enterrarme en sus brazos, suplicarle una y otra vez que no me dejara, que volviera a quererme como la noche en que todo se fue al traste, porque aunque él sabía lo que sucedería después, sé que me amó como si ninguno de sus demonios existiera. En cambio saqué fuerzas de donde no las había para no humillarme más a mí misma y respondí con gesto impasible:

—Ojalá. Ahora ya es tarde para arrepentimientos.

—No estoy arrepentido, Aimée. —Su rostro apesadumbrado me oprimió el corazón—. Siento muchas cosas al respecto, pero arrepentimiento no es una de ellas.

—Supongo que ya no importa.

—Importa porque puede traer consecuencias.

—¿Tan malo sería? —Eran mis pensamientos los que acababan de salir por mi boca, ni siquiera fui consciente de que lo había dicho en voz alta hasta que vi el velo que oscureció su mirada—. —Da igual, ya sé la respuesta. Lo que no logro entender es por qué te dejaste embaucar por

Enid. Ambos sabemos que no te obligó pese a que ella es de la opinión de que precisamente en tu parentesco con Helori está la clave de todo.

Suspiró profundamente antes de responder:

—Ese ritual iba a llevarse a cabo con o sin mi ayuda. La idea de quedarme a un lado mientras otro te hacía suya delante de mis narices simplemente era inconcebible, te aseguro que no tengo tanto autocontrol y Enid lo sabía perfectamente.

Asentí con amargura.

—¿Qué va a pasar a partir de ahora?

—Ojalá lo supiera. —Se pasó las manos por el rostro mientras nos quedábamos en silencio. Puede que no fuese lo más justo para ambos, pero deseé con todas mis fuerzas estar embarazada de un hijo suyo. Aquel pensamiento me sorprendió y aterrorizó de igual modo, jamás había tenido ningún tipo de sentimiento maternal. No estaba en mis planes a corto plazo, pero ya puestos a que tenía que tener un bebé sí o sí, prefería que fuera del hombre que me había robado el sentido común—. Tendrás que estar alerta, tarde o temprano se comunicará contigo e imagino que lo hará a través de tus sueños.

Me quedé paralizada al darme cuenta de algo en lo que no había reparado hasta el momento.

—Los sueños han cambiado —anuncié más para mí misma que para Erwan—. Desde que salí del hospital todo lo que veo en ellos es algo que va a suceder. ¿Cómo puedo ser tan estúpida?

—¿El ritual con el que soñaste fue el de la otra noche? —Asentí con la cabeza.

—También la tienda de Margit —añadí—. No he vuelto a soñar con cosas que ya han pasado como sucedía antes.

—Es cuestión de tiempo que te haga saber cuál es el siguiente paso a seguir.

—Si fuera tan fácil. La mitad de las veces ni siquiera entiendo lo que he soñado hasta que ocurre.

—Has sido tú la que nos ha llevado hasta Enid gracias a tus dones. Eres mucho más poderosa de lo que crees.

«Ojalá pudiera hacer que me quisieras por encima de tus reticencias al respecto», pensé perdiéndome en las profundidades de aquel mar insondable que eran sus ojos.

Nos quedamos en silencio fundiéndonos con la mirada sin saber qué decir hasta que él rompió el contacto marchándose de la habitación. Sé que había querido decirme algo, pero finalmente había callado dejándome con las ganas de saber lo que pasaba por su cabeza. Pese a que tenía el corazón destrozado e inservible, sentí el dolor físico de la pérdida una vez más. No sabía si sería capaz de vivir cerca de su presencia si finalmente se decidía a no entrar en razón, aquella simple idea hacía que tuviera ganas de marcharme lejos y olvidarme de todo lo sucedido hasta el día en que le conocí.

Apenas me llevó cinco minutos hacer la maleta. Tenía tantas ganas de salir de allí que ni me paré a doblar la poca ropa que había sacado. Mi resfriado continuaba en todo su apogeo aquella mañana, ni siquiera el paracetamol había logrado paliar mi malestar general. Me sentía agotada por el efecto que me producía en el organismo, sin llegar a contrarrestar mi lacerante dolor de cabeza.

Los miembros del clan que nos habían dado su protección y ayuda durante nuestra aventura en aquellas tierras se despidieron de nosotros con la esperanza de que por fin acabaríamos con todos los males que aquejaban a nuestra gente. No es que yo no compartiera esa ilusión, pero tenía mis dudas al respecto.

—Estaremos en contacto —dijo Ellinor acompañándonos al todoterreno de Rita—. Si necesitáis ayuda del tipo que sea sabéis que podéis contar con nuestro clan. Estoy segura de que conseguirás librarnos de Marlon y los suyos —añadió dirigiéndose esta vez a mí.

Asentí tratando de esbozar una sonrisa. Ojalá tuviera la confianza que ellos habían depositado en mí.

—Las puertas de mi casa siempre estarán abiertas si necesitas cambiar de aires —susurró Jon a mi oído mientras me daba un abrazo de despedida.

—No deberías decirme eso tan a la ligera —respondí algo divertida—, tal y como están las cosas podría sentirme tentada.

—Creo que haríamos una estupenda pareja. —Me guiñó el ojo formando una sonrisa desvergonzada. Sonreí pese a que mi estado de ánimo estaba por los suelos. Realmente agradecía el simpático gesto de Jon, que sabía cómo me sentía tras mi ruptura con Erwan.

Busqué con la mirada a Geir para despedirme de él, justo en aquel instante estrechaba la mano de Erwan con afecto. Ambos habían hecho muy buenas migas durante la intensa experiencia vivida en el hogar de Enid. Con su más de metro noventa y su aspecto imponente se volvió hacia mí haciéndome sentir intimidada una vez más.

—Pese a que no empezamos con muy buen pie tengo que decir que eres una de las personas más fuertes que he conocido nunca. —Sonrió al reparar en la expresión de mi semblante—. Estoy seguro de que entrará en razón —añadió dejándome más desconcertada aún—. Hay que ser muy estúpido para dejar escapar a una mujer como tú y si de algo estoy convencido es de que Erwan no tiene un pelo de tonto.

—Vaya, gracias. Ojalá lo tenga tan claro como tú.

Dudaba de que Erwan fuese capaz de pasar por encima de sus fantasmas para estar conmigo. Tal vez simplemente se hubiera dado cuenta de que no merecía la pena. «Mejor dejamos esa línea de pensamiento que no me lleva a nada», me dije a mí misma.

Me subí al coche de Rita y emprendimos la marcha rumbo a la capital. Sus padres habían regresado hacía unos días. Ella vivía en Oslo, igual que Margit y Trygve, pero solía escaparse siempre que podía para estar con la familia y el clan.

La última imagen que quedó en mi memoria antes de cerrar los ojos fue la fabulosa vista del fiordo desde la carretera que iba tomando altura. Cuando los abrí de nuevo estábamos en el aeropuerto de Gardermoen. Era asombrosa mi capacidad de quedarme dormida en cualquier parte, aunque claro, eso era a costa de no hacerlo cuando tocaba.

Me puse al día con los cientos de mensajes que tenía en mi móvil, aprovechando la Wifi del aeropuerto, mientras esperaba a que abrieran la puerta de embarque. Mi amiga Judit me había escrito decenas de mensajes, también mis tíos, Gérard y Marc. Este último me hizo fruncir el ceño puesto que eran cada vez menos espaciados en el tiempo. Tendría que llamarle en cuanto llegara a casa porque en eso habíamos quedado hacía semanas y no lo había hecho. También tenía un par de llamadas perdidas de Dominique, mi antiguo jefe de la galería, era probable que hubiera vendido alguno de mis cuadros y quería darme la buena noticia.

Me senté en el lado del pasillo junto a Álex y otro chico que no dejó de darle conversación mientras el resto de viajeros guardaba su equipaje de mano y tomaba asiento. Lo cierto era que me interesaba bastante poco así que me ovillé como pude en el incómodo habitáculo haciendo una bola con mi chaqueta y poniéndola bajo mi cabeza a modo de almohada. Ray y Erwan ocupaban los asientos de al lado, tan solo nos separaba el estrecho pasillo que dividía ambas filas. Tras el despegue empecé a sentirme cada vez peor, tenía mucho calor y me sentía tremendamente agobiada. Me saqué el jersey por la cabeza así como también me deshice del pañuelo que cubría mi cuello. Puse el aire al máximo dirigiéndolo directamente hacia mi cara tratando de encontrar una postura cómoda para poder soportar las más de cuatro horas que duraba el viaje.

—¿Te encuentras bien?

—Como nunca —respondí a mi prima tratando de quitarle importancia.

—Tienes las mejillas encendidas.

—Es que tengo mucho calor, ¿tú no?

Negó con la cabeza antes de ponerme una mano en la frente.

—Es por la fiebre. Te dije que lo mejor era que te viese un médico, no sé por qué te hicimos caso.

—No es para tanto, Álex.

—Sí, ya lo veo —replicó con disgusto—. Estás sudando.

—Porque tengo calor.

—Porque tienes fiebre y estás enferma. Deberías estar en cama.

—Eso me gustaría mucho.

—Eres imposible —respondió poniendo los ojos en blanco.

—¿Qué ocurre? —Me volví hacia Ray que nos miraba con el ceño fruncido.

—Nada importante.

—¿Tú la estás viendo? —repuso mi prima.

Ray asintió poniéndome la mano sobre la frente. Traté de apartarlo como si fuera una mosca molesta, pero solo conseguí golpearme la cabeza con el asiento.

—Estás ardiendo.

—Bueno, ¿y qué hacemos? ¿Detenemos el avión?

—¿Cómo lo hizo tu padre para mantenerte sana y salva de ti misma durante todos estos años?

—Muy gracioso —espeté levantándome para dirigirme al aseo.

Me mojé la cara y el cuello con el agua fría tratando de acercarme lo mínimo posible al retrete pese a que era casi imposible teniendo en cuenta el reducido tamaño de aquel cubículo. Mis ojos brillaban a causa de la fiebre y mis mejillas estaban tan coloradas que me hacían parecer un dibujo animado.

Regresé a mi asiento y traté de dormirme un rato rezando para que aquel tormentoso vuelo se hiciera lo más corto posible. Lo único que conseguí fue dar cientos de vueltas sobre el asiento tratando de encontrar la postura adecuada puesto que cada vez me sentía peor, pero no me atreví a quejarme con tal de no llevarme más reproches de parte de mi prima que me lanzaba miradas recriminatorias cada pocos minutos.

Casi me emocioné cuando al fin salí de aquel claustrofóbico medio de transporte. Apenas tenía fuerzas para arrastrar mi maleta y eso que las ruedas hacían todo el trabajo.

—Ha venido mi hermano a buscarnos —anunció Erwan guardando el móvil en el bolsillo y quitándome la maleta de las manos.

Asentí agradecida haciendo un último esfuerzo por mantener el paso de mis acompañantes sin parecer que estaba a punto de desfallecer en cualquier momento.

Lo primero que vieron mis ojos al salir por la puerta de llegadas fue la altísima figura de Gérard que destacaba entre aquel gentío como un león en una manada de gatos, lo cual era una comparación curiosa porque los gatos nunca van en manada; pero es lo que me recordó al verle con su rubia cabellera y su grácil figura apoyada en una columna de forma despreocupada, aunque pendiente de todo cuanto se movía a su alrededor.

Erwan fue el primero en saludar a su hermano, era más que evidente que ambos tenían una relación envidiable pese a cierta diferencia que habían tenido en el pasado por culpa de la dichosa conversación de teléfono sacada de contexto entre Em y Erwan. Cuando Gérard al fin centró su atención en mí frunció ligeramente el ceño, pero de igual modo me estrechó entre sus brazos en donde me refugié sintiéndome feliz por estar al fin en casa.

—Te he echado mucho de menos, pequeña —dijo dándome un beso en el pelo.

—Y yo a ti.

Tuve ganas de llorar en su pecho por todo lo sucedido en aquellos últimos días.

—Estás ardiendo —anunció separándome de su abrazo para poder verme el rostro—. Amy, tienes fiebre.

—Me he resfriado un poco.

—Yo no diría «un poco» —replicó torciendo el gesto—. ¿Desde cuándo está así? —No se me escapó el hecho de que la pregunta iba dirigida a mis compañeros como si yo fuera una niña inocente y ellos los únicos culpables de mi lamentable estado.

—Desde que se le ocurrió pasear bajo una tormenta mientras todos estábamos preocupados preguntándonos dónde demonios estaba —argumentó Ray.

—Eso no fue realmente así —me defendí.

—¿Y por qué no la habéis llevado a que la examine un médico? —inquirió Gérard al tiempo que posaba sus manos en mi frente y mi nuca en un gesto cuyo fin no era otro que hacer desaparecer mi dolor.

—¿Por qué preguntas si sabes la respuesta?

Gérard soltó todo el aire de sus pulmones con exasperación mientras se concentraba nuevamente en mí y en el mal que había ocupado mi cuerpo. Poco a poco sentí cómo iba mitigando mi malestar hasta desaparecer por completo. Era realmente asombroso lo que aquel hombre podía hacer con su increíble don en apenas unos minutos.

—¿Mejor? —asentí sonriente—. ¿Por qué tienes que ser tan difícil?

—No soy difícil, lo que pasa es que vosotros sois demasiado controladores y no me dejáis respirar. Os recuerdo que no tengo siete años y sé cuidarme perfectamente.

Gérard miró a su hermano, imagino que extrañado porque se mantuviera al margen de la conversación. Este se encogió de hombros negando con la cabeza antes de emprender la marcha hacia la salida, gesto que todos imitamos dando por finalizada la cuestión.

Para cuando llegamos a casa eran las diez de la noche y me sentía exhausta. Habíamos hecho un largo viaje en coche desde la casa de Ellinor hasta el aeropuerto, tomado un vuelo de casi cinco horas y vuelto a viajar desde Toulouse hasta Llo.

Dejamos a Álex y Ray en sus respectivas casas, pero en cambio pasamos de largo por la mía. Antes del viaje compartía techo con Erwan porque mi vida corría peligro aun entre la protección del clan. Ahora ya no me parecía tan buena idea, pero lo último que me apetecía en aquellos momentos era discutir con aquellos dos hombres que seguramente no tomarían a bien mi deseo de volver a mi casa.

Constance nos recibió en cuanto oyó el rugido del motor del todoterreno de Gérard. Si Erwan se sorprendió de encontrar a su madre en su propia casa no dio señales de ello. Se dejó achuchar y besar por la mujer que estaba más que feliz de volver a tener a su hijo entre sus brazos.

—Amy —dijo volviéndose hacia mí—, pero si estás más delgada, ¿has comido? —Sonreí ante su gesto preocupado a la vez que asentía con la cabeza.

Me condujo hasta la cocina donde me hizo sentar antes de colocar un plato de caldo humeante frente a mí.

—No tendrías que haberte molestado.

—No es molestia, cariño —contestó al tiempo que servía otro plato a Erwan—. Estoy feliz de teneros de vuelta.

—Y yo de estar aquí —confesé—, ha sido más duro de lo que esperaba.

—Lo imagino. Mañana será día de explicaciones, todo el clan está deseoso de conocer las noticias que traéis; pero ahora será mejor que descanséis.

—¿Todo el clan? —Miré horrorizada a Erwan que también puso mala cara pese a que evitó mi mirada.

Constance asintió sonriente antes de quitarme el plato vacío y ponerme un segundo.

—No tienes que preocuparte por eso. Anda, sigue comiendo.

Di buena cuenta del delicioso plato de carne pese a que la noticia de la reunión del día siguiente me había cerrado el estómago.

—¿Qué tal Llop? —pregunté volviéndome hacia Gérard.

—Te echa de menos, apenas come y va como un alma en pena.

—Och.

—Supongo que es «el efecto Amy». —Me guiñó el ojo al tiempo que me acariciaba la mejilla provocando que el rubor subiera a mi rostro. Por el rabillo del ojo vi a Erwan levantar la cabeza con el ceño fruncido, pero no dijo palabra.

Tras la cena, me fui directa a la cama. Estaba tan cansada que apenas podía mantener los ojos abiertos. Ni siquiera tuve tiempo de preocuparme por tener que mentir ante todo el clan al día siguiente con respecto a lo que realmente había ocurrido en nuestra aventura. Tal vez lo mejor fuera mantener la boca cerrada y esperar a que Erwan hablara y contara la historia que le conviniera. Con ese pensamiento me encomendé a mis sueños con la esperanza de que no fuera aquella una de las noches en las que la Diosa decidiera comunicarse conmigo.

Capítulo 14

El aroma a café inundó mis fosas nasales haciéndome regresar de mis profundos sueños, lo que me recordó que gracias a Gérard mi maldito resfriado había desaparecido y que, de nuevo, podía disfrutar de todos mis sentidos.

Tras darme una ducha, me dirigí a la cocina siguiendo el rastro de aquel aroma cautivador. No es que me gustara especialmente el café, pero tenía que reconocer que olía de maravilla y que lo había echado de menos mientras estuvimos en tierra de Enid. Había tardado bien poco en acostumbrarme a ciertas rutinas de Erwan y su pasión por el café era una de ellas. Sería algo que siempre relacionaría con él y ese pensamiento me llevó a la realidad provocándome una dolorosa sensación en el pecho al recordar nuestra nueva situación.

Cuando llegué a la cocina vi a Ray sentado en uno de los taburetes que figuraban alrededor de la isla que ocupaba el centro de la estancia. Casi tuve ganas de abrazarlo cuando me saludó con un guiño de ojos. Pese a que Erwan y yo habíamos arreglado nuestras diferencias, no me sentía preparada para estar con él a solas, al menos no aquella mañana.

—Sobre la encimera tienes tu té —dijo Erwan señalando con la cabeza el lugar donde se encontraba la taza.

Asentí agradecida sintiendo un profundo escozor en los ojos al posar mi vista sobre él, que se encontraba apoyado en el mármol. Llevaba el pelo ondulado recogido hacia atrás con una goma. Se había puesto un jersey negro de cuello cruzado que hacía resaltar aquellos ojos que brillaban cual si fueran dos preciosos zafiros y unos pantalones tejanos desgastados que se ajustaban a sus largas y musculadas piernas.

El sonido del timbre evitó que continuara mirándole con anhelo durante más tiempo. Salí disparada hacia la puerta donde me encontré a mi prima Álex que sonreía pícaramente mostrándome una bolsa de *croissants*.

—Traigo el desayuno —dijo canturreando.

La abracé dándole un sonoro beso en la mejilla.

—No sabes lo que agradezco esto.

—Bueno, solo son unos dulces —repuso con algo de desconcierto.

—No me refiero a eso, tonta.

Su rostro extrañado se evaporó al ver a Ray en la cocina, comprendiendo al instante. Ambos habían pensado lo mismo y habían acudido a hacer más llevadero aquel inicio de jornada. Si Erwan notó lo que aquellos dos pretendían con su presencia en su casa aquella mañana no dio muestra alguna de ello.

—¿Ahora también lees mentes como tu hermano? —inquirió Ray al ver a mi prima con la bolsa de la pastelería—. Reconozco que el café de Erwan es el mejor que he probado, pero nunca tiene nada para acompañarlo. —Metió uno de los *croissants* dentro del café al tiempo que le guiñaba un ojo a Álex, para acto seguido meterlo en su boca.

—Eso que haces es asqueroso —respondió Erwan torciendo el gesto.

Mi prima obsequió a Ray con una sonrisa disimulada sentándose en uno de los bancos mientras Erwan le ofrecía una taza de café. Me alegré interiormente de que al menos aquel viaje hubiera servido para limar algunas asperezas entre aquellos dos. Había aún mucho trabajo por hacer, pero por lo pronto eran capaces de estar en la misma habitación sin que se tiraran de los pelos.

Mis nervios hicieron su aparición en el momento en que salimos de la casa de Erwan para dirigirnos a la de Agnes. Sabía que era una tontería, pero la idea de mentir delante de tanta gente me resultaba de lo más apabullante. No es que se tratara de una gran mentira, al fin y al cabo íbamos a contar lo más importante y tan solo ocultar lo del ritual; además cabía decir que no era del todo inocente en aquellas lides puesto que solía recurrir a alguna que otra mentirijilla para salir del paso con más asiduidad de la que me gustaría reconocer. Lo que realmente me preocupaba era que alguien se diera cuenta de nuestra artimaña porque lo cierto era que mentir se me daba fatal. ¿Y si había alguien en el clan que percibiese esas cosas? Me moriría de la vergüenza, aunque no pensaba ser yo la que contara la historia si podía evitarlo.

El frío de aquellas montañas arrancó una lágrima furtiva que rodó por mi mejilla dejando un sendero húmedo que me heló la cara. Pese a que la primavera estaba en todo su apogeo, aún no había llegado a aquellas tierras. La nieve había desaparecido retrocediendo hacia la cumbre de las montañas, que permanecían blancas casi la totalidad del año. Caminé hasta el Wrangler de Erwan arrebujándome en la chaqueta buscando mi propio calor. Una mirada furtiva hacia las nubes que se deslizaban sobre nuestras cabezas, sospechosamente cerca y bastante oscuras, me indicó que de un momento a otro llovería.

No llegamos los primeros. Había una serie de coches aparcados en la parte exterior de la casa de Agnes, aunque no había ni rastro de sus pasajeros. Debían de estar todos dentro, al calor que les ofrecía el hogar.

Antes incluso de que Erwan acabara de estacionar el todoterreno, Álex salió disparada para enterrarse en los brazos de su hermano que venía hacia nosotros con una espléndida sonrisa en el rostro. La alzó y volteó como si no pesara lo más mínimo mientras nosotros nos dirigíamos a su encuentro.

Tras saludar a Erwan y Ray me tocó mi turno de verme alzada en un abrazo de oso que me arrancó una risilla de puro gozo.

—¿Se han portado bien mis chicas? —preguntó devolviéndome al suelo.

—Alguna más que otra —respondió Ray.

Me volví en su dirección lanzándole una mirada envenenada sabiendo que se refería mí en concreto.

—No tienes muy buena cara, ninfa.

—Será por los disgustos.

Gérard se unió a nuestro grupo saludando con un afectuoso choque de manos a su amigo Ray y propinándole un beso a Álex.

—Hay algo que debes saber. —Oí que le decía a su hermano con algo de disimulo.

No tuve tiempo de indagar más sobre el tema porque de repente oí la voz de Álex alzarse de forma estridente:

—¿Tú?

Enfrente de nosotros había una mujer que nos miraba con algo de reparo, aunque eso no le impidió acercarse hasta donde nos encontrábamos. Era alta, morena y extraordinariamente hermosa. —Me alegro de volver a verte, Álex.

—Me gustaría poder decir lo mismo, pero ya ves que no. —La mujer hizo un rictus con sus carnosos y sensuales labios mostrándose apenada.

Fruncí el ceño al reparar en la mueca de disgusto que mostraba mi prima. Me extrañó que hubiera abandonado toda la diplomacia con la que siempre hacía gala para obsequiar a aquella mujer con todo su desprecio. Sin saber por qué, mi corazón empezó a bombear con más fuerza mientras observaba aquella desconcertante escena. Las expresiones del resto de mis compañeros no eran mucho más reveladoras, aunque se me hizo evidente que no estaban del todo cómodos con su presencia allí. De repente tuve la imperiosa necesidad de sentarme. Supe quién era aquella mujer en el momento en que volví mi vista hacia Erwan y vi el efecto que su presencia había producido en él. Me apoyé en el brazo de Gilles sintiéndome desfallecer cuando ella clavó sus ojos grandes y claros en el dueño de mi corazón:

—Erwan. —Aquella simple palabra me dolió tanto que tuve ganas de desvanecerme para siempre—. Te veo muy bien.

—Lo mismo digo —respondió él con un tono helado.

Mi estómago revuelto amenazó con vaciarse allí mismo, a los pies de aquella perfecta mujer que parecía haber sido sacada de un cuento de hadas. La misma que había dejado a Erwan tocado para siempre e incapacitado para volverse a enamorar.

—Hola, Amy. Me han hablado mucho de ti. —Levanté la vista del suelo al darme cuenta que era a mí a quien se dirigía.

—¿En serio? —«Lo siento, creo que te odio, así que deja de sonreírme.»

—Me llamo Gabrielle —respondió de forma simpática pese a la tensión reinante—. Igual que tu madre, me alejé de todo esto durante un tiempo, por eso no nos habíamos visto hasta hoy.

«¿Durante un tiempo? ¿Acaso piensas quedarte?»

—¿A qué has vuelto? —la increpó mi prima perdiendo las formas.

—Mi madre está enferma. No soy tan insensible como parece que todo el mundo quiere pensar.

Un silencio tenso como una barra de acero se instaló entre nosotros tras aquellas palabras. Si en algún momento había conservado la esperanza de que Erwan recapacitara y volviera a mí, desapareció en aquel preciso instante en el que pude comprender sus reservas. ¿Acaso merecía yo la pena como para meterse en el vergel que suponía una existencia a mi lado? No se trataba solo de que no quisiera continuar el legado de su padre, es que además yo no era como ella. Yo era una simple chica de veintinueve años sin nada más especial que el hecho de ser la Elegida. Nadie se volvía para mirarme dos veces, y luego estaba mi peculiar forma de ser que solo me daba problemas. ¿Por qué Erwan iba a complicarse la vida conmigo si podía estar con mujeres como Gabrielle? Fui consciente de que había perdido mucho más que el amor de Erwan aquellos últimos días; no quedaba ya ni un resquicio de mi antigua autoestima. Jamás me había importado especialmente lo que los demás opinaran de mí, nunca había dicho o hecho algo para gustar a nadie y, por supuesto, me quería. Me quería mucho, pero al parecer esa coraza inexpugnable tenía sus fallos porque ahora mismo tenía ganas de cortar el precioso cabello de aquella muñeca a jirones y golpearla hasta que dejara de ser tan insoportablemente hermosa. Eso debían de ser celos. Unos celos tan tremendos que me estaban consumiendo allí mismo produciéndome un fuerte mareo.

—¿Qué tal si vamos entrando? —dijo Gilles cogiéndome de la mano.

Agradecí a los cielos el oportunismo de mi adorable primo porque estaba convencida que de un momento a otro hubiera acabado cogiendo una tonalidad verdosa a causa de la insoportable envidia que había empezado a desarrollar hacia esa mujer.

Mis tíos acapararon toda mi atención acogiéndome con sus acostumbradas y efusivas muestras de afecto que me hicieron olvidar lo mal que me sentía en aquellos momentos. Saludé a todos y cada uno de los miembros de aquella gran familia que era ahora también la mía. Aún me sorprendía gratamente cómo me habían acogido haciéndome sentir como a una más del clan.

—Estamos realmente orgullosos de vosotros —empezó a decir Agnes cuando todo el mundo guardó silencio—. Especialmente de ti, Aimée. No tengo palabras. La idea de que Marlon y los que son como él desaparezcan de nuestra existencia me abruma.

—Bueno, aún queda mucho por hacer —articulé sintiéndome incómoda.

—Lo sé, querida. Cuéntanos qué va a pasar ahora.

«Eso quisiera saber yo», pensé desviando la mirada hacia Erwan, pasándole así la bola de mentiras que se suponía que íbamos a contar. Era él quien había pedido disfrazar la verdad, pues no iba a ser yo quien mintiera delante de todos.

Me hizo un gesto casi imperceptible con la cabeza dándome a entender que ya se hacía cargo él de explicar toda nuestra aventura vivida en los últimos días:

—Lo de Marlon es un tema un tanto peliagudo —empezó a decir—, no va a ser tan fácil como pensáis, aunque Enid cree que tenemos una oportunidad frente a los suyos.

A continuación pasó a relatar todo lo que nos había contado Enid sobre la matanza de la que fueron víctimas las otras Sacerdotisas y el resto del clan al que pertenecían, la historia de Marlon, la huida a tierras del norte y la necesidad de proteger su estirpe a demanda de la Diosa.

—Entonces, ¿Aimée puede hacer que ella nos ayude? —preguntó Marcelle, el esposo de Agnes, con gesto contrariado.

Erwan asintió con la cabeza después de unos instantes en los que vi la duda asomar por sus ojos.

—Enid cree que sola no podrá hacerlo. —Las palabras salieron de sus labios con cierto trabajo. Puede que fuese producto de mi imaginación, pero me daba la sensación de que hubiese preferido no tener que compartir aquella teoría con el resto del clan; aunque tal vez solo se tratara del remordimiento producido por ocultar lo que a mi juicio era la clave de todo.

—¿Qué quieres decir? —inquirió esta vez mi tío Robert.

—Amy necesita la ayuda de otra más como ella para convocar a la Diosa —respondió Erwan.

Agnes se envaró sobre su asiento mirándonos a uno y otro alternativamente.

—Pero no hay más como ella que sepamos ¿o sí? —pregunto mi tío. Erwan negó con la cabeza a modo de respuesta.

El latido de mi corazón se aceleró al sentir casi todas las miradas posarse sobre mi persona. Casi podía ver en sus rostros cómo llegaban a la conclusión que me condenaría a someterme a los designios de la Diosa sin necesidad de palabras.

—Supongo que te darás cuenta de la imperiosa necesidad de llevar esto a cabo cuanto antes. —Todos mis músculos se pusieron en tensión al oír las palabras de Marcelle. Asentí sin mirar a nadie en concreto—. Si no has pensado en alguien concreto, el clan elegirá el candidato adecuado para ti.

Abrí los ojos de par en par desviando mi atención hacia Agnes, demandando su intervención con la mirada.

—Eso no va a ser necesario —espetó mi tío.

—Cada día que pasa muere gente a manos de nuestro enemigo. —El tono de Marcelle era afilado e hiriente como un cuchillo—. No hay tiempo para sutilezas.

Tragué saliva sintiendo cómo mi estómago se revolvía con solo pensar en lo que me estaban pidiendo con tanta urgencia.

—Querido —dijo Agnes posando su mano derecha sobre el brazo de su marido—. Aimée sabe lo que tiene que hacer.

Asentí nuevamente derrotada. Entendía perfectamente cuál era mi deber, pese que había esperado algo más de tiempo para llevarlo a cabo. De hecho ni siquiera había llegado a plantearme realmente la situación porque en el fondo siempre había esperado que Erwan recapacitara. Le miré de forma disimulada, mantenía la vista clavada en algún punto de la mesa con una expresión indescifrable en el rostro: había pasado página. Con un dolor lacerante en el pecho, donde antes había estado mi corazón y ahora tan solo quedaba un órgano que bombeaba mi condenada sangre, decidí que yo también debía de hacerlo y dejar de esperar algo que no llegaría. Él había sido lo suficientemente claro, el problema era mío que no había querido entender su mensaje.

—No tenéis que preocuparos por eso. Haré lo que haga falta para acabar con el despotismo de Marlon y los que son como él. —Realmente era bien poco lo que se me pedía a cambio, tan solo tenía que engendrar una hija con alguien del clan. Nada de «vivieron felices para siempre». Una noche, o las que hicieran falta, y se acabaría. Me encargaría de dejarle claro al individuo en cuestión que no habría nada más que eso porque no tenía ningún interés en formar una familia. Aquella posibilidad, al parecer, nunca había sido para mí.

Para cuando salimos de la casa de Agnes, el cielo, antes amenazante, descargaba ahora toda su furia sobre nuestras cabezas. La oscuridad se había apoderado de aquella mañana otorgándole un aire de lo más tétrico.

La gente se fue dispersando rápidamente dirigiéndose a la protección de sus vehículos con el fin de llegar a su casa cuanto antes.

—Tengo órdenes directas de cierta amiga tuya que me ha pedido que te lleve a casa de mis padres.

—Veo que has empezado a conocer de qué pie calza la *rubita* —dije con una sonrisa maliciosa.

—Básicamente me ha dicho que no vuelva sin ti. —Ambos reímos, sabía perfectamente que Judit estaría como loca por verme, y yo daba gracias cada día a la Diosa de que la hubiese puesto en mi vida porque era la persona más importante que había en ella.

—Entonces ¿va en serio? —quise saber una vez dentro del coche de mi primo.

—Eso parece.

—Sabes que si le haces daño tendrás que vértelas conmigo, ¿verdad?

Gilles asintió esbozando una sonrisa ladeada sin dejar de mirar el camino enfangado por donde circulábamos. Me eché el cabello medio mojado por la lluvia hacia atrás escogiendo bien las palabras de mi siguiente pregunta:

—¿Qué pasará cuando tenga que regresar a su vida? —Gilles me miró con el ceño fruncido antes de contestar.

—Su antigua vida ya no es segura para ella.

—No puedes pretender mantenerla alejada para siempre, lo sabes perfectamente. A diferencia de mí, tiene una familia que la espera, un trabajo, responsabilidades...

—Amy, si regresa volverán a llevársela para llegar hasta ti. La vida que tenía pasó a la historia.

Sentí un agudo pinchazo en el pecho al darme cuenta de que Gilles tenía razón. Su vida se había visto totalmente alterada por mi culpa, y eso hizo que me sintiera aún peor de lo que ya me sentía aquella mañana.

—¿Ella es consciente de eso?

—Supongo que sí.

—Si lo vuestro no funciona, este pueblo será demasiado pequeño para los dos y querrá volver —sentencié sin saber exactamente si hablaba por propia experiencia o simplemente señalaba un hecho.

Gilles desvió la atención del camino unos segundos para mirarme con expresión recelosa.

—¿Qué pasó en Noruega?

Me envaré sobre el asiento intentando disimular las emociones que comenzaban a asomar por mi rostro.

—Acabas de oírlo en casa de Agnes.

—Sabes perfectamente a qué me refiero.

—No quiero mentirte así que prefiero que cambiemos de tema.

Aparcó delante de la casa de huéspedes y tras apagar el motor se volvió hacia mí apoyando uno de sus brazos en el respaldo del asiento.

—Sabes que puedes contar conmigo para lo que sea, ¿verdad? —Asentí incapaz de aguantar por más tiempo su mirada—. Incluso si es para darle una buena paliza —añadió cogiéndome de la barbilla para que volviera a mirarle a los ojos. Mis labios formaron una sonrisa provocando otra en los suyos.

—Lo pensaré. —La idea de hacerle entrar en razón a golpes se me había pasado por la cabeza en algún momento de arrebato, pero era yo la que protagonizaba aquella liberadora escena.

Judit me envolvió en un abrazo de mamá osa en cuanto mis pies pisaron la casa de mis tíos. Era increíble lo bien que sentaba tenerla de nuevo cerca, era como estar en casa.

—Te he echado tanto de menos.

—Y yo a ti.

—Amy, estás más delgada —dijo separándome de su abrazo para mirarme mejor—. ¿Es que no te han dado de comer?

Puse los ojos en blanco haciendo una mueca de fastidio. No había tenido una madre, pero Judit se había metido muy bien en el papel todos aquellos años.

—Claro que he comido —me defendí—, pero también he trabajado muy duro estos días. Además no había comida basura a mi alcance así que ya ves.

—Qué existencia tan aterradora para ti, ¿verdad?

—Pues sí. —Mi amiga sabía lo mucho que me gustaban ciertos manjares que nada tenían que ver con una dieta sana y equilibrada.

Caminamos a través del pasillo hasta llegar a la gran sala que era el salón, ahora vacío, en donde los huéspedes se reunían para hacer tiempo hasta la hora de las comidas. Gilles se disculpó dejándonos solas, momento que aprovechamos para ponernos al día.

Hablamos de algunos detalles sobre el viaje, poca cosa porque ya la había puesto al día por teléfono sobre lo ocurrido con Erwan, incluyendo el ritual. Mi necesidad de desahogarme con la persona que mejor me conocía de todas, junto con el hecho de que había deducido que algo muy grave me afligía tras oír un par de frases mías desde el otro lado de la línea, hicieron que las palabras salieran de mis labios en un ataque de sinceridad mientras me recluía en el baño de nuestro apartamento de Noruega. Tras hacerla prometer que no le contaría nada a mi primo, la hice partícipe de mi historia con Erwan incluyendo la noche del ritual.

—¿Habéis hablado?

—Las cosas siguen igual, Judit. Y encima hoy he conocido a su ex novia.

—¿Gabrielle? —preguntó abriendo los ojos de par en par. Asentí con la cabeza sintiéndome aún más poca cosa de lo que me había sentido al verla—. La conocí el otro día, lo cierto es que me resultó encantadora.

—Por eso quedó tan tocado. ¿Qué hombre en su sano juicio no lo estaría al perder una mujer como esa?

—No te precipites que te conozco.

—No hay que ser muy espabilada para darse cuenta de que nunca estaré a la altura, Judit.

—¿A la altura de qué? —me reprendió con cara agria—. Deja de decir estupideces y de hacer comparaciones sin sentido. Tú no eres así.

Bajé la mirada a mis pies sabiendo que mi amiga tenía razón, yo no era así de patética, pero ahí estaba, completamente perdida y desorientada.

Disfruté de una deliciosa comida familiar con mis tíos, Álex, Gilles y Judit. Por unas horas conseguí volver a ser yo misma y sentirme mucho mejor por ello. Empezaba a pensar que la cercanía con aquel hombre me transformaba en un ser que poco tenía que ver conmigo, absorbía mi verdadero yo, y me dejaba trastornada de un modo que ni siquiera era capaz de comprender.

Había oscurecido hacía rato cuando Gilles me llevó de vuelta a casa de Erwan. Me sentía agotada, pero de mucho mejor humor. La lluvia no había cesado en todo el día, grandes gotas de agua helada chocaban contra el parabrisas del coche mermando considerablemente la ya de por sí poca visibilidad.

Tras despedirme de Gilles, salí disparada hacia la puerta metiendo la llave lo más rápido que mis entumecidos dedos me permitieron, mientras mi primo esperaba a que entrara en la casa de Erwan para marcharse. Le dije adiós con la mano antes de cerrar la puerta y secarme los pies en la alfombrilla que había justo en la entrada. Colgué la chaqueta empapada en el armario que había para aquel uso tras la puerta y dirigí mis pasos hacia el salón. Mis oídos registraron un par de voces a medida que me acercaba, pero antes de tener tiempo siquiera de pensar en ello llegué a la sala donde tenía lugar ese intercambio de palabras.

Mi pulso saltó disparado mientras me quedaba allí plantada sin saber qué decir sintiéndome una intrusa por interrumpir lo que fuera aquello. Ambos se volvieron hacia mí en cuanto repararon en mi presencia.

—Hola, Amy —me saludó Gabrielle poniéndose en pie—. Ya me iba.

—No tienes por qué —logré decir intentando evitar que mi rostro reflejara la miríada de emociones que habían empezado a formarse en la boca de mi estómago. Mis ojos se cruzaron con los de Erwan, que permanecía tenso con las manos en los bolsillos, antes de volver mi atención a la mujer que me observaba con una sonrisa sincera en su bien esculpido rostro. «Ni siquiera me considera una amenaza», pensé volviendo a convertirme en el patético ser que me acechaba con cada pensamiento que tenía que ver con él—. Vosotros a lo vuestro, yo me retiro por hoy —añadí dirigiéndome hacia mi habitación sin esperar respuesta.

Me apoyé sobre la puerta del dormitorio sintiendo cómo mi mundo amenazaba con resquebrajarse de nuevo. El dolor, los celos y la tristeza acabarían conmigo. Ni siquiera Erwan merecía que me convirtiera en una piltrafa de mí misma porque no supiera aceptar que ese hombre no era para mí. Resuelta a evitar que aquella situación se me fuera de las manos empecé a guardar la poca ropa que conservaba en aquella casa, en la maleta. Si la muerte de mis seres queridos y la amenaza que pendía sobre mi persona no habían logrado acabar conmigo, un corazón roto tampoco iba a lograrlo. Necesitaba poner distancia y ver las cosas con perspectiva porque había comenzado a sentir pena de mí misma y eso empezaba a ser patético.

Metí mis artículos de higiene en el neceser y luego en la maleta. Guardé mi cuaderno de dibujo en el bolso y, echando una última ojeada a la habitación, salí por la puerta en busca de mi ansiada libertad. La casa permanecía en silencio, si ella continuaba allí esperaba no tener que encontrármelos. Pasaría sigilosamente sin que se dieran cuenta de mi presencia y enviaría un mensaje a Erwan en cuanto me encontrara en la protección de mi hogar.

—¿Te vas?

Paré en seco al oír aquella pregunta notando cómo el vello de mi nuca se erizaba por momentos.

—No puedo seguir compartiendo techo contigo —solté en un arranque de sinceridad volviéndome hacia él.

—Creí que ya lo habíamos hablado.

—No, tú hablaste —repliqué elevando el tono de voz—. Yo simplemente accedí, pero vivir contigo no entraba en el trato.

—Tu seguridad está por encima de todo —dijo en un tono frío que me puso enferma.

—Y ¿qué hay de mi salud emocional? Necesito poner distancia entre nosotros para poder pasar página del mismo modo que tú has hecho.

—Estás sacando conclusiones precipitadas —afirmó mostrando su enfado—. Entre Gabrielle y yo no hay nada.

—No tienes que darme explicaciones —mascullé—; ya no.

—Aimée, estás siendo irracional.

—¿Irracional? —vociferé sintiendo cómo la rabia manaba de mi cuerpo como si fueran ondas expansivas—. Me haces daño, Erwan. Tu sola presencia me duele porque la realidad es que sigo enamorada de ti y no puedo hacer nada por evitarlo.

—¿Crees que para mí es fácil? —rugió perdiendo los estribos, algo difícil en él.

—No seas hipócrita. Tú nos has llevado a esto.

—Sé que solo lo dices para hacerme daño —espetó dejándome con la boca abierta—. Tú lo sentiste, aquella noche te lo di todo. Luché contra mis dragones y pasé por encima de ellos para estar contigo, eso no ha cambiado.

—Entonces, ¿por qué nos haces esto?

—Te lo he contado muchas veces, pero parece que no quieres entenderlo.

—Es que no lo entiendo, Erwan. No puedo entender qué puede haber más fuerte que esto. Si de verdad sintieras algo parecido a lo que yo siento aquí —dije poniendo la mano sobre mi corazón— no permitirías que nada se interpusiera entre nosotros.

—Ojalá lo viera como tú, pero mi realidad es completamente diferente.

El velo de tristeza que cubrió sus preciosos ojos me dejó sin habla durante unos instantes. Tragué el nudo que amenazaba con ahogarme allí mismo tratando de aparentar una fortaleza que estaba lejos de sentir en aquellos momentos. Si me derrumbaba y cedía, mi alma se perdería para siempre porque si no me marchaba ahora que podía, tal vez nunca reuniera el valor para hacerlo.

—Algún día te darás cuenta de tu error, y puede que para entonces sea demasiado tarde porque tiempo es lo único que no se me permite darte.

Me interné en la oscuridad de la noche sin importarme la lluvia que caía de forma despiadada sobre la cáscara vacía que era mi cuerpo. Las lágrimas inundaban mi rostro a cada paso que daba alejándome de aquella casa y del dueño de mi corazón.

Sin ser verdaderamente consciente de ello me planté ante una puerta que no era la de mi casa. Necesitaba un hombro donde llorar, pese a que ese nunca había sido mi estilo, y ese hombro no iba a ser otro que el de mi buen amigo Ray.

Capítulo 15

—¿Puedo quedarme esta noche en tu casa?

Los ojos de Ray se abrieron de par en par al verme en aquel estado ante la puerta de su casa.

—Joder, Amy, ¿qué ha pasado? —inquirió con preocupación sacándome del manto de lluvia y arrastrándome al calor de su hogar.

Me llevó hasta la chimenea encendida donde me dejó un momento mientras iba en busca de toallas para secarme. Me quité la chaqueta empapada y me sequé las lágrimas de la cara con la manga del jersey sintiendo que poco a poco mi cuerpo comenzaba a temblar.

—Espero que lo de caminar bajo la lluvia no se esté convirtiendo en un hábito extraño.

Me pasó una toalla para que me secara la cara y el pelo. No eran muchos los pasos que separaban ambas viviendas, pero aun así habían sido los suficientes como para dejarme entumecida a causa de la humedad de mi ropa.

—Eso espero yo también.

Me senté en la alfombra acaparando el calor que desprendía el fuego de la chimenea y me quité las botas mojadas. Sequé mis pies con la toalla notando que poco a poco regresaban a la vida.

—¿Erwan sabe que estás aquí?

—Supongo —respondí encogiéndome de hombros sin apartar la vista de las llamas.

«¿Acaso importa?»

Desvié mi atención del fuego, extrañada por la falta de nuevas preguntas, cuando le vi pasando los dedos hábilmente por la pantalla de su teléfono móvil de última generación.

—No te ofendas, Amy, pero tengo que informar de que estás en mi casa.

—Puedo irme a la mía si lo prefieres, no quiero meterte en líos.

—Ni hablar —objetó dejando el móvil en el sofá—. ¿Por qué no me cuentas lo que ha pasado?

—No puedo vivir bajo el mismo techo que él —musité sintiendo un agudo dolor en el pecho.

—Amy...

—Estaba con ella cuando llegué a casa —le corté haciendo que agrandara los ojos al escuchar mis palabras—. Eso es más de lo que puedo soportar, Ray —mi boca formó un puchero antes de poder continuar—. Aún trato de aceptar que lo nuestro es una historia imposible, pero ver cómo rehace su vida sin mí... —sollocé sin poder acabar la frase.

Ray suspiró de forma sonora al tiempo que negaba con la cabeza.

—Ven aquí —me refugié en sus brazos sintiendo cómo todas mis pobres defensas cedían de nuevo a este último ataque. Si continuaba por ese camino no habría quien pudiera repararme jamás—. No voy a volver a su casa, me da igual lo que digáis.

—No te preocupes por eso ahora.

Me desahogué en su pecho hasta que ya no me quedaron más lágrimas mientras él me masajeaba la espalda en silencio.

—Lo siento —murmuré separándome de su cuerpo para sentarme en el otro extremo del sofá.

—No tienes por qué.

Me sorbí la nariz al tiempo que me limpiaba la cara con la manga del jersey.

—No me gusta esta faceta de mí, aunque no lo creas esta no soy yo.

—Lo sé —afirmó en tono serio.

—Tampoco me gusta dar la brasa con mis problemas a nadie —reconocí—. Normalmente los encierro en alguna parte hasta que desaparecen o se me olvida que están.

—Muy propio de ti, duende. —Una pequeña sonrisa se formó en sus labios—. Hay que desahogarse de vez en cuando.

—Me gustaría que esto quedara entre nosotros.

—Oh, sí. Esto mermaría tu reputación de insensible.

Le lancé el cojín al que me estaba abrazando provocando una carcajada en mi objetivo que lo esquivó con apenas un ligero movimiento de cuello.

—Tú sí que eres insensible —espeté algo menos disgustada—. Sospecho que si Gilles se entera es capaz de plantarse ante su puerta en busca de explicaciones. Y Gérard es tan protector conmigo como un hermano mayor, el hecho de que Erwan sea el suyo solo empeoraría las cosas.

—Serían más que cuatro palabras lo que tendría lugar entonces.

Lo miré sorprendida ante aquella afirmación. ¿Se refería a mi primo o a Gérard?

—A veces me siento como una niña indefensa —confesé haciendo círculos con el dedo en mi propia rodilla y siguiéndolos con la vista—. Sois demasiado controladores e intensos. Ni siquiera mi padre se comportaba así.

—Supongo que eso explica muchas cosas.

—¿Te abro mi corazón y te ríes de mí?

—Tú no tienes de eso —respondió con una sonrisa torcida.

—No —contesté—. Eso es cierto.

Ray me miró con una expresión que pocas veces había visto en él.

—No voy a justificar ni un momento la postura que está tomando, Amy, pero saber que la persona que te engendró es el mal hecho hombre y que ha logrado sobrevivir al tiempo no sabemos cómo debe de hacer que te plantees ciertas cuestiones que desde nuestro punto de vista no parecen tener relevancia.

—Eso lo entiendo. Marlon le dijo delante de todos que no era como nosotros, que le sorprendía que le hubieseis aceptado en el clan como a uno más, pero Erwan no tiene nada que ver con su padre no sé por qué se empeña en ver fantasmas donde no los hay.

Ray asintió con la cabeza dándome la razón.

—Necesita tiempo.

—Pero eso es justo lo que no tengo —señalé frustrada—. Ya has visto la reacción de Marcelle esta mañana. En cuanto vean que no hago avances comenzarán a presionarme. ¿Puedes imaginarte cómo me siento?

—¿Por qué das por hecho que el ritual no sirvió de nada? —me preguntó frunciendo ligeramente el ceño—. ¿Lo sabes con seguridad?

Mi corazón dejó de latir por momentos.

—Bueno... No.

—Pues hasta entonces no hagas nada.

Asentí porque era lo único que fui capaz de hacer en aquel instante. Traté de hacer un cálculo mental para hacerme una idea de cuánto tiempo sería eso, pero lo cierto era que ni siquiera fui capaz de recordar la última vez que había tenido el periodo. La montaña rusa en la que se había convertido mi vida me había hecho dejar de lado ciertos detalles que ahora adquirían una importancia vital.

—Anda vamos, prepararemos la cama.

Le seguí en silencio como una niña obediente hasta un dormitorio muy amplio y sumamente masculino. Sacó unas sábanas del armario que había empotrado en una pared del extremo, extrañada de ver que la cama ya tenía unas puestas.

—¿Este es tu dormitorio? —Asintió con un gesto de cabeza—. ¿Y voy a dormir aquí?

—Si prefieres el sofá...

—¿Con lo grande que es esta casa no tienes habitación de invitados?

—¿Y para qué querría estropear una de mis habitaciones para ese uso? —inquirió con una sonrisa divertida asomando por su apuesto rostro—. No quiero invitados en mi casa.

—Vale, lo pillo —respondí sintiendo cómo las comisuras de mis labios se estiraban formando una sonrisa.

—No va por ti, duende.

—Uff, menos mal, empezaba a sentirme fatal.

Me miró con ojos entornados y expresión recelosa durante una fracción de segundo hasta que al fin respondió:

—Seguro que sí —contestó sin poder ocultar la sonrisa.

—Mejor duermo yo en el sofá.

—Ni hablar, no quiero que luego digan que no he sido considerado con la Elegida. La Diosa podría castigarme de algún modo.

—Eso es verdad —estuve de acuerdo—. ¿Por qué no dormimos los dos aquí?

Aquella pregunta suscitó una mirada de ceño fruncido por su parte.

—¿Qué me estás sugiriendo exactamente? —Su expresión desvergonzada me hizo reír haciéndome olvidar por un momento el motivo por el que estaba allí—. Te advierto que no estoy en el mercado de donantes de esperma.

—No seas cretino —le reprendí haciendo una mueca de repulsión.

—Está bien, pero nada de abrazos ni toqueteos.

—Intentaré controlarme —contesté tratando de aparentar seriedad—. Además estaría muy feo por mi parte teniendo en cuenta que la madre de tus hijos es mi prima. ¿En qué nos convierte eso? —inquirí llevándome el dedo índice a la mejilla ignorando su mirada estupefacta—. ¿Primos políticos?

—Es de muy mala educación escuchar las conversaciones ajenas —replicó torciendo el gesto. Había captado al instante mi referencia a su charla con Jon.

—Oh, pero muy interesante y revelador —Resopló a modo de respuesta al tiempo que abría un cajón de la cómoda y sacaba lo que me pareció un pijama—. No fui la única que la escuchó ¿sabes? —Sus ojos verdes se abrieron de par en par mientras yo me daba palmaditas en la espalda con la mente—. El caso es que no la vi muy disgustada. ¿Eso es para mí? —pregunté señalando el pijama.

Asintió mientras trataba de asimilar mis palabras. Le quité la prenda de las manos y me dirigí al cuarto de baño a cambiarme con una sonrisa triunfal formándose en mis labios. Puede que mi vida amorosa fuese un completo desastre pero el papel de Celestina empezaba a dárseme realmente bien; Gilles y Judit eran la prueba viviente de ello.

Una sensación de vértigo y desasosiego me hizo abrir los ojos en medio de la oscuridad de la noche. La respiración relajada de Ray era el único sonido que rompía el silencio que me envolvía de forma inquietante. Aún me costaba disfrutar de aquella paz, acostumbrada como estaba a los ruidos de la ciudad incluso a altas horas de la madrugada.

Me levanté sigilosa y me dirigí a la cocina en busca de un vaso de agua. Tenía la garganta seca y algo rondando por mi cabeza, producto de mi última pesadilla. Las luces del alba empezaban a hacer su aparición de forma tímida tras las montañas. Me senté en el sofá a contemplar las vistas sabiendo que sería incapaz de volver a conciliar el sueño. Si me concentraba lo suficiente tal vez podría recuperar los retazos del sueño que había invadido mi descanso. A menudo regresaban a mi mente horas después de haber despertado cuando alguna imagen u objeto me hacían recordar.

No ocurrió en este caso. Mis latidos seguían con su ritmo frenético como si acabara de hacer un gran esfuerzo, pero no lograba comprender el porqué. Y eso, además de frustrarme, me preocupaba ya que mis sueños no solo eran un medio por el que la Diosa se comunicaba conmigo. A veces eran un adelanto de lo que iba a pasar o algo que había ocurrido ya, y, por la sensación que me había dejado en el cuerpo, no era muy halagüeño.

Me abracé las piernas perdiéndome en mis propios pensamientos hasta que un peculiar sonido captó mi atención. Pestañeé varias veces mientras mi cerebro lo registraba y me levanté tratando de localizar de dónde procedía. Llegué a la puerta de entrada y pegué mi oreja a la madera consciente de que fuera lo que fuese estaba justo al otro lado. Me quedé allí congelada sin saber si despertar a Ray o simplemente abrir la puerta, pero entonces un gemido animal me hizo decantarme por lo segundo mientras una amplia sonrisa se instalaba en mi rostro.

La bola de pelo gris que había al otro lado se abalanzó sobre mí en lo que ya empezaba a ser una costumbre, haciéndome caer hacia atrás. Reí a carcajadas mientras lo rodeaba con mis brazos tratando de esquivar su lengua babosa con poco éxito. Empujé la puerta con el pié hasta cerrarla e hice el intento por levantarme del suelo, pero el lobo me lo impidió.

—¿A qué estás jugando? —La voz de Ray me sobresaltó dándome un susto de muerte.

Llop se acercó a mi amigo para saludarle, momento que aproveché para ponerme en pie.

—Acaba de llamar a tu puerta —dije a modo de explicación.

Ray me recorrió con la mirada de arriba abajo frunciendo el ceño

—Juraría que también te dejé un pantalón. —Llevé la vista hacia mis piernas desnudas sintiendo cómo el rubor cubría mis mejillas. Tiré del bajo de la camiseta hacia abajo en un intento de tapar mis vergüenzas, aunque lo cierto era que me quedaba bastante grande sin tener la necesidad de hacerlo.

—Me venía enorme y he debido de perderlo.

—De saber que te pasearías medio desnuda por mi casa hubiese aceptado hacerte de niñera cuando tuve ocasión. —Una sonrisa desvergonzada se formó en sus labios.

—Muy gracioso.

El timbre de la puerta desvió nuestra atención. Nos miramos extrañados durante unos segundos hasta que él reaccionó.

—Debe de ser tu tío. —Asentí con la cabeza volviéndome hacia la puerta con intención de abrirla pero su mano me detuvo—. ¿Quieres que me corte los huevos? —Elevé las cejas sin acabar de comprenderle hasta que señaló lo evidente—. ¿Qué crees que va a pensar si te ve así? Bastante tendré con los demás cuando se enteren de que has pasado la noche aquí.

—No digas memeces. También he vivido con Gérard y Erwan.

Hizo un gesto que me puso en alerta.

—¿Qué me estás queriendo decir? —pregunté cautelosa.

Se pasó la lengua por los labios al tiempo que evitaba mi mirada inquisidora.

—Realmente no tienen claro por cuál de los dos vas a decantarte.

Abrí los ojos de par en par hasta que ya no me dieron de sí al tiempo que llevaba mi mano derecha a la boca. Un nuevo timbrazo me sacó de mi asombro haciendo que me apresurara a encerrarme en el dormitorio de Ray para cambiarme. ¿Cómo podían pensar eso si era Agnes la que me había obligado en ambas ocasiones? «¿Realmente importa, Amy?», me dije a mí misma decidida a pasar del tema.

Me alegré enormemente al saber que mi tío y Ray tenían una solución a mi problema. Iban a cambiar el sistema de seguridad, haciendo que registrase a cada persona que entrara y saliera de mi casa. De ese modo Ray recibiría una alerta cada vez que alguien se acercase siquiera al perímetro de seguridad. Lo mejor de todo era que el resto del clan no lo sabría, desde que Candice nos había traicionado tenían mucho cuidado con la información que se compartía. Era algo triste, porque se suponía que debíamos de estar más unidos que nunca, pero tendría que pasar algo de tiempo para que volvieran a confiar ciegamente los unos en los otros.

Cuando al fin me instalé de nuevo en mi propia casa me sentí algo mejor. Seguía sin ser la dueña de mi propia vida, pero al menos era algo.

Decidida a no dejar que mis aciagos pensamientos me consumieran en la soledad, me dispuse a limpiar para hacerla nuevamente habitable. Eran demasiados días los que había estado cerrada y el polvo había comenzado a tomar posesión de cualquier superficie que se prestara a ello. Hice una lista de la compra y se la envié a mi tío tal como me había pedido hacía unas horas. Era algo estúpido si teníamos en cuenta que cualquier supermercado, por pequeño que fuera, tenía servicio a domicilio, pero conociéndoles seguro habrían sometido al pobre transportista al tercer grado antes de permitirle siquiera acercarse a mi casa.

Al poco rato, Serge y otro de los muchachos cuyo nombre no logré recordar me trajeron las bolsas de la compra. Tras guardar cada cosa en su sitio me senté a descansar en el sofá mientras me ponía al día con los mensajes y correos que tenía en el teléfono, antes de continuar con el desastroso jardín.

Dominique, mi antiguo jefe de la galería, me había escrito después de haber intentado contactar conmigo por teléfono sin conseguirlo, diciéndome que había vendido algunos de los cuadros que tenía expuestos en París y quería que le enviara nuevos. La noticia me puso de muy buen humor, no solo porque de ese modo ocuparía mi tiempo, sino porque quería vivir de mi propio trabajo. Era una suerte que mi padre hubiese amasado una buena fortuna porque de otro modo no tenía ni idea de cómo habría podido hacer frente a mi reclusión en aquel pueblo si ni siquiera se me permitía salir de él para poder buscarme un trabajo.

También tenía un par de llamadas perdidas de Marc y algunos mensajes de WhatsApp en los que me pedía que me pusiera en contacto con él. Hice una nota mental para comentárselo a Ray recordando la conversación mantenida con Erwan al respecto. No me pondría en contacto con él hasta que estuviese segura de que no iba a suponer ningún tipo de peligro.

Sin saber cómo, me quedé dormida ovillada en el sofá. Para cuando desperté, hacía rato que había entrado la tarde. Me dirigí a la cocina a prepararme algo de comer, aunque lo cierto era que no tenía nada de hambre. Como tampoco me apetecía cocinar, me preparé un sándwich de lo más sencillo con tal de llevarme algo al estómago. Pese a la repulsa que me produjo el olor del jamón cocido, lo cual era extraño porque acababa de abrir el paquete, me lo comí con cierto disgusto. He de confesar que Llop me ayudó con la última parte, llegados al punto en que mi estómago se negó en redondo a aceptar ni un bocado más.

Salí hacia el jardín con la idea de aprovechar el poco tiempo que quedaba de luz para liberarlo de las hojas secas que invadían el suelo, ahora que el manto de nieve había desaparecido. Tendría que hacerme con un cortacésped porque, de lo contrario, pronto sería necesario salir con un machete para abrirme paso entre las hierbas.

Encontré un rastrillo en el pequeño cuarto de herramientas que había para tal uso en un anexo de la casa y comencé a rastrillar con energía. A los pocos minutos me dolía hasta el alma y apenas tenía fuerzas para aguantar la pesada herramienta. Fui reuniendo las hojas en un montón para luego meterlas en una bolsa de basura cuando empecé a percibir unos suaves susurros a mi alrededor. Por un momento creí que alguien me hablaba, pero lo cierto era que allí solo estaba yo. Recogí las hojas decidida a creer que había sido producto de mi imaginación, sintiendo cierta urgencia por acabar cuanto antes. Llop había desaparecido de mi vista, lo cual me inquietó puesto que él me hacía sentir segura. De nuevo capté voces que susurraban cerca de mi oído haciendo que el vello de mi nuca se erizara. Agudicé mis sentidos notando cómo un frío helado se introducía a través de mis capas de ropa hasta notarlo en los huesos. Una sensación de miedo irracional empezó a apoderarse de mí a medida que las voces iban adquiriendo más fuerza, hasta hacerme sentir rodeada. Lo absurdo de todo aquello no impidió que mi corazón amenazara con salir huyendo despavorido, ya que mis piernas se negaban a hacer el más mínimo movimiento.

—Al fin doy contigo —escuché que decía una voz conocida a mis espaldas.

Lancé un grito ahogado a la vez que me llevaba las manos al pecho.

—Menudo susto me has dado —mascullé tratando de recuperar la respiración.

—Llevo un buen rato llamando a tu puerta —comentó Gérard.

Llop estaba justo a su lado.

—No te oí. —«Solo susurros inquietantes en mi oído.»

—Es evidente —respondió—. ¿Te encuentras bien? Te has puesto blanca.

Asentí haciendo un gesto demasiado efusivo que a todas luces indicaba lo contrario. Quería pensar que me había imaginado lo ocurrido hacía un momento, pero mi sexto sentido no estuvo del todo conforme. «¿Ahora tengo un sexto sentido?», me pregunté frunciendo el ceño mientras recogía la bolsa de hojas. Bueno, si teníamos en cuenta que en alguna ocasión me había comunicado con mi hermana muerta, tenía sueños premonitorios en los que también veía sucesos del pasado, y me pasaban cosas extrañas al tocar ciertos objetos; podríamos decir que sí, que tenía uno.

—Deja que te ayude. —Me cogió la pesada bolsa de hojas y la cerró para luego apoyarla contra la pared de la vivienda—. —Después me la llevaré para tirarla.

Asentí algo ensimismada.

—Oye, ¿seguro que estás bien? —Puso su mano en mi frente con gesto preocupado.

Me deshice de su contacto volviendo la cabeza hacia un lado.

—Seguro —dije al tiempo que ponía los ojos en blanco—. Deberías de desconectar un poco de tu trabajo. Es como si yo fuese a tu casa y quisiera pintarlo todo.

Conseguí arrancarle una carcajada de modo que se olvidó de mi pequeño problema.

—Anda vamos, te prepararé un café. —Gérard hizo una mueca de repulsión.

—Muy bonito. —Puse los brazos en jarras—. No tienes por qué ser tan sincero, ¿sabes? Deberías aprender a seleccionar, empiezas a recordarme a Ray.

—No soy tan sincero como crees —repuso clavando su mirada celeste en mis ojos haciéndome recordar su beso de despedida.

Pestañeé como doscientas veces seguidas sin saber qué decir, eran pocas las veces que alguien me dejaba sin palabras, pero el desconcierto que sentía en aquellos momentos me hizo ver que aquella era una de ellas.

—Tal vez prefieras un té, eso lo hago de maravilla —dije al fin rompiendo el extraño momento.

Gérard asintió antes de seguir mis pasos hasta la cocina.

—Venía a ver si tu fiel mascota se había acercado por aquí, porque esta mañana cuando me levanté ya no estaba.

Sonreí desviando la vista hacia el susodicho, que se había estirado cuan largo era junto a mis pies, mientras yo preparaba la infusión.

—Esta mañana apareció en casa de Ray dándome una grata sorpresa.

Maldije para mis adentros de espaldas a él, rezando para que no reparara en el hecho de que había pasado la noche en casa de Ray en vez de en la que se me había asignado.

—Me ha sorprendido no encontrarte en casa de mi hermano.

—Necesito mi espacio —señalé encogiéndome de hombros sin volverme hacia él.

—¿Por eso te fuiste a casa de Ray?

«Parece que al final sí que se ha dado cuenta.»

—No quiero vivir con él —dije con seguridad a la vez que le ofrecía su taza.

Algo en mi mirada desafiante debió de disuadirle de continuar indagando. Se limitó a hacer un gesto de asentimiento con la cabeza formando un rictus con los labios. Estaba de acuerdo con Erwan en que era mejor dejar el ritual y lo que pasó aquella noche entre nosotros. Especialmente porque era ese el motivo que nos había separado de forma irremediable. No necesitaba a nadie cuchicheando u opinando sobre mi vida sobre todo porque traería consecuencias para Erwan si se enteraban de que había sido Enid la que así lo había dispuesto. Probablemente le obligarían a seguir con el plan hasta ver cumplido su objetivo aun en contra de su voluntad y eso era lo último que deseaba.

—¿Cómo está tu resfriado?

—Ni rastro de él —respondí aliviada por el cambio de tema—. Todo el mundo debería de tener un médico como tú en la familia.

La risa de Gérard inundó la estancia haciendo que Llop levantara las orejas y ladeara la cabeza. No pude dejar de apreciar lo guapo que era cuando sonreía, en realidad lo era siempre, pero sus sonrisas eran devastadoras. Era sorprendente lo diferente que era de su hermano, no solo físicamente, aunque qué iba a decir yo de Erwan que había conseguido desarmarme con solo dirigirme una de sus miradas. Era su forma de ser. Gérard estaba aún trastornado por la muerte de mi hermana, pero en no pocas ocasiones me dejaba ver su lado más encantador. Alguien con quien la convivencia sería tan fácil como lo era respirar.

—Me alegra que sepas apreciar mis cualidades. —Alcé las cejas preguntándome si era posible que me hubiese leído el pensamiento. En aquel lugar todo era posible. Sentí cómo el rubor subía a mi rostro hasta que deduje que se refería a su don—. —¿De verdad que estás bien? Estás muy *rarita.*

Esta vez fui yo la que soltó una carcajada, no sabía si producto de mi nerviosismo o de el hecho de que realmente aquella situación empezaba a resultarme cómica e inquietante. ¿De veras había estado evaluando lo que sería una vida al lado de ese hombre?

Capítulo 16

El gélido frío matinal hacía que se me saltaran las lágrimas a medida que empezaba a tomar algo de velocidad. Creí que salir a correr liberaría mi cuerpo de la horda de sentimientos negativos que pululaban por todo mi ser. Tenía la sensación de que si no lo era, debía de parecerse mucho a la depresión, porque nada ni nadie conseguía hacerme salir del estado semivegetativo en el que me había sumido los últimos días.

Ni siquiera era capaz de disimular ante mis amigos. Habían ido pasándose por mi casa y sabía que eran conscientes de que algo no iba bien. Álex, Ray y Judit eran los únicos que conocían los motivos. Gérard y mi primo, en cambio, me miraban con impotencia sin acabar de comprender lo que me había llevado a aquel estado. Judit había tratado de ayudarme, de hecho era justo lo que necesitaba, pero su proximidad a mi primo hacía que fuera imposible desahogarme con ella más de lo que lo había hecho ya por teléfono. Gilles acabaría averiguando lo que había sucedido con Erwan y entonces solo la Diosa sabía lo que podía suceder. Había demostrado en varias ocasiones que dentro de esa apariencia despreocupada escondía un lado sobreprotector que podría causar estragos.

En cuanto a Erwan, no había vuelto a verle desde que saliera huyendo de su casa, de eso hacía ya unos cuantos días. Y de hecho, esperaba que así siguiera siendo; pensar en él me destrozaba, no quería ni imaginar lo que sería tenerle delante.

Un fuerte pinchazo en el estómago hizo que detuviera mi marcha de repente. Cogí aire apoyándome sobre mis propios muslos. Estaba desentrenada y puede que hubiera sobrepasado mi capacidad de aguante. Sentí cómo me mareaba ligeramente y me sobrevenía una arcada. Creí que derramaría allí mismo el contenido de mi estómago, pero lo cierto era que no había nada para echar. Ni siquiera me había molestado en alimentarme antes de salir a correr y al parecer eso me estaba pasando factura. Mis hábitos alimenticios dejaban mucho que desear últimamente, era tanto el tiempo que dedicaba a regodearme en mi propia tristeza que apenas tenía interés ni tiempo para otra cosa. Me sentí fastidiada conmigo misma por permitir que un corazón roto me convirtiera en aquella réplica penosa de mí misma.

Tuve que sentarme en una piedra a un lado del camino por temor a caer redonda. Llop me observaba con la cabeza ladeada sin comprender por qué nos habíamos detenido. Me abracé el estómago encogiéndome en mí misma, tratando de recuperar la energía suficiente para llegar a casa, mientras pensaba en que había llegado la hora de salir de la espiral de autocompasión en la que me había sumido porque lo cierto era que no me llevaba a ninguna parte.

Después de llenar el estómago y darme una ducha, empecé a sentirme mucho mejor. Me puse unos *leggins* y una sudadera azul oscura, me hice una coleta y bajé las escaleras de dos en dos sabiendo lo que iba a hacer a continuación. Cogí el caballete de pintar, un lienzo y mis utensilios de pintura, y los llevé haciendo algunos viajes al jardín. En cuanto abrí la puerta corredera me topé con el cadáver de un cuervo abierto en canal con cientos de hormigas a su alrededor. Con una mueca de disgusto fui en busca de una bolsa de plástico para sacarlo de mi vista y evitar que Llop tuviera el mínimo contacto con él.

Perdí la noción del tiempo como siempre me pasaba cuando pintaba. Tenía una serie de encargos de mi antiguo jefe, pero había decidido practicar un poquito antes de meterme de lleno en la faena. Hacía algún tiempo que no pintaba y aunque el paisajismo no era mi estilo predilecto me dispuse a pintar las vistas de la torre de vigilia que coronaba la pequeña población de Llo.

Unas horas más tarde, y con la obra prácticamente terminada, volví a meter en casa el material con el objeto de continuar al día siguiente. La luz había dejado de ser la adecuada y estaba extenuada.

Me preparé un plato de pasta con verdura y, tras devorarlo haciéndome sentir orgullosa de mí misma, llevé mi ahora pesado cuerpo al sofá. Creo que debí dormirme antes incluso de tomar una postura cómoda. Llop se estiró a mi lado y abrazada a su calor me perdí en la inconsciencia, feliz de no pensar en lo sola y dolida que aún me sentía por dentro.

El timbre de la puerta me sacó de mis dulces sueños no sé cuánto tiempo después. Un gatito blanco con una mancha en negra en el hocico que tomaba el sol en el porche, me miró con curiosidad sabiéndose seguro mientras la puerta de vidrio permaneciera cerrada. Los golpes en la puerta me hicieron salir de mi aturdimiento postsiesta para ir a abrir a quien tan insistentemente llamaba.

—Aimée, querida, empezaba a asustarme.

—Agnes —balbuceé extrañada de su visita—. ¿Ha ocurrido algo? —inquirí preocupada.

—Deduzco que no esperabas que me dejara caer por aquí para hacerte una visita.

Alcé las cejas con sorpresa.

—Pues no, la verdad. —No tenía sentido ocultarlo, mi cara debía de decirlo todo.

—¿Puedo pasar?

—Claro —respondí haciéndome a un lado sin dejar de preguntarme qué la habría llevado hasta mi casa.

Preparé dos infusiones mientras ella observaba silenciosa el salón. Parecía nerviosa y eso hizo saltar todas mis alarmas, porque si algo tenía claro era que no se trataba de una mera visita de cortesía.

Nos sentamos en los sofás, una frente a la otra. Me mantuve en silencio moviendo la cucharilla a la espera de que dijera lo que tenía que decir. Después de un tiempo de silencio en el que comencé a sentirme incómoda, levanté la vista y entonces me preguntó:

—He oído que no te encuentras muy bien —empezó a decir—, que apenas te relacionas ni sales de casa.

—Bueno, tampoco es como si pudiera salir con mis amigas a cenar o ir al cine —ironicé—. No es que haya mucho que hacer aquí.

Agnes asintió con gesto impasible.

—Sé que ha ocurrido algo entre mi nieto y tú.

—¿Ah, sí? —«A eso se le llama ir al grano»—. ¿Y qué es lo que sabes?

—Comimos juntos este domingo, toda la familia y pese a que fuiste invitada no viniste.

—Era una comida familiar y yo no pertenezco a ella —me excusé.

—Mi nieto estuvo especialmente taciturno durante la velada y no pude evitar notar cómo le afecta la simple mención de tu nombre pese a que es muy bueno ocultándolo —continuó ignorando mi comentario—. Por tu parte, te marchaste en plena noche de su casa para ir a la de Raymond, y pediste a tu tío liberar a Erwan de su papel de «niñera». —Hizo un gesto con los dedos entrecomillando la palabra dejando claro que esa había sido la manera de referirme siempre a él.

«Parece que no hemos sido tan discretos después de todo.»

—Tenemos ciertas diferencias imposibles de resolver. —Y era verdad, pero eso era todo cuanto estaba dispuesta a explicar. Lo último que necesitaba era que le obligara a hacer algo que no quería, y no estaba segura de que no fuese capaz de hacerlo.

—No voy a mentirte si te digo que siempre he albergado la esperanza de que te unieses a uno de mis nietos. Pensé que con Gérard sería más fácil, pero desde el principio sospeché que Erwan no era inmune a ti, Aimée. Creo que el sentimiento es mutuo y desconozco qué ha podido distanciaros de este modo, no pretendo meterme en vuestra vida. Solo quiero que sepas que si puedo ayudarte en algo aquí me tienes.

Bajé la vista hacia su mano, ahora apoyada sobre mi pierna, sintiéndome derrotada.

—Te lo agradezco, pero no creo que puedas hacer nada.

—Es por tu misión, ¿no es cierto? —La miré quedándome sin palabras a lo que ella interpretó como un sí—. Mi nieto no cree que deba ser él el padre de alguien tan puro como tú.

—Cree que la sangre de Marlon no debe formar parte de todo esto, sobre todo después de lo que sabemos de él. —Y por primera vez le vi un sentido a ese pensamiento, poniéndome en la piel de Erwan.

Agnes asintió confirmando mis sospechas.

—El odio que le tiene le impide ver más allá. Es hijo de ese loco pero también nieto de Helori y eso le hace especialmente valioso —comentó pensativa.

—Intenté hacerle ver eso que dices, pero no sirvió de nada. Está totalmente convencido.

—Hablaré con él.

Me tensé sobre mi asiento al oír aquella afirmación.

—No quiero que le obligues, Agnes, y ambas sabemos que eres perfectamente capaz de hacerlo. —Ni siquiera se inmutó ante tal acusación—. Él ha tomado su decisión y tenemos que respetarla. Puede que detrás de todo esto también haya otros motivos, en todo caso, ya ha dejado muy clara su postura—. —«Además ahora está Gabrielle.»

—No digas estupideces —replicó como si me leyera el pensamiento—. Conozco a mi nieto y puedo asegurarte que está sufriendo. Ha tenido una infancia muy complicada que le hizo madurar de golpe convirtiéndolo en el hombre hermético y responsable que ves ahora. —Fruncí el ceño sin comprender adónde quería ir a parar—. El encuentro que tuvo con Marlon antes de que empezara todo esto tampoco mejoró las cosas.

—¿Qué quieres decir?

—Erwan sabía perfectamente que su padre no era una buena persona, es más, le habíamos contado que estaba en el bando enemigo. Nunca le ocultamos esa verdad. Pero tengo la sensación de que Erwan no nos contó todo lo que Marlon le dijo.

—Puedes imaginártelo fácilmente, estoy segura que fue quien le metió la idea en la cabeza de que nunca sería como el resto de nosotros solo por ser su hijo.

Agnes asintió de acuerdo.

—El hecho de tener un don tan poderoso y letal no mejora las cosas. Demasiado pronto se dio cuenta del arma peligrosa que anidaba dentro de sí mientras que los otros niños adquirían poderes... ¿cómo te diría?: menos oscuros.

Por un momento mi mente viajó a la conversación con Enid. Cuando explicó el poder de Marlon, y Erwan confesó que era el mismo que el suyo. El desprecio que hubo en sus palabras había dejado claro lo que sentía al respecto.

—También era el mismo don que poseía Helori. Enid dijo que podía ser un arma de doble filo puesto que ella lo había usado para mantener a raya a las personas que abusaban de sus poderes.

Agnes alzó las cejas con sorpresa al tiempo que hacía un gesto de asentimiento.

—Y tienes razón, querida, pero la experiencia vivida por mi nieto dice otra cosa y eso difícilmente podrás hacérselo olvidar.

—¿Por qué dices eso?

—Cuando tenía diez años tuvo una pelea que le costó muy cara. —Ahora fui yo la que se sorprendió rezando por dentro para que no acabara la historia de la forma en que empezaba a sospechar—. Había un niño en la escuela que era el típico abusón, no era de los nuestros, fue en la escuela pública de Saillagouse. Siempre andaba metiéndose con los demás hasta que un día le tocó a Gérard, unos cuantos años menor que él. Por supuesto, nuestro chico no se dejó avasallar por él y se reveló dejándolo en evidencia. Parece que a partir de aquel momento la tomó con él, pero ninguno de nosotros supimos nada. A veces llegaba a casa con algún moretón o arañazos y parece ser que el otro chico no andaba mejor parado, con la diferencia de que Gérard curaba sus heridas y no les daba la más mínima importancia. —Sonreí débilmente al imaginarme a aquel niñito rubio volviendo de la escuela—. Un día la cosa se salió de la típica pelea infantil. El chico abusón lo lanzó contra el suelo y comenzó a patearlo con saña. Gérard tenía solo siete años; el chico once. —Agrandé los ojos horrorizada por la imagen mental que habían evocado las palabras de Agnes—. La casualidad quiso que justo en aquel momento apareciera Erwan. Ver a su hermano pequeño en el suelo siendo atacado por un niño mucho mayor que él, mientras el resto de compañeros miraba sin hacer nada al respecto, debió de ponerle enfermo. Tan solo hizo falta un empujón para apartarlo de Gérard. Cuando cayó al suelo ya estaba muerto.

Me llevé la mano temblorosa a la boca sin dar crédito a lo que estaba oyendo pese a que había imaginado un final similar.

—¿Qué ocurrió entonces?

—Su corazón débil se paró, eso fue lo que dijeron los médicos. Nadie lo achacó nunca al niño que lo había empujado.

—Pero...

—Pero la realidad es que cayó fulminado por Erwan, que desconocía totalmente no solo la magnitud de su poder sino su propia existencia —me cortó.

—Debió de ser horrible para él —deduje tratando de ponerme en su piel.

—No sabes cuánto, Aimée. Ningún niño merece pasar por lo que pasó él. —Su mirada apenada reflejaba más de lo que contaba—. Desde entonces lo ha estado conteniendo, aunque me consta que lo tiene reservado para la gente como Marlon.

Ahora entendía sus reservas. Se veía a sí mismo como alguien oscuro, hijo del mal personificado y con un don de lo más peligroso. Pese a ello, seguía sin estar de acuerdo, aunque él tuviera sobrados motivos para pensarlo. Ni la herencia de su sangre ni su don sería jamás una amenaza para sus descendientes porque la maldad no nace con las personas; se hace. Y esa era la diferencia entre él y su padre.

Tenía que hablar con él.

No pensaba rendirme y perder la oportunidad de ser feliz a su lado solo por el hecho de que fuese incapaz de ver más allá de sus narices.

Levanté la vista extrañada por el silencio de Agnes cuando la vi con la cara desencajada mirando mi cuadro.

—He empezado a pintar de nuevo —señalé como si no fuera lo suficientemente obvio—, las vistas desde el jardín son inmejorables.

—Pero ese paisaje... —No terminó la frase. Miré desconcertada el cuadro dándome cuenta por primera vez de que nada tenía que ver con lo que había pretendido y creído pintar aquella mañana.

—No... No lo entiendo. —Las palabras, apenas audibles, salieron de mis labios de forma atropellada.

Ni siquiera se trataba de un paisaje montañoso, era un mar alterado cuyas olas chocaban contra las rocas agrestes de un acantilado que hacía una ligera forma de media luna.

—¿Lo conoces? —Negué con la cabeza aún consternada sin apartar la vista de la pintura—. Yo sí. —Aquella afirmación hizo que todo el vello de mi cuerpo se erizara—. Fue mi hogar hasta que vine a vivir aquí.

De no ser porque físicamente era imposible, hubiera creído que el corazón había subido por el esófago para colocarse en mi garganta. Desplacé la mirada de nuevo al cuadro tratando de recordar cómo demonios había ido aquella estampa a parar a mi mente y lo más importante: ¿por qué?

Por una fracción de segundo valoré la posibilidad de que algo o alguien estuviera jugando con nosotras, que no hubiese sido mi mano la que diera vida a aquella pintura, pero era tan mío que fue imposible pensarlo. No había dudas de que lo había hecho yo, era mi estilo, mis trazos desordenados estaban por todas partes firmando su autoría. Pero, ¿dónde había estado yo mientras tanto?

—Jamás he visto ese lugar, y tampoco recuerdo haberlo soñado.

—Puede que la Diosa haya encontrado una nueva forma de comunicarse contigo —aventuró pensativa—. Aunque esto no es la primera vez que sucede, Aimée.

Cierto. No era la primera vez que dibujaba algo sin ser realmente consciente de lo que estaba retratando como si el lápiz tomara vida propia. Pero aquello era una pintura, requería más concentración por mi parte, y mucho más tiempo.

—Nunca imaginé que no hubieses formado parte de este clan desde siempre. —Agnes asintió aún descolocada. Pese a que trató de no parecer afectada era más que evidente que lo estaba; y mucho.

—Nací en Bretaña. Demasiado pronto mi hermana y yo quedamos huérfanas y fuimos a vivir con un tío de mi padre. Era feliz allí hasta que conocí a Marcelle. —Sus labios esbozaron un amago de sonrisa antes de continuar—. Iban buscando guerreros para proteger el clan y con ello a la Elegida, aunque esto último no debía de saberlo nadie. Habían sufrido un ataque en el que habían perdido demasiados hombres. Algunos de los nuestros se decidieron a venir y entre ellos yo, aunque mis razones eran bien distintas.

Asentí sin comprender qué había podido ver una mujer como ella en Marcelle, puede que de joven hubiese sido un Adonis, aunque no me refería al plano físico. No había cruzado más de dos palabras con él, pero habían sido suficientes como para darme cuenta de que nunca nos llevaríamos bien. Era demasiado tosco y, para mi gusto, desagradable. También había sido testigo de cómo chocaba con Erwan las veces que los había visto juntos, aunque el sentimiento me había parecido mutuo.

—Aimée, hay algo que quería comentarte. —Fue la manera en que lo dijo lo que me puso en estado de alerta. Parecía nerviosa y, por primera vez, dudaba sobre las palabras adecuadas a elegir.

Una llamada de teléfono interrumpió aquel extraño momento. Sacó el móvil del bolso mientras yo la miraba tratando de ocultar mi recelo. Me hizo un gesto con la cabeza dándome a entender que era importante y se levantó al tiempo que contestaba, dirigiéndose al cuadro para verlo más de cerca.

No tuve que esperar demasiado sin nada mejor que hacer que pensar en lo que querría decirme porque el timbre de la puerta sonó mientras ella continuaba hablando por el teléfono móvil. Mi tío Robert apareció en el umbral con una bolsa en cada mano. Se había convertido en una costumbre que me trajera casi cada día comida casera recién hecha. Y yo, con lo poco que me gustaba cocinar, estaba más que contenta y agradecida, aunque en el fondo pensaran que ni siquiera era capaz de cuidar de mí misma a mis casi treinta años. Puede que una persona normal se sintiera molesta, pero ¿acaso yo era normal? Todo lo contrario, estaba encantada de que pensaran eso si con ello me alimentaban y evitaba tener que meterme en la cocina. Para nada me sentía mal porque mi tía prácticamente me había obligado, era eso o ir cada día a la casa de huéspedes, así que me decanté por lo primero sin darle más vueltas al asunto.

Cuando llegamos al salón, Agnes había terminado de hablar por teléfono, pero de repente le entraron las prisas y se despidió de nosotros alegando que tenía un asunto que resolver. Me dijo que hablaría con su hermana por si había algo que pudiera ayudarnos. Si la pintura nos había llevado hasta allí, puede que hubiese algún motivo de vital importancia detrás. Hasta ahora todos mis sueños habían tenido un papel clave a la hora de avanzar en nuestras pesquisas para poder convocar a la Diosa. Enid nos había despejado muchísimas dudas, pero en aquellos momentos estábamos en un punto muerto que me estaba consumiendo los nervios día a día.

Mi tío se quedó un rato a charlar conmigo, como venía siendo habitual últimamente. Me explicó que habían pedido ayuda en forma de guerreros a los clanes más próximos, puesto que sospechaban que la paz que nos estaba regalando Marlon era un mero espejismo para hacernos sentir fuertes tras nuestra última victoria.

Fui consciente de que ocultaba tanto como contaba, al fin y al cabo era mi tío y sabía cómo me hacía sentir el pensar que pudiera volver a caer en manos del Monstruo. Aún tenía pesadillas por las noches en las que veía al rubio psicópata torturarme para sacarme información, o a la pobre Marie sangrando hasta perder la vida a manos de aquel loco fanático sediento de poder. Viviría con el miedo en el cuerpo hasta que al fin consiguiera cumplir con mi cometido, y ese pensamiento me llevó a otro: si continuaba encerrada en casa lamentándome, jamás conseguiría llevarlo a cabo y para ello necesitaba empezar a buscar a alguien que me ayudara por más que me desagradara la idea. Mi duelo por Erwan había terminado.

Capítulo 17

Había sido mucho más fácil decir que hacer.

Dos días después de decidirme a coger el toro por los cuernos, seguía en mi casa sin mover un solo músculo que no fuera necesario para pintar o ir de la cama al sofá, con alguna que otra incursión a la cocina y el baño. ¿Cómo se suponía que iba a llevarlo a cabo? No era tan sencillo buscar un padre para mi descendiente. Tampoco había venido nadie a ofrecerse, eso hubiese facilitado las cosas enormemente. La simple idea me producía pereza. Tal vez debiera hablar con Agnes para que ella misma eligiera al candidato más adecuado, al fin y al cabo no pensaba formar una familia con él ni nada por el estilo. Bueno, una familia sí, una hija concretamente, pero nada más. Dejaría que me fertilizara y punto. Estaba decepcionada con los hombres y no tenía ninguna intención de poner uno en mi vida.

Moví mi cuerpo hacia el sofá, orgullosa de que al fin hubiese llegado a un acuerdo conmigo misma, al tiempo que admiraba la pintura que había terminado aquel día. Aquella era mi primera creación para el encargo de Dominique y me sentía más que satisfecha con el resultado.

Mis pesados párpados comenzaron a cerrarse de modo que me cubrí con la manta suave y peluda que había siempre a un lado del sofá, dejándome llevar por la sensación de estar felizmente a gusto y calentita.

Unos golpes en la puerta me despertaron dándome un buen susto. Ni siquiera me sorprendió que el sol hubiese desaparecido mientras dormía, era algo que empezaba a ser habitual.

—¿Dónde te habías metido? —El ceño fruncido de Judit me recibió al otro lado de la puerta—. Llevamos un buen rato llamándote.

A continuación llamó a mi primo, que al poco, apareció desde el otro lado de la casa.

—Menos mal —dijo al verme en la puerta—. Creí que tendría que entrar por la ventana del baño como un vulgar ladrón.

—¿Pensabas romper mi ventana?

—No abrías la puerta, ninfa —respondió como si aquello justificara entrar por la fuerza.

—No os he oído.

Me volví sobre mis pasos hacia el salón sin molestarme a invitarles a pasar, ellos conocían de sobra el camino.

—¿Estabas durmiendo? —inquirió mi amiga al ver la manta tirada de cualquier forma sobre el sofá.

—Eso parece.

—Pero si son más de las siete.

—¿Y? —Lo sé, no era muy normal, pero tampoco pensaba darle más importancia de la que tenía. Últimamente había empezado a hibernar pese a que en realidad estábamos en plena primavera.

Judit hizo un gesto de negación con la cabeza antes de pasar al tema que les había llevado hasta allí.

—Supongo que sabes que mañana es mi cumpleaños.

—Claro. —«¿En serio?» Había perdido la noción del tiempo, los días y, por supuesto, las fechas señaladas.

Una sonrisa traviesa empezó a formarse en sus labios a la vez que levantaba la bolsa de papel que traía en la mano.

—Te he traído un regalo —canturreó.

—Se supone que soy yo la que tiene que hacerte uno, Judit.

—Por supuesto —afirmó—, es solo un vestido que quiero que te pongas. Tú eres mi regalo. Vamos a ir a celebrarlo al Adytum y tú vas a venir con nosotros.

Miré a mi amiga con cara de horror, la idea de salir de casa me produjo escalofríos. ¿Y si estaba desarrollando algún tipo de fobia? No, no era la calle lo que me daba miedo: era el Adytum.

—¿Y por qué no lo celebramos aquí? —propuse esperanzada.

—Ni de coña.

—Puede ser peligroso, Judit. Mira lo que pasó la última vez.

—Tanto Llo como Saillagouse están bajo control —apuntó mi primo desde el otro lado del salón al tiempo que admiraba mi pintura—. No debes de preocuparte por eso.

Mi corazón empezó a latir con fuerzas mientras veía cómo mis excusas empezaban a esfumarse.

—Son órdenes de arriba —añadió mi amiga haciendo un gesto con el dedo señalando el techo—. Agnes está empeñada en que te saquemos, imagino que ya sabes por qué, aunque me gustaría que no lo vieras como una obligación.

Me quedé en silencio valorando mis posibilidades cuando mi primo estalló:

—No sé qué mierda te ha pasado en Noruega, pero no te reconozco. —Le miré perpleja mientras él se acercaba unos pasos con cara de pocos amigos—. La persona apagada e infeliz que tengo delante no es la chica despreocupada que conocí hace unos meses. No eres tú, Amy. Explícamelo para que lo entienda, porque nos tienes muy preocupados.

Pestañeé unas cuantas veces antes de decidirme a hablar, pero las palabras no acudieron a mis labios. Judit bajó la mirada sabiendo cómo me sentía y el motivo por el cual me encontraba en aquel estado. Saber que no había hablado con Gilles de ello me reconfortó, aunque siempre había sabido que sería así. Ahora era su pareja, pero también era mi mejor amiga; mi confidente, y nunca haría nada que pudiera romper mi confianza en ella. Pero era evidente que no le gustaba tener que ocultárselo a mi primo porque realmente parecía preocupado.

—Yo... —balbuceé tratando de encontrar una respuesta sin tener que mentir de forma descarada—. Me siento sobrepasada.

Si bien era cierto, no era toda la verdad y él también lo sabía, pude verlo en su mirada, pero se abstuvo a preguntar. La necesidad de hacer frente a mi destino me llevó a tomar la decisión de que sería bueno socializar un poco. Tal vez hubiera suerte y no tuviera que buscar demasiado.

—Iré arriba a cambiarme —informé cogiendo la bolsa de las manos de mi amiga.

Ella me miró con un amago de sonrisa asintiendo con la cabeza. Estaba orgullosa de mí, y yo por mi parte también, se acabó el esconder la cabeza como un avestruz. Aquella noche puede que volviera a casa con compañía, aunque para ello tuviera que beberme hasta el agua de los floreros para encontrar el valor que me hacía falta.

Tras darme una ducha rápida me puse el vestido que me había comprado mi amiga para la ocasión. Era muy sencillo y elegante, aunque también demasiado corto y escotado para mi gusto. «Al menos es mi color», pensé haciendo una mueca en el espejo al ver cómo la delicada prenda negra se ceñía a mi cuerpo como una segunda piel. Después de intentar hacer algo decente con mi pelo sin éxito alguno me decidí a dejarlo suelto. Puse algo de color en mi rostro y tras echarme un último vistazo me dirigí a la planta inferior; no debían de haber pasado más de veinte minutos, y eso si llegaba.

Gilles y Judit me echaron una mirada apreciativa, pero se abstuvieron a decir nada. Mi querida amiga sabía perfectamente que ese tipo de vestido no iba conmigo de modo que se apresuró a ponerse la chaqueta no fuera a ser que me arrepintiera de ir con ellos.

El camino hacia el Adytum se me hizo especialmente corto. Mis manos sudaban considerablemente sin saber bien el motivo. Gilles saludó a los dos armarios que había en la entrada del local, los cuales rápidamente nos dejaron pasar. Advertí que uno de ellos se comunicaba con un pinganillo que llevaba en la oreja con la persona que había al otro lado del aparato, imagino que informando de nuestra llegada.

Las luces estroboscópicas y cierto humo azulado nos envolvieron en su atmósfera sugestiva donde decenas de cuerpos ligeros de ropa se movían al ritmo de la música que sonaba a todo trapo. Al instante sentí el calor humano produciéndome una sensación de agobio. Rápidamente me deshice de la chaqueta quedándome tan solo con el vestido de tirantes.

Hice un barrido con la mirada por ver si había alguna cara conocida, pero aparte de la del camarero de la cresta, no vi ninguna. Alan, que así se llamaba, me saludó con un guiño de ojos antes de acercarse a ver qué quería tomar.

Con un gin tonic de fresa en la mano me dirigí, junto con Gilles y Judit, a la zona de sofás tipo *chillout* que había en un extremo del local. Por fortuna teníamos uno reservado, por lo que no tuvimos problema para encontrar sitio.

—Menudo éxito —señaló mi amiga—. Tus amigos se lo han montado muy, pero que muy bien.

Mi primo asintió pasándole el brazo por los hombros. Me senté enfrente sin poder evitar echar otro vistazo a nuestro alrededor. Vi a Max en su garita pinchando la música, había otro tipo junto a él, pero este permanecía observando la masa de gente que bailaba a sus pies. Mis ojos no tardaron en toparse con la figura de Erwan, que charlaba con otros dos hombres en un extremo de la barra. Sentí cómo mi estómago se encogía y el corazón se me disparaba en el pecho mientras le observaba con disimulo. Se había cortado un poco el pelo por lo que sus suaves ondas se habían acentuado. En realidad daba igual cómo lo llevara, estaba convencida de que incluso con una bolsa en la cabeza seguiría haciendo que mi cuerpo se estremeciera con solo mirarle.

Me reprendí a mí misma por ser tan débil y estúpida mientras me acababa la bebida de un sorbo.

—Voy a pedir otra ronda —dije metiéndome la fresa en la boca.

—No es necesario —repuso mi primo frunciendo el ceño—, la camarera no tardará en pasar.

—No voy a quedarme aquí mirando cómo os toqueteáis creyendo que no me doy cuenta —repliqué—. Es repugnante.

Gilles lanzó una carcajada mientras que Judit abría los ojos de par en par medio ofendida. Me levanté antes de darles tiempo a decir nada más y me dirigí a la barra, justo en el extremo opuesto donde se encontraba Erwan. Había tanta gente que era fácil pasar desapercibido.

Mientras esperaba mi nuevo pedido me di cuenta de que Gabrielle también estaba allí con una amiga y bastante cerca de Erwan, para más inri. No sé que cómo calificar lo que sentí al verla. Ningún hombre a su alrededor era inmune a la morena que permanecía sentada junto a la barra, aunque ella parecía no echar cuenta de ello.

La mirada de Erwan se cruzó con la mía en el momento en que unas manos se posaban en mis caderas. Mis músculos se tensaron, pero antes de darme siquiera tiempo a reaccionar sentí el suave aliento cálido de aquella persona cerca de mi oído.

—Preciosa —dijo esa voz a la que rápidamente puse cara—, como siempre.

Una sonrisa empezó a formarse en mis labios antes de volverme y lanzarme a los brazos de mi cuñado. Me recibió con una carcajada haciéndome sentir la mujer más dichosa del mundo por el simple hecho de estar allí. Era cariñoso, atento, tierno y tenía la capacidad de iluminar mi oscuro mundo cada vez que entraba en él.

—Tú también estás muy guapo —señalé con un guiño de ojos. Las miradas de reojo que le lanzaban las mujeres que había a nuestro alrededor era una prueba de ello.

—Se supone que no deberías de estar sola.

—Y no lo estoy, pero necesitaba alejarme de los dos *tortolitos*. —Hice un gesto con la cabeza hacia la mesa que ocupaban Gilles y mi amiga, que en aquellos momentos se encontraban enfrascados en un beso apasionado, ajenos a todo cuanto les rodeaba.

Gérard asintió con una enorme sonrisa divertida en sus bien formados labios.

—Estás perdonada.

Un joven alto y moreno se acercó a saludar a Gérard. Tenía una bonita sonrisa enmarcada por un hoyuelo y su cabello rizado lucía despeinado dándole un toque desenfadado con mucho estilo.

—¿No vas a presentarnos? —preguntó centrando su atención en mi persona tras unos minutos de charla en la que apenas había acertado a escuchar nada.

Gérard se tomó unos segundos en asentir.

—Amy, te presento a Roger, es uno de los guerreros que han venido a ayudar a proteger nuestro clan.

—Un placer. —Sus labios formaron una simpática sonrisa antes de darme dos besos en las mejillas.

—Lo mismo digo.

—¿Es tu chica? —preguntó volviéndose hacia Gérard.

Este apretó los labios antes de hacer un casi imperceptible gesto de negación con la cabeza.

Ray hizo su aparición en aquel momento, parándose a saludar a mis dos acompañantes, antes de plantarse a mi lado y susurrarme al oído:

—Personalmente te prefiero con mi camiseta de pijama, pero reconozco que hace muy bien su función.

—¿Qué quieres decir?

—Tu vestido. —Miré extrañada mi atuendo antes de volverme hacia él sin cambiar mi expresión—. Sé reconocer a un hombre a punto de perder los papeles por su chica cuando lo veo y te juro que, aunque parezca contenido, está fuera de sí.

Mi mirada se deslizó de forma disimulada hacia el lugar donde se encontraba Erwan, que continuaba conversando con el mismo tipo de hacía rato.

—No digas estupideces. —Ray se encogió de hombros con las manos en los bolsillos, tanto le daba si le creía como si no—. ¿Hablas desde la experiencia? —añadí tratando de ocultar mi maliciosa sonrisa detrás de mi gin tonic.

Ray entornó los ojos mientras me observaba dar un sorbo a mi bebida y con una sonrisa similar a la mía se acercó a mi oído para decirme:

—¿Podemos afirmar que el ritual no sirvió de nada? —Le miré con ojos desorbitados incapaz de articular palabra—. Lo imaginaba —respondió por mí—, será mejor que te confisque esto. —Me quitó la copa de las manos y añadió—: solo por si acaso.

Me apoyé en la barra sintiendo cómo las fuerzas me abandonaban de repente. Sentí la penetrante mirada de Erwan sobre mí incluso desde donde me encontraba. Con la respiración cada vez más acelerada me disculpé un momento para dirigirme al baño. Hubiese preferido salir a tomar el aire, pero no me habrían dado más de unos pocos segundos de intimidad antes de tener a medio clan tras de mí. Era plenamente consciente de que estaba siendo vigilada en todo momento, la sensación de esparcimiento que se respiraba en el Adytum era tan solo un espejismo. Estaba plagado de guerreros controlando la situación y todo porque Agnes se había empeñado en que socializara con la esperanza de que así conocería a alguien con el que llevar a cabo el fastidioso plan divino.

Abrí la puerta del lavabo sorprendiéndome de no encontrar a nadie allí. Se trataba de un espacio compartido que tenía tres pequeños habitáculos con sus respectivos inodoros. Me metí en uno de ellos cerrando la puerta de golpe antes de utilizar el retrete como si fuera un asiento. Me llevé las manos temblorosas a la frente apoyando los codos sobre las rodillas. Había pasado el tiempo más que suficiente para saber si estaba o no embarazada. Debería haberme bajado la regla, pero tampoco tenía del todo claro cuándo debía de haber sido eso. Ni siquiera tenía claro si me estaba preocupando con razón.

Supe que alguien entraba al lavabo porque la música se intensificó por momentos antes de cerrarse la puerta de nuevo. Las voces de unas chicas riendo se abrieron paso en aquella solitaria estancia. Me levanté de mi improvisado asiento para salir del cubículo cuando oí un retazo de conversación que me dejó helada:

—¿Qué te pasa con Erwan? No le has quitado el ojo de encima en toda la noche. ¿Piensas volver con él?

Mi mano se quedó petrificada sujetando el pomo de la puerta, pero no me atreví a hacer movimiento alguno.

—Pues lo cierto es que no era mi intención, pero volver a verlo ha hecho que reaparezcan ciertos sentimientos que creía olvidados. —Reconocí aquella voz aterciopelada como la de Gabrielle, sintiendo una náusea recorrer mi estómago.

—Normal, con esa cara y ese cuerpo —suspiró sonoramente y luego escuché unas risas—. A más de una le hubiese gustado echarle el lazo pero es tan inaccesible...

—Siempre ha sido muy suyo.

—En cambio, tú nunca le resultaste indiferente, Gabrielle.

—Lo sé —afirmó muy segura de sí misma haciendo que mi estómago se retorciera de celos—. Pero no sé si será capaz de perdonarme alguna vez.

—Eso pasó hace mucho. —Mi corazón se detuvo en aquel momento para dejarme oír lo que venía a continuación—. Está claro que le dejó tocado. Tú eres una mujer por la que un hombre se enfrentaría incluso a su mejor amigo si hiciese falta. —Fruncí el ceño sin comprender el poco sentido de aquella frase.

—No lo tengo tan claro —respondió Gabrielle—, no me ha parecido que esté muy receptivo. —«Bien por mí»—. Pero desde luego que pienso intentarlo.

No sé en qué momento abandonaron el servicio de señoras porque mi mente y mi cuerpo estaban en otra parte. Abrí la puerta para salir de aquel lugar que de repente me pareció claustrofóbico para encontrarme con mi imagen, blanca como el papel, a través del espejo. Abrí el grifo mientras un grupo de amigas entraban entre empujones y risas. Me apresuré a lavarme las manos antes de volver a internarme en aquella selva de hienas.

Una versión dance de «Daddy» de Emeli Sandé empezó a sonar en aquellos momentos en los que trataba de hacerme paso para dirigirme al lugar donde estaban mis amigos. La letra de la canción se iba metiendo en mi cabeza haciéndome sentir como si estuviera viviendo una realidad paralela.

—Al fin te encontré. —Alcé la vista para ver a quién pertenecía el pecho con el que había chocado. Se trataba de Roger, el tipo que acaba de presentarme Gérard hacía apenas un rato. Su mano me asió del brazo para evitar que un grupo de personas que pasaban por nuestro lado me arrastrara con ellos—. —Pensé que habías huido de mí.

Levanté las cejas con sorpresa sin saber qué decir. Últimamente me pasaba a menudo. Me fijé en que era bastante atractivo y simpático. Podría servir. Además no era del clan, por lo que incluso podría no enterarse nunca de mi artimaña. Sé que sonaba horrible, pero mi situación tampoco era muy agradable. Tenía que empezar a pensar en un plan B por si el ritual había fracasado, no adelantaría acontecimientos hasta estar bien segura, así que de momento no me cerraría puertas con aquel hombre que tenía delante.

—Estaba en el baño —respondí formando una sonrisa al tiempo que trataba de ocultar a la bruja calculadora que habitaba en mí.

Roger me obsequió con una encantadora sonrisa.

—¿Te apetece que vayamos a un sitio más tranquilo? —preguntó señalando la zona *chillout*.

Asentí, pero de inmediato me vi separada de él por la mano de Erwan, que me agarró del brazo tirando de mí hacia el lado opuesto. Roger hizo el ademán de intervenir haciendo que se diera la vuelta. No sé qué fue lo que le dijo porque me encontraba de espaldas a él, pero la expresión de su rostro me indicó que no volvería a acercarse a mí en lo que le quedaba de vida.

—¿Pretendes volverme loca? —espeté zafándome de su agarre. El semblante de Erwan me hizo dar un paso hacia atrás con tal de poner algo de distancia y evitar así echarme a sus brazos. No era ira ni rabia lo que expresaban sus ojos; estaba destrozado. Roto como yo, y eso me afligía porque solo nos hacía más daño—.Tienes que ser consecuente con las decisiones que tomas, Erwan —señalé dulcificando mi tono.

—Lo sé.

—¿Entonces?

—No puedo, Aimée —Se pasó las manos por el pelo en un gesto de frustración antes de añadir—: Te juro que lo he intentado, pero no puedo quedarme de brazos cruzados mientras te largas con otro tío. Imaginarme que te toca como hice yo saca mi parte más irracional y hace que quiera matarle.

El nudo que tenía en el estómago apenas me dejaba respirar, todo mi cuerpo temblaba mientras miraba aquel rostro tan amado.

—No pienses ni por un momento que a mí me agrada esta situación más que a ti.

Asintió de forma casi imperceptible poniendo sus manos a ambos lados de mi rostro. Me perdí en las profundidades de aquellos ojos que brillaban como dos zafiros sintiendo cómo las defensas que había creado aquellos últimos días para protegerme de él desaparecían por completo.

—Hay un modo, aunque no sé si va a gustarte —anunció posando su mirada en mis labios—. Es todo cuanto puedo darte.

Sus labios entraron en contacto con los míos haciendo que mis piernas se debilitaran. Me agarré a su cuello sintiendo unas tremendas ganas de llorar. Era justo así como quería estar el resto de mi vida. Cualquiera que fuera su propuesta me valdría si con ello podíamos estar juntos.

—¿A qué mierda estás jugando, Erwan? —Gilles apareció dándole un fuerte empellón, desplazándolo unos pasos de mi lado.

—Métete en tus asuntos.

—Resulta que ella es un miembro estimado de mi familia, lo que la convierte en mi puñetero asunto. —Apenas reconocía al hombre dulce y cariñoso que era mi primo. Echaba fuego por los ojos y era evidente que estaba más que descontrolado—. No sé qué cojones pasó en Noruega, y con sinceridad, prefiero no saberlo por la amistad que hay entre nosotros, pero no pienso permitir que sigas haciéndole daño.

—No es esa mi intención —masculló Erwan con los dientes apretados.

—Me importa una mierda. No te quiero cerca de ella y punto.

—¡Gilles! —intervine por primera vez.

—Algún día me lo agradecerás —anunció apartándome a un lado—. Él no es para ti.

—Eso no te corresponde a ti decidirlo —replicó Erwan perdiendo la paciencia—. Haznos un favor a todos y piérdete.

Gilles se abalanzó sobre Erwan mascullando alguna cosa que me resultó ininteligible. Agarré a mi primo del brazo tratando de separarlos sin éxito alguno. Por más que les gritara para que lo dejasen estar siguieron enfrascados en su rencilla personal hasta que unos brazos mucho más grandes y fuertes que los míos los separaron.

—¿Te has vuelto loco? —reprendió Gérard a mi primo—. ¿Qué mierda te pasa?

—¿Por qué no le preguntas a tu hermano? —rugió Gilles.

Mis rodillas empezaron a volverse gelatinosas por lo que tuve que apoyarme en la pared que tenía detrás. Tan solo esperaba que Gérard no se pusiera de parte de mi primo porque entonces sí que se iba a liar.

Erwan mantenía la mirada fija en Gilles y los puños fuertemente apretados, señal de que en cualquier momento le daría justo lo que estaba buscando.

—¿No tienes ganas de hablar?

—Ahora mismo solo me apetece cerrarte la puñetera boca de un golpe.

—Eso es genial, porque me apetece mucho. —Hizo el ademán de abalanzarse de nuevo sobre Erwan, que no se movió ni un ápice, pero Gérard se lo impidió.

—¡Basta! —intervino Gérard—. ¿Tú te estás viendo?

—No voy a quedarme de espectador viendo cómo sigue haciéndole daño para luego recoger sus pedazos. —Los ojos de Gérard se abrieron de par en par mostrando sorpresa. A continuación se encaró de nuevo a Erwan y añadió—: Si vuelves a acercarte a ella tendremos mucho más que palabras.

—Estás cometiendo un error, Gilles —dije tratando de calmar los ánimos.

—No, tú estás cometiendo un error —espetó apuntándome con el índice—. Te creía más lista.

Me agarró del brazo para sacarme de allí, pero me desasí de forma brusca y, tras lanzarle una mirada de advertencia a Erwan para que se mantuviera al margen, me largué en dirección a la barra. Lo último que necesitaba era otra escena de modo que decidí quitarme de en medio. Me sentía profundamente indignada por el trato recibido tanto hacia mí como hacia Erwan. Entendía su preocupación, pero era lo suficientemente mayorcita para hacerme cargo de mis propios problemas. Solo me faltaba tener a mi primo husmeando y poniendo impedimentos a nuestra relación imposible.

Fui en busca de mi chaqueta a la zona *chillout*, pero me vi atraída por mi amiga que me hacía gestos desde la barra indicándome que me acercara. Me puse el abrigo de malas maneras sin decir palabra bajo la curiosa mirada de Judit y Ray.

—Intenté detenerlo, Amy, pero no hubo manera —se disculpó mi amiga.

Me encogí de hombros sin poder ocultar mi enfado, por supuesto no iba contra ella.

—Se le pasará —anunció Ray llevándose el botellín de cerveza a los labios—. Hubo un tiempo en el que fui yo el objeto de su ira.

—¿Por qué sois todos tan primitivos? —me quejé. Mi frustración, lejos de desaparecer, iba en aumento cuanto más pensaba en lo sucedido—. Jamás en mi vida había conocido a hombres tan irrazonables como lo sois vosotros.

—¿Por qué me metes en el paquete?

—¿Y por qué no has venido a echarme una mano? —pregunté usando su mismo tono—. Sabes que está siendo injusto.

—Porque entiendo perfectamente su postura.

Le miré con la perplejidad más absoluta, incapaz de creerme que se pusiera de su parte. Gérard se unió a nosotros con un Gilles algo más calmado, aunque eso no evitó que me lanzara una mirada reprobatoria.

—¿Te importaría llevarme a casa? —dije volviéndome hacia Gérard. No me apetecía seguir alargando aquella frustrante situación.

Hablaría con mi primo y trataría hacerle entender que era mi vida y que tenía que respetar mis decisiones, aunque creyera que estaba cometiendo un error astronómico como me había dejado claro hacía apenas unos minutos, pero no ahora; estaba demasiado enfadada.

Me abroché el cinturón de seguridad con ademanes bruscos sin atreverme a abrir la boca. Gérard, que era la discreción personificada, no dijo palabra; aunque sabía que esperaba algún tipo de explicación por mi parte.

Fueron muy pocos los minutos que tardamos en llegar a mi casa. Gérard se bajó del coche para acompañarme mientras yo hacía lo propio. Nos detuvimos delante de la puerta en un tenso silencio tan solo roto por el ulular de un búho procedente de alguno de los árboles cercanos a mi casa.

—Siento que hayas tenido que oír esas cosas tan... —me detuve tratando de encontrar la palabra adecuada pero él se me adelantó.

—¿Desconcertantes?

Levanté la vista para encontrarme con una mirada que me produjo vértigo. Desconcertante era su forma de actuar desde que había regresado de Noruega.

—No sé qué bicho le ha picado a Gilles es como si... —Los labios de Gérard atraparon los míos impidiéndome terminar la frase.

La sorpresa y el asombro que me hizo sentir en aquellos momentos imposibilitaron mi capacidad de actuación. Su lengua se introdujo en mi boca al tiempo que una de sus manos bajaba lentamente por mi cuerpo y la otra me sujetaba la cabeza. Noté la superficie dura de la puerta contra mi espalda gozando de la misma vitalidad que una muñeca de trapo.

—Tenemos que hablar, Amy —anunció pegando su frente a la mía. Asentí con la cabeza completamente de acuerdo, aún en estado de shock—. Será mejor que me vaya ahora.

Ya en la puerta de su coche se volvió hacia mí, que continuaba allí parada en la misma posición en la que me había dejado.

—¿No vas a entrar?

Asentí con la cabeza, y con movimientos de autómata me metí en mi casa sin dar crédito a lo que acababa de pasar. Tan solo esperaba que fuese producto de algún tipo de locura momentánea fruto de su anhelo y pena por mi hermana, porque de otro modo presentía complicaciones y eso era justo lo que menos necesitaba.

Capítulo 18

Otra vez la misma ansiedad que me embargó al despertar aquella misma mañana.

Me levanté del sofá advirtiendo que había oscurecido por completo. Quedarme dormida todas las tardes se estaba convirtiendo en un hábito algo cuestionable. Mis manos temblaban igual que había sucedido aquella mañana al despertar de lo que debió de ser una espantosa pesadilla. Lo peor de todo era que no recordaba absolutamente nada, pero me había dejado una sensación de malestar en el cuerpo que aún perduraba por la tarde.

Había conseguido apaciguar mi alterado estado durante unas horas pintando un nuevo cuadro para el encargo de Dominique. Pintar siempre funcionaba, incluso me había relajado lo suficiente como para permitirme dormir de nuevo, después de lo que había sido una noche poco reparadora.

Sentía todos los músculos de mi espalda doloridos de la tensión que se había instalado en mi cuerpo y mi corazón descontrolado latía en el pecho como si acabara de hacer una carrera. Me dirigí a la cocina para prepararme una tila, aunque dudaba que pudiera hacer mucho por mi desquiciante estado.

Busqué en las latas donde guardaba las hierbas para hacer infusiones. Al abrirla, un ciempiés enorme y monstruoso se deslizó hacia el exterior provocando que soltara la caja dando un grito y que todo su contenido se esparciera por el suelo.

Salí disparada hacia el baño y devolví todo el contenido de mi estómago en el váter. Tras tirar de la cisterna me lavé la boca y la cara sin saber qué pensar. Primero de todo: nunca había sido una persona aprensiva. Cierto que la visión de aquella alimaña no me resultaba agradable, pero llegar hasta el punto de vomitar era una reacción desmesurada. En segundo lugar y más preocupante: ¿cómo había llegado aquel bicho al interior de la lata?, ¿y cómo era posible que se mantuviera con vida si no había oxígeno? Además su dimensión era demasiado reducida en comparación con el tamaño del animal. Era de locos.

Busqué al intruso por todos los rincones de la cocina, pero no hubo ni rastro de él. «Solo me faltaba haberlo imaginado», pensé con los nervios destrozados mientras recogía el desaguisado que había formado por el suelo. Una cosa tenía clara, no volvería a beber una infusión de aquella planta en mi vida. Y ya veríamos si sería capaz de averiguar lo que había en el resto de latas.

Un fuerte golpe en la planta de arriba hizo desviar mi atención hacia el techo como si estuviese dotada de visión de rayos X y fuese capaz de ver a través de los ladrillos que nos separaban. Otro golpe que me puso la piel de gallina me hizo reaccionar al fin.

«Vale, Amy —me dije a mí misma llevándome las manos a la cabeza—, no puede haber nadie arriba porque hay una alarma conectada.» Aunque podría ser que hubiesen entrado y aún no le hubiese dado tiempo a Ray de dar el aviso. Otro golpe y otro más empezaron a ponerme en un estado de alteración que me estaba haciendo trizas. Para colmo, Llop había desaparecido en una de sus correrías matutinas y aún no había regresado.

Si alguien entraba en mi casa con alguna intención poco honorable, lo normal sería que no hiciese ruido, ¿no es cierto? Con ese pensamiento en mente subí las escaleras con decisión y sin darme tiempo a arrepentirme me planté en el distribuidor de la segunda planta desde donde se podían ver todas las habitaciones. Me llevé las manos a la boca en cuanto vi el estado de mi dormitorio. Me acerqué poco a poco consciente de que tal vez era la peor idea que había tenido en mucho tiempo, y tratándose de mí eso era considerable. Los cajones de la cómoda estaban abiertos y la ropa tirada de cualquier forma. También había caído al suelo la lámpara de una de las mesitas de noche que había a cada lado de la cama. Era como si alguien hubiese estado rebuscando entre mis cosas, pero se suponía que eso no era posible, ¿o sí?

Me di la vuelta para ir en busca del teléfono móvil y avisar a Ray cuando un nuevo golpe me hizo dar un salto del susto. El vello de mi nuca se erizó y un frío glacial me recorrió la espalda instalándose en el interior de mis huesos, justo en el tuétano. Me volví en vez de salir corriendo como cualquier persona normal y tras registrar con ojo crítico la habitación, vi un libro en el suelo que antes no estaba. Me acerqué para cogerlo, pero entonces otro más cayó del estante que había en la pared, y luego otro más. Miré con lo que debía de ser mi mejor cara de espanto a mi alrededor hasta que un pensamiento cruzó por mi mente aterrorizada.

—¿Eres tú, Émilie?

Silencio.

Cuando me di la vuelta nuevamente en busca de mi móvil el resto de libros cayó del estante formando un gran estruendo. Con el corazón galopando en el interior del pecho y deseando no estar equivocada, volví a hacer el intento.

—Quieres decirme algo, ¿es eso? —El silencio fue lo que obtuve por respuesta. «Bueno, ya es algo, aún queda otro estante lleno de libros que tirar.»

Esperé a que sucediera algo pero entonces mi mente se puso a trabajar como accionada por un resorte.

—¿Estás enfadada conmigo? —Todo lo sucedido la noche anterior con Gérard acudió a mi mente—. Si es así házmelo saber tirando alguna cosa—. Esperé con el corazón encogido alguna muestra de su enfado, pero no ocurrió nada—. —Me alegra saberlo porque no lo soportaría. Eres mi hermana y te quiero. Nunca haría nada que pudiese hacerte daño y si es por lo que creo, no debes preocuparte.

Me senté en la cama a la espera de algún tipo de respuesta, pero no la obtuve. Cuanto más pensaba en ello más estúpido me parecía que Em se hubiese podido enfadar por lo que fuera que pasase anoche con Gérard. Ella estaba muerta y si le quería, como sé que así era, debía de estar feliz de que él rehiciese su vida. Por otro lado, no era mi intención que eso ocurriera, al menos conmigo. Mi corazón seguía siendo de Erwan, lo que me llevó a lo ocurrido la noche anterior en el Adytum, antes de la pelea con mi primo e incluso de la confesión de Erwan. Mi mente fue a parar al motivo por el cual me encerré en el baño y escuché aquella conversación tan reveladora. La realidad cayó al fin por su propio peso dejándome totalmente conmocionada.

Me había pasado prácticamente todo el día tratando de dar una explicación a mis alterados nervios, intentado recordar la pesadilla que me había llevado a tal estado, porque tenía claro que había tenido un horrible sueño que tal vez fuera importante, dejando de lado todo lo sucedido las últimas horas del día anterior.

En parte había sido premeditado, pensar en ello aún me perturbaba más de lo que ya estaba. Por un lado estaba mi primo y su tendencia a entrometerse en mi vida privada; luego estaba Erwan que no se había manifestado en todo el día después de que mi primo le amenazara de aquella forma; no menos preocupante fue escuchar por boca de su perfectísima ex novia sus intenciones de conquistarlo; y por último, estaba el beso robado de mi cuñado.

Mi mente había apartado todo aquello como siempre hacía con los problemas que me sobrepasaban. Puede que no fuese la mejor técnica para hacerles frente, pero en mi caso normalmente funcionaba. Dándome cuenta de que no sería así esta vez, decidí que había llegado el momento de hacerse un test de embarazo. La idea me aterrorizaba, aunque estaba convencida de que saldría negativo. Sería demasiada casualidad que con tan solo un único encuentro entre ambos, Enid hubiese conseguido lo que se proponía.

Cogí el teléfono móvil para llamar a Álex y pedirle que se hiciera con uno de esos tests. Tan solo había dos personas, aparte del primer implicado, que podían ayudarme sin que el resto del clan se enterase, y mi prima era una de ellas. Justo en el momento en que apareció su foto en la pantalla reparé en el hecho de que Álex, al igual que yo, no tenía plena libertad de movimientos. Había estado a punto de ser secuestrada al poco de conocerme para llegar hasta mí, igual que le ocurrió tiempo después a Judit. Dado que Llo no tenía farmacias, tendría que acercarse a Saillagouse y aunque ahora era territorio seguro, pues estaba bajo control de los nuestros, era más que probable que tuviera que ir acompañada.

Pasé a la posibilidad número dos: Ray. Había pasado de ser simplemente mi amigo a mi confidente. De hecho mi mejor amigo, pues era una relación muy parecida a la que tenía con Judit solo que Ray no tenía límites a la hora de decirme lo que pasaba por su mente, obviando la diplomacia y la asertividad.

No contestó a la llamada, ni siquiera me daba línea por lo que decidí probar a acercarme a su casa.

Me puse unos tejanos, un jersey de lana y me calcé mis abrigadas y peludas botas australianas. Mientras me dirigía a la planta inferior volví a probar de llamarle por si tenía más suerte. Miré con el ceño fruncido la pantalla, era extraño pues no daba línea. Mi teléfono tenía la cobertura al máximo de modo que el problema estaba en el suyo. «¿Dónde demonios te has metido?» pregunté mirando su foto de contacto antes de guardar el teléfono en el bolsillo trasero del pantalón.

Miré mi imagen en el espejo de la entrada mientras me ponía el anorak, quedándome súbitamente congelada con la manga a medio colocar. El color azul petróleo de mi jersey me trajo una serie de recuerdos que hicieron que mis piernas a punto estuvieran de ceder bajo mi peso. Me vi recorriendo un pasillo blanco y completamente aséptico, llevaba la misma ropa que ahora mismo se reflejaba al otro lado del espejo. Álex me recibía entre lágrimas derrumbándose en mis brazos al verme. También estaba mi tío, su rostro estaba desfigurado por el dolor mientras trataba de ofrecernos el consuelo que tanto parecíamos necesitar.

Traté de ignorar la náusea que se empezó a formar en mi estómago y salí en dirección a la casa de mi amigo esperando estar equivocada. Probé de llamarle nuevamente mientras avanzaba hacia su casa, pero no tuve más éxito que las anteriores veces. El miedo se instaló en todo mi cuerpo alimentándose de mis pensamientos más oscuros y anticipándose a los hechos que esperaba que solo formaran parte de mi descontrolada imaginación.

Llamé al timbre varias veces seguidas, sabiendo que no le encontraría allí. Su coche no estaba, por lo que él seguramente tampoco. Golpeé la puerta con desesperación notando cómo mi garganta empezaba a cerrarse y cada vez me costaba más respirar. Me volví totalmente perdida sin saber qué hacer a continuación cuando mi visión periférica captó la casa de Erwan. Sin pensarlo más allí dirigí mis pasos presa de la más absoluta ansiedad y aciagos pensamientos.

El rostro de Erwan se transformó al verme tan alterada. Ni siquiera le di tiempo de decir nada.

—No está, Erwan, he ido a su casa y no hay nadie. —Mis palabras salían de forma atropellada y mi tono era completamente desesperado—. No contesta al teléfono. Le ha pasado algo.

—Tranquilízate —me pidió haciéndome entrar en su casa—. ¿De quién estamos hablando?

—De Ray. Su teléfono no da señal de llamada, y eso es muy raro en él.

—Eso puede tener una explicación lógica, Aimée. Se puede haber quedado sin batería o...

—Sé que ha pasado algo grave —le corté—. Esta mañana me levanté con una sensación espeluznante en el cuerpo que me ha durado todo el día. Pero no ha sido hasta que me he visto con esta ropa en el espejo que he recordado el sueño que he tenido esta noche.

Erwan frunció el ceño al tiempo que cogía su teléfono y marcaba el que seguramente sería el número de su amigo. Se tomaba muy en serio mis sueños, pues ya fuera presente o pasado, siempre era algo que tenía que ver con la realidad que me rodeaba.

Hizo un gesto de negación con la cabeza antes de teclear de nuevo en la pantalla del aparato y volvérselo a colocar en la oreja. Escuché que hablaba con mi tío, pero yo ya no prestaba atención. Me senté en el banco de pared que había empotrado junto al enorme ventanal, sintiendo cómo mis fuerzas empezaban a abandonarme. No quería ni imaginarme que algo le hubiese sucedido. Aquella posibilidad simplemente no podía ocurrir; le necesitaba. Era consciente de lo egoísta que podía parecer ese sentimiento, pero nada más lejos de la realidad. Le quería como a un miembro más de mi pequeña familia. No podía permitirme seguir perdiendo a mis seres queridos, mi vida sería muy oscura en un mundo sin Ray.

—Robert va a tratar de localizarle. Tenía guardia con Gérard y Roland. —Asentí poniéndome enferma de preocupación al escuchar aquella terrible noticia—. Aimée, tranquilízate, por favor. No tiene por qué haber pasado nada. Ray sabe cuidarse las espaldas perfectamente.

—Me vi en el hospital, Erwan. Llevaba esta ropa, por lo que ha sido hoy. Mi tío y Álex estaban destrozados.

El teléfono de Erwan sonó en aquel instante. Tras unos segundos de conversación, colgó el aparato y lo guardó en el bolsillo.

—Ray está bien —anunció, aunque la expresión de su cara me impidió soltar el aliento—. Gilles le cambió el turno, pero no consiguen localizarles.

—¿Iban juntos? —pregunté con un hilo de voz—. ¿Gérard, Roland y él?

Erwan asintió poniéndose el anorak.

—Voy a ver qué averiguo.

—Oh, Dios mío —musité llevándome las manos al rostro—. Es por eso que mi hermana ha destrozado mi dormitorio hace un momento. —Erwan me miró con el ceño fruncido sin comprender lo que estaba diciendo, mientras yo hacía redomados esfuerzos por no derrumbarme poniéndome en lo peor—. Creí que estaba enfadada conmigo por lo de anoche, cuando en realidad me estaba avisando.

No me podía creer que hubiese estado tan ciega. Yo misma había acabado descartando la idea de su enfado porque no tenía ni pizca de sentido, pero había dejado de lado el verdadero motivo de que hubiese puesto el dormitorio patas arriba al recordar mi posible embarazo.

—¿Lo de anoche? —Mi corazón se paró en seco al oír la pregunta de Erwan.

«Vale, ¿y ahora qué le digo?»

Le miré sintiéndome completamente intimidada y culpable, lo cual era absurdo porque no había hecho nada malo, pero sabía que no le iba a gustar mi respuesta. Mentir era impensable porque esas cosas acababan saliendo a la luz, convirtiéndose en algo peor de lo que realmente había sido.

—Gérard me besó —confesé sin rodeos.

Las aletas de su nariz se dilataron y su mirada azul se oscureció cual si una niebla amenazante se hubiese instalado en ellos haciendo desaparecer su característico tono cobalto.

—En cuanto sepa algo te llamo —anunció volviéndose hacia la puerta.

—No le des la importancia que no tiene, Erwan. No significó nada. —Fui consciente de que mi tono sonó algo desesperado mientras mi mano atrapaba su brazo para impedir que se fuera de aquella manera.

—Te besó, Amy. No me digas que no tiene importancia, porque para mí sí que la tiene —mascculló entre dientes al tiempo que se volvía para encararme—. ¡Es mi hermano, joder!

—Sabes perfectamente a quién pertenece mi corazón.

—Y dime una cosa: ¿lo sabe él? —Su rostro estaba enrojecido por la ira.

—No, claro que no —respondí irritada—. Fuiste tú el que no quería que nadie supiera lo que pasó entre nosotros. ¿Qué querías que le dijese? —Su falta de respuesta me enfureció—. Me dejaste, Erwan. No tienes derecho a ponerte así.

Fue a decir algo, pero debió de pensárselo mejor pues sabía que esta vez era yo la que tenía razón. La expresión corporal de sus manos y sus gestos me indicaron cuán furioso estaba. No me alegraba verle así, pero saber que le dolía la simple mención de un beso sin importancia era una buena muestra de que también albergaba sentimientos muy fuertes hacia mí.

—Quédate aquí y por lo que más quieras no salgas —dijo en un tono mucho más suave—. Voy a ver qué averiguo.

Asentí con la cabeza. Ya en la puerta volvió sobre sus pasos y, colocando sus manos a ambos lados de mi cara, depositó un beso breve, aunque cargado de promesas, en mis labios.

—Hablaremos de esto, ¿de acuerdo?

Asentí nuevamente mientras le veía marchar. En cualquier otra ocasión habría saltado de alegría, pero no en aquellos momentos. Mis nervios estaban destrozados de pensar en lo que podría estar sucediendo ahí fuera. Volví a sentarme en el alféizar con el teléfono móvil en la mano a observar cómo la tarde iba cayendo hasta perder completamente la noción del tiempo.

Horas más tarde, la figura de Erwan emergía a través de las sombras del salón. Ni siquiera me había percatado de que me encontraba en la más absoluta oscuridad, tan solo la luz de la luna iluminaba mi pequeño mundo dominado por una angustiosa incertidumbre.

—Hemos dado con ellos al fin —anunció sin quitarse la chaqueta. Salvó la distancia que nos separaba con unos pocos pasos y, agachándose con las manos apoyadas en mis rodillas, explicó en tono solemne—: Han tenido un accidente. Estaban siguiendo una pista con la que llevamos trabajando largo tiempo para dar con la ratonera donde se oculta Marlon, cuando les han atacado. —La sangre de todo mi cuerpo se heló ante aquella explicación—. Debemos de andar demasiado cerca como para arriesgarse a llamar la atención de ese modo.

—Ellos están... —empecé a titubear sin poder terminar la frase. El miedo empezó a paralizarme haciendo que incluso algo tan sencillo como respirar resultara dificultoso.

—Los han llevado al hospital. No sé mucho más, Aimée. —Reparé en las líneas de preocupación que surcaban su rostro—. Voy para allá, en cuanto tenga alguna noticia te llamo. Por lo pronto me gustaría que te quedaras aquí, en mi casa.

—¿Es grave? —Asintió con la cabeza sin poder ocultarme el gran pesar que lo embargaba—. Voy contigo.

—Sabes que eso es imposible.

—Erwan, por favor, moriré de preocupación. ¿Es que no ves cómo estoy? —Le miré con ojos suplicantes sabiendo que iba a ser un hueso duro de roer—. Te juro que no voy a dar problemas, haré lo que me pidas, pero no me dejes aquí. Estamos hablando de mi primo y de Gérard.

Suspiró derrotado haciendo un gesto de asentimiento con la cabeza. No le hacía ni pizca de gracia la idea de llevarme hasta allí, era más que evidente; pero al mismo tiempo, era también lo suficientemente considerado como para entender mi posición.

Mis manos se aferraron al asiento en cuanto salimos de Llo. Viajábamos a la velocidad de la luz, no sé por qué temía que nos siguieran, ni siquiera los radares de la carretera serían capaces de detectarnos. Mi corazón golpeaba mi pecho con más fuerza cada vez a medida que nos acercábamos al hospital. El miedo a lo que podría encontrar empezaba a desesperarme.

Al llegar al aparcamiento divisé el coche de Ray muy cerca del nuestro. Erwan me abrió la puerta del copiloto con la atención puesta en toda alma que se movía a nuestro alrededor. Me cogió de la mano y con paso ligero nos dirigimos hacia la entrada. A unos metros de la puerta advertí la presencia de Ray, lo que me hizo salir disparada a su encuentro. Me enterré en sus brazos sintiendo cómo las lágrimas comenzaban a derramarse al fin. Eran sentimientos muy contradictorios pues me alegraba enormemente de que estuviese bien, de que no fuese él quien hubiese sufrido el accidente; pero no por ello me sentía feliz, pues era mi primo el que había ocupado su lugar.

—Siento el malentendido —me dijo limpiándome las lágrimas con delicadeza. Asentí con la cabeza entre suspiros lacrimosos incapaz de articular palabra; aunque había que decir que para el caso sobraban.

—¿Alguna novedad? —preguntó Erwan. Noté su mano acariciar mi espalda en un intento de infundirme ánimos.

—Aún no han salido a decirnos nada. Es desesperante.

Nos dirigimos a los ascensores en silencio, para subir a la sala en la que debíamos esperar el parte. Erwan me cogió de la mano y se la llevó a los labios con el semblante distraído en un gesto que me llegó al alma.

La pequeña sala de espera estaba vacía, a excepción de tres personas, dos de las cuales permanecían sentadas y un tercero se paseaba nervioso de un lado para otro. Se trataba de mi tío, Álex y Agnes. En cuanto tuve a mi prima en los brazos recordé la vívida imagen de mi sueño. Mi tío se acercó para abrazarnos a ambas, la expresión de su rostro me partió el corazón.

La puerta se abrió dando paso a un hombre entrado en la cincuentena, muy alto y de aspecto cansado. Estaba convencida de que no era la primera vez que nos veíamos, pero fue la familiaridad con la que se dirigió a nosotros lo que me hizo darme cuenta de que era del clan.

—La vida de Gilles no corre peligro —anunció yendo al grano. Oí cómo mi tío soltaba el aire contenido mientras el médico continuaba—: Es su pierna la que me preocupa. La medicina convencional no puede salvarla. Les he pedido que no hagan nada, pero no sé cuánto tiempo van a obedecer mis instrucciones porque para mi equipo eso no tiene ningún sentido.

—Mi hermana está de camino, Marcelle ha ido a recogerla al aeropuerto —comentó Agnes. La miré sin comprender, pero nadie dijo palabra. El hombre de la bata asintió antes de proseguir volviéndose esta vez hacia Erwan. Mi mano buscó la suya no sé si para darle mi apoyo o buscando el mío. Mi pulso se aceleró llegando a notarlo incluso en las sienes.

—Gérard está muy grave. —Justo en ese momento creo que mi corazón dejó de latir. El médico pareció vacilar antes de retomar la palabra temiéndome lo peor—: Hemos hecho todo lo humanamente posible, pero no ha sido suficiente. Está destrozado por dentro: tiene un pulmón y el hígado gravemente dañados, varias costillas rotas y ha perdido demasiada sangre. Sin la ayuda de un sanador morirá en unas horas, si es que llega.

Nadie dijo nada, el silencio reinante era ensordecedor. Mis ojos se posaron en las baldosas del suelo que parecían moverse como si quisieran escapar de aquel horrible lugar. Intenté concentrarme en algo tan sencillo como respirar, pero lo cierto era que incluso eso me costaba.

—En cuanto a Roland —su voz se apagó durante unos segundos acaparando la atención de todos los presentes. Hizo un gesto de negación con la cabeza con el pesar asomando a sus ojos antes de revelar lo que todos temíamos ya—: Se llevó la peor parte, prácticamente llegó muerto. No hemos podido hacer nada por él.

Me llevé la mano libre a la boca mientras los sollozos de mi prima se esparcían por el aire cual partículas cargadas de humedad. Creo que el estado de conmoción en el que me encontraba me impedía reaccionar de manera alguna.

—Quiero verle —dijo la voz de Erwan. Ni siquiera pude levantar la mirada del suelo. Allí estaba plantada yo, en medio de la sala, sin capacidad para hacer otra cosa que respirar y ni siquiera eso se me estaba dando del todo bien.

El médico debió de aceptar porque no hubo respuesta. Alguien tiró de mí y me hizo sentar, gesto que agradecí, pues siempre era mejor que estar como un estafermo sin hacer nada.

—El sueño que tuviste. —Era Agnes la que me hablaba sentada junto a mí—. Era por esto, Aimée. Gracias a tu pintura me puse en contacto con mi hermana y la convencí para que viniera a verte y hablara contigo. Estaba convencida de que había un motivo para ello. Maëlle es la sanadora más poderosa que he conocido en mi vida. Gérard heredó su don de ella. —Mi mirada se desplazó de los dibujos de las baldosas a su rostro anciano dejándome totalmente perpleja—. ¿Crees que ha sido casualidad que justo el día que venía haya sucedido esto?

—También soñé con lo que iba a pasar. De haberlo recordado esta mañana, nada de esto habría sucedido.

La culpa me reconcomía como un cáncer que se va extendiendo poco a poco para destrozarlo todo.

—Debía de ser así, Aimée. La naturaleza tiene su equilibrio y nuestras vidas están hiladas a ella. Todo tiene un orden y un sentido, no debes de dudar nunca de ti misma.

—¿De qué me sirve tener un don que predice hechos si luego no los recuerdo?

—No tengo la respuesta a eso, querida; pero no debes culparte. No eres tú quien les ha puesto en esta situación.

No, de eso se había encargado el engendro del mal que vivía con el único fin de hacerme daño. Era egoísta por mi parte llevármelo al plano personal, no era mi vida la que pendía de un hilo en aquellos momentos; pero sí lo era la de Gérard y para el caso lo sentía como un ataque contra mi persona.

Erwan salió poco rato después. Me cogió de la mano sacándome de la sala para llevarme al lugar del que al parecer él venía.

—Voy a buscar a mi madre, no quiero que se entere por boca de otros —me dijo plantándose delante de una puerta al tiempo que me colocaba una bata, unos protectores para los pies y otro para el pelo—. Quiero que te quedes con él, Aimée. Si despertara y te viera a su lado le haría mucho bien.

Asentí en silencio. Me tomó la cara con ambas manos en un gesto que se había convertido en habitual en él y me besó la frente con una ternura que casi me hizo llorar. Posteriormente, me abrió la puerta de la habitación para asegurarse que me dejaba a buen recaudo antes de irse en busca de Constance.

Verle allí tumbado tan vulnerable me produjo tal impresión que mi pecho se encogió haciéndome sentir un dolor casi físico. Había tubos por todas partes que iban de su cuerpo a diversos aparatos a los que estaba conectado. Tan solo el sonido de su respiración artificial y el pitido rítmico de una de las máquinas rompían el denso silencio que allí reinaba.

Acaricié su precioso pelo rubio mientras notaba cómo una de mis lágrimas rodaba por mi mejilla hasta caer sobre su frente, justo donde pegué mis labios sintiendo que algo se rompía dentro de mí.

Recé a la Diosa porque no me lo arrebatara sintiendo cómo mi necesidad de venganza iba en aumento con cada día que pasaba. Una oscuridad inquietante se iba instalando en lo más profundo de mi alma con cada gesto que Marlon nos obsequiaba. Ahora su vida pendía de un hilo y estaba en manos de Maëlle, la hermana de Agnes, traerlo de vuelta.

Me limpié la cara con la manga del jersey advirtiendo que también su rostro estaba húmedo de mis propias lágrimas. Lo sequé con mis manos teniendo especial cuidado de no tocar la mascarilla de oxígeno que tanta aprensión me había producido nada más entrar. Evocar en mis pensamientos el infierno que debieron de vivir hacía apenas unas horas me horrorizó. Roland había muerto y mi mente era incapaz de reconocer ese hecho porque lo había visto unos días atrás en la reunión del clan y era incapaz de creer que fuera posible que ya no estuviese con nosotros.

De repente, y sin previo aviso, dejé de oír su respiración. Levanté la vista hacia la máquina cuando el pitido intermitente y regular del aparato que controlaba el latido del corazón cambió para transformarse en un único pitido. Con los ojos a punto de salirse de mis órbitas reparé en que la línea que subía y bajaba ahora era recta; carecía por completo de movimiento. Rápidamente me vi apartada de su lado mientras el equipo médico se colocaba a su alrededor. Alguien me pidió que saliera, pero mi cerebro fue incapaz de enviar la orden para moverme de allí. Lo único que podía hacer era mirar cómo trabajaban a un ritmo frenético para devolverlo a su estado anterior.

—¡Maldita sea! No responde —dijo una de las voces.

—Le perdemos.

Aquellas dos palabras fueron suficientes para hacer que mis piernas empezaran a retroceder hacia la puerta. Avancé a trompicones con la mano en la boca por el pasillo, hasta que mis fuerzas fallaron. Un sollozo desgarrador escapó de mi garganta mientras buscaba algún sitio donde apoyarme. Localicé la pared casi a tientas, pues mis ojos arrasados por las lágrimas apenas distinguían formas borrosas. Me deslicé hacia el suelo sin importarme otra cosa que la persona querida que había dejado en aquella sala rodeada de un equipo profesional que sabía que nada podría hacer por él.

Una voz conocida pronunció mi nombre intentando hacerse hueco a través de la nebulosa que me envolvía, pero no fui capaz de ponerle cara, aunque tampoco es que importara. Solo quería que me dejaran a solas con mi dolor y ni siquiera eso me resultaba reconfortante. Fui consciente de que trataban de levantarme del suelo y también de que mis fuerzas no acompañaban. Fue el rostro de mi tío el que vi por última vez antes de perderme en la bruma oscura que me seducía cual canto de sirena, donde todos mis miedos e inquietudes, donde todo mi pesar, desaparecieron dejándome en un estado de total insensibilidad.

Capítulo 19

Fue el chasquido de una puerta lo que me trajo de nuevo a la realidad.

Abrí los ojos con la mente totalmente en blanco incapaz de recordar absolutamente nada. Fueron quizá treinta segundos en los que dudé entre si levantarme para ir a trabajar o si por el contrario debía seguir durmiendo. El rostro compungido de Álex mirando esperanzada a Erwan, que acababa de entrar por la puerta, puso mi mente a trabajar a toda velocidad.

—Gérard —grazné incorporándome.

Erwan se apresuró a ayudarme cuando a punto estuve de caer de la cama fulminada por mis propios pensamientos al recordar el motivo por el que estaba en el hospital.

—Está estable —se apresuró a responder. Le miré incrédula, buscando la verdad en sus ojos mientras cientos de sentimientos afloraban a través de mi más profundo interior haciendo que ni yo misma me reconociera—. Aimée —pronunció agachándose para quedar a la altura de mi rostro al tiempo que limpiaba una de mis lágrimas—. ¿Has oído lo que te he dicho? —Asentí incapaz de contener el llanto.

—Entiendo que Maëlle ha llegado a tiempo —aventuró mi prima.

—Ha sido una cuestión de segundos, pero ha logrado reanimarlo.

—¿Se pondrá bien? —logré articular.

—Por supuesto —respondió Erwan.

Pese a la felicidad que me embargó al oír aquella magnífica noticia no pude dejar de llorar. Volví a oír el chasquido de la puerta al cerrarse segundos antes de verme arropada por los brazos de Erwan. Me dejé mimar como una niña a la que se le ha roto su preciosa muñeca con la cara apoyada en el pecho del hombre por el que sería capaz de cometer mil locuras con tal de tener su amor, pese a que me había prometido a mí misma pasar página y seguir adelante.

—Su corazón dejó de latir —murmuré entre lágrimas—. Creí... —No fui capaz de terminar la frase.

—Ya pasó, preciosa.

—Tuve tanto miedo.

—Lo sé. —Sus labios se posaron en mi pelo en un gesto tan tierno que me descolocó. Aquellas muestras de afecto nada tenían que ver con el Erwan que había conocido hasta ahora. Cierto que nuestra relación, de poder llamarla así, había sido demasiado corta y en unas circunstancias nada usuales para empezar un idilio amoroso; pero aquella faceta me rompía el corazón porque lo deseaba todo de él y, en cambio, aún desconocía lo que estaba dispuesto a darme—. Yo también he sentido ese miedo, pero ya está fuera de peligro, no vamos a perderlo, te lo prometo.

Asentí con la cabeza creyéndome todas y cada una de sus consoladoras palabras. Nos mantuvimos con las miradas entrelazadas en un eterno silencio durante un tiempo indefinido en el que incluso creí sentir el sabor salado de aquellos dos pedacitos de océano que eran sus ojos.

—Me vuelves loco, Aimée —dijo en apenas un susurro haciendo que mi estómago se diese la vuelta—. Ni siquiera soy capaz de cumplir mis propias promesas cuando te tengo cerca.

—No lo hagas. —«¿Lo he dicho en voz alta?» La comisura derecha de sus labios se amplió al tiempo que hacía un casi imperceptible gesto de negación con la cabeza. Casi, porque para mí fue claro como el agua de un vaso.

—¿Qué voy a hacer contigo?

Me hubiera gustado responderle cientos de cosas, pero la puerta de la habitación se abrió para dejar paso a la imponente figura de mi tío que nos miró con cierto asombro.

—¿Te encuentras mejor? —Asentí con la cabeza, aun sin comprender exactamente qué me había llevado a aquella habitación—. En cuanto pase el médico y me lo confirme, te irás a casa con Álex y Ray.

—Oh, no no. Tengo que verles. —Puse los pies en el suelo mientras mi tío negaba con la cabeza.

Demasiadas emociones por esta noche para ti, muchachita.

Le miré con el ceño fruncido y luego busqué con la mirada a Erwan en busca de ayuda, pero este había decidido mantenerse al margen, o eso, o estaba totalmente de acuerdo con mi tío, lo cual también era altamente probable.

—Si me voy a casa ahora, nada me impedirá venir mañana aunque tenga que hacerlo con mi propio coche —cedí sin dar mi brazo a torcer.

Una sonrisa ladeada se formó en sus labios antes de emitir un sonoro suspiro de exasperación.

—Lo cierto es que no esperaba menos de ti.

—Entonces nos entendemos.

Tras convencerle de lo bien que me sentía después de oír las buenas noticias sobre la recuperación de Gérard, nos dirigimos a la sala de espera donde estaban los demás.

—Serge y Romain os escoltarán en otro coche —dijo mi tío a Álex y Ray—. Quiero que te quedes con ellas —continuó esta vez dirigiéndose a Ray que en aquellos momentos se ponía el anorak—. Me da igual en cuál de vuestras casas paséis la noche, pero mientras yo esté fuera del pueblo os quiero juntos.

Ray asintió sin decir palabra, mientras Álex se despedía de su padre con un beso en la mejilla y yo lo hacía de Erwan con la mirada. Ya en la puerta la voz imponente de mi tío nos hizo detenernos:

—Te confío la vida de mis chicas, Raymond, ni se te ocurra fallarme.

—Papá —le regaño mi prima.

—Por supuesto que no —respondió Ray con un giño de ojos antes de volverse pasando sus brazos por encima de cada una de nosotras conduciéndonos hacia la salida.

Álex se sentó en la parte trasera del todoterreno de Ray antes de dejarme opción a elegir, de modo que me acomodé en el asiento del copiloto. Emprendimos la marcha en el silencio más absoluto, cada uno sumido en sus oscuros pensamientos.

Acabábamos de perder a un compañero, desde luego que no eran las mejores noticias. Sabía que Roland era uno de los mejores amigos de mi primo, y era seguro que a estas alturas se habría enterado ya. Antes de salir del hospital me había pasado por su habitación para verle, pero estaba sedado puesto que los dolores que tenía en la pierna debían de ser infernales. Maëlle estaba trabajando con Gérard, que era quien más la necesitaba con urgencia, de modo que Gilles continuaba luchando por una pierna que no era otra cosa que un lastre.

Perdí la mirada en la inmensa oscuridad que nos rodeaba. Podía percibir las siluetas de los árboles gracias a la luz de la luna creciente. La soledad más absoluta nos acompañaba a los dos coches de camino a casa. Cuando el silencio se hizo ensordecedor me decidí por poner algo de música, con cualquier otra persona me hubiera abstenido de tocar nada, no así con Ray. El estruendoso sonido metálico de unas guitarras eléctricas me hizo saltar del asiento y rápidamente quitar el CD para pasar al modo radio.

—Siéntete como en casa —me dijo mi amigo con su habitual sarcasmo al verme toquetear su equipo de música.

Asentí dándole a entender que eso era precisamente lo que hacía sin siquiera dirigirle la mirada.

La melodiosa voz de Demi Lovato surgió a través de los altavoces provocando que todo el vello de mi cuerpo reaccionara al reconocer su «Skyscraper». Mi corazón se aceleró empezando a creer en el poder que el azar empezaba a tener en mi vida. La letra de aquella canción era toda una declaración de intenciones que bien podría haberle dedicado a la persona que me había puesto en una situación similar; es decir Marlon. Lo de aquella tarde había sido un golpe muy fuerte para los nuestros, uno más de tantos. Pero no me quedaría de brazos cruzados viendo cómo los demás trataban de protegerme a riesgo de perder sus vidas. Pronto Marlon conocería nuestra respuesta y probaría de su propia medicina.

—Os prepararé algo de cena, chicas. Poneos cómodas.

La mirada de ojos entornados de mi prima siguió a Ray hasta que desapareció en la cocina. Por mi parte, la simple mención de comida puso mi estómago patas arriba. Subí las escaleras con paso apresurado hasta llegar al baño de mi dormitorio dejando la chaqueta de cualquier forma por el camino. Me sentí algo mejor al mojarme el rostro y el cuello con el agua fría, aunque no por ello desapareció el malestar. Mi cara había adquirido una tonalidad cenicienta de aspecto poco saludable. Sequé mi cara con la toalla antes de salir hacia la planta inferior cuando el olor a comida inundó mi sentido olfativo haciéndome regresar sobre mis pasos directa al váter donde devolví el contenido de mi estómago, que era bien poco.

Al levantar mi rostro del inodoro me encontré con la mirada pensativa de Álex.

—Amy...

—Lo sé. Tengo que hacerme una prueba de embarazo.

Mi prima asintió con la cabeza al tiempo que sacaba el teléfono móvil del bolsillo trasero del pantalón.

—¿Qué vas a hacer? —inquirí alarmada—. No puede saberlo nadie, Álex. Se supone que *eso* no sucedió.

—Ya lo sé —respondió sin dejar de teclear en la pantalla del teléfono—. Da la casualidad de que mi amiga Lorie trabaja en una farmacia. Puedes estar segura de que es de confianza.

Suspiré derrotada dirigiéndome hacia la pila del lavabo para enjuagarme la boca mientras ella seguía con su cometido.

—Solucionado. Mañana mismo lo sabremos.

No me sentí mejor por aquellas palabras. Mis sentimientos encontrados me llevaron directos a la cama con la esperanza de no pensar demasiado hasta saber realmente el resultado.

—Sabes que me tienes aquí para lo que necesites, ¿verdad? —dijo Álex tras mis pasos, sentándose a un lado de la cama. Asentí con la cabeza tratando de formar una sonrisa con los labios mientras me peleaba con la ropa para ponerme el pijama—. Podría no ser un síntoma, Amy. Has pasado una tarde horrible, es normal que te encuentres mal.

—Lo sé.

—Aunque lo mejor que podría pasarte es que estuvieses embarazada. No tendrías que preocuparte más por todo el dichoso asunto y encima sería de él.

—También lo sé, aunque a él no iba a gustarle la situación.

Álex asintió pensativa con la vista perdida en algún punto entre las sábanas y mis manos.

—Será mejor que no nos preocupemos de eso por ahora —sentenció—. Necesitas descansar. Mañana iremos a ver a nuestros chicos, verás que en un par de días los tenemos de vuelta en casa.

Asentí con la cabeza sintiéndome afligida al pensar en que Roland no tendría esa suerte. Álex debió de pensar lo mismo puesto que su rostro se transformó y sus ojos se volvieron brillantes. Coloqué mi mano sobre la suya en un gesto que pretendía ser reconfortante, aunque me mantuve en silencio.

Tras hacerme entrar bajo el edredón, me tapó y se despidió dándome un beso en la frente haciéndome sentir como cuando era pequeña, aquel recuerdo me sacó una tímida sonrisa al tiempo que mi mano se deslizaba como si tuviera vida propia hacia mi vientre. En cuanto la oscuridad se instaló en el dormitorio cerré los ojos deseosa de que el sueño me atrapara en sus redes antes de permitirme pensar más allá de lo que estaba por venir; por lo pronto lo mejor era dormir.

Con mi cuaderno de dibujo en una mano y una taza de té en la otra salí al jardín de buena mañana con Llop mordisqueando las borlas de mis zapatillas del tipo bota, que utilizaba para estar por casa. Puede que fuese el espléndido día de primavera o sencillamente mi propia capacidad de sobrevivir en las peores situaciones, pero me encontraba de bastante buen humor teniendo en cuenta las circunstancias.

Dejé la taza sobre la mesa de hierro forjado y me senté en la silla colocando el cuaderno sobre mis piernas. Aquella noche había soñado, no lograba darle un sentido, pero por lo menos había conseguido retener ciertas imágenes a la perfección. Era algo similar a lo que había sucedido con el cuadro que pintara hacía unos días, con la diferencia de que esta vez dibujaría de forma consciente. Deslicé el carboncillo por la lámina de papel dando vida al paisaje mental que aparecía en mi cabeza cada vez que cerraba los ojos. Puede que no tuviera ningún tipo de valor y fuese un sueño sin más, pero como era un tema que nunca dejaba de atormentarme lo mejor sería inmortalizarlo en el cuaderno.

Tomé un sorbo de mi bebida, ahora templada, admirando con actitud satisfecha mis pequeñas obras. Lo cierto es que se trataba de un lugar muy curioso para haber salido de mi imaginación. Parecía una isla, pues el mar rodeaba aquel promontorio rocoso coronado por algún tipo de construcción medieval, esta era poco clara, pero bien podría ser algún castillo o iglesia. En la otra imagen se apercibía una vasta extensión de tierra muy peculiar, la palabra desierto era la que venía a mis labios para describirla, pero algo en ella me hacía pensar que probablemente nada tenía que ver con ello.

Una cajita alargada blanca y azul, se puso en medio de mi campo de visión, captando toda mi atención. Mi corazón saltó para colocarse en la garganta mientras deslizaba la mirada a través de la mano que la sujetaba hasta la cara de su propietaria.

—Ya sabes lo que tienes que hacer.

Me mojé los labios resecos con la lengua volviendo la vista hacia la caja que contenía el test de embarazo, notando cómo la sangre abandonaba mi rostro para salir huyendo de aquella imagen tan inquietante.

Unos pasos cercanos llevaron el amenazante objeto tras la espalda de Álex, que lo ocultó de Ray tratando de aparentar normalidad sin ningún tipo de éxito. El ceño fruncido de mi amigo se volvió hacia mi cara para obtener la confirmación de que algo estábamos tramando con muy poco disimulo.

—¿Qué tienes ahí?

—Nada.

Ray puso los ojos en blanco a la vez que extendía la palma de la mano hacia arriba dando a entender con ello que sabía perfectamente que mentía. Álex me miró sin saber qué hacer a lo que respondí con un encogimiento de hombros ¿Acaso no estaba yo más perdida aún que ella?

Miró con ojos entornados la caja del test en cuanto la tuvo en la mano, desviando de inmediato la atención hacia la pelirroja.

—No es para mí.

—Eso ya lo sé —afirmó antes de volverse en mi dirección con cara de pocos amigos—. ¿Por qué me lo ocultabas? ¿Acaso no hemos hablado ya de esto?

—No lo sé, Ray. Ahora mismo no pienso con claridad.

Me tendió la mano con el angustioso objeto para que lo cogiera a la vez que me lanzaba una mirada significativa.

—Oh, no, no. —Eché mi cuerpo para atrás hasta quedar completamente pegada al respaldo como si aquello que sostenía tuviese algún tipo de enfermedad infecciosa que se transmitía con solo tocarlo . No estoy preparada para hacerlo.

—¿Y cuándo se está preparado para algo así? Cuanto antes lo sepas, mejor. Sabes que de ti y de ese bebé depende que todo esto cambie de una maldita vez.

—No sabemos si estoy embarazada —dije saltando de mi asiento cual si tuviera un pistón—, así que te agradecería que no lo dieras por hecho.

—Amy —empezó a decir con paciencia escogiendo las palabras que vendrían a continuación—. Te recuerdo que fue un ritual de fertilidad orquestado por la propia Enid, las posibilidades de que no resultara son mínimas, por no decir imposibles.

Le miré abriendo los ojos de par en par comprendiendo al fin sus constantes comentarios sobre el tema.

—Siempre has creído que lo estaba —murmuré más para mí misma que para él.

No dijo nada, se limitó a mantenerme la mirada a modo de respuesta.

—De nada sirve alargarlo, Amy —señaló Álex—. No es algo que puedas ocultar al clan.

—No he dicho nada de ocultar, solo que no estoy preparada para saberlo.

—¿Piensas quedarte aquí encerrada hasta entonces?

—¿Por qué iba a hacer eso?

Álex me sostuvo la mirada unos segundos hasta que dijo al fin:

—Porque tu aura ha cambiado.

—¿Y eso qué mierda significa? —espeté perdiendo la paciencia, aunque en realidad ya conocía la respuesta.

Álex cogió el test de embarazo de las manos de Ray y me condujo sin decir palabra hacia el lavabo. Me tendió el aparato tras leer las instrucciones explicándome lo que debía hacer.

—No pienso hacerlo contigo delante.

Puso los ojos en blanco y se marchó tras asegurarme que en medio minuto volvería a entrar de modo que poco margen para planteármelo ni siquiera me dio.

Unos minutos después se añadía Ray a nuestra pequeña reunión. Álex permanecía sentada en la taza del inodoro mientras yo me paseaba, presa de los nervios, de un lado para otro dentro de aquella minúscula estancia.

Mi corazón se detuvo cuando al fin mi prima levantó la vista del dichoso aparato para posarla en mí. Ray hizo un mohín con los labios que acabó de confirmarme lo que Álex decía con la mirada.

Caminé sin rumbo fijo hasta que me vi sentada en uno de los sillones del salón. Con los codos apoyados en las rodillas, me llevé las manos a la cabeza sintiéndome más perdida que nunca. «¿Y ahora qué?»

Mi mente frenética era un torbellino de ideas y pensamientos que bullían sin ningún tipo de orden. Era un fin: mi cometido como Elegida; pero ahora todo cobraba un realismo para el que ni siquiera me sentía preparada.

—Puede que ahora mismo no lo veas de este modo, pero era así como se supone que debía de ser —dijo mi prima sentándose en el sofá.

—Erwan no va a opinar lo mismo —apunté sin cambiar de postura.

—Erwan sabía perfectamente dónde se estaba metiendo en el momento que aceptó participar en el ritual —señaló Ray—. Había otras opciones; concretamente cuatro y uno de ellos más que dispuesto a ocupar su lugar.

—¿Y qué habrías hecho tú? —Levanté la cabeza para mirarle a los ojos—. Una cosa no tiene que ver con la otra. Se supone que yo era su chica, que sentía cosas por mí, ¿cómo dejar que otro llevara a cabo lo que Enid pedía delante de tus propias narices?

—Porque si no estaba dispuesto a aceptar quién eres, ¿para qué seguir con la pantomima? ¿Por qué no poner punto y final a una historia abocada al fracaso, antes de meter la pata hasta el fondo?

—No lo sé, Ray. Desde luego que él no lo vio en su momento de ese modo.

—Dudo que él tenga una idea clara al respecto.

No tenía ni la más remota idea de lo que pasaba por la cabeza de Erwan, había cambiado de opinión en cuanto a nosotros, o eso me había dejado ver en los últimos días, pero lo que sí que tenía sobradamente claro era que no le iba a gustar en absoluto mi nuevo estado.

—Esto no va a salir de aquí por el momento —sentencié mirando a ambos.

—Ya te he dicho que no puedes ocultarlo al clan, Amy. Además, tienes que ir al médico cuanto antes, han pasado casi siete semanas desde que lo concebiste.

—Primero debo contárselo a Erwan y antes tengo que reunir el valor para hacerlo. Así que no me agobies.

Álex levantó las manos en señal de rendición en tanto que Ray se limitaba a responder con un encogimiento de hombros.

Horas más tarde acudíamos al hospital escoltados por varios coches. Mi tío no había reparado en lo que a seguridad se refería.

El olor a desinfectante nos recibió tras cruzar la puerta de acceso principal. Nos dirigimos en primer lugar a la habitación de Gilles, puesto que estaba un par de plantas antes que la de Gérard. Por fortuna estaba despierto, aunque de pésimo humor. La muerte de Roland lo había destrozado, apagando sus chispeantes ojos llenos de vida. El proceso de curación de su pierna avanzaba a pasos agigantados. De hecho aquella misma tarde le darían el alta, según me había comentado mi tío Robert.

—Cuanto menos tiempo pasemos aquí, mejor —explicó con la vista puesta en la ventana—. Es peligroso y estamos restando efectivos a la protección de nuestro territorio.

—¿Y Gérard? —quiso saber Ray.

—Mañana le darán el alta.

Aquello era una muy buena noticia. No quería ni pensar en lo que debía de estar pensando el equipo médico que le dio por perdido. Era una suerte que el clan contara con uno de sus miembros entre las altas esferas del hospital. Había cosas que no tenían explicación y la recuperación de Gérard era una de ellas.

Me despedí de mi familia para dirigirme a la habitación de Gérard acompañada por Ray. El calor que inundaba los pasillos me agobió pese a que ya me había deshecho del abrigo y la bufanda nada más entrar.

El primer rostro que me recibió al abrir la puerta fue el de Constance. Tenía evidentes signos de cansancio, pero al verme su mirada se iluminó y una sonrisa radiante se formó en sus labios. Me hizo un gesto apremiante con la cabeza para que pasara, a lo que obedecí sin dudar. Al ver a Gérard, todas las preocupaciones que rodeaban mi existencia cual si fuera una nebulosa que formara parte de mí, desaparecieron. Mi corazón se inundó de alegría al comprobar con mis propios ojos lo que ya me habían asegurado el día anterior. Se encontraba tumbado en la camilla con medio cuerpo casi totalmente incorporado. Una venda le cubría buena parte del pecho, pero en su cara no había el mínimo rastro de malestar o dolor. Su aspecto desgreñado no le restaba ni un ápice de atractivo cuando me regaló una de sus deslumbrantes sonrisas. Me eché a sus brazos con cuidado de no hacerle daño hundiendo mi rostro en su cuello.

—Hey, pequeñita. —Su mano acarició mi espalda mientras yo me mantenía en silencio tratando de contener mi sensible estado a raya.

—¿Cómo te encuentras? —oí que decía la voz de Ray en algún punto detrás de mí.

—Estupendamente, dadas las circunstancias.

—Me llevé un susto de muerte —comenté incorporándome de nuevo.

—Lo sé, me lo han contado —respondió él acariciando mi mejilla con una sonrisa apesadumbrada en los labios haciendo referencia a mi desmayo—, pero ya estoy bien.

—Mañana lo tendremos en casa, cielo —anunció Constance.

Asentí con la cabeza advirtiendo que había una cuarta persona en la habitación que me había pasado desapercibida hasta ahora. Estaba apoyado en la pared con las manos en los bolsillos y el rostro pétreo. Me volví para saludarle con la mirada sintiendo cientos de oleadas de vértigo en el estómago al percibir aquella penetrante mirada azul puesta sobre mí.

La puerta de la habitación se abrió en aquel momento dando paso a Agnes, acompañada de otra mujer algo más mayor, que por su parecido a ella deduje que sería su hermana.

—¿Cómo está mi paciente favorito? —dijo la mujer acercándose a Gérard.

—Con ganas de irse a casa —respondió este.

Agnes se acercó al otro lado de la camilla cojeando levemente para coger la mano de su nieto en un amoroso gesto que no le había visto hasta ahora.

—¿Qué te ha pasado? —preguntó Constance mirando hacia el pie de su madre.

—Una pequeña torcedura al subir las escaleras. Empiezo a hacerme vieja y torpe.

—Eso te pasa por no querer coger el ascensor —repuso su hermana sin darle importancia—. Será mejor que te sientes para que te lo pueda curar.

—Me alegra mucho que llegases a tiempo —dije a Maëlle después de que me la presentara.

—Eso fue gracias a ti, querida, y a mi hermana, que tuvo el acierto de hacerme venir tras ver tu pintura.

—Tonterías —sentenció Agnes dirigiéndose hacia el sillón con gesto dolorido—. Has sido tú quien le ha traído de vuelta. De no ser por ti ahora mi nieto estaría muerto.

—Este clan necesita otro sanador.

—Muy cierto —estuvo de acuerdo Gérard—. El clan me da más trabajo del que tengo aquí en el hospital y a veces no doy abasto entre unos y otros.

—Eso me hace pensar que podrías quedarte con nosotros, Maëlle —comentó Agnes al tiempo que se quitaba el zapato—. Al menos hasta que tengamos a uno de sus vástagos correteando por aquí curando animalitos como hacía de pequeño nuestro Gérard.

—Para entonces seré tan vieja que no podré volver a casa.

—No creas, es hora de que forme una familia. Puede que la persona adecuada esté más cerca de lo que cree.

Noté algunas miradas sobre mi persona, pero nada de eso me importó lo más mínimo, ni siquiera el comentario lleno de intención, porque lo único que tenía en mente era lo que acababan de registrar mis ojos en el tobillo de Agnes. El aire empezó a tornarse cada vez más pesado mientras sentía cómo el abismo se situaba bajo mis pies. Me eché hacia atrás buscando algo con lo que sostenerme, golpeándome la cadera con la bandeja de ruedas formando un considerable estruendo con ello. Los ojos celestes de Agnes se abrieron de par en par conscientes de lo que había visto.

Oí que pronunciaba mi nombre antes de que me precipitara por la puerta hacia el pasillo, tratando de poner distancia entre mis descontrolados pensamientos y lo que acababa de descubrir de forma accidental.

«¿Hasta cuándo van a seguir mintiéndome?»

Capítulo 20

Salí por la puerta de acceso al hospital sintiendo el aire gélido como una bendición, aunque eso no evitó que saliera corriendo en busca de la papelera más cercana para vaciar mi estómago. Las arcadas me sobrevinieron incluso antes de llegar a mi objetivo.

—¡Amy! —dijo la voz de una persona que acababa de salir de un coche oscuro—. ¿Qué haces aquí sola? ¿Te encuentras bien?

Era Max. Me limpié con un pañuelo de papel al tiempo que notaba el propio temblor de mis piernas. Me llevé las manos a la frente percibiendo cómo mis fuerzas empezaban a abandonarme. Con cada golpe recibido volvía a levantarme, pero esto último era un ataque directo contra mi confianza hacia las personas que me protegían y querían mi bien.

—Empiezas a asustarme.

Recordé entonces que no estaba sola.

—Lo siento, no sé qué me ha pasado —me excusé en apenas un susurro.

—¡No vuelvas a hacer eso nunca! —Miré hacia mi interlocutor que no era otro que Erwan con aspecto de estar muy cabreado.

Pestañeé varias veces sin saber qué decir, consciente de que tenía sobrados motivos para estar enfadado.

—Lo siento —murmuré débilmente.

Erwan soltó el aire que contenían sus pulmones con exasperación, antes de pedirle a su amigo que nos dejara a solas.

—¿Te das cuenta de lo que podría haber sucedido si no es uno de los nuestros el que está controlando quién entra y sale del hospital?

Asentí haciendo que me mirara con un gesto parecido a la sorpresa. Puede que esperara algún tipo de réplica por mi parte, pero, ¿qué podía alegar si tenía toda la razón? Me abracé a mí misma en un vano intento de darme calor. En mi apresurada carrera había olvidado mi bolso y el abrigo.

—Vayamos dentro.

—¡No! Quiero irme a casa.

—Aimée...

—Por favor —pedí en tono suplicante.

Asintió con la cabeza contrariado, al tiempo que sacaba el teléfono móvil y hacía una llamada. Segundos después un todoterreno aparcado no muy lejos de nosotros nos hacía largas con las luces para llamar nuestra la atención. Empecé a caminar en esa dirección cuando Erwan me sujetó del brazo.

—¿Ni siquiera vas a subir a coger tus cosas?

Negué con la cabeza evitando su escrutadora mirada. Sin soltarme del brazo me condujo hasta el aparcamiento, pero lejos de dirigirnos hacia el coche que nos esperaba con el motor en marcha, me llevó al suyo.

Nos mantuvimos en silencio buena parte del camino mientras mi mente daba vueltas y más vueltas a lo que suponía mi descubrimiento.

—¿Es por lo que ha dicho Agnes? —preguntó Erwan sin apartar la vista de la carretera. Le miré con el ceño fruncido sin saber a qué se refería, cuando añadió—: Sobre ti y Gérard.

Hice un gesto de negación a modo de respuesta. No tenía ni idea de por qué Agnes había dejado caer aquel comentario, ella sabía cómo estaban las cosas entre Erwan y yo, y me había dado la sensación de que la tenía de mi parte; aunque por otro lado ahora mismo no tenía muy claro si podía confiar en ella.

—¿Me lo vas a contar entonces?

Cerré los ojos sabiendo que era mejor que no me guardara aquella información para mí sola. Si alguien tenía mi plena confianza, ese era él.

—Dime una cosa antes: ¿te dice algo el número tres? —Esta vez sí que me miró extrañado por la pregunta—. ¿Tiene alguna importancia especial?

Volvió la vista hacia la carretera manteniéndose unos instantes en silencio hasta que al fin respondió:

—Está cargado de misticismo —empezó a decir—. Para muchas religiones el tres es un número sagrado, no son pocas las que presentan en su panteón una trinidad; aunque la más conocida sea la cristiana: Padre, Hijo y Espíritu Santo. Tres son las grandes religiones del libro: judaísmo, cristianismo e islam, así como tres fueron los fundadores de estas religiones: Moisés, Jesús y Mahoma. Jesús resucitó al tercer día y así podría seguir un buen rato, pero cambiando de ámbito lo encontramos presente en muchos otros aspectos. Para Platón es la imagen del Ser Supremo en sus tres personalidades: material, espiritual e intelectual. Todas las cosas creadas por la Diosa están divididas en tres reinos: animal, vegetal y mineral. Es el número del tiempo: pasado, presente y futuro; nacimiento, vida y muerte.

Tres son los factores esenciales de la vida: cuerpo, alma y espíritu. Tierra, aire y calor son los tres elementos indispensables para la fecundidad de la tierra. Los estados de un cuerpo: sólido, líquido y gaseoso. Los colores primarios: amarillo, azul y rojo. ¿Quieres que continúe?

Hice un gesto de negación con la cabeza tratando de asimilar toda aquella información.

—Pues empieza a contarme a qué viene todo esto, Aimée, porque ahora sí que me tienes en ascuas.

—Agnes tiene una marca como la mía en el tobillo —solté a bocajarro.

—¿Qué marca? —Por la manera en que lo preguntó sabía perfectamente la respuesta, tan solo buscaba mi confirmación de que no era justo la que estaba pensando.

—La marca de las Elegidas, Erwan.

—Eso es imposible.

—¿Crees que me lo estoy inventando?

Se mantuvo en silencio un largo minuto con las manos fuertemente apretadas al volante, cuando ya creía que no iba a decir nada más, respondió:

—¿Estás completamente segura? —Asentí sin dejar de mirar la oscuridad que se apercibía en el exterior.

—Fueron tres las Sacerdotisas que tenían el poder de convocar a la Diosa. Con tu abuela y mi bebé vuelve a cerrarse el número —comenté pensando en voz alta.

Erwan no dijo nada más en todo el trayecto. Me volví hacia él extrañada cuando pasó de largo mi casa para dirigirse a la cuesta que llevaba a la suya. No fue hasta que apagó el motor del coche que no me ofreció una explicación:

—Son órdenes de tu tío. Mañana vuelve Gérard a casa y con él los efectivos que están controlando su seguridad. Hasta entonces, no puedes quedarte sola.

Abrí la puerta del coche con fastidio, pues aunque comprendía sobradamente los motivos, tenía muchas cosas en las que pensar y para ello necesitaba la soledad que solo podía ofrecerme mi hogar.

Agradecí la calidez que nos recibió en casa de Erwan. Me disculpé con mi anfitrión, que iba por delante de mí encendiendo luces, para dirigirme directamente al baño. No tenía muy claro que fuera buena idea pasar la noche en su casa; por otro lado, tal vez fuera momento de aclarar ciertos aspectos de nuestra extraña relación y contarle lo de mi embarazo. Pensar en ello me produjo una sensación de vértigo en el estómago de lo más inquietante. Aún no me había hecho a la idea de que una nueva vida se estaba formando en mi interior, que Erwan fuese el padre hacía que todo mi cuerpo se hinchiera de amor, pese a que sabía que a él no iba a gustarle en absoluto.

Tras secarme las manos con la suave toalla que colgaba a un lado del estiloso mueble del lavabo, me lavé la boca con un enjuague para quitarme el regusto amargo que aún permanecía en ella después del incidente en el hospital.

«¿Y si no la quiere?», pensé de repente con la vista clavada en la imagen que me devolvía el espejo, notando cómo un frío helador se instalaba en la parte baja de mi columna vertebral. Deseché la idea rápidamente, los motivos que pudiera tener eran comprensibles, pero en mi corazón sabía que nunca jamás negaría a su hija por poco que le gustara la idea de contribuir a la continuidad de la estirpe de Marlon.

La chimenea del salón estaba encendida, pero no había ni rastro de Erwan. Rodé mi vista por aquella fabulosa estancia admirada como el primer día del buen gusto de su propietario. Los mullidos sofás delante del fuego invitaban a pasar las horas allí estirada, perdida entre las páginas de un buen libro. Las vistas hacia el exterior eran tan impresionantes como lo debían de ser desde la torre de vigilancia que había justo enfrente y en una situación algo más elevada.

—¿Ella sabe que se la has visto?

—¿Perdona?

Me había quedado plantada delante del enorme ventanal con los pensamientos enredados en las ramas de los árboles que se apercibían a través de las sombras del anochecer.

—Agnes —se explicó en algún punto cerca de mi espalda—. Antes de que salieras de esa forma tan precipitada de la habitación dijo tu nombre. ¿Sabe que le viste el pentáculo?

—Sí, claro.

—Entonces no tardaremos en tener noticias suyas —sentenció.

—No me puedo creer que me haya ocultado algo así. Hace que me plantee en quién puedo confiar y en quién no.

Con tan solo dos pasos salvó la distancia que nos separaba y cogiéndome del mentón añadió:

—Nunca jamás dudes de tu confianza hacia mí.

Negué con la cabeza sintiendo un cosquilleo en la garganta que descendió poco a poco hasta llegar a todos los rincones de mi cuerpo en forma de lenguas de fuego. Me alcé de puntillas para quedar algo más cerca de su rostro y apoderarme de aquellos sugerentes labios que me hacían perder la cordura. La respuesta de Erwan no tardó en llegar, me levantó del suelo con una descomedida pasión que me llevó contra la pared, como si aquella acción por mi parte hubiese liberado a su *alter ego* que permanecía contenido en su interior.

Rodeé su cintura con mis piernas mientras él me devoraba el cuello provocando que cientos de miles de sensaciones distintas fluyeran por todo mi ser de forma descontrolada. Noté la suavidad de un colchón sobre mi espalda momentos después. Con una urgencia desmedida me deshice de su ropa, comenzando por el suave el jersey de lana oscura mientras él hacía lo propio con la mía, quedando nuestras pieles tan solo separadas por la ropa interior.

—Dime que pare, Aimée —dijo con la respiración agitada.

—Nunca.

Tras despojarnos del resto de nuestras prendas le vi sacar del cajón de la mesita de noche una caja cuyo contenido supondría la diferencia con la noche del ritual. Tuve ganas de decirle que ya no era necesario, que quería todas y cada una de las partículas que formaban su ser entregándose a mí; en cambio, me mantuve en silencio mientras él se aseguraba de que hacer el amor conmigo no implicaría un grave perjuicio para sus planes con respecto a nosotros.

El reguero de besos ardientes que le llevó desde mi estómago hasta enlazar nuevamente su lengua con la mía me hizo olvidar todo aquel asunto para disfrutar lo que mi cuerpo tanto ansiaba desde antes incluso de haber probado sus caricias por primera vez. Tenerle encima de mí, dentro de mí, era todo cuanto deseaba en aquellos momentos. Con aquel pensamiento en mente nos fundimos en uno solo para dejarme arrastrar por el mar de sensaciones que Erwan provocaba en mi cuerpo.

Desperté lo que debieron de ser horas más tarde al sentir sus besos deslizarse por mi nuca hacia el hombro izquierdo.

—Necesito más de ti, Aimée —dijo en un susurro antes de lamer el lóbulo de mi oreja provocando la alteración total de mi desmadejado sistema nervioso.

Sonreí porque me hizo la mujer más afortunada del mundo al tiempo que hacía un movimiento de caderas ofreciéndole mi cuerpo por segunda vez aquella noche.

La luz del día besó mi rostro haciéndome espabilar poco a poco. Una sonrisa se formó en mis labios al recordar dónde y con quién me encontraba. Alcé la vista para encontrarme con su hermoso rostro que me observaba con una mirada chispeante en los ojos.

—No puedes imaginarte lo mucho que me gustaría levantarme a tu lado todos los días de mi vida. —Acaricié su pecho completamente de acuerdo, aunque no dije nada—. Ojalá fuera el hombre que necesitas. —De forma instantánea levanté la cabeza para mirarle con el ceño fruncido—. No puedo dártelo todo, Aimée, ya lo hemos hablado —añadió acariciándome el rostro—. Pero quiero estar contigo y, por más que me duela, creo que tengo la forma de hacerlo.

Sin comprender a qué se estaba refiriendo decidí que aquel era el mejor momento para confesarle cierto secreto que empezaba a pesarme como unos grilletes atados a mis pies mientras me veía caer poco a poco al fondo del océano.

—Sobre eso... Hay algo que debo contarte.

Colocó el brazo bajo la cabeza con gesto más que interesado, cuando sonó el timbre de la puerta.

—Tengo una ligera sospecha de quién puede ser —comentó con una mueca de fastidio.

Se levantó mostrándome toda su espléndida desnudez mientras se dirigía al armario con paso apresurado a coger algo de ropa. La artista que había en mí no pudo evitar prendarse de aquellos intrincados dibujos que marcaban su piel sintiendo envidia de la persona que había logrado plasmar aquella espectacular obra de arte en tan magnífico lienzo. Tras vestirse con un pantalón deportivo y una camiseta de manga corta, colocó mi ropa sobre la cama.

—Vístete, preciosa. —Me besó haciéndome olvidar por un momento que había alguien en la puerta esperando a que le abrieran, pero un nuevo timbrazo me hizo regresar a la realidad—. Tenemos una conversación pendiente.

Con un guiño de ojos se despidió antes de desaparecer tras la puerta, haciendo que me derritiera por dentro como una quinceañera enamorada.

No había tiempo para duchas, de modo que me vestí lo más rápidamente que pude y, tras pasar por el baño, me dirigí hacia las voces que provenían del salón.

Era Álex la que había venido en mi busca, pero tan solo se trataba de una mensajera, Agnes requería nuestra presencia en casa de Constance lo antes posible.

—No sé a qué viene tanta urgencia —comentó mi prima—. Nos ha convocado a todos como si no fuera a haber un mañana.

—¿Todos?

—Me refiero a nuestras familias.

Fruncí el ceño mostrando mi desconcierto, aunque me abstuve de decir nada. Puede que quisiera explicarse, lo que no entendía era por qué hacer venir a mi familia. En todo caso, si lo que pretendía era compartir su nueva identidad con el resto del clan, una reunión habría sido suficiente.

—Pinta mucho peor de lo que imaginaba —auguró Erwan.

Asentí coincidiendo con él. Álex me tendió la chaqueta, la misma que me había dejado la tarde anterior en el hospital, y el bolso en un ademán que pretendía meterme prisa.

—Antes tengo que pasar por casa a cambiarme.

Mi prima me repasó de arriba abajo enarcando una ceja y luego, esta vez algo más disimulada, le dedicó un exhaustivo estudio a Erwan. Tras sacar sus propias conclusiones se encogió de hombros dirigiéndose hacia la puerta.

—Te acompaño.

—Nos vemos allí —dije en un susurro volviéndome hacia Erwan que asentía con una expresión algo ausente.

Tras nuestra breve parada por mi casa, en la que me duché a la velocidad del viento, nos dirigimos a la de Constance, situada a unas cuantas callejas cuesta arriba con respecto de la mía. Fuimos las últimas en hacer acto de presencia, aunque nadie dijo nada al respecto. Tras saludar a casi todos los improvisados ocupantes de la casa, me senté en un brazo del sofá con el cuerpo ligeramente apoyado en los hombros de mi primo, que ocupaba la plaza de al lado. Lo cierto era que tenía mucha curiosidad por el contenido de aquella reunión, pese a que sospechaba por dónde irían los tiros. Aun así me mantuve en silencio, manteniendo una actitud completamente pasiva. Hasta el momento, ni siquiera me había dignado a mirar a Agnes a los ojos, tampoco a su esposo Marcelle; aunque en su caso el motivo había sido bien diferente: no lo tragaba.

Gérard permanecía sentado al otro extremo del sofá, su semblante cansado denotaba una falta considerable de horas de descanso. Se me hacía difícil pensar que tan solo un par de días atrás hubiese estado a punto de perder la vida de no ser por Maëlle.

—Imagino que os estaréis preguntando por qué os he mandado llamar. —Hubo gestos de asentimiento con la cabeza, ninguno por mi parte, ni por la de Erwan, que se había sentado en un sillón con los codos apoyados en las rodillas en una actitud de escucha—. Hay algo que debo contaros. No me siento especialmente orgullosa de haberlo ocultado hasta ahora, pero quiero que sepáis que desconocía su significado hasta hace bien poco.

Hizo una pequeña pausa antes de soltar el bombazo que estaba a punto de confesar, cuando su hija la apremió:

—Empiezas a asustarme, suéltalo ya por favor.

—Tengo una marca idéntica a la de Aimée —anunció al tiempo que se restregaba las manos.

Pude apreciar las diversas emociones que se asomaban por los rostros de los presentes que iban desde la perplejidad más absoluta hasta el enfado, como era el caso de mi tío Robert.

—¿Es posible que hayas permitido que mi sobrina hiciera ese viaje tan peligroso sabiendo que tú también eras una de las Elegidas?

—Te recuerdo que mi propio nieto formaba parte de esa complicada empresa.

—¡Y mi hija, Agnes! —vociferó fuera de sí—. Mi propia hija.

—La Diosa la envió a ella en busca de respuestas, no a mí. Nunca se ha comunicado conmigo, era necesario.

—Será mejor que la dejes explicarse, querido —sugirió mi tía tratando de apaciguarlo.

—No sabía lo que era hasta que me mostraste la tuya el día que despertaste en el hospital, Aimée. No supe cómo digerir aquella información, por primera vez en mi vida me sentí desbordada.

«Bienvenida a mi vida» fue lo que tuve ganas de decirle, en cambio me mantuve en silencio.

—¿Hasta cuándo pensabas mantener oculta esa información? —inquirió mi tío—. ¿O tal vez pensabas no compartirla nunca?

—¡Basta! —le cortó Marcelle—. No te atrevas siquiera a sugerirlo.

La mirada iracunda que lanzó mi tío al esposo de Agnes hubiera amedrentado a cualquiera, no al abuelo de Erwan, que lo retaba sin apartar la vista de él. .

—He estado buscando respuestas mientras tanto, Robert —repuso Agnes en tono conciliador—. Al parecer Aimée no tiene el suficiente poder como para traer de nuevo a la Diosa hasta nosotros, por eso Enid tenía la esperanza de que con una descendiente de su misma sangre pudiesen convocarla.

—¿Pero ahora además estás tú? —señaló Constance—. ¿Y si hay más?

—¿Eso podría querer decir que no es necesario que Amy tenga ninguna descendiente por ahora? —inquirió mi tía.

Agnes negó con la cabeza.

—Las únicas que lo han conseguido hasta ahora han sido las Sacerdotisas, en concreto tres. Ni siquiera Enid, con todo su poder, pudo hacer nada después de que sus compañeras desaparecieran. El número tres representa los estados de la luna vinculados a las fases de la vida de una mujer: creciente, plena y menguante.

—No sé qué tiene que ver eso con la mujer —apunté sin comprender la similitud.

—Doncellez, plenitud y vejez. Parece claro qué lugar ocupamos cada una, Aimée ¿no te parece?

«Visto de ese modo...»

—No fue así con las Sacerdotisas —repuso Álex cortando el hilo de mis pensamientos—, ellas tenían la misma edad.

Eso es porque fueron creadas el mismo día. Parece que las reglas han cambiado, dudo que la Diosa hubiese imaginado jamás que sus hijos pudieran traicionarla del modo en que lo han hecho. —Entonces —comenzó a decir Constance—, si lo que dices es cierto tendríamos en nuestras manos la solución a todos nuestros problemas.

Agnes hizo un gesto de asentimiento con la cabeza a la vez que su esposo intervenía:

—No mientras Amy no engendre a esa tercera Elegida.

Me envaré sobre el brazo del sofá al escuchar aquellas palabras lanzadas directamente a mi yugular. No se me escapó la mirada afilada que lanzó Agnes a su marido, así como el espeso silencio que se formó a mi alrededor.

—También he estado dándole vueltas a eso —comentó Agnes frotándose las manos—, si tenemos en cuenta los lazos de sangre que nos unen a las Sacerdotisas, pienso que Erwan es el hombre que necesitas.

Enarqué la ceja sin dejar de mirar a Agnes, aunque eso no evitó que mi visión panorámica captara la tensión que se había formado en toda la musculatura del aludido y en el ceño fruncido de su hermano.

—Por tus venas corre la sangre de dos de ellas, eso te convierte en el descendiente más puro —continuó.

Erwan asintió con aire pensativo haciendo que la sangre se agolpara en mis oídos. Estuve a punto de decir que esa tercera Elegida ya había sido engendrada, pero algo dentro de mí me hizo esperar su respuesta, que no tardó en llegar:

—Olvidas una cosa: mi padre vino a verme antes de que todo esto empezara; un poco antes de que Aimée viniera a Llo. Dijo que todo formaba parte de un plan cuidadosamente orquestado desde antes de mi nacimiento. —Levantó la vista hacia Agnes y prosiguió—: Él sabía quiénes erais, y ahora estoy seguro de que también sabía con quién engendraba un hijo y por qué. Ha tenido cientos de años para preparar su obra maestra y parece que no os dais cuenta de que nos tiene justo donde él quiere.

—¿Con qué intención? —quiso saber mi tío.

—Tal vez pensara que ibas a ayudarle, al fin y al cabo ese fue el motivo de que se pusiera en contacto contigo después de todos estos años —aventuró Gérard.

Erwan negó con la cabeza.

—Desconozco sus intenciones, pero no es casualidad que dejara un hijo en este clan, sangre de su sangre, para ayudarle con su plan, aunque ni siquiera hayamos sido conscientes de ello hasta ahora. De hecho me dejó claro que no era como vosotros por más que me empeñara en serlo.

—Tú no eres como él —replicó Constance—. Me niego a creer esa estupidez. Si alguien te conoce bien soy yo, que soy tu madre, y jamás te has parecido un ápice a ese, ese...

—No estoy diciendo eso, exactamente. —Su tono se dulcificó al contestar a la mujer que lo defendería siempre ante cualquiera que osara a decir lo contrario—. Por supuesto que no soy como él, pero no creo que mi sangre sea la más adecuada para formar parte de nada, mucho menos una Elegida. De hecho no pienso continuar su legado. Por mi parte, será el fin de todos los de su estirpe.

—Olvidas que tienes una hermana —señalé tratando de ocultar la decepción que sentía viajar por mi torrente sanguíneo.

—Ella va a tener el mismo final que su padre en cuanto la Diosa tenga el poder de emprender su castigo.

No dejó de sorprenderme la frialdad con la que se refirió a ella, aunque por otro lado suya era la responsabilidad de estar en el bando equivocado.

—Las probabilidades de que esa niña nazca con una marca como la vuestra disminuyen sin ese parentesco —dijo Marcelle.

—No tiene por qué, el padre de Amy ni siquiera era uno de los nuestros —aseguró mi tío.

—No, eso es cierto. —La mirada de Agnes vagó de un nieto a otro—. Pero no tenemos tiempo para ir dando palos de ciego. Si Erwan se niega, entonces lo hará Gérard. Él también desciende de una de ellas.

El aludido abrió los ojos de par en par mientras mi prima me lanzaba una mirada taladrante como si de algún modo esperara que solucionara aquel entuerto. La realidad era que nada de todo aquello sería necesario porque ya estaba embarazada y, le gustara a Erwan o no, el bebé era suyo. Me mordí los labios indecisa durante una fracción de segundo hasta que, decidida a no seguir los pasos de Agnes en lo que a ocultar información se refería, me dispuse a confesar mi pequeño secreto. Ni siquiera tuve tiempo de abrir la boca para empezar a hablar, pues Erwan se levantó de su asiento y, sin decir nada a nadie, se largó dejando tras de sí rostros de confusión y sorpresa.

Capítulo 21

Me volví a casa con la moral por los suelos.

Apenas crucé un par de palabras de despedida con nadie antes de salir de aquella sofocante situación. Agnes había decidido que Gérard se trasladaría a mi casa para asegurarse que no prolongásemos la supuesta concepción de la tercera Elegida. Menudo bochorno. Ni siquiera se había atrevido a dirigirme la mirada desde que su abuela soltara aquella sugerencia en modo de orden. Tampoco nadie había hecho un comentario de la salida de Erwan. Si les había parecido extraño su comportamiento no dijeron nada al respecto. Imagino que el singular emparejamiento de Agnes había llenado el cupo de cosas difíciles de digerir por aquel día.

A punto de llegar a casa, vislumbré la silueta de mi precioso lobo, que alzaba las orejas mirando en mi dirección antes de lanzarse en una carrera que lo trajo hasta mí. Restregó su cabeza en mis piernas, mientras le dedicaba unas palabras cariñosas y acariciaba su suave pelaje. Deslicé entonces mi atención hacia la casa de Erwan. Pude apreciar que donde aquella mañana había estado su coche, ahora no había nada. La posibilidad de pasar a hablar con él surgió en mi mente, seguramente provocada por el hecho de saber que no estaría en casa.

«Eres una cobarde», me dije a mí misma.

Cerré la puerta de casa dejando las llaves y el anorak de cualquier forma. Derrotada por los últimos acontecimientos, me dirigí a mi dormitorio. Cada día suponía una dura prueba a la que enfrentarse, la de aquella mañana había trastocado nuevamente mi relación con Erwan. Se me hacía extraño pensar que hacía tan solo unas horas había despertado en su cama rodeada por sus brazos. Había dicho que había una forma de que pudiéramos estar juntos, sea cual fuese estaba segura que no incluía a la pequeña vida que ahora crecía en mi vientre.

Más tarde hablaría con él. También con Gérard, que había ido a su casa a recoger sus cosas antes de instalarse en la mía. No había tenido valor de contar mi pequeño secreto después de que Erwan se marchara.

Me acurruqué junto a la calidez del cuerpo de mi fiel amigo mientras mis pensamientos divagaban hasta hacerme olvidar el hilo que los conducía. Cerré los ojos y me dejé arrastrar hacia un lugar donde no había otra cosa que una profunda y plácida oscuridad.

Todos los problemas seguían aguardándome cuando desperté horas más tarde. Una náusea repentina me recordó uno de ellos, mientras mis pies me llevaban justo enfrente de la taza del váter. Hubiera preferido vomitar en vez de sufrir aquel ataque de arcadas en las que mi estómago se negaba a soltar nada, porque eso era justo lo que había en él: nada. No había comido en todo el día y eso me produjo una punzada de culpabilidad.

Bajé las escaleras de dos en dos, seguida de Llop, hasta aterrizar en la planta inferior. La luz del sol empezaba a escasear y eso me hizo recordar mi problema número dos: Gérard. Se suponía que había ido a su casa para recoger sus cosas. Eso había sido por la mañana, ¿dónde demonios estaba?

Encendí el equipo de música para despejar mi mente antes de dirigirme a la cocina. La voz de Amy Lee, la cantante de Evanescence, me acompañó mientras preparaba algo que llevarme a la boca. Tras devorar un plato de pasta con más hambre de la que creí tener al principio, me sentí preparada para afrontar ciertos asuntos que descansaban en mi lista de «cosas pendientes». Sin molestarme siquiera en apagar la música ni las luces, me dirigí a casa de Erwan, tan solo esperaba que hubiera regresado de donde quiera que hubiese estado aquella mañana.

—Tenemos que hablar —le dije en cuanto me abrió la puerta. No presté demasiada atención a su gesto de sorpresa, debido a los nervios que atenazaron mi estómago al verle.

—¿Dónde está Gérard? —preguntó al tiempo que entornaba la puerta tras de sí sin invitarme a entrar.

—¿Cómo quieres que lo sepa? —repliqué sin entender a qué venía aquella pregunta. Hice caso omiso y pasé al tema que realmente me había llevado hasta allí—. Hay algo que debes saber. Me coloqué un mechón de pelo tras la oreja derecha mientras escogía mentalmente las palabras que vendrían a continuación—. ¿De verdad vas a hacer que te lo explique aquí fuera?

En ese momento la puerta se abrió ligeramente desde dentro.

—¿Qué ocurre, cielo?

Abrí los ojos con incredulidad al ver a la perfecta Gabrielle saliendo tras Erwan. Un dolor atroz me atravesó el corazón cuando reparé en su rostro arrebolado y sus labios hinchados; fue tan intenso que tuve que hacer redomados esfuerzos por no llevarme las manos a ese lugar herido y destrozado. La expresión de Erwan se endureció cuando ella apoyó su delicada mano en su pecho, en un gesto de territorialidad dedicado a mi persona. Di un paso atrás lanzando una última mirada llena de dolor al único hombre que tenía el poder de hundirme una y otra vez, antes de volver sobre mis pasos hacia mi casa, de donde no debí haber salido nunca.

Oí que me llamaba varias veces, pero era un sonido lejano, como si estuviera ahogándome en las profundidades de una gran masa de agua y gritaran mi nombre desde la superficie. El dolor del pecho era tan real como debía de serlo un tiro certero en el corazón. No me habría sorprendido ver un reguero de sangre empapando mi camiseta, pues era tan agudo que lo sentía de un modo físico que apenas me permitía respirar.

—¿Quieres hacer el favor de escucharme? —Me cogió del brazo para impedir que continuara huyendo—. No es lo que piensas.

—¿Y cómo sabes qué es lo que estoy pensando, *cielo*? —ladré desasiéndome de su agarre de forma brusca.

—Porque lo leo en tus ojos.

—Pues imagínate lo que he leído yo en vuestros rostros, Erwan.

—Ya te he dicho que no es lo que parece.

—¿Vas a negarme que no ha pasado nada entre vosotros? ¿Que no la estabas besando?

Un tic en su mandíbula fue todo lo que obtuve por respuesta.

—Entonces es justo lo que pensaba —sentencié antes de continuar caminando.

—¡Aimée!

No había lágrimas en mis ojos, tan solo una furia desatada formándose dentro de mi cuerpo como la pequeña criatura que llevaba en mi seno. Crecía y crecía y a punto estaba de hacerme perder el control.

—¿Quieres dejar que me explique? —vociferó agarrándome de nuevo.

—Ahora mismo no quiero ni verte, así que harás bien si me sueltas —mascullé entre dientes con toda la frialdad que pude reunir. Erwan echó la cabeza hacia atrás mirándome con gesto de asombro—. Ni siquiera hace veinticuatro horas que me tenías en tu cama —espeté con rabia.

Continué caminando sin sentirme mejor por haberle soltado a la cara lo que pasaba por mi cabeza.

—Ni siquiera eres capaz de imaginarte por el infierno que estoy pasando, ¿verdad? —Paré en seco al oír sus palabras, pero no me volví—. Todo lo que te dije esta mañana iba en serio. Estaba incluso dispuesto a pasar por encima del hecho de que tendrías el hijo de otro hombre. No por métodos tradicionales, por supuesto. Quería estar contigo a toda costa.

—¡Pues explícame entonces qué ha cambiado! —aullé girándome para encararlo.

—Gérard.

Arrugué el ceño sin comprender.

—Él nunca será un simple donante, Aimée. Está enamorado de ti.

—Eso no es cierto.

—Nunca permitiría que volvieras a mí teniendo a su hijo creciendo en tu vientre —continuó ignorando mi comentario—. Tampoco yo sería capaz de hacerle eso a mi hermano.

Nada de eso iba a ocurrir, por lo que realmente ni me molesté en rebatirle.

—¿Y en vez de hablar conmigo decides dar por terminado lo nuestro y te traes a tu ex novia para olvidarme? —repliqué con acidez.

—Ella no significa nada para mí.

Sonreí sin ninguna chispa de diversión.

—Dime una cosa ¿qué crees que habría pasado de no ser por mi inoportuna interrupción? —Erwan me miró con el rostro muy serio, pero no dijo nada—. Deja que te lo diga: te habrías acostado con ella igual que hiciste conmigo anoche.

Erwan resopló a modo de respuesta al tiempo que negaba con la cabeza mirando hacia un lado.

—Supongo que ya no importa, Erwan. En realidad siempre lo has tenido bien claro, era yo la que no podía aceptar tu retorcida forma de ver las cosas. —Su mirada azul se volvió hacia mí con una expresión de derrota—. Gracias por abrirme los ojos.

Mis pies comenzaron a moverse de nuevo en dirección a mi casa. Esta vez no me detuvo. Ambos teníamos claro que la línea que nos separaba se había convertido en un gran abismo insalvable.

Cerré dando un fuerte portazo y lancé el anorak con rabia al suelo. Me pasé las manos temblorosas por el pelo repetidas veces sin saber qué hacer a continuación. Llop emitió un gemido al verme en aquel estado tan alterado, pero se abstuvo de acercarse.

Necesitaba desahogarme.

Por mi mente pasaron imágenes en las que regresaba a casa de Erwan para sacar a rastras a aquella mala pécora agarrándola de su preciosa melena. Era consciente de que se trataba de un pensamiento irracional puesto que el único culpable era él. No solo por no luchar por lo nuestro, sino por permitir lo que fuera que hubiese ocurrido antes de que me abriera la puerta. Era una batalla perdida, pero aun así, pensar en desfogar mi ira con aquellos dos me resultó ligeramente agradable. En lugar de eso, me hice con mi cuaderno de dibujos para mantener las manos ocupadas y con la esperanza de que la cabeza también.

No resultó.

Mi mano se deslizaba con soltura sobre el papel, pero mi mente evocaba una y otra vez a Erwan con otra mujer. Poco a poco la ira se fue difuminando para dar paso al dolor y a la pérdida. Por si fuera poco, la voz de Amy Lee empezó a entonar «Lost in paradise» a través del equipo de música que aún continuaba encendido.

Maldita mi suerte.

El dolor lacerante del pecho se volvió insoportable. Una gruesa gota cayó sobre la lámina formando un pequeño charco, a la que le siguieron otras más. Limpié mi cara alzando la vista hacia el techo en un intento de evitar hundirme de nuevo, pero ya no había forma de pararlas.

I have nothing left
And all I feel is this cruel wanting

Al margen de Marlon, nunca una persona me había hecho tanto daño, pero se trataba de un dolor diferente. Jamás en toda mi existencia había perdido la cabeza por nadie, ni tampoco me habían roto el corazón. Erwan me había quebrado no una, sino varias veces. Me juré mientras me derrumbaba en el sofá que no habría una tercera. Aprendería a vivir con ello y esperaba poder olvidarlo. Pensar en mi bebé me llevó más abajo aún de donde me encontraba. Llevando las manos a mi vientre me ovillé quedando en posición fetal. Crecería sin un padre, aunque estaba segura de que amor era lo único que no iba a faltarle nunca. No solo por mi parte, ya la amaba con toda mi alma y aún no era más que una minúscula forma de vida. Todos a mi alrededor se volcarían con ella, de eso estaba segura, puesto que era justo lo que habían hecho conmigo desde el primer día que pisé Llo.

Run away, run away
One day we won't feel this pain anymore

Cerré los ojos y di rienda suelta a la horda de sentimientos que afloraron hacia la superficie buscando salir de su habitual encierro. No oí la puerta abrirse así como tampoco la alarma en el semblante de Gérard al verme.

Sí que sentí su mano grande y cálida sobre mi frente, lo que me hizo abrir los ojos para encontrarme con su mirada celeste llena de preocupación.

—¿Qué ocurre, Amy? —Aquella pregunta, o tal vez su manera de hacerla, dejaba entrever que un mal físico quedaba descartado. Lo hubiera sabido con su leve contacto.

Me sequé las lágrimas algo avergonzada, incorporándome en el sofá para quedar sentada. Gérard continuaba acuclillado frente a mí con una mirada inquisidora a la espera de algún tipo de explicación por mi parte. Me abracé a un cojín centrando toda mi atención en mi propio regazo, incapaz de sostenerle la mirada.

—¿Es por lo de esta mañana? —preguntó. Hice un leve gesto de asentimiento aún con la cabeza gacha—. ¿Qué hay entre mi hermano y tú?

Esta vez sí que levanté la vista sorprendida de su deducción. ¿Acaso era tan evidente?

—Nada —afirmé con voz rasposa.

Ya no había nada entre nosotros.

—He estado completamente ciego, Amy, pero no soy estúpido. Salió de casa de mi madre echando chispas y ahora vengo y te encuentro así.

¿Por qué seguir ocultándolo? Al fin y al cabo tenía que contárselo puesto que ya no había razón para que se quedara en mi casa.

Nuevas lágrimas comenzaron a rodar por mi rostro al pararme a pensar en lo que iba a contarle.

—Estoy embarazada —solté sin rodeos.

Por el rostro de Gérard pasaron diversas emociones, una de las cuales me partió el corazón si es que eso era posible ya. Aún seguía acuclillado enfrente de mí, por lo que se levantó y fue a sentarse al sillón en una postura que le permitió apoyar la cabeza entre las manos. Nos mantuvimos en un tenso silencio mientras mis lágrimas continuaban cayendo sin darme tregua hasta que finalmente levantó la vista en mi dirección y preguntó en un murmullo:

—¿Por qué no empiezas desde el principio?

—No hay mucho que contar —contesté sin dejar de mirar mis manos.

—A mí no me lo parece, Amy —repuso cortante—. Estás esperando un hijo suyo.

—Eso es porque Enid le obligó a formar parte activa de un ritual de fertilidad.

—Nadie, ni siquiera la propia Diosa, podría obligarle a hacer nada que no quisiera; mucho menos algo así. —Guardé silencio unos segundos meditando mi respuesta cuando preguntó—: ¿Estás enamorada de él?

Asentí con la cabeza. Gérard rompió el contacto de nuestras miradas para fijar la vista en el ventanal. El dolor que había en su rostro era palpable incluso para mí. Las palabras de Erwan vinieron entonces a mi cabeza haciendo que muchas piezas del rompecabezas que había supuesto Gérard todo este tiempo comenzaran a encajar: «Está enamorado de ti».

—¿Él lo sabe?

—Poco importa eso ya. Nuestra historia es imposible desde que sabe quién es realmente su padre, parece que es incompatible con lo que se espera de mí. —Me guardé para mis adentros la propuesta que pensaba hacerme hasta que supo quién sería el supuesto padre de mi bebé.

—Eso no le impidió participar en el ritual, ¿lo sabía entonces?

Asentí.

—¿Por qué no se lo has contado? El daño ya está hecho, nada os impide estar juntos. —Pese a que no había ni rastro de malicia en su comentario, me dolió. Pensar en mi bebé como un daño me produjo una sensación desagradable en el estómago.

—Tuve miedo. Quise decírselo en la reunión, pero se fue sin darme la oportunidad de hacerlo y solucionar todo este puñetero enredo —confesé refiriéndome al motivo por el cual Gérard estaba en mi casa—. Esta tarde al fin me armé de valor para contárselo, pero entonces les vi juntos y... —«¿Y qué?: ¿pensé que no querría saberlo?, ¿o que no lo merecía?»—. No sé, supongo que ya no importa. Hemos terminado para siempre.

—Le viste ¿con quién? —preguntó extrañado.

—Con Gabrielle.

Su frente se arrugó en un gesto de incredulidad.

—Ella no es alguien de quien debas preocuparte. Te aseguro que nunca jamás volvería con ella.

—Y sin embargo la besó —repuse sin poder evitar que un puchero se formara en mis labios.

—Estoy seguro de que hay una explicación que no tiene nada que ver con lo que estás pensando. De todas formas no tiene sentido que lo ocultes por más tiempo. Tarde o temprano se sabrá y lo justo es que se lo cuentes.

—¿Justo para quién? —repliqué en un sollozo—. Él no quiere ni oír hablar del tema, ¿cómo crees que se lo va a tomar?

—Cada uno tiene que ser responsable de sus actos, y él era muy consciente de dónde se metía cuando accedió al ritual.

Ni siquiera pude contestar debido al ataque de llanto que me entró. ¿Eso es lo que éramos?: ¿un acto y una consecuencia?, ¿algo con lo que acarrear el resto de su vida? Me negaba a verme de ese modo. No había obligación, nada de lo que responsabilizarse. Era yo la que estaba embarazada, y amaba a mi bebé simplemente porque era mío y de nadie más. No necesitábamos que nadie se ocupara de nosotras, y menos un padre que no quería saber nada.

—Lo siento —oí que decía. Se había levantado y se encontraba aún más lejos que antes—. Ahora mismo no pienso con claridad. Será mejor que descanses.

Sin esperar una respuesta por mi parte desapareció de mi vista dejándome completamente desolada.

Capítulo 22

Fue un terrible dolor de cabeza lo que me despertó a la mañana siguiente. Supe que era de día porque el reloj así lo indicaba, aunque en realidad era muy temprano incluso para mí, que me encantaba madrugar.

Percibí un súbito mareo al incorporarme de la cama. Quedé sentada en medio de la semioscuridad que se apercibía en mi dormitorio. Ni siquiera me había molestado en cerrar las contraventanas la noche anterior, por lo que cierta claridad comenzaba a filtrarse a través de los cristales.

Me calcé las zapatillas sorprendida del hecho de que Llop no estuviese en la habitación. Me había dormido acurrucada junto a él. No era algo que acostumbrara a hacer pues sabía que no era lo más higiénico del mundo, teniendo en cuenta que se trataba de un animal que pasaba buena parte del día perdido en el bosque, pero nada de eso había importado después de que Gérard se fuera de aquella manera.

Ver mi imagen en el espejo no mejoró mi estado de ánimo ni un ápice. Tenía los ojos hinchados de llorar, profundas ojeras y el rostro especialmente pálido. Lavé mi cara en el agua fría saliendo completamente de mi aturdimiento, aunque no por ello sintiéndome mejor.

Bajé las escaleras a la primera planta con la mano en el estómago revuelto. Estaba hecha un cuadro desastroso, física y psicológicamente hablando.

Mientras me dirigía a la cocina me planteé la posibilidad de hablar con Judit. Necesitaba ayuda profesional e ir a un psicólogo que no fuera ella no estaba entre mis opciones aunque quisiera. Estaba segura de que acabaría derivándome a un psiquiatra y de ahí a una institución. Por más que me había esforzado a lo largo de toda mi vida por ser una persona feliz e impedido que los problemas acabasen conmigo jamás, finalmente había sucumbido. Lo de Erwan no había sido más que la gota que colmaba el vaso. Estaba embarazada, sola y con una responsabilidad a la que ni siquiera sabía cómo hacer frente presionando sobre mis hombros. Nunca había imaginado que un corazón roto podía ser algo tan devastador, pero así era. Había perdido las ganas de luchar y me sentía sin fuerzas para hacerme con las riendas de mi día a día.

Abrí una lata de té con cierto respeto, recordando mi última experiencia con una de ellas. Por suerte, no salió ninguna alimaña disparada de su interior y pude continuar con mis lastimosos pensamientos mientras esperaba a tener lista la infusión.

Me apoyé en la puerta corredera de cristal que daba al jardín con la taza en mis manos y la esperanza de ver a Llop esperando para entrar. La claridad iba apoderándose poco a poco de las sombras, pero la niebla era tan espesa que apenas podían distinguirse más que vagas siluetas de lo que había en el exterior. Di un sorbo a mi bebida cuando algo en el árbol que había justo delante llamó mi atención. La taza cayó de entre mis manos estallando contra el suelo de madera y provocando un gran estruendo. Con la sangre agolpándose en mis oídos abrí la puerta, sin importarme el hecho de que aún iba en pijama ni el frío cortante que me envolvió. Caminé sintiendo cómo un terror gélido me recorría la espalda para instalarse en mi espina dorsal, hasta quedar enfrente de la espantosa escena que alguien había preparado para mí. El gatito que de vez en cuando corría por el jardín, el mismo que hacía unos días había estado rozándose en mis piernas en busca de una caricia, pendía de una cuerda abierto en canal. Vomité llevada por el asco y la impresión, a los pies de aquel mismo árbol.

Recorrí con la mirada mi alrededor sintiendo un profundo miedo deslizarse a través de mi espina dorsal.

—Llop —murmuré con el corazón en la boca.

No estaba en casa ¿y si habían entrado? No, aquello no era posible.

La niebla me impedía ver la totalidad del jardín, por lo que fui de un lado para otro sintiendo cómo la desesperación y los nervios empezaban a apoderarse de mí.

—¡Llop! —grité temerosa de lo que podía encontrarme entre la arboleda que separaba mi casa de la de Ray.

—Amy —oí que decían a mis espaldas después de registrar una mano apoyarse en mi hombro.

Me volví por puro instinto y comencé a pegarle.

—Soy yo, tranquila. —Me cogió las manos para impedir que siguiera dándole golpes mientras mis ojos enfocaban el rostro de Gérard—. ¿Qué ha ocurrido?

Señalé hacia el animal que colgaba del árbol sin que las palabras acudieran a mis labios. La alarma se había instalado en su semblante cuando se volvió de nuevo hacia mí.

—Será mejor que vayamos dentro.

—No puedo. Llop no aparece, tenemos que encontrarle. Anoche estaba en casa y esta mañana...

—Yo le abrí anoche, Amy —explicó sin dejarme acabar la frase—. Estará bien, no es un animalito dócil. Aunque contigo se comporte como un perrito faldero, es un lobo. Sería capaz de arrancarle la mano a cualquiera que intentara tocarlo sin su permiso.

Asentí algo más tranquila sabiendo que tenía razón. Me dejé conducir hacia el interior de la vivienda y me senté en el sofá. Gérard me cubrió con una manta fregando mis brazos y espalda con las manos tratando de darme calor hasta que mis dientes dejaron de castañear.

—¿Qué haces aquí? —Puede que sonara algo brusca, pero lo último que sabía de él era que me había dejado hecha polvo, más de lo que ya estaba, después de que me sincerara.

—Se supone que ahora vivo contigo, ¿recuerdas?

—Ya no tiene sentido.

—¿Para quién? Mientras sigas manteniendo oculto tu embarazo mi papel aquí no ha terminado.

Asentí cayendo en la cuenta de que tenía razón.

—¿Cómo has entrado?

—La llave que escondes en el macetero del jardín —explicó al tiempo que daba un golpecito al bolsillo del pantalón donde la llevaba guardada—. Me he quedado con ella.

Asentí nuevamente.

Gérard era tan considerado que aun habiendo deseado estar en cualquier otro lugar del mundo después de lo que le contara anoche, regresó. Y lo hizo porque de no hacerlo, sus abuelos exigirían saber el motivo y entonces mi secreto dejaría de serlo.

—Gracias —dije cogiéndole la mano.

Su mirada se posó en nuestras manos donde permaneció unos segundos antes de responder:

—Siento lo de ayer. No debí hablarte del modo en que lo hice ni tampoco dejarte sola. —Apartó mi pelo de la cara en un tierno gesto que encogió lo que quedaba de mi maltrecho corazón—. Regresé un par de horas más tarde para pedirte perdón, pero ya estabas dormida.

—Yo también he estado ciega todo este tiempo, Gérard. No he sabido ver los sentimientos que creías tener hacia mí pese a que ahora todo encaja. ¿Por eso me echaste de tu casa?

Asintió formando una fina línea con los labios.

—No te eché, Amy. Le conté a mi abuela cómo me sentía contigo en casa y ella decidió enviarte con Erwan. —Acaricié su mano empatizando con sus sentimientos por el recuerdo de mi hermana, cuando sus palabras me dejaron helada—: Ojalá no lo hubiera hecho. —Levanté la vista hacia su rostro atormentado—. Sé que crees que estoy confuso, yo mismo lo entendía de ese modo hasta que creí que te perdía en aquella sala de operaciones.

—Gérard, eso es algo normal. Soy la gemela de Émilie, te recuerdo a ella.

Hizo un gesto de negación con la cabeza antes de hablar.

—Puede que así fuese al principio, Amy. Te juro que he intentado luchar contra esto por todos los medios, pero solo sé que cuando te veo mi mundo se ilumina. Te he echado tanto de menos estos días que apenas recuerdo otra cosa que el estado permanente de apatía en el que he estado viviendo hasta que has vuelto. —Mis ojos abiertos de par en par apenas daban de sí ante lo que estaba oyendo—. Jamás imaginé que mi hermano y tu... —Bajó la mirada hasta nuestras manos sin terminar la frase—. Ayer estuve tentado de ir a su casa para desahogarme, hubiera querido matarlo.

Fijé la vista en mi regazo sin acabar de dar crédito.

—Yo... No sé qué decir.

—No tienes que decir nada, pequeña. —Su mano alzó mi rostro para que pudiera mirarle a los ojos—. Si te lo he contado es porque quería que entendieras por qué actué ayer como un completo gilipollas. Sentí muchas cosas cuando me dijiste que estabas embarazada de un hijo suyo, pero lo más contradictorio de todo es que también sentí alivio. Ni siquiera soy capaz de entenderme yo mismo así que no espero que tú lo hagas.

Asentí con la cabeza sin perder de vista aquellos ojos anegados de dolor confirmando mis sospechas.

—No te preocupes. Te comprendo más de lo que piensas.

—Estoy tarado, Amy —dijo llevándose la mano al corazón.

—Pues creo que ya somos dos —contesté formando una sonrisa antes de abrazarlo.

Puede que de algún modo se hubiese encaprichado de mí, pero si algo me había quedado claro era que su corazón aún pertenecía a Em. Mi parecido a ella lo tenía totalmente confundido por más que él dijera lo contrario.

—Entiendo que no has ido a que te vea un ginecólogo —cambió de tema, a lo que negué con la cabeza—. ¿Cuándo lo concebiste?

—Enid se refería a la festividad como la Noche de las hogueras. Erwan me explicó que es la madrugada del uno de mayo.

Se quedó pensativo durante unos segundos antes de poner su atención en mi vientre:

—¿Puedo?

Asentí sin acabar de comprender cuál era su intención, fue entonces cuando levantó la camiseta de mi pijama dejando expuesta mi ligeramente redondeada preñez para cubrirla con sus manos. Sentí el calor a través de su contacto. Ni siquiera me incomodó la intimidad de aquel gesto, más bien todo lo contrario: me reconfortó.

—Siete semanas —explicó volviendo su mirada hacia mí—. Parece que está todo bien, pero necesito hacerte un análisis de sangre y recetarte algunas vitaminas.

—¿De veras puedes verla? —pregunté incrédula a lo que me contestó con un asentimiento de cabeza— ¿Como una máquina de ecografías?

—Mucho mejor —su sonrisa me contagió—. La lástima es que tú no podrás ver a tu bebé, Amy, pero es mejor no sacarte de Llo si no es estrictamente necesario. Me encargaré de que todo vaya como debe de ser hasta el día del parto. Prefiero que eso lo hagamos en el hospital.

Pestañeé cien veces mientras pensaba en el hecho de que él fuera el médico que me atendería en el parto.

—Tú no eres ginecólogo —fue lo único que se me ocurrió. Debió de parecerle bastante divertido porque su sonrisa se amplió hasta formar una carcajada.

—Amy, soy un sanador, no necesito explicarte lo que eso significa, ¿o sí?

Lo cierto es que no estaba muy convencida, pero traté de parecerlo asintiendo con la cabeza. No tenía nada que ver con mi confianza en su don, y él lo sabía, puesto que me miró conteniendo la risa.

—¿En serio? —Alcé la ceja sin saber si estábamos hablando de lo mismo—. ¿Te incomodo?

—Bueno... —balbuceé tratando de encontrar una explicación razonable—. Lo cierto es que me cuesta imaginarme la situación, Gérard. Pero me resulta desagradable, todo esto es... raro.

—Un parto es algo natural, preciosa. —Su mano acarició mi indomable cabello para colocármelo tras la oreja nuevamente—. Traer un niño al mundo es una experiencia increíble, más aún si hay un lazo de unión como es el caso. No debes preocuparte por eso. —Me besó la frente dando por zanjado el asunto—. Anda ve a vestirte, hoy es la despedida de Roland.

Quince minutos más tarde y bastante más despejada, bajé las escaleras para encontrarme un lobo gris gruñendo hacia la puerta de cristal que daba al jardín. Con un suspiro de alivio me acerqué a calmarlo. Al parecer Gérard lo había encerrado a su regreso mientras retiraba el cadáver del animal que pendía del árbol, algo que no había gustado al gran can puesto que se mantenía alerta e inquieto sin perder de vista lo que ocurría en el exterior.

Tras convencer a Gérard de la imperiosa necesidad de llevar a Llop conmigo, nos subimos en el coche para dirigirnos adonde tendría lugar la triste despedida de uno de los nuestros.

Sin llegar a salir del territorio de Llo, nos internamos por un estrecho camino por el que no todos los vehículos serían capaces de circular, en medio de la espesura del bosque. Tuve que agarrarme para no ir dando tumbos como le ocurría a mi pobre mascota en el asiento de atrás. Mi frágil estómago empezó a revolverse de tal modo que cuando llegamos al pequeño claro donde había otros coches aparcados suspiré de alivio. Reconocí el de Erwan haciéndome sentir cientos de oleadas de vértigo, provocando una nueva agitación en el estómago que me llevó en una repentina carrera hacia un árbol para devolver mi reciente desayuno.

—¿Estás mejor? —preguntó Gérard cuando regresé junto al coche. Ni siquiera le había dejado tiempo para aparcar cuando me bajé de forma precipitada.

Hice un gesto de asentimiento con la cabeza, pero la realidad era que me encontraba fatal. Fatigada, cansada y con muy pocas ganas de relacionarme con gente.

La caminata hasta el lugar de reunión me pareció interminable, no debieron de ser más de diez minutos, pero para mí fue como la ascensión a la cima de la montaña. Mi corazón latía disparado debido al esfuerzo y me ahogaba como si mi cuerpo no estuviese acostumbrado a hacer ningún tipo de deporte.

Pese a que nunca había estado en aquel lugar, mi mente lo reconoció ofreciéndome imágenes de la vez anterior: el sueño en el que mi hermana era despedida por los miembros del clan. Recorrí con la mirada el pequeño claro hasta dar con el hombre que últimamente ocupaba todos mis pensamientos. Parecía discutir acaloradamente con Agnes, ligeramente apartados del resto del grupo. Llop también lo registró en su campo visual pues salió corriendo a su encuentro poniéndose a dos patas cuan largo era sobre el cuerpo de Erwan. Pese a no ser más que una de sus afectuosas muestras de cariño lo cierto era que imponía bastante. No así a Erwan que le dedicó toda su atención mostrándose algo más simpático que con su abuela.

—Lo siento —me disculpé avergonzada al percibir la mirada reprobadora de Agnes—, no podía dejarlo en casa.

Decir que me sentí violenta por interrumpir lo que parecía una seria discusión; por aparecer además acompañada del lobo a la despedida de un miembro del clan y por estar nuevamente delante de Erwan, sería quedarse corta. Por fortuna Gérard acudió en mi rescate.

—Esta mañana ha aparecido un gato ahorcado y abierto en canal en el jardín de la casa de Amy. Hemos creído prudente traer a Llop con nosotros.

Bendito Gérard, lo amaba. Prácticamente le había obligado a traerlo pese a sus reticencias al respecto. El semblante de Agnes se transformó al escuchar lo que decía su nieto.

—¿De veras?

—Ni siquiera era un gato cualquiera de los que campan por el pueblo —añadí preocupada y apenada a partes iguales—. Eligieron precisamente uno que solía rondar por mi casa cuando Llop no andaba cerca. Incluso le gustaba tomar el sol bajo mi silla mientras me dedicaba a dibujar.

Agnes frunció los labios en un gesto que llamó toda mi atención; la mía y la de sus dos nietos que la miraron de forma inquisitiva.

—¿Has notado alguna otra cosa extraña?

—¿Extraña? —pregunté confusa.

—Algo fuera de lo normal, aunque sutil, puede que incluso no le hayas dado la importancia que tiene dejándolo pasar.

Pestañeé pensativa haciendo memoria hasta que mis ojos se abrieron de par en par.

—El ciempiés —susurré más para mí que para mis contertulianos. Tres pares de ojos me miraban a la espera de una explicación algo más aclaratoria—. Hace unos días abrí una de mis latas de infusión y salió un asqueroso ciempiés de su interior. Era demasiado grande para el minúsculo espacio. Ni siquiera puedo imaginarme cómo llegó allí. Después del susto inicial no volví a verlo.

—¿Algo más? Es muy importante que recuerdes.

Negué con la cabeza despacio a la vez que repasaba las últimas semanas. El caos lo envolvía todo pero entonces recordé algo que me puso el vello de punta.

—El día después de nuestra llegada, justo antes de que aparecieras en casa —añadí mirando a Gérard—, mientras limpiaba el jardín de hojas muertas sentí algo. No sé cómo explicaros la extraña sensación porque al final decidí que me lo había imaginado. Era como si hubiese alguien más allí, alguien que me susurraba. —Me quedé pensativa un par de segundos hasta recordar algo a lo que tampoco había dado importancia—. También apareció un cuervo muerto y abierto como el gato en la puerta que da al jardín.

Agnes asintió como confirmando algo que rondaba por su cabeza.

—Eso no me lo habías contado —dijo Gérard con el ceño fruncido.

—¿Y qué querías que te dijera exactamente?, ¿que oigo voces en mi cabeza?

—No me gusta —comentó Agnes—. Tiene el sello de Grâce. Ya os dije que es una hechicera con muchas dotes y parece que está haciendo algún tipo de magia negra contigo.

—¿Con qué fin? —quiso saber Erwan.

—No lo sé —respondió pensativa.

—No puede ser otro que el de asustar —repuso Gérard—. Amy es una pieza clave en su juego y la necesitan con vida.

Agnes asintió, aunque no me pareció del todo convencida.

—Quiero que estéis atentos y me mantengáis al día de todo lo que suceda. Marlon juega en otro nivel que nosotros y están perdiendo la paciencia.

Aquella afirmación puso mi vello de punta. Me abracé a mí misma mientras la veía alejarse de nosotros con paso firme y majestuoso. Apenas fui consciente del silencio que se había instalado en lo que quedaba de nuestro pequeño grupo hasta que alcé la vista para toparme con el duelo de miradas que estaba teniendo lugar entre ambos hermanos. La buena fortuna quiso que en aquel preciso instante apareciera Max para interrumpir lo que fuera que estuviese sucediendo.

Tras saludar a ambos con un afectuoso choque de manos, llegó mi turno. Su sonrisa radiante se congeló en su cara después de darme un beso en la mejilla. Me miró con gesto confuso durante una fracción de segundo, hasta que Gérard me cogió de la mano para llevarme con el resto del grupo que empezaba a situarse alrededor del cuerpo de Roland.

La escena me recordó tanto a mi hermana que sentí cómo se formaba un nudo en mi garganta, así como una fuerte opresión en el pecho. Habían colocado el cuerpo sin vida de Roland sobre una especie de altar de leña. A diferencia del sueño en que vi la triste despedida de Émilie, Roland estaba completamente cubierto con un paño blanco. Probablemente debido al estado de su cuerpo tras el accidente. Las palabras de Agnes sonaban de fondo, pero ninguna de ellas llegaron a ser registradas por mi cerebro, tan solo el llanto contenido de la que probablemente era su madre y la mirada perdida de una joven morena que debía ser su hermana centraron mi atención.

En un momento dado la joven se acercó al cuerpo que yacía estirado sobre aquel improvisado altar y, con un cuidado reverencial, apartó ligeramente la tela que cubría su cuerpo. Los sollozos de la mujer mayor aumentaron de intensidad haciendo que algunos pajarillos alzaran el vuelo asustados. La joven acarició con mimo el cabello lacio de su hermano mientras sus lágrimas rodaban sin control por sus mejillas para caer estampadas sobre su rostro marmóreo. Su llanto desconsolado hizo saltar mis propias lágrimas cuando su frente quedó pegada a la de Roland como si de ese modo pudiera impedir su marcha. Fue un hombre de cierta edad el que la separó del cadáver con mucha delicadeza para llevarla junto con su madre, que la esperaba con los brazos abiertos.

No fui consciente de que incluso emití un suspiro cargado del más profundo pesar hasta que me vi envuelta en el abrazo de Gérard. Advertí que me besaba el pelo mientras mis lágrimas empapaban su jersey. Ambos sentíamos mucho más que la muerte de Roland en aquellos momentos y comprendíamos nuestro dolor mejor que nadie.

Una llama tímida empezó a lamer la base de leña en la que se encontraba su cuerpo hasta convertirse en una pira funeraria ardiente, cuyas llamas danzantes finalizaban en un macabro baile de despedida hacia el otro mundo. Mi mirada se cruzó con otra, penetrante y azul como el cielo del anochecer, cuyo rostro pétreo no reflejaba absolutamente nada. A su lado, Max también me miraba con ojos entornados, aunque trató de disimularlo cuando me percaté de ello.

El olor a leña y carne quemada invadió mis fosas nasales de forma arrolladora, haciéndome desfallecer. Una náusea profunda se formó en la boca de mi estómago, amenazando con hacerme perder los papeles. Me llevé la bufanda a la nariz para evitar aquel olor tan horrendo, gesto que no pasó desapercibido a Gérard, que de nuevo llevó mi cara a su jersey que olía de maravilla.

Suspiré con alivio cuando al fin me senté de nuevo en el coche. Dejé caer mi cabeza en el respaldo, perdiendo mi vista en la profundidad del bosque primaveral. Gérard me ofreció una botella de agua que bebí como si fuera la última del planeta, mientras ponía el coche en marcha.

—Max lo sabe —anunció mi acompañante rompiendo el extraño silencio que se había impuesto en el coche.

—¿Cómo? —Le miré alarmada—. Eso no puede ser. Solo lo sabéis Álex, Ray y tú.

—Tiene que ver con su don —aclaró—. Te dije que no podrías mantenerlo oculto por mucho más tiempo. Creerán que el niño es mío.

—¿Eso te molestaría?

Detuvo el coche a un lado de la carretera antes de volverse hacia mí.

—Poco me importa lo que piensen los demás, pero no es justo para nadie, ni siquiera para ese patán que es mi hermano, que crea que soy el padre de su hijo. No voy a hacerle eso.

Asentí con la cabeza volviendo mi atención hacia el paisaje que nos envolvía.

—Amy. —Su mano sujetó mi mentón para que le mirara a los ojos—. Seré lo que tú quieras que sea, de sobra lo sabes. Nada me gustaría más que formar una familia contigo. —Tragué saliva azorada por la profundidad de sus palabras—. Amaré a esa niña como si fuera mi propia hija, pero no quiero ser el impedimento para que no se sepa la verdad. No puedes negarle eso a ninguno de los dos.

—Él no la quiere.

—Eso no lo sabrás hasta que no se lo cuentes, ¿no te parece?

Asentí de nuevo sabiendo que tenía razón. Erwan merecía saber la verdad. Si su odio hacia el hombre que le engendró era tan grande que le impidiera querer saber nada de su propia descendencia, suya sería la decisión. Meter a Gérard de por medio sería mezquino por mi parte.

Regresamos de nuevo al calor del hogar mientras mi cabeza daba vueltas a la idea de tener que volver a hablar con él. ¿Cómo explicarle que lo que tanto temía al fin había ocurrido? ¿Me odiaría por ello? ¿Acaso importaba? Lo que pensara al respecto era algo que no debería de preocuparme tanto, nuestros caminos habían vuelto a separarse y esta vez de forma definitiva. ¿A qué venía aquel temor entonces?

Capítulo 23

Mis ojos cegados por la luz del sol formaron dos finas rendijas hasta que poco a poco fueron acostumbrándose a tanta claridad. Me llevé las manos al vientre notando mi pequeña redondez con un suspiro de alivio. No reconocí la estancia en la que me encontraba. Los suelos eran de piedra, del mismo modo que también lo eran las paredes, cubiertos de alfombras y tapices en su mayor parte. Me asomé a la pequeña terraza con las pulsaciones cada vez más aceleradas para encontrarme con un mar inmenso allá por donde mirara. El sonido de unas pisadas me hizo volver la vista hacia la puerta. Instintivamente di un paso atrás llevando las manos a mi corazón sintiendo cómo el terror me paralizaba por completo. Fui consciente de que empecé a gritar mientras él ponía sus manos sobre mí con la sonrisa de quien sabe que al fin se ha salido con la suya.

—Me has hecho esperar mucho, Amy. —Lloré como una niña pequeña ante la visión de su peor pesadilla—. Pero ha valido la pena.

Los brazos que me sostenían me zarandearon hasta que la imagen de Marlon se fue difuminando para desaparecer por completo. Cuando de nuevo abrí los ojos otro rostro me observaba con preocupación.

—Ha sido una pesadilla, cariño. —Los abrí y cerré varias veces más para cerciorarme de que realmente era como decía.

Me arrebujé en el abrazo de Gérard sintiendo la calidez de mis lágrimas deslizarse por mis mejillas. Lloré de forma silenciosa mientras él me susurraba palabras reconfortantes para tranquilizarme.

—Cuéntamelo —me animó Gérard.

Le expliqué entre hipidos lo que había visto. Aún me temblaban las manos de puro terror. Jamás en la vida había temido tanto a alguien como a él.

Traté de convencerme a mí misma de que solo había sido un sueño, pero ni siquiera eso me consolaba. ¿Cuándo mis sueños eran algo simple a lo que no dar importancia?

—Sé lo que estás pensando. —Me limpió una lágrima con el pulgar clavando su límpida mirada en mis ojos llorosos—. Y la respuesta es no. Él no puede acceder a Llo y tú no vas a salir de aquí, de modo que no va a ocurrir nunca.

—¿Pero y si de algún modo encuentra la forma?

—Entonces le tendremos en nuestra ratonera y a nuestra merced. Sería un suicidio y él lo sabe.

Mi pulso no se relajó hasta después de tomarme la infusión que Gérard me había preparado. Me obligó a estirarme de nuevo bajo el edredón para que volviera a dormirme, pero la idea de repente me pareció aterradora.

—No te vayas —supliqué en tono lastimero agarrándole de la camiseta del pijama.

Se estiró a mi lado en el colchón envolviéndome en sus brazos. Me sentí tan reconfortada y a salvo que me dormí al instante.

Los recuerdos de la noche anterior poco a poco fueron acudiendo a mi memoria cuando desperté de nuevo. Miré hacia el otro lado de la cama, pero estaba vacía. Puede que se hubiera quedado hasta que al fin me dormí para luego volver a la comodidad de una cama para él solo. En cierto modo sentí vergüenza por mi comportamiento.

Yo no era así.

Era algo que me repetía últimamente demasiadas veces. La Amy que vino a Llo hacía unos meses no lloraba en público, no se quejaba ni tenía miedo. No se colgaba por ningún hombre y se sentía fuerte y decidida. ¿Qué era lo que quedaba de esa Amy? Me había convertido en un ser patético y lastimoso que estaba empezando a odiar. Puede que tanto encierro empezara a hacer mella en mi propia personalidad.

Resuelta a cambiar aquella parte de mí como si pudiera borrarla sin más, me metí en el cuarto de baño para darme una buena ducha que limpiara todo aquello que sobraba, cual si fuera el disco duro de un ordenador cargado de cosas inútiles. No recuerdo el tiempo que estuve bajo el chorro de agua caliente sin pensar absolutamente en nada, pero para cuando cerré el grifo mis dedos estaban arrugados como si me hubiese dado un interminable baño de espuma.

Sonreí ante la imagen que me devolvió el espejo mientras me secaba. Mi vientre mostraba una ligera redondez y los pechos parecían algo más hinchados. Tras ponerme crema a conciencia por todo el cuerpo, poniendo especial atención en las zonas en proceso de cambio, me vestí y salí del baño sintiéndome mejor conmigo misma. Mi antigua yo había vuelto para quedarse, y a la mierda con todo lo que sobraba en mi vida.

Ya en la cocina me encontré con un vaso de zumo de naranja exprimido sobre una nota que decía:

«Estaré en el hospital todo el día. No he querido despertarte, parecías una niñita preciosa. Tómate el zumo y haz el favor de comer.»

Sonreí mientras doblaba la nota. Ese hombre era un regalo de la Diosa.

Con un sándwich en una mano y el zumo en la otra salí a mi lugar favorito, que era el jardín. Llop acudió a mi lado en cuanto me senté en la silla de hierro forjado. Le había puesto cojines por lo que ahora era mucho más cómoda y podía pasarme las horas tranquilamente pintando bajo el sol primaveral, eso sí, con una fina manta puesto que la temperatura aún era fresca pese a estar a punto de entrar en la estación más calurosa del año.

Absorta en mis pensamientos y en uno de mis dibujos, no percibí la espiral de hojas que empezó a formarse a unos pocos metros de mis pies hasta que oí el gruñido de Llop, que había permanecido plácidamente estirado a mis pies. Lo miré extrañada, su vello se había erizado y gruñía con el hocico arrugado al tiempo que enseñaba los dientes. Deslicé la mirada hacia el punto en que él lo hacía para dar con un extraño remolino de hojas elevándose ante nuestras absortas miradas. El susurro fue apenas inaudible al principio, pero poco a poco pude distinguir mi nombre una y otra vez. Con un escalofrío recorriéndome la base de la espalda observé las hojas dar vueltas sobre sí mismas alcanzando una considerable altura. Al menos tenía la seguridad de que no eran imaginaciones mías puesto que Llop también las veía. El timbre de la puerta hizo que todas cayeran no muy lejos de mis pies. Llop salió disparado hacia la puerta por la parte exterior de la casa. Me apresuré a ir tras sus pasos desde el interior de la casa, no fuera que mi fiel protector la liara.

—¿Te encuentras bien? —fue lo primero que dijo Álex al verme—. Parece que hayas visto un ser del otro mundo.

—Bueno, no lo tengo muy claro.

Salimos al jardín con Llop tras nuestros pasos.

—¿Ha pasado algo? —preguntó al tiempo que tomaba asiento.

—Algo sin mucho sentido, sí. —Pasé a explicarle lo sucedido instantes antes de su aparición mientras ella iba abriendo los ojos cada vez más sorprendida. También le conté los otros sucesos inexplicables y la conversación con Agnes del día anterior.

—Está claro que empiezan a cansarse.

—Eso me temo. Anoche soñé con Marlon, habían vuelto a secuestrarme.

—Es tu máximo temor, es normal que sueñes con ello. Pero no tiene que ocurrir.

Me encogí de hombros. Me hubiese encantado estar tan segura, pero me costaba verlo con perspectiva.

—Cambiando de tema, ¿Gérard sabe lo del bebé? —Asentí con la cabeza—. ¿Por qué no se lo has contado a Erwan?

—¿Cómo sabes que no lo he hecho?

—Porque se ha largado, Amy. Por primera vez en su vida ha pasado por encima de Agnes y se ha ido.

Abrí los ojos de par en par sin poder creerme lo que oía.

—¿Irse adónde?

—No lo sé. Si tan solo se lo hubieses explicado no se habría puesto como loco.

—¿Y yo qué culpa tengo?

—¿Es que no ves que se ha largado porque no soporta la idea de verte con Gérard? No puedo ni imaginarme lo que debe de estar pasando.

—¿Y qué hay de mí? —repliqué molesta—. Te recuerdo que es él quien no quiere estar conmigo, quien no quiere tener una hija conmigo y quien se estaba liando con su ex la otra tarde cuando por cierto fui a contarle que va a ser padre. —Ahora sentía algo más que irritación—. No me da ninguna pena.

—¿Con Gabrielle? —preguntó con gesto de incredulidad.

—Sí, con la perfecta Gabrielle. La muy zorrasca le llamó cielo delante de mis narices.

—Eso no puede ser, Amy.

—¿Crees que me lo invento? —espeté cada vez más enfadada—. A saber lo que hizo con ella. Si de veras hubiera sentido algo por mí no se habría retirado como hizo y mucho menos liado con esa petarda por más maravillosa y estupenda que sea.

—No sé qué crees haber visto, pero dudo mucho que sea tan estúpido como para darle ninguna otra oportunidad. Él no volvería con ella nunca.

—¿Y quién está hablando de una relación?

Álex negó con la cabeza.

—Si supieras lo que le hizo entenderías lo que te digo. Lo dejó tocado, Amy. Te dije que Erwan no tenía parejas y es porque no confía en las relaciones.

—No, no sé lo que le hizo, pero para el caso tampoco importa. Sé lo que vi y de todas formas ya da igual. Entre nosotros las cosas no van a arreglarse nunca.

—Le fue infiel con su mejor amigo. —Mis ojos a la par que mi boca se abrieron al oír aquella confesión—. No tengo muy claro qué pasó. Solo puedo decirte que Erwan y Max siguen siendo los mejores amigos, y en cambio a ella nunca la perdonó.

—¿Y qué? —repliqué en cuanto me recuperé de la sorpresa—. Eso no explica nada. Me dejó muy claro por qué lo nuestro no puede ser y yo por mi parte no pienso seguir luchando por una persona que no lo merece.

Álex hizo un gesto de negación con la cabeza y la mirada clavada en algún punto del jardín.

—Ni entiendo sus motivos ni por supuesto los tuyos. Solo sé que estáis enamorados el uno del otro y que hay un bebé producto de ese amor en camino.

—No te equivoques, mi bebé es producto de un ritual al que fue obligado a participar —me defendí—. Y en todo caso creo que no eres precisamente la Doctora Amor para ir dando consejos, de modo que cierra el pico.

Nos miramos durante una fracción de segundo, como en un pulso visual, hasta que la sonrisa de Álex se fue ampliando para formar una carcajada. Reí ante lo absurdo de la situación mientras ella se desternillaba de la risa.

—*Touché* —dijo al fin limpiándose las lágrimas.

Hice un gesto de asentimiento cual niña repelente que sabe que tiene razón mientras me levantaba provocando nuevas risas en la pelirroja.

—¿Qué te apetece tomar?

—Algo caliente, y ya que te pones, una chaqueta.

—¿Quieres que pasemos dentro?

—No, me encanta estar aquí al solecito como una lagartija, pero arropada con algo más de tela estaría mucho mejor.

—Yo te veo más como una lagarta, pero vamos que ahora mismo te la traigo.

Oí sus risas mientras me dirigía a la cocina. Minutos después salí con una taza de chocolate en cada mano y una manta bajo el brazo. Álex curioseaba mi cuaderno de dibujo y había aprovechado mi ausencia para cubrirse con mi manta.

—Me encantaría tener uno de estos en casa —comentó sin levantar la mirada del bloc—. Pero al óleo y en un lienzo bien grande.

—Tengo algunos, si quieres puedes llevarte el que más te guste.

Sus ojos se abrieron a la vez que su sonrisa se ampliaba.

—¿En serio? Creí que estabas trabajando en una colección para la galería de París.

—También, pero esos son muy distintos. Estos dibujos del bloc en su mayoría son sueños que tengo. Algunos los he pasado a pintura porque me parecen interesantes.

—¿Interesantes? Amy, son increíbles —repuso volviendo la vista al bloc—. ¿Sueños?

—Si te fijas es siempre la misma temática.

—El mar.

Asentí con la cabeza, aunque ella no me vio pues continuaba centrada en las páginas del cuaderno.

—Yo no pinto paisajes normalmente, no es el arte que expongo en la galería, por lo que tienes unos cuantos para elegir.

—Y aparte del mar ¿qué otra cosa ves en esos sueños?

—No lo recuerdo. Solo sé que me despierto con esos paisajes grabados en mi retina como si los hubiese visto en persona unas horas atrás.

—Curioso.

—Creo que están relacionados con el que trajo a la hermana de Agnes aquí. Es un paisaje similar.

Álex asintió dejando a un lado el cuaderno para llevarse la taza de chocolate a los labios.

—Pues me alegro de que no los vendas, así podré ver el mar cada día. Ya ni recuerdo la última vez que lo hice, ¿sabes?

Me quedé pensativa mirado las montañas que había a nuestro alrededor. Era maravilloso levantarse cada día y disfrutar de aquellas vistas, pero no me imaginaba toda mi vida sin poder salir de lo que se estaba convirtiendo en mi prisión permanente.

—Tengo una casa en Ibiza —comenté—. ¿Has estado alguna vez?

—Ya me gustaría, pero como puedes imaginar, viajar y exponernos no es algo que podamos permitirnos.

—Cuando todo esto acabe iremos para que conozcas la isla. Pienso pasar una buena temporada para desintoxicarme y olvidar.

—¿Quieres decir que te alejarás de nosotros porque este pueblo se hace demasiado pequeño para ti y el padre de tu hija?

—Se hace pequeño, sí. Pero no pienso alejarme de vosotros por él.

—Eso espero porque no te lo vamos a permitir —aseguró formando una sonrisa traviesa—. Ahora voy a ser tía y me tomo muy en serio mis responsabilidades como tal.

—Miedo me das.

—¿Lo sabe Judit? —Mi sonrisa se borró de forma automática al pensar en ello.

Negué con la cabeza llevándome la taza de chocolate a los labios.

—Se enfadará mucho cuando se entere de que se lo he estado ocultando. Pero mientras duerma con el enemigo no puedo hacer otra cosa.

—¿Desde cuándo Gilles es el enemigo?

—¿Es que no viste la que montó en el Adytum? ¿Si se entera de que estoy embarazada qué crees que hará?

Asintió dándome la razón.

—Lo hace porque se preocupa por ti.

—Ya lo sé, Álex. Pero no puedo permitirme el lujo de que se entere antes que Erwan. Cada cosa a su tiempo.

—Pues será mejor que empieces a plantearte la idea de decírselo cuanto antes. Cada vez que te expongas a los miembros del clan, como será el caso esta noche, te arriesgas a que lo averigüen ellos solitos.

—¿Esta noche? —La miré con el ceño fruncido.

—Amy, es el solsticio, ¿no me digas que lo has olvidado?

Mierda. Pues claro que lo había olvidado, ¿quién celebra eso?

—Lo cierto es que no me apetece mucho.

—¿Estás de coña? Ni siquiera una enfermedad grave te libraría de ir. Es una de nuestras festividades más importantes dedicadas a la Diosa, estará todo el clan.

—No, todos no —murmuré para mis adentros.

El hecho de que Erwan desapareciera así de repente me preocupaba. Había aceptado no tenerle en mi vida, pero eso no implicaba mi desprecio, le quería y dudaba que eso pudiera cambiar algún día. Estaba segura de que pasar por encima de Agnes de ese modo traería consecuencias, aunque lo que en realidad me inquietaba era el hecho de que estuviera solo. El clan era nuestro único modo de supervivencia, al menos mientras Marlon y los suyos existieran. Le tenía por un hombre inteligente, solo esperaba que no hiciera ninguna tontería y que el motivo de su marcha no tuviera nada que ver conmigo.

El día prácticamente se nos fue de las manos. Álex se quedó en casa hasta bien entrada la tarde, momento en que se marchó a la suya para cambiarse. Una vez preparada, salí en busca de Ray que era quien nos acercaría a la casa de Agnes y Marcelle, lugar donde se llevaría a cabo la celebración. Me había puesto un vestido muy primaveral con unas botas que en la vida se me habría ocurrido ponerme por aquellas fechas en mi adorada ciudad. Habría acabado con los pies cocidos del calor y llenos de ampollas. También me coloqué una chaqueta de lana fina y un pañuelo, jamás había celebrado la entrada del verano de aquella guisa.

Ray me abrió la puerta vestido con tan solo un pantalón tejano.

—¿Es que no tienes ropa? —Su sonrisa se amplió formando un gracioso hoyuelo en una de sus mejillas.

—Me alegra ver que el embarazo no ha afectado a tu dulce forma de ser —comentó haciéndose a un lado para que pasara.

—Eres muy gracioso.

—Dame un minuto —dijo con un guiño de ojos antes de desaparecer por el pasillo.

Sonreí cuando estuve segura de que no me veía. Era curioso, pero con él me sentía yo misma. No tenía que fingir ni medir mis palabras, puede que ayudara el hecho de ser tan parecidos, aunque él me ganaba con creces en cuanto a sinceridad. Yo al menos había aprendido a usar un filtro mental con la mayoría de personas, pese a que a veces era tan fino que pocas cosas lograba retener.

Pasamos por casa de Álex antes de emprender el camino al lugar de reunión, que ella viniese con nosotros era señal de que las cosas entre ambos empezaban a cambiar.

—Soy consciente de que ninguno de los dos está a la altura de Mister Enciclopedia —comencé a decir, haciendo alusión a Erwan—, pero ¿podríais explicarme de qué va esto del solsticio?

—Celebramos el cambio de estación como viene haciéndose desde tiempos ancestrales —explicó Álex sentada en el asiento de detrás.

—Sí, eso ya lo sé. Lo que quiero saber es qué va a ocurrir.

—No te preocupes, duende. Nada de rituales en los que apareces desnuda y tienes que magrearte con nadie, desgraciadamente ya no es como antes.

—¿Por qué siempre tienes que ser tan desagradable? —le riñó Álex.

Lejos de ofenderme me sentí aterrorizada. Mi estómago se cerró de repente produciéndome una desagradable sensación por todo el cuerpo.

Ray volvió la vista hacia mí extrañado de no recibir ningún tipo de contestación por mi parte.

—Amy, lo he dicho sin malicia.

—Como todo lo que sale por esa boca de buzón que tienes —le recriminó Álex desde el asiento de atrás.

—¿Y si...? —No pude acabar de formular la pregunta porque empecé a sentir un sudor frío por la espalda y una sensación de vértigo que empezó a marearme.

—No, ni siquiera lo pienses, Amy. Agnes no te obligaría a hacer algo así.

No se me escapó la fugaz mirada de ceja alzada que Ray lanzó a mi prima en respuesta al comentario.

—Para el coche.

Abrí la puerta en cuanto tuve oportunidad y bajé para deshacer el camino que llevábamos recorrido.

—¿Se puede saber qué haces?

—No pienso exponerme de nuevo, Ray —contesté sin dejar de caminar—. Me voy a casa.

—No puedes hacer eso —replicó situándose delante de mí—. ¿Crees que servirá de algo que te escondas en tu casa? Agnes mandará a alguien a buscarte.

—¡Me importa una mierda lo que haga! Yo no obedezco órdenes. No me han lavado el cerebro desde pequeña para que lo haga.

Ray se pasó las manos por la cara en un gesto que denotaba frustración cuando un coche se detuvo a unos metros de donde nos encontrábamos. No lo reconocí hasta que Gérard se bajó del todoterreno con gesto extrañado.

—¿Ocurre algo?

—Ocurre que esta señorita cree que puede hacer lo que le venga en gana siempre.

Resoplé con indignación porque fueron cientos de respuestas las que se agolparon en mis labios, cada una más desagradable que la anterior y en cambio lo único que se me ocurrió fue un simple:

—¡Que te den! —Continué caminando ante la mirada de exasperación que me lanzó mi querido amigo.

Oí que Álex intervenía contándole a Gérard el motivo de mi disgusto, aunque no llegué muy lejos. Unos pocos metros más adelante fui interceptada por mi cuñado.

—Amy, escucha —cogió mi rostro con ambas manos y se agachó para quedar frente a frente—. No va a suceder nada de lo que estás pensando. En el hipotético caso de que a mi abuela se le fuera la cabeza de tal modo, piensa que es conmigo. Y yo no voy a hacerte pasar por algo así. —Pestañeé como un búho un par de veces sintiendo cómo todo mi miedo se esfumaba—. Lo prometo.

Me cogió de la mano y me llevó hasta su coche. Accedí como una niña buena sentándome en el asiento del copiloto sin rechistar. Vi cómo Ray renegaba haciendo gestos de negación con la cabeza mientras se dirigía a su todoterreno. No sé de qué se extrañaba: era como yo, y si yo saltaba a la mínima, él también, provocando un estallido por mi parte. En cambio, Gérard me calmaba. Lograba hacerme entrar en razón del mismo modo que hacía mi padre, no era tan difícil apagar mis fuegos, me tenía por una persona razonable; solo había que saber cómo.

La parte de bosque anexa a la gran masía había sido debidamente preparada para la gran celebración. Sendas hogueras llameaban formando grupitos de personas a su alrededor. La carne asada y la cerveza corrían de mano en mano, algo que no debía de diferir mucho de celebraciones pasadas. Me entretuve saludando a unos y otros hasta que al final di con la hoguera en la que estaban mis tíos, Gilles y, para mi sorpresa, mi amiga Judit.

—Te echo tanto de menos —dijo mientras me abrazaba y besuqueaba como venía siendo su costumbre—. No he querido agobiarte. Tu primo me ha puesto al día, pero es que no soporto la idea de que estés pasando por todo esto y no poder ayudarte. Y encima el cretino ese desaparece sin más, te juro que cuando vuelva se va a enterar de quién es Judit Forcadell.

—Empiezas a parecerte mucho a Gilles.

Su rostro se iluminó ante la mención de mi primo.

—Ay Amy, estoy tan enamorada —comentó poniendo cara de boba.

—Dios, es peor de lo que pensaba.

Judit asintió estallando en carcajadas y haciéndome reír como hacía tiempo que no me pasaba. Ella conseguía todo eso y más. Era mi alma gemela, mi hermana y lo mejor que había en mi vida. Me sentí fatal por ocultarle lo de mi embarazo, pero sabía que era un error decírselo. Conociéndola haría algo mucho peor que Gilles. En ese sentido eran demasiado iguales y se habrían aliado en su contra. No es que me importara especialmente, pero al menos Erwan merecía saberlo de mis labios antes de que ninguno de aquellos dos que parecían haberse convertido en mis paladines.

Llegué a estar verdaderamente a gusto. Parecía más una barbacoa de amigos que otra cosa. Mi tía parloteaba sin cesar animada por mi querida amiga, al parecer habían hecho muy buenas migas.

—¿Lo estás pasando bien? —Me volví hacia la voz de Agnes que se había plantado a mi lado con la vista puesta en la espectacular hoguera que nos calentaba.

—Mucho.

—Estos fuegos han sido encendidos en esta misma fecha desde los tiempos de las tres Sacerdotisas —comentó sin dejar de mirar la pira—. Se dice que tiene un efecto purificador. Muchas de las nuestras han acabado siendo pasto de las llamas y aun así sigue formando una parte indispensable en todos y cada uno de nuestros rituales.

—Tiene un efecto muy atrayente.

—Como tú, me temo.

Volví la vista hacia Agnes sin comprender adónde quería ir a parar.

—Supongo que no es necesario que te explique por qué mi nieto ha abandonado la seguridad del clan temporalmente. —Abrí los ojos de par en par—. Oh, no. No me explicó sus verdaderos motivos, pero no soy estúpida, Aimée. —Se quedó en silencio unos segundos no sé si esperando a que yo dijera algo, pero entonces añadió—: ¿Y qué hay de mi dulce Gérard? Acaba de hacerme una advertencia de lo más curiosa.

No hizo falta que me explicara de qué se trataba, Gérard cumplía sus promesas.

—¿Qué es lo que quieres decirme realmente, Agnes?

—Señalo unos hechos, nada más. —Se giró hasta que nuestros rostros quedaron encarados—. No soy yo la que no está siendo sincera, ¿no es cierto?

Se marchó dejándome con la boca abierta y la sensación de que acababa de darme un aviso. Pero ¿de qué?

Caminé hacia la gran casa en busca del baño con el corazón latiendo a mil por hora en mi garganta y la certeza de que Agnes sabía mucho más de lo que contaba.

«Lo sabe.»

Asentí mirando mi propia imagen en el espejo mientras el agua del grifo corría helada hacia el desagüe. Agnes lo sabía. Pero ¿qué había querido decirme realmente? Repasé mentalmente la conversación una y mil veces hasta llegar a una conclusión que me enfureció. Puede que fuesen cosas mías, pero me había dado a entender que estaba jugando con sus nietos y que eso no le gustaba. Estaba segura que sabía lo del embarazo y sabía que era de Erwan. No había sido yo quien había metido a su otro nieto en mi casa sabiendo lo que sentía por Erwan. Sabiendo incluso lo que él sentía por mí. ¿Por qué me atacaba de aquel modo?

Cerré el grifo después de mojarme la cara y salí, aún más ofuscada de lo que había entrado. El asunto se me estaba yendo de las manos. A este paso lo sabría todo el mundo menos él, aunque tampoco era mi problema si él desaparecía así de repente.

Me topé con Gabrielle cuando salía de la casa. Ella tampoco se esperaba encontrarse conmigo así de cara, porque ambas nos quedamos paradas como en un duelo del antiguo oeste a la espera de que alguno hiciera el mínimo gesto para disparar, pero entonces, justo cuando abrió la boca para decirme algo, apareció Max interrumpiendo aquel extraño momento.

—Al fin te encuentro, muñeca. —Me cogió del brazo y pasamos junto a ella sin apartar la mirada unos de otros hasta que dejamos de estar en los respectivos campos visuales—. —No quiero que te acerques a ella —dijo acercándose a mi oído.

—¿Por qué?

—No es trigo limpio.

Quise preguntar por lo que sucedió tantos años atrás entre ellos tres, pero me pareció de mal gusto. Si quería contarme algo aquel era el momento, no sería yo la que sacara el tema como una vulgar cotilla.

—¿Para qué me buscabas?

—Ha sido una excusa para sacarte de allí. —Se encogió de hombros sin poder contener una sonrisa traviesa.

Nos sentamos en una de las mesas de picnic que se habían dispuesto cerca de las hogueras; una bastante solitaria ahora que prácticamente toda la comida había desaparecido.

—¿Puedo hacerte una pregunta?

—Puedes, otra cosa es que la responda. —Asintió con la cabeza mientras una sonrisa que no llegó a sus ojos se formó en sus labios.

—Sé lo que pasó en Noruega y el motivo por el que Gérard está en tu casa. Erwan me lo ha contado. —Le miré alzando las cejas hasta casi tocar la raíz de mi pelo, aunque realmente no sé de qué me extrañaba, eran muy buenos amigos—. También sé que estás embarazada, ¿es de Erwan?

Me miré las manos pensativa, antes de dar una respuesta cuando le oí decir:

—Pensarás que no es de mi incumbencia. Y en cierto modo tienes razón, pero Erwan es mi mejor amigo y me preocupa. Jamás le he visto así de hecho polvo. Soy consciente de que la culpa es solo suya, por pensar esas gilipolleces, pero si ese niño es de su hermano dudo mucho que...

—No es de Gérard —le corté. Asintió con la cabeza como confirmando sus sospechas.

—Tienes que contárselo, Amy.

—Lo sé.

Guardamos silencio en cuanto vimos la figura de Gérard acercarse para avisarnos de que la liturgia del solsticio estaba a punto de comenzar. Nos dirigimos hacia las hogueras donde los miembros del clan empezaban a formar un círculo cogiéndose de las manos. No tuvo nada que ver con el resto de rituales a los que me había visto obligada a asistir. Nada de sacrificios ni gente desnuda. Fue algo sencillo e incluso bonito. Los niños también participaron posando sus ojitos felices en el cielo surcado de estrellas buscando alguna prueba de que la Diosa escuchaba sus palabras.

Mi mente viajó mucho más allá de las estrellas dejándome como en una especie de piloto automático el resto de la velada. Las palabras de Agnes habían hecho mella en mí, también las de Max. No es que hubiese tenido muchas oportunidades para contarle a Erwan lo del bebé, pero ahora me sentía tremendamente culpable por no haberlo hecho. Demasiadas personas lo sabían ya, tan solo esperaba que se enterase de mi boca. Cómo gestionase aquella información era algo que había dejado de preocuparme, por mi parte creía tener controlada la situación.

Capítulo 24

Los días fueron pasando en una apacible calma en la que por fin volví a sentirme yo misma. Me volqué con el encargo de la galería por lo que pasaba la mayor parte de mi tiempo pintando. También leyendo. El calorcito del verano finalmente hizo su aparición en aquel rincón paradisíaco transformando todo el paisaje en un verde frondoso que quitaba el aliento.

Estaba locamente enamorada de mi jardín, allí se pasaban las horas de mis días ya fuera pintando o tumbada en una de mis cómodas hamacas que había comprado por internet. Lo había transformando por completo: sembrado arbolitos, muchas flores y colocado lucecitas en el suelo.

Mi rutina era una especie de arresto domiciliario con algo más de libertad, pero había empezado a aceptarlo. De vez en cuando sentía nostalgia de mi antigua vida, sobre todo echaba de menos a mi padre. Pensar que mi pequeñaja nunca conocería a su abuelo me rompía el corazón.

Mi vientre había adquirido una redondez que empezaba a ser evidente, por lo que utilizaba ropa ancha para disimular mi estado. Aún no sabía nada de Erwan de modo que no había podido darle la noticia. Por mi parte me sentía feliz. Saber que una personita crecía en mi interior me llenaba de una inmensa energía para seguir adelante pese a lo que nos deparaba el incierto futuro.

Habíamos dado por hecho en todo momento que sería una niña, y la Diosa quiso que así fuera, pues Gérard lo había confirmado en cuanto tuvo ocasión de verle el sexo. Mi médico particular controlaba mis revisiones, análisis de sangre y las extrañas «ecografías», para las que aún no me había acostumbrado, sin tener que ir al hospital. Me hubiera encantado tener una de esas imágenes en blanco y negro tan horrendas y poco esclarecedoras de mi pequeña, pero por contra, sabía de buena tinta y con una rotunda seguridad que todo evolucionaba estupendamente.

Miré a Fum con una sonrisa en los labios, dando saltitos de un lado para otro por el jardín, tras la estrecha vigilancia de Llop. Fum era mi nueva mascota, mi bebé, como lo llamaba Judit. Solo a ella se le ocurriría regalarme un animalito para desarrollar mi instinto maternal. Me había visto moralmente obligada a contarle a mi amiga mi pequeño secreto. Nosotras nunca nos habíamos escondido nada y no iba a empezar a hacerlo a aquellas alturas de mi vida. Pasaba muchas horas en casa por lo que un día, bajo juramento y amenaza de que no se lo contara a Gilles, le confesé lo del embarazo. Ni que decir tiene que se puso a dar saltos de alegría como una loca encantada con el hecho de que iba a ser tía.

Lo cierto era que había desarrollado mi instinto de protección hacia el pequeño Fum y, lo que era más insólito, también el de Llop. Reí ante el recuerdo del momento en que mi querida amiga lo trajo a casa.

—Te he traído un regalo para celebrar la buena noticia —dijo nada más abrirle la puerta. Álex caminaba tras ella por el pasillo haciendo un gesto de negación con la cabeza.

Puso la caja, de tamaño considerable, sobre mis rodillas, en cuanto nos sentamos en el sofá.

—Te ayudará a desarrollar tu instinto maternal —comentó con una amplia sonrisa.

Unos ojitos negros me miraron atemorizados en cuanto abrí el paquete. Fue amor a primera vista, y a día de hoy puedo decir con seguridad que el sentimiento fue mutuo. Cogí con sumo cuidado la pequeña bola de pelo de orejas caídas con las dos manos y lo saqué de su oscura prisión.

—Judit es...

—Un conejo Belier. ¿A que es adorable?

—No puedo aceptarlo.

—¿Desde cuándo tienes problemas para aceptar mis regalos? —preguntó con el ceño fruncido.

—No es eso, tonta —contesté poniendo los ojos en blanco—. Ya tengo una mascota.

—¿Te refieres a él? —Llop, que estaba estirado en la entrada del jardín en actitud relajada pero atenta, levantó la mirada y las orejas al sentirse observado—. Vamos, Amy, no me sirve. Todos sabemos que no eres tú quien le cuida, es más bien al revés. El pequeño Bunny es un bebé, necesita una madre que le proteja.

—¿Bunny? —Repetí con espanto.

Álex emitió un sonoro suspiro llamando así mi atención.

—Ya le dije que no era una buena idea.

—Pero si es un nombre precioso —replicó mi amiga.

—Es horrible, pero no estamos hablando de eso, Judit. Llop es un lobo ¿qué crees que hará en cuanto me dé la vuelta?

Abrió los ojos de par en par cayendo en la cuenta por primera vez de la imposibilidad de una convivencia harmónica entre ambas especies.

—¿Tú crees? —preguntó con cara de circunstancia. Álex y yo asentimos a la vez—. Pero si es encantador, ¿quién querría comérselo si no es a besos?

Me volví hacia Álex que negaba con la cabeza dando por imposible a la alocada de mi amiga.

—¿Eres consciente de que Llop es un animal salvaje?

—¡Pues claro que no! Ya verás. —Lo llamó a su lado como queriendo demostrar que mi fiel amigo no difería mucho de un perrito faldero—. Hola precioso, ¿has visto a tu nuevo hermanito? —Señaló al animalito que había colocado en mi falda—. Ahora tendrás que cuidar de él porque tú eres el mayor.

Abrí los ojos con incredulidad intentando contener la risa. Llop se acercó a la cría de conejo con curiosidad.

—Amy, tienes que tocarlo e impregnarlo con tu olor —me ordenó mientras yo trataba por todos los medios de evitar una carnicería—. Vamos, no tengas miedo, ni que fuera a comérselo.

Bufé para mis adentros. Aquel animal era capaz de subirse encima de mí y tirarme al suelo para quitarme lo que fuera que llevara en las manos si quería comérselo. No era la primera vez que lo hacía, pero esta vez, para mi completo asombro y, ya puestos, el de Álex, se acercó a olisquearlo rozando con mimo el suave pelaje del animalito.

—¡Lo ves! Si incluso despierta el sentimiento maternal en tu lobo.

No me habría sorprendido más si de repente alguno de los dos hubiese empezado a hablar, bueno, quizá eso sería exagerar un poco, pero había que reconocer que Llop era toda una caja de sorpresas.

—Bunny, parece que tienes un nuevo hogar.

—Ni de coña pienso adoptar una mascota con ese nombre.

La risa de Álex resonó en la habitación.

—Tal vez creas que Conejo es más adecuado —replicó con sarcasmo haciendo referencia al hecho de que el nombre de Llop no quería decir otra cosa que lobo en catalán.

Sonreí decidida a ignorarla colocando al pequeño animal a la altura de mi rostro. Era diminuto, suave como un peluche y sencillamente adorable. El color de su pelaje era una aleación entre el gris y el marrón, una tonalidad que me recordó al humo. De repente mis ojos se iluminaron acompañados de una sonrisa de oreja a oreja.

—¿Qué te parece Fum? —La mirada reprobatoria de mi amiga me dio a entender lo que opinaba al respecto. Fum quería decir humo en mi lengua paterna y definitivamente aquel adorable animalito que me miraba con ojitos inocentes merecía tener un nombre con personalidad que estuviera a su altura.

Todo eso sucedió un par de semanas atrás. Ahora formaba parte integrante de la familia, con Llop que siempre andaba como una mamá controlando cada uno de sus pasos.

Miré la pintura en la que llevaba trabajando casi dos semanas con ojo crítico, notando cómo una sonrisa de aprobación empezaba a formarse en mis labios. Al fin podía darla por terminada. Dominique no hacía más que pedirme material, pues había empezado a colocarlas en el resto de galerías que tenía diseminadas por Europa. Mi carrera como artista iba viento en popa y todo gracias a él. Mis cuadros gustaban y una de mis colecciones había ido a parar a una exposición a la que, por supuesto, no había podido asistir. Por fortuna, mi ex jefe y amigo se encargaba de todo. Era mi mecenas y un gran entendido en el mundo del arte. Había decidido hacer de mí una gran artista y por el momento todo apuntaba a que podría vivir de mi arte el resto de mi vida haciendo lo que más me ilusionaba, pintar.

—Amy, será mejor que te prepares si de veras quieres ir a la dichosa fiesta.

Me volví hacia la voz de Gérard, sonriente. Él deslizó la mirada hacia el cuadro haciendo un gesto lento e inconsciente de afirmación con la cabeza.

—Te diría que es lo mejor que has hecho hasta ahora.

—¿Verdad que sí? —Él volvió a asentir sin apartar la vista de la pintura.

—Tienes un don que no tiene nada que ver con el que nos regaló la Diosa.

Me sonrojé ante el cumplido de camino a las escaleras. Nuestra convivencia era como la de un matrimonio solo que sin sexo. Mi amiga Judit no hacía más que chincharme para que aprovechara la oportunidad, estaba claro que Erwan no era especial santo de su devoción. En cambio, Álex me advertía una y otra vez que no se me ocurriera dar el paso que acabaría con aquella relación entre hermanos. Creía que lo mío con Erwan no había terminado ni mucho menos y que tarde o temprano cambiaría de parecer.

Mi cabeza estaba hecha un lío, por supuesto. Sentía cosas por Gérard, ¿quién no? Era simplemente perfecto, y era más que evidente que yo le gustaba, aunque seguía opinando que su encaprichamiento era debido a mi parecido con Em. Pero no estaba enamorada de él, desgraciadamente mi corazón, o lo que quedaba de él, era de Erwan. Tenía claro que nuestra oportunidad había pasado, pero no por ello iba a usar a Gérard para no quedarme sola. Él merecía a alguien mucho mejor que yo.

La fiesta en cuestión me apetecía mucho. Llevaba demasiadas semanas sin hacer vida social y eso empezaba a pasarme factura. Lo mejor de todo era que no había ni que salir de nuestros dominios puesto que se trataba de la fiesta de verano de Llo. No es que tuviera muchos habitantes, más bien lo contrario, pero en fechas estivales había bastante gente de vacaciones, más los que vendrían de los pueblos vecinos en busca de algo de diversión.

Cerré el grifo de la ducha y me envolví en una toalla. Al salir del cuarto de baño me topé con Álex que justo en aquel momento entraba en mi dormitorio.

—¡Álex! —sofoqué un grito—. Me has asustado.

—No me puedo creer que todavía estés así.

—¿Sabes lo que me ha costado sacarme la pintura esta vez? Tenía hasta en el pelo.

—Deberías pintar con un chubasquero —comentó sonriente.

Sonreí yo también, dirigiéndome a la cómoda donde tenía guardada la ropa interior.

—Estás muy guapa.

Se dio una vueltecita sobre sí misma haciendo una pose muy sexy.

—Hoy voy a romper, Amy. Necesito sexo.

Reí a carcajadas mientras me colocaba las braguitas y el sostén.

—¿Qué te vas a poner?

—Pues no sé, creo que eso va a ser un problema. —Miró mi barriguita con una sonrisa a la vez que asentía con la cabeza.

—Tiene que ser algo entallado en el pecho y que luego caiga suelto. —Se quedó pensativa unos instantes—. ¡Lo tengo!

Me envolví de nuevo con la toalla y seguí sus pasos hasta el vestidor con la esperanza de no encontrarme a Gérard por el camino. Buscó entre mi ropa y la de mi hermana hasta que por fin dio con lo que al parecer buscaba.

—Pruébate este.

Había superado los reparos que un día tuve por ponerme la ropa de Em. De hecho me gustaba hacerlo, me hacía sentir próxima a ella. Álex me ayudó a pasar la delicada prenda por la cabeza y tras colocármelo dio un par de pasos hacia atrás para observarme, un gesto que me recordó al que yo misma había hecho con mi creación hacía tan solo un rato.

—Preciosa. —Me dio la vuelta hasta encarame con uno de los espejos de cuerpo entero que tenía en el vestidor para que pudiera verme.

Miré con sorpresa mi propia imagen. El vestido era de seda en color malva y muy sencillo. De tirantes y entallado hasta la parte baja del pecho para luego caer hasta acabar un poco más arriba de las rodillas escondiendo todas mis formas.

—A más de uno se le van a caer los ojos en tu escote, Amy —comentó con una sonrisa maliciosa.

—Es demasiado escotado, ¿no crees?

—No es el vestido, preciosa, son tus nuevos pechos que apenas caben en él.

Le lancé una mirada asesina que solo le produjo risa. Me calcé unas sandalias de tiras doradas también de mi hermana y me dirigí al baño a darme un poco de maquillaje.

—¿Has visto la cara de bobo que se le ha puesto a Gérard? —preguntó camino de la casa de Ray. Habíamos quedado en que bajaríamos los cuatro dando un paseo. Decidida a ignorar el comentario seguí caminando—. —Pues verás cuando Erwan te vea.

Paré en seco sintiendo cómo mi corazón daba un vuelco.

—¿Cómo? —Álex me miró desconcertada.

—¿No te han dicho nada?

—¡Claro que no!

Ray se acercó a nosotras justo en aquel momento y, emitiendo un silbido de aprobación, se puso entre ambas con cada una en su brazo.

—Ahora sí que voy a ser la envidia de todos.

Me limité a resoplar más preocupada por otros asuntos mientras que mi prima trataba de ocultar una sonrisilla de satisfacción ante el cumplido de Ray.

A medida que nos fuimos acercando fueron llegando los inconfundibles sonidos del ambiente que había a la entrada de Llo. Reconocí la canción que estaba sonando «Are you with me» de Lost Frequencies recordando que la última vez que la había escuchado fue en el Adytum.

Más que verle le sentí, notando un escalofrío recorriendo todo mi cuerpo y erizando mi piel. Deslicé la mirada por entre la multitud de personas allí congregadas hasta que di con aquellos ojos insondables e increíblemente azules que tenían el poder de hacer temblar mis piernas. Me recorrió con la mirada provocando cientos de sensaciones que creía dormidas en mi cuerpo.

Sabía que habían sido Erwan y Max los encargados de montar aquella improvisada discoteca con barra incluida. Lo que no tenía tan claro era que Erwan fuera a dignarse a hacer acto de presencia.

—¿Tú lo sabías? —le dije a Gérard cuando sentí su mano en mi espalda instándome a continuar.

Su mirada desconcertada se unió a la mía hasta dar con su hermano.

Me condujo hacia la barra tras Ray, que se abría paso cogido de la mano de Álex, hasta el lugar donde estaban Gilles y Judit junto con otros miembros del clan.

—Esta mañana me lo dijo mi madre —respondió acercándose a mi oído—. Pero me consta que llegó hace un par de días.

—¿No has hablado con él? —pregunté extrañada. Hizo un gesto de negación con la cabeza mostrando cierto desprecio que me sorprendió en él.

—Gérard, es tu hermano. Esta es mi guerra, no la tuya. No quiero que os peleéis.

—¿Quién ha hablado de pelearse? No nos hablamos, nada más.

—Pues no me parece bien. Piensa en vuestra madre.

—No he sido yo el que se ha largado sin dar ninguna explicación. No solamente no he tenido noticias suyas todo este tiempo sino que además no ha tenido la decencia de ponerse en contacto conmigo desde que llegó.

Asentí dándole la razón incapaz de defender lo indefendible.

Nos unimos al resto del grupo, en el que por supuesto no estaba él. Habían hecho falta tan solo unos segundos de contacto visual para que todas las emociones que creía haber enterrado volvieran a brotar cual flores en primavera. Traté de rehuir su mirada el resto de la noche, charlando y bailando con la pandilla que habíamos formado, incluyendo en ella algunos de los miembros de clanes vecinos que desde nuestro regreso de Noruega formaban parte de nuestras filas. Mi tío había reforzado la seguridad aquella noche, por ello, los que no estaban controlando el perímetro en ciertos puntos clave, estaban allí. Demasiados desconocidos habían acudido a la fiesta y, aunque era imposible que pudieran sacarme del pueblo con tanta seguridad a mi alrededor, se habían tomado las precauciones adecuadas.

Me hubiera gustado tomar un par de gin tonics para reunir el valor que necesitaba para hablar con él. Eso no fue posible, así que en el momento en que le vi solo, algo que no había ocurrido prácticamente desde que había llegado, di unos pasos hacia él con la intención de tener una seria conversación pendiente; pero a mitad de camino, un grupo de chicas lo interceptó de modo que ahora se encontraba rodeado por ellas y yo plantada ahí en medio como un maldito arbusto. No podía culparlas, yo misma me sentía atraída hacia él como las mareas a la luna.

Erwan me dedicó una mirada, aunque no hizo nada por quitarse a las mosconas de encima, así que me di la vuelta algo más que cabreada, en dirección al grupo con el que estaba, sin intención de volver a hacer el ridículo de nuevo. Si eso era lo que le importaba cualquier cosa que tuviera que decirle, allá él; por mi parte, había hecho el intento no una ni dos veces ya.

—Algo me dice que no se lo vas a contar —dijo la voz de mi prima cerca de mi oído.

—Pues no, Álex. —Ella me miró formando unas finas arruguitas en la frente, sorprendida—. Acaba de dejarme prácticamente con la palabra en la boca. Está claro que no quiere hablar conmigo.

—Oh, vamos. Si ni siquiera habéis hablado.

Las chicas tonteaban descaradamente con él como en una competición, a ver quién de ellas se lo quedaba. Él tampoco es que se mostrara de lo más simpático, pero al parecer eso poco les importaba. En ese momento vi cómo Gabrielle entraba en el círculo para espantar a sus competidoras e iniciaba lo que parecía una acalorada discusión con él. Pude sentir cómo la rabia y los celos hervían en mi interior, casi los podía imaginar haciendo burbujitas con mi propia sangre.

Álex lo miró entornando los ojos y haciendo un gesto negativo con la cabeza.

—¿Sabes qué te digo? —Enarqué una ceja a la espera de su respuesta—. Que por lo pronto vamos a pasar del tema y divertirnos un rato, ¿no es a lo que hemos venido? —Una sonrisa traviesa asomó por sus labios en forma de corazón.

Me cogió de la mano llevándome hacia la zona donde estaban nuestros amigos, dejó su bebida en manos de su hermano y aprovechando que empezaba a sonar una nueva canción me arrastró a la pista.

Reí divertida al reconocer «Noche y de día» de Enrique Iglesias, sintiendo cómo mi enfado comenzaba a disiparse. Supongo que sería la nostalgia de estar fuera de casa lo que hacía que escuchar una canción en tu lengua sonara especial.

Álex me cogió de la cintura y comenzó a moverse de forma provocadora como solo ella sabía. Me consideraba una alumna aventajada por lo que no tardé mucho en seguirle la corriente mientras me desgañitaba cantando a viva voz. Por suerte el sonido de la música era tan fuerte que ocultaba mis berridos, aunque lo cierto era que hacer el ridículo cantando y bailando donde no tocaba era un deporte que solía practicar en numerosas ocasiones con Judit y el resto de amigas, sin importarnos un ápice lo que opinaran los demás.

Ray se unió a nosotras colocándose en medio. Percibí la contrariedad en el rostro de mi prima cuando él la cogió de la cintura y la atrajo hacia sí.

—¿Marcando territorio? —le dije arrimándome desde su espalda al tiempo que bajaba mis manos por ella de forma seductora y acababa dándole un cachete en su bien formado trasero.

Soltó una carcajada dándose la vuelta quedando en posición inversa, Álex detrás y Ray y yo cara a cara.

—Exactamente. —Me atrajo hacia sí cogiéndome de la cadera y acercando su boca a mi oído como si fuera a besarme añadió—. También trato de evitar una masacre.

Sonreí pensando que se refería a sí mismo, por si alguien osaba a acercarse a su pelirroja, la cual, ni corta ni perezosa, había decidido aprovechar la oportunidad y seguirle el juego.

Unas manos se posaron en mi cintura, o lo poco que quedaba de ella, poniéndome en estado de alerta.

—Tres son multitud, morenita. —Al reconocer la voz de Max me di la vuelta sonriente.

—¿No se supone que eres tú quien pone la música?

—Sí, pero como esta canción no tiene ningún tipo de arreglo me puedo permitir un pequeño descanso. —Reí a carcajadas mientras él me daba la vuelta sobre mí misma para volver a agarrarme y atraerme hacia sí.

Había que reconocer que además de simpático, guapo y divertido, bailaba estupendamente bien. Por unos momentos fui capaz de evadirme de mi propia realidad, los problemas y lo que estaba por venir para disfrutar como era lo propio en una persona de mi edad.

—Si las miradas matasen creo que ahora mismo caería fulminado —comentó acercándose a mi oído con una sonrisa pícara en los labios—. Realmente lo estoy disfrutando.

No sé por qué mi mirada se fue hacia Gérard, el cual nos observaba con una expresión tranquila e incluso divertida, me atrevería a decir.

—No me refería al bueno de los hermanos, Amy. —Entonces deslicé la vista entre el gentío hasta dar con la mirada penetrante de Erwan. Me sorprendió que ni siquiera se molestase en ocultar su irritación detrás de su acostumbrada máscara inescrutable como solía hacer siempre—. —Le pasa por capullo.

Nuestras miradas seguían entrelazadas cuando Max salió disparado momentos antes de que acabara la canción. Me quedé sola, en medio del gentío, y al parecer, bastante apartada de Ray y Álex.

—Tengo un mensaje para ti. —Rompí entonces el contacto visual con Erwan para volverme hacia el desconocido que me hablaba—. Voy a citar textualmente: «No importa cuánto te escondas y lo bien protegida que creas estar, acabarás en mis manos más pronto que tarde». —Creo que todos mis órganos se colapsaron en aquel instante—. Por cierto, enhorabuena —añadió con un guiño de ojos posando su mano en mi vientre. Bajé la vista hacia su mano incapaz de creer lo que oía.

Sin decir más, desapareció entre la multitud. Mi pulso aún palpitaba fuertemente en mis sienes cuando traté de establecer contacto visual con alguien conocido. Vi a Erwan tras sus pasos. Él había sido testigo de todo, aunque no de lo que me había dicho. Por fortuna.

Llevé las manos a mi vientre sintiendo cómo el terror más profundo se apoderaba de mí. Mi corazón latía desbocado y empecé a notar cómo me faltaba el aire. Me apoyé en lo primero que pude, que fue el brazo de una chica que bailaba con su amiga. Al principio me miró con enfado, pero debió de apiadarse de mí pues me sostuvo ayudándose de su amiga para evitar que diera de bruces contra el suelo.

—Mírame, pequeña. —Enfoqué la vista hacia los ojos de Gérard—. Tranquilízate, por favor. Estás conmigo. A salvo.

—¿Qué coño ha pasado? —dijo Ray situándose a su lado con la respiración alterada.

—Tiene un ataque de pánico —respondió Gérard—. Respira, Amy.

«Como si fuera tan fácil», pensé.

—No sé qué mierda te ha dicho para ponerte así, pero te puedo decir que Erwan le ha pillado cuando intentaba subirse a su coche.

—Lo sabe —jadeé tratando de controlar mi respiración.

—¿Quién?

—Marlon —contesté—. Sabe que estoy embarazada. Tan solo está esperando el momento para dar su golpe maestro.

Gérard no dijo nada, a diferencia de Ray que soltó una imprecación que asustaría a cualquier camionero, pero sus ademanes no me engañaron. Todos allí sabíamos que no había que menospreciar el poder de Marlon. Estaba jugando sus cartas y había comenzado a enseñarlas.

Capítulo 25

—¡Gérard! —sollocé en cuanto vi la sangre en mis sábanas.

Había pasado una de las peores noches de mi vida, plagada de pesadillas. Me había despertado con algunos pinchazos en el vientre y me notaba algo mojada y pegajosa. La sospecha se había convertido en confirmación en cuanto aparté el edredón hacia un lado. El llanto desesperado y el miedo me impedían pensar otra cosa que no fuera la terrible posibilidad de haber perdido a mi bebé.

—¿Qué ocurre? —Apareció por la puerta del dormitorio pocos segundos después con el rostro desencajado.

Apenas pude articular un par de palabras antes de mostrarle la sangre de las sábanas. Pese a mi borrosa visión advertí la preocupación que se instalaba en su semblante.

—Estírate por favor —me ordenó sentándose a mi lado. Me levantó la camiseta del pijama dejando mi vientre al descubierto y a continuación puso sus manos sobre él.

Cubrí mi rostro porque no quería ver sus ojos cuando me dijera que la había perdido. Quise taparme también los oídos. No podía soportar la idea y entonces pensé en Erwan. Pese a todo lo ocurrido hubiese deseado tenerle a mi lado en aquel momento y compartir con él mi dolor.

—Amy. —Me apartó las manos de la cara—. Tu pequeña está bien.

Entonces me derrumbé.

No solo porque sentí un profundo alivio, también lloré de tristeza. Me había estado engañando a mí misma todo este tiempo, pero la realidad era que me sentía tremendamente sola porque no le tenía a él. Le necesitaba a mi lado compartiendo todos aquellos momentos y saber que aquello no ocurriría nunca me dejó en un estado de desolación absoluto.

—¿Has oído lo que te he dicho? —Dijo incorporándome para envolverme en sus brazos—. Ella está bien. A veces ocurren estas cosas, pero necesito hacerte unas pruebas y aquí no tengo el material. —Asentí con la cabeza, pero no por ello pude dejar de llorar—. Voy a llevarte al hospital, ¿de acuerdo?

Asentí de nuevo aterrorizada, ¿y si ese había sido el objetivo del mensaje?: sacarme de la seguridad de Llo.

Me dejó intimidad para vestirme mientras avisaba a mi tío de que saldríamos hacia el hospital de Osséja. Me cambié lo más rápidamente posible y, tras lavarme la cara y los dientes, bajé las escaleras para ir a su encuentro.

—Te dije que no te movieras de tu habitación.

—Estoy bien —respondí.

Ray y Álex no tardaron en acudir a casa. Mi prima llevaba la misma ropa del día anterior, señal de que había pasado la noche fuera de casa, que viniera junto con Ray era una pista inequívoca de que aquellos dos habían limado algunas de sus asperezas aquella misma noche.

—Verás como todo está bien —dijo Álex llevándome hacia el coche.

Me senté en el asiento de atrás junto con Gérard, que se colocó a mi lado atrayéndome hacia sí.

Hicimos prácticamente todo el camino en silencio. La tensión era física y palpable. Advertí que mi tío viajaba en un coche tras nosotros, aun así no pude sacarme la sensación de inquietud del cuerpo.

Un par de horas más tarde y algo más relajada después de que Gérard me confirmara definitivamente que todo iba bien, esperaba sentada en la camilla a que regresara con el alta para marcharnos a casa. Ray, mi tío y los demás permanecían en la entrada del hospital.

Una doctora joven y atractiva entró en la habitación llamando mi atención. Álex, que esperaba conmigo el regreso de Gérard, se levantó a saludarla. Era evidente que se conocían. Tras una conversación superficial, mi prima aprovechó su visita para salir a buscar una Coca-Cola a la máquina de bebidas, dejándonos a solas.

—Así que tú eres Amy —dijo estudiándome con curiosidad. Asentí formando una sonrisa educada en los labios—. He oído hablar mucho de ti.

No fue lo que dijo, sino su modo de hacerlo. Como si me reprochara el hecho de haber tenido que oír hablar de mí.

—¿Y tú eres? —me empezaba a quedar claro que aquella no era una visita médico-paciente.

—Perdona, soy Alissa. Como puedes ver, compañera y amiga de Gérard.

Asentí como si me importara. Puede que fuesen imaginaciones mías, pero me daba la sensación de que yo no le gustaba.

—Te pareces mucho a ella, ¿sabes?

—Lo sé.

Durante unos segundos ninguna de las dos dijo nada, yo solo quería irme de allí. Empezaba a importunarme soberanamente.

—Nunca ocuparás el lugar que dejó ella. —Mis cejas se alzaron al escuchar aquellas amargas palabras—. Parece que dejó el listón muy alto.

—¿Hablas por experiencia propia?

Tal vez esperaba otro tipo de respuesta porque me miró como si me viera por primera vez.

—Ya podemos marcharnos. —La voz de Gérard interrumpió aquel extraño momento.

Alissa asintió despidiéndose con el rostro ruborizado, la forma en que la miró cuando ella pasó por su lado evidenciaba que había oído nuestra conversación.

Hice el ademán de levantarme de la camilla, pero Gérard me interrumpió.

—Siento que hayas tenido que escuchar eso. No sé por qué lo ha dicho.

Sonreí.

—Está claro que le gustas.

—Amy, yo... —empezó a decir sin acabar de encontrar las palabras adecuadas.

—No tienes que decir nada. Yo sé lo que hay aquí, Gérard —señalé colocando mi mano en su corazón—. Siempre lo he sabido. Nosotros nos queremos, pero no de esa forma.

Me miró entre sorprendido y admirado provocando una sonrisa en mis labios.

—Te quiero muchísimo, pequeña. Más de lo que un hombre debería querer a su cuñada, pero mi corazón se fue con ella. Nunca volveré a amar a nadie como a Em.

—No digas eso —acaricié su bien parecido rostro. En aquellos momentos me pareció tan vulnerable que quise abrazarle y protegerle de todo lo que nos rodeaba—. Algún día encontrarás a alguien especial, aunque ahora mismo no puedas ni planteártelo.

—Tú eres mi chica especial —contestó con una sonrisa—. Y mi sobrina. —Su mano derecha se posó en mi vientre—. Espero que no salga a su madre, porque si no, nos va a traer a todos de cabeza.

Reí divertida mientras él me abrazaba besándome el pelo con cariño. Luego me apartó y con el semblante más serio comentó:

—He hablado con Erwan. —Abrí los ojos de par en par sintiendo que el corazón me daba un vuelco.

—¿Por qué?

—Vino a casa esta mañana. Quería hablar contigo.

—¿Qué le dijiste?

—Que dormías. —Asentí soltando el aire que había estado conteniendo—. Tenía trabajo atrasado por lo que debe de estar en el Adytum y no se ha enterado de nada de todo esto. Pero tarde o temprano llegará a sus oídos. —Bajé la mirada hacia mis propias manos sabiendo lo que vendría a continuación—. Esta situación no tiene sentido. Tú le quieres y él...

—Me rechazó y se lió con otra —le corté.

—Eso no es así y lo sabes.

—Él no quiere a mi bebé.

—Puede que tú misma te hayas convencido de esa mentira, pero conozco a mi hermano. Nunca le volvería la cara a un hijo suyo. —¿Y si tenía razón? ¿y si me había convencido de lo contrario?—. Mira, Amy, esta noche vendrá a casa y se lo cuentas. Si tienes razón, cosa que dudo, no habrá más que hablar.

A los pocos minutos de llegar a casa, mi tío vino a verme. Gérard había vuelto de regreso al hospital, por lo que no contaba con más compañía que la de Llop y Fum, ambos detrás de mis pasos como si supieran lo que había ocurrido aquella mañana.

—No me puedo creer que nos hayáis ocultado algo tan importante.

—Lo siento —fue lo único que atiné a responder sintiéndome como una niña pequeña siendo regañada por un adulto.

—Ahora mismo solo lo sé yo, aparte de las personas en las que has depositado tu confianza este tiempo. —No se me escapó el tono de reproche—. Mis hombres no saben el motivo por el que has acabado esta mañana en el hospital, pero ten por seguro que se correrá la voz. He convocado una reunión para mañana. El clan debe de saberlo.

Asentí haciéndome cargo de la tesitura en la que me encontraba.

—Soy incapaz de imaginarme el motivo por el cual tampoco se lo has contado a Erwan, pero será mejor que se lo digas antes de que se entere mañana.

—¿Qué te hace pensar que no se lo he contado? —Había sido yo la que le explicara a mi tío que estaba embarazada, y quien le contara que era de Erwan y no de Gérard como rápidamente había pensado.

—Porque no habría desaparecido durante semanas sabiendo que esperas un hijo suyo, porque empiezo a hacerme una idea de por qué se largó y porque no le he visto a tu lado esta mañana.

De nuevo asentí emitiendo un sonoro suspiro. Tenían razón, hablaría con Erwan y acabaría de una vez con aquel sinsentido. No es que me hubiera propuesto ocultárselo adrede, me fastidiaba que pensaran eso. Había intentado decírselo en varias ocasiones, el hecho de que hubiera desaparecido del mapa durante tanto tiempo no había facilitado las cosas.

Decidí ocupar el resto del día y, en especial, mi mente en otras cosas más productivas hasta su visita de la noche. Por eso me sorprendí cuando un par de horas después sonó el timbre de la puerta. Ni siquiera eran las cinco de la tarde. Con el corazón acelerado abrí para encontrarme el hermoso rostro de Gabrielle. No me habría asombrado más la visita de Marlon, aunque en ese caso igual hubiese muerto del susto.

—Creo que tenemos que hablar, Amy.

—¿Ah, sí?

Ella asintió haciéndome un gesto con la cabeza instándome a que la invitara a entrar.

Me hice a un lado todavía no sé por qué. ¿Acaso me interesaba nada de lo que pudiera contarme? Mis experiencias con las ex amantes de Erwan no eran algo para recordar y aun así seguí sus pasos hasta el salón, llevada por la curiosidad.

—Tal como la recordaba —comentó echando una ojeada al salón—. Tu hermana era una de mis mejores amigas, ¿lo sabías?

—También Álex y si no me equivoco no quiere verte. —Gabrielle asintió formando una fina línea en sus carnosos labios.

Se sentó en el sofá bajo mi escrutadora mirada. Que dijera lo que tenía que decir y se marchara. Estar cerca de ella me traía recuerdos dañinos que hubiera preferido olvidar.

Fum se acercó a sus pies y ella lo cogió sonriendo de puro gusto poniéndolo en su falda. Fue un arrebato infantil el que me llevó a quitárselo de las manos para que no lo tocara. Puede que se hubiese quedado con el corazón de Erwan, pero no iba a dejar que también les gustase a mis mascotas.

Me miró con una extraña sonrisa haciéndome un gesto para que tomara asiento a su lado. Lo hice a regañadientes, sabía que me estaba comportando como una completa estúpida, pero era así como me sentía a su lado.

—Sé lo que hay entre Erwan y tú —empezó a decir—, bueno, sé lo que él ha querido contarme. —Advertí cómo mis cejas se alzaban con sorpresa hasta casi tocar el nacimiento de mi cabello.

—En realidad no hay mucho que contar.

—Yo no diría tanto.

—¿Y eso te lo dijo antes o después de hacerte el boca a boca?

De nuevo aquella sonrisa, aunque esta vez no llegó a sus bonitos ojos.

—Volví a casa con la única intención de hacer las paces con los míos. No me fui en los mejores términos, y de eso hace ya casi diez años. Tampoco pensé que volvería a sentir cosas tan fuertes por él, pero así es el tiempo, hace que olvidemos, pero no cambia lo que sentimos.

—¿A qué has venido?

No fue necesario que especificara que me refería a aquellos momentos, su vida no me interesaba lo más mínimo y ella era consciente de ello.

—No sé muy bien lo que está pasando entre vosotros dos —comentó yendo al grano—, pero quiero que sepas que la otra noche no ocurrió nada. Me abalancé sobre Erwan porque aún le amo y pretendía recuperarle. Él me rechazó, pensé que pretendía castigarme por lo ocurrido hace diez años, y entonces viniste tú y lo comprendí todo. —Mis ojos se abrieron de par en par ante aquella confesión—. Se puso hecho una furia conmigo cuando te fuiste.

—Vaya —dije a falta de algo más inteligente.

—Sé que hoy has estado en el hospital y espero que no tenga nada que ver con esto, Amy. Ayer en la fiesta te vi realmente mal.

—¿Por qué discutíais?

—Porque le vi siguiéndole la corriente a aquellas chicas en vez de hablar contigo, como realmente sé que le hubiese gustado hacer, y me molestó.

La miré con el ceño fruncido sin saber si realmente debía creerme toda aquella palabrería.

—¿Por qué?

—Porque no soy una mala persona, Amy, pese a que es lo que parece que te han hecho creer. No tengo ninguna opción con él, así que no tiene sentido que me entrometa. Tan solo quiero reparar mi error.

—¿Puedo preguntar qué pasó entre vosotros?

Se miró las manos durante unos segundos, pensativa.

—Le traicioné. —Eso ya lo sabía, pero me abstuve de hacer ningún comentario—. Lo peor de todo es que no fui la única culpable, en cambio, el otro implicado salió de rositas.

—Max. —No fue una pregunta, sabía que me estaba metiendo donde no me llamaban, pero aquello empezaba a resultarme de lo más extraño.

—¿Sois muy amigos?

—Lo suficiente.

—Pues ten cuidado con él porque no es lo que parece. —Acto seguido se levantó y se alisó la falda en un gesto casual. Puede que a ella no le apeteciera seguir hablando del tema, pero a mí sí.

¿Qué quieres decir con eso?

—Yo era joven e impresionable, y ellos el sueño de cualquier mujer. No voy a quitarme mi parte de culpa, pero él también la tuvo, y mucha. Tuve la mala suerte de que cuando al fin, después de muchos meses tratando de seducirme, me dejé llevar, Erwan nos pilló.

—Yo más bien diría que tuviste tu merecido.

Ella asintió con la cabeza.

—Lo tuve, pero, ¿tú perdonarías a tu amiga si te hiciera eso? —Negué con la cabeza, jamás consideraría como tal a alguien que me traicionara de ese modo—. Dijo que fui yo la que no dejaba de molestarle. Se inventó la excusa de que sabía que Erwan venía al Adytum para justificar lo que estábamos haciendo. Quería que su amigo viera con sus propios ojos la clase de mujer que era.

—¿Has intentado explicárselo?

—Ya no tiene importancia. Para él no fui más que una zorra traidora, da igual quién tuviera la culpa. —En eso sí que tenía razón—. Aunque ver a su amigo contigo anoche no hizo más que echar leña al fuego. Sé que no le gustó un pelo.

Caminamos en silencio por el pasillo, en mi caso pensando en la confesión que acababa de escuchar. Desde luego que era mucho en lo que tenía que pensar.

—Siento si he sido un poco borde —dije ya en la puerta de casa—. Agradezco tu sinceridad.

—Yo siento que te llevaras una mala impresión de mí. En aquel momento deseé que pensaras que estábamos juntos, pero la realidad es que Erwan no me habría dado una nueva oportunidad aunque nunca hubieses aparecido. Perdí mi tren, Amy, no hagas tú lo mismo.

—Creo que ese tren nunca fue para mí.

Gabrielle me miró arrugando el entrecejo sin comprender.

—Debes de estar muy ciega para no ver lo enamorado que está de ti.

Con aquellas palabras flotando en mi cabeza me volví sobre mis pasos. Antes de llegar siquiera al salón sonó de nuevo el timbre. Abrí la puerta pensando que sería Gabrielle, cuando para mi sorpresa fue Max quien esperaba al otro lado.

—Me he enterado de lo del hospital. ¿Cómo estás?

—Pues sí que van rápidas las noticias por aquí. —Max sonrió.

—Me he encontrado con Ray y Álex.

—¿Juntos? —pregunté entrecerrando los ojos.

Soltó una carcajada al tiempo que asentía.

—No vayas por ahí, *listilla*, tu tío les ha puesto guardia juntos.

Sonreí apartándome a un lado para dejarle pasar. Álex había pasado la noche en casa de Ray, dudaba que en eso tuviera algo que ver mi tío. Me guardé aquellos pensamientos para cuando viera alguno de aquellos dos, iba a ser de lo más divertido.

—¿Te apetece tomar algo?

—No, me voy para el Adytum, tan solo pasé para saber de ti.

Asentí formando una sonrisa mientras me sentaba en el sofá. Max era un encanto, me costaba creer las palabras de Gabrielle por más sincera que hubiese parecido.

— Gabrielle acaba de estar aquí. —Max alzó las cejas en un gesto de desconcierto.

—¿Te ha molestado? —Negué con la cabeza.

—Vino a contarme que no pasó nada entre ella y Erwan el día que les pillé.

—¿En serio? —preguntó pensativo.

—¿Crees que miente?

—Para nada, por eso me sorprende. Es una mentirosa redomada.

—¿Por qué la odias tanto? —pregunté con curiosidad. Me hacía una idea, pero si lo que ella había contado era cierto no tenía ningún sentido.

—Porque es falsa y egoísta, y porque estuvo a punto de romper mi amistad con Erwan.

Me quedé pensativa dándome cuenta de lo poco que coincidían ambos puntos de vista. Bueno, en realidad sí, ninguno de los dos tenía muy buen concepto del otro.

—Te ha contado lo que ocurrió, ¿verdad? —Asentí con la cabeza sin poder mentirle.

Resopló con fastidio mirando su reloj de pulsera.

—Tengo que irme, he quedado con Erwan y unos proveedores en el Adytum. Si quieres, de camino al coche te cuento lo que realmente ocurrió.

¿Podía negarme acaso? Estaba decidida a llegar al fondo del asunto. ¿Por qué? Ni idea. Realmente debía de ser por aburrimiento, porque normalmente no era tan cotilla. Aquello había pasado hacía muchos años y nada tenía que ver conmigo.

—No voy a mentirte diciéndote que no me gustaba. —Empezó a explicar mientras cerraba la puerta de casa—. Es una mujer preciosa. Nos habíamos liado en varias ocasiones antes de que empezara a salir con Erwan, pero vamos, que no fui el único. No era una santa. —Asentí con la cabeza caminando hacia el coche que se encontraba al final del camino—. En cuanto empezó a salir con él dejamos de vernos, durante un tiempo todo fue bien, pero entonces empezó a hacerse la encontradiza conmigo, buscándome todo el tiempo. Llegó a amenazarme incluso, ¿te lo puedes creer? Tiene una mente privilegiada y de lo más retorcida. Cansado de su acoso constante decidí jugársela para que Erwan supiese cómo era su novia. —Aquella palabra retorció mi estómago produciéndome incluso dolor—. Nos pilló *in fraganti*, el resto de la historia puedes imaginártela.

—No se parece mucho a lo que ella me ha contado, la verdad.

¿Por qué iba a contarte una historia que la deja como a una zorra de primera?

—¿Y por qué no? —repliqué rompiendo una lanza en su favor—. Ha sido sincera, tú mismo lo has dicho, en cuanto a lo de la otra tarde. ¿Por qué mentirme en eso? A mí ni me va ni me viene.

—Porque no tiene a nadie, Amy. Sus amigos se pusieron de parte de Erwan. Sabe que lo suyo con él ya no tiene remedio, tal vez piense que tu amistad sea un principio para que los demás hagan borrón y cuenta nueva.

Demasiado retorcido. Me había parecido que decía la verdad, aunque Max también. Estaba claro que uno de los dos era un gran actor, pero ¿quién?

Para mi desgracia, no tardé mucho en descubrirlo. A pocos metros de llegar al coche de Max, las puertas traseras se abrieron. Mi cuerpo se paralizó por completo y un sudor helado me recorrió la columna vertebral. Adrien, el Psicópata, una de mis peores pesadillas, bajó del coche con su característica sonrisa pérfida en los labios. El Hombre Búfalo, su inseparable compañero de juergas, apareció por el otro lado.

Di un paso atrás con la intención de salir corriendo, pero el cuerpo fornido de Max me lo impidió. Me volví con la incredulidad asomando a mi rostro para mirar a la cara de la persona que estaba a punto de condenarme.

—Lo siento, Amy. —Había pesar en sus ojos pese a la traición que estaba cometiendo—. Me caes bien.

—¿Cómo puedes ser capaz de hacer algo así? —espeté dándole un empujón en el pecho.

—No es nada personal. Ojalá no fueras tú.

—¿Es por Erwan? —pregunté empezando a sospechar su motivación. Su incapacidad para mantenerme la mirada me lo confirmó—. ¡Es a mí a quien se lo estás haciendo, maldito cerdo! —aullé dándole un nuevo empujón—. ¿Cómo puedes ser tan ruin? Siempre le has tenido celos, ¿es eso? —Su falta de respuesta empezaba a ponerme furiosa—. ¿Es por Gabrielle?

—Lo cierto es que me jodió bastante, pero todo esto va mucho más allá —replicó al fin—. No debió de darle la espalda a Marlon.

—No me puedo creer lo que estoy oyendo. ¿Qué crees que va a pasar cuando el clan se entere?

—Nadie va a enterarse, Amy. Aquí solo estamos tú y yo. Tú no vas a volver así que...

Tragué saliva consciente de que lo que decía era cierto. Una vez en manos del Monstruo no volvería con los míos jamás.

—No es nada personal. Es cuestión de bandos, no pienso estar en el perdedor cuando todo esto termine.

—Eso se lo dices a mi tío cuando te tenga a su merced, porque si crees que vas a salir impune es que eres más estúpido de lo que creía.

Sonrió. No fue una sonrisa cruel, pero me sacó de mis casillas de igual modo haciéndome saltar hacia él.

—Tranquila fiera —me interceptó Adrien—. Mejor te guardas toda esa energía para cuando nos encontremos a solas. —Me metió en el coche a la fuerza atándome pies y manos, y obligándome a estirarme en el sillón de detrás.

Me habían tapado también la boca con un pañuelo para asegurarse de que la salida del pueblo con el coche de Max se hiciera sin ningún incidente por mi parte. Centré mi mirada en los árboles que se sucedían mientras pensaba que sería la última vez que hiciera aquel recorrido. La última vez que estaría entre los míos. Desconocía lo que ocurriría a partir de aquel momento, pero era seguro que Marlon no volvería a dejarme escapar. La cuestión era si sería capaz de impedirle llegar a su objetivo.

Capítulo 26

—Estoy tratando de localizarla —fue lo primero que dijo su hermano al abrirle la puerta con la oreja pegada al teléfono—. Pasa.

Siguió sus pasos por el pasillo algo extrañado por el hecho de que no se encontrara en casa, aunque conociéndola era probable que estuviese con Álex o Judit.

—Joder —soltó Gérard colgando el teléfono móvil—. Es la tercera vez que la llamo. No contesta.

—¿Has probado con su amiga o Álex? —Su gesto de asentimiento empezó a ponerle nervioso.

—Acabo de avisar a Robert. —Se pasó las manos por el pelo paseándose de un lado a otro de la habitación como un león enjaulado—. Esto no es propio de Amy.

Erwan sacó su teléfono móvil con el corazón en un puño, antes incluso de pulsar la tecla de descolgar sonó el timbre de la puerta. Sintiendo un resquicio de esperanza esperó a ver de quién se trataba. Fueron Robert, Álex y Ray los que hicieron su aparición en el salón. Era con Ray con quien quería hablar de modo que se guardó el teléfono en el bolsillo, acercándose a la mesa donde este rápidamente empezó hacer un despliegue de varios portátiles y otros artilugios.

—El localizador —dijo Erwan—. Si lleva el teléfono móvil encima sabremos dónde está.

Ray asintió, evidentemente había pensado en ello. Le llevaría algunos minutos más ponerlo en activo, puesto que había sido desactivado a petición de Amy. Había accedido con la condición de mantenerlo en el sistema del teléfono móvil por si había que reactivarlo de nuevo.

—Quiero saber quién fue la última persona que entró y salió de esta casa —ordenó Robert antes de colocarse el móvil en la oreja alejándose unos pasos.

—Ella soñó con esto hace un par de noches —explicó Gérard cada vez más nervioso—. Le dije que era una pesadilla sin más, que era imposible que él se atreviera a entrar en nuestro territorio.

—Dudo mucho que lo haya hecho —dijo Ray sin apartar la vista de la pantalla del ordenador—. Si de verdad han sacado a Amy de Llo es porque cuentan con la ayuda de alguien de nuestro círculo.

Agnes, Marcelle y Gilles no tardaron en hacer acto de presencia en casa de Amy. El rostro de Agnes era ceniciento, parecía haber envejecido años desde la última vez que la vieran.

—Gabrielle vino a hacerle una visita esta tarde —anunció Álex tecleando uno de los ordenadores—. Después de eso el sistema de alarma aparece desconectado.

Erwan abrió los ojos de par en par incapaz de creer lo que oía.

—La quiero aquí ahora mismo —ordenó Robert.

Gilles se encargó de hacer la llamada que traería a la muchacha para que diera las oportunas explicaciones si es que tenía algo que ver con la desaparición de Amy.

—No puedo ni imaginarme el miedo que debe de estar pasando mi pobre niña —murmuró Agnes sentada en uno de los sillones sin dejar de mirarse las manos.

—De nada sirve pensar en eso ahora —dijo Marcelle, apoyado en el ventanal que daba al jardín—. Amy es una joven fuerte. Además, Marlon la necesita con vida para llevar a cabo su plan, eso nos da un margen de tiempo para actuar.

—No tenemos ningún margen de tiempo —saltó Erwan presa de los nervios—. Todos aquí sabemos lo que quiere de Amy, cuanto más tiempo pase en sus manos mayor será el daño.

—No si ella ya está embarazada —comentó Álex. No era la mejor forma de dar a conocer la noticia, pero el resto del clan tenía que estar al corriente para saber a qué atenerse.

Los ojos de Erwan se abrieron de par en par al oír las palabras de Álex. La sangre abandonó su rostro y por un momento tuvo que apoyarse en la pared. Sabía que aquello ocurriría tarde o temprano, lo que desconocía era que iba a dolerle como un hachazo directo al corazón.

—¿En serio? —preguntó Gilles incrédulo rompiendo el espeso silencio que se había instalado en el salón. Gérard asintió confirmando así el anuncio de la pelirroja—. Eso no le soluciona la papeleta a Marlon. Necesita un hijo de su sangre, no uno cualquiera.

Erwan se sentó en lo primero que tuvo a mano sintiendo cómo sus fuerzas comenzaban a fallarle.

—Pero ese niño es de su sangre, ¿me equivoco? —aventuró Agnes.

Su corazón dejó de latir en aquel momento, levantó la cabeza que tenía apoyada en ambas manos para ver la confirmación en el rostro de su hermano que asentía de nuevo dándole la razón a Agnes.

—Eso nos favorece entonces —apuntó Marcelle—. Ya se cuidará Marlon de que no le pase nada al que considera su heredero.

—Esa persona que nos ha traicionado lo sabía —explicó Gérard—, sabía que Amy estaba embarazada y se lo dijo a Marlon. El tipo de ayer, su mensajero, se lo hizo saber a Amy.

—¿Y tú lo sabías? —Estalló Erwan abalanzándose sobre su hermano—. ¿Sabías que esperaba un hijo mío y aun así aceptaste venirte a vivir aquí? ¿Te acostabas con ella también? —inquirió ciego de rabia cogiéndole del cuello de la camiseta para empotrarlo contra la pared—. ¿Pensabais decírmelo algún día?

Gilles, que era quien se encontraba más próximo los separó.

—Pregúntate a ti mismo por qué no te contó nada —replicó Gérard furioso.

La llegada de Gabrielle escoltada por Serge hizo que todos allí callaran a la espera de que Robert la interrogara. Ella miró a cada uno de los presentes con extrañeza, aunque se abstuvo de hacer ningún comentario.

Su primer error fue atarme las manos por delante. Había cogido mi teléfono móvil al salir, el cual no solo llevaba el localizador que Ray me instalara hacía meses por petición de Erwan, sino que pensaba utilizarlo en cuanto me dejaran a solas.

Lo saqué del bolsillo del pantalón con sumo cuidado y disimulo, lo puse en silencio y lo escondí en mi sujetador. Era seguro que me registrarían antes de meterme en algún tipo de cuarto oscuro como la vez anterior, aunque dudaba que hiciesen un minucioso registro, al fin y al cabo la ropa veraniega no daba lugar a muchos escondrijos.

Unos veinte minutos más tarde, nos detuvimos. Me desataron los pies para que pudiera caminar y me hicieron bajar del coche. Esta vez no hubo empujones ni nada por el estilo. Tampoco se molestaron en cubrirme los ojos, estaba claro que daban por hecho que no volvería con mi gente. Con aquel pensamiento atenazándome el pecho eché un vistazo a mi alrededor. Era un lugar bonito, rodeado de altísimos abetos por todas partes. La vivienda era muy del estilo de la de Agnes, grande y evidentemente antigua. Recorrí con la mirada la zona por ver si había otras casas, pero allí no había más rastro de presencia humana que la carretera por la que habíamos venido.

Tras pasar una serie de estancias y un pequeño pasillo, bajamos unas escaleras que recordaba de mi anterior confinamiento. Sabía perfectamente adónde nos dirigíamos. El olor a humedad impregnó mi desarrollado sentido olfativo, aunque no me desagradó, por el contrario, me trajo recuerdos del sótano de mi propia casa haciendo volar la mente a mi lejana y feliz infancia.

Adrien abrió la puerta de la habitación y, para mi sorpresa, me hizo un gesto con la mano invitándome a entrar. Era probable que Marlon les hubiese advertido en cuanto a cómo tratarme, llevaba algo demasiado valioso para él en mi interior.

En cuanto me vi sola en aquella cavernosa celda saqué el móvil. Era ahora o nunca. Con toda la habilidad que mis manos atadas y temblorosas me permitieron, pulsé la tecla para activar la pantalla. El único haz de luz en aquella inmensa oscuridad provenía de mi teléfono. Comprobé la cobertura sintiendo cómo el corazón amenazaba con salirse de mi pecho al ver que podía comunicarme sin problemas a través de él. Rápidamente empecé a pulsar las teclas rezando porque mi llamada de socorro llegara antes de que lo hiciera la peor de mis pesadillas.

—No me puedo creer lo que estáis insinuando —dijo Gabrielle indignada.

—No estamos insinuando nada, te pongo en situación para que comprendas los hechos —señaló Robert.

—¿Por qué viniste? —inquirió Erwan perdiendo la paciencia.

—¡Ya os lo he dicho! Vine a hablar con ella.

—¿Hablar el qué?

—¡No te importa! —Su rostro perfecto había adquirido un matiz escarlata que evidenciaba su enfado.

Erwan se pasó las manos por la cara con frustración. No tenían tiempo para eso, él solo quería ir tras Amy y dar con el maldito bastardo que estaba haciéndoles la vida imposible.

—¿Por qué iba a aliarme con esa gente? —Espetó tratando de hacerles entrar en razón— Si él gana, todos perdemos. ¿Es que no os dais cuenta de lo cortas que son vuestras miras?

—No es la primera vez que nos traiciona un miembro de este clan —comentó Agnes—. Y parece evidente que de nuevo lo han vuelto a hacer.

—¡Pues esa no soy yo! Jamás traicionaría a mi gente. —La mirada de Erwan le valió para hacerla estallar—. ¿Es por eso? —preguntó con incredulidad—. ¿Me estás juzgando por algo que ocurrió hace diez años?

—¡Me importa una mierda lo que ocurrió hace diez años! Solo queremos saber la verdad.

—Pues empezad a buscarla en otra parte porque estáis perdiendo el tiempo.

—Tiene razón —confirmó Álex—. Ella no ha tenido nada que ver con la desaparición de Amy.

—¡La tengo! —anunció Ray apuntando la dirección en un papel—. Está en las afueras de Bloquère.

Robert cogió el papel de sus manos cuando el teléfono móvil de Ray empezó a sonar. Este, con los ojos a punto de salirse de sus cuencas hizo un gesto con la mano para que todos guardaran silencio.

—Es el teléfono de Amy —anunció escéptico creyendo que sería alguno de sus secuestradores mientras pulsaba la tecla de descolgar.

—Ray —dije en apenas un susurro.

—¿Amy?

—Escúchame, no sé el tiempo que tengo. Me tienen encerrada en una habitación bajo el nivel de suelo. Se trata de una casa antigua tan solo rodeada de una espesa arboleda. No he visto ninguna otra a su alrededor. El trayecto en coche ha sido de unos veinte minutos.

—Lo sé, cariño. Te tengo.

Bien, el localizador había hecho su trabajo. Sabía que Ray podía volver a activarlo después de que le pidiera que lo desconectara, lo que desconocía era el tiempo que tardaría en hacerlo. La puerta de la celda se abrió en aquel instante. No había tiempo para esconder el teléfono y disimular, por lo que me jugué los últimos segundos a una sola carta:

—Max está con ellos.

Aquella fue la última frase que pude decir antes de que una mano lanzara el aparato contra el suelo. Seguidamente noté el impacto de esa misma mano en mi cara con tanta fuerza que me hizo volver la cabeza hacia un lado.

Picó. Y mucho.

Ladeé la cabeza para mirar a los ojos de la persona que acababa de golpearme mientras saboreaba mi propia sangre.

—Muchacha estúpida —escupió Grâce.

—Estúpida hubiese sido de no haber aprovechado la oportunidad de pedir ayuda a mi gente.

—¿Crees que te va a servir de algo? —Una sonrisa de suficiencia asomó a sus labios—. Lo único que has conseguido es adelantar nuestro viajecito.

—Vendrán a por mí —dije con más seguridad de la que realmente tenía.

—Ellos nunca van a encontrarte, será mejor que vayas haciéndote a la idea.

Tras decir aquellas palabras que calaron a través de mi epidermis como cientos de finas agujas, se volvió haciendo que Adrien, el Psicópata, y su amigo, me escoltaran tras ella. Traté de entorpecer nuestra huida yendo más lenta de lo habitual, pero un par de empujones me dejaron claro que no iban a andarse con miramientos por más que estuviera embarazada. Recé a la Diosa un sinfín de plegarias para que se apiadase de mí y se decidiera a actuar de una vez por todas.

Capítulo 27

Me costaba mantener los ojos abiertos. Llevábamos horas en el coche, parecía que aquel viaje nunca iba a tener fin y con cada kilómetro que nos alejábamos de casa disminuían mis esperanzas de que pudieran encontrarme.

Debí dejarme vencer por el sueño, pues cuando abrí los ojos de nuevo ya no me encontraba en aquel maldito coche. Me incorporé en la cama tratando de hacerme una idea de qué era aquel lugar. «Al menos no me han drogado», pensé mientras me ataba los cordones de mis zapatillas. Me habían acostado vestida, lo cual era de agradecer, tan solo habían liberado mis pies del calzado.

Tras lavarme la cara en el baño que había en la habitación y sentirme persona, intenté salir del dormitorio, pero la puerta estaba cerrada con llave. No me sorprendió, ahora era su prisionera y esta vez se asegurarían de mantenerme a buen recaudo hasta ver cumplido el que quiera que fuera su plan.

La estancia me recordó a una de las habitaciones de un castillo. El suelo era de madera oscura y las paredes de piedra. Había tapices por todas partes y una enorme chimenea de casi mi altura, ocupaba la pared que había justo enfrente de la cama. Al salir a la terraza advertí que ya había estado allí antes; en mis sueños. Tragué saliva al recordar cuál sería la visita que vendría a continuación. Miré hacia la puerta y, como si hubiese estado esperando algún tipo de señal, esta se abrió. Mi corazón se encogió, pero no fue Marlon el que entró esta vez, sino una joven que portaba una bandeja con algo de comida.

—Al fin te has despertado. —Mi estómago rugió al ver el tentempié que portaba la muchacha.

—¿Qué hora es?

—Son más de las cinco —respondió colocando la bandeja en una mesa que había junto a la pared—. Marlon quiere que cenes con él y su familia, te he traído ropa para que puedas asearte y cambiarte. Vendré a buscarte a las ocho.

La miré sin saber qué decir mientras la veía desaparecer por la puerta.

Tras engullir la comida con avidez, me metí en la ducha. Froté mi cuerpo como si de aquel modo pudiera desprenderme de todo cuanto había sucedido en las últimas horas. No me quedó más remedio que ponerme el vestido y la ropa interior que trajo la muchacha. Mi ropa necesitaba un buen lavado después de veinticuatro horas con ella puesta. Al menos estaba por estrenar, yo misma le había quitado las etiquetas a cada prenda, aunque de no ser así, la habría usado igual.

Imagino que serían las ocho cuando la joven vino a buscarme. Había perdido mi reloj de pulsera por lo que andaba completamente desorientada, más si teníamos en cuenta que prácticamente me acababa de levantar.

La seguí por un largo pasillo sin poder evitar fijarme en los retratos pintados al óleo que colgaban de las paredes, así como en el resto de obras de arte que iban pasando ante mis ojos a medida que nos acercábamos al salón: tapices medievales, armas y armaduras, muebles antiguos, candelabros, etc. Tuve que contener mi asombro al llegar a nuestro destino. No era especialmente grande, pero conservaba todo el encanto de los palacios que salpicaban la ribera del Loire.

—Bienvenida a mi hogar.

Giré en redondo para encontrarme cara a cara con el Monstruo de mis pesadillas que en aquel momento besaba mi mano al más puro estilo cortés. Sus ojos, del mismo tono peculiar que los de Erwan, brillaban sin un ápice de la maldad de la que había hecho gala la última vez que nos viéramos. Grâce y su nieta, Sophie, me miraron con interés.

—¿Qué tal el viaje? —preguntó como si no hubiese sido en contra de mi voluntad. Enarqué la ceja indignada por su desfachatez—. Espero que la habitación sea de tu agrado —añadió separando una de las sillas de la larga mesa para que tomara asiento.

—Sinceramente prefiero la de mi casa —respondí al tiempo que me sentaba.

—Descarada —siseó Grâce tomando asiento a mi lado.

Sentí la indignación crecer dentro de mis entrañas, pero me limité a resoplar de una forma muy poco digna de una señorita. Sophie, que estaba situada justo delante de mí se llevó la copa de vino a los labios mientras trataba de ocultar la sonrisa.

—Siento oír eso —dijo Marlon ocupando la cabecera de la mesa—. Este va a ser tu hogar de ahora en adelante.

—Mi hogar —repetí con una sonrisa fría en los labios.

—Así es.

—¿Y puedo saber qué lugar es este?

Unas manos aparecieron en mi campo de visión portando sendos platos repletos de comida y colocándolos sobre la mesa. Mi estómago gruñó al percibir el suave aroma de lo que fuera aquel manjar. Miré con fastidio el plato de carne humeante mientras que uno de los hombres que habían traído la comida me servía un trozo, añadiéndole una buena ración de verduras al lado. Puede que aquella no fuera la mejor compañía para cenar, tampoco lo eran las circunstancias; pero ni mi estómago ni mi bebé opinaban lo mismo.

—El santuario sagrado del Mont Saint Michel. —Levanté la vista del plato con el ceño fruncido hasta darme cuenta de que estaba respondiendo a mi pregunta—. —¿Lo conoces?

Asentí con la cabeza tratando de disimular mi horror. Estábamos lejos; muy lejos de casa. Bebí un trago de agua bajo la inescrutable mirada de Marlon que estudiaba todos y cada uno de mis movimientos, haciéndome sentir como un ratón de laboratorio mientras mi mente trabajaba a toda velocidad. Realmente sabía poco más que el hecho de que se trataba de un islote situado entre Bretaña y Normandía, aunque pertenecía a esta última. Calculé que debíamos de estar a unas diez horas en coche de distancia con respecto a Llo.

—¿Sagrado para quién? —inquirí tratando de aparentar una indiferencia y seguridad que estaba muy lejos de sentir—. ¿No es una iglesia lo que corona la cima del monte?

—Una abadía —me corrigió con una enigmática sonrisa formándose en sus labios—. —Antes de ser un lugar de culto para los cristianos lo fue para los galos. Siempre fue un lugar sagrado, Aimée. —Mi piel se erizó ante el modo de decir mi nombre—. Es uno de esos emplazamientos especiales sobre la faz de la tierra en los que el hombre siente que está más cerca de sus dioses. Y, en efecto, así es.

»Los druidas, que como puedes imaginarte a estas alturas eran en su mayor parte de los nuestros, lo dedicaron a Belenos, el dios galo del sol.

—No me extraña que la Diosa se enfadara tanto con sus propios hijos —farfullé mientras cortaba la carne cuidadosamente.

—Los tiempos cambian, querida —contestó Grâce cortante—. El culto a la Diosa como una deidad femenina que se encuentra por encima de todas las demás quedó obsoleto en cuanto las sociedades se hicieron guerreras y poderosas. De seguir los antiguos preceptos, nadie hubiera creído en nosotros.

—Muy apropiado —comenté sin molestarme en ocultar el sarcasmo, al tiempo que alzaba mi copa de agua y le daba un pequeño sorbo.

—Tal vez creas que habrías actuado de otro modo —replicó con una mirada cargada de veneno—. No sois más que unos ilusos; tu gente y tú. ¿Acaso os creéis mejores que nosotros?

—Por supuesto que sí, ¿y sabes por qué? —Dejé los cubiertos sobre la mesa con un fuerte golpe sin importarme ya las formas—. Porque no pretendemos ser nada que no somos. Porque no vamos por ahí matando a nuestra propia familia y sembrando el terror. Porque nuestra vida no gira en torno a algo que no puede ser. Ni siquiera entiendo muy bien lo que hacemos aquí, lo que sí sé seguro es que no es más que una pérdida de tiempo.

—Eso está por ver —ladró perdiendo la compostura.

Marlon puso una mano sobre el brazo de Grâce en un gesto conciliador sin dejar de estudiarme.

—Agnes ha hecho muy bien su trabajo poniéndote en contra de nosotros, ni siquiera nos conoces, Aimée.

—Te aseguro que Agnes no tiene poder sobre mí, soy una mujer adulta que toma sus propias decisiones —repliqué con frialdad tratando de no ahogarme con la rabia y la indignación que me hacían sentir—. Pero te aseguro que no quiero tener nada que ver con vosotros. Nunca.

Marlon entrecerró los ojos sin mostrar ningún tipo de reacción.

—Eso es algo difícil, ¿no te parece? Al fin y al cabo vas a tener una hija de mi propia sangre: mi nieta.

—Mataste a toda tu gente, entre ellos a tu propia madre de la forma más ruin. Engañaste y abandonaste a la madre de Erwan y con ella a tu hijo cuando ya no sirvió para tus intereses, así que no me hagas creer que para ti la familia significa una mierda porque todos sabemos que no es así. —Su rostro se contrajo al oír mi diatriba.

—¡Muestra respeto, niña insolente! —ladró Grâce golpeando la mesa con la mano.

Me volví hacia ella, que me miraba con el rostro enrojecido. Era probable que aquellos dos infundieran miedo con solo mirar a sus secuaces, pero no iban a amedrentarme a mí que no tenía nada que perder.

—El respeto se gana —señalé de forma impasible—. Y ni tú ni él os merecéis el mío. —Miré hacia Sophie que parecía haber empequeñecido a medida que la conversación había ido adquiriendo aquel tinte violento, tratando de pasar desapercibida, pero en cuyo semblante se reflejaba contrariedad e interés a partes iguales—. Tal para cual —añadí—. ¿Lo sabe tu nieta?

Grâce se levantó con el rostro desencajado por la furia dejándome claro que no, que Sophie no conocía su historia familiar.

—¿Cómo sabes tú eso? —quiso saber Marlon interrumpiendo lo que fuera que iba a escupirme la venenosa lengua de Grâce. Por supuesto no se refería a lo que había dado a entender sobre su nieta, sino a lo que acababa de decir sobre él y que solo sabían los supervivientes de la matanza: es decir Enid.

—Sé muchas cosas —respondí deleitándome con su expresión de desconcierto—. Como también sé que tu edad no es la que aparenta ser. Vuelves a subestimarme.

—Entonces ya sabrás lo que hacemos aquí.

La frialdad de su tono me produjo un escalofrío que recorrió toda mi espalda erizándome la piel.

—Lo cierto es que no. —Me levanté porque de repente me sentí tan insignificante que tuve la necesidad de situarme por encima de él—. No sé qué clase de locura pretendes, pero es seguro que no vas a conseguirlo. Nada va a impedir que Ella acabe contigo y todo tu maldito legado.

—Eso es precisamente lo que no va a pasar, Aimée —sentenció exhibiendo una sonrisa que sé que recordaré hasta el fin de mis días—. Olvidas que cuento con tu inestimable ayuda.

La casa de Amy se había convertido en un hervidero de actividad desde su desaparición. Hacía más de dos días de su secuestro y los nervios de sus ocupantes estaban a flor de piel.

Localizaron el que fue centro de operaciones del enemigo, pero había sido demasiado tarde. Lo habían desmantelado por completo por lo que no habían encontrado más que una casa apenas abandonada.

La revelación de Amy en cuanto a la identidad del traidor tampoco había servido de mucho puesto que Max había desaparecido, probablemente alertado por sus nuevos aliados, por lo que se encontraban en un punto muerto y con el tiempo en su contra.

—Necesitamos a alguien como Candice —señaló Robert apoyando las manos sobre la mesa.

—No tenemos a ningún psicométrico entre los nuestros —anunció Agnes—. Contacté con otros clanes amigos y no hay nadie que nos pueda ayudar.

—No me creo que no haya nadie con el don de Candice —discrepó Gilles con gesto contrariado.

—Lo hay, pero no funciona como un radar para localizar personas. Podrían darnos pistas, pero no decirnos en qué lugar está.

—Me sirve —afirmó Robert—. Ahora mismo no tenemos nada. Cualquier pista sobre su paradero nos puede ayudar.

Agnes asintió con aire pensativo.

—¿Tú no puedes contactar con ella? Eres telépata —preguntó Judit volviendo la mirada hacia Gilles y abriendo los ojos de par en par.

Gilles negó con la cabeza.

—Ya lo he intentado, cariño. Tiene que haber una cierta cercanía, y desde luego que Amy no está cerca.

La sala volvió a sumirse en el silencio mientras los presentes trataban de dar con alguna pista que pudiera conducirles hasta el miembro más reciente del clan.

La irrupción de Erwan y Ray, que justo entraban por la puerta con tres desconocidos, suspendió momentáneamente aquella reflexión.

—Estos son Geir, Jon y su hija Liv —anunció Erwan sin ninguna ceremonia.

Llevaba días sin pegar ojo. Su desesperación le había llevado a pedir ayuda a Geir. Era un gran rastreador y, por lo que parecía, iban a necesitar de su don. Simplemente no podía haber desaparecido sin dejar huella, estaba seguro de que había algo que no habían tenido en cuenta, pero había perdido toda la paciencia. Necesitaba encontrar a Amy y alejarla del monstruo que le había engendrado cuanto antes o se volvería loco.

Los ojitos de Liv se iluminaron al ver a Álex antes de lanzarse a su encuentro. Pese al poco tiempo que habían tenido para conocerse fue evidente que habían hecho muy buenas migas. Mientras los adultos hacían las presentaciones, se llevó a la pequeña al sofá. Al pasar junto a Jon fue compensada con un guiño de ojo que no le pasó desapercibido a Ray.

—¿Tienes hambre? —preguntó acuclillándose para quedar a su altura. Liv asintió con su cabecita rubia a la vez que tomaba asiento—. Veré qué puedo hacer al respecto —añadió con una sonrisa que fue correspondida por la pequeña.

—Acabamos de pasar por casa de Marlon —explicó Ray desviando una mirada cargada de intención de Jon para posarla en Robert—. Hemos encontrado esto. —Sacó el teléfono móvil de Amy del bolsillo, ahora destrozado, y lo colocó sobre la mesa.

—Me atrevería a decir, sin temor a equivocarme, que salieron con mucha prisa —comentó Geir—, la llamada de Amy, el móvil roto y la forma en la que dejaron la casa, hace pensar en un cambio de planes de última hora, pero también creo que era algo que estaba meditado.

—No estoy muy seguro de seguirte. —Robert sacudió la cabeza con el ceño fruncido tratando de comprender.

Lo que quiero decir es que simplemente adelantaron su marcha tras descubrir que Amy había hablado con vosotros.

—¿Qué te hace pensar eso? —quiso saber Agnes.

—Hemos registrado la casa y no hay en ella absolutamente nada que pueda darnos una pista de dónde se encuentran. Han dejado cosas, pero nada personal, es como si supieran de antemano que no iban a volver.

—Desde que Amy llamó hasta que llegamos a la casa debieron de pasar veinte minutos —apuntó Erwan—, difícil huir sin dejar rastro en tan poco tiempo si no es algo que ya tuvieran pensado de antemano.

—Vale, estaba planeado pero ¿adónde se la han llevado? —Las manos de Gérard pasaron por su cabello en un gesto desesperado—. Ahora mismo podría estar en cualquier parte.

—Está en una habitación muy grande —se oyó que decía una vocecita— desde su cuarto se ve el mar.

Todos los ojos se posaron en la niña que pintaba apoyada en la mesa de cristal que había junto a los sofás. Álex, que en ese momento salía de la cocina con algo de comida para la pequeña, se quedó a medio camino con el plato en la mano volviendo la vista hacia Jon.

—¿Cómo sabes eso, cielo? —preguntó su padre sintiéndose el centro de todas las miradas.

—La he visto —respondió sin levantar la vista del cuaderno— también está pintando, como yo.

—¿De dónde has sacado ese cuaderno, Liv? —inquirió su padre quitándoselo. Sabía que Amy dibujaba buena parte de sus sueños porque estos estaban plagados de información y que gracias a los dibujos había dado con ellos. En cuanto vio los otros dibujos confirmó sus sospechas—. ¿Cuántas veces tengo que decirte que no puedes coger las cosas de los demás sin su permiso?

—Pero papá, Amy no está —rebatió la niña con los ojitos llorosos—. No podía preguntarle.

—Tranquilo, Jon, no pasa nada. —Erwan cogió el cuaderno y de nuevo lo puso ante la niña que le miraba como si se tratara de su príncipe azul—. Seguro que a ella le encantará ver tu dibujo entre los suyos. —Liv asintió y, tomando de nuevo el carboncillo, continuó con su pequeña obra de arte, ignorando deliberadamente a su progenitor.

—Lo siento —se disculpó Jon ante el grupo que lo miraba con caras que iban del desconcierto al optimismo—. Sé que no debería haberla traído aquí, pero tal y como están las cosas soy incapaz de alejarme de ella, lo del salto atrás fue una excepción.

—No te preocupes, está mejor contigo que en ningún otro lugar —afirmó Agnes—. Respecto a lo que acaba de decir... ¿Es algún don?

Jon asintió.

—Aún es muy pequeña, no sabemos muy bien cómo funciona, pero es algún tipo de clarividencia. Su madre también era capaz de ver determinadas cosas, aunque era algo muy difícil de controlar, simplemente le venían imágenes que a veces era incapaz de comprender.

—Has sido de mucha ayuda, ¿sabes? —comentó Erwan poniéndose a la altura de la niña. Cualquier detalle, por insignificante que fuera, podría darles alguna pista para seguir con la búsqueda y aquella pequeña parecía tener algunos—. Gracias a ti, ahora sabemos que Amy está en algún sitio donde hay playa.

—No es una playa para bañarse —replicó Liv con una sonrisilla—. Es el mar.

—¿Y has visto algo más?

Liv se quedó pensativa unos segundos antes de contestar:

—Solo se ve el mar desde su habitación —contestó con un encogimiento de hombros.

La mente de Álex empezó a funcionar como un tren de alta velocidad mientras el resto de miembros se sumían en un extraño silencio circunstancial.

—¡Los dibujos! —dijo al fin, dándose un golpe en la frente con la palma de la mano—. ¿Cómo hemos podido pasarlos por alto?

—Llevo días devanándome los sesos con los dibujos de ese cuaderno —contestó Gérard señalando el bloc que estaba en manos de Liv—. No hay nada que pueda ayudarnos, Álex.

—No digo esos. Me refiero a las pinturas. —Caminó hacia el rincón del salón donde sabía que Amy guardaba sus cuadros apilados de cualquier manera y empezó a apoyarlos en la pared de forma que los demás pudieran ver su contenido—. Ella me contó que estaba trabajando con una colección para enviar a París, pero estos eran sueños que tenía. Tengo uno de ellos en casa.

—En efecto el mar es el protagonista de todos ellos —murmuró Agnes como si hablara para sí misma.

—No son muy esclarecedores que digamos —sentenció Gilles.

—Deben de ser las vistas desde donde sea que la tienen encerrada, como dice Liv. —Geir guiñó un ojo a su sobrina que había levantado la vista del cuaderno al oír su nombre.

—Ese de ahí es algo diferente —el dedo de Judit apuntó una de las pinturas que mostraba un paisaje completamente diferente—, puede que sea otro ángulo del mismo lugar.

—No estoy muy segura de que realmente puedan aportarnos nada, son demasiado parecidos al que trajo a mi hermana aquí. Puede que pertenezcan al mismo sueño.

—¿Dices que tienes uno en casa, cariño? —Álex asintió pensativa—. ¿Podrías traerlo?

Gilles se prestó a acompañar a su hermana en busca del cuadro mientras los demás continuaban haciendo cábalas.

—Eso de ahí es un islote. —La mano de Erwan señaló un punto concreto del cuadro que claramente reflejaba una visión diferente a las otras—. Sería un lugar perfecto para ocultar a alguien.

—Es como buscar una aguja en un pajar —replicó Gérard—, ¿sabéis cuántas islas hay cerca de la costa a lo largo y ancho del planeta?

—No creo que hayan ido muy lejos. —Todos se volvieron hacia el rubio de larga trenza que observaba las pinturas pensativo—. Si querían pasar desapercibidos, no la han sacado de aquí en avión, a no ser que Marlon disponga de jet privado, de lo contrario, la única vía de escape es la carretera.

—Entonces solo pudieron ir al este o al oeste —aclaró Robert.

—El Mediterráneo está plagado de islas, sería imposible dar con ella con tan solo esa pista—sentenció Judit.

—No si tenemos en cuenta que es muy pequeña y se puede acceder a pie. —Erwan permanecía agachado a escasos centímetros del cuadro estudiando hasta el más mínimo detalle.

—Creía que era mi vista la que me estaba jugando una mala pasada —contestó Agnes que también se había mantenido concentrada observando el dibujo—. Son personas caminando en lo que en un primer momento nos había parecido agua.

—Debe de haber un sistema de corrientes y mareas que la hacen accesible —sugirió Robert—. Eso reduce notablemente nuestras posibilidades.

—Aquí lo tenéis —anunció Álex entrando como una exhalación y colocando el cuadro junto a los otros—. Sabía que era especial cuando lo escogí, nunca hubiera imaginado cuánto.

El silencio más absoluto cayó a peso sobre los allí presentes. Se trataba de una imagen similar a la que representaba la pintura que difería de las otras, solo que era mucho más esclarecedora, como en un plano mucho más cercano. El islote, ahora rodeado de mar, ocupaba un lugar central no muy lejos de la costa, revelando incluso algunas de sus principales construcciones.

Erwan se volvió con el ceño fruncido hacia la mujer que permanecía sentada a escasos centímetros de distancia tras él.

—¿Podrías confirmarme que es lo que estoy pensando?

Agnes asintió con un casi imperceptible gesto de cabeza.

—Lo es, querido —musitó sin dejar de mirar aquella imagen tan familiar. La había visitado docenas de veces porque su anterior clan vivía a escasos kilómetros de distancia, no le cabía la menor duda de por qué era especial para Marlon—. Es el Mont Saint Michel.

Capítulo 28

Los trazos que formaban aquel rostro hermoso y varonil reavivaron en cierto modo mi aciago estado de ánimo. Incluso podría decir que había sentido una pequeña chispa en mi maltrecho corazón al contemplar mi obra de arte más reciente.

Había perdido la cuenta del tiempo que llevaba confinada en aquella habitación, a veces incluso llegaba a recordarme a Rapunzel encerrada en su torre, solo que en mi caso me encontraba en medio del mar y no de un inaccesible bosque.

Mi vientre había adquirido un tamaño considerable haciendo que mi inquietud aumentara con el avance de mi embarazo. No perdía la esperanza de que pudieran sacarme de allí, estaba segura de que a aquellas alturas debían de conocer mi paradero. Álex y Gérard conocían la existencia de mis pinturas, ellas les traerían hasta mí. Lo que me preocupaba realmente era el modo en que podrían llevarlo a cabo. Marlon sabía lo que se hacía al elegir aquel enclave, tan solo tenía un acceso en coche y debía de estar perfectamente custodiado.

Mientras tanto, decidí matar mi aburrimiento dibujando. Había conseguido, gracias a Sophie, cuaderno y carboncillo. También me había traído un lector electrónico de libros, un televisor e incluso juegos. Era algo extraña nuestra amistad, pero a día de hoy podría decir que aquella muchacha que pasaba tantas horas compartiendo mi encierro empezaba a gustarme. Tenía claro que no era más que otra víctima de las circunstancias y que nada tenía que ver con los dos seres malvados que formaban su pequeña familia. Creo que fue la curiosidad lo que la llevó a mi habitación el día siguiente de la desastrosa cena familiar con Marlon:

—Te tenía por alguien mucho más inteligente —fue lo primero que dijo al entrar en el dormitorio.

Ni siquiera me molesté en contestarle, no me interesaba mantener conversaciones con aquellas personas. Decidida a ignorarla permanecí impasible con la vista pegada al horizonte, tal como llevaba haciendo las últimas horas.

—Están muy disgustados —prosiguió sentándose en el antepecho de la terraza apoyando la espalda sobre la pared—. Mi padre estaba ilusionado con la idea de que formarais parte de esta familia.

Esta vez sí que la miré, de hecho fue como si la viera por primera vez porque no acababa de tener claro si me estaba hablando en serio o es que no tenía ni la más remota idea de quién era ese hombre al que llamaba padre.

—¿Tú realmente sabes por qué estoy aquí?

—Por supuesto —respondió a la defensiva.

—Entonces sabrás que fui secuestrada por segunda vez, que en la primera ocasión me torturaron hasta dejarme inconsciente y que fui víctima de un atroz ritual en el que una persona fue sacrificada viva. Juntos han matado a todos los miembros de mi familia: mi padre, mi madre, mi hermana gemela... ¿Quieres que siga contándote por qué no me interesa formar parte de esa banda de desalmados de la que formas parte?

Sophie me escrutó con la mirada, esa mirada tan parecida a la de Erwan, como si tratara de averiguar cuánta verdad había en mis palabras.

—En una guerra abierta entre bandos siempre hay víctimas.

—¿Bandos? —resoplé—. Marlon mató a todo su clan, incluyendo a su madre. Lo mismo hubiera hecho tu abuela de haber podido, pero antes de marcharse traicionando a su gente, se llevó por delante a algunos miembros de nuestro clan, entre ellos a tu propia madre.

—¡Deja de decir estupideces! —replicó poniéndose en pie—. Ni siquiera habías nacido, no puedes saber lo que realmente sucedió porque no estabas allí.

Aquello me descolocó por completo. La tenía por un miembro activo y empezaba a sospechar que la mantenían en la más absoluta de las ignorancias.

—Realmente no tienes ni idea de quiénes son esas personas que tienes por familia, ¿verdad?

Prácticamente me dejó con la palabra en la boca, un fuerte portazo fue todo lo que obtuve por respuesta. Mis sospechas se vieron confirmadas por su reacción desmedida ante tamañas verdades. Tardó un par de semanas en volver, sabía que tarde o temprano lo haría; en cuanto reuniera el valor para saber la verdad:

—Te he traído un cuaderno de dibujo y un lápiz. Sé que te gusta dibujar.

—Gracias —contesté con gesto indiferente. Realmente estaba dando saltos de alegría por dentro, pero no iba a darle la satisfacción de verme feliz.

Se mantuvo en silencio durante un buen rato, ocupando el mismo lugar en el murete de la terraza que la vez anterior. Por mi parte, me mantuve impasible haciendo lo que mejor sabía hacer desde que estaba allí encerrada: mirar el horizonte. No pensaba ponérselo fácil, no era yo la que había venido en busca de respuestas.

—¿Qué sabes tú de mi madre? —preguntó al fin sin desviar su atención del mismo lugar en el que estaba puesta la mía.

Estudié su perfil mientras pensaba la respuesta. Era hermosa. Sus rasgos eran finos, probablemente igual que los de su progenitora. Tan solo su cabello y sus ojos eran como los de su padre, algo que también tenía en común con Erwan.

—Que se llamaba Gisèle y que vivía en una comunidad que ahora es también la mía —empecé a explicar—. Tu padre llevaba siglos buscando a las mujeres de mi familia, ahora mismo desconozco con qué fin. Se integró en ella durante un tiempo, incluso formó una familia. Imagino que sabes a quién me refiero. —Asintió con la cabeza—. Lo único que pretendía era tener su confianza para sacar información.

»De algún modo descubrió lo que nuestro clan protegía, y se decidió a destruirlo desde dentro sembrando el mal, algo en lo que desde luego es experto. Encontró en Grâce la aliada perfecta, pero tu abuela no es estúpida del todo, así que para asegurar su alianza le ofreció a tu madre. De ese modo sus lazos pasarían a ser de sangre; como si eso le importara lo más mínimo a él. —Resoplé con desgana—. Realmente desconozco la opinión de tu madre al respecto, pero conociendo a tu abuela seguro que no tuvo opción. Grâce se marchó con Marlon, su idea inicial debió ser que tu madre les acompañara, pero le salió el tiro por la culata. Gisèle no quiso saber nada del asunto por lo que se quedó con lo que consideraba su gente; su familia.

»Grâce se puso en contacto con tu madre en cuanto supo que habías nacido. Te necesitaba puesto que eras el nexo de unión con Marlon, por lo que convenció a tu madre para que la dejara verte aduciendo que estaba arrepentida de lo ocurrido. Puedes imaginarte lo que sucedió a continuación. —Tenía toda su atención puesta en mi persona, no hizo ningún gesto apremiándome a continuar, tan solo me miraba a la espera del funesto final—. Estoy segura de que intentó hacer que su hija se marchara con ella, al no conseguirlo te llevó a ti en contra de la voluntad de tu madre. Ella no soportó la traición de tu abuela por lo que acabó quitándose la vida.

—¿Por qué iba a creerte? —repuso al cabo de un rato a lo que me encogí de hombros.

—Realmente me es indiferente, Sophie. El hecho de que tengas un hermano que no quiera ni oír hablar de su padre; tu padre, debería de decirte algo.

—Su madre le envenenó los oídos en su contra.

—Como habría hecho la tuya de haber tenido oportunidad.

Tampoco esta vez fue mucho más allá, pero en esta ocasión no pasó tanto tiempo entre visita y visita. No tenía claro si me creía o simplemente venía por matar su aburrimiento. El caso es que encontré en ella una grata compañía siempre que no tocásemos temas peliagudos.

—¿Qué significa la marca que tienes en el cuello? —preguntó en otra ocasión.

Aquella pregunta marcó un antes y un después en nuestra relación. No sabría explicar el motivo, pero sí un cambio de actitud por su parte.

—¿Por qué no me lees la mente?

Moví ficha en el tablero de ajedrez manteniendo una actitud impasible. Realmente no sabía a qué atenerme con Sophie. Sabía que no podía fiarme de ella. Por lo que a mí respectaba podría ser la forma que tenía Marlon de sacarme información, aunque por otro lado, ¿qué más daba? Era imposible que el Monstruo desconociera lo de las marcas, al fin y al cabo su madre también tenía una.

—Podría hacerlo —respondió matando una de mis torres—, pero no me ha parecido muy cortés por mi parte. Preferiría que tú me lo contaras.

Sonreí sin alegría y sin dejar de mirar el tablero.

—Es la marca de las Elegidas. Imagino que conoces la historia de las tres Sacerdotisas, ¿verdad? —Sophie asintió—. Ellas tenían esta marca, es la que las distinguía como tal.

—Por eso la tienes tú también —confirmó escrutándome con una mirada cargada de confusión. Asentí volviendo la vista hacia el tablero para hacer mi penúltima jugada—. Pero has dicho Elegidas en plural, ¿acaso hay más de una?

Hice un gesto de asentimiento al tiempo que me apoyaba en el respaldo de la silla con una sonrisa triunfal.

—Jaque mate —anuncié con doble sentido—. En efecto, hay más de una. No sé lo que se propone tu padre, pero mi hija no va a solucionarle ninguna papeleta. Aunque ella nazca con la marca, lo cual no es seguro, aún le faltará la tercera Elegida si lo que quiere es convocar a la Diosa.

Vi la contrariedad reflejada en su rostro, pero no obtuve más que silencio. Creí que no tardaría en tener unas palabras con Marlon después de aquello. Esperé su visita durante días sin sentir un ápice del miedo que había llegado a producirme con anterioridad. Por nada del mundo iba a sonsacarme de quién se trataba. No podía amenazarme con nada, porque nada tenía que perder. Ni siquiera le serviría hacerme ningún tipo de chantaje con mi hija, porque sabía que estaba muy interesado en ella, y que lo más seguro era que se deshiciera de mí en cuanto ya no me necesitara. Mi única opción era salir de allí, y ni siquiera eso estaba en mis manos.

Aquella visita nunca llegó. Sophie actuó como si nada hubiese pasado y no volvió a sacar el tema, pero sí que pude advertir un cambio por su parte. Puede que al fin empezara a creerme, aunque de ser así no hizo comentario al respecto. Lo que sí hizo, en cambio, fue abrirse a mí. En ella descubrí a una joven sobreprotegida con muy poca vida fuera de las redes de Marlon y su abuela. Dos seres perversos cuyo lazo en común era una joven que nada tenía que ver con su naturaleza despiadada. Sentí lástima por ambas, cada una a su manera, no éramos más que víctimas del papel que nos había tocado jugar en aquel tablero del destino.

Las estrellas surcaban el cielo como si se tratara de un tapiz bordado. Daba la sensación que de alzar la mano podría tocar alguna de ellas. Si observaba con atención incluso podía apreciar las constelaciones. Por un momento sirvió para apaciguar su malestar, para olvidar dónde y por qué estaban allí. Pero solo fue un momento. La realidad se había pegado a su espalda como una compañera cruel y despiadada que apenas le dejaba respirar.

—Te he preparado algo de comida —dijo la suave voz de Álex acercándose con una bandeja.

—Te lo agradezco, pero ahora mismo soy incapaz de comer nada.

Álex se sentó en la hamaca que había justo al lado, colocando la bandeja a sus pies.

—Apenas duermes ni pegas bocado, Erwan. Si no empiezas a cuidarte enfermarás.

Asintió con la cabeza incapaz de rebatirle nada. De sobra sabía que tenía razón, pero no por ello se sentía con fuerzas de hacer algo al respecto. La desesperación y la rabia habían dado paso al miedo y la angustia. Hacía semanas del secuestro de Amy. Demasiado tiempo en manos del ser despiadado con el que compartía la mitad de su material genético. Un odio profundamente arraigado le recorría el cuerpo como un cosquilleo cada vez que lo evocaba en sus pensamientos. Eran sus ganas de matarle lo que le animaban día tras día a seguir adelante, eso y la necesidad de tenerla de vuelta sana y salva.

—Ella está bien —comentó Álex volviendo la vista hacia el perfil de Erwan—. Puedo sentirla.

Él asintió. Estaban demasiado cerca, apenas a unos kilómetros del lugar donde permanecía presa, pero impotentes. El clan de Maëlle les había abierto las puertas de su hogar y puesto a su disposición todos los recursos que tenían a mano. Incluso eso había sido insuficiente para acceder al islote sin llamar la atención de la gente de Marlon. La única opción que tenían era el factor sorpresa, entrar por la noche a través del acceso por mar, cuando la marea les permitiera hacerlo y rezar por que les saliera bien la jugada, de lo contrario, no tendrían más oportunidad. Dos noches y todo habría terminado.

—No dejo de pensar en el hecho de que la he alejado de mí con tal de evitar esta situación y lo único que he conseguido con ello ha sido hacernos daño. Había otros planes divinos para nosotros.

—Creo que has sido demasiado tajante y obtuso, eras el candidato perfecto, Enid lo sabía y ya ves que a la Diosa le pareció perfecto.

Erwan asintió.

—El problema es que también favorecía a los intereses de Marlon, y eso simplemente no podía ser nada bueno.

—Nunca sabremos lo que pretendía, Erwan. No vamos a permitir que se salga con la suya.

—Esta vez no va a ser tan sencillo —sentenció—. Es listo. Ha esperado el momento perfecto para jugar sus cartas y golpearnos donde más duele. Aún no puedo creerme que haya logrado engatusar a Max para su causa. —Levantó la vista hacia el cielo estrellado sintiéndose dolido y apenado a partes iguales—. Mi mejor amigo, joder. No quiero ni pensar el tiempo que debe de llevar pasándoles información.

—No te tortures, ya no tiene remedio.

Sumidos en un cómodo silencio, tan solo roto por el rumor del mar de fondo, dejaron pasar los minutos hasta que Erwan habló de nuevo.

—Lo que más me duele de todo es que incluso Marlon sabía del embarazo de Amy —confesó poniendo en palabras ese sentimiento que le carcomía por dentro como una gran enfermedad que se va extendiendo, consumiendo todo lo que encuentra a su paso.

—Ella quiso contártelo, pero entonces ocurrió lo de Gabrielle... —No terminó la frase, él sabía perfectamente a qué se refería—. Además, estabas tan obcecado con que no podías ser tú que se sintió sobrepasada por la situación.

Hizo un gesto de negación con la cabeza perdiendo la vista en el oscuro horizonte.

—He sido un puto gilipollas, no me extraña que no quiera ni hablarme.

—Erwan. —Puso su mano delicada en el brazo de él girando el cuerpo hasta quedar cara a cara—. Sus sentimientos por ti no han cambiado, de eso puedes estar seguro. Otra cosa es cómo lo vas a hacer para que te perdone. No puedes imaginarte lo mal que lo ha pasado y pese a estar arropada por nosotros sé que se ha sentido sola en esto. —Erwan cerró los ojos dolido, haciéndose una idea de lo que habían sido los últimos meses para Amy—. No te tortures, no podías saberlo, pero tienes que solucionarlo, vais a tener una hija en común.

Estrechó la mano de ella entre la suya, mucho más grande, sintiéndose en cierto modo reconfortado.

—Tengo tanto miedo... Si algo les ocurre. —Su voz se quebró.

No era muy dado a expresar emociones ni mucho menos a compartirlas con los demás, en eso se parecía a ella, pero necesitaba hablarlo con alguien porque empezaba a sentirse superado.

Álex le abrazó con impotencia, incapaz de ofrecerle una frase de consuelo. De sobra sabía cómo se sentía, era el mismo miedo que la atenazaba desde el día en que Amy desapareció. Tan solo esperaba que el plan de su padre funcionara porque no tendrían más que una oportunidad. Lo contrario simplemente no cabía en su mente, aunque con solo pensarlo la invadía la más absoluta de las desolaciones.

Hacía rato que me había acostado, pero era incapaz de conciliar el sueño. Mi pequeña estaba algo inquieta y no tenía la más mínima intención de dejarme dormir.

Un sonido al otro lado de la puerta en medio de aquel ensordecedor silencio hizo que toda la sangre de mi cuerpo se agolpara en mi cabeza. Una llave en la cerradura y la puerta se abrió. Traté de distinguir la figura que entraba en mi dormitorio, pero era tan solo una sombra que se movía de forma sigilosa, volviendo a cerrar tras de sí.

Mi mente no tuvo tiempo de elaborar suposiciones porque de inmediato la luz se encendió.

—Despierta, Amy. —Un gran alivio me recorrió el cuerpo al reconocer a Sophie—. Nos vamos.

—¿Cómo?

—Vístete —ordenó dejando sobre la cama la ropa que quería que me pusiera.

—¿Adónde pretendes que vayamos en medio de la noche?

—Voy a sacarte de aquí. Empieza a vestirte.

La miré perpleja durante una fracción de segundo antes de sacarme el camisón por la cabeza de forma apresurada y comenzar a ponerme la ropa que había traído.

—¿Qué es lo que ha cambiado de repente?

—No tan de repente —contestó—. Llevo semanas preparando esto.

—¿Y por qué no me habías dicho nada?

—Porque mientes fatal. No podía arriesgarme.

Me levanté para poder enfundarme los pantalones sin dejar de mirarla con lo que debía de ser mi mejor cara de estupefacción.

—Me creíste desde el principio —aventuré a decir en un hilo de voz.

—No del todo, pero empecé a recelar de ambos. —Señaló con la mirada unas zapatillas de deporte oscuras, igual que el resto de mi indumentaria, instándome a que me las calzara—. Y tenías razón: está loco.

—Dime algo que no sepa —mascullé al tiempo que ataba los cordones.

—Les oí hablar sobre sus planes. Siempre creí que su idea era tenerte bajo control, de ese modo se aseguraba que nunca pudieras hacer nada contra él. Pero nada más lejos de la realidad. Él también es de la opinión que tú sola no podrías convocar a la Diosa, son necesarias tres personas. Por eso estaba tan interesado en unir vuestros lazos de sangre, cree que entre los tres —explicó señalando mi vientre— podréis conseguirlo.

—¿Y qué pretende haciendo eso?

—Acabar con ella.

Abrí los ojos de forma desmesurada. De todas las locuras que hubiese imaginado a Marlon dispuesto a hacer para salirse con la suya, nunca hubiera imaginado aquella. Destruir a quien nos había creado sería acabar con todo. ¿Es que no se daba cuenta?

—No te preocupes por eso —continuó diciendo con un encogimiento de hombros—. Eso nunca ocurrirá porque ni tu hija ni él tienen el poder para hacerlo.

—¿Cómo puedes estar tan segura de ello? Tanto él como yo somos descendientes de dos de las tres Sacerdotisas. También mi hija.

—Pero ellos no son los elegidos para hacerlo. Tú misma me hablaste de las marcas, hay otra por ahí y desde luego que tu hija no va a ser la tercera. ¿Qué crees que ocurrirá cuando se dé cuenta de eso?

—Creo que me he perdido algo —murmuré con el ceño fruncido.

—Antes de que te saque de aquí tienes que prometerme que me llevarás contigo. Mi padre me matará por esto.

—¿Cómo sé que no es una artimaña para acabar con mi clan?

Se levantó la camiseta para dejarme una vez más con la boca abierta. La miré patidifusa comprendiendo al fin por qué estaba tan segura en sus deducciones, por qué al fin me creía y por qué era tan necesario que ambas saliéramos de aquel maldito lugar. Allí, justo en un costado en medio de toda aquella piel blanca, había una marca idéntica a la mía.

Asentí con la cabeza mirándola a los ojos, prometiéndole la protección de mi gente con la mirada segundos antes de que apagara la luz del dormitorio y procediera a abrir la puerta. Había llegado el momento de salir de allí.

Capítulo 29

Salir del palacete fue más sencillo de lo que pensaba. Tuvimos que saltar con una cuerda por una de las ventanas de la primera planta que daba a la parte trasera de la fachada y, por ende, lejos del acceso a la vivienda. La casa estaba estrechamente vigilada, pero eran los accesos lo que controlaban y no las ventanas por si a alguien le daba por escaparse a hurtadillas en medio de la noche. Marlon no había contado con una posible traición de los suyos, como tampoco lo habíamos hecho nosotros con la gente del clan: le estaba bien merecido.

Estábamos en la parte de arriba del «monte», por lo que todo eran callejuelas empedradas con bastante pendiente. Como era de imaginar no había un alma por la calle, tan solo nosotras; dos fugitivas en busca de nuestra ansiada libertad. Cada pocos pasos nos ocultábamos detrás de alguna fachada para asegurarnos de pasar completamente desapercibidas. El miedo a ser descubiertas era como una sombra que nos acompañaba y nos mantenía en una alerta constante. En mi caso, perdería la única oportunidad que tendría de hacerlo jamás. Para Sophie supondría la muerte, de nada le serviría que se tratara de su padre. No había dudado en pedir a sus acólitos que mataran a Erwan tras darse cuenta de que nunca lo tendría de su lado. La piedad no formaba parte de ninguna de sus virtudes y la familia realmente no significaba absolutamente nada para él. O estabas de su parte o en su contra, no había otra opción.

Una rata de color indefinido y enorme cola pasó junto a nosotras mientras permanecíamos acuclilladas tras un pequeño muro cerca del nivel de la costa. Eché el cuerpo hacia atrás todo cuanto pude, como si pudiera fusionarme con la superficie de cemento y evitar así su cercanía. Sophie volvió la vista hacia el animal que nos miraba desafiante apenas a unos pasos de distancia al tiempo que me tapaba la boca. No había sido necesario, ni aunque se hubiera subido sobre mí habría emitido sonido alguno, aquel animalejo no era nada en comparación con la rata que era Marlon. Aun así, toda mi piel se erizó mientras ella nos estudiaba con actitud desafiante como si se planteara si merecíamos la pena o no. Sophie hizo un gesto con la mano para espantarla lo que la llevó a salir corriendo calle abajo.

—La marea está baja, ¿lo ves? —Me asomé con sumo cuidado dándome cuenta por vez primera que efectivamente había desaparecido el agua, dejando una inmensa y oscura playa a nuestros pies—. Eso ocurre entre una y dos veces al día, pero tenía que coincidir con que fuera en plena noche y sin luna para facilitarnos la huida. —Asentí con la cabeza si despegar la vista de la inmensidad que se abría ante mis ojos—. El único acceso seguro a la isla está controlado a todas horas. Aunque fuésemos a pie atravesando la arena sería fácil que nos vieran porque es la parte que está más próxima a la costa, por lo que también está vigilada. —Hice un nuevo gesto de asentimiento al tiempo que volvía a ocultar todo mi cuerpo tras el muro—. Nuestra única oportunidad está en el camino del norte, menos controlado. Tendremos que recorrer hasta llegar a la costa unos seis kilómetros, pero hay que apresurarse porque en cuanto la marea empiece a subir solo será cuestión de minutos.

—Me estás asustando más de lo que estoy.

—Lo que trato es de ponerte en situación, Amy —rebatió ella—. Caminar sobre arena y limo nos dificultará un poco la marcha, pero además tienes que estar pendiente porque está plagado de arenas movedizas.

—Joder, Sophie, no me lo estás pintando nada bien. Casi prefiero no saber más.

—Escucha —me increpó poniéndome la mano en el brazo—. No va a pasar nada, hay grupos de excursionistas que acceden hasta aquí utilizando el mismo camino y no les sucede nada.

—Pero no lo hacen de noche, imagino.

—No, eso es cierto. La oscuridad va a ser un arma de doble filo.

En efecto, no había luna por lo que era perfecto para nuestro plan de huida, pero fatal para ver por dónde pisábamos.

Emprendimos la marcha bajando a través del muro. Sophie, mucho más ágil que yo, saltó primera, no era un salto especialmente alto, pero sí lo era para mí en el estado en que me encontraba. Colgué parte de mi cuerpo para luego dejarme caer sin soltarme de las manos, Sophie me sujetó desde abajo para evitar que me golpeara de cualquier modo. Continuamos semiagachadas mientras acabábamos de salvar la distancia que nos separaba de la playa, momento en que comenzamos a correr. Allí no había nada que nos protegiera de las miradas, nuestra única oportunidad era alejarnos todo cuanto pudiéramos de las luces de la pequeña población e internarnos en la oscuridad.

—¿Qué se supone que debo hacer si piso arenas movedizas? —pregunté sujetándome el vientre sin dejar de correr.

—Sigue caminando o corriendo, e incluso da saltitos, pero no permitas que tus pies se hundan.

—¿No se supone que cuanto más te mueves más te hundes?

Sé que sonrió e hizo un gesto de negación con la cabeza, pero no me dio una respuesta. ¿Acaso no era así? Era justo lo que sucedía en las películas, ¿también eso era mentira?

Después de unos cinco minutos corriendo como si nos fuera la vida en ello tuve que parar. Era eso o ahogarme, así que me decanté por lo primero. Estábamos a una distancia prudencial de nuestra cárcel, por lo que podía permitirme el lujo de pararme a recuperar el aliento al menos un par de segundos.

—¿Qué haces? —preguntó Sophie al ver que me agachaba.

—Cada vez son más pesadas estas zapatillas, deben de tener dos quilos de barro cada una.

—¿Vas a seguir descalza?

—Por supuesto.

—¿Y cómo las vas a llevar?, ¿en la mano?

—Las dejo aquí, necesito las manos para sujetarme la barriga —«¿Por qué no habremos pensado en llevar una mochila con nosotras?», eso me hizo recordar algo que aceleró mi corazón—. Necesito tu móvil, tenemos que llamar a mi tío, él nos sacará de aquí.

Sophie me agarró del brazo apremiándome a continuar caminando.

—No lo llevo encima. No podía arriesgarme a que me rastrearan —contestó—. Lo único que he traído es dinero en efectivo. En cuanto lleguemos a la costa llamaremos a tus amigos y nos alejaremos lo más rápidamente posible de la pequeña población de Genêts, será uno de los primeros lugares donde irán a buscarnos.

Asentí conforme tratando de no perder el frenético ritmo de Sophie. Era increíble cómo aquella barriga de apenas cinco meses dificultaba mi movilidad reduciéndola a la mitad. Podríamos haber salvado la distancia hasta la costa corriendo sin mayor problema, pero incluso caminar al paso de mi compañera me resultaba tedioso.

Media hora más tarde y con buena parte de mi cuerpo bañado en sudor le pedí que parara.

—Te prometo que no queda mucho.

—¿Cómo sabes que vamos en buena dirección? Apenas se ve nada. —Sophie levantó la muñeca mostrándome el reloj.

Un sonido a lo lejos nos puso en alerta: eran voces e incluso algún ladrido de perro. Nos miramos enmudecidas y echamos de nuevo a correr. Lo sabían. Habían descubierto que no estábamos o simplemente habíamos sido vistas. El miedo se pegó a mi cuerpo como una segunda piel. Tenía flato, me costaba respirar y a duras penas podía seguir el ritmo de mi compañera de fuga.

Mi torpeza me llevó al suelo, por fortuna estaba blandito, aunque sirvió para ponerme de barro hasta las cejas. Apoyé las manos para levantarme pero estas se hundieron, igual que empezó a ocurrir con el resto de mi cuerpo.

—Oh, oh. —Miré con incredulidad hacia adelante, donde Sophie retrocedía sobre sus pasos para ayudarme a levantar—. Dime que sabes cómo sacarme de aquí.

Ella abrió los ojos alarmada, sin embargo contestó.

—Tranquila, no es tan grave como parece.

Se acercó con cautela mientras mi corazón latía a un ritmo frenético. No teníamos tiempo para aquello. Miraba sus pies para asegurarme que no cometía el mismo error que yo, cuando otros pies entraron en mi campo de visión. El inconfundible sonido de una pistola siendo amartillada vino a continuación haciendo que por poco no me ahogara con mi propia respiración.

Al levantar la vista vi a Sophie quieta con un arma apuntando su sien.

—Ni se te ocurra hacer un solo movimiento. —Aquella voz de extraño acento, la larga trenza rubia y su descomunal altura por poco me llevan al colapso.

—¿Geir? —pregunté recelosa. Después de lo de Max, no sabía de quién podía fiarme.

Su guiño de ojos me permitió al fin respirar.

—Ella está conmigo, me ayudó a escapar —me apresuré a decir.

Le vi guardar su arma mientras unas manos fuertes tiraron de mí para sacarme de aquel maldito charco de arena. Por poco me desmayo al reconocer a mi primo. Nos fundimos en un abrazo en el que él me palpó para ver si estaba entera.

—¿Bien?

Asentí volviendo la vista hacia la tercera persona que formaba la pequeña comitiva, que no era otro que Jon.

—No sabéis lo que me alegra veros.

—Hay que salir de aquí —anunció Geir oteando la oscuridad que nos rodeaba.

Empezamos a caminar a toda la velocidad que nuestros pasos nos permitían hasta topar de frente con un pequeño grupo de tres personas que al parecer nos esperaban. Pese a la oscuridad pude reconocer el rostro de Max entre ellos. Gilles, hizo un movimiento para sacar el arma, pero un disparo se la arrebató.

—Eres un cobarde traidor —siseó mi primo. Miré con incredulidad la sangre que empezaba a manar de su mano herida notando cómo toda mi entereza se esfumaba por momentos.

—Es preferible a ser un valiente perdedor.

—También un egoísta, ¿has pensado acaso en tu familia?

—¡No les metas en esto! —ladró su interlocutor visiblemente enfadado.

—¡Has sido tú quien lo ha hecho con tus actos! Ahora están en el punto de mira.

—Ellos no tienen nada que ver.

—Eso díselo a ellos —replicó Gilles con un encogimiento de hombros.

—Matadlos —ordenó con frialdad volviendo la vista a sus dos acompañantes.

Di un paso atrás sintiendo cómo el temblor de mis piernas iba en aumento. El sonido de perros y voces de fondo estaba cada vez más cerca. Nuestro plan de fuga había fracasado estrepitosamente.

—Qué casualidad —oí que decía una voz. Le busqué con el corazón latiendo a mil pulsaciones por minuto y a punto del desmayo, pero no era más que una sombra detrás de Max—. Tenía muchas ganas de verte, *amigo* —escupió aquella última palabra que sonó como si tuviera un veneno letal.

Un chasquido que puso mi vello de punta y los dos compañeros de Max cayeron al suelo. Detrás de ellos dos figuras oscuras que con un poco de esfuerzo pude reconocer como Ray y Álex.

«Muertos», miré horrorizada los dos cuerpos que yacían inmóviles advirtiendo que el nivel del agua era ligeramente más alto. Llevé la vista a mis pies con incredulidad. Lo que hasta ahora no había sido más que arena húmeda y algún que otro charco, se había convertido en una fina capa de agua de no más de un par de centímetros.

Max se giró con una agilidad tal que lanzó por los suelos el arma de Erwan al tiempo que descargaba un golpe en alguna parte de su anatomía. Lo que vino a continuación fue una lucha a muerte entre dos titanes mientras el resto observábamos sin hacer nada al respecto. Todo mi cuerpo temblaba violentamente a causa del miedo que me producía la idea de que Erwan pudiera salir herido o algo mucho peor que ni siquiera me atrevía a pensar.

El sonido de un disparo inmovilizó los dos cuerpos durante una fracción de segundo. Dejé escapar un gemido antes de cubrirme la boca con mi mano temblorosa. Fueron los brazos de Geir los que me sujetaron; de repente mis piernas eran incapaces de sostener el resto de mi persona.

—No tenemos tiempo para esto —oí que decía la voz de Sophie, mucho más avanzada del lugar en el que me encontraba. En ese momento reparé en el odioso objeto que sujetaba con su mano izquierda—. La marea está empezando a subir y eso solo nos da unos minutos para salir de aquí —continuó pragmática.

—¿Tenemos? —Otro gemido salió de mi garganta al reconocer la voz de Erwan. Se acercó a Sophie tendiéndole la mano para que le devolviera la pistola, debía de ser la que había perdido en la reyerta con Max.

Un silencio ensordecedor, en el que todas las miradas se posaron en mi nueva aliada, me hizo reaccionar al fin.

—Ella está conmigo —anuncié poniéndome delante de Sophie. Nuestras miradas colisionaron con tanta fuerza que de forma inconsciente di un paso hacia atrás mientras me recorría con la vista hasta posar sus ojos en mi abultada preñez, si estaba sorprendido o no, no dio muestras de ello. «¿Se habría molestado alguien en contarle lo que yo misma debiera haber hecho hace tiempo?, ¿me odiaría por ello?» «Céntrate, Amy», me regañé a mí misma—. Es tu hermana Sophie —expliqué como si aquello supusiera algún tipo de salvoconducto. Erwan alzó las cejas levemente en un gesto de sorpresa aunque la expresión de su rostro indicaba que realmente le era indiferente—. Me ha ayudado a escapar —intenté de nuevo tratando de mostrar seguridad—. Se viene con nosotros.

Erwan negó con la cabeza clavando la vista en su hermana al tiempo que avanzaba hacia ella.

—La necesitamos —repuse en tono desesperado—. Sophie, enséñale la marca.

Ella se levantó la camiseta sin dejar de mirar a Erwan de forma desafiante. Este abrió los ojos de forma desmesurada al ver el pentáculo grabado en su costado.

—¿Eso es lo que creo? —dijo Ray entornando la vista. Asentí efusivamente mientras le veía acercarse para verla mejor—. Pues no se hable más. —Dio una palmada mirando al resto de la pequeña comitiva antes de emprender la marcha hacia la costa.

—No me fío de ti —masculló Erwan que aún no se había movido de donde estaba—. Voy a estar vigilándote.

Sophie hizo un gesto despectivo con los hombros y empezó a correr junto al resto. Suspiré aliviada cuando al fin todos empezamos a movernos. Las voces y los perros ahora se distinguían con una mayor claridad.

Mis ojos se humedecieron al pasar junto al cuerpo sin vida de Max, pese a que había sido él quien nos había puesto en aquella tesitura. No vi un traidor en su angelical rostro, sino al hombre atento y divertido que siempre había estado ahí cuando había hecho falta.

—Vamos, Amy. —La mano de Gilles me cogió del brazo instándome a continuar—. No merece tu compasión.

Hice acopio de todas mis fuerzas para no entorpecer el ritmo de los demás. Mis pies chapoteaban en el agua que me llegaba a la altura de los tobillos, cada vez era más complicado mantener la velocidad necesaria para salir de allí, a la par que peligroso.

Jon, Ray y Sophie iban unos pasos por delante mientras que mis primos lo hacían uno a cada lado de mi persona. Gilles me sujetaba el brazo con la mano izquierda para impedir que perdiera el ritmo. Geir y Erwan cerraban la marcha por detrás de nosotros.

—Apenas quedan cincuenta metros —anunció Ray cuando el agua llegaba a la altura de nuestras rodillas.

El sonido de disparos puso mi cuerpo en estado de alerta. Geir y Erwan debieron de corresponderles porque sonaron demasiado cerca, aunque no tuve tiempo de pararme a mirar. El esfuerzo era cada vez mayor y apenas podía dar un paso tras otro.

Un fuerte pinchazo en el bajo vientre detuvo mi avance. Llevé ambas manos a mi abultada barriga al tiempo que me encogía ligeramente. Había dolido. Gilles me miró interrogante con la alarma asomando a sus ojos. Ni siquiera tuve tiempo de abrir la boca, me vi alzada por unos brazos perdiendo mi contacto con el agua.

—Agárrate a mi cuello.

—Erwan —susurré haciendo lo que me pedía—, no soy un peso pluma precisamente.

—No, eso ya lo veo —fue su respuesta torciendo el gesto.

No puedo describir lo que sentí en aquel momento sin quedarme corta. Lo amaba con tanta intensidad que tuve ganas de llorar. Puede que fueran las hormonas, porque ni yo misma me reconocía, aunque tampoco podía comparar este hecho con mi vida anterior porque nunca jamás había querido tanto a alguien. Apoyé la cabeza en su hombro hundiendo el rostro en su cuello. Mis labios rozaron su piel provocando una explosión de sensaciones dormidas. Pese a la situación en la que nos encontrábamos me sentía feliz, como si al fin estuviera donde debía estar.

Un disparo demasiado cercano me sacó de aquel estado de dicha repentina. El agua cubría casi la totalidad de las piernas de Erwan, lo cual obstaculizaba cada vez más nuestro avance.

—Tened mucho cuidado con las corrientes —señaló Sophie—. En cuanto el agua nos cubra un poco más se volverán muy peligrosas. Estas mareas se cobran cada año una serie de víctimas como si se tratara de un peaje por cruzar.

Nadie dijo nada, pero el aviso de Sophie caló sobre cada uno de nosotros del mismo modo que lo hacía aquella agua helada.

—Será mejor que continúe a pie —sugerí. No tenía claro que con ello fuésemos a ir más rápido, pero desde luego que llevarme en brazos y en aquellas condiciones estaba suponiendo un gran esfuerzo para él—. ¡Erwan! —Giré su rostro hacia mí ante su falta de respuesta.

—No pienso soltarte, Aimée. —Sus palabras fueron claras y sencillas, en su mirada había una promesa que iba mucho más allá de aquella simple frase.

Otro disparo y una maldición con acento noruego captaron mi atención. Advertí que Jon, quien había ocupado el lugar de Erwan cuando este me había cogido en brazos, se llevaba la mano al hombro sin dejar de disparar. Ray se añadió al grupo que cerraba la marcha en aquel instante, momento en el que se desencadenó un tiroteo a discreción, un infierno en el que no eran más que blancos móviles puesto que no había dónde ocultarse. Por fortuna la situación era idéntica para ambos bandos, con el añadido de que apenas eran unas sombras que se movían por el agua.

Enterré la cabeza en el cuello de Erwan incapaz de mirar lo que sucedía tras nosotros. Me sentía impotente, aterrada y todo mi cuerpo temblaba o más bien se convulsionaba por el miedo; un miedo que no solo abarcaba a mi persona, sino a todos mis seres queridos que se estaban jugando la vida por sacarme de allí.

Para cuando el agua superó la cintura de Erwan tuve que cambiar de posición para poder dejar sus manos libres. Me coloque como una pequeña cría de chimpancé pegándome a su pecho, rodeándole con mis brazos y piernas.

Perdió un par de pasos, arrastrado por la corriente, pero rápidamente se mantuvo firme mientras el agua nos empujaba con toda su fuerza hacia un lado.

—Pase lo que pase, no te sueltes. —Asentí con la cabeza mientras él trataba de avanzar hacia delante.

—Tan solo quedan unos pocos metros —anunció Gilles colocándose a nuestro lado, justo por el que nos arrastraba el agua, para contrarrestar su fuerza y frenarla con su cuerpo.

Ya no se oía ningún disparo a nuestro alrededor. Me aseguré de que Jon, Ray y Geir venían tras nosotros. O nuestros perseguidores habían muerto o bien se habían dado cuenta de que era más importante evitar ahogarse que tratar de matar al oponente.

Cuando al fin llegamos, el agua alcanzaba la altura del pecho de Erwan. No quería ni imaginar lo que debía de ser al perder pie, las posibilidades de supervivencia yendo a la deriva arrastrado por las corrientes debían de ser mínimas.

—¿Está herida?

Me volví hacia la voz alarmada de mi tío que venía hacia nosotros. Erwan hizo un gesto de negación con la cabeza, pero no contestó. Su respiración agitada le impedía articular palabra, aun así no me soltó los pocos metros que nos separaban del coche.

—¡Sophie! —prorrumpí al reparar en su ausencia, le había prometido llevarla conmigo y pensaba cumplir mi promesa.

—Está en el otro todoterreno —me tranquilizó mi primo mientras mi tío arrancaba sin perder tiempo.

—¿Sophie?

—Es una larga historia familiar que se resume en que Amy la ha adoptado —le explicó Ray sentado a mi derecha—. Es la hija de Marlon, por si no lo recuerdas.

—¿Te crees muy gracioso? —repliqué después de que mi tío me lanzara una mirada interrogante a través del espejo retrovisor—. ¿Por qué no le cuentas todo?

Sonrió sin dejar de mirar por la ventanilla antes de explicarse:

—Resulta que también es una de las Elegidas. ¿No os parece peor que un culebrón venezolano?

Mis labios temblorosos a causa del frío que tenía por estar completamente empapada se estiraron formando una sonrisa ladeada. Ray frotó mi pierna al tiempo que me regalaba un guiño; era su forma de decirme que se alegraba de tenerme de vuelta.

La velocidad del coche aumentó de forma considerable, advertí que Erwan, sentado a mi izquierda, volvía la vista atrás maldiciendo entre dientes.

—Agáchate, Aimée —ordenó al tiempo que sacaba el arma.

—¿Cómo?

Mis ojos desorbitados registraron un coche muy grande y negro que se ponía junto al nuestro instantes antes de que nos golpeara tratando de sacarnos de la carretera. Erwan abrió la ventanilla y pegó un tiro certero en una de las ruedas. No fue necesario que me lo repitieran, me agaché y encogí en el asiento todo lo que pude.

Más disparos, maldiciones y volantazos se repitieron mientras me agarraba a la pierna de Erwan muerta de miedo. ¿Qué pretendía Marlon?, ¿matarnos? Si acabábamos fuera de la carretera a aquella velocidad era seguro que acabaríamos todos muertos. ¿Había cambiado tal vez de opinión? Deshacerse de mí no era una mala opción, la amenaza que pesaba sobre él desaparecería. Aunque de ser así ya lo habría hecho, ¿no?

Un fuerte golpe me sacó de mis cavilaciones haciéndome caer del asiento. La risa de Ray y la repentina calma me indicaron que se habían desecho del maldito coche. Suspiré aliviada mientras Erwan me ayudaba a sentarme de nuevo.

—¿Te encuentras bien? —inquirió preocupado.

Asentí levemente llevándome las manos a la tripa. Lo cierto es que sentía ciertos pinchazos molestos en el bajo vientre. Traté de relajarme el resto del camino porque la tensión vivida en las últimas horas no debía de ser lo más recomendable dada mi situación. Al menos pude respirar tranquila pues ya no estaba bajo el mismo techo que Marlon y eso significaba una nueva oportunidad para nosotras. Cerré los ojos a la vez que acariciaba mi barriguita en un intento de hacer llegar ese mensaje de optimismo a mi pequeña; pronto estaríamos de vuelta en casa.

Capítulo 30

Aún era noche cerrada cuando nos detuvimos frente a una casa. No hice preguntas; estaba demasiado cansada. Saqué mis propias conclusiones al ver a la pareja que salía a recibirnos: un matrimonio bastante mayor que por las expresiones de sus rostros sabían perfectamente de dónde veníamos. Debía de ser el clan de Maëlle, buscar el amparo de nuestra gente habría sido lo más razonable para llevar a cabo mi rescate. Mi tío intercambió con ellos algunas palabras antes de regresar hacia el coche.

Erwan me ayudó a bajar del todoterreno con ademanes silenciosos, en ningún momento se cruzaron nuestras miradas. Mi tío me envolvió en un abrazo en el que puso de manifiesto no solo el alivio de tenerme de vuelta sana y salva, sino también un desesperado consuelo y la dicha de quien recupera a un ser querido largo tiempo desaparecido. Desconocía realmente la duración de mi secuestro, pero pude apreciar por las hojas caídas de los árboles de la entrada de la casa el cambio de estación. Largas semanas que se habían convertido en meses, que debían de haber sido una absoluta pesadilla para mi familia.

Nos dirigimos a la parte trasera de la casa, de donde salió Álex con la preocupación pintada en el rostro.

—¡Papá! ¿Dónde os habíais metido?

—Tuvimos un incidente en el camino.

La palabra incidente no describía el miedo que había pasado, estaba claro que aquel tipo de situaciones no eran para mí. Para cuando entré en el interior de la vivienda volví a sentir pinchazos en el bajo vientre. Me detuve llevándome las manos a la barriga, empezando a sentirme verdaderamente preocupada por el estado de mi pequeña.

—¿Estáis todos bien?

—Me queda por ver la mano de Gilles —respondió Gérard secándose las manos en una toalla—. La herida de Jon está bajo control.

Tras decir aquellas palabras se volvió hacia mí con una arrebatadora sonrisa que logró desarmarme. Ahora ya sabía quién conducía el otro todoterreno, por eso no le había visto hasta aquel instante. Cruzó en dos pasos la distancia que nos separaba y nos fundimos en un abrazo que derribó todas mis defensas y acabó con la poca entereza que me quedaba.

—He estado tan asustado —susurró cerca de mi oído.

Mis lágrimas se derramaron sin que yo pudiera hacer nada. Un sollozo me delató porque separó mi cabeza de su pecho para poder mirarme a los ojos.

—Pequeñita. —La dulzura con la que dijo aquel apelativo cariñoso acabó de destrozarme. Aquellos meses encerrada no había hecho otra cosa que adaptarme a la situación. Vivir el día a día sin pensar demasiado en lo que ocurriría después. Ni siquiera había tenido claro lo que el Monstruo pretendía hacer con nosotras, pero lo que sí supe desde el principio es que no debía de esperar nada bueno; y aun así había logrado mantener una actitud impasible al respecto. Pero estar de nuevo bajo la protección de mis seres queridos, ver la alegría apenas contenida en el rostro de Gérard por verme de nuevo, había hecho aflorar toda la miríada de sentimientos que había tratado de mantener a raya todo este tiempo—. ¿Qué te han hecho, mi vida?

—En realidad nada —musité al tiempo que limpiaba mis lágrimas.

—Será mejor que descanses —intervino mi tío—. Partiremos para casa en un rato, a plena luz del día. Ya hablaremos de lo sucedido con más calma, ¿de acuerdo?

Asentí con la cabeza dejándome conducir por mi prima Álex a una de las habitaciones. Gérard prometió pasarse en cuanto curara la herida de Gilles para ver el estado de mi bebé. Antes de desaparecer de la vista de mis rescatadores me volví en dirección a mi tío:

—Quiero que tratéis a Sophie como a uno más —pedí señalando a la aludida que permanecía en una actitud silenciosa evidentemente incómoda , ella ha sido mi gran apoyo en esa prisión.

—Por supuesto.

Me di una ducha rápida antes de ponerme el pijama que me había dejado Álex y meterme al fin en la cama. Pocos instantes después vino Gérard. Apenas le había dado tiempo a sentarse en la cama cuando la puerta se abrió de nuevo dando paso a Erwan. Nuestras miradas se encontraron mientras cerraba tras de sí quedándose allí apoyado sin decir palabra.

—Vamos a ver cómo están mis princesas —comentó Gérard sin inmutarse.

Me cogió la muñeca colocando los dedos índice y corazón sobre la parte interior como si tomara mis pulsaciones, aunque de sobra sabía que era mucho más lo que él podía ver y sentir a través de su simple contacto. Posteriormente, me hizo un ademán para que me subiera la camiseta. Por alguna razón aquello me violentó, no por Gérard, que estaba más que acostumbrado a verme en ese estado, sino por Erwan. Evité mirarle, aunque no fue necesario, sabía que en aquel momento sus mandíbulas estaban fuertemente apretadas pese a su actitud imperturbable.

—¿Has sentido alguna molestia? —preguntó al tiempo que colocaba sus manos sobre mi tripa.

—Lo cierto es que no, pero lo de hoy ha debido de ser demasiado para ella porque noto unos fuertes pinchazos en la parte baja.

Asintió levemente atento a lo que fuera que veía a través de sus manos. Una sonrisa asomó por sus labios a los pocos segundos.

—Está muy revoltosa, ¿la notas moverse? —Asentí devolviéndole la sonrisa—. Haremos unos análisis en cuanto lleguemos a casa, pero no debes de preocuparte por nada, tu pequeña está perfectamente. —Besó mi barriguita antes de bajarme la camiseta y levantarse de la cama. Se despidió con un guiño de ojo, pero no advertí ningún tipo de comunicación entre ambos hermanos cuando este salió del dormitorio.

Reuní las pocas fuerzas que me quedaban para mantener la conversación que tanto tiempo había aplazado mientras me medio incorporaba en la cama. Erwan permanecía apoyado en el mismo lugar mirándome de forma inquisitiva. Resuelta a no seguir alargando la situación decidí dar el primer paso:

—Supongo que debes de estar enfadado.

—Rabioso —respondió de inmediato—. Eso se acerca más a lo que siento en estos instantes. Una rabia que me hierve la sangre consumiéndome poco a poco por dentro como si fuera un maldito cáncer.

Bajé la mirada aceptando mi parte de culpa.

—Lo siento. No fue mi intención ocultártelo.

—Enterarme del modo en que lo hice dolió, Amy, y mucho. Pero mucho peor fue pensar que estabas embarazada de mi hermano. —Levanté la cabeza sin acabar de entender adónde quería ir a parar—. He sido un puto gilipollas porque a pesar de que mis motivos eran completamente lícitos debería haber luchado por lo nuestro, en vez de lanzarte a los brazos de Gérard. —Se pasó la mano por el pelo un par de veces antes de proseguir con su perorata—: No solo no he conseguido evitar lo que al parecer formaba parte de los planes divinos desde el principio, sino que he alejado de mí a lo mejor que me he ha pasado en la vida. Saber que es demasiado tarde para nosotros me rompe el corazón y me destroza por dentro porque sé que soy el único culpable y aun así soy incapaz de aceptarlo.

De haber visto un dinosaurio entrando por la puerta no me habría sorprendido más. Pestañeé como una lechuza unas cuantas veces mientras digería lo que acababa de decirme. «Lo mejor que me ha pasado en la vida», esas habían sido sus palabras exactas. Creo que en ese momento mi corazón estalló lanzando serpentinas, mariposas y purpurina dentro de mi pecho. Sí, yo también sabía ser cursi como la que más. Cuando al fin conseguí cerrar la boca y reaccionar, recordé lo que había dicho después. Desconcertada, di unas palmaditas sobre la superficie de la cama para que se sentara a mi lado.

—¿Por qué dices eso?

Su mirada reflejaba una agonía nunca antes vista en él. Aquello aceleró mi pulso haciéndome temer lo peor.

—Parece evidente —admitió con desdén.

—Para mí no. De hecho no sé de qué estamos hablando.

—De mi hermano y de ti.

Pestañeé rápidamente como doscientas veces al tiempo que fruncía el ceño.

—¿Lo dices en serio?

—Aimée...

—Gérard es muy especial para mí, Erwan, es algo que no sabría explicarte y que tiene que ver con mi hermana, pero no le quiero del mismo modo que a ti —expliqué cogiéndole las manos—. Te aseguro que él tampoco alberga hacia mí ese tipo de sentimientos. Confieso que no es una relación de amistad del todo convencional, pero te aseguro que entre nosotros no hay nada más que eso. —Erwan me miró con la confusión asomando a sus preciosos ojos y el ceño fruncido—. Si no te conté lo del bebé fue porque temí tu reacción. Habías dejado claro tantas veces que no querías tener un hijo conmigo que no supe gestionarlo.

—¿Contigo? —replicó indignado—. Maldita sea, Aimée, si alguien me ha hecho anhelar algo que nunca me había planteado tener esa has sido tú. Tenerte a mi lado por siempre, una familia propia contigo; algo tan sencillo y a la vez imposible. Un hijo que compartiera el mismo material genético que ese monstruo que ha llevado a la casi extinción de los nuestros era demasiado egoísta incluso para mí. Pero no solo por eso, yo soy el vivo reflejo de que no tengo nada que ver con él, sino por el único motivo de que él necesitaba a esa criatura para lo que fuera que tenía pensado y que no iba a parar hasta conseguir tenerla bajo su control.

—Lo sé, Erwan. Todas estas semanas encerrada me han dejado mucho tiempo para pensar —reconocí—, y para comprender tus motivos. De hecho no ibas desencaminado: su intención no es otra que convocar a la Diosa con mi ayuda y la de nuestra hija para destruirla. No sabe lo de la marca de las Elegidas.

Asintió como si no esperara otra cosa del hombre que le había engendrado.

—La aparición de Sophie saca a nuestra pequeña de la ecuación. Pero aunque no hubiese sido así, jamás habría vuelto la espalda a un hijo mío. Que no quisiera facilitarle el trabajo a ese bastardo no significa negar su existencia o algo peor. No sé qué clase de persona horrible crees que soy, pero...

—Erwan —le corté—. Nunca pensé eso de ti, simplemente me sentí abrumada. Cuando al fin reuní el valor para contártelo pasó lo de Gabrielle —mi voz fue bajando de tono al recordar aquel terrible malentendido. Se pasó las manos por el pelo haciendo un gesto de asentimiento.

—Sé que fue a verte. —Se detuvo unos instantes con la vista clavada en sus propias manos como si no encontrara las palabras para proseguir—. No sé qué mierda te habrá contado, pero te juro que lo que una vez hubo entre nosotros no puede compararse a lo que siento por ti. Te quiero, Aimée.

Mi corazón dejó de palpitar en aquellos momentos e incluso creo que el mundo se detuvo unos instantes para dejarme asimilar lo que acababa de decir. «Te quiero, Aimée», esa frase se repitió en mi cabeza como si de un mantra se tratase hasta que al fin una sonrisa escapó por mis labios.

—Creo que para cuando me explicaste lo de tus sueños, aquella noche en el Adytum, y me confesaste lo mal que te caía, ya me tenías en tus redes.

—En realidad te dije que no tenía claro que me cayeras bien. —Erwan alzó las cejas con sorpresa.

—¿Y no es lo mismo?

Hice un gesto de negación sin poder ocultar la felicidad que me embargaba al tiempo que me echaba en sus brazos.

—Siempre supe que eras algo *rarito.* —Rió por respuesta—. Pero creo que hasta en eso te gano, porque me gustaste desde mucho antes: puede que fuese la cara de fastidio con la que me dijiste que tendrías que llevarme después de ver que mi coche no saldría de la carretera, como si aquello fuera la cosa más horrible del mundo.

Erwan soltó una carcajada antes de responder:

—¿Eso fue lo que pensaste de mí? —Asentí con la cabeza torciendo el gesto.

Nuestras miradas se fusionaron en aquel instante en el que dejamos de comunicarnos a través de palabras. La ternura con la que sus dedos rozaron mi mejilla me produjo un estremecimiento que me dejó sin aliento. Sus labios se acercaron poco a poco, hasta rozar suavemente los míos mientras sus manos se enredaban en mi pelo. Fue un beso lleno de promesas; suave, dulce y muy lento, porque se habían acabado las prisas, aquella necesidad de fundirnos el uno en el otro como si no fuese a haber un mañana. Habría muchos mañanas porque esta vez no pensaba dejarle escapar.

Sin dejar de besarnos, acabé tumbada sobre mi espalda en el colchón con Erwan sobre mí, poniendo especial cuidado en no aplastarme con su cuerpo. Una sonrisa se formó en sus labios cuando al fin rompimos nuestro contacto. Sin dejar de mirarme levantó la camiseta de mi pijama dejando expuesta mi tripa hinchada. Me acarició con el cuidado de quien toca algo extremadamente preciado y delicado a la vez que la contemplaba con fascinación. A continuación, acercó la cabeza hasta mi vientre y, tras rozar su rostro en él con una veneración que me dejó sin palabras, lo besó como si fuese lo más valioso del mundo para él.

Dos lágrimas rodaron por mis mejillas hasta estamparse en la almohada mientras él volvía a cubrirme y se estiraba a mi lado.

—¿Podrás perdonarme algún día? —preguntó secándome el rostro.

—Solo prométeme que no volverás a alejarte de mí.

—Nunca, Aimée. Ahora sois parte de mí.

Nuevas lágrimas surcaron mi rostro. Me enterré en su pecho sintiéndome la mujer más dichosa y completa del mundo, y así abrazados permanecimos hasta que perdí la conciencia de dónde estaba.

Fue el sonido de la ducha lo que me sacó de las profundidades del sueño. Abrí los ojos poco a poco sintiendo un profundo alivio al reconocer aquella habitación. Nada de tapices cubriendo paredes de piedra: mi pesadilla había terminado.

Volví la vista hacia el otro lado de la cama: vacío.

Sonreí de oreja a oreja al verle aparecer por la puerta del baño. Llevaba unos tejanos desgastados y una camiseta blanca de manga corta que dejaba ver parte del *Yggdrasil* que llevaba tatuado en un brazo y la serpiente dragón en el otro. Su precioso cabello lucía húmedo por la ducha, cayendo en suaves ondas hasta llegar a la altura del cuello.

—No ha sido un sueño.

—No, no lo ha sido —respondió devolviéndome la sonrisa.

—¿Qué hora es?

—Algo más de las seis.

—¿Y por qué me molestas? —arrugué el ceño volviendo a arrebujarme entre las sábanas.

Erwan rió mientras se acercaba para sacarme de la comodidad que suponía aquella cama.

—Volvemos a casa, preciosa. —Me palmeó el trasero urgiéndome a que me levantara. Traté de hacerme la sueca, la sorda y lo que fuera, con tal de no mover un ápice de mi pesado cuerpo. Tenía la sensación de haberme acostado hacía apenas cinco minutos, simplemente no podían torturarme de aquella manera.

La risa de Erwan era contagiosa, pero decidí no moverme hasta que sentí sus manos haciéndome cosquillas. Me mordisqueó el cuello provocando que me retorciera sin poder contener la risa. Tras un largo y tórrido beso que acabó con mis ganas de seguir durmiendo de forma definitiva, se separó poniendo una distancia prudencial entre nuestros ansiosos cuerpos:

—Álex trajo algo de ropa para ti. Iré a buscarla.

Mi adorada prima había pensado en todo. Había cogido ropa de mi casa, mi propia ropa, para que pudiera cambiarme. Sin perder más tiempo me puse el vestido que Álex había elegido para mí con muy buen criterio, puesto que mi barriga, aunque no estaba demasiado abultada, no me permitía entrar en mis antiguos pantalones.

Después de un rápido desayuno y despedirnos de nuestros amables anfitriones, emprendimos la marcha rumbo a casa con la esperanza de no sufrir ningún tipo de percance a plena luz del día y en autopista.

—Necesito ir al baño.

El viaje se me estaba haciendo inmensamente largo. Después de probar todo tipo de posturas en cada uno de los asientos me sentía como un gato enjaulado.

—¿Otra vez?

—Sí, otra vez.

—Ni que te hubieras bebido toda el agua de una piscina.

Lancé una mirada de fastidio a Ray que sonreía descaradamente mientras el resto lo hacía a carcajadas. Volví la vista hacia Erwan que trataba de disimular la gracia que le había hecho el comentario y que rápidamente se recompuso para poner su expresión más inocente sin éxito alguno.

—¿Has visto, chiquitina? —Bajé la mirada hacia mi tripa a la vez que pasaba mi mano por su redondez—. Esto es lo que pasa con la familia: tienes que conformarte con la que te toca. Aunque lo del tío Ray aún está por ver.

Ray se giró hacia mí recordándome a la niña del exorcista, mientras las carcajadas de mi tío y Erwan resonaban en el coche. Mi prima, sentada en la parte delantera, no hizo gesto ni movimiento que delatara lo que pasaba por su cabeza. La mirada de mi amigo fue más allá, para posarse en Erwan.

—Sinceramente espero que la pequeñaja salga a ti, porque como se parezca a su madre lo llevas claro.

—Dime algo que no sepa —respondió Erwan de muy buen humor al tiempo que acariciaba mi vientre.

A continuación besó mi ceño fruncido y me guiñaba un ojo dejándome claro lo que realmente opinaba al respecto.

El sol descendía lentamente por el horizonte cuando tomamos el desvío de Saillagouse dirección a Llo. El otoño se encontraba en un estado bastante avanzado en aquellas tierras por lo que un sinfín de colores salpicaban aquel hermoso paraje.

Sentí el frío acuciante en cuanto salí del todoterreno, aunque realmente no me importó. La visión de mi preciosa casa me embargó de felicidad. El otro coche se detuvo tras el nuestro. Antes de que ninguno de sus ocupantes tuviese tiempo de bajar me volví hacia mi tío con la intención de dejar las cosas claras:

—Sophie se queda conmigo.

—No me parece buena idea, Amy. No la conocemos.

—Yo sí.

Erwan empezó a negar con la cabeza cuando una bola peluda apareció por el camino. Logró frenar su alocada carrera para que no se abalanzara sobre mí y me llevara contra el suelo como venía siendo su costumbre. Tendría que esforzarme por hacerle entender que ese tipo de juegos habían terminado por el momento.

Mi preciado amigo sorteó a Erwan, para venir en mi busca, aunque ya no corría. Me agaché para ponerme a su altura y así evitar que se pusiera sobre sus dos patas traseras, y lo envolví en mis brazos con una sonrisa de felicidad. Me lamió la cara como si de un perrito faldero se tratase al tiempo que se revolvía de un lado para otro sin acabar de creerse que al fin estuviese allí.

—¿Cómo ha llegado tan rápido? —quiso saber mi primo acercándose desde el otro vehículo—. Se supone que Judit lo estaba cuidando.

—No lo sé, pero desde luego que tiene buen olfato —respondió mi tío rascándole entre las orejitas—. Será mejor que descanses. Mañana por la mañana nos reuniremos con Agnes, al parecer hay mucho de lo que hablar.

Su mirada se desvió hacia Sophie, que también se había acercado. Llop la olisqueó con interés, pero al momento se cansó y volvió a colocarse junto a mis piernas. Nada que ver con la vez que nos encontramos en los baños. Sé que aquel gesto no pasó inadvertido a mi tío, si algo tenía aquel animal es que era muy listo. De tener malas intenciones le habría enseñado los dientes o algo mucho peor.

—Sí, será lo mejor —estuve de acuerdo.

Hice un ademán a Sophie para que me acompañara a casa cuando mi tío me increpó:

—Amy...

—Aún tengo mis cosas aquí —señaló Gérard de forma oportuna—. Puedo quedarme con ellas.

Que no se fiaban de ella era algo más que evidente. Sophie se mantuvo en silencio mirando a unos y a otros. Me fastidió que tuvieran tan poco tacto con la persona que me había ayudado a salir de aquel infierno, aunque no pude reprocharlo. Por lo que a ellos respectaba era la hija de Marlon y hasta hacía unos días formaba parte de sus filas. No acababan de tener claro el motivo de su deserción.

Erwan no pareció muy feliz con el arreglo, puesto que su ceño fruncido lo delataba. Cuando al fin abrió la boca para dar su opinión al respecto mi tío lo interrumpió:

—Contigo quiero hablar.

El aludido enarcó una ceja antes de asentir con la cabeza con un gesto de fastidio.

—Pues si no hay más que decir... —intervino Ray—, yo también me largo.

El resto volvió a los coches menos Gérard y Sophie, que se encaminaron hacia mi casa. Erwan, que tampoco se había movido de donde estaba, me acarició la mejilla con el dorso de la mano.

—Nos vemos mañana, preciosa.

Asentí poniéndome de puntillas para propinarle un beso de despedida que rápidamente se transformó en uno muy tórrido y apasionado, que nada tenía que ver con mis intenciones del principio. Un gemido de animal interrumpió aquel momento de desenfreno provocando nuestras risas. Llop nos observaba con la cabeza ladeada y una profunda mirada de interés. Aquello nos hizo reír de buena gana mientras nos decíamos adiós. El coche de mi tío esperaba a unos pocos metros para mantener esa conversación con Erwan. Me hubiese gustado saber el motivo, pero tendría que esperar al día siguiente para indagar sobre el tema.

Un sonoro suspiro salió de mi garganta en cuanto cerré la puerta de casa sintiéndome envuelta con su calidez. Al fin estaba de vuelta en mi hogar, solo esperaba que esta vez fuese para siempre.

Capítulo 31

—¿Has logrado descansar algo?

Dejé una taza de café en la mesa del jardín, justo a su lado. Hacía una mañana preciosa, aunque algo fresca. Al parecer Sophie y yo teníamos gustos parecidos a la hora de buscar un rincón para pensar.

—En realidad no.

—No tienes de qué preocuparte, en cuanto te conozcan como yo, dejarán sus recelos a un lado.

—Tal vez, pero no es tu familia quien me preocupa, sino él. —La simple alusión hizo que mi piel se erizara provocándome un escalofrío que recorrió todo mi cuerpo—. No va a parar, Amy.

—Aquí estamos a salvo.

Ojalá estuviese tan convencida como quería parecer.

—Hasta que dé con una nueva forma de llegar a nosotras. —Dio un sorbo a su bebida cogiéndola con ambas manos para acaparar todo su calor antes de proseguir—. Estoy hecha un lío.

—Puedo hacerme una idea.

—No, no puedes. He traicionado a mi propia familia. Me siento como una basura.

—Has hecho lo correcto, Sophie. Para él los lazos de sangre no significan nada si no puede sacar algo en su provecho. Te recuerdo que también traicionó a los suyos. Mató a su propia madre.

—¿Y qué hace que yo sea diferente, Amy? —replicó con desdén—. La única forma de arreglarlo es matándole. Aunque no lo creas él siempre fue bueno conmigo, no puedo imaginarme haciendo algo tan horrible.

—¿Qué crees que hará él si vuelves a caer en sus garras?

—Sé que estoy sentenciada por lo que hice, pero eso no quita que me sienta una persona horrible.

—Sophie, mírame. —Ella se volvió hacia mí con una mirada cargada de pesar—. Él es una persona horrible, no tú. Mató a su gente y lo ha seguido haciendo para lograr sus propios fines. Ya viste lo que pretende hacer, está totalmente loco. Tú eres nieta de una de las Sacerdotisas y en tu poder está restaurar el sistema establecido por nuestra creadora. Ni se te ocurra sentirte culpable por hacer lo correcto.

Asintió clavando la vista en su taza de café. Comprendía perfectamente el lío que debía de tener en su cabeza, pero por su bien esperaba que no lo dejara entrever al clan, porque entonces no habría modo de que confiaran en ella.

Poco rato después aparecieron por casa Agnes y su esposo, Marcelle, junto con mis tíos. En un principio creí que acabaríamos hablando de mi aventura y de Sophie con el resto del clan, al parecer andaba bastante equivocada. Después de la traición de Candice y de Max, el círculo de confianza se había reducido considerablemente. No era algo que hubiesen comentado con el resto, eso hubiera ofendido a las familias que no habían tenido nada que ver y que habían sido fieles seguidores de la Diosa desde el principio. Los actos de algunos habían conseguido que la desconfianza cayera sobre una comunidad muy bien avenida. Por ello, lo que parecía una simple reunión familiar en mi casa a ojos de los demás, no iba a ser otra cosa que una de esas reuniones que tanto detestaba.

Poco a poco fueron apareciendo el resto de personas que formaban parte de aquel pequeño círculo.

—Mírate, Amy, pero si estás preciosa. —La madre de Erwan me estrechó en sus brazos para luego acariciar con suma ternura mi vientre—. Pensar que esta cosita de aquí va a ser mi nieta... —Su voz se quebró impidiéndole acabar la frase—. Tu madre estaría muy feliz, adoraba a mi chico mayor.

Sonreí al tiempo que hacía un gesto de asentimiento con la cabeza. Lo cierto era que me costaba a imaginarme a Erwan de pequeño.

Tomé asiento junto a Sophie en uno de los extremos de la mesa. Erwan no había llegado aún, tampoco mi primo Gilles ni Geir, me extrañó que fuésemos a empezar sin ellos, pero lo cierto es que así fue.

—Estoy muy feliz de teneros entre nosotros —empezó a decir Agnes. Era grato contar con al menos una persona con algo de diplomacia y empatía que no hiciera sentir a Sophie peor de lo que ella misma ya se sentía—. Al fin tenemos lo que hace falta para frenarle los pies al enemigo.

—¿Y si no somos las únicas?

—Estoy convencida de que somos solo nosotras tres. Una descendiente de cada una de las Sacerdotisas. —En ese momento hicieron su aparición los tres miembros que faltaban de aquel selecto grupo que rápidamente tomaron asiento donde pudieron. Erwan me saludó con un guiño de ojo después de hacer un casi imperceptible gesto de asentimiento a mi tío. Agnes prosiguió—: Pensamos que esa tercera descendiente sería la hija de Amy, y que por eso tu padre estaba tan interesado.

—Eso mismo pensaba él.

—¿No sabe lo de las marcas?

Sophie negó para mayor desconcierto de Agnes.

—Él creía que Amy era la única Elegida, y que ella sola podría convocar a la Diosa. Al ver que pasaba el tiempo y no lo hacía empezó a sospechar que tal vez ella sola no podía hacerlo, de modo que llegó a la misma conclusión que vosotros. Dado que él también desciende de una de ellas creyó que si unía su poder al de ella, con el añadido de un descendiente de ambos, podría llevar a cabo la ceremonia.

—¿Y no es muy rebuscado? —preguntó Ray atrayendo todas las miradas hacia su persona—. ¿Por qué unir su sangre a la de Amy, si te tenía a ti? Juntos ya formabais una tríada.

—No lo sé, tal vez pensó que de ese modo había más probabilidades por haber un parentesco más directo.

Gérard negó con la cabeza.

—De ser así, la hija de Erwan no le hubiera servido tampoco para sus planes y, corrígeme si me equivoco, pero pensaba llevar a cabo su plan con ella.

—Tienes razón. Aunque no lo creáis conozco bien poco a mi padre, al menos esa faceta. Ni siquiera sabía que era el hijo de una de las Sacerdotisas hasta que Amy lo mencionó.

—Él sabe que tú eres la tercera descendiente —señaló Erwan mirando a su abuela.

—¿Qué quieres decir?

—Os dije que estaba muy interesado en que ingresase en sus filas, y no tiene nada que ver con el hecho de que fuese su hijo. Ya os dije que había un plan perfectamente diseñado: tener el linaje de Amy bajo control, el tuyo y, por supuesto, el suyo. Las tres Sacerdotisas. El único fallo de todo esto es que se le escapó el hecho de que esas descendientes ya estaban marcadas, lo que significa que la Diosa ha estado jugando también sus cartas con Marlon y le ha dado una buena patada en el culo.

—No estoy seguro de seguirte —declaró Marcelle.

—Lleva toda su vida tras las huellas de las descendientes de las otras dos Sacerdotisas. Creímos estar protegiendo como clan a una de ellas, pero en realidad eran dos. ¿Cómo ha sido eso posible? Lo desconozco, pero me da que la Diosa ha tenido un papel más activo del que pensamos. Él mató a su propia madre por lo que su estirpe quedaba bajo su control como único descendiente. Por lo que dijo Enid también mató a la otra, solo logró escapar la antepasada de Amy, pero debió de salir con vida alguna de sus hijas porque tú eres la prueba viviente de ello.

»Al entrar en el clan descubrió que no solo se ocultaban las descendientes de Enid, sino las de Ula. Y así fue cómo se las ingenió para unir su sangre con nuestra familia, y estoy seguro que de haber podido lo habría hecho también con la madre de Amy. Sophie no fue más que un medio para aliarse con Grâce.

La aludida bajó la mirada. No debía de ser plato de buen gusto saber que su existencia se debía simplemente a un trato entre dos personas ruines y sedientas de poder.

—De ese modo tenía controlada otra de las estirpes con un hijo propio, ya solo le quedaba la tercera —apuntó mi tío.

—Exacto. Amy se convertía en una pieza indispensable. Si yo colaboraba, como había sido su intención desde el principio, quedaba el círculo cerrado.

—Y si no lo hacías —continuó Agnes—, la unión de tu sangre o, en última instancia, la suya a la de Amy servía de igual forma a sus propósitos.

De modo que Erwan había tenido razón desde el principio. Había sido totalmente reacio a nuestra unión porque sospechaba lo que había tras la mente de Marlon, el hecho de que ahora supiéramos que no habría servido para su maquiavélico plan, no le quitaba razón. Sentí su mirada penetrante sobre mí como si supiera perfectamente el rumbo de mis pensamientos.

—Pues menudo chasco se habría llevado —se mofó Ray—. ¿Qué es lo que pretendía con todo ello?

—Destruir a la Diosa.

Aquella respuesta soltada a bocajarro por parte de Sophie hizo que todos los presentes la miraran con expresiones que iban desde al asombro a la conmoción.

—Esto confirma lo que ya pensábamos —indicó Agnes—: está totalmente desequilibrado.

—¿Cómo has podido vivir todos estos años con semejante demente sabiendo lo que pretendía hacer?

Mi tía lo increpó con la mirada, aunque Gilles la ignoró.

—No lo sabía. No fue hasta la discusión que tuvo lugar en la cena de bienvenida que hizo mi padre para Amy que no empecé a darme cuenta de lo poco que conocía a mis dos únicos familiares.

La miré sintiéndome en cierto modo identificada con ella. A mí también me habían ocultado una parte importante de mi propia existencia hasta hacía más bien poco, aunque los motivos habían sido otros completamente distintos.

—¿Cena de bienvenida? —repitió Ray con el ceño fruncido—. No quiero ni imaginar cómo acabó.

—No lo hagas.

—Fue la primera y la última —explicó Sophie con una media sonrisa. Ambas nos miramos y reímos al recordarla.

—Entiendo que no supiste mantener esa boquita cerrada, ¿verdad, cielo? —aventuró mi tío.

Me encogí de hombros con gesto inocente.

—Digamos que se desahogó —contestó Sophie por mí—. Jamás había visto a nadie hablar así a mi abuela, mucho menos a mi padre. Fue interesante.

Todos rieron al imaginar la situación, menos Marcelle, que estudiaba a Sophie sin disimulo.

—¿Qué te llevó a ayudar a Amy? —inquirió—. ¿Qué sacabas tú con ello?

—También tengo una marca, por si no lo recuerdas.

—¿Y? —replicó el esposo de Agnes dando a entender que aquello no justificaba su cambio de bando—. ¿Por qué simplemente no contárselo a tu padre?

—Porque destruir a nuestra creadora no me parece un plan de lo más brillante.

—Y eso lo decides así, de la noche a la mañana —apostilló Gilles.

—Vuelvo a repetiros que yo no tenía ni idea de prácticamente nada. Cuando Amy les puso en su sitio empecé a sospechar e indagar sobre cuánto de cierto había en sus palabras. Siempre había creído que fuisteis vosotros quienes asesinasteis a mi madre, y que lo único que movía a mi padre contra vosotros era su necesidad de salvar su vida frente a la amenaza de la Elegida.

—Entonces, ¿cuál era tu papel? ¿O vas hacernos creer que vivías con ellos y que no te enterabas de cuáles eras sus actividades? —quiso saber Erwan.

—Mi padre me mantenía ocupada con otros asuntos. Tengo muy buena mano con los números, por lo que desde que acabé mis estudios me dedico a administrar sus posesiones.

—Eso nos puede ayudar mucho —comentó mi tío pensativo.

—¿Vivíais en la casa de Bolquère?

Sophie negó ante la pregunta de Agnes.

—Nuestra residencia es la del Mont Saint Michel. Mi padre se trasladó aquí en cuanto Amy también lo hizo, yo solo bajé una vez —me miró con gesto apesadumbrado. No fue necesario que explicase cuándo había sido esa vez—. Mi abuela estaba empeñada en que descubriera el paradero del amuleto.

—¿Cómo sabían de su existencia? —preguntó Agnes—. ¿Para qué lo querían?

—No lo sé. Amy no me dejó entrar en su cabeza, así que no fui de mucha ayuda.

—Tampoco Marlon le dio mucha importancia porque jamás me preguntó por él, sospecho que es cosa de Grâce —apunté.

—Debió de enterarse cuando vivía con nosotras. Puede que creyera que era una pieza clave para poder llevar a cabo la ceremonia —dedujo Agnes.

—Imagino que ahora que Amy vuelve a estar en casa, regresará —conjeturó mi tío—, aunque dudo mucho que lo haga a su anterior residencia.

Sophie negó con la cabeza.

—Esa propiedad está vendida. Y no tiene otras por la zona, de modo que si lo que vas a preguntarme es adónde, lo desconozco. Te aseguro que no entraba en sus planes perder a Amy por segunda vez.

—¿De cuántos hombres dispone?

—Tampoco lo sé. De eso se encarga Adrien.

Erwan resopló haciendo un gesto negativo con la cabeza como si no la creyera.

—Oye, ya os es dicho que no tenía ni idea de las actividades de mi padre —explotó dando un golpe sobre la mesa con la palma de la mano—. Lo que sí que puedo deciros es que está empeñado en llevar a cabo su plan y que no va a parar hasta conseguirlo.

—Su plan no le va a servir de nada —adujo Marcelle—. Eso contando con que consiguiera de nuevo hacerse con Amy, lo cual te aseguro que no va a pasar.

—También creísteis eso la primera vez y aun así volvió a meterse en vuestra casa y sacarla de aquí. ¿Cuánto crees que tardará en descubrir lo de las marcas después de ver que su proyecto ha fracasado? Puede que esté loco, pero no es imbécil.

—Tal vez, pero nada de eso ocurrirá si está muerto, ¿me equivoco? —alegó Erwan—. Ahora que estáis las tres ya sabemos lo que tenemos que hacer. Ni siquiera vamos a darle la oportunidad de acercarse.

Todos asintieron de acuerdo, excepto Agnes.

—Creo que lo mejor será esperar a que Amy tenga al bebé. En cuanto eso ocurra haremos el ritual.

—Es peligroso esperar tanto —profirió su esposo—. ¿Cuánto queda para eso?, ¿cinco meses? Eso le da una ventaja sobre nosotros.

—Serán cuatro meses —replicó Erwan—, y estoy de acuerdo con Agnes. No sabemos en qué consiste el dichoso ritual, ni lo que pasará después, pero no pienso poner en peligro la vida de mi hija ni la de Amy. Hemos esperado siglos para poder hacer esto, no creo que vaya de unos pocos meses.

Agnes asintió dándole la razón mientras yo trataba de cerrar la boca. Siempre había sido muy protector conmigo, ya la primera vez que nos conocimos me advirtió que no volviera a subirme en el coche de ningún desconocido; pero ahora era diferente. La forma en que lo había dicho dejaba patente que las tornas habían cambiado. Mi pequeña también era suya, y por lo tanto, cualquier cosa que tuviera que ver con nuestra seguridad le atañía también a él.

—Reforzaremos la vigilancia de nuestro territorio, como habíamos estado haciendo hasta ahora, con la diferencia de que no voy a permitir que nos la vuelva a jugar uno de los nuestros —sentenció mi tío—. Amy y Sophie no pueden quedarse solas, tampoco tú, Agnes. Así que siempre habrá uno de nosotros controlando cada uno de vuestros pasos.

«Ahora viene la parte que menos me gusta», pensé asintiendo sin otro remedio. Odiaba sentirme desvalida, controlada y con las alas cortadas. Eso había comenzado el día en que pisé aquel pueblo, pero cada vez se iba estrechando más y más. Echaba de menos mi independencia, poder salir a cualquier parte, disfrutar de cosas tan sencillas como ir a cenar o ver una película en el cine. Maldito fuera Marlon mil veces, no podría volver a respirar algo que se pareciera mínimamente a una vida normal hasta que él no desapareciera de la faz de la tierra. Empezaba a impacientarme de una forma inquietante.

—Sophie puede venirse a casa —sugirió Agnes.

—Ella se queda aquí conmigo —repliqué.

De sobra sabía que detrás de aquella oferta había una clara intención de mantenerla vigilada, no solo para protegerla de Marlon sino porque no acababan de fiarse de ella.

—¿Aquí en tu casa? —preguntó mi tío con gesto sorprendido. No sé de qué se extrañaba, era mi casa, ¿adónde sino iba a irme?—. Bueno, podemos arreglarlo —continuó pensativo.

—Amy se viene conmigo.

Me giré con el ceño fruncido hacia Erwan que ni siquiera se molestó en mirarme. Llevarle la contraria en aquel instante hubiese sido un error porque estaba segura de que tendría a todos de su parte. Ahora comprendía el desconcierto de mi tío.

—Gérard, ¿tú podrías quedarte aquí con Sophie? La idea de que vivas tan alejado de nosotros no acaba de gustarme y ella necesita alguien que la proteja.

El aludido asintió impasible ante la sugerencia de mi tío.

—Nosotros volvemos a nuestro hogar —anunció Jon captando la atención de todos los presentes—. Si necesitáis cualquier cosa no dudéis en pedirla. Lo que sea. Pero por lo pronto considero que aquí no hacemos nada, nuestra gente también necesita de nuestra protección.

Aclarados todos los puntos, me levanté sintiendo la imperiosa necesidad de ir al baño y estirar las piernas; en ese mismo orden. Al salir del aseo que había en aquella misma planta, advertí que ya no había nadie sentado a la mesa. Mis tíos fueron los primeros en marcharse. Constance se acercó a despedirse y se marchó tras sacarme la promesa de que aquella misma semana haríamos una comida familiar. El tema de Erwan y Gérard era algo que me preocupaba pues las pocas veces que les había visto juntos desde que este último saliera del hospital, no les había visto cruzar palabra.

—¿Te puedo hacer una pregunta personal? —Oí que decía Agnes en un hilo de voz.

No sé lo que contestó Sophie, pero sin apenas dudarlo decidí acercarme, aunque nadie me hubiese invitado. El resto de personas que quedaban en mi casa se hallaban dispersas y bastante alejadas de aquellas dos mujeres. Todos excepto Erwan, que parecía distraído tecleando en la pantalla del móvil.

—¿Eres virgen?

Abrí los ojos de par en par casi convencida de no haber oído bien la pregunta. Por el rabillo del ojo advertí que Erwan dejaba de teclear y se volvía en nuestra dirección, lo que hizo darme cuenta de dos cosas: ni Erwan estaba tan distraído como parecía ni yo me había confundido. Había oído perfectamente bien: el ceño fruncido de Sophie acabó de confirmarlo.

—No veo qué importancia puede tener eso en este momento.

—La tiene. Desde tiempos ancestrales se ha asociado la figura de la luna con la Diosa, la cual tiene tres estados vinculados a las fases de la vida de la mujer. Por ello el número tres tiene un papel tan importante y es el motivo por el que la Gran Madre concibiera tres únicas sacerdotisas.

—Sigo sin ver la relación —replicó Sophie con gesto impaciente—. Además la luna tiene cuatro fases y no tres.

—Entiende que hablamos de estados en los que la luna se puede ver, y eso solo ocurre en las fases creciente, plena y menguante, lo que vendría a representar la doncellez, la plenitud y la vejez.

Creímos que el bebé de Amy personificaría la doncellez.

—Y está claro que yo no soy ningún bebé —concluyó Sophie con la mirada clavada en el suelo, cuando volvió a levantar la vista su rostro había adquirido un tono rojizo que nos hizo suponer la respuesta—. Podéis estar tranquilas en ese sentido. Mi vida ha sido más triste de lo que imagináis.

Traté de ocultar mi sorpresa mientras Agnes asentía y se despedía de ambas. En cuanto nos quedamos a solas me volví hacia ella sin poder guardarme la pregunta que tenía en la punta de la lengua:

—¿Cómo es posible...?

—Amy —me cortó mi primo, y mirando a una y otra alternativamente añadió—: Siento interrumpir. Esta noche hay una cena en mi casa, bueno, es Judit la que está empeñada en haceros venir. Así que no me faltes. —Besó mi mejilla sin darme tiempo a decir palabra—. Tú también estás invitada.

Sophie alzó ambas cejas sorprendida para luego hacer un gesto casi imperceptible de asentimiento a Gilles que ya se encaminaba hacia la salida. Cuando Erwan entró de nuevo en mi campo visual recordé que teníamos una conversación pendiente, aunque intuía que acabaría en discusión pues de sobra sabía que no iba a aceptar un no por respuesta.

Me disculpé con Sophie y me dirigí al lugar en el que él se encontraba, mantenía una conversación con alguien por teléfono, retazos de frases inconexas me hicieron comprender que hablaban del Adytum.

—¿Puedo hablar contigo? —pregunté en cuanto se despegó del teléfono móvil.

Lo llevé a la planta superior, concretamente a mi dormitorio, pues necesitaba algo de intimidad para lo que tenía que decirle. Él me observó con la ceja enarcada apoyado en la puerta a la espera de que comenzara a hablar.

—No voy a irme a vivir a tu casa. Al menos no de momento. —Erwan empezó a hacer un gesto de negación con la cabeza, pero ni siquiera le di tiempo a pronunciar palabra—. Simplemente no puedes decidir por mí.

—Esto no es negociable, Aimée. Sabes perfectamente lo que hay en juego, no voy a perderte de nuevo.

—Y no lo harás, ya has oído a mi tío. Siempre habrá alguien con nosotras.

—Me importa una mierda si ese alguien no soy yo.

No pude evitar sorprenderme ante aquel arrebato, empezaba a estar furioso.

—No estoy preparada para vivir contigo —confesé con sinceridad.

Estaba más que feliz de que al fin nuestra relación hubiese superado casi todos los obstáculos que se interponían entre nosotros, pero la realidad era que me sentía abrumada por la velocidad en la que estaba sucediendo.

—Ya has vivido conmigo.

—Pero no es eso lo que tú me pides, ¿no es cierto?

Hizo un lento gesto de negación con la cabeza clavando su insondable mirada en mí.

—Vamos a tener una hija, Aimée

—Cierto, pero ninguno de los dos lo queríamos. Tú lo hiciste obligado y yo ni siquiera sabía a lo que me estaba sometiendo. No es como si fuéramos una pareja normal de enamorados que se decide a dar ese paso.

—Habla por ti —replicó con brusquedad.

Su sinceridad me descolocó por momentos.

—Me has entendido perfectamente.

—¿Y qué quieres que te diga? —espetó perdiendo todo rastro de diplomacia—. Necesito saber que estás bien, que no voy a venir a verte para encontrarme a cualquier otro que me diga que has desaparecido de nuevo. —Se pasó las manos por el cabello como si de algún modo aquel gesto le ayudara a pensar. Durante unos segundos se quedó así, sin siquiera mirarme, hasta que finalmente añadió—: Eres mía. Te quiero en mi vida, en mi casa y en mi cama. Las veinticuatro horas. ¿Eso puedes entenderlo?

Nos retamos con la mirada mientras trataba de asimilar el contenido de aquella perorata. Así eran sus declaraciones de amor, nada de romanticismos, él simplemente ordenaba, aunque el mensaje era bien claro.

—¿Pero tú de dónde has salido? —resoplé poniendo los brazos en jarras—, ¿del paleolítico?

Erwan frunció el ceño antes de contestar:

—¿Me estás llamando cavernícola?

Asentí lentamente con la cabeza imitando su acostumbrado gesto impasible.

—Sabes que eso no es cierto. —Su mirada entornada me estudió durante unos instantes antes de empezar a caminar hacia mí como lo haría un gran felino a punto de atacar a su presa.

—Oh, yo sé que sí.

Di un paso hacia atrás, pero él fue mucho más rápido. Me cogió en volandas haciéndome soltar una carcajada. Entre risas y mordiscos me tumbó sobre la cama colocándose sobre mí y mostrándome una faceta juguetona que apenas conocía.

—Entonces sabrás que voy a llevarte a mi cueva no importa cómo te pongas.

Solté una risotada consciente de que acababa de perder aquella batalla mientras sus labios buscaban los míos como si sellaran la promesa que acababa de hacerme, pero ¿realmente importaba?

Capítulo 32

Una sonrisa bobalicona asomaba por mi rostro mientras recogía algunas de mis cosas para llevarlas al que sería mi nuevo hogar. Había cedido porque simplemente la idea de vivir con él como una pareja normal me entusiasmaba pese a que continuaba teniendo ciertos reparos.

Evidentemente había puesto una serie de condiciones. Erwan podía ser adorable, atento y muy cariñoso; pero también era un hombre de lo más obtuso e imposible cuando su otra faceta salía a relucir. Habría un periodo de prueba, como en los contratos, si pasado ese tiempo la situación no me convencía, regresaría mi casa. Evidentemente, se lo había tomado a guasa. Se había limitado a soltarme una sonrisa ladeada al escuchar mi propuesta. Tanto me daba lo que tuviera que decir al respecto, saber que mi casa estaba ahí para salir huyendo era algo que me alentaba.

Tras darme las llaves de su hogar, nos despedimos hasta la noche. Tenía que atender el Adytum especialmente ahora que pasaba por un momento de lo más delicado. Intentaría venir a la cena de Judit y Gilles, aunque no había prometido nada. La deserción de Max también había afectado seriamente a su negocio.

—¿Te vas con él? —preguntó una voz a mi espalda.

Sophie se encontraba apoyada en el marco de la puerta en una posición que me recordó mucho a Erwan. Era curioso lo que llegaban a parecerse aquellos dos, a pesar de que apenas acababan de conocerse.

Asentí con la cabeza mientras ella se adentraba en mi dormitorio y se sentaba en la cama.

—Supongo que es lo mejor, aunque reconozco que me hubiera gustado que te quedases.

—No tienes de qué preocuparte, Sophie. Ahora mi casa es tu casa, aquí estarás muy a gusto, pero de todas formas vamos a continuar viéndonos mucho, piensa que viviré justo ahí enfrente.

Ella asintió no muy convencida.

—¿Qué tal es Gérard? Me ha parecido serio y poco hablador.

—Si bien es cierto que es algo introvertido, verás que es el compañero perfecto para convivir. Te gustará.

—Yo no les gusto a ellos —sentenció con voz apesadumbrada y la mirada perdida—. Aunque en el fondo lo comprendo.

—No digas bobadas. No te conocen, pero eso no quiere decir que no les gustes.

—Erwan me lo dejó bastante claro.

Resoplé dejando una camiseta a medio doblar para prestarle la atención que merecía.

—Tu hermano es una persona bastante intratable cuando quiere, no puedes hacerte a la idea de cuál fue mi primera impresión la primera vez que nos vimos. —Sophie me miró con una mueca de burla que me hizo sonreír—. Bueno, vale, pensé que era el hombre más sexy sobre la faz de la tierra, pero áspero como un alambre de espino. No me gustó.

—Tienes una forma muy curiosa de demostrarlo.

Reímos divertidas ante aquel comentario volviendo a la ropa que se suponía que debía llevarme.

—Me gustaría pagarte un alquiler por vivir aquí.

Me detuve con un par de pijamas en la mano a medio camino de depositarlos en la maleta.

—Ni de coña.

—Me haría sentir mejor, Amy.

—Eres mi invitada, además podría ser que en unos días me tuvieras de vuelta.

—Entonces seríamos compañeras de piso.

—Me niego.

—Por favor —suplicó.

—Pero ¿cómo vas a pagarme? Ya no tienes trabajo ni dinero, nada de nada.

—¿Acaso crees que soy estúpida? Tengo mis cuentas, y mucho dinero en ellas. El trabajo que hacía para mi padre me reportaba muy buenos ingresos, aunque no tantos como a él. Ya lo arreglé todo para que nunca tuviese acceso a ellas y salvarme el culo en caso necesario.

La miré con ojos entornados durante unos instantes en los que me devolvió la mirada con una determinación que no admitiría una negativa por mi parte. Accedí a regañadientes con tal de complacerla. Era evidente que no se sentía a gusto con su nueva situación: nuevo clan que recelaba de ella, nuevo hogar y, en definitiva, una vida nueva y diferente a la que estaba acostumbrada.

Apenas tuve tiempo de cruzar dos palabras con Gérard en lo que quedaba de tarde. Me había mantenido ocupada preparando las cosas que quería llevarme y ordenando todo lo que se quedaba en casa.

Bajé las escaleras con una pequeña maleta de mano, con la intención de llevarla a casa de Erwan. Al día siguiente me encargaría de recoger el resto de cosas con su ayuda, por lo pronto y para aquella noche, me bastaría con la que llevaba a cuestas. De camino hacia la puerta no me encontré con ningún alma, debían de estar preparándose para la cena de Judit. Fue al abrir la puerta que me topé con Ray.

—¿Has decidido irte de viaje? —preguntó acelerando el paso para quitarme la maleta de las manos.

—Ojalá. —Sonreí agradecida—. Iba a llevarla a casa de Erwan. Si me ayudas, aprovecharé el viaje para llevarme también a Fum.

Ray volvió la vista hacia la casa de Erwan, situada a un nivel por encima de las nuestras, pero muy próxima, arrugando el ceño al ver que no había ninguna luz.

—Tengo las llaves —señalé abriendo la palma de la mano para mostrárselas.

—Ya entiendo.

Una sonrisa traviesa se formó en sus labios. Me encogí de hombros sin saber muy bien a qué se refería antes de entrar de nuevo en busca de mi pequeño amigo.

Los recuerdos de la última vez que había estado en su casa me sobrevinieron, lo cierto es que no eran demasiado agradables. Ver allí a Gabrielle con su divina perfección me mató de celos, por no mencionar lo traicionada que me sentí al advertir los labios hinchados de ambos.

Dejé que Fum campara a sus anchas asegurándome de que se percataba de dónde estaban sus cosas antes de marcharme.

Fuimos los últimos en llegar a casa de mi primo. Me sentí decepcionada al ver que Erwan no estaba, algo que, por otro lado, no debía de sorprenderme pues de haber podido llegar a tiempo estaba segura de que habría pasado por mi casa primero.

Judit y yo nos fundimos en un abrazo lleno de besuqueos que me hizo reír a carcajadas. La adoraba, sencillamente, y tenerla tan cerca de mí era lo más que podía pedir al mundo porque pasara lo que pasase ella siempre estaría ahí, como siempre había sido desde que tenía uso de razón.

—Estás preciosa, cariño —dijo posando su mano en mi panza con una sonrisa de oreja a oreja.

—Es algo raro —repuse mirando mi vientre—, como si me hubiera comido un gato entero y sin masticar.

Ella rió haciendo un gesto de negación con la cabeza. En cuanto Sophie entró en su campo de visión se mostró de lo más interesada.

—Tú debes de ser la hermana de Erwan.

—Tenemos el mismo padre, sí, pero dudo que le haga gracia oír que te refieres a mí de ese modo —respondió salvando la corta distancia que nos separaba.

En eso llevaba toda la razón, pero no por ello era menos cierto que compartían un lazo en común.

—Quiero que sepas que desde ya me tienes para lo que necesites —dijo Judit poniendo una mano sobre su corazón y sorprendiendo a su interlocutora—. No hay palabras para agradecerte lo que hiciste por Amy.

Algunos de los presentes se volvieron con una expresión similar a la que lucía Sophie mientras era obsequiada con uno de los abrazos de mi amiga. Le guiñé un ojo cuando nuestras miradas se encontraron, así era Judit y me sentía muy orgullosa de tenerla por amiga.

Aparte de mis primos, de Ray, Sophie y Judit; también habían sido invitados Geir y Jon. Me acerqué a saludarles y agradecerles el haber acudido en nuestra ayuda cuando mis ojos vislumbraron a la pequeña princesa que pintaba sobre una mesa baja junto a los sofás, ajena al resto del mundo. Ni siquiera sabía que Jon la había traído con él.

Me acerqué de forma sigilosa mientras el resto charlaba formando pequeños grupitos diseminados por el salón y la cocina, a la espera de que nuestros anfitriones nos hicieran sentar a la mesa. Sus ojos se abrieron de par en par al verme, rápidamente se levantó y se echó a mis brazos como si nos conociéramos de toda la vida.

—¡Amy! Estaba haciendo este dibujo para ti y tu bebé. —Regresó junto a la mesa para traerme su pequeña obra de arte mientras yo me sentaba en el sofá.

Observé el dibujo con fascinación, en él podía apreciarse una casita con sus ventanas, el sol, un árbol rodeado de florecillas de colores y tres personas bastante cabezonas cogidas de la mano, cuyo peinado las hacía fácilmente identificables.

—¡Oh, pero qué bonito! ¿Esta soy yo? Asintió con una deslumbrante sonrisa mellada. Mi cara estaba bien surcada de pecas e incluso había pintado mis ojos de un bonito tono azulado.

—Esta será tu pequeña cuando tenga mi edad —continuó señalando el cabezudo que se situaba justo al lado.

—¿Y este?

—Su papá —respondió como si fuera lo más obvio.

Sonreí al darme cuenta de lo bien que había caracterizado a Erwan, le había pintado el cabello algo largo y ondulado, bastante similar a cómo lo llevaba él.

—He salido bastante favorecido, ¿no crees?

Mi corazón dio un vuelco de alegría al escuchar su voz. Apoyado sobre el respaldo del sofá me guiñó un ojo antes de obsequiarme con un beso.

—¿Qué es «favorecido»? —preguntó la pequeña al tiempo que abría los brazos para que Erwan la cogiera.

—Que he quedado muy guapo.

Liv rió mientras yo me prendaba ante aquella imagen. Había que decir que era la niña más cariñosa y extrovertida que había conocido nunca, y que al parecer le gustaba Erwan. Lo que me sorprendió fue verle a él en aquella tesitura. Era evidente que aquellos dos se entendían y que habían tenido tiempo de hacer buenas migas.

—Erwan me dijo que me regalarías un cuaderno como los tuyos para hacer dibujos —dijo la niña volviendo al sofá—. ¿Cuando sea mayor pintaré como tú?

—Pues claro —sonreí acariciándole el cabello.

Me relamí los labios al ver el manjar que Gilles colocaba sobre la mesa. Judit había hecho su famosa empanada de carne, aquello significaba que estaba muy contenta porque pese a lo bien que se le daba hacerla, no solía deleitarme con ella muy a menudo.

—No sabía que te gustaban los niños —susurré cerca de su oreja mientras Judit, situada justo delante de mi asiento, nos servía los platos.

—Hay muchas cosas que no sabes de mí —respondió con una sonrisa de medio lado—. Aunque para serte sincero te diré que no me gustan, Liv es una excepción.

—Oh, pues espero que puedas hacer otra excepción dentro de poco.

Su sonrisa se amplió a la vez que hacía un gesto de asentimiento con la cabeza.

En cuanto tuve el plato delante, perdí el interés en todo lo que no fuera comerme aquella exquisitez. Mi estómago rugió como confirmando que estaba de acuerdo.

Era bastante raro tenerlos a todos allí a la mesa, o mejor aún, estar en casa de mi primo y que fuera Judit la anfitriona; que hubiese dos noruegos que apenas hacía unos meses que conocíamos y que ya parecían formar parte de aquel pequeño clan. Estar embarazada y que Erwan fuese el padre de mi bebé no era menos extraño, pero lo que tal vez hacía la situación más surrealista, si cabe, era tener entre nosotros a la hija de Marlon; una elegida igual que yo a la que había que proteger. Desde luego que si hubiese soñado con aquella situación algunos meses atrás lo último que hubiera creído era que se trataba de uno de mis sueños premonitorios.

—¿A qué te dedicas, Sophie? —oí que preguntaba la curiosa de mi amiga.

—Inversiones de capital y administración del patrimonio familiar.

—Una mujer de negocios —afirmó sonriente.

—Algo así.

Una luz iluminó mi masa cerebral por una fracción de segundo haciéndome participar en la conversación.

—Después de eso, llevar las cuentas de una discoteca no debe de ser muy complicado para ti.

—No, supongo que no —respondió ella sin dar demasiada importancia a mi comentario.

—¿Has oído eso? —pregunté volviéndome hacia Erwan.

Era consciente de que estaba entrando en terreno pantanoso, pero estaba decidida a integrar a Sophie en el clan, y sabía que la aceptación de Erwan era importante para ella. Es más, era su hermano, su único lazo de sangre allí que ni siquiera se había dignado a dirigirle la palabra decidido como estaba a desdeñar todo lo que procediera de Marlon, aunque eso implicara a una persona, alguien que, por ende, había demostrado que era de fiar.

Erwan asintió antes de llevarse la copa de vino a los labios.

—Ella podría ayudarte. —No hizo falta que contestara, era una de las personas más inexpresivas que había conocido nunca, pero en aquel momento su mirada lo dijo todo, aunque no sirvió para hacer que desistiera en mi intento—. Dijiste que mi hermana gestionaba las cuentas del Adytum y me consta que no has contratado a nadie para ello. Llevas demasiadas cosas para adelante y ahora además tienes que encargarte de toda la parte de tu socio. ¿No te das cuenta de que es demasiado para una sola persona?

—Me las apañaré.

—Oh, vamos. No seas estirado, a Sophie le encantaría, ¿no es así?

La aludida lucía una expresión de contrariedad absoluta en el semblante. Hizo un gesto que no era ni un sí ni un no, algo así como una respuesta neutra, incapaz de decidirse a quién darle la razón.

—¿Lo ves? —insistí—. Además ella necesita un trabajo para pagarme el alquiler por vivir en mi casa. —Le guiñé el ojo de forma que solo ella pudiera advertirlo y continué con la que sería la guinda del pastel—: ¿Te das cuenta de que así todo queda en familia?

Erwan me miró con un gesto hierático mientras yo hacía que le ignoraba llevando mi vaso de agua a los labios.

—Encuentro que es muy buena idea —señaló Álex rompiendo una lanza en mi favor haciéndose cargo de mi ardid—. Ahora que vas a ser papá necesitas más tiempo para tu familia.

Traté de no atragantarme con el agua que estaba bebiendo. Erwan alzó las cejas mirando a una y otra, para luego posar su mirada en Sophie que se mantenía en silencio con cara de circunstancia probablemente deseando estar en cualquier otro lugar antes que allí.

—Es básicamente contabilidad —adujo con desgana.

Ahora era Sophie la que elevaba las cejas con sorpresa hasta casi desaparecer tras la raíz del cabello.

—No tiene ningún secreto para mí.

Erwan asintió sin añadir palabra: era su forma de decir que aceptaría su ayuda. Me di unos golpecitos en la espalda mentalmente para celebrar mi triunfo. Judit desapareció en la cocina mientras Gilles y Álex recogían los platos.

—No creas que no me he dado cuenta de tu artimaña —me susurró Erwan al oído cuando estaba a punto de levantarme a ayudar.

Puse mi mejor cara inocente y arrugué el ceño como si no supiera de lo que estaba hablando, provocando con ello una sonrisa torcida por su parte.

—Eres una pequeña bruja manipuladora.

—Pero te gusto —afirmé plantándole un beso al tiempo que me levantaba de la silla con la firme intención de huir hacia la cocina. No tenía sentido seguir negándolo, me conocía mejor de lo que pensaba.

Sonrió haciendo un gesto negativo con la cabeza, de esos que te hacen cuando no tienes remedio. Lo reconocí porque eran muchos los que me habían dedicado a lo largo de mi vida.

—Creo que tú y Erwan no os vais a llevar tan mal después de todo —dijo mi primo cuando entré por la puerta de la cocina.

Hice un gesto de negación con la cabeza al tiempo que sonreía.

—Se ha dado perfecta cuenta de que he tratado de manipularlo, a ambos de hecho. El único motivo por el que ha aceptado es porque necesita esa ayuda de forma desesperada, Gilles.

—Y porque quiere pasar más tiempo contigo —añadió Álex.

—Tal vez.

—¿Tal vez? —repitió Álex—. No puedes hacerte una idea de lo que han sido para él estas semanas. Todos estábamos muy preocupados, pero él... —Se detuvo unos instantes como si rememorara el infierno por el que habían pasado antes de continuar—. Estaba perdido, Amy.

En ese momento entró Judit en la cocina portando un postre. ¿De dónde venía? Nos instó a que volviéramos a nuestros sitios mientras me preguntaba de quién sería el cumpleaños. Al sentarme besé la mejilla de Erwan, que conversaba con Ray, recordando las palabras de Álex.

No hubo velas ni un «cumpleaños feliz», por lo que el aniversario de alguien quedaba descartado. Mientras paladeaba el trozo de pastel que me había llevado a la boca, estudié a mi amiga.

—¿Qué es lo que estamos celebrando realmente, Judit?

Ella levantó la cabeza del plato con cierta sorpresa.

—Que estás de vuelta.

—¿Y?

Una sonrisa condescendiente apareció en sus labios.

—Bueno, la verdad es que tenemos una noticia que daros. —Miró a Gilles que le sonrió por respuesta.

—Estás preñada —aventuró Ray.

—¡Nooo! —contestó horrorizada, a continuación nos miró a todos creando cierta expectación hasta que finalmente se decidió a soltarlo—: Gilles y yo vamos a casarnos.

Por un momento el salón de aquella casa se quedó sumido en un silencio sepulcral. Pronto vinieron las reacciones y felicitaciones mientras yo me limitaba a observar con la boca semiabierta lo que sucedía a mi alrededor.

—¿No vas a decir nada? —preguntó mi amiga volviendo la atención hacia mí.

—Felicidades —fue lo único que atiné a decir. Lo cierto es que estaba tan impresionada que apenas me había dado tiempo a reaccionar.

—No parece que te alegres.

—Para nada, me hace muy feliz si a ti te hace feliz.

Me escrutó con la mirada durante una fracción de segundo que fue lo que tardó en darse cuenta de mi falta de entusiasmo.

—Suéltalo.

—No hay nada que soltar, Judit. Me alegro mucho.

Mentía fatal, eso ya lo habían notado todos y ella más que nadie. Su gesto inquisidor me hizo regresar a mi infancia, cuando me veía obligada a confesar alguna de mis travesuras a mi padre.

—Es solo que me parece algo precipitado. Apenas os conocéis. ¿Se lo has dicho ya a tus padres?

—Déjame que te recuerde que tampoco tú conoces de mucho más tiempo al hombre que tienes sentado a tu lado y vas a tener un hijo suyo —respondió cabreada.

Me envaré en el asiento al tiempo que soltaba la cucharilla de postre dando un pequeño golpe en la mesa. Por el rabillo del ojo vi que Erwan reaccionaba de un modo similar al mío.

—Judit —intervino mi primo en un intento de apaciguar la situación.

—No me puedo creer que hayas dicho eso.

—Ni yo tampoco —coincidió cubriéndose el rostro con las manos.

—Has sido tú quien ha pedido expresamente mi opinión. No veo a cuento de qué tienes que venirme con esas.

—Lo siento. Esperaba algo más de ilusión por tu parte. Eres mi mejor amiga, qué digo, mi hermana; necesito que me apoyes en esto.

—Pues claro que te apoyo, lo único que he dicho es que me parece precipitado. —Aún me sentía completamente indignada por lo que me había soltado y no me molesté en ocultarlo—. ¿Eres consciente de lo que va a cambiar tu vida? Y no me refiero a los estúpidos tópicos, Judit. Me refiero a lo que es Gilles, a lo que pasará si no conseguimos acabar con Marlon. Yo no tengo otra opción, pero tú sí.

—¿Lo harías tú? ¿Volverías?

Su mirada se desvió hacia Erwan que se mantenía en silencio jugueteando con la cucharilla del postre consciente de a qué se refería mi amiga. Posé mi mano sobre su pierna en un gesto afectuoso que pretendía responderle solo a él, antes de proseguir la conversación.

—¿Y tu familia, Judit? ¿Qué vas a decirles?

—No voy a decirles nada por el momento. Creen que nos estamos tomando un año sabático recorriendo el mundo.

Resoplé imaginándome la situación. Sus padres debían de haberla creído a pies juntillas ya que era algo que habíamos comentado muchas veces y que nunca nos habíamos decidido a hacer.

—Cuando todo esto acabe, podremos vivir como las personas normales y corrientes —apuntó Gilles apoyando su brazo sobre el respaldo de mi amiga—. De todas formas, mientras Marlon viva ella no puede regresar a su casa.

La observé apoyarse en el pecho de su futuro marido en un cariñoso gesto que me hizo ver lo que hasta ahora no había tenido en cuenta.

—Siempre juntas, ¿recuerdas?

Asentí tragando el nudo que empezaba a formarse en mi garganta. Aquella era una promesa que nos habíamos hecho estando en primaria y que habíamos jurado mantener de por vida.

—Si te pongo peros es porque me preocupo por ti, Judit. Lo único que quiero es que seas feliz —reconocí.

—Lo sé, cariño. Por eso voy a quedarme.

Hice un gesto de asentimiento que fue compensado con una preciosa sonrisa cargada de ilusión y esperanza. Esperaba que pudiéramos acabar con la amenaza que condicionaba nuestras vidas a vivir enjaulados entre aquellas montañas a la espera de que en cualquier momento se decida a dar el siguiente paso. Me sentía responsable de Judit, su vida corría peligro por culpa de su relación conmigo. Jamás me perdonaría que algo le ocurriese.

Un rato más tarde, mientras cogía la fina chaqueta de hilo para regresar a casa, Judit me preguntó:

—¿Has hablado con Marc?

Me giré extrañada.

—No.

—Ha estado llamándome, dice que no contestas a sus llamadas ni le devuelves los mensajes. Está muy preocupado.

Debía de estarlo para ponerse en contacto con mi amiga.

—No tengo móvil. Acabó contra el suelo cuando Grâce me pilló hablando con Ray y me golpeó. Debe de continuar allí, aunque no sé en qué estado.

—Lo tengo yo —dijo el aludido como si recordara en aquel preciso instante que había estado todo ese tiempo en el bolsillo de su chaqueta—.

Justo hoy terminé de repararlo. Ha estado llamándote todo el día, pero no es importante. Simplemente quiere verte.

Le miré con los ojos abiertos de par en par antes de atinar a contestar:

—¿Has estado leyendo los mensajes?

—Pues claro —respondió como si fuera lo más normal—. La última vez que llamó un amigo tuyo a tu teléfono acabaste secuestrada.

Le increpé con la mirada ante su falta de tacto mientras Judit bajaba la cabeza al tiempo que cruzaba los brazos sobre el pecho.

—No vas a llamarle ni a contestar ninguno de sus mensajes o llamadas.

Ahora fue a Erwan a quien miré con cara de estupefacción ante lo que estaba diciendo.

—Ya hablamos de esto en su momento. Si por un casual lo relacionan contigo es hombre muerto porque te aseguro que no vamos a hacer ningún intercambio por él.

—Pero tendré que hacerle entender de algún modo que estoy bien. Además es probable que quiera comprar las acciones de mi padre.

—Déjamelo a mí.

No muy convencida me despedí de nuestros anfitriones. Por supuesto, no iba a quedar así. Tenía que hablar con él al menos una vez más para darle algún tipo de explicación y que entendiera que no iba a volver. No merecía que un desconocido le despidiera de mí, mucho menos Erwan, no acababa de fiarme de lo que le pudiera decir.

Pese a que el camino de regreso a casa lo hicimos en su coche, el trayecto desde este a la puerta de entrada fue suficiente para dejarme helada. El cambio de temperatura del día a la noche era demasiado brusco y aún trataba de acostumbrarme.

Erwan cogió mi maleta, que la había dejado en el salón cuando aquella misma tarde había acercado mis cosas ayudada por Ray, y comenzó a subir hacia la segunda planta. Seguí sus pasos en silencio abrazándome a mí misma en un vano intento de darme algo de calor.

Llegados a su habitación la soltó y se volvió hacia mí.

—Siéntete en tu casa, preciosa. Me envolvió en sus brazos haciéndome sentir la calidez que emanaba de su cuerpo. Hubiera podido quedarme así el resto de mi vida—. Todo cuanto tengo es tuyo.

Sonreí propinándole un beso en el pecho, que era lo que quedaba a mi altura, percibiendo que él hacía lo mismo pero en mi pelo.

Me metí en el cuarto de baño de la habitación maravillándome una vez más del buen gusto de su propietario. Había llevado el pijama para cambiarme y el neceser, pero al ver la magnífica ducha sentí la necesidad de meterme en ella para entrar en calor. Aún sentía el frío en los huesos.

Me desvestí sin pensarlo dos veces y abrí la enorme corredera de cristal por la que se accedía al amplio cubículo que quedaba encajado entre tres paredes. Dejé escapar un gemido de puro placer en cuanto sentí el agua caliente sobre mi piel. Jugué con los diversos tipos de chorro hasta dar con el que se convirtió en mi preferido para deleitarme con lo que en un principio iba a ser una ducha rápida. Enjabonaba mi cuerpo sin pensar absolutamente en nada, cuando unas manos se posaron sobre mi cintura. El susto me hizo tirar la esponja que me había agenciado sin ningún tipo de permiso. Rápidamente tapé mis vergüenzas como pude a un Erwan que me miraba con una sonrisa ladeada. No era la primera vez que me veía desnuda, pero sí desde que los cambios del embarazo se habían hecho notorios en mi nuevo cuerpo.

—Eres preciosa de todas las maneras, Aimée. —Apartó mis manos para poder estrecharme entre sus brazos.

Depositó un reguero de besos en mi cuello mientras mis manos se perdían por su espalda hasta alcanzar su bien formado trasero. Me vi arrinconada entre las dos paredes opuestas a la que colgaba el aparato de la ducha, sintiendo aún el agua caliente cayendo sobre nosotros.

—¿Volverías? —Tardé un par de segundos en comprender la pregunta; la misma pregunta que Judit me había hecho un rato atrás. Alcé la vista haciendo un gesto de negación con la cabeza, para toparme con aquellos dos zafiros que refulgían destacando sobre su piel morena—. ¿Y si Marlon no supusiera un problema? Tarde o temprano acabaremos con él.

—Vamos a tener una hija, Erwan.

—¿Y si ella no estuviera?

Volví a negar con la cabeza antes de responder.

—Solo si tú no me quisieras a tu lado.

Sus labios rozaron los míos en una suave y estimulante caricia que me hizo ir en su busca para atraparlos entre los míos deseando más; mucho más. Me alzó apoyando mi espalda sobre la pared haciéndome rodear su cintura con mis piernas.

—Eso no va a ocurrir nunca —anunció rompiendo el contacto de nuestras bocas.

Durante una fracción de segundo que parecieron horas nos miramos para perdernos en las profundidades del otro, comunicándonos sin necesidad de palabras hasta que la necesidad física se impuso sobre todo lo demás. Y allí, bajo el calor de la ducha y el de nuestros propios cuerpos, hicimos el amor de forma lenta, saboreando el momento, conscientes de que tras él habría muchos más.

Capítulo 33

Abrí los ojos presa de una terrible inquietud que me hizo olvidar por momentos dónde me encontraba. Poco a poco los recuerdos acudieron a mi mente hasta ponerme completamente al día; ningún retazo del sueño que me había llevado a aquel estado. Pasé mi mano hacia el otro lado de la cama que, pese a estar vacío, aún conservaba algo de calor; su calor.

Aún tenía el corazón acelerado cuando lavé mi cara con el agua fría del grifo. Pese a la trascendencia que podían llegar a tener aquellos sueños, decidí no darle mayor importancia. Aunque me esforzara, no podría recordarlo. Él solo vendría a mí si es que debía hacerlo, cualquier cosa podría desencadenar la desaparición de la espesa niebla que me impedía recordarlo en aquel momento.

El sol inundaba la habitación produciendo un maravilloso efecto de calidez que entibió mi estado de ánimo. La evocación de lo sucedido en el baño la noche anterior hizo el resto.

Con una sonrisa formándose en mis labios, abrí la maleta y elegí de entre mis prendas un vestido largo de algodón y tirantes, de un bonito tono verde. Más tarde buscaría un lugar en el armario donde colocar mi ropa: mi estómago me urgía a bajar a desayunar convirtiéndolo en una imperiosa necesidad.

Me enfundé una chaqueta de punto antes de salir del dormitorio siguiendo la estela de olor a café y pan tostado que inundó mis fosas nasales. Erwan permanecía sentado en un banco con una taza en la mano leyendo alguna cosa desde su *tablet*. Vestía tejanos, una camiseta azul de manga corta y ajustada, y los pies desnudos, algo que me pareció terriblemente sexy.

Su sonrisa al verme iluminó toda la estancia, ¿o fue su mirada? Esperaba que mi pequeña heredara de su padre aquel peculiar color de ojos que me tenía completamente fascinada.

—Buenos días. —Me obsequió con un beso—. Te he preparado el desayuno, confiaba en que el olor te hiciera bajar.

Sonreí encantada mientras él depositaba los platos frente a mí.

—¿Té o café?

—Té.

—Sabía que dirías eso —contestó haciendo un gesto de repulsión que me hizo reír.

A punto de sentarse de nuevo en el taburete advertí que fruncía el ceño y se agachaba para volver a levantarse llevando a mi pequeña mascota cogido por la piel de la nuca.

—¿Sabrías decirme qué es esto?

—No lo cojas así, le haces daño.

El animalito permanecía quieto como una estatua como si de ese modo pudiera pasar desapercibido.

—Te aseguro que eso no le duele.

—Es mi bebé —expliqué quitándoselo de las manos y cogiéndolo como tal—. Judit me lo regaló para despertar mi instinto maternal.

—¿Con un conejo? —inquirió enarcando una ceja.

—No es un conejo cualquiera. Se llama Fum.

—¿Y va a vivir aquí?

—Por supuesto —respondí indignada acariciando su suave cabecita.

—¿Y el lobo?

—Claro, son mis pequeños.

Erwan hizo un gesto de negación con la cabeza al tiempo que resoplaba. Por un momento creí que me pediría que los devolviera a mi casa, aunque no pensaba ceder. Era innegociable, si no tenían cabida en su casa, yo tampoco.

—Prométeme una cosa. —Su gesto indescifrable me puso en alerta—, no habrá más adopciones. Creo que dos mascotas son más que suficientes, ¿no te parece?

Mi sonrisa debió llegar a la altura de cada oreja mientras asentía efusivamente con la cabeza.

—Tranquilo, *petit*, a papi le gustas —le dije a Fum que mantenía la cabeza escondida entre mi brazo y el pecho.

Erwan sonrió al tiempo que resoplaba de nuevo, aunque esta vez le hizo gracia mi comentario.

La calidez del sol acarició mi rostro en cuanto salí por la puerta. Erwan me cogió de la cintura volviéndome sobre mí misma para propinarme un beso antes de dejarme partir hacia mi casa. Necesitaba traer algunas cosas de las que había preparado el día anterior, así como mis lienzos, pinturas y demás. Ya en la puerta de mi casa me giré para saludarle con la mano, había permanecido vigilante a la espera de que llegara a mi destino; medida que consideraba excesiva, pero mucho mejor que tener que quedarme a la espera de que pudiese acompañarme. Habíamos quedado en que bajaría a ayudarme en cuanto terminara de hablar con un proveedor del Adytum que había comenzado a darle problemas.

Saludé a Sophie que trajinaba en la cocina con los platos del desayuno antes de subir hacia mi dormitorio. Había dejado un par de cajas preparadas con algunas de mis pertenencias más importantes para llevarlas conmigo y dejar así algo de espacio para las cosas de Gérard, que a partir de ahora ocuparía la que fue la habitación de mi hermana.

Un frío helador reptó por mi epidermis para introducirse poco a poco bajo sus capas. La puerta del dormitorio estaba entornada, no sabía si Gérard se encontraría o no en su interior. No obtuve ninguna respuesta al llamarle por lo que la abrí del todo para quedarme allí plantada con la boca abierta incapaz de hacer ningún otro movimiento.

Una espiral de lo que me parecieron pequeños trozos de papel giraba sobre sí misma encima de la cama recordándome a los remolinos de viento de una fuerte tormenta. No sé cuánto tiempo me quedé allí parada con la vista clavada en aquel extraño fenómeno, cuando sentí una presencia detrás de mí. Pegué un salto brusco al tiempo que llevaba mi mano a la altura del pecho como si de ese modo pudiera evitar morir de un paro cardíaco debido al susto que me había llevado.

—¿Qué ocurre? —preguntó Gérard frunciendo el ceño al ver la alarma en mi rostro.

Me hice a un lado para que pudiera ver lo que en aquel momento eran una serie de fragmentos de papel voladores que iban cayendo sobre la cama. Volvió la vista hacia mí con el ceño aún más arrugado si es que era posible, antes de dirigirse hacia el lugar donde yacía lo que fuera aquello en tan solo dos zancadas.

El frío se hizo aún más intenso al entrar en el dormitorio, una sensación que no era la primera vez que experimentaba. Cogí uno de los pedacitos de papel, para darme cuenta de que era parte de una fotografía. En ella, el rostro de mi prima aparecía cortado por la mitad. Traté de recomponerlas mientras Gérard observaba pensativo. Eran varias, advertí que el cajón de la cómoda donde estaban guardadas permanecía ligeramente entreabierto. En una de las imágenes aparecían mi hermana y Gérard sentados en alguna parte del jardín, abrazándose. Estaba cortada en seis pedazos, la cara de Gérard formaba dos partes. Otra de ellas era familiar; mis primos, mis tíos y Em. Seis nuevos pedazos, el rostro de mi prima y de mi tío cortados en dos.

Mi corazón experimentó algún tipo de reconocimiento acelerándose, mientras mis manos temblorosas iban formando el puzle con los fragmentos de las fotografías sobre la cama. Los engranajes de mi cerebro comenzaron a trabajar a toda velocidad como si aquello encajara perfectamente con algo que yo debería saber o recordar, pero entonces lo comprendí. Me senté en la cama cubriendo el rostro con mis manos haciendo un mayúsculo esfuerzo por recordar, por encontrar esa información que sabía que andaba en mi poder, pero que de algún modo se encontraba fuera de mi control.

—Ha sido ella, ¿verdad?

Levanté el rostro para asentir con la cabeza. De eso no tenía ninguna duda. Era mi hermana la que me mandaba aquellas señales para alertarme de algo terrible, del mismo modo que hizo el día del accidente en que murió Roland y que tan cerca estuvo de llevarse a Gérard.

—¿Está enfadada conmigo? —En su mano tenía uno de los fragmentos en los que había acabado dividido su rostro.

Levanté las cejas con sorpresa haciendo un gesto de negación al tiempo que devolvía el pequeño pedazo de imagen a su sitio.

—¿Por qué iba a estarlo?

—Por cómo me haces sentir.

Pestañeé varias veces antes de poder continuar:

—No hay nada malo en ello, Gérard. Ya lo hemos hablado.

—Estoy celoso, Amy —replicó clavando sus ojos en los míos—. De mi propio hermano.

—Eso no es cierto. Te has aferrado a la idea de tenerme porque te recuerda a tu vida con ella, pero ambos sabemos que no me quieres de esa forma. —Bajó la mirada con gesto derrotado—. Es normal que te sientas así, no quiero ni imaginarme lo que sería perder al amor de mi vida, pero algún día vendrá alguien que te hará sentir cosas bonitas aquí. —Puse mi mano en su corazón mientras él negaba con la cabeza—. Y eso no significará que la estés traicionando porque ella quiere verte feliz.

—No la vi —repuso con tristeza haciéndome fruncir el ceño pues no entendía a qué se refería—. Dijiste que hablaste con ella cuando Candice te disparó. Habría dado cualquier cosa por verla cuando estuve entre la vida y la muerte tras el accidente, incluso me hubiera ido con ella de buen grado, pero en cambio... ¿Qué crees que significa eso?

—¿No te parece que tú mismo acabas de darte la respuesta? —contesté poniendo mi mano sobre la suya haciéndome cargo de la confusión que debía reinar en su cabeza—. Se me apareció para advertirme, Gérard. De haberlo hecho contigo nada te hubiera impedido seguirla y te aseguro que eso no es lo que ella querría para ti en estos momentos.

—¿De veras crees que fue por eso? —preguntó esperanzado.

Asentí. Volvió la vista hacia las fotografías con aire pensativo mientras yo trataba de ordenar mis pensamientos.

—Se trata de una advertencia —señalé—. Esta mañana me he despertado de golpe, como si huyera de una de mis pesadillas, pero aparte de la inquietud que aún sentía, no recuerdo absolutamente nada.

Gérard asintió antes de levantar la vista hacia mí. No hizo mención alguna al significado de los rostros rasgados por la mitad, pero sé que lo entendió perfectamente. Tampoco yo dije nada al respecto, era demasiado para mí. Me limité a recoger los trocitos para poder estudiarlos en casa de Erwan con más calma y pensar en ello.

Me ayudó con las cajas bajándolas a la primera planta, pero me negué en redondo cuando se ofreció a llevarlas a casa de su hermano. Quería que Erwan viniera a buscarlas y aprovechara el momento para hablar con él.

Sabía que debía de estar al caer por lo que cogí mi caballete y emprendí el camino hacia su casa. Apenas a unos pasos de la cancela de hierro de su propiedad oí que alguien pronunciaba mi nombre. Mi sorpresa fue mayúscula al encontrarme tras de mí a Marc. También lo debió de ser la suya al reparar en mi abultado vientre, pues era lo que miraba fijamente en aquellos momentos.

—¿Qué haces aquí? —balbuceé incapaz de creerme que de veras lo tuviera frente a mí.

—Yo también me alegro de verte, Amy.

Había cambiado su acostumbrado traje de chaqueta por un atuendo algo más informal y aun así parecía sacado de un elegante club de la alta sociedad.

—No... no eso, claro que me alegro —repliqué soltando el caballete y apoyándolo sobre la verja—, es que estoy sorprendida.

—No contestas mis mensajes ni me devuelves las llamadas, estaba enfermo de preocupación.

—Te dije que todo iba bien la última vez que hablamos —repuse en tono conciliador.

—También dijiste que me echabas de menos y que me llamarías, ¿y acaso era verdad alguna de las dos cosas? —espetó con desdén haciendo un gesto hacia mi barriga.

En ese instante apareció Ray en mi campo de visión, venía corriendo desde su casa, que eran tan solo unos pocos metros de distancia.

—He estado tratando de avisarte, ¿para qué mierda te arreglé el teléfono?

Me encogí de hombros con impotencia mientras Marc se giraba hacia él con el mismo desprecio que me había dedicado hacía unos segundos.

—¿Es este el tío que te tiras ahora?

Abrí los ojos de par en par impactada por lo que acababa de decir. Ese no era Marc, mi amigo del alma, el hombre con el que salí durante un tiempo, ¿a qué venía aquello?

—¿Y quién eres tú, capullo?, ¿el amigo despechado?

Marc dio dos pasos hacia Ray que lo esperaba desafiante.

—Basta —dije agarrándole del brazo—. ¿A qué has venido?

—A por ti, joder, ¿acaso no es evidente? Creí que estabas deprimida por todo lo que ha sucedido, que necesitabas poner distancia para poder superar la muerte de tu padre, y en cambio... —Bufó haciendo aspavientos con las manos con frustración y rabia—, aquí te encuentro, ahogando tus penas con el primer tío que pasa y encima preñada ¿qué coño estás haciendo con tu vida, Amy?

Eché la cabeza hacia atrás como si me hubiera golpeado porque eso fue justo lo que sentí en aquel instante.

No tuve tiempo a responder porque su cuerpo se vio empotrado contra la verja. No fue Ray sino Erwan, que acababa de aparecer por detrás de la cancela y lo cogía de las solapas de la camisa gris que llevaba.

—Si eso es todo lo que has venido a decir, ya puedes largarte.

—¿Y tú quién te crees que eres para darme órdenes? —protestó tratando de soltarse.

—El que te va a arrancar la lengua y a metértela por el culo si te vuelvo a oír decir una palabra más.

—Entonces eres tú el que se la tira —soltó desafiante—. ¿O sois los dos?

Lo separó ligeramente del muro de hierro para volver a estamparlo nuevamente esta vez con más fuerza, momento en el que decidí intervenir pues aquello no iba a acabar nada bien.

—Déjalo, por favor.

Erwan tardó unos largos segundos en hacer lo que decía no sin antes hacerle una advertencia con la mirada. Le observé mientras se recomponía la camisa sin apartar la vista de su agresor. Traté de encontrar algo que decir, pero sus palabras me habían dejado fuera de juego, me había hecho daño y lo cierto era que no me apetecía ser falsa ni amable.

—Déjame darte un consejo —dijo Marc con la mirada clavada en Erwan—: No te encariñes demasiado, tarde o temprano se cansará de ti.

—¿Eso es todo? —espeté perdiendo la paciencia.

—¿Qué crees que diría tu padre si te viera?

—¡No metas a mi padre en esto!

—En el fondo siempre hiciste lo que te dio la gana.

—¿Y qué si así es? De eso se trata, de hacer lo que uno quiere y ser feliz, no hago daño a nadie.

Marc resopló torciendo el gesto con desprecio.

—No eres más que una niña mimada que ahora se siente perdida.

Aquello me puso furiosa, Erwan hizo un ademán de dar un paso hacia él, pero le detuve con un gesto de mi mano. Marc era mi problema y empezaba a hartarme de él.

—¿Acaso te crees diferente? —escupí con el mismo menosprecio del que él había hecho gala un segundo atrás—. No soy yo quien trabaja en la empresa de papá, has sido un niño muy obediente siguiendo sus pasos, pero eso no te hace mejor que nadie, ¿te enteras? —Mi dedo le apuntó muy cerca de su cara con toda la rabia que manaba por mi cuerpo en aquellos momentos—. Al menos yo he luchado por hacer lo que me gusta, conseguí mis trabajos por méritos propios y, si bien es cierto que gracias a mi padre puedo hacer lo que me dé la gana, a día de hoy podría vivir perfectamente con lo que saco de mis pinturas que es más de lo que podría decirse de ti si no es por el enchufe que te llevó a trabajar en el bufete. —Cogí el caballete con gestos bruscos mientras él me miraba con ojos desorbitados. Al pasar por su lado añadí—: Puedes decirle a tu padre que cuando tenga alguna oferta para mis acciones me envíe la documentación, tanto me da si eres tú quien las compra.

Dicho esto continué el camino hacia la casa de Erwan con paso airado. El muy gilipollas me había dado donde sabía que más me dolía, pero acababa de devolvérsela con creces.

Dejé el caballete cerca de uno de los ventanales del salón, sería un lugar magnífico para pintar pues la luz natural, por no mencionar las vistas, eran perfectas. Con ademanes bruscos, dejé la bolsa que llevaba colgada a modo de bandolera sobre la mesa del salón y rebusqué entre su contenido para dar con los fragmentos de fotografías que mi hermana había dejado para mí en la que fue su habitación.

Tal vez no fuera el mejor momento para analizar nada con calma pues aún me hervía la sangre después de la visita sorpresa de Marc. Respiré hondo un par de veces tratando de aplacar mi disgusto, pero lo cierto es que no surtió el efecto deseado.

Por el rabillo del ojo advertí que Erwan permanecía apoyado en el marco de la puerta con los brazos cruzados, en una postura muy característica en él. Me había dolido todo lo que había salido por la boca de Marc, por qué había dicho aquellas cosas tan horribles era algo que no alcanzaba a comprender, pero lo que más me había molestado es que lo hiciera delante de él.

—Yo no soy una niña mimada —aseguré como si de algún modo tuviera que justificarme—. Nunca lo he sido.

—Sé que no.

—Tampoco soy el tipo de persona que ha dado a entender que soy —continué mientras él reducía la distancia que nos separaba caminando hacia mí—. No voy a cansarme de ti.

—Eso espero. —La comisura derecha de sus labios se estiró para formar una media sonrisa. Le miré con el ceño fruncido dándome cuenta de que le importaba más bien poco mi aserción—. Aimée, es un hombre despechado, no puedes hacer caso de nada de lo que ha dicho porque solo lo ha hecho para hacerte daño.

—Pues lo ha conseguido.

—Tienes que estar por encima de eso, preciosa.

Sus brazos me rodearon aislándome por momentos de todo lo demás. El olor de su piel mezclado con el del suavizante de su camiseta me envolvió, produciéndome una sensación de calidez que logró aplacar mi disgusto hasta casi extinguirlo del todo; aunque no fue suficiente para deshacer el malestar que ocupaba mi mente desde que me había levantado aquella mañana.

—Tienes razón, hay cosas mucho más importantes. —Me dirigí nuevamente hacia los pedazos de fotografías y empecé a colocarlos sobre la mesa formando las imágenes completas.

Expliqué a Erwan, que estudiaba circunspecto el despliegue de fotografías mientras las iba recomponiendo como las había encontrado al entrar en el dormitorio de mi hermana para recoger mis cosas.

—La última vez que me hizo una advertencia de este estilo fue el día del accidente. Algo que ya había soñado, pero que fui incapaz de recordar a tiempo. Sé que he soñado algo terrible esta noche, pero no logro acordarme de absolutamente nada, tan solo el profundo malestar que me llevó a despertarme de golpe.

—¿Crees que los rostros rasgados por la mitad están indicándote quiénes serán las víctimas?—preguntó sin dejar de mirar las imágenes.

Asentí advirtiendo cómo un intenso y profundo nudo se formaba en mi garganta.

—¿Te das cuenta de lo impotente que me siento? Cómo puedo prevenirlo si no soy capaz ni de recordar un maldito sueño.

—Tranquilízate —me instó volviéndose hacia mí—. La mayoría de nuestros dones no son herramientas que podamos usar a nuestro antojo. Vendrá a ti cuando menos te lo esperes, solo debes de estar atenta, Aimée. Esto tanto podría ocurrir mañana que dentro de unos años, no te martirices. Si la Diosa ha puesto ese don en tu cabecita es porque sabe que puedes hacerlo, solo confía en ti misma, ¿de acuerdo?

Asentí esperando que tuviera razón, si de mí dependía en aquellos momentos la vida de mis seres queridos, desde luego que estaban perdidos. La sonrisa de Erwan en cierto modo me tranquilizó, él confiaba en mí y, aunque aquello debería de ser otro motivo para sentirme presionada, no fue así, en cambio. Su don no tenía que ver con premoniciones ni nada por el estilo, pero hasta ahora no se había equivocado nunca con nada de lo que había vaticinado, de modo que su razonamiento acabó por convencerme. Me centraría en las señales y trataría de estar atenta a cualquier cosa que me hiciera recordar.

Capítulo 34

Observé la nube de vaho que salía de mis labios sintiendo que con ella perdía algo más que el simple aliento. Apenas podía dar un paso más, todo mi cuerpo temblaba profusamente y un miedo atroz constreñía mi corazón como una garra a punto de cerrarse por completo.

La luz de la luna iluminaba el sendero escarpado y de difícil acceso. Me agarré a una gruesa rama tratando de recuperar el aliento, pero algo o alguien tiró de mí para que continuara avanzando por aquel infernal trecho cuya ascensión estaba acabando incluso con mi capacidad de raciocinio.

A punto estuve de desfallecer cuando llegamos al lugar de la ceremonia. Lo reconocí, pese a no haber estado nunca antes. De algún modo supe que era allí donde debía hacerse, algo especial envolvía aquel enclave, como si unas fuerzas más antiguas que nuestra propia existencia nos arrastrasen para restaurar el equilibrio por tanto tiempo perdido.

Miré nuestras manos entrelazadas mientras Agnes recitaba una extraña letanía que nos hizo repetir con ella. Poco a poco fui perdiendo la consciencia de dónde nos encontrábamos, como si una espesa capa de niebla nos cubriera abstrayéndonos de aquella oscura realidad. El infierno se había instalado a nuestro alrededor cuando regresé de donde quiera que me encontrara perdida por momentos. El horror de lo que captaron mis ojos hizo que me desplomara de rodillas contra el suelo, consciente de que solo había una cosa que pudiera hacer en aquellos momentos: rezar.

Abrí los ojos al tiempo que tomaba una desesperada bocanada de aire. Advertí que Erwan, recostado de lado junto a mí, me dedicaba una mirada adormilada, señal de que acababa de despertarlo a él también. Me atrajo hacia la calidez de su cuerpo y me besó la sien envolviéndome en sus brazos sin decir palabra. Con las imágenes de lo que acababa de ver aún nítidas en mi memoria, volví a perderme poco a poco en las profundidades de otro sueño, esta vez algo más apacible.

Sentada en el banco de madera que había empotrado en uno de los ventanales, observaba abstraída la multitud de colores que impregnaban aquel extraordinario paraje. Recordaba haberlo encontrado todo prácticamente blanco el día que pisara por primera vez aquel pueblito, pasando a la gama cromática de verdes para llegar a la estación que todo lo volvía ocre.

Adoraba el otoño, creo que podría decir sin temor a equivocarme que era la época del año con la que más me identificaba. Sería difícil explicar el motivo, pero así me veía, en un constante otoño.

Me fascinaba ver las hojas de los árboles caer formando alfombras naturales y cómo el bosque se transformaba preparándose para lo que vendría después. Era bien curioso lo mucho que me había llamado la atención desde bien pequeñita cualquier espacio natural, por minúsculo que fuera, pese a vivir en una gran ciudad. Como si una fuerza invisible de la Madre Naturaleza me atrajera. Puede que fuese precisamente aquello lo que provocara que, desde mi más tierna infancia, tuviera la imperiosa necesidad de perder la vista en el horizonte como en una constante búsqueda de mis propias raíces.

Fum trepó a través de mí hasta acurrucarse en mi falda. Sonreí acariciando su suave mata de pelo volviendo a desviar mi atención hacia el exterior desde donde se divisaba la totalidad de aquella pequeña población como si de una torre de vigilancia se tratara. Sentí el nudo formarse en la boca de mi estómago en cuanto comenzaron a asaltarme las imágenes de mis últimos sueños. Pensé en dibujarlo, pero esta vez no iba a olvidar lo que había visto y era demasiado horrible para plasmarlo en papel. Puede que pensara que de no hacerlo evitaría que sucediera, aunque en el fondo sabía que no era más que una estupidez.

—¿Vas a contármelo?

Me giré hacia el sonido de la voz de Erwan, el cual permanecía apoyado en la pared con una taza de café en la mano.

—¿El qué?

—Lo que ronda por tu cabecita —respondió sentándose en el banco, quedando ambos frente a frente—. Estás ausente.

Miré hacia mis manos temblorosas dándome cuenta de que Fum ya no estaba en mi regazo.

—Es por el sueño. —Erwan asintió confirmando lo que ya sabía y apremiándome a continuar—. Lo cierto es que no hay mucho que contar. Tan solo han sido unas cuantas imágenes y una terrible sensación que me oprime el pecho desde que he despertado. Estoy segura de que se trataba del ritual de las Elegidas. La llamábamos, pero no sucedía nada.

—Lo más probable es que estés proyectando tus miedos en los sueños, eso le ocurre a todo el mundo.

Negué con la cabeza completamente convencida de que no era así.

—Él estaba allí, Erwan. —Me abracé a mí misma al percibir cómo mi piel se erizaba con tan solo evocarle en mi mente—. Y no venía solo. Sé que algo terrible va a ocurrir, lo siento en cada una de mis terminaciones nerviosas.

Me rodeó con sus brazos llevándome hacia su pecho, donde enterré mi cara sintiendo que aquel era mi refugio. Ninguna palabra salió de sus labios, de sobra sabía lo que había detrás de cada presentimiento. Lo único que podíamos hacer era prepararnos para lo que vendría y actuar en consecuencia.

Un movimiento en mi bajo vientre me hizo erguir de repente. Llevé la mano de Erwan al lugar en el que acababa de sentir a nuestra pequeña y esperamos durante largos segundos, sin dejar de mirarnos, hasta que una sonrisa asomó por nuestros labios al notarla de nuevo. Mi corazón se derritió mientras sus labios buscaban los míos. Aquello debía de ser la felicidad más absoluta, pues pese al miedo que me atenazaba, sentí que no había otro lugar en el mundo en donde quisiera estar el resto de mi vida. De ahí precisamente mi miedo; un miedo atroz y demoledor que iba enraizándose poco a poco por todas y cada una de las capas de mi piel hasta llegar a lo más hondo clavándome sus espinas. Un miedo a la pérdida, una nueva pérdida que esta vez estaba segura de que, de producirse, ni podría ni querría superar.

—Si sigues frunciendo el ceño de ese modo acabarás por parecer un cachorrillo de *shar pei*.

—Son muy monos.

—No estoy seguro de seguir queriéndote entonces.

—¡Serás superficial! —prorrumpí empujándole del pecho haciéndole estallar en una carcajada.

Le lancé una mirada asesina que solo le mató de la risa al tiempo que echaba mi cuerpo hacia atrás para apoyar la espalda en la pared.

—He soñado también con mi madre —anuncié sin saber muy bien si habría o no algún motivo detrás. —La sonrisa de Erwan desapareció de pronto—. Ella abrazaba y besuqueaba a nuestra pequeña, parecía feliz.

El hecho de que una persona que ya no está entre nosotros sostuviera a mi hija aún por nacer podría hacerme pensar lo peor, pero no fue así. Había sido un sueño bonito, aunque también algo triste.

—¿Qué crees que significa? —inquirió.

—No lo sé. En realidad creo que nada.

Erwan permaneció pensativo con la mirada perdida en algún punto de aquel vasto horizonte que ofrecía el ventanal hasta que al fin, cuando ya creía que no haría ningún comentario al respecto, añadió:

—Tal vez tengas razón y no haya sido más que un simple sueño. —Asentí con la cabeza—. Y aun así no hay que menospreciar los mensajes que se ocultan tras ellos, por más simple que parezca.

—¿Qué quieres decir?

—Que en tu caso cobran una dimensión especial porque algunos son premonitorios, pero eso no quiere decir que los que no lo son no sean importantes.

—Me he perdido.

Erwan sonrió indulgente.

—¿Qué te parece el nombre de Julie? —soltó yendo al grano.

Abrí la boca a la par que los ojos entendiendo al fin adónde quería ir a parar.

—¿Eso te gustaría? —pregunté notando cómo mi garganta se cerraba por la emoción.

—Creo que es un nombre con mucha personalidad.

Sonreí sin poder evitar que una gruesa y solitaria lágrima brotara de uno de mis ojos para derramarse por mi mejilla. Erwan la interceptó con su pulgar formando una sonrisa preciosa que me hizo quererle aún más. Aquel nombre era perfecto para nuestra pequeña, y no solo porque realmente me lo pareciera, sino porque el hecho de haber pertenecido a mi madre hacía que de algún modo la tuviera más cerca.

—Tengo que irme, preciosa. Hay mucha faena por hacer en el Adytum antes de la fiesta, pero antes quiero enseñarte algo.

Alcé las cejas al caer en que aquella misma noche se celebraba la víspera de todos los santos, más conocida como Halloween. Por supuesto que Erwan no asistiría a lo que tenían preparado en su propio local, de eso se encargarían sus propios trabajadores. Era una de las celebraciones especiales para nuestra gente y, por lo tanto, una cita ineludible con el clan y nuestra creadora.

Erwan tiró de mí con una enigmática sonrisa y besó mi ceño fruncido. Me condujo hacia la planta superior y continuamos por el amplio distribuidor en donde se encontraban las habitaciones. Llegados al extremo había un pequeño giro, justo donde yo había creído que no había más que una pared, descubrí una nueva tanda de escaleras.

—No me había dado cuenta de que había otra planta.

—Soy consciente de que entre tus muchos defectos está la falta de observación.

Me volví hacia él fingiéndome ofendida y provocando su risa antes de que me tapara los ojos con sus manos y me hiciera subir por ellas.

—¿Preparada? —dijo su voz cuando al fin detuvimos nuestros pasos. Asentí con la cabeza deseando saber qué era aquello que me quería mostrar con tanta expectación.

En cuanto la estancia se abrió paso ante mis ojos me quedé estupefacta. La luz que entraba a través de los dos grandes ventanales que había a cada extremo era magnífica, pero más aún lo eran las vistas que se apercibían desde aquel enclave situado en una de las partes más altas de aquella pequeña población. Revestida completamente de madera, tanto suelos como techo, ofrecía una calidez que invitaba a pasar las horas entre sus dominios. Era sencillamente impresionante, pero no fue eso lo que me dejó sin palabras, sino el hecho de encontrar allí, como único mobiliario, una mesa con mis utensilios de pintura, mi caballete, todos los cuadros que hasta ahora creí en mi casa y, además, un apetecible sofá ubicado estratégicamente para poder disfrutar del espectáculo que brindaba aquel inmenso cristal.

—Me ayudaría mucho alguna reacción por tu parte para saber si he acertado. —Me giré hacia él con la emoción pintada en el rostro y me lancé a sus brazos—. Esto me sirve —comentó sonriente.

—Erwan esto es... —Traté de encontrar una palabra que se ajustara a lo que sentía en mi interior mientras observaba nuevamente aquella maravilla que él había preparado para mí—. No sé qué decir, nunca había tenido un estudio ni nada que se le pareciese.

—Quiero que hagas de esta casa tu hogar, Aimée, porque es aquí donde quiero tenerte el resto de mi vida.

Asentí con la cabeza percibiendo cómo mis ojos se empañaban de nuevo. Erwan besó una de mis lágrimas formando una sonrisa lobuna.

—No te rías de mí.

Entonces soltó una carcajada.

—Eres adorable, creo que echaré de menos esta faceta sensible cuando todas esas hormonas ya no estén pululando por ahí.

El puchero que se había instalado en mis labios dio paso a la risa. Tenía toda la razón, aunque aquello no quería decir que normalmente fuera una persona insensible, simplemente era menos transparente y no iba lloriqueando por casi todo.

Nos despedimos hasta la tarde, momento en que podría escaparse y dejar la fiesta en manos de su gente. Pensar en la celebración que tendría lugar en unas horas me puso el corazón a mil. Últimamente las celebraciones, rituales y demás eventos que tuvieran que ver con seres divinos me ponían el vello de punta. Puede que fuese culpa de mis sueños o, tal vez, fruto de las dos anteriores experiencias que, para bien o para mal, habían cambiado mi vida; pero lo cierto era que de saber que serviría de algo alegaría cualquier excusa para no tener que volver a pasar por ello una vez más.

Decidí mantener la cabeza ocupada el resto del día para así evitar pensar más de la cuenta y evadirme por un rato de la sensación producida por el inquietante sueño de la noche anterior. No me resultó complicado ya que tenía trabajo que hacer, nuevos proyectos y algunos cuadros en cola.

Ray se había ofrecido a hacerme una página web en la que poder presentar mi obra al mundo y vender mis creaciones por mí misma; aunque Dominique seguiría siendo siempre mi mejor opción, pues era quien mejor podía colocar mis obras de arte, dado que se movía precisamente en los círculos de compra y venta.

Un rugido de tripas me hizo salir de la burbuja artística en la que llevaba concentrada media mañana. Hice una incursión a la cocina para meter algo en mi estómago, cuando el timbre de la puerta anunció una visita. Llop salió de dondequiera que había estado hasta ese momento para dirigirse hacia la entrada. Con una manzana en la mano y medio kiwi en la boca, abrí la puerta a una Álex que me miraba con cara de repugnancia, sosteniendo en una mano alzada una cámara de fotos réflex digital. Hice el ademán de cogerla, pero ella la alejó de forma inmediata.

—Ni se te ocurra. Da gracias que te deje tocarla con las zarpas limpias.

Entorné los ojos desviando mi atención hacia Llop, que permanecía sentado sobre sus cuartos traseros pero atento a cada movimiento, antes de añadir:

—Podría decirle que te atacara, coger tu cámara y dejar que te desangraras mientras ves cómo manoseo ese cacharro tuyo con mis asquerosas «zarpas».

—¿Quieres apostar?

Me encogí de hombros formando una sonrisa ladeada al tiempo que me apartaba para dejarla entrar. Necesitaba fotografiar los últimos cuadros que había pintado para introducirlos en la página web. Tenía fotos de todas mis pinturas, menos de las que había hecho desde que estaba en Llo. Por fortuna, Dominique fotografiaba todo lo que le llegaba para colocarlo en su catálogo de exposición, por lo que las que le habían sido enviadas podía rescatarlas desde la propia página de la galería.

¡Guau! exclamó mi prima nada más entrar en la buhardilla . Menudo estudio que te has montado aquí.

—Ha sido Erwan.

—Me alegro de que al fin todo se haya solucionado entre vosotros —comentó girándose hacia mí.

—Yo también.

—Aunque permíteme que te diga que estaba cantado. —Una sonrisa petulante asomó por sus labios mientras se dirigía hacia los cuadros apilados en la pared.

—¿Como lo tuyo con el *vecinito*?

Aquel comentario borró su sonrisa en el acto.

—No es lo mismo.
—No, claro que no.
Cogí el primer cuadro para colocarlo sobre un trozo de pared y fotografiarlo.
—¿Qué estás insinuando exactamente? —preguntó al tiempo que corregía la posición del cuadro y se alejaba unos pasos para hacerle las fotos.
—No insinúo nada, Álex. Afirmo que lo tuyo con Ray también está cantado, lo que no entiendo muy bien es en qué fase estáis exactamente ni por qué lo alargáis tanto.
Levantó la vista de la cámara para dedicarme una mirada recelosa.
—No estamos en ningún punto.
—Y sin embargo pasas las noches con él.
—Eso no es cierto.
—Oh, vamos, no me mientas. Te vi salir de su casa con la ropa del día anterior cuando me llevasteis de urgencias al hospital.
Unas finas arrugas se formaron en su frente mientras su mirada se mantenía clavada en la pantalla digital de su cámara.
—Solo ha pasado una vez.
—¿Tan mal fue?
—Fue increíble —reconoció sentándose en el sofá.
—¿Y entonces?
Me senté a su lado sin entender cuál era el problema.
—No hemos hablado del tema.
—¿Por qué?
—No lo sé, Amy. Estos meses han sido muy complicados, estábamos muy preocupados por ti, había mucha tensión y el clima no se prestó a ello. Tal vez simplemente él no alberga los mismos sentimientos que yo.
—No digas estupideces. Ray te adora, seguramente él también se está preguntando lo mismo que tú.
Una sonrisa esperanzada iluminó su rostro.
—¿Tú crees?
—Sé que es así. Pienso que deberías de presentarte ahora mismo en su casa y acabar con esto.
—Pero, ¿cómo voy a hacer eso?, ¿qué le digo?
La miré sorprendida durante unos segundos incapaz de creerme que una mujer como ella pudiera amilanarse ante el hombre de su vida.
—No digas nada, tú solo desnúdate. Deja que él haga el resto. —Apenas acabé de decirlo que ambas estallamos en carcajadas—. Tú ríete, pero estoy convencida de que eso sería una muy buena forma de comenzar la conversación que deberíais haber tenido hace mucho.
Álex hizo un gesto de negación con la sonrisa aún asomando por su pequeño rostro mientras volvía a los cuadros y sus fotografías.

Conseguí aplacar parte de la angustia que me invadió nuevamente cuando Álex se marchó, con una buena ducha de agua muy caliente. Erwan me había advertido que la celebración tendría lugar en un enclave especial en medio del bosque, por lo que debía de ir cómoda. Elegí unos pantalones negros tipo *leggin* de premamá y un jersey de punto bastante ancho de color beige. Mi amiga Judit se había encargado de renovar mi vestuario añadiendo algunas prendas más adecuadas a la nueva forma de mi cuerpo. No fue hasta que levanté la vista de los cordones de las botas que acababa de calzarme, cuando advertí que no estaba sola. Erwan permanecía apoyado en el vano de la puerta observando mis movimientos con los brazos cruzados y gesto impasible.

—¿En qué piensas? —quise saber acercándome y rodeándole con los brazos.

—En lo feliz que me hace tenerte en casa.

Sonreí al tiempo que me alzaba de puntillas para propinarle un beso en los labios.

Agradecí haber cogido la chaqueta, pues el frío empezaba a ser cada vez más intenso, especialmente en las horas en las que desaparecía el sol. Aún se reflejaban los rayos del gran astro oculto tras las montañas hacía rato. El lugar del ritual no debía estar muy lejos, pues emprendimos la marcha cogidos de la mano dejando el coche en casa.

La caminata resultó ser como un bálsamo para mis nervios, eso y la compañía del hombre que hacía que mi corazón saltara por los aires cada vez que me dedicaba una de sus maravillosas sonrisas. Llegados al extremo opuesto de donde estaban nuestras viviendas, más o menos a la altura de la casa de mis tíos, cogimos un camino de tierra internándonos en el bosque. Caminamos lo que debieron de ser poco más de cinco minutos hasta toparnos con un pequeño riachuelo. Tras cruzarlo, comenzamos a subir siguiendo su cauce montaña arriba. El sendero, por llamarlo de alguna manera, era accidentado y bastante rocoso. Erwan iba tras de mí pendiente de cada uno de mis pasos, haciéndome ir más despacio cuando creía que me confiaba demasiado con el resbaladizo terreno.

Cuando creí que tendríamos que retroceder porque la propia pared de la montaña nos impedía continuar el paso, Erwan me cogió de la mano para llevarme hacia un estrecho paso que había a través de ella. De haber ido sola no habría dado con aquella curiosa hendidura totalmente camuflada por lo abrupto del terreno.

La pequeña entrada dio paso a una gran abertura formada dentro de la roca. Erwan sacó una linterna del bolsillo de su chaqueta, pues la escasa luz que entraba comenzó a desaparecer a medida que nos fuimos internando.

—¿Por qué no me explicas en qué consiste vuestra versión de Halloween y adónde vamos? —pregunté más por la necesidad de oír el sonido de su voz y tranquilizarme que por lo que me esperaba al llegar.

No me consideraba una persona especialmente miedosa, pero ese tipo de sitios me producía una sensación escalofriante en los huesos. Miré hacia la entrada calculando mentalmente los pasos que me separaban del aire puro y fresco, cuando Erwan comenzó a hablar:

—*Samhain*.

—¿Perdona?

—La conocemos como *Samhain*. Quiero que estés atenta adónde pones los pies, Aimée, hay mucha humedad y puede ser resbaladizo.

Asentí tragando saliva, notando cómo una gota de sudor recorría mi columna vertebral.

—Marca el final del verano —continuó—. En sus orígenes, esta festividad representaba el fin de la cosecha. Los pueblos de la antigüedad guardaban las provisiones para el invierno y sacrificaban animales por estas fechas. Suponía el fin y el comienzo de un año nuevo.

—¿Y qué tiene que ver eso con el Halloween de hoy en día?

Siempre me había gustado aquella fecha, especialmente porque lo único que significaba cuando tenía una vida normal era ponerme un disfraz del tipo bruja, momia o algo ridículamente similar e irme de fiesta con mis amigas. Eso o hacer una maratón de películas de terror delante de un buen bol de palomitas.

—El velo que separa el mundo de los vivos del de los muertos es tan fino que permite ser cruzado desde el otro lado —respondió provocando con ello que mis pies dejaran de andar—. O eso se cree —añadió con una sonrisa agarrándome del brazo para que no me rezagara.

Mi cabeza bullía con imágenes desalentadoras de lo que me depararía la celebración de aquella noche cuando vimos detenida nuestra marcha. Erwan se quitó la chaqueta para dejarla en un saliente mientras mi mirada desorbitada captaba lo reducida que se volvía la galería por la que se suponía que debíamos continuar. Di un paso hacia atrás de forma instintiva, chocando con algo que se suponía que no debía estar ahí. Sin poder contener el gemido que salió de mi garganta debido al susto, me volví para darme cuenta de que el cretino de Ray se encontraba detrás mío desternillándose de la risa.

—Muy divertido —farfullé llevándome la mano al corazón.

—Lo siento, duende. No era mi intención.

Su risa evidenciaba lo mucho que lo sentía.

—Ya, claro.

—Vamos algo justos —apuntó Ray.

Erwan asintió con la cabeza haciendo el ademán de agacharse para entrar el primero.

—¿Estáis de broma? No pienso entrar ahí. —Ambos se miraron antes de desplazar la mirada hacia mí—. No quepo —añadí en un intento de dar una explicación lógica a mi miedo irracional.

—No digas tonterías, cabemos nosotros, ¿no vas a caber tú? —señaló Ray.

—Vosotros no estáis preñados.

—¿Por qué no me has dicho que tienes claustrofobia, Aimée?

Miré a Erwan con las cejas alzadas durante unos buenos segundos antes de contestar:

—Porque no tengo. —O eso pensaba, tampoco me había metido nunca en ningún lugar de aquel tamaño. Jamás hasta ahora me habían dado pánico los sitios cerrados ni los ascensores, ni nada que se le pareciese; pero aquel microscópico agujero estaba acabando con mi paz interior.

Erwan dio dos pasos hasta salvar la distancia que nos separaba y, alzando mi rostro para asegurarse de que tenía toda mi atención clavada en sus ojos, añadió:

—Es un tramo muy corto, yo iré delante y Ray detrás de ti. Te prometo que no va a pasarte nada, ¿confías en mí?

Asentí con la cabeza a la vez que pasaba mi lengua por los labios en un gesto que reflejaba mi nerviosismo.

Erwan se introdujo en la cavidad que descendía en un ángulo ligeramente inclinado hacia el interior de la tierra con movimientos ágiles, mientras trataba de decirme a mí misma que no tenía por qué temer nada, era un simple agujero estrecho, ¿qué había de malo en ello?. Sentí las manos de Ray sobre mis hombros conduciéndome hacia la mano tendida de Erwan. Me agaché para meter los pies y sentarme en el borde, y así ir bajando ayudándome de todos mis miembros. Puede que fuese la falta de luz natural, el desconocimiento a lo que habría después o simplemente la falta de aire puro, pero en su conjunto me resultó agobiante. No era un miedo aterrador, sino una sensación de desagrado absoluto, como si mi instinto de supervivencia pugnara desde las profundidades de mi subconsciente por salir de aquel reducto cavernoso.

Fueron unos pocos minutos que se me hicieron eternos, los que nos llevaron a cruzar aquel tortuoso túnel. Erwan me tendió los brazos para ayudarme a bajar cuando al fin llegamos a una galería cuya amplitud nos permitía continuar de pie, incluso a ellos, mucho más altos que yo.

El eco de las voces de las gentes del clan poco a poco comenzó a hacerse evidente. Erwan me cogió de la mano para llamar mi atención y apuntó con el haz de luz hacia las paredes de la roca. Lo que captaron mis ojos me impresionó de tal modo que sentí cómo toda la tensión desaparecía como por arte de magia. Me sentí tan privilegiada que tuve ganas de llorar. Atrás quedaban mis reticencias porque sin duda había merecido la pena solo por poder contemplar de primera mano aquella maravilla creada por el hombre miles de años atrás.

Ante mí, una serie de animales pintados en tonos ocres corrían veloces para evitar ser capturados por cazadores armados con lanzas y flechas. Las figuras, de trazo tan esquemático que llegaban incluso a parecer infantiles, formaban escenas que llegaban a ocupar la parte del techo. Era evidente que aquel lugar recóndito dentro de las mismísimas entrañas de la tierra había sido un lugar sagrado para el hombre desde tiempos ancestrales.

Pasé mis manos con sumo cuidado por el contorno de uno de los caballos sintiendo cómo mi corazón se aceleraba ante ese hecho.

—Llegamos tarde —dijo Ray volviendo sobre sus pasos a la vez que nos apuntaba con la linterna.

Erwan y yo nos miramos comunicándonos sin necesidad de palabras. Con la promesa de que volveríamos reflejada en sus ojos, eché una última mirada antes de continuar tras los pasos de Ray. Nada me importaba tener que volver a pasar por aquella galería del infierno si con ello podía volver a admirar aquella maravilla artística de la Edad de Piedra.

Volví a quedarme sin aliento cuando el corredor dio paso a la cámara donde se encontraba el resto del clan. Mis ojos no daban crédito. Nunca jamás hubiera imaginado que aquello pudiera encontrarse bajo el suelo de Llo. La amplia estancia estaba tenuemente iluminada por una cantidad ingente de velas que llameaban por todas partes. El cabello se pegó a mi nuca y cara como si me encontrara en una especie de baños termales, advertí que la procedencia de aquel vapor venía del agua que rodeaba toda la parte lateral derecha de aquel increíble lugar.

Agnes me tendió una mano para que me acercara a ella. A su lado se encontraba Sophie.

—Descálzate, cielo —me urgió agachándose para ayudarme—. Para esto necesitamos estar en contacto con Ella.

Alguien se llevó mis botas mientras el resto de nuestra pequeña comunidad formaba un círculo a nuestro alrededor.

—Esta va a ser la ocasión perfecta para que reconozca a sus hijas —comentó Agnes a la vez que tomaba nuestras manos.

El silencio se instaló en aquel lugar durante unos segundos de tal modo que si cerraba los ojos podía incluso pensar que me encontraba completamente sola en aquella especie de vientre materno. Agnes comenzó a entonar una especie de salmo o retahíla de palabras en una lengua arcaica que instantáneamente reconocí como la misma que ella había utilizado en mis sueños.

Las pequeñas llamas chispeantes de las velas vacilaron a la vez como si una fuerte ráfaga de viento hubiese entrado de alguna parte, pese a que de sobra sabía que no había sido así. Un frío helador cubrió mis pies reptando poco a poco por el resto de mi cuerpo hasta instalarse en la base de mi columna vertebral. A continuación experimenté la sensación más indescriptible que había tenido en mi vida: fue muy breve, pero lo suficiente como para percibir su contacto. Nadie había tras de mí, pero lo sentí en todas y cada una de las partículas que formaban mi ser. Entonces posé mi vista en Sophie y supe que ella también lo había notado. Nos miramos conscientes de que algo que no formaba parte de este mundo había sido invitado a entrar. Puede que fueran los espíritus de nuestros muertos, tal y como había dicho Erwan hacía un rato, o tal vez se tratara de Ella. Lo que sí tuve claro desde el principio es que, fuera lo que fuese, estaba de nuestro lado y con aquel pensamiento me dejé llevar experimentando un sinfín de emociones nuevas entre las que cabía destacar la esperanza de que muy pronto volveríamos a vernos y esta vez todo iba a cambiar.

Capítulo 35

Los copos de las primeras nieves caían de forma descontrolada cubriendo todo cuanto encontraban a su paso. Observé ensimismada desde el ventanal de mi buhardilla mientras mi mente vagaba muy lejos de allí.

Habían pasado semanas desde la noche de *Samhain* como Erwan la había llamado. Semanas sumidas en una extraña paz que precedía a lo que sabíamos que estaba por venir. No habíamos tenido noticias de Marlon, y eso, ya de por sí, era bastante preocupante pues sabíamos que en algún lugar, fuera donde fuese, estaría moviendo fichas y preparándose para su golpe final.

Pasé la mano por mi vientre, ahora mucho más abultado, al percibir un leve movimiento en su interior. Pese a que estábamos en las postrimerías de tan señaladas fiestas para buena parte del resto de los mortales, me sentía en paz. Habían sido las primeras Navidades sin mi padre y, aunque lo tenía presente en mi corazón todos los días de mi vida, aquella época del año podía volverse deprimente para quien echaba en falta a alguien especial. Por fortuna, mi nueva familia de paganos consumados no celebraban aquellas fiestas, al menos del modo en que las había conocido hasta ahora, ni el pueblito en el que me encontraba se iluminaba y decoraba para la ocasión.

Sonreí al recordar a Erwan portando un abeto de su propio jardín para colocarlo en el interior de la casa.

—Dijiste que no habría decoración navideña en casa.

—Y así es.

Pestañeé varias veces por si la imagen del árbol cambiaba por la de cualquier otra cosa, pero no sucedió.

—¿Eso de ahí es un abeto? —pregunté tras sus pasos.

—En efecto.

Me quedé en silencio con cara de pasmarote mientras le observaba plantarlo con sumo cuidado en un gran macetero cerca del ventanal del salón.

—¿Y le pondremos bolas de colores y una estrella fugaz?

Erwan levantó la vista de lo que estaba haciendo y sonrió.

—Si es lo que te apetece.

Lo cierto era que sí, me apetecía mucho. Era algo que había esperado cada año con suma ilusión porque me encantaba y lo hacía con mi padre. Tal vez fuera la única parte de la navidad que sí me había entusiasmado, esa y los regalos, por supuesto, como a cualquier niño.

—Ahora sí que me he perdido.

Se levantó alejándose unos pasos para ver cómo había quedado al tiempo que se sacudía las manos en la parte trasera del pantalón.

—Es el árbol de Yule, Aimée. Una tradición pagana del norte de Europa, representa el *Yggdrasil.*

—El árbol de la vida —dije más para mí que para él mirando con nueva óptica el abeto recién plantado.

Según la mitología nórdica mantenía unidos los diversos mundos. El mismo que él tenía tatuado a lo largo de todo su brazo izquierdo.

—Que haya llegado hasta nuestros días no quiere decir que sea de procedencia cristiana. En sus orígenes, el árbol también se adornaba, aunque lo de la estrella fugaz no creo que me acabe de entusiasmar.

No hubo estrella, pero sí bolitas y demás abalorios que le había encargado comprar. No había sido mi padre quien me ayudara a decorarlo, pero lo había disfrutado de igual modo pese a que él siempre ocuparía un lugar privilegiado en mi corazón, lugar que todavía escocía demasiado.

La canción «Elastic Heart» sonando por los altavoces a los que había conectado mi teléfono móvil me atrajo a la realidad. La puse a todo volumen sintiendo renovadas fuerzas para comerme el mundo aquella mañana. Adoraba aquella canción porque de algún modo conseguía recargarme las pilas, de modo que aproveché para continuar con la pintura que había dejado a medias.

La brocha se movía sobre el lienzo a la vez que mi cuerpo, sin quererlo, lo hacía al son de la voz de Sia. Unas manos se deslizaron por mi ya desaparecida cintura haciéndome sonreír. Sentí sus besos por mi cuello mientras me apoyaba en su pecho sin dejar de contonearme. Los ojos de Erwan refulgían con una pasión desmedida cuando me volví para encararlo. Sin dejar de besarnos acabamos tirados en la alfombra de pelo que había a los pies del pequeño sofá. Erwan se despojó de su ropa con una habilidad que me hizo sonreír y a continuación hizo lo propio con la mía. Mis manos recorrieron su espalda hasta llegar a su precioso trasero, donde más atenciones les gustaba prodigar, mientras le sentía en mi interior como si aquel fuese su lugar.

En algún momento un teléfono que no era el mío sonó, lo hizo repetidas veces, pero ninguno de los dos estuvo por la labor de contestar. El mundo podía desaparecer a nuestro alrededor por lo que a mí respectaba, en aquel instante tan solo lo habitábamos él, yo y, por supuesto, nuestra pequeña Julie.

Después de hacer el amor me dejé mimar por sus atenciones, le encantaba besar mi barriguita y hablar con su hija. Aquellas escenas me hacían tan feliz que por una parte deseaba retenerla en mi interior para siempre, donde estaría protegida de todo cuanto habitaba en el mundo exterior.

El timbre de la puerta sonó un par de veces, seguido de otras tantas, mientras Erwan se vestía rápidamente. Hasta allí podía percibirse la impaciencia de quien llamaba. Volví a colocarme mis prendas de ropa y seguí a Erwan escalera abajo. Para cuando llegué a la planta principal él ya abría la puerta mostrando con sus ademanes lo molesto que se sentía con la interrupción.

—Ya era hora —dijo Ray soplándose las manos para darse calor.

La nieve seguía cayendo haciendo remolinos a nuestros pies. El contraste con la temperatura exterior era abismal.

—¿Qué quieres?

—Robert te ha estado llamando. Será mejor que me acompañes.

—¿Qué ha pasado? —quiso saber Erwan sin moverse de donde estaba.

Ray desvió la mirada fugazmente hacia mí antes de contestarle.

—Ahora lo verás. Vamos a casa de Agnes.

Erwan hizo un gesto de fastidio con la cara, pero no dijo más. Se puso las botas de montaña que guardaba allí mismo, en el mueble zapatero que había en el recibidor, y agarró su chaqueta mientras yo hacía lo mismo.

—Tú te quedas aquí. —Esta vez la orden venía de Ray.

Le miré con el ceño fruncido durante unos segundos antes de contestar.

—Sabes perfectamente que no pienso hacer eso, así que no me lo pidas.

—Erwan —pronunció él, en busca del apoyo de su amigo.

—¿Es peligroso? —dijo el aludido.

—No.

—Entonces, ¿cuál es el problema?

—El problema está precisamente en casa de Agnes.

—¿Por qué no hablas claro? —inquirió Erwan perdiendo la paciencia.

—Voy a ir igualmente —señalé poniéndome la chaqueta—, así que mejor nos vamos ya.

Por nada del mundo iba a permitir que me dejaran de lado, por lo que comencé a caminar hacia el coche de Erwan.

—Luego no digas que no te lo advertí. —Oí que decía Ray entre dientes a su interlocutor.

Llop se metió en el Jeep en cuanto abrí la puerta. Ni siquiera me molesté en llamar su atención para que saliera. Era una batalla perdida, así que me senté a su lado, en la parte trasera, percibiendo el gesto de negación que Erwan hacía con la cabeza ante la mirada de reojo de su amigo. Le había costado algo más de tiempo que a Gérard darse cuenta de que aquel animal era imposible de educar. Si él quería venir lo haría, y en caso de no permitirle hacerlo en el interior del coche, lo haría corriendo tras él, poniéndose de ese modo en peligro y haciéndome sufrir a mí por ello.

Los caminos debían de tener un palmo de nieve como poco, por fortuna el todoterreno de Erwan no tenía grandes problemas a la hora de circular en aquellas condiciones. Tomamos la estrecha carretera, por llamarla de algún modo, que nos llevaría a casa de Agnes sumidos en un extraño silencio. Algo significativo debía de haber ocurrido como para mantener a Ray en aquel estado de mutismo tan raro en él.

Mis pensamientos fueron hilando diversas suposiciones volando a miles de kilómetros del coche donde me encontraba, hasta que percibí el sonido del motor al apagarse. Llop bajó disparado, asegurándose así de que no lo dejábamos encerrado en el Jeep. En cuanto puse los pies en la tierra me hundí unos cuantos centímetros sobre la nieve virgen. Era evidente que en aquella parte de la montaña había caído con mayor intensidad. Eran muy poquitos los coches que permanecían aparcados cerca de la vivienda, por lo que una reunión de clan quedaba descartada, aunque cabía decir que estas habían descendido desde la última traición sufrida a manos de Max.

Caminamos hasta la entrada de la gran casa con paso ligero. El frío era cortante y la nieve apenas nos dejaba ver con claridad. Me extrañó ver tantas huellas de pisadas de camino a la entrada, ya que el círculo de confianza de Agnes era mucho más reducido en aquellos momentos. Decidida a dejar de hacer conjeturas, esperamos a que alguien nos abriera, encogiéndome sobre mí misma tratando de retener el poco calor que desprendía mi cuerpo.

Gilles nos abrió, pero no dijo palabra. Se limitó a regresar al salón con la misma cara de circunstancia con la que nos había recibido. Seguimos sus pasos a la vez que nos desprendíamos de la chaqueta y los copos de nieve que cubrían el resto de nuestras personas, cuando llegamos a la sala donde todos esperaban.

Lo primero que llamó mi atención fue la figura de Geir apoyada en una de las paredes con los brazos cruzados. Eso ya de por sí era extraño pues había regresado a casa hacía semanas. Pero lo que realmente provocó que mis pies se detuvieran y mi cerebro se colapsara formando un completo caos en el que nada tenía sentido fue ver al hombre que se volvió para mirarnos en cuanto nos oyó entrar.

—Ya te dije que no era buena idea que ella viniera. —Oí decir a Ray.

Tragué saliva mientras le veía acercarse con una sonrisa en los labios. Estaba algo cambiado vestido con pantalones tejanos y jersey de lana, aunque aquello no le restaba ni un ápice de su salvaje atractivo.

—Amy —pronunció, como si aquella simple palabra fuese una delicia en su paladar. Su mano rozó mi rostro igual que hizo la primera vez que me vio muchos meses atrás.

—Björn —saludé sin saber qué otra cosa decir.

Su mirada cambió al posarse sobre Erwan, que acababa de situarse a mi lado.

—¿Qué está haciendo aquí?

Aquella pregunta formulada en tono hostil por parte de Erwan no iba dirigida a Björn, eso fue evidente incluso para el aludido.

—Será mejor que nos sentemos —sugirió Agnes.

—Por el principio —dijo Erwan exasperado, sentándose en una de las sillas de la gran mesa.

Hice lo propio, del mismo modo que hicieron los demás. Además de mi tío, Agnes y Marcelle; habían reunido también a mis primos, Gérard, Sophie y Ray.

—Björn y sus tres hombres han llegado hace un rato —comenzó a explicar mi tío—. También ha sido una sorpresa para nosotros.

—Pensamos que era mejor venir directamente, no era una conversación para mantener por teléfono —agregó Geir.

—Nos hacemos cargo de que debe de ser algo muy importante lo que os ha traído hasta aquí—apuntó Agnes—, cruzar desde el otro lado es demasiado peligroso.

La sonrisa de Björn me desconcertó por momentos. ¿Acaso entendía lo que Agnes le estaba diciendo en francés?

—Un momento, ¿estáis diciendo que estos hombres vienen de parte de Enid? —Agnes asintió ante la expresión confusa de Gérard, que acababa de formular la pregunta.

—Como sabéis, Enid tiene sueños premonitorios, igual que Amy —comenzó a explicar Björn en un perfecto francés que me dejó más alucinada de lo que ya estaba ante aquella situación—, es por eso que estamos aquí. Ella soñó con la ceremonia que realizaréis para llamar a Madre. Por un lado me pidió que os contara que teníais que ser tres, vosotras tres —añadió haciendo un gesto con el dedo—, aunque imagino que eso ya lo sabéis. —Asentimos con la cabeza apremiándole a continuar—. El problema es el hijo de Helori. Ese tal Marlon hará lo que sea para que ese ritual no se celebre.

—Eso no es ninguna novedad para nosotros —apostilló Erwan.

—Supongo que no —contestó sin dignarse a mirarle—. Lo que vengo a advertiros es que está reclutando gente para llevar a cabo su pérfido plan.

Él también estará presente en el ritual y creedme si os digo que no vendrá solo.

Aquellas palabras cayeron sobre todos los presentes como un manto helador calándonos hasta llegar al mismísimo tuétano de nuestros huesos.

—Yo también he tenido ese sueño, o, al menos, parte de él —señalé recordando las vívidas escenas que de vez en cuando invadían mi cabeza—. Era tan grande mi deseo de que no ocurriera que había acabado aceptando que no era más que otra de las pesadillas que últimamente me atormentan cada noche.

—Es normal que estés confundida después de lo que ha pasado —dijo Agnes mirándome con ternura.

Le había visto en mis sueños tantas veces que me costaba discernir si se trataba de algo ya sucedido o que estaba por ocurrir. Era tan frustrante que prefería despertarme y olvidar todo cuanto había visto para no tener que romperme la cabeza pensando en si era algo que debía temer o simplemente pasar página.

—Vente conmigo, Amy. —Levanté la vista creyendo no haber oído aquellas palabras cuando Björn continuó—. Puedo protegerte. Él nunca podrá llegar hasta ti si te llevo a casa.

—Le subestimas si crees que eso supondría un impedimento para él —masculló Erwan fulminándolo con la mirada.

—Puedo destruir el portal, nunca nadie más volvería a utilizarlo.

—Eso no solucionaría el problema —afirmó Erwan dando un golpe con la mano en la mesa.

—No, pero ella estaría a salvo conmigo que es más de lo que vosotros podéis asegurar. Marlon pasaría a ser asunto vuestro. Con Amy desaparecida, no tiene el poder de hacer nada.

—Te recuerdo que son tres las Sacerdotisas —repuso Gérard con el ceño fruncido al tiempo que ponía una mano sobre el brazo de su hermano para tranquilizarlo.

—Sí, pero él no lo sabe, ¿no es cierto? —respondió Björn sin inmutarse—. Su objetivo ha sido siempre Amy y así seguirá siendo hasta que vuelva a tenerla en sus manos.

—¿A eso has venido? —El tono de Erwan fue tan frío que la piel de mis brazos se erizó.

—Eso a ti no te concierne —contestó con una mueca de desprecio—. Es algo que tiene que decidir ella.

Erwan se levantó en el acto golpeando la mesa con los puños.

—Me concierne, maldito hijo de puta, porque es mi pareja y, por si no te has dado cuenta, está embarazada de un hijo mío. Si eso es todo lo que has venido a decir ya puedes volverte a tu casa y destruir el portal para no volver nunca.

Abrí los ojos a la par que mi boca con perplejidad ante el arranque de furia de Erwan.

—Mayor razón para ponerlas a salvo si es que de verdad te importan —respondió Björn de forma impasible con el desafío asomando a su mirada.

—Las cosas no funcionan así —intervino Gérard evitando así que Erwan se lanzara sobre su yugular o algo peor—. Ella está con quien debe de estar, nunca se encontrará más segura que con su gente.

—Permíteme que lo ponga en duda teniendo en cuenta que ya son dos veces las que ha sido secuestrada delante de vuestras propias narices, ¿me equivoco?

—No te equivocas, muchacho —contestó mi tío reponiéndose de la sorpresa—, pero Gérard tiene razón. Somos un clan, tenemos todo lo necesario para cargarnos a ese malnacido y Amy es indispensable para poder llevarlo a cabo. Dudo que ella quisiera abandonar a su familia y a toda la gente que cree en que aún es posible restaurar el equilibrio anterior al nacimiento de ese desalmado. ¿No es así, cielo?

Asentí con la cabeza antes de contestar.

—Lo cierto es que más que restaurar ningún equilibrio, lo que me mueve es un deseo de venganza que apenas me deja respirar: quiero verle muerto. —Advertí que Sophie bajaba la mirada hacia su regazo, pero no por ello me sentí peor. Era la verdad, había demasiadas muertes a sus espaldas y entre ellas la de mi propia familia—. Tampoco podría vivir con mi propia consciencia si abandonara a mi gente por salvar mi propio culo, eso sería demasiado ruin; más cuando todos y cada uno de ellos darían su vida por la mía sin pestañear. —Björn asintió comprendiendo a qué me refería, aproveché que tenía toda su atención para aclararle un tercer aspecto—: Erwan es el hombre de mi vida y el padre de mi bebé, nunca jamás voy a abandonarle.

Esta vez no hizo ningún gesto que indicara que había captado lo que le decía, simplemente se limitó a desviar su atención hacia mi tío antes de hablar:

—Hemos venido para quedarnos; al menos hasta que todo haya acabado. La única oportunidad que tenemos es hacer exactamente lo mismo que él.

—Hay que reunir a los clanes —continuó Agnes asintiendo con la cabeza.

—Empezamos a hacerlo con los que tenemos a nuestro alrededor, hace cosa de unos meses —explicó mi tío.

—No es suficiente. Por lo que dijo Enid, será una batalla campal, necesitamos todos los hombres de los que podamos disponer. O están con nosotros o con él. No hay punto neutro.

—Ellinor está convocando a los clanes de nuestras tierras para atraerlos a nuestra causa —anunció Geir.

—Nosotros podemos encargarnos de hacer que colaboren —comentó Björn arrastrando la vista hacia sus hombres antes de continuar—. Digamos que esa es mi especialidad.

Mi tío lo miró con recelo, aunque se mantuvo en silencio. Agnes y Marcelle estuvieron de acuerdo, el hecho de que Marlon no supiera ni que existían les daba buena ventaja para moverse sin levantar sospechas. Al parecer, el método que utilizaran para atraer a los clanes no importaba, tan solo contaban los resultados que pudieran obtener al respecto, puesto que supondría la diferencia entre poder plantar cara a nuestro enemigo jurado o sucumbir impotentes sin poder hacer nada.

El camino de vuelta a casa estuvo envuelto en un silencio del que apenas fui consciente hasta que después de desprenderme con dificultad de las botas y chaqueta no comprendí. Busqué a Erwan por toda la casa sin éxito alguno. Fue cuando volví a revisar cada uno de los rincones que di con él. Estaba acuclillado delante de uno de los grandes ventanales con la vista perdida en algún punto de la montaña que tenía enfrente.

—Estás enfadado. —No fue una pregunta, pues de sobra sabía la respuesta pese a que él hizo un gesto de negación con la cabeza. Me senté en el banco de pared para quedar más o menos a su altura, antes de continuar hablando—: Sé que Björn te saca de tus casillas, pero no debes hacerle caso.

—¿Cómo voy a hacer eso, si en el fondo pienso del mismo modo? —inquirió posando sus ojos azules sobre mí—. Es mucho más listo de lo que crees, Aimée y ha sabido leerme como si fuera una jodida carta.

—No te entiendo.

—Cada día me despierto tentado de sacarte de aquí, alejarte de toda esta mierda y empezar de cero en algún lugar recóndito donde no nos conozca nadie, un lugar donde no pueda encontrarte.

Abrí los ojos de par en par como si le viera por primera vez.

—¿Tú no crees que podamos conseguirlo?

—No lo sé. Lo único que tengo claro es que apenas puedo dormir por las noches pensando en lo que nos espera —contestó sincerándose—. Por primera vez en mi vida me siento completo y a veces dudo que esta felicidad pueda durar para siempre.

—Erwan...

—Si algo te sucede a ti o a Julie me iré con vosotras —me cortó—. Sé que soy egoísta por querer tenerte para mí a costa de lo que haga falta, pero así es como me siento.

Acaricié su pelo ensortijado acercándole a mí para abrazarle. Comprendía perfectamente aquellos sentimientos pues así era el amor: nos vuelve vulnerables y nos hace responsables de los actos más irreflexivos, pero aquella no era la solución.

—Pídemelo, Aimée. —Levantó el rostro hacia el mío—. No dudaré en hacerlo si tú me lo pides.

Negué con la cabeza.

—Ambos sabemos que en ningún lugar estaremos a salvo mientras Marlon viva. Tenemos que acabar con él, Erwan. No hay otro modo.

Capítulo 36

—¡Estoy horrible! —dije mirándome de perfil en el espejo con el vestido que Judit había escogido para mí.

Era increíblemente precioso, el problema no era del vestido sino de mi enorme barriga. De un color azulado cercano al verde, tenía las mangas y el escote entallados hasta la altura del pecho donde caía de forma vaporosa hasta llegar al suelo. La tela era tan bonita y ligera que disimulaba con bastante éxito mi avanzadísimo estado de gestación.

—¡Pero qué dices! —replicó mi prima—. Estás tan bonita que me dan ganas de quedarme embarazada a mí también.

—Te dije que espabilaras con Ray, pero eso igual es demasiado drástico. No queremos asustarlo, ¿verdad?

—¿Eso quiere decir que entre tú y Ray...? —comenzó a preguntar Judit con una sonrisa atontada que le llegó hasta la oreja.

Lorie, la mejor amiga de Álex, bufó de forma muy poco femenina sin dejar de peinar a Judit.

—No hay nada. Estamos en un punto muerto.

—Yo no diría muerto —aseguró Sophie sin dejar de aplicarse la máscara de pestañas frente al espejo—. Es evidente que entre vosotros hay fuegos artificiales incluso para mí, que apenas os conozco.

—¡Oye! —Me volví hacia Álex cayendo por primera vez en el don de la hermana de Erwan—. Sophie es capaz de manipular la mente provocando serios dolores de cabeza con ello. ¿Por qué no le pides que te ayude con Ray?

Álex, Judit y Lorie estallaron en carcajadas mientras que Sophie asentía con la cabeza.

—Solo tienes que pedírmelo. Que yo sepa, nadie me ha prohibido usarlo con vosotros. —Una sonrisa pícara se formó en sus labios pintados de rojo oscuro antes de volver a su máscara de pestañas.

Cuando Lorie terminó de peinar a Judit, le llevó un espejo para que pudiera ver el semirrecogido que le había hecho por detrás.

—¡Me encanta! —dijo mi amiga—. Para ser farmacéutica esto se te da de fábula.

Lorie rió divertida mientras la novia se levantaba para que la ayudásemos a colocarse el vestido. Habíamos quedado las chicas en mi casa, ahora de Sophie, para ayudar a Judit a prepararse y, ya puestos, a disfrutar de unos momentos inolvidables entre nosotras.

—Oh, Judit, ¡estás tan bonita! No me puedo creer que vayas a casarte en un rato.

—Tú vas a ser madre en menos de un mes —respondió ella riendo.

—Quién iba a decirlo tan solo un año y medio atrás, no éramos más que unas niñas.

—Bueno, tampoco es necesario exagerar —replicó Sophie mordaz—. Hace mucho más que dejasteis de serlo.

—Recuérdame por qué la has invitado —dije a Judit al tiempo que centraba mi atención en la hermana de Erwan.

—Porque es tu cuñada.

—Es una borde.

—Vendrá en los genes —apostilló mi amiga con una sonrisa cómplice refiriéndose a Erwan.

Sophie estalló en carcajadas ignorándonos completamente. Lo cierto era que me tenía ganada desde hacía tiempo, pero en los últimos meses nuestra amistad había ido forjándose de un modo que sabía que sería por siempre. Había comenzado a formar parte de nuestra vida, en especial de la mía y la de Erwan, el cual, pese a sus reticencias iniciales, hacía tiempo que la había aceptado como lo que realmente era.

Mi tía se asomó a la habitación, que debía de parecer una leonera por la cara que puso al recorrerla con la vista, hasta que su mirada se posó en Judit.

—Mi niña —dijo con tono emocionado tomando de las manos a su futura nuera—. Estoy tan feliz de que formes parte de nuestra familia, eres la esposa que toda madre desea para su hijo.

Judit sonrió sonrojándose al tiempo que le respondía con un abrazo. En cualquier otro momento de mi vida, todo aquello me hubiera parecido de lo más típico y ñoño, pero ahí estaba yo, embarazadísima de ocho meses y con una hipersensibilidad a flor de piel de la que estaba deseando deshacerme. Pestañeé unas cuantas veces para que la humedad que amenazaba la integridad del maquillaje de mis ojos desapareciera sin causar estragos.

—Será mejor que bajéis, los muchachos están esperando abajo.

—¿Ha venido Gilles? —preguntó Judit con voz de pito.

—No, querida, él te espera en el altar.

Me eché un último vistazo en el espejo antes de salir por la puerta. Lorie me había recogido el pelo hacia un lado formando un trenzado de lo más informal, pero cuyo efecto algo despeinado me tenía fascinada. Los emperifollados de peluquería no eran mi tipo, aunque las bodas tampoco lo eran y allí estábamos. Tal vez fuese cierto que no era una persona muy normal, pero a estas alturas de mi vida poco se podía hacer al respecto.

Bajé las escaleras con un nudo formándose en la boca de mi estómago que atribuí a los nervios de la boda, por lo que me decidí a ignorarlos por momentos. Erwan y Gérard dejaron de hablar cuando entré en su campo de visión. Me sentía muy feliz de que al fin aquellos dos hubiesen resuelto sus pequeños problemas. Gérard sonrió volviendo la vista hacia su hermano para cerrarle la boca en un gesto que me hizo reír a mí también.

—Pareces un hada —dijo mi cuñado besando mi mejilla.

—Un hada que se ha comido un par de animalillos del bosque con pelo y todo —contesté tocándome la barriga.

—La más bonita del reino —replicó él llevando su mano derecha a mi vientre. Sonrió como si algo de lo que él podía ver en mi interior le hiciera gracia antes de girarse hacia Erwan—. Procura no mancharle el vestido de babas.

Se marchó dejándonos a ambos en silencio como un par de adolescentes en su primera cita. Estaba tan devastadoramente guapo que incluso dolía mirarlo. Tiró de mi mano para salvar la distancia que nos separaba y regalarme un beso húmedo de lo más sugerente. El carraspeo de mi tía al pasar por nuestro lado nos hizo separarnos de inmediato.

—Si os parece dejar eso para cuando estéis solos y llevar a la novia para que podamos celebrar su boda, sería de agradecer.

El sarcasmo de mi tía me hizo soltar una carcajada, no así a Erwan que se ruborizó ligeramente mientras trataba de ocultar la sonrisa.

Judit vendría con nosotros en el coche de Erwan. Los caminos que llevaban a la casa de Agnes continuaban impracticables para la gran mayoría de vehículos, pues la nieve llevaba días sin dar tregua. Por fortuna el sol lucía radiante como en primavera desde que había salido por el horizonte. Parecía un regalo de la mismísima Diosa el que no hubiese ninguna nube amenazando con estropear aquel fantástico y especial día.

—Aún no puedo creerme que vaya asistir a mi propia boda en un todoterreno —confesó Judit desde el asiento de detrás.

—Tal vez hubieses preferido un trineo tirado por perros —se mofó Erwan sin dejar de mirar la carretera.

—O una moto de nieve —apunté conteniendo la risa.

—Muy graciosillos —masculló entre dientes.

El lugar en que se celebraría la ceremonia era una gran terraza acristalada, donde habían sido colocadas dos hileras de sillas decoradas con flores, separadas por un pasillo por el que cruzaría la novia. Fuimos los últimos en llegar, tal como manda la tradición, por lo que todos los invitados ya estaban colocados en sus sitios a la espera de ver aparecer a Judit. Mi amiga era un manojo de nervios que intenté calmar antes de iniciar el recorrido que la llevaría hasta su futuro marido.

Sabía que echaba en falta a su propia familia, pero invitarles habría sido muy peligroso tal y como estaban las cosas en aquellos momentos. Tal vez en un futuro sus padres podrían venir a visitarla y conocer a la nueva familia de su hija, pero mientras Marlon siguiera entre nosotros, aquella situación era impensable.

Había decidido, pese a lo extraño de la situación, que fuera yo la que la acompañara al altar. Tratamos de convencerla para que lo hiciera mi tío e incluso Erwan, pero no había querido ni oír hablar del tema, por lo que en aquellos instantes caminábamos ambas hacia el flamante novio que esperaba al otro lado con una sonrisa de embobado en los labios.

—Más te vale que la cuides bien —susurré en su oído cuando le di la mano de Judit—, si no, acabarás castrado.

Gilles hizo un gesto de asentimiento antes de que me fuera a sentar junto a Erwan en la primera fila.

Agnes, máxima autoridad en aquella comunidad, oficiaba la ceremonia, que por lo demás fue sencilla y, desde mi punto de vista, bastante emotiva.

Las mesas del banquete habían sido dispuestas en la gran sala donde meses atrás se celebrara mi supuesta llegada al clan. Una sonrisa acudió a mis labios al recordar el verdadero motivo de la fiesta.

—¿Qué te parece tan gracioso? —quiso saber Erwan mientras me guiaba a la mesa en la que nos habían colocado.

—Me estaba acordando de la última vez que estuve aquí.

Una sonrisa torcida se formó en su rostro. Leí mi nombre impreso en una pequeña tarjeta antes de sentarme.

—Apenas pude concentrarme en toda la noche, Aimée. Aquel vestido era más de lo que podía soportar.

Le miré con los ojos abiertos de par en par mientras él saludaba a nuestros compañeros de mesa que no eran otros que Gérard, Sophie y su madre.

—Eso no me lo habías contado —respondí acercándome disimuladamente a su oído.

—Debo de ser muy buen actor para que no te dieras cuenta de lo que me costaba apartar la vista de ti. Aunque no fui el único aquella noche.

Álex se sentó ocupando la última silla libre.

—Parece que me he quedado sola —comentó al tiempo que colocaba su diminuto bolso sobre la mesa.

Sus padres ocupaban la mesa principal junto a los novios, por lo que había tenido que ser reubicada con el resto de comensales.

—Oh, sí. Sigue así y acabarás con un montón de gatos —contesté con malicia—. Será mejor que pongas en marcha mi plan antes de que sea demasiado tarde.

—Ya sabes que cuentas con mi ayuda —añadió Sophie con un giño de ojos.

—¿Qué plan es ese? —La mirada de Gérard iba de una a otra alternativamente.

—No quieras saberlo —respondió Álex haciendo un gesto de negación con la cabeza mientras Sophie y yo estallábamos en carcajadas.

A medida que la comida tocaba a su fin, mis nervios fueron en aumento a un ritmo que apenas me dejó probar bocado. Erwan me preguntó en un par de ocasiones si me encontraba bien al darse cuenta que incluso el delicioso postre quedaba en el plato después de haberlo mareado con la cucharilla durante un buen rato. Julie también estaba muy inquieta, puede que fuese yo quien le transmitiera mi estado de ánimo y por eso no dejaba de moverse, o tal vez fuese al revés.

Los primeros acordes de la guitarra de Pablo Alborán comenzaron a sonar dando vida a la canción preferida de mi amiga «Solamente tú». La vi llevarse las manos a la boca presa de la emoción mientras Gilles tendía su mano para llevarla a la pista a bailar ante las miradas enternecidas de todos los invitados. Incluso a mí me pareció de lo más romántico pese a que no casaba con mi forma de ser.

Para cuando la pareja de novios terminó su baile, me dirigí hacia el baño creyendo que estallaría si no hacía algo. Miré mis manos temblorosas dándome cuenta de que algo no estaba bien. Aquello no eran nervios, sino más bien un ataque de ansiedad o pánico como los que había tenido hacía meses. Traté de concentrarme en respirar mientras abría el grifo del agua y miraba mi imagen en el espejo. Nada tenía sentido. Era la boda de mi mejor amiga, iba a tener una niña preciosa en unas semanas y estaba con el hombre de mi vida. No olvidaba en ningún momento que el peligro que se cernía sobre nuestras cabezas estaba cada vez más cerca, pero mi actitud frente a ello era positiva. Por algo era una de las Elegidas para extirpar ese mal que llevaba demasiado tiempo haciendo de las suyas. A mi cabeza acudió una nítida imagen de uno de mis sueños, en el que las tres uníamos nuestras manos para cumplir con nuestro cometido, cuando mis ojos se abrieron de par en par cortándome el aliento de golpe. Me apoyé en el lavabo sintiendo que mi mundo giraba alrededor cada vez más rápido. Cuando creí que acabaría con la cabeza en el suelo, apareció Sophie y me sujetó de la cintura.

—Mierda, Amy, y yo pensado que Erwan exageraba cuando me ha pedido que viniera a ver por qué tardabas tanto.

Me sacó fuera del baño donde rápidamente otro cuerpo mucho más grande que el suyo ocupó su lugar.

—¿Qué ha pasado? —quiso saber con la alarma asomando a sus ojos.

—La encontré así, a punto de desmayarse.

Apoyé las manos y la frente en su pecho mientras trataba de calmarme. Ahora sabía que no se trataba de los nervios de la boda ni de los movimientos de mi pequeña. Levanté la cabeza para encarar a aquellas dos personas tan parecidas físicamente que me miraban con preocupación:

—Es hoy.

—¿Qué es hoy? —preguntó Sophie.

—Acabo de recordarlo, lo vi en mi sueño. Agnes y tú llevabais la misma ropa que ahora.

—Amy, no te entiendo —respondió ofuscada, en cambio Erwan abrió los ojos de par en par comprendiendo a qué me refería.

—¿Estás segura?

—Dime cuántas ocasiones más van a darse en las que ellas dos lleven los mismos vestidos de la boda de Judit.

—¿Por qué no habláis claro? —En cuanto terminó la última palabra la expresión de su rostro cambió—. No puedes estar hablando de lo que creo.

Asentí con la cabeza mientras veía a Erwan alejarse unos pasos para advertir a Agnes y a mi tío. Aún no había tenido tiempo de internarse entre la marabunta de cuerpos que bailaban en la pista de baile, cuando un tumulto de voces y personas provenientes de la entrada al gran salón se fue haciendo cada vez más fuerte hasta que pararon la música.

Sophie y yo nos acercamos para darnos cuenta de que se trataba de Björn y sus hombres, junto con otros guerreros del clan.

—Marlon viene hacia aquí —anunció—. Y como os dije, no viene solo.

—Lo han avistado a la entrada de Saillagouse, aún tenemos alguna ventaja, pero hay que salir de aquí —agregó Serge al tiempo que trataba de recuperar el aliento.

El miedo se instaló en aquella estancia como si de una masa de aire invisible se tratara llegando a todos y cada uno de los presentes.

—Está bien —dijo mi tío haciéndose cargo de la situación—. Ya sabéis adónde tenéis que ir cada uno de vosotros. Vamos a acabar con esto de una vez por todas.

El caos se desató a continuación.

Erwan vino a nuestro encuentro, lo mismo que mi tío y Agnes. Sophie miraba a su alrededor con ojos desorbitados mientras yo me apoyaba en su brazo sintiendo cómo un miedo profundamente arraigado en mi interior pugnaba por salir dejándome completamente bloqueada.

—Hay que hacerlo ahora —anunció Agnes al llegar junto a nosotras—. ¿Tienes el medallón?

—Aquí no.

—Iré a por él —se ofreció Erwan.

En aquel instante Álex y Gérard se situaban junto a mi tío esperando órdenes.

—Ni se te ocurra, es peligroso —ladré sin importarme a quién contradijera en aquellos momentos—. El medallón fue creado para llevarme hasta el clan que podía hacerme llegar hasta Enid, y para que ella y su gente me reconocieran.

—No lo sabemos, Aimée. Podría ser una pieza importante —argumentó Agnes.

—Estamos perdiendo el tiempo —sentenció mi tío—. Si tienes que ir, hazlo ahora.

Erwan asintió mientras yo boqueaba como un pez sin encontrar una excusa que lo retuviera a mi lado.

—Voy contigo —dijo su hermano.

—No, a ti te necesito en primera línea, Gérard. Ve tú, mi vida —ordenó a su hija acercando la cabeza de ella a sus labios para besarle la frente—. Por lo que más queráis tened mucho cuidado. —Erwan y Álex cruzaron sus miradas antes de asentir—. Llevaos a Björn y alguno de sus hombres con vosotros —agregó haciendo una señal con la mano al aludido que aún permanecía en la puerta esperando a mi tío.

Erwan compuso una mueca de fastidio, pero no dijo palabra. Me besó con la mirada antes de desaparecer entre el gentío. Sentí una fuerte opresión en el pecho al tiempo que un doloroso pinchazo en la parte inferior del abdomen, que me hizo soltar un gemido.

Caminamos hacia la zona donde estaban los coches aparcados donde Ray sacaba el suyo y nos hacía gestos para que subiéramos.

—Subid —nos ordenó mi tío—. Yo iré detrás con mis hombres.

A punto de entrar en el todoterreno de Ray, sentí un fuerte calambre que me recorrió desde la espalda hasta el bajo vientre y que me hizo encogerme y gemir de dolor.

—¿Qué ocurre?

—No lo sé, Sophie, algo no está bien.

Ray se bajó para ayudarme a subir al vehículo. En su semblante no quedaba ni un rastro del humor que le caracterizaba.

—¿Dónde está Gérard?

—Voy a buscarle —se ofreció Sophie.

Una vez en el coche suspiré algo aliviada, mi corazón latía acelerado y mi respiración era cada vez más irregular. Apenas unos segundos después Sophie y Gérard se sentaban en la parte trasera del todoterreno, junto a mí, mientras que Agnes lo hacía delante.

Nos internamos en un camino de montaña, con el coche de mi tío pisándonos los talones. No sabía hacia dónde nos dirigíamos, pero tenía claro que se trataba del lugar que aparecía en mis sueños.

El gesto de Gérard se endureció al poner una de sus manos en mi vientre. Le miré interrogante; un beso en la sien fue lo único que obtuve por respuesta. Me acercó a su pecho y me acarició el cabello con la mano que quedaba sobre mi espalda como si de algún modo tratara de tranquilizarme.

El trayecto me resultó infernal e incluso doloroso. Me sujeté la barriga para moverla lo mínimo posible con cada bache. En dos ocasiones más sentí cómo todo mi cuerpo se contraía provocándome una horrible sensación que empezaba asustarme.

El frío del atardecer invernal nos envolvió nada más poner un pie sobre la tierra cubierta por una fina capa de nieve. Sin perder más tiempo, comenzamos a caminar por un estrecho sendero, las huellas de quienes acababan de pasar por ahí nos indicaron que no éramos los primeros en llegar. Con el sonido de mi propia respiración como único acompañante intenté seguir los pasos de mis compañeros, pero pronto quedé rezagada. Un nuevo pinchazo me hizo parar en seco y apoyarme sobre el tronco de un árbol mientras trataba de contener el gemido que pugnaba por salir de mi garganta. Gérard tiró de mí cogiéndome del brazo en cuanto el dolor pasó. No dijo nada, pero para alguien que le conocía como yo, era más que evidente que las líneas que marcaban su rostro en aquellos momentos eran de preocupación.

—Son contracciones, ¿verdad?

Por un momento creí que no contestaría, pues siguió caminando sin alterar la marcha tirando de mí. Entonces, sin volverse, hizo un gesto de asentimiento con la cabeza.

—¿Estoy de parto?

—Aún no, cariño, pero son cada vez más frecuentes. Podrían pasar horas hasta que dieras a luz. —Sentí que me mareaba y perdía el ritmo—. Tranquila, estoy aquí contigo, todo va a salir bien. —aseguró deteniendo nuestra marcha.

—No es el momento. —Las palabras salieron por mis labios en un hilo de voz—. Faltan tres semanas.

—No es el primer bebé que viene antes al mundo, pequeña. Parece que Julie ha decidido que ha llegado el momento de salir.

«Pues no podía haber elegido otro peor», pensé mientras retomábamos la marcha.

Cuando creí que mi corazón explotaría a causa del sobreesfuerzo y mis piernas cederían al resto del cuerpo, llegamos al claro que inmediatamente reconocí de mis sueños. Sacando fuerzas de donde no tenía di los últimos pasos para situarme junto a Agnes y Sophie, tal y como había visto que sucedería. Agnes cogió nuestras manos y, sin perder más tiempo, comenzó a decir las palabras que se suponía que traerían a la creadora a nosotros. Por el rabillo del ojo advertí que el resto del clan se iba situando a nuestro alrededor formando un círculo a medida que iban llegando. Erwan no estaba entre ellos, y por lo tanto, tampoco el medallón. No podíamos esperar, al menos había que intentarlo.

Repetí las palabras de Agnes. Pese a no comprender la lengua que estaba utilizando, sabía perfectamente cuál era el mensaje. Levanté la vista hacia el cielo, como si de algún modo esperara algún tipo de señal divina viniendo de allí, sintiendo cómo aquella inmensidad plagada de estrellas se cernía sobre nosotras. Por un momento me desentendí, como si mi cuerpo fuera capaz de actuar cual autómata, mientras mi mente vagaba lejos de aquel lugar.

Fue el sonido de un disparo lo que me atrajo de nuevo a la realidad, al tiempo que una nueva contracción, esta vez mucho más fuerte, me hacía perder el contacto con mis dos compañeras. Agnes desvió su atención hacia el círculo de personas que nos rodeaba como si esperara que sucediera algo mientras hombres y mujeres que no eran los nuestros entraban en el claro con un firme objetivo en mente. Pasé la vista por entre aquellas personas hasta que mis ojos se toparon con la personificación del mal. Mi garganta se secó cuando nuestras miradas se encontraron.

—No ha funcionado —sentenció Sophie en apenas un hilo de voz.

—Puede que necesitemos el medallón.

Comencé a hacer un gesto de negación con la cabeza, pero un dolor atroz me recorrió desde la espina dorsal provocando que me encogiera agarrando mi vientre como si de algún modo temiera que fuera a caerse. Sentí la humedad y el calor entre las piernas presa de la más absoluta desesperación.

—Aimée, cielo, tenemos que volver a intentarlo.

—No puedo —gemí sintiendo la imperiosa necesidad de sentarme—. Estoy de parto.

Las aletas de la nariz de Agnes se dilataron pese a que trató de parecer calmada.

—Sophie, cariño, tienes que traer a Gérard o a mi hermana. —Se quitó el abrigo y lo colocó sobre el manto de nieve antes de hacerme estirar sobre él.

Los músculos de mi cuerpo empujaban hacia afuera sin que yo pudiera hacer nada por evitarlo.

—Tranquila, mi niña, todo va a salir bien.

Asentí mientras una nueva contracción me arrancaba un grito de dolor. Volví la vista hacia un lado observando el caos que se había formado a nuestro alrededor. Nuestros guerreros trataban de protegernos, pero era evidente que las fuerzas de Marlon nos superaban, pese a que en las últimas semanas habíamos conseguido aumentar nuestras filas considerablemente.

Vi a Erwan en el momento justo en que entraba en el claro con Álex pisándole los talones. Su mirada hizo un barrido hasta que dio conmigo. Pese a la distancia y las personas que nos separaban, vi cómo sus ojos se abrían de par en par y su rostro se transformaba. Sé que gritó mi nombre porque lo leí en sus labios. Trató de abrirse paso arremetiendo contra todo aquel que se interponía entre nosotros como un animal salvaje. Los hombres de Marlon sabían perfectamente quién era y qué debían de hacer porque era evidente que se había convertido en un objetivo prioritario. Álex luchaba junto a él cubriéndole las espaldas como una bailarina en la danza de la muerte. Parecía la mismísima Boudicca lanzando mortales estocadas a sus enemigos con su preciosa melena cobriza al viento. No muy lejos de ellos, Geir y Björn luchaban mano a mano como si estuviesen sacados de las mismísimas sagas nórdicas.

Tapé mi boca con ambas manos para callar el grito de dolor que comenzaba a nacer de mi garganta en el momento que una nueva contracción tiró de mi pequeña hacia afuera. Maëlle acudió en nuestra ayuda colocándose en el lugar de su hermana, mientras que Agnes se desplazaba hacia mi lado cogiéndome la mano. Sophie hizo lo mismo, situándose en mi otro costado tratando de tranquilizarme cuando era evidente que la visión de su padre la había alterado tanto o más que a mí.

—Empuja, cariño, lo estás haciendo muy bien —oí que decía Maëlle.

Cerré los ojos e hice lo que me pedía sintiendo un dolor atroz partiéndome en dos. Sophie y Agnes apretaron mis manos, o quizá fue al revés, provocando que las tres gimiéramos con aquella última contracción.

Volví la vista hacia la batalla campal que estaba teniendo lugar a apenas unos metros de distancia, donde nuestros hombres trataban de defender por todos los medios nuestro círculo. Éramos la última esperanza para ellos y allí estábamos nosotras: atendiendo el inoportuno nacimiento de mi hija.

Vi cómo seis hombres se cernían sobre Erwan, atacándole sin dejarle siquiera tiempo a responder. Con el corazón en un puño vi a Álex liberarle de dos de ellos, pero entonces un tercero la atacó por la espalda con un gran cuchillo haciéndola caer de rodillas. Las lágrimas que empañaron mis ojos no me impidieron reparar en la expresión de Ray al verla desplomarse sobre la nieve salpicada de sangre, ni tampoco oír su desesperado grito antes de emprenderla contra aquellos que se habían atrevido a tocar a su amada. Sangraba profusamente de una herida que tenía a la altura del estómago, pero eso no le frenó a la hora de acabar con aquellos tres hombres. Pese a su incapacidad de sentir dolor físico gracias a su don, era evidente incluso para mí que sus fuerzas iban mermando.

Sentí la humedad de mis propias lágrimas recorrer mi mejilla hasta llegar a mi oreja mientras veía a mi gente, mis seres queridos, caer ante aquel poderoso enemigo. Hacía rato que no veía a mi tío, había estado en primera línea desde el principio, lo que me hizo ponerme en lo peor.

—Vamos, Amy, un último esfuerzo, ya casi la tenemos.

«Y luego qué», pensé. Dejé escapar un sollozo sintiendo la desolación más absoluta. Aquel momento único en la vida de unos padres debería de estar marcado por la felicidad y no por el horror que estaba viviendo. Marlon no iba a dudar en quitármela de tener oportunidad, pero ¿qué podía hacer yo al respecto si apenas era capaz de defenderme por mí misma?

Busqué al Monstruo con la mirada y entonces vi cómo cercenaba la vida de la persona más especial que se había cruzado en mi vida, después de Erwan. Recordé entonces la advertencia de mi hermana y las fotos partidas por la mitad, aunque nada habría podido hacerse al respecto. Mi corazón se resquebrajó al ver a Gérard llevarse las manos al vientre cuya herida rápidamente tiñó su camisa de sangre. La sonrisa de Marlon me dolió tanto o más que lo que acababa de hacer, pero entonces Gérard se la borró del rostro clavándole lo que fuera que tenía en la mano haciendo acopio de las pocas fuerzas que le quedaban. Le vi caer a los pies de aquella abominación de la naturaleza de igual modo que mis lágrimas caían desbordadas y mi pecho sangraba como si de una herida real se tratara. Cubrí entonces mi rostro con las manos para dar rienda suelta al profundo dolor que me embargaba. Marlon no había salido bien parado, después de todo, pero aquella herida no le impidió continuar con su maquiavélico plan.

—Es tan pequeñita —oí que decía Maëlle.

Ni siquiera lloró, fue un gemido similar al de un gatito que me puso el vello de punta. La mirada de la mujer hizo saltar todas mis alarmas pese a que en el fondo sabía qué quería decir. Con los ojos arrasados de lágrimas le pedí que me la diera. ¿Cuánto dolor tendría que soportar hasta llegar al final del día?, y ¿para qué?

—¿No puedes hacer nada? —preguntó Agnes. Miré a Maëlle que hacía un gesto de negación con la cabeza a la vez que bajaba la mirada con pesar.

Cogí a mi pequeña, que apenas se movía, y la coloqué en mi pecho, bajo el vestido, para darle todo mi calor. Observé su carita perfecta sintiendo cómo mi mundo se fracturaba poco a poco. Cogí su manita con los dedos mientras me limpiaba las lágrimas que habían comenzado a caer sobre ella con la otra mano y la acunaba en un intento desesperado porque se quedara conmigo.

—Por favor, Julie, no me dejes. —Traté de acallar mi sollozo poniendo mis labios sobre su cabecita—. Tú no. Quédate con mami.

Entonces fue cuando la vi. Un halo de luz la rodeaba y pese a ello nadie parecía reparar en su presencia. Alta, esbelta y con el largo cabello dorado flotando a su alrededor, caminaba con pies descalzos como si no sintiera la frialdad de la nieve al posarlos en ella. Pasó junto a los dos hombres que en aquel momento se enfrentaban a Ray y que a punto estaban de acabar con sus fuerzas. Tan solo fue necesario un toque de su mano etérea para que ambos cayeran al suelo como fulminados por un rayo. Ray los miró con extrañeza durante una fracción de segundo antes de volver hacia el cuerpo de Álex al que protegía con su vida, aunque era más que probable que a estas alturas ya no hubiera nada que hacer.

Una oleada de algo que no supe describir me inundó al reparar en los semblantes de Sophie y Agnes, ellas también podían verla, por lo que no se trataba de una alucinación.

Busqué a Erwan con la mirada empañada y el corazón encogido. Tenía sangre por toda la cara y buena parte de su ropa. Se plantó ante su rival, que no era otro que Adrien, el maldito psicópata que se la tenía jurada, antes de embestirlo con fuerza y tirarlo al suelo. Marlon se encontraba a pocos metros, estaba claro que para poder acceder a él, antes tendría que deshacerse de su fiel esbirro. Hubo un forcejeo por el suelo en el que apenas pude distinguir nada. Mi corazón lloraba y sangraba por las pérdidas, y sin embargo no podía perder la esperanza de ver muerto a ese sádico antes de que todo aquello terminara.

Vi a Erwan levantarse del suelo y arremeter contra su padre sin darle tiempo siquiera a planear la jugada. Marlon perdió pie y acabó tumbado sobre la nieve bajo el cuerpo de su hijo. Se convulsionó como si fuera poseído por una descarga entre las manos de Erwan. Supe que lo estaba desposeyendo de sus dones porque este gritó con rabia pese a que físicamente no le estaba infligiendo ningún mal.

Pocos eran los hombres de Marlon que continuaban en pie. Ella se había encargado de fulminarlos uno a uno con su mortal contacto. Advertí con el corazón en un puño que no eran los únicos a los que tocaba, también los caídos eran obsequiados con el leve roce de su mano.

Marlon logró levantarse llevándose la mano a un costado con gesto de dolor. Erwan hizo lo mismo, era evidente que apenas podían con sus fuerzas por la forma en que respiraban. El rostro del Monstruo se transformó al reparar en la áurea figura que caminaba hacia ellos. Erwan fue consciente de ese hecho, pues giró la cabeza receloso hacia el lugar por el que Ella venía, pero no debió de verla pues inmediatamente volvió a centrar su atención en él.

Solo unos pocos privilegiados fuimos testigos de lo que allí sucedió a continuación. Marlon retrocedió unos pasos con el terror asomando por todos y cada uno de los poros de su piel mientras Ella se acercaba de forma lenta y sinuosa. Ahora era un simple hombre ante su propia creadora. Su contacto fue suave, no así su efecto en él. El grito que arrancó en su víctima provocó que decenas de pajarillos alojados en los árboles rompieran a volar asustados. De inmediato cayó sobre sus rodillas presa de una lenta agonía que dejó perplejo a Erwan situado a tan solo unos pasos. No habría una muerte rápida para él, porque simplemente no la merecía. Su rostro fue consumiéndose como si de repente todos aquellos años que había vivido de más comenzaran a pasarle factura hasta convertirlo en una suerte de momia, perdiendo todo su color, para luego deshacerse en polvo. Sus restos se esparcieron por aquel campo de batalla improvisado cuya sangre teñía de rojo, mientras los de sus compañeros se descomponían de forma similar pasando a formar parte de esa tierra que les había visto llevar a cabo la última de sus fechorías.

Miré hacia el pequeño bulto que tenía oculto bajo la ropa sin sentir un ápice del regocijo que creía que me produciría verle muerto. No cuando se había llevado a tantos con él.

La mano de Agnes sobre mi brazo llamó mi atención haciendo que levantara la vista primero hacia ella y luego hacia donde su mirada estaba clavada. Vivos. Estaban vivos. Vi a Gérard llevarse las manos al abdomen con la incredulidad reflejada en su bien parecido rostro. No pude menos que emocionarme al ver a mi hermana junto a él, sabía que había velado por su amor en todo momento, pero también que, de algún modo, aquella sería la última vez.

Reconocí a mi tío, que caminaba por entre los caídos que se iban incorporando con miradas que iban desde el desconcierto a la dicha absoluta cuando la conciencia de lo que finalmente había ocurrido iluminaba su raciocinio. Ray tomaba el rostro de Álex con ambas manos y la besaba sin importarle un ápice que allí mismo, justo a su lado, se encontraran el hermano y el padre de esta. Todos felices, pero mi corazón sangrante era incapaz de compartir aquel alborozo pues el dolor y la pérdida me pesaban como una cruel compañera que me impedía pensar ni sentir nada más que eso.

La observé acercarse a nosotras, era la visión más hermosa que había visto en toda mi vida. Su rostro sereno transmitía paz y su sonrisa me produjo un hormigueo en el pecho que me inundó de una extraña calidez. No dijo nada, pero su mirada expresó cientos de cosas que no olvidaríamos jamás. La vi desaparecer dejando una estela de luz mientras un movimiento bajo mis ropas llamaba mi atención.

—Aimée —aulló Erwan situándose a mi lado tras una frenética carrera—. ¿Te han herido? ¿Estás bien?

Mis ojos volvieron a anegarse de lágrimas, aunque esta vez eran de una naturaleza bien distinta. Erwan me miró alarmado, pero antes de que pudiera decir una sola palabra destapé ligeramente el pequeño bulto que tenía en mi pecho y que se movía con fuerzas renovadas. Sus pupilas se dilataron al ver la carita de su hija recién nacida. Había lágrimas en sus preciosos ojos cuando volvió la vista hacia mí.

—Creí que no llegaría a ver este momento —confesó con la voz rota.

Asentí sin poder añadir nada, la emoción oprimía mi garganta impidiéndome hablar. Sabía perfectamente a qué se refería, también yo había creído que todo estaba perdido tan solo unos minutos atrás.

—Estoy tan orgulloso de ti. —Besó mis lágrimas y a continuación besó la cabecita de Julie—. De vosotras —añadió mirándola con devoción—. No creo que puedas llegar nunca a hacerte una idea de lo importante que eres para mí.

Por un momento creí que se refería a su hijita, pero entonces se volvió hacia mí con una mirada que provocó que mi corazón se desbordara en un latido acelerado como cuando apenas le conocía. Así había sido siempre con él; desde el principio. Si era cierto que había alguien especial para cada uno de nosotros, un compañero destinado a llenar nuestras vidas, ya podía sentirme la persona más dichosa del planeta, pues ese era Erwan para mí.

—Llévanos a casa, amor.

Epílogo

Ibiza

Con el sol acariciando todas y cada una de las células de mi piel, oteé el horizonte percibiendo el olor del mar a lo lejos. Casi había llegado a olvidar lo que era sentirse abrazada por su calidez sin tener siquiera una sola preocupación rondando mis pensamientos. Me encantaba Llo, pero pasar los meses de verano en mi adorada isla era sencillamente maravilloso.

Había conseguido enamorar a mi montañés de la placidez de aquel lugar por lo que alternábamos nuestras vidas entre ambas residencias. Me deshice del resto de propiedades, excepto de mi casita en Llo y aquella de Ibiza. También vendí las acciones de la empresa de mi padre. Gracias a ello había podido hacerme con mi propia galería asociándome con mi cuñada Sophie, que era quien llevaba el tema de la gestión empresarial. Una suerte pues los números no eran mis mejores aliados. Habíamos logrado hacernos un buen nombre en el sector artístico parisino de modo que podía dedicarme a mis creaciones sin tener que estar al pie del cañón más que en ciertos momentos puntuales.

—Te va a encantar el especial de Judit —dijo mi amiga poniendo en mis manos una copa de cóctel de un color azulado antes de sentarse en la hamaca que había junto a la mía—. ¿Te he dicho ya que adoro esta casa?

—Como cien veces.

—¿Qué te parecería si compro la de al lado? —preguntó con una sonrisa traviesa asomando en sus labios—. Podríamos pasarnos el día tomando el sol cual lagartijas y bebiendo cócteles.

—No sé si a tu flamante maridito le gusta demasiado el calor.

—No, eso es cierto. Bastante tiene con las largas temporadas que le hago pasar en Barcelona.

Judit había retomado su trabajo en la clínica, por lo que se pasaban gran parte del año viviendo en la gran ciudad. Sé que a mi primo no le disgustaba la idea en absoluto, todo lo contrario, podría decirse que en ese sentido habían encontrado la horma de sus zapatos.

—Mami, mami, mira lo que me ha regalado la tía Álex.

Hice visera con la mano en mi frente para poder ver al pequeño huracán que corría hacia nosotras vestida de Spiderman.

—¿Ya han llegado?

Julie asintió con una sonrisa pintada en su carita surcada de pecas.

—¿Te gusta?

—Claro que sí, mi vida, estás preciosa.

El rostro horrorizado de mi amiga me hizo sonreír.

—Tienes que hablar con tu prima, Amy, a las niñas no se les regalan trajes de superhéroes.

—¿Por qué? —preguntó mi hija colocando su manita llena de chocolate sobre la pierna de su tía sin poder dejar de saltar.

—Pues porque están más bonitas de princesa.

—¡Judit! —la miré con incredulidad.

—¿Qué? Es cierto.

—Las princesas son aburridas —señaló mi hija—. *Pefiedo* ser Spiderman.

Dicho esto salió corriendo para desaparecer por donde había venido.

—Te agradecería que en adelante guardaras esos comentarios sexistas para ti misma.

—¿Sexistas? —repitió indignada—. No he dicho nada que no sea cierto.

—Me da igual, si ella quiere ir de Spiderman no veo dónde está el problema. ¿Por qué tiene que ir de princesa?

—Te estás confundiendo conmigo, Amy. Por supuesto que me gustan más las princesas, pero no iba por ahí. —La miré enarcando una ceja a la espera de que me ilustrara con su explicación—. Existe la figura de Spiderwoman, ¿lo sabías? ¿Por qué tiene que regalarle un traje de un superhéroe masculino? ¿Quién es aquí la machista?

Puse los ojos en blanco al tiempo que soltaba una carcajada.

—Eres lo que no hay —dije levantándome de la hamaca deseosa de ver a mis invitados—. Vamos anda, que empiezo a tener hambre.

Mi sonrisa se amplió considerablemente al verles a todos allí reunidos. Erwan preparaba la carne en la barbacoa ayudado de Gilles, mientras que Ray, junto a ellos, aguantaba una bandeja de carne a la vez que movía las mandíbulas considerablemente, señal de que hacía mucho más que de pinche. Álex vino a mi encuentro para fundirnos en un abrazo de hermanas. Apenas hacía un mes que estábamos en la isla, pero si teníamos en cuenta que en casa nos veíamos todos los días, era demasiado. También había convencido a Sophie y a Gérard para que hicieran coincidir sus vacaciones y se vinieran unos días, por lo que allí estábamos todos celebrando que la vida al fin nos permitía hacer aquel tipo de cosas como una familia más o menos normal.

Besé la mejilla de mi cuñado a lo que respondió con un abrazo de oso, a él también le echaba de menos.

—Esto hay que celebrarlo —anunció Judit levantando la jarra de su especial—. No todos los días estamos de vacaciones.

Sophie se hizo con un vaso para que le sirviera y cogió otro para Álex.

—No, yo prefiero agua —dijo esta.

—¿Desde cuándo le haces ascos a mi especial, cuñada?

Álex bajó la vista al suelo en tanto que la sonrisa de Ray se ensanchaba hasta casi rozar sus orejas. Miré a uno y a otro alternativamente llegando a la misma conclusión que mi amiga, que los observaba con ojos entornados.

—¡No me lo puedo creer! ¿En serio? —dije entusiasmada.

Álex asintió formando un amago de sonrisa.

—¿Pero cómo no me lo habías dicho? —la regañó Judit—. Ayer mismo estuvimos hablando por teléfono.

—Quería hacerlo en persona.

Julie nos observaba con cara de no comprender nada mientras felicitábamos a la pareja.

—¿Qué les pasa a los tíos, mami? ¿Es su cumpleaños? —Miré a mi hija con una sonrisa rebosante de amor.

—No, mi vida, la tía Álex va a tener un bebé.

Julie abrió los ojos de par en par antes de ponerse a celebrarlo a su manera. La noticia pareció entusiasmarle pues le duró un buen rato lo de los saltitos y lo que fuera que estuviera cantando.

—¿Tú también vas a tener un bebé? —preguntó al cabo de un rato poniéndose delante de Judit.

Oculté mi sonrisa como pude ante la mueca de horror que mi amiga compuso en su cara sin apenas ser consciente de ello.

—Cielo —empezó a decir agachándose para quedar a su altura—. La tía Judit adora a su preciosa sobrinita, no necesita tener bebés. Ya te tengo a ti.

Mi adorable hija sonrió de oreja a oreja, aquella respuesta debió de halagarla sobremanera. Durante unos minutos se quedó en silencio pensativa mientras los demás retomaban sus conversaciones. Mis tripas rugieron al ver la fuente de carne asada que Erwan iba sacando de la parrilla. Alargué la mano para coger alguna costilla, pero entonces, otra mucho más grande que la mía me palmeó para evitar que me hiciera con mi presa.

—Tendrás que esperar, duende. —Puse mi cara de indignación absoluta a un Ray que sonreía perversamente—. No seas maleducada.

—¡Tendrás la cara dura! Si no has dejado de comer desde que has llegado.

—Son las ventajas del pinche —contestó con un guiño de ojos.

—¡Pero qué pinche ni qué leches! Lo estoy haciendo todo yo —replicó Erwan volviéndose hacia nosotros.

—Eso, ponte de su parte —se quejó dando un sorbo a su botellín de cerveza.

—Tía Sophie, ¿y tú cuándo vas a tener un bebé?

Ray se atragantó con la bebida mientras el resto de conversaciones se apagaban para centrar la atención en aquella pequeña chismosa que no era otra que mi hija.

—Primero tendré que encontrar un papa, ¿no te parece?

Julie arrugó el ceño tratando de comprender aquella lógica de mayores, aunque solo le duró unos instantes pues entonces abrió los ojos con el entusiasmo de quien ha dado con la solución a un gran problema.

—Y ¿qué te *padece* el tío Gérard? —preguntó cogiéndole de la mano—. Es muy bueno, a veces me viene a buscar al cole y me trae chuches. Mi señorita le dijo a la mamá de René que era el hombre más guapo que había visto *munca*.

El color del rostro de mi cuñado se volvió carmesí mientras el resto reía a carcajadas. Fue la expresión de ambos la que me hizo darme cuenta de que mi hija no iba mal encaminada. Álex debió llegar a la misma conclusión pues el rubor que cubría las mejillas de Sophie la delataba, aunque al parecer nadie más que nosotras había reparado en ello. Nosotras y mi pequeña entrometida.

Preparamos la mesa que había en la zona de la piscina y, mientras los comensales iban tomando asiento, fui en busca del cocinero, que se había quedado rezagado junto a las brasas. Me abracé a su espalda rodeando con mis brazos su cintura. Le oí ronronear dándose la vuelta para abrazarme.

—¿Me echabas de menos, preciosa?

Sonreí asintiendo con la cabeza. Mis labios fueron al encuentro de los suyos para lo que tuve que alzarme de puntillas. Sus dientes mordisquearon mi boca antes de que su lengua se introdujera en ella en busca de más. Noté cómo mis pulsaciones se aceleraban mientras Erwan intensificaba el abrazo recorriendo con sus manos mi ropa hasta situarse en mi trasero.

Una risilla nos hizo detener en seco. Volvimos la vista hacia la pequeña Spiderman plantada a unos pasos de nosotros cuyas manos cubrían su boca sonriente. Sus ojitos, exactamente iguales a los de su padre, dos zafiros increíblemente hermosos, nos miraban divertidos.

—¿También vosotros vais a tener un bebé?

La miré alzando una ceja antes de contestar.

—Claro que no, cariño, ¿qué te hace pensar eso?

—Os estáis dando besitos.

—Papá y mamá también te dan besitos a ti, pequeña brujilla.

—No de esos —rió volviéndose a cubrir con las manos como si le diera vergüenza.

—¿Qué le has contado a la niña? —Me volví hacia Erwan con el ceño fruncido.

Erwan me miró con inocencia encogiéndose de hombros.

—Me preguntó de dónde vienen los bebés, tiene una curiosidad insaciable.

Pestañeé todo lo rápido que me dieron mis párpados antes de atreverme a hacer la pregunta:

—¿Y... exactamente qué le has dicho?

—La verdad, aunque algo censurada.

—¿Qué es «censurada»?

—Erwan, solo tiene tres años.

—Mi chica es muy lista —respondió guiñándole un ojo a lo que ella respondió del mismo modo.

Hice un gesto de negación con la cabeza dándoles por imposible cuando oí que preguntaba:

—Entonces ¿voy a tener un hermanito o no?

La pícara mirada de Erwan volviéndose hacia mí me hizo reaccionar en el acto.

—No. —Su sonrisa ladeada me hizo dar un paso atrás mientras él iba salvando la distancia que nos separaba—. Ni de coña.

—¿Qué es «ni de coña»?

—Cuida ese lenguaje, señorita —dijo él atrapándome y alzándome en sus brazos.

—Será mejor que me sueltes ahora mismo. —Traté de zafarme, pero entonces comenzó a mordisquearme el cuello y me entró la risa.

—¡Yupi! —exclamó la vocecita de Julie— ¡Vamos a tener un bebé! ¡Vamos a tener un bebé! —comenzó a canturrear al tiempo que daba saltitos y se alejaba hacia la zona donde se encontraban los demás.

Erwan y yo nos miramos antes de estallar en carcajadas. Aquella pequeñaja era toda una lianta.

—Que sepas que iba en serio —insistí cuando al fin me dejó en el suelo—. Ni de coña.

—Eso ya lo veremos, preciosa —contestó con una mirada enigmática que hizo estragos en todo mi cuerpo—. Puedo ser muy, pero que muy convincente.

Agradecimientos:

No puedo cerrar este capítulo de mi vida sin agradecer a todas las personas que han estado ahí dándome su apoyo y su cariño.

En primer lugar a todos los lectores que os enamorasteis de *El eterno legado* y que, ya fuera por Facebook, Amazon o la vía que fuera, me hicisteis llegar un comentario de ánimos para seguir escribiendo esta segunda parte. Gracias por recordarme diariamente lo larga e interminable que se estaba haciendo la espera. No os podéis llegar a imaginar lo que ha significado para mí.

A las blogueras que os animasteis a leerla y hablar de ella en vuestras increíbles «casas virtuales».

A mis chicas del «Parque», una vez más, porque simplemente sois las mejores. Y, cómo no, a mis dos «ayudantas», colaboradoras, asesoras y comentaristas Alina y Noemí. Gracias por esa cantidad ingente de Whatsapp que tanto me han hecho reír.

A mi amiga del alma, Paqui, eres muy grande. Por tu apoyo, tu calor y tu amistad.

A mis «amiguísimos» Jordi y Mel, por hacer de conejillos de indias, sin saberlo, en ese viaje tan especial que fue Noruega.

Quiero agradecer también a mi familia, amigos y conocidos vuestra valiosa colaboración. Gracias por acercar esta historia a todo aquel que se dejara engatusar por vuestras recomendaciones. Es por vosotros que *La hija de la Sacerdotisa* ha ido creciendo y creciendo hasta llegar a lo que es hoy.

Y, por supuesto, a Ferran, mi mayor apoyo en esta aventura. No hay palabras para decirte lo inmensamente feliz que me hace tenerte a mi lado.

Un millón de gracias.

Elisabet Castany

Sobre la autora:

Me llamo Elisabet Castany, nací el verano de 1981 en Barcelona, aunque vivo en un pueblecito a unos kilómetros de la gran ciudad.

Me licencié en Historia en la Universidad de Barcelona y, posteriormente, hice el Máster del CAP para poder impartir clases en educación.

Actualmente trabajo en las Minas Prehistóricas de Gavà, donde trato de ayudar al visitante a sumergirse en el fascinante mundo de hace 6.000 años y la extracción de Variscita, un mineral precioso con el que los neolíticos de Gavà se hacían ornamentos. También trabajo para la fundación Pere Closa, en un proyecto cuyo objetivo no es otro que el de mejorar el éxito escolar de alumnos que se encuentran en riesgo de exclusión social.

Mi pasión por la historia tan solo es superada por mi afición a devorar libros, afición que mantengo desde bien pequeñita con todo cuento que caía en mis manos. Escribir y dar rienda suelta a mi desbordante imaginación es otro hobby que practico desde hace unos años.

El eterno legado fue mi primera novela, cuyo desenlace, *Legado de sangre*, tenéis hoy entre manos.

Espero que hayáis disfrutado de su lectura tanto como hice yo al escribirlas.

Gracias por leerme.

Primera edición en papel: Mayo 2015

www.eleternolegado.com
www.facebook.com/novelaeternolegado
www.facebook.com/elisabet.castanydiaz

Printed by Amazon Italia Logistica S.r.l.
Torrazza Piemonte (TO), Italy

42797924R00223